清至民国萍浏醴地区民间戏曲唱本研究

罗红霞 著

本书为 2022 年度教育部人文社会科学研究青年项目『清至民国时期萍浏醴地区民间戏曲唱本的收集整理与研究』（编号：22YJC760063）最终成果

中国出版集团有限公司
研究出版社

图书在版编目 (CIP) 数据

清至民国萍浏醴地区民间戏曲唱本研究 / 罗红霞著 .
北京 : 研究出版社 , 2025.7. -- ISBN 978-7-5199
-1908-5

Ⅰ . I236.53；I236.64

中国国家版本馆 CIP 数据核字第 2025FS4894 号

出 品 人：陈建军
出版统筹：丁　波
策划编辑：孔煜华
责任编辑：于孟溪

清至民国萍浏醴地区民间戏曲唱本研究
QING ZHI MINGUO PINGLIULI DIQU MINJIAN XIQU CHANGBEN YANJIU

罗红霞　著
研究出版社 出版发行
（100006　北京市东城区灯市口大街 100 号华腾商务楼）
北京建宏印刷有限公司印刷　新华书店经销
2025 年 7 月第 1 版　2025 年 7 月第 1 次印刷
开本：710 毫米 ×1000 毫米　1/16　印张：30.75
字数：499 千字
ISBN 978-7-5199-1908-5　定价：98.00 元
电话（010）64217619　64217652（发行部）

目　录

序 1

第一章　萍浏醴地区基本概况 1

第二章　萍乡采茶戏 3

　（一）萍乡采茶戏介绍 3

　　1. 萍乡采茶戏的来源 3

　　2. 萍乡采茶戏的音乐 4

　　3. 萍乡采茶戏的旋律音调与方言声调 5

　（二）萍乡采茶戏唱本 6

　　1. 安源大罢工 6

　（三）萍乡采茶戏唱腔选段 36

　　1. 来到安源想挣钱 36

　　2. 屋漏更遭连夜雨 37

　　3. 是穷人就不该生病 39

　　4. 直到一九二一年 41

　　5. 说起小妹 42

　　6. 寒冬腊月秋蝉叫 44

第三章　萍乡傩戏 47

　（一）萍乡傩戏介绍 47

　　1. 傩戏的来源 47

　　2. 萍乡傩戏的历史 48

　　3. 萍乡傩戏的分布 49

　　4. 萍乡傩戏的基本内容 49

    5. 萍乡傩仪的程序 ……………………………………… 51

    6. 车湘傩（萍乡）的介绍 ……………………………… 52

  （二）萍乡傩戏唱本 ………………………………………… 54

    1. 闹新春（车湘傩）………………………………… 54

    2. 怀胎经 ……………………………………………… 57

    3. 渔樵耕读 …………………………………………… 62

  （三）萍乡傩戏唱腔选段 …………………………………… 63

    1. 请神 ………………………………………………… 63

    2. 造船 ………………………………………………… 64

    3. 点将 ………………………………………………… 65

    4. 土地祝词 …………………………………………… 67

    5. 先锋曲 ……………………………………………… 68

    6. 太子舞曲 …………………………………………… 68

    7. 出太神曲 …………………………………………… 69

    8. 祝愿曲 ……………………………………………… 69

    9. 祝愿词 ……………………………………………… 70

    10. 团兵曲 …………………………………………… 70

    11. 收小鬼曲 ………………………………………… 71

    12. 七槌锣 …………………………………………… 71

    13. 踩锣 ……………………………………………… 72

    14. 怀胎经 …………………………………………… 72

    15. 孟姜女哭长城 …………………………………… 73

    16. 土地与傩神对话 ………………………………… 74

第四章　湘东皮影戏 ………………………………………… 75

  （一）湘东皮影戏介绍 ……………………………………… 75

    1. 湘东皮影戏的来源 ……………………………… 75

    2. 湘东皮影戏的文化特征 ………………………… 76

3. 湘东皮影戏的道具 76

4. 湘东皮影戏的行当及唱本介绍 77

（二）湘东皮影戏唱本 77

1. 孟姜女哭长城 77

2. 杨宗保破阵 83

（三）湘东皮影戏唱腔选段 87

1. 南路唱腔旋律 87

2. 北路唱腔旋律 88

3. 凯丰 89

第五章　上栗皮影戏 91

（一）上栗皮影戏介绍 91

（二）上栗皮影戏唱本 92

1. 龙虎斗 92

2. 九龙山收兴 96

（三）上栗皮影戏唱腔选段 104

1. 讲评 104

2. 南路唱腔旋律 105

3. 北路唱腔旋律 106

4. 自盘古天地分（杂戏） 107

第六章　湘剧 109

（一）湘剧介绍 109

1. 湘剧的来源 109

2. 湘剧的唱腔 109

3. 湘剧的伴奏音乐 111

4. 湘剧的表演及唱本 112

5. 湘剧班社 112

6. 湘剧语音调类调值表 113

    7. 浏阳湘戏的介绍 ……………………………………… 113

  （二）湘剧唱本 ……………………………………………… 115

    1. 白门楼 …………………………………………………… 115

    2. 拜月记 …………………………………………………… 128

    3. 报恩府（节选）………………………………………… 136

    4. 大战长沙 ………………………………………………… 139

    5. 刘金定下南唐 …………………………………………… 150

    6. 药王登殿 ………………………………………………… 153

    7. 夜打登州 ………………………………………………… 160

    8. 捉放曹 …………………………………………………… 174

  （三）湘剧唱腔选段 ………………………………………… 188

    1. 沉醉东风 ………………………………………………… 188

    2. 挡马 ……………………………………………………… 190

    3. 六郎点将 ………………………………………………… 199

    4. 徐庶荐葛 ………………………………………………… 204

    5. 南唐救主 ………………………………………………… 214

    6. 法场换子 ………………………………………………… 228

    7. 渭水访贤 ………………………………………………… 240

    8. 五台会兄 ………………………………………………… 254

    9. 月下盘貂 ………………………………………………… 262

第七章　长沙花鼓戏（浏阳）…………………………………… 273

  （一）长沙花鼓戏（浏阳）介绍 ………………………… 273

    1. 长沙花鼓戏的来源 ……………………………………… 273

    2. 长沙花鼓戏（浏阳）的唱本内容 ……………………… 274

    3. 长沙花鼓戏（浏阳）的班社情况 ……………………… 274

    4. 长沙花鼓戏（浏阳）的唱腔特点及表演形式………… 275

    5. 长沙花鼓戏（浏阳）的音乐特点 ………………………276

清至民国萍浏醴地区民间戏曲唱本研究

（二）长沙花鼓戏（浏阳）唱本 ………………………… 277

  1. 半把剪刀 ………………………………………… 277

  2. 蔡驼子回门 ……………………………………… 317

  3. 化子嫁妻 ………………………………………… 319

  4. 卖御铡 …………………………………………… 323

  5. 墙头记 …………………………………………… 335

  6. 十五贯 …………………………………………… 359

  7. 杨八姐游春 ……………………………………… 384

（三）长沙花鼓戏（浏阳）音乐 ………………………… 420

  1. 川调类 …………………………………………… 420

  2. 打锣腔类 ………………………………………… 424

  3. 花鼓戏音乐 ……………………………………… 428

  4. 专用调 …………………………………………… 435

  5. 外来调 …………………………………………… 444

第八章 萍浏醴地区民间戏曲组织情况 ……………… 445

（一）湘剧的民间组织 …………………………………… 445

  1. 湘剧科班概况 …………………………………… 445

  2. 主要湘剧科班介绍 ……………………………… 446

  3. 湘剧戏班概况 …………………………………… 451

  4. 主要湘剧戏班介绍 ……………………………… 452

  5. 闲吟曲社 ………………………………………… 462

  6. 湘剧围鼓堂 ……………………………………… 463

  7. 福寿堂 …………………………………………… 463

（二）湖南花鼓戏的民间组织 …………………………… 464

  1. 科班 ……………………………………………… 464

  2. 怀德堂 …………………………………………… 464

  3. 百合堂 …………………………………………… 464

4. 北乡班..465

5. 沙棚班..465

6. 湘醴班..465

7. 湘淮班..465

8. 萍醴班..465

9. 湘潭班..466

（三）萍浏醴地区部分民间艺人介绍.................466

1. 民间艺人..466

2. 清代末年至二十世纪三四十年代戏班的情况.............476

3. 萍浏醴地区主要戏院概况................................477

参考文献..479

序

　　清乾隆年间，萍乡采茶戏、湘剧、长沙花鼓戏（浏阳）流行于赣、湘两省。萍乡采茶戏是在明末清初萍乡灯彩"牛带茶"的基础上发展而成的。清末时期，随着安源煤矿开发，大批湖南、湖北的农民涌入安源煤矿，长沙花鼓戏（浏阳）的表演程式和唱腔音乐很快被萍乡采茶戏艺人所吸收，但由于萍乡采茶戏题材多贴近现实生活，且多为"俚语俗词"，因此始终得不到"官方"的支持和扶持，使其无法走上正规舞台。为求生存，艺人们只有在乡间的草台上巡回演出，当时也没有专业的表演团体，仅作为民间群众文化的一部分。

　　湘剧与长沙花鼓戏（浏阳）同时传入萍乡。清光绪二十六年（1900）起，湘剧艺人暨镇宝等在萍乡城区、上栗镇、宣风镇、芦溪镇等地开办科班30余年，创办了清华班、凤鸣班、凤仪班、春庆班、同庆班等十余个班，培育了大批湘剧艺人，萍乡也成了湘剧艺术的重要繁衍地。湘剧在萍乡民间俗称大戏或汉戏班。清光绪三十一年（1905），萍乡籍人姚能三、刘汉初在萍乡城区凤凰池开办"凤鸣科班"，聘请暨镇宝、何绍祥为教练。该班是湘剧开班时间早、科班规模大、持续时间长、人才行当齐、演员名声大的主要科班之一，历时8年，共办5科。该班出科的演员也成为中华人民共和国成立后，萍乡、醴陵、浏阳、长沙等地湘剧班社和湘剧专业团体的中坚力量。民国三年（1914），宣风镇邹云湘等3人接管凤鸣科班，在宣风镇邹家大屋瑞公祠开办"凤仪班"，民国八年（1919）邹云湘逝世，戏班解散。民国十三年（1924），宣风镇吴苞生在瑞公祠创办"春庆班"，民国二十九年（1940）吴苞生逝世，由其子吴秋云接任班主，戏班名称为"牛伢子班子"或"牛大王班子"，该戏班在萍乡城、莲花县等湘赣边陲的农村城镇演出。民国十四年（1925），萍乡城区凤凰池由商界姚能三、刘汉初等人倡导召集原凤鸣科班中的部分弟子和商户弟子30余人，筹组成立业余湘剧班，萍乡民间称为"掇掇班"，该班历时6年，演出近200场，于民国二十年（1931）演完最后一场后解散。民国十九年（1930），凤鸣科班出科弟子常凤玉在城区凤凰池创办"同庆班"，民国二十三年（1934），陈诚甫在芦溪镇创办"同乐班"。同庆班和同乐班于民国二十九年（1940）解散。湘剧科班自清华班到同乐班在萍乡30余年，连续不断培养了湘剧弟子300余人。

二十世纪八十年代初，萍乡有40个乡镇文化中心、35个厂矿工人俱乐部，民众工作劳作之余会观看萍乡采茶戏、长沙花鼓戏（浏阳）、皮影戏、傩戏等。由于多种原因，以及萍、浏、醴地区众多民间艺人先后逝世，该地区的民间戏曲文本没有得到较好的保存。自2015年以来，编者先后搜集了大量散落在萍浏醴地区的民间戏曲唱本文本资料和影像、音频资料，从中挑选出具有代表性的戏曲唱本编入本书。

本书为2022年度教育部人文社会科学研究青年项目"清至民国时期萍浏醴地区民间戏曲唱本的收集整理与研究"（编号：22YJC760063）最终成果。感谢民间艺人李元生、邹庆祥、余桂香、朱忠、丁永发、陈富贵、游旺昌、黎建胜、漆水棉，以及胡爱萍、康华、付红玲、罗娜、肖志丹、贡腾、张伟等老师对本人的支持和帮助，同时该书借鉴、参考了大量专家学者的研究成果，在此表示感谢。本书所收录萍浏醴地区民间戏曲唱本多为民间艺人创作，存在用词用字不规范和使用俗字等现象，现基本按原本照录，如非必要不多作改正。由于本人学术水平尚浅，不足之处，敬请指正。

第一章 萍浏醴地区基本概况

　　萍、浏、醴三地都位于罗霄山山麓，其中浏阳居北、醴陵靠西、萍乡靠东。罗霄山居中而过，犹如一条藤蔓将三地紧紧相连。早先，萍浏醴三地一直被作为统一的行政区划管理，直至中华人民共和国成立后，浏阳划入长沙、醴陵划入株洲，萍乡并归江西。

　　萍、浏、醴三地的山精水魄赋予了该地区独特的区域特色。首先是萍、浏、醴三地的语言。湖南省和江西省方言众多，有"五里不同调，十里不同音"之称。相距不远的居民，往往也因语言不通而交流困难，然而在萍浏醴地区，这种情况却不存在。浏阳人说话，醴陵人能听懂；醴陵人说话，萍乡人也能知意，但如果把这里的方言再放到湘赣的其他地方，或许人们就听不懂了。有关这个"方言岛"的形成，还要从几百年前元末明初时的移民潮说起。明朝灭元后，为了巩固新政权和发展南方经济，从明太祖朱元璋洪武初年至明成祖永乐十五年（1417），50年间明政府共组织了8次大规模移民活动。根据当时的政令，江西地区的居民将前往湖南、湖北、广东、广西、贵州等地。为了不违政令，又能避免长途跋涉之苦，当时江西西部的人便就近迁徙到了浏阳、醴陵地区。所以说，今天萍、浏、醴土地上的居民大多是当年江西移民的后代。前几批移民到来之后，他们纷纷选择罗霄山山谷平坝和沿河冲积平原落脚，定居农耕，正是因为他们来得早，所以抢先占据了"熟田肥土"之地，随后到来的移民见状，无奈只得继续西行。明洪武朝以后，江西移民的方向发生了变化，他们逐渐放弃了陆路，绕过萍、浏、醴沿长江上溯湖北，再经汉江水系分散开去。没有了新移民的进入，萍、浏、醴地区人口结构稳定，于是，"方言岛"慢慢形成。正因为有了语言、族群上的同一性，萍、浏、醴三地居民交流非常频繁，如三地之间的人常常联姻；再如经商，萍、浏、醴地区商人多做竹木、鞭炮、瓷器生意，因出售的东西相仿，语言又近似，外人往往把他们当成同个地方来的。以至于后来这三地的商人干脆"将错就错",不分彼此起来。

其次是萍、浏、醴三地的乡情。清道光四年(1824),萍乡商人毛遇古在安徽芜湖境内被水匪打劫,妻女也被掳走。同在当地经商的浏阳、醴陵商人得知后仗义出手,他们慷慨解囊,不仅凑钱赎回了毛遇古的妻子和女儿,还每人匀出部分货款交给毛遇古重新采办货物,毛因此绝处逢生。商人们的义举令当时的安徽巡抚童泽大受感动,他不仅将此事上奏朝廷,还亲书匾额一幅送入芜湖湖广会馆悬挂,以示表彰。

最后是萍、浏、醴三地的历史人物。从清末到中华人民共和国成立,萍浏醴大起义、安源路矿工人大罢工、湘赣边界秋收起义,一系列重大历史事件将萍浏醴推到了历史的前台,萍浏醴起义主要领导人有刘道一(湘潭人)、蔡绍南(萍乡人)等。据统计,从民国到中华人民共和国成立,这片土地上走出的将军有上百位之多,著名的有国民政府陆军上将程潜(醴陵人)、中将陈明仁(醴陵人);中华人民共和国开国上将王震(浏阳人)、杨勇(浏阳人)、唐亮(浏阳人),中将孔石泉(浏阳人)、汤平(浏阳人)等,因此,浏阳位居中华人民共和国十大"将军县"之列。

1961年10月1日,萍乡市地方剧团创作了反映辛亥革命先声和前奏的萍浏醴起义的革命历史剧《萍醴狂飙》,由作家李实红编剧,在萍乡剧院演出。现如今,萍、浏、醴三地已成为湘赣边区最重要的政治、经济、文化阵地,赓续着先辈们的自我革命精神,创造一个又一个伟大奇迹。

第二章 萍乡采茶戏

（一）萍乡采茶戏介绍

萍乡采茶戏是产生、流传在湘赣边界的萍乡市及邻近地区的一种载歌载舞、乡土风味浓郁的地方戏曲，曾被誉为"江西的评弹"。

1. 萍乡采茶戏的来源

萍乡采茶戏在清乾隆时期应运而生，据乾隆四十九年（1784）所修《萍乡县志》记载，当时的萍乡人口已由1656年的39285人发展到1776年的135464人。其《风俗篇》中又记载："上元张灯以十三日始，凡四夜，为竹马龙灯戏者，各家皆有彩，谓云代腊，至元宵，暗室皆燃灯。"此时，灯彩名目繁多，有采茶灯、牛灯、马灯、龙灯、狮灯、鱼仔灯、旱龙船、鱼龙变化和踩高跷、踩傩神等。其中只有采茶灯是载歌载舞的形式，其他灯彩有的虽有简单的故事情节，却只有舞蹈动作，没有唱词，因此，采茶灯是萍乡采茶戏的雏形。汤钟瑶在《说茶灯》中提及："因为采茶戏的事，便想到茶灯去了。"但萍乡茶叶享有盛誉。明朝时，茶叶是萍乡的一项贡品，年例贡五斤六两，可见，茶叶生产是萍乡一项重要的副业。流传于萍乡地区的茶歌有两种：一种为"十二月采茶"，只唱不舞，四句一段，唱时前面两句重复一次，六句反复一次，中间段无衬音；另一种为"采茶调"，两句为一段唱腔，中间段有衬音，音调明快、节奏性强，适用于歌伴舞的表演形式。公元1846年，湖南湘剧进入萍乡。公元1852年后，清王朝围剿太平军，曾国藩率20万湘军入赣，有四个湘剧戏班随军而来，湖南花鼓戏开始在萍乡广为传唱，湖南花鼓戏的优秀剧目、曲牌和唱腔也流入到萍乡的本土音乐之中，如川调、神调、灯调、小调等，这些音乐元素被萍乡老艺人吸收，从而丰富了萍乡地方戏的唱腔和地方音乐曲调，促进了萍乡采茶戏的形成。

光绪年间，湖南浏阳人在萍乡创办了湘剧"凤鸣科班"。1898-1908年开发安源煤矿，到1903年萍醴铁路通车，大批湘、赣、鄂农民涌入萍乡安源当矿工。由此，湘剧和湖南花鼓戏流入萍乡，湖南花鼓戏在萍乡开始扩散，萍乡采茶戏音乐和唱腔深受其影响，萍乡采茶戏也得到了新的养分，并逐渐成熟起来。此时，湖南湘剧和衡山花鼓戏也进入处于罗霄山脉的永新、莲花和宁冈。湖南湘剧的春庆班和庆华班是为赣西地区百姓所熟悉的班社，其班社促使了萍乡采茶戏进入"办班"阶段，并兼唱湘剧。萍乡采茶戏以偏重唱功的文戏为主，也有部分做工戏，在表演上唱做并重。丑角的矮子步、扇子功，旦角的手巾功及梳妆、挑水、刺绣、花舌等，其动作精美，感情细腻。

2.萍乡采茶戏的音乐

萍乡采茶戏的主要腔调为"川调""神调"和"杂腔小调"。"川调"和"神调"是演出整本戏或折子戏时所用的基本腔调，其基本结构为对称的上下句式，唱词以十字句和七字句为主。杂腔小调的内容尤为丰富，它包含了"茶灯调""歌腔""小调""词调"等。

（1）川调

"川调"有两种类型。第一种是"半句子"唱法的单腔句（其下句即为上句的反复），这种腔句又分成两个对称的腔节，腔节之间又用于唱腔等较长的过门进行分隔，每个腔节只唱半句唱词，这种类型最具代表的有"单川调"，其变体则有"三流""阴魂调"和"两板半"等。

（2）神调

"神调"因早期传统戏中多用作神仙角色的唱调而得名，最具代表性的有"老神调""反神调""还魂调""十字韵"等诸多变体。"老神调"的旋律以级进为主，其色彩苍劲豪放，多用于表现性格稳健的人物。"反神调"是"老神调"的反弦调，"反神调"的旋律以级进为多，其色彩婉转柔和。"还魂调"为四四拍，每句四板，句后带过门，但唱腔旋律经过演变后为宫调式，"还魂调"的旋律更多使用下行级进，其色彩哀怨凄凉。"十字韵"的结构与"反神调"的托皮相同，为四四拍，音乐情绪较自由，常用于叙事。

（3）杂腔小调

杂腔小调包含"茶灯调""歌腔""小调""词调"，每种腔调各具特色，相互融合，其唱腔深受老百姓喜欢。"茶灯调"又称花鼓采茶调，是传统小戏或折子戏所用的腔调，许多腔调都是因戏名而得名。"茶灯调"也包含早期的茶灯和牛灯腔调，属于茶灯的"采茶调"，是典型的两句体结构的民歌。"歌腔"是流行于萍乡东桥地区皮影戏中的一种声腔，其风格独特、韵味浓郁，自成一体。1955年以后，"歌腔"吸收了地方皮影戏中的高腔，供不同行当的角色在特定的情景中演唱。"小调"是指传统剧目中用作插曲的民歌小调，如"十杯酒""十绣"等。"词调"又称明清俗曲，如"摘葡萄""铁马儿"等。在传统戏中，词调又常被称为"风华词调"，是通常在传统剧目中用作插曲的民歌小调。"词调"通常由旦角演唱，有时小生或小丑会根据表演和情绪的需要跟随旦角合唱若干句。

（4）伴奏音乐

我国传统采茶戏的戏曲伴奏是用来烘托采茶戏表演者的唱腔的，是演唱者唱腔的有力支撑。演唱者的肢体表演和唱腔以及戏曲乐器伴奏构成了采茶戏的主体部分。另外，传统采茶戏与传统戏剧的伴奏形式相同，均具有"托""保""衬""垫""补"的特点。采茶戏在表演过程中主要通过演员独特的演唱方式，使欣赏者感受到其独特的魅力。基于采茶戏的这一特征，我国传统采茶戏主要选择锣、鼓、唢呐、笛子、木鱼、三弦、二胡等乐器，其较容易发出欢快、明亮的曲调。唢呐与笛子是民间独特的吹奏乐器，其表现力十分丰富，既可以吹奏出悠长、高亢的曲调，又能吹奏出欢快、婉转的小调，是戏曲伴奏的不二之选。锣鼓以及木鱼作为具有民族特色的打击乐器，在采茶戏的伴奏中以渲染气氛为主，为吹奏乐器以及管弦乐器增强了节拍感，给人一种完整听觉的体验。

3. 萍乡采茶戏的旋律音调与方言声调

萍乡采茶戏的舞台语言为萍乡话。由于历史和地理的原因，萍乡话具有赣、湘、客家方言的综合色彩，其发音特点比较柔和，声调较普通话低平，旋律音调比较简练。以下为萍乡话声调与普通话声调、南昌话声调（赣方言代表）、长沙话声调（湘方言代表）、梅县话声调（客家方言代表）对比表格：

表 2.1 萍乡话与普通话、南昌话等声调对比

调类	普通话调值	南昌话调值	长沙话调值	梅县话调值	萍乡话调值	字例
阴平	55	42	33	44	13	江、东、三、春、军、天、高
阳平	45	24	13	11	33	阳、陈、平、群、名、牛
上声	214	213	41	31	35	广、好、走、把、小、里
阴去	51	35	55	42	11	笑、意、计、半、放
阳去	归阳去	21				地、妹、大、外、动、路
阴入	归阴平	5	24	21	归阴平	铁、切、活、学、角、七、八
阳入				4		食、十

如表 2.1 所示，一是萍乡话与普通话均为四声，无入声字，南昌、长沙、梅县有入声字；二是萍乡去声字与南昌阳去字，均为四声中的最低音，具有低旋持重的特点，南昌阴去字与普通话、长沙话、梅县话去声字均在高音位置；三是萍乡话阴平字为低升调，普通话、南昌话、长沙话、梅县话在中音或高音区；四是阳平字梅县话在最低音位，萍乡话、南昌话、普通话均在中音以上，长沙为低声调；五是上声字萍乡话、梅县话、长沙话均在高音位置上，南昌话和普通话为低降升调；六是入声字，梅县阴入字为低降音，阳入字位于高音位，长沙入声字为低升调，南昌入声字位于高音位。

综上所述，从萍乡话四个声调音高关系来看，上声字最高，阳平字次高，去声字最低，阴平字次低。它和阳平字属于中平，整个声调高低关系，相当于一个小三和弦（或大三和弦）的音高等分，即去声字位于最低的根音（调值 11）、上声字位于最高五音（调值 35）、阴平（调值 13）、阳平（调值 33），相当于三音位置。

（二）萍乡采茶戏唱本

1. 安源大罢工

该剧讲述民国十一年（1922），毛泽东、刘少奇、李立三等领导安源路矿工

人开展罢工斗争，并取得伟大胜利的故事。该剧大胆地塑造了早期工人运动中的典型形象，进一步揭示出帝国主义、封建主义、官僚资本主义如何压迫中国工人，因而激起工人反压迫的罢工运动。（李实红编剧）

人物：蒋先云、刘昌炎、腾锦堂、腾正伦、腾玉珍、腾小英、珍母、二花嫂、二嫂、李镜澄、舒楚生、王鸿卿、王正海、陈贵南、李鸿程、马连长。

男声（唱）：来到安源想挣钱，一来来了两三年。想回家看看老母亲，身上没得个盘缠钱！

男、女（唱）：直到一九二一年，忽然雾散见青天，有个能人毛润之，打从湖南来安源。倡议要给办工会，劳动工界结成团！

第一场

腾玉珍（唱）：我的娘越病越沉重，水米不进只剩皮包筋。万般无奈背出旧棉被，瞒着爹娘前往当铺行。

腾小英：姐姐，三个铜板。黑麻子班头说我没进挑脚行，以后再不准到火车站挑东西了。

腾玉珍：哦，那……明天再打主意吧。

腾小英：我捡煤渣去，锅炉房快清炉呐。

腾玉珍：怕要下雪，戴个斗笠去。

腾小英：咦，我们床上的被！

腾玉珍：别嚷！

腾小英：我们夜里盖什么？姐姐，那会冷死人呵！

腾玉珍：我知道，你莫管。去吧，去！我好为难呵！

腾玉珍（唱）：爹爹他燕子街泥挣来这旧棉被，一床棉被要盖几代人。卖了它，这寒冬腊月如何过？不卖它，拿什么抓药请医生？酿雪风一阵紧一阵，移不动脚步，我像失了魂！

腾玉珍：糟！爹快回来啦！

腾锦堂：好苦呀！

腾锦堂（唱）：屋漏更遭连夜雨，破船又遭打头风。都只为我老伴病势沉重，为借贷我只得奔西走东。陈剥皮借给我银圆一块，谁知是假的里头包了铜。等回头我去找他换，他反咬一口说我想诈人。

腾锦堂：天呀天。

腾锦堂（唱）：姓腾的我是什么命？弄得我死又死不了活又活不成！

腾锦堂：珍珠子！你？你抱着被窝做什么？

腾玉珍：娘病得只剩一口气。总不能不吃几帖药。

腾锦堂：卖掉被窝去吃药？哼，你呀！

腾锦堂（唱）：是穷人就不该生病，生病就不该是穷人，拖得过就拖，拖不过就死，命浅福薄、医药也无灵！如今只有两条路，一求仙水二求神。怪只怪你娘生苦了命，不该嫁我这穷矿工。矿上不发饷，饭都吃不成，死了倒快活，免得受苦情！

腾玉珍（唱）：爹爹呀，我们情愿受点冷，盖盖烂麻袋也要过一冬。难道一床棉被抵得娘的一条命？难道爹爹你你你你你你，你是铁打的心！

腾锦堂（唱）：听此言不由我珠泪难忍，难道我真是铁打的心？左右为难，主意不定。

腾锦堂：罢！

腾锦堂（唱）：我还是忍着心顾全好人！

腾玉珍：爹，不能眼睁睁看着娘拖死。不能呀！

腾锦堂：你晓得为了这床棉被，我父子两个岩尖都挖短一大截。你就只晓得，唉。

腾玉珍：爹，这也是没法子，哥哥也主张卖。

腾锦堂：怎么？你哥哥也主张卖？好！你们卖！卖！卖光！卖光！我不管呐！

腾玉珍：好，爹！

腾锦堂：珍珠子！你敢！你敢！

珍母：我情愿死，情愿死！我已经死了大半截了。还吃什么药，珍珠子！珍珠子！天啦！

腾玉珍：娘！你，娘！你不能呀！不能呀！

腾锦堂：你！唉！

腾正伦：娘，娘，怎么啦？

珍母：珍珠子，你这不是救娘，是逼娘早些死呵！谁要卖，先拿绳子来勒死我！

腾正伦：爹，被窝卖了，还可以想办法，要是娘有个长短，那就。

腾锦堂：哎。

二花嫂（唱）：过了一天又一天，心中好似滚油煎，煎，煎！都是人生父母养呀，为什么做工的不值钱！

腾正伦：二花嫂哥，你又喝酒呐？二嫂！二花嫂哥回啦。

二嫂：死鬼，又灌醉了呵！

二花嫂（唱）：不喝酒，喝三酉，不赌钱，推牌九！哈。

二嫂：明天的早饭米还不晓得在哪里呀，你还喝酒哇！

二花嫂：管你饿肚不饿肚，万事不如杯在手，黑脚板，真正苦，炭井犹如是虎口。早晨起来去进班，不晓得晚上死不死，我为什么不喝酒？不喝酒？

二嫂：哎呀！你这没心肝的，你不要进我的门呀！

二花嫂：老子被你害死了！

二嫂：我不要命啦，天，天啦！

腾锦堂：二花嫂子！她害了你？你何不一刀砍了她！没天良的东西！

腾玉珍：二花嫂哥，你怎么老是拿二嫂出气，她还不够苦么？

腾正伦：你就只晓得打二嫂，洋鬼子、三胡子打你，你好受么？

王正海：妈的，偷铁！走！

腾小英：那不是我偷的，是人家给我的。

王正海：谁给你的？谁？说！

腾小英：我，我，不认识，不不认识！

王正海：妈的！不认识。跟我走！

腾锦堂：好呐，王稽查，你把东西拿走就算啦。

王正海：算啦？你也偷，他也摸，我这差事不要当啦？

腾正伦：那你到底要怎样？

王正海：要她指出那个贼来！给她东西的那个贼！那个贼！

二花嫂：是我！是我给她的，怎么样？

王正海：你？你把别人的事往自己身上瞎兜？哼！走！婊子养的，今天饶不了你，你一家大大小小都是贼！

二花嫂：有个喊的，有个应的，你还找她做什么！你他妈的还动手啦！

王正海：好，是你偷的，那就跟我走！到矿警局司法科去！

二花嫂：老子累啦！要坐班房，明天来请吧！

王正海：好！好！算你有种！够狠！不要慌，等着吧！

腾锦堂：资本家喝血，洋鬼子吃肉，包工老板啃骨头，稽查把人当牲畜！这年头，我们这些挖炭的不要活啦！

第二场

珍母（唱）：去年十二月身患重病，多亏李先生搭救死里逃生。恨只恨家贫穷大恩难报，只好烧支高香祝告神灵。求菩萨保佑他长福长寿，求菩萨保佑他多子多孙，求菩萨保佑他做官做府，求菩萨保佑他堆金堆银。

腾玉珍：娘，你又在跪跪拜拜，李先生和蒋教员看见了，真会笑掉牙。

珍母：珍珠子，你莫乱讲！菩萨不要见怪！

腾玉珍：放着毛润之先生这活菩萨不敬，敬死菩萨！

珍母：珍珠子！有罪呵！百无禁忌。

腾玉珍：娘，你真是没念过书。娘，你看，书上讲了，这是迷信，顶害人，要打倒！

珍母：又是书上讲了，书上讲了。若是你爹晓得你偷着去读书，看会不会骂你。

腾玉珍：我们学堂里是日班夜读，夜班日读，爹进日班，我就夜读，进夜班，我就日读。娘不告诉爹，爹怎么会晓得？娘，蒋教员正在带我们起俱乐部呢。

珍母：俱乐部？什么俱乐部？

腾玉珍：俱乐部就是我们工人自己结的一"会"！

珍母：结会！搞些什么事情？

腾玉珍：搞的是最好的事！娘，蒋教员说："要搞出个好世界！"这世界呀！

腾玉珍（唱）：这个好世界真是好得很，娘听我桩桩件件说分明。在这世界上人人都平等，在这世界上个个要做工，在这世界上不分贵和贱，在这世界上没有富和贫，人人有饭吃、有衣穿、有屋住，再不会饿死人、冻死人、逼死人，娘呀娘！你愿不愿过这样的好光景，俱乐部就是搞这些好事情。

珍母：你这妹子真是讲神话，这样的世界怎么搞得成呀！

腾玉珍：搞得成，搞得成！

蒋教员：人家俄国就搞成了。

珍母：莫扯啦，白日说梦话。

腾玉珍：不是梦话！不是。

刘昌炎（唱）：十月革命的号炮响一声，第一面红旗飘扬在亚东，马列主义在中国播下了种，毛润之就是这播种的人。上次他亲自来到安源镇，把斗争道路指示得亮又明。刘昌炎我打开眼界参加共产党。无产阶级要联合起来闹翻身！立起俱乐部（我）到处去发动，先找老辈子工友谈谈心。

腾正伦：刘大叔，我爹还没回来。

二花嫂：先到我家去谈谈吧。

腾正伦：二花嫂哥，刘师傅说，今天我们得换个办法，叫珍珠子带领工人家属去王公馆要工饷去。

腾正伦：珍珠子，今天有件要紧的事给你办。

腾玉珍：是不是去讨工饷？

腾正伦：对！我们请了两次愿没有结果，今天想换个办法，由你带领这几条巷子里的工人家属一径到王公馆找三胡子要工钱去！

二花嫂：珍珠妹子，大胆前去，不要怕！天塌下来，有俱乐部顶着！

腾玉珍：怕什么？我不怕！不过爹回来了？

腾正伦：由我担待。刘师博等会也要找爹。不要紧，放心去吧！

二花嫂：到我屋里去吧。

腾锦堂：伦伢子！你到底是个读书先生，还是个"炭古佬"？吓！从今天起，不准你上什么夜校，不准你回什么俱乐部，不准你去请什么愿！我们只能老老实实靠卖力气吃饭！

腾正伦：可是我们老老实实卖力气还吃不上饭，而那些资本家、工头半分气力不花。

腾锦堂：资本家阔气是因为他们的"八字"生得好。我们苦，是命不争气！

二花嫂：什么七字好、八字好，都是那些大肚子骗人的鬼话！

腾锦堂：就是你带坏样！你不要讲，你一讲我就生气！

腾锦堂：伦伢子，爹不是骂你，是教你，是为你好，为家里平平安安清清洁洁过日子。不要跟着去闹事，我说呀。

腾锦堂（唱）：为人凡事要守本分，万般都是命生成；命里注定八合米，见遍天下不满升。你去年跟姓李的把钱借，接着就偷上夜校念书文，如今又邀你起什么俱乐部，谁知姓李的安的什么心？好子女对爹娘要孝敬，为什么爹说的话你不听？

腾正伦（唱）：不是儿不听爹的话，实在是爹爹你没想通。资本家、包工头、洋鬼子，就是我们身上的吸血虫。帮我们解除痛苦的是俱乐部，爹不信请问问教员蒋先云。

腾锦堂（唱）：我吃的盐多似你吃的米，做爹的胡子比你多几根。打赤脚的就只有穿草鞋的命，难道你还想图什么大出身？十四五岁我就下炭井，从光绪年间起，一直到如今。看过多少读书人闹革命，革来革去还是便宜有钱人。辛亥年孙中山推倒小宣统，没几年袁世凯又坐龙廷；前会子张作霖要打曹老总，如今是吴佩孚又打张作霖。一句话，有枪杆子就有势力，我们工人赤手空拳斗不赢。资本家、洋鬼子做爹的我也恨，只是呀，打他不倒枉费心。从今后你莫搞什么俱乐部，脱祸消灾免得寻起电打门。

腾锦堂：我要去跟刘昌炎老弟讲，叫他去跟姓李的和那个蒋教员说，这样搞要吃亏。

刘昌炎：老腾哥！

腾锦堂：呀！老弟，你来得好。我还打算来找你们呢。

刘昌炎：大嫂的病全好了吧？

腾锦堂：老弟，难为你关心。托老弟的福，全好啦，多亏夜校里李先生和蒋教员。

刘昌炎：李先生和蒋教员为我们大家兄弟办事去呐！大哥呀！

刘昌炎（唱）：李先生、蒋教员近来到处转，为我们工人请愿发工钱，他们几次叮嘱叫我对你讲，没来看嫂子的病很抱歉。

腾锦堂（唱）：先生们雪里送炭感恩不浅，你老弟多次帮忙长记心间。请老弟代我连本带利打张借票，等矿上发饷我就还这笔钱。

刘昌炎：大哥，你把李先生和蒋教员看成是陈剥皮啦！莫提这些了，看看嫂子去。

陈贵南：你可以在家享清福呐！

二花嫂：什么？

陈贵南：矿上把你开除啦！

二花嫂：把我开除啦？我犯了哪一条？

陈贵南：上面写的有！

二花嫂：我晓得写些什么。

陈贵南：哼，你呀！你吃酒闹事、逞强行凶，你偷铁偷炭，误事误工。你带头请愿，鸣锣集众，你殴打矿警，瞎了眼睛。

二花嫂：我？

陈贵南：不是你，还是我？

二嫂：陈老板，他早就不喝酒了。到矿上请愿发饷，也是因为没饭吃，你开开恩。

陈贵南：我不管！我不审这个官司。

二嫂：陈老板，那次他没有打王稽查，是王稽查拿棍子打他。冤枉呀！

腾锦堂：是呀，是王稽查打他。

陈贵南：你！缠我做什么！有冤，到萍乡县衙门去喊！

腾正伦：慢！

二花嫂：好！开就开！这几个月工钱要给我算算清！

陈贵南：工钱？你到矿警局司法科去要！你偷了多少铁、多少炭？你的工钱早抵了赃啦！

二花嫂：我偷了多少铁、多少炭，也给我算！算！

陈贵南：咦？你又打人！你！

腾锦堂：二花嫂子，二花嫂子，好好讲！

刘昌炎：周二花嫂！不要打人！放手！

陈贵南：你打！好，你打！

刘昌炎：陈工头，你是个大老板，人家卖命来的几个苦钱，你不能吞！

陈贵南：你少管闲事！

刘昌炎：我若不管这闲事，只怕老哥下不了台！

陈贵南：安源山老子站了大半世，我姓陈的名字贴在壁上放毫光，丢在地上做锣响，三街六巷五码头，老子闯来闯去，没有下不了台的！

刘昌炎：老哥，你睁开眼睛看看，闭着眼睛想想，你来这什么时候、什么地方？有道是"浅水龙，困沙滩，虎离山，受孤单"。你头不顶天，脚不点地，人家把心一横，你的八个字便丢了七个半！好汉不吃眼前亏，这现成的一套，此刻用不上呐！

陈贵南：哼！老子见惯啦，要来蛮的，姓陈的我不怕！

刘昌炎：可是我这个朋友却不能不帮这个忙。

陈贵南：你是？

刘昌炎：我呀！我丢在山上虎不敢咬，抛到海里龙不敢瞧，大小码头有字号，咱哥俩还是初相交。

陈贵南：老兄是哪路的？

刘昌炎：现在不是造花名册"吃点""吃空"的时候，爽利些把周二花嫂的工钱结一结。嗯？

陈贵南：跟我去拿！

刘昌炎：朋友，这可不能赊账，要现拿。

陈贵南：等开个条子，到我钱庄上去要。

刘昌炎：这几个小钱，还麻烦陈老板开什么条子。可不必太费事！

陈贵南：好。

刘昌炎：数一数，不能多要人家的。

二花嫂：多？还少一半！

刘昌炎：也不能少！

陈贵南：你？身上真没钱啦！

刘昌炎：没有纸洋，现洋也可以嘛。陈老板何必留个尾子，是吗？

陈贵南：罢！算我倒霉！

腾锦堂：陈老板，可不要又拿假花边呀！

刘昌炎：慢着！什么假花边！

腾正伦：去年我爹向他借的一块钱是假的，他把真的换成假的来诈人！

刘昌炎：陈老板，像你这样面子上的人，何必为块把钱坏了兄弟间的名气。换一块给他！

陈贵南：好日子，都碰上来呐！拿一块现洋给腾锦堂拿去！今天总算交上了你这个朋友，咱哥俩去喝茶吧。

刘昌炎：不必喝茶呐，我们这朋友交到这时候总算交完啦！

陈贵南：吓，你？

刘昌炎：我们走的不是一条道呀！就这样，没什么说的啦。

二嫂：我们，我们一家人怎么办呀！

二花嫂：哭什么！不准哭！

腾锦堂：不听老人言，吃亏在眼前。我早就晓得有今天这一手呵！伦伢子，你看见么，跟着闹事就是这样的下场。唉，忍忍气多好呵！

刘昌炎：不！大哥，就是我们一向忍气忍气，你也忍，他也忍，大家不敢说，不敢动，大肚子就越得意，越猖狂。要是大家都齐个心，都加入俱乐部。

腾锦堂：哎，老弟，就是不该办什么俱乐部，不该请什么愿呵！

腾锦堂（唱）：我劝你们千万莫再请什么愿，这犹如是到老虎口里去挖涎。记得乙卯年反对德国洋鬼子，倡首的工友被砍头命丧黄泉。

刘昌炎（唱）：常言道，站得高才能望得远，大哥不要总把现在比从前。如今时势每时每刻都在变，我们二人要打起大旗来领先，联合起来掀翻大肚子的金銮殿，无产阶级要扭转乾坤翻过天！

腾锦堂：唉，老弟，不是我胆小骨头软，你知道我一家五六口，大大小小全靠我父子两张岩尖，万一出了事，像二花嫂那样敲破饭碗。

婶婶：珍珠姑娘给三胡子打坏啦！

珍母：在哪里，在哪里呀！

珍母：不听话，闯祸响。

刘昌炎：为的什么事？

婆婆：不该珍珠姑娘带我们到三胡子公馆里去讨工钱。王正海就打啦！还把你们，把你们父子。

嫂嫂：都开除啦！

腾锦堂：啊！

珍母：唉！你！天！

腾锦堂：你，你，你，害了一家人啦！

刘昌炎：不，大哥！不是她害的！是舒楚生、王鸿卿、王正海、陈剥皮；是军阀、资本家、包工头、洋鬼子！

二花嫂：好！开！开！

刘昌炎：二花嫂子，你干什么！

二花嫂：找大肚子拼命去！一命抵一命，不赔本！

腾正伦：走！

刘昌炎：慢！我们没有这样便宜的命！

刘昌炎（唱）：说什么一命抵一命不赔本，我们的命哪有这样轻，打从光绪二十四年起，他们杀了我们多少好弟兄。一命抵一命万万不够本，我们要踹掉这盘子，大家齐个心！

刘昌炎：大哥，不要急，好歹要把你家的饭碗端回来。我马上找蒋教员一同到矿上跟大肚子讲理去！

腾锦堂：不，不能为了我又连累大家兄弟吃亏。还是我自己去求求情看。

刘昌炎：大哥，刚才说过，世道要变啦！我们不能向大肚子讨饭吃，要自己做饭吃！

刘昌炎：你们先走一步，防备大肚子封井。我和蒋教员马上就到！

珍母：珍珠子，你！

腾玉珍：娘！

第三场

陈贵南（唱）：十三段井下出事情。

王正海（唱）：洋矿师下令快封窿。

陈贵南（唱）：烧死穷工人不要紧。

王正海（唱）：塌矿井担子难担承。

陈贵南、王正海：走！

清至民国萍浏醴地区民间戏曲唱本研究

腾玉珍（唱）：恼恨洋矿师心肠狠，井底爆炸要封窿，里头大小几百条命，眼见一个个难逃生。顾不得头昏伤口痛，咬紧牙关往前行，急将家属都召拢，同奔矿井去救人！都快来呀！

陈贵南：封！关闸门！灌水！

王正海：警戒！不准闲人近前！封门！打不死的又来了，押走！

刘昌炎：进去！救人！快！

王正海：你？哪里的？

刘昌炎：现在没空查履历。

蒋先云：住手！放下！

王正海：你？吓？怎么样？

蒋先云：我叫你放下！

王正海：放下？你！

蒋先云：对，放下！我陪你们一道找你们矿长去！

李镜澄：怎么不封！怎么不封！再不封，矿井就完啦！

蒋先云：李矿长，只怕不好封。一封，这井下几百条性命就完啦！

李镜澄：你是什么人？

蒋先云：教书的，子弟学校教员，姓蒋。

李镜澄：蒋教员？教书的？

蒋先云：李矿长，人命关天，应该以工人生命为重！

李镜澄：不！蒋先生，应该以产业为重！若不封窿，这里全部工程等于虚废，损失由谁负责？

蒋先云：窿口一封，这里头几百工人要葬身矿井，损失由谁负责？

李镜澄：你是教书的，没有权进矿，不懂矿上的规章，不懂国计民生的利害关系！

蒋先云：矿长先生，你只坐过办公厅，没有下过井，你不懂得矿井是人间地狱，不会想到矿工的死活！

李镜澄：你是局外人，不能代表任何一方。你没有资格说话！快封！

蒋先云：慢！慢！

蒋先云：正因为我是局外人，不代表任何一方，所以我要说话！我以第三者的身份，代表人类的良心说话！说几句公道话！同胞们！

蒋先云（唱）：请大家心问口来口问心，请大家将自己来比他人，穷工人能不能也算一条命？穷工人算不算也是十月怀胎父母生？世间上哪个丈夫无妻子？世间上哪个儿女无双亲？看一看眼前情景多惨痛，岂忍心动手封窿下绝情？李矿长知法犯法要封井，全矿工人、全国民众决不容！今天爽爽利利一句话，矿长先生！要封矿井万万不能行。

李镜澄：好、好、好，一切由你负责！你负责！一切唯他是问！唯他是问！

刘昌炎：有一口气的兄弟都抢救出来了！

腾锦堂：有五十多户人家已经倒了灶呵！

蒋先云：大哥，不要哭！直起腰来跟大肚子算账！

二花嫂：对！算账！

腾锦堂：蒋教员，能行么？

蒋先云：能行！人家已经给我们走出一条路来啦！大哥呀。

蒋先云（唱）：一盏红灯在前面，有个国家叫苏联。过去跟我们一个样，穷苦人个个受熬煎；五年前起来革个命，冲破乌云见青天。我们走出一条路。

蒋先云：大哥呀！

蒋先云（唱）：我们要迈步赶上前！

蒋先云：大哥，来！

蒋先云：看，一支筷子一折就断，一把筷子便千折万折也折不断。五人成虎，十人成龙。看大肚子还敢不敢把我们工人踩在脚下！这就是我们为什么要办俱乐部的道理！毛润之先生说得好，团结是我们的力量，斗争是我们的出路！走，我们到俱乐部去！

腾锦堂：走！

第四场

珍母（唱）：珍珠儿牢中受苦难，狠心的三胡子不肯我探监。

珍母：珍珠子，我的亲儿呀！苦海无边挨不到岸，这满肚子冤屈向谁谈！娘心酸来儿心苦，救亲儿为娘不怕难上难。拼老命我且前往王公馆，娘要冒死去闯一闯鬼门关！

王鸿卿（唱）：在安源我三胡子霸了半边天，开赌场立妓院贩卖鸦片烟。镇守使方本仁是我的旧亲眷，萍乡县范知事跟我是老裕裢。当个总监工又叫查工科长，管工头一百几、月收银圆五六千。黑脚板好比糯米粑粑由我捏，叫他扁就扁，叫他圆就圆。可今年，场伙已经有改变，来了个李隆郅，还有个蒋教员。牛角坡立了工人俱乐部，带头闹发饷又讨棺材钱。近几天，有个消息更危险，汉阳钢铁厂，大老板要翻船。看样子，这里也在点引线，这着棋不能让他们占了先！

王鸿卿：你？

珍母：三老爷，我的女儿，我家珍珠子！

陈贵南：她，她，就是腾家老婆子！

王鸿卿：哦！好，好，看不出，你倒是福大命大，有个好儿子，又有个好女儿！真是老鸦窝里出凤凰！哈哈！滚！

珍母：三老爷，三胡子你，你，好狠的心呀！

珍母（唱）：我一家两代挖煤炭，勤勤恳恳在安源山。拿性命来换一口饭，几十年血泪染衣衫。不犯法、不偷懒，哪条得罪你大老官？你打破我家吃饭碗，又抓我女儿坐牢监，害得我一家多凄惨，你到底是副啥心肝？今日不把我女儿放。

珍母：三胡子！王鸿卿！我跟你生死冤仇没个完！

王鸿卿：吓！你？脓包！饭桶！给我拖！

王鸿卿：你们来干什么？

腾锦堂：向你要饷、要人、要饭碗！

王鸿卿：要饷、要人、要饭碗！与我何干！

腾锦堂：我家珍珠子是不是在坐牢？

王鸿卿：嗯。带头闹事的就请班房里坐！

腾锦堂：开除我们是不是你的主意？

王鸿卿：嗯。不老老实实做工的就得刷！这是矿上的规矩。

腾锦堂：那我犯了什么法？

王鸿卿：纵容子女，带头作乱，破坏矿规，威胁官长是不是犯法？

腾锦堂：工人的工饷该不该给？要求发饷犯不犯法？死难兄弟的棺材钱该不

该给？讨棺材钱犯不犯法？

王鸿卿：强要就犯法！谁强要就刷！谁闹事就关！

腾锦堂：那为什么拖着工饷不发，扣着棺材钱不发？

王鸿卿：那是矿上财政上的事。我不管！

腾锦堂：你是总监工、井下出了事，死了人，你要不要负责？你要不要抵命？

王鸿卿：我负责？我抵命？哼哈！他们都是些短命鬼！该死！

腾锦堂：放屁！

腾锦堂（唱）：工人该死你该杀！我们的血汗你起家，棺材钱你不理，欠饷你不发！

珍母（唱）：我儿珍珠把理讲，竟派矿警将她抓。今日休想再欺压，赶快放她出牢衙！

腾锦堂（唱）：棺材钱不能少，（众和）欠饷不能差！（众和）

众（唱）：不怕你如狼又似虎。我们要揭狼皮来拔虎牙。

王鸿卿：好！闹吧！不要命的！敢闹！

腾锦堂：枪？！我这条老命跟你拼了！

二花嫂：你搬座大炮来老子也不怕！

（内报："舒矿长到！"）

腾正伦：来得好，正要找他。

舒楚生：你是腾锦堂吧。你的事我早已知道，正在设法解决。不要闹，闹，没有好处。懂吗，嗯？你们通通回去吧，问题都好解决。去吧，去吧！

腾锦堂：死难工友的棺材钱？

舒楚生：立即照发。

腾锦堂：我的女儿？

舒楚生：马上释放。

腾锦堂：大家的工饷？

舒楚生：通通一起解决！

腾锦堂：舒矿长，你说话可要算话，你骗得了我们，可骗不了我们俱乐部！

舒楚生：这些问题正要和你们俱乐部协同解决，你们先回去吧，好好回去。

腾锦堂：最迟到明天，明天不答复不行！（众和）

舒楚生：好吧，好吧！

王鸿卿：你，什么都答应啦！是存心扫我的面子，还是……

舒楚生：不这样不行啦，老兄，总公司也坍台了！

舒楚生（唱）：昨晚总公司拍来紧急电令，那边的工潮无法压平，现已全部接受劳方条件，这一次损失确实不轻！看样子这里俱乐部也在蠢动，工人们三五成群议论纷纷。我们要及早设法来对应，免得变起仓促误事情。

王鸿卿（唱）：必须首先搞掉俱乐部，马上请县里下令来查封。

舒楚生（唱）：我已向县里请来查封令，随时可以叫他们封大门。

王鸿卿（唱）：立即就往俱乐部里送，除去心腹之患、拔去眼中钉！

舒楚生（唱）：要封掉俱乐部当然肯定，你我目标一致，手段却不同。所谓乱大谋皆因小不忍，操之过急恐怕坏事情。

王鸿卿（唱）：你不要婆婆妈妈彷徨不敢进，忍忍缩缩怕虎又怕龙！对付炭古佬我是老手。

舒楚生（唱）：对付俱乐部恐怕要差几分！

王鸿卿（唱）：俱乐部并没有千军万马。

舒楚生（唱）：有时候能抵上万马千军，蒋先云就不是个好吃的饼。

王鸿卿（唱）：孙猴子逃不过如来佛的手掌心！我只要派两条枪下个命令，管叫他被窝卷简简、帐子刮南风。

舒楚生（唱）：我看这算盘打得不太稳，万一出毛病、担子我难担承。汉冶两厂用煤靠这里来供应，一时三刻也不能把工停，光是三公司怪罪还不要紧，舒楚生可惹不起东洋人！

舒楚生：若是真的一旦发生工潮，煤焦不能向两厂供应，你敢不敢来负这个责，你敢不敢向日本大老板回话？你说，说！

王鸿卿：那你说怎么办吧！

舒楚生：我吗？你听着。

舒楚生（唱）：昨夜晚我反复寻思安排定，软硬兼施分头来进行。一方面威胁工人使他们不敢动，找几个危劣分子开他几个压压风。一方面由路矿两局拨款一两万，去收买俱乐部几个主要人。自古道有钱使得鬼推磨，哪一个见了银钱不眼红？只要这一着得了胜，小辫子便在我们的掌握中。今后我们可以牵着俱乐部的鼻子走，叫他们西就西，叫他们东就东。花两个小钱买同根拄手棍，这就叫以退为进、转守为攻！怎么样？

王鸿卿：妙，妙，妙极了！到底是"干练之才"。

舒楚生：过奖，不敢当。不过与公司方面指示大略相同而已。

王鸿卿：那我们先在谁身上下功夫？李隆郅还是蒋先云？

舒楚生：不，他们都太硬啦！

王鸿卿：那就找刘昌炎。

舒楚生：对，就找他。一个穷司机，最多千把两千块钱就可以成交。另外刚才那个腾锦堂在工人中很有声望，必须也花几个钱，恩威并用，叫他往我们这边靠。现在马上把他的女儿放出来。这事就交你，可要办得干净！懂这意思吗？！

王鸿卿：万一此计不成？

舒楚生：那就要用这杀手锏了！

王鸿卿：对，事不宜迟。

舒楚生：分头办事。正是克敌全凭手段高。

王鸿卿：一张告示胜枪刀。

舒楚生：先将香饵把鱼钓。

王鸿卿：俱乐部里走一遭！

第五场

众齐（唱）：俱乐部的牌子高高挂，工人有了自己的家，团结起来力量大，矮子洋人也不怕他！舒楚生（你）少瞪眼，三胡子（你）少龇牙，等我们工人坐了天下，叫你们一个一个地上爬！

众：好，再来一个！

二花嫂：光唱光说嘴把戏，我们快要干实在的啦！

腾正伦：汉阳铁厂的弟兄们已经打了个大胜仗，我们这里也得赶快干起来呀！

二花嫂：是嘛，我本来早就想干起来嘛！只是蒋教员他们不肯，他们说我是什么？什么（想不上来），什么主义来着？

腾锦堂：是盲动主义吧？

二花嫂：对，盲动主义。盲动主义就是蛮干，蛮干就不行。前几天我听说汉阳铁厂搞起来了，我就想鸣锣喊大家罢工，蒋教员跑过来问我："二花嫂子，你这干什么？"我说："叫大家罢工呀！"他说："你就是蛮干，盲动主义！"

腾玉珍：周二花嫂呀周二花嫂，盲动主义就是他！

二花嫂：珍珠妹子打不怕，一出班房又乐啦！

腾玉珍：是嘛，我们穷人骨头硬，打断的是老板的棍子，打动我们的心！

蒋先云：好消息！又是好消息！汉阳兵工厂的弟兄又打响啦！

众：那我们快跟上去，赶上去呀！

蒋先云：对，我们要赶上去！路矿两局一万多工人一齐动！上十八段处一齐动！箍拢来，靠拢来，那些大肚子就一点也作不得怪啦！

刘昌炎：弟兄们，告诉大家一件喜事，毛润之又派了刘少奇到这里来指导工作，是我和蒋教员从株洲接来的。现在下井考察去啦！

蒋先云：还有一个好消息，我们劳动组合书记部也来信给我们鼓气啦！

众：蒋教员，快念给大家听听！

蒋先云：好！（念信）"请你们努力作最后的对待，不要为官威所降伏，我们奋斗的精神，自有奋斗的代价。我们压迫而死，毋宁为奋斗而死，死有价值！我们对你们表示无限的同情，决设法为诸君声援！"意思就是说叫我们不要怕，不要退，他们会给我们撑腰！

腾锦堂：说得对，说得好，团结起来力量大，众人拾柴火焰高。这话说到我心窝里去呐！

二花嫂：听了这些话我满身都是劲，我们有书记部、俱乐部这两根柱子顶着天，抵着地，什么也不怕啦！

蒋先云：我们团结得越紧，大肚子就越害怕；他们就得听我们的，我们就有好日子过。只要团结起来斗争，莫说要局里发清欠饷，就是打天下也办得到！

刘昌炎：对，要团结斗争就要立团体。我们劳动组合书记部提出了劳动法厂纲一十九条。就是说要有立团体的权，我们的团体就是俱乐部。

蒋先云：俱乐部就好比一座炮台，我们就用这炮台来打倒资本制度！

二花嫂：什么叫资本制度呀？

蒋先云：就是我们上课讲了的三重压迫。我们要推翻这三重压迫，夺取政权，工人自己管理生产！

二花嫂：那我们就赶快开炮哇！

蒋先云：对，要是他们不答应我们的条件，我们就开炮！工友们，昨日刘少奇刘教员已经把工人们提出的要求汇集起来了。刘教员决定暂时先提出三项条件，向路矿两局的大肚子打出第一炮。这三项条件是：一、路矿两局必须呈请行政官厅保护俱乐部；二、每月津贴俱乐部常用费二百元；三、积欠工人存饷限七日内发清。如果他们不给我们圆满答复，我们就开炮。罢工！

二花嫂：好呐，现在我们可以鸣锣叫大家罢工了哇。

蒋先云：你看你又来了。盲动主义。你得听俱乐部的，俱乐部怎么说，大伙就怎么干！

二花嫂：请愿，请愿，请得不耐烦呐！依我看，就是要跟那些大肚子来硬的！

蒋先云：好。大家讲讲，到底怎样对付那些大肚子？

二花嫂：我讲，我讲！

二花嫂（唱）：对付大肚子就要起暴动，跟他们将对将来兵对兵。用铁棍揍死三胡子，用岩尖挖死舒楚生！

腾锦堂（唱）：单杀几个人一点没有用，大肚子更会行凶来杀人。

刘昌炎（唱）：俱乐部不主张这样干，要争取合理合法作斗争。

蒋先云（唱）：刘教员带来了上面的指示信，指出当前的斗争方式是罢工。决不可蛮干乱干拿刀动棍。

蒋先云：二花嫂兄弟，罢工得有领导、有计划，研究对策，商量办法。不到万不得已，决不可刀枪相见。

腾正伦：蒋教员，我倒有个好办法。

蒋先云：你讲讲。

腾正伦：我想大肚子的全套家当就是电机房和锅炉房，要是先把电机锅炉炸掉，叫他们这班狗奴才不好向矮子交账！

腾锦堂：这样搞呀！我看这办法并不，并不好。

二花嫂：怎么不好？我们就是要掀翻大肚子这套家业嘛！

腾锦堂：我也说不出什么道理来，总觉得（转对蒋先云）蒋教员你讲讲。

蒋先云：大哥，我看有两方面的道理。要是喊出来作为威胁资本家的一种手段，的确是个好办法，若是真个做出来，那可就是个笨主意。

二花嫂：这是怎么说的？

蒋先云：道理很简单。我说呀。

蒋先云（唱）：电机厂是工人自己的电机厂，锅炉房是工人自己的锅炉房。所有的机器是工人吃饭的碗，怎么能把电机锅炉全炸光？罢工是护矿不是破矿，斗争是争人权不是争炸厂房。凡事要想清，不能太鲁莽，一切要听俱乐部出主张。

腾玉珍：娘，蒋教员他们做事真细心，真稳当呀！

蒋先云：好，有请。

刘昌炎：不知二位驾到，刘某失迎。

舒楚生：彼此都是为国为矿，何必客气。哈！

舒楚生：李先生没在家？

刘昌炎：嗯。你要找他？

舒楚生：嗯。有些事情要跟他谈谈。

刘昌炎：关于工人请发欠饷的问题？

舒楚生：嗯。也不单是这个。既然李先生不在家，那就跟二位谈谈也一样。

刘昌炎：那好。李先生回来了，我们可以转达，请讲吧。

舒楚生（唱）：自从诸位来此办学堂，循循善诱教导很有方，工人大多数归正路，社会风气得以大改良。及至俱乐部成立后，更好比众流入大江，有事大多通过俱乐部，俱乐部实为劳资双方好桥梁。舒某特与诸位来接洽，对于俱乐部一切愿赞襄。

刘昌炎（唱）：关心俱乐部不能挂在口头上，还望开诚布公大家来协商。眼前的根本问题是发清欠饷，局方置之不理为的哪桩！

舒楚生（唱）：目前两局财政实在有困难，为筹饷东奔西跑费周章。望诸公考虑情况来见谅。

王鸿卿（唱）：勿再聚众滋事把事弄僵！

刘昌炎（唱）：工人要求发饷光明正大，俱乐部主持正义理所应当。说什么请愿是集众滋事，你这话未免是信口雌黄！

舒楚生（唱）：问题要解决不妨慢慢讲。

王鸿卿（唱）：聚众滋事总没有好下场！

舒楚生（唱）：俱乐部既是为工人来请命。

王鸿卿（唱）：那就该避免搞得两败俱伤！

蒋先云：两位来此，是靠手枪解决问题么？

刘昌炎（唱）：请二位睁开眼睛想一想，要解决问题是不是靠手枪！

蒋先云（唱）：请二位睁开眼睛看一看，工人们是不是咽菜吃糠？请二位闭着眼睛想一想，要解决问题是不是靠手枪？常言道饱汉不知饥汉苦，穿皮袍子的自然不知凉！

舒楚生：不，二位呀！

舒楚生（唱）：舒某是为全矿来着想，望诸公同舟共济来相帮，我决定先拨一笔款，酬劳诸公为国为矿日夜忙。再准备聘请诸公为顾问，还给俱乐部拨座大楼房。

刘昌炎（唱）：要钱的不会来办俱乐部。

蒋先云（唱）：想做官不会给工人办学堂！

刘昌炎（唱）：请你少费心。

蒋先云（唱）：不必再多讲！

舒楚生（唱）：大家说亮话打开天窗。早有人密告俱乐部是乱党，望诸公慎重考虑细思量。如今南北局势正动荡，不稳分子到处想跳梁，若是一意孤行不听忠告。

王鸿卿（唱）：矿上有警察局、县衙门有班房！

蒋先云（唱）：秉正大光明宗旨来办事，杀头也不怕何况坐班房！

刘昌炎（唱）：为工人尽义务谁也不能管，俱乐部进得衙门见得官！

王鸿卿（唱）：要封闭俱乐部犹如反掌！

舒楚生（唱）：为名利为公私要打清算盘。

刘昌炎（唱）：要收买俱乐部实属妄想。

蒋先云（唱）：除非是海枯石烂日出西方，两位如果是想诚诚恳恳来解决问题，那仍旧可以坐下来商量妥善办法。如果敢进行威胁利诱的话，那就请！

王鸿卿：好！走着瞧吧！

舒楚生：兄弟对于诸公，总算仁至义尽，适才一再开导，你们竟误以为舒某胆小无能。如今，请看！镇守使署、萍乡县署，已经查明俱乐部为非法组织，指令查封。你们考虑，舒某告辞！

刘昌炎：即时公布告示，召开全体部员大会，游行示威，罢工抗议！

蒋先云：不，刘少奇同志有指示：目前各项罢工的具体准备工作还不充分，俱乐部部员还有待继续发展，社会舆论还有待争取，各兄弟厂矿还有待联络。如今仓促动手，万万不可！

扳道：三胡子派王正海到萍乡县请兵去啦！

蒋先云：正要他们来硬的。现在请大家做好准备，分头到各段处通知，等刘教员一到，马上开大会！

二花嫂：李先生来了！还有一个是谁？

蒋先云、刘昌炎：那就是上头派来的刘教员刘少奇！

第六场

腾玉珍（唱）：俱乐部成立了罢工委员会。

珍母（唱）：刘教员是我们的总指挥。

腾玉珍（唱）：各项工作都充分作了准备。

珍母（唱）：眼看安源山就要响春雷。

腾玉珍（唱）：我哥哥负责带领纠察队。

珍母（唱）：我家老倌子担任探消息。

腾玉珍（唱）：珍珠子组织家属出把力。

珍母（唱）：老婆子我烧茶送水也来助助威。

腾玉珍（唱）：昨晚通宵不曾睡。

珍母（唱）：同给纠察队赶缝符号赶制旗。

腾玉珍、珍母（唱）：娘女急忙赶往俱乐部，心里欢喜两脚快如飞！

刘昌炎（唱）：毛润之月初重到安源镇，亲自领导路矿工人闹罢工，指出斗争策略是"哀兵必胜"，争取社会舆论的广泛同情。少奇同志已将宣言草拟定，口号是："不做牛马要做人！"毛润之的指示掌握得稳，定能够旗开得胜，马到功成！前面不是老腾哥吗？走得这么匆忙，一定有什么消息。老腾哥！

腾锦堂：局里又有新花样啦！三胡子又派人到县里请兵去了，我们要早作准备呀。

刘昌炎：请兵？

腾锦堂：还说要把你们赶出安源境，紧要关头千万要留神！

刘昌炎：大哥你放心吧！

腾锦堂：话虽如此说，还是多留神的好。疯狗咬人是不叫的！

刘昌炎：大哥放心！我晓得防备。三胡子又亲自派人到县里请兵，看样子将有一场激战，必须研究对策。我得赶快叫人报告少奇同志去！

舒楚生：罢工风浪紧，安源不安宁。三项条件到，急煞舒楚生！不！我不能轻易放手！

舒楚生（唱）：有道是绝处逢生困兽犹斗，我不能临时仓皇把面子丢。到如今索性来个大刀阔斧，用武力搞他个寸草不留！

舒楚生：总监工来得正好。你看！

王鸿卿：若早依我之见，趁俱乐部羽翼未丰，暗杀李隆郅，扣押蒋先云，驱逐刘昌炎，封闭俱乐部，何至弄成今天这个样子！

舒楚生：你我虽然主张不同，但都是为矿上考虑。直到现在，我仍然觉得我的主张没有错。

舒楚生：若早照你的办法做更是错到底！你呀，只看到一个小小的安源山，只看到你们湖北的一堂班子！

王鸿卿：当然啰，我哪有你这样见多识广，我又不是"干练之才"！

王正海：不好啦，真家伙到啦！

舒楚生、王鸿卿：怎么？快说！

王正海（唱）：俱乐部适才开大会！选出个罢工总指挥，看此人不过二十几，听说名叫刘少奇。我们要赶快作准备，不然局里要吃亏！

王鸿卿（唱）：首先调好矿警队。

舒楚生（唱）：四区二队全调齐！

李镜澄：你的好主张！你的好办法！

李镜澄（唱）：我的计划你不依，（对舒楚生）我的主张你不听，（对王鸿卿）你只晓得要拉拢，（对舒楚生）你只晓得要查封。（对王鸿卿）如今两者都没用，弄得收回成命也不行！试问怎么来对付？你这副矿长，你这总监工！！

舒楚生（唱）：这事大家都该负责任。

王鸿卿（唱）：这责任应归咎你一个人。

舒楚生（唱）：上头有他这正矿长，下面有你这总监工。

李镜澄（唱）：你一掌遮天来包办，凡事都是你独裁独行。你自恃"干练之才"公司倚重，何曾把我这矿长放眼中。成立俱乐部是你做主答应，显见你、你、你是别有用心！

舒楚生（唱）：为矿上的事我脑汁绞尽，如今倒落得有过无功，急流勇退我甘愿不干，马上向总公司打辞呈！

王鸿卿（唱）：事到临头你休想退阵，此时想辞职万万不行！

李镜澄（唱）：于事无补的话少争论，当前大事是对付罢工。自家人内讧成何体统，你们闹成见因私废公！

舒楚生：好，从现在起，我听正矿长的命令办事。省得落一个越俎代庖的罪名。

李镜澄：好，现在照我的主张办事：一、立即请总监工再去县里请兵；二、假装接受条件，允发欠饷；三、请地方父老、商会长出面调解，以作缓兵之计，待风声稍定，再图良策。

王鸿卿：接洽军队之事，已与镇守使商量定妥，李司令今天必到。

李镜澄：此时不见，更加火上浇油。你的意见怎样？

舒楚生：利之所在，弊亦随之。见有见的好，避有避的妙，见与不见，悉听尊便！

李镜澄：见为上策，辞为中策，拒为下策。

王鸿卿：虎怕成群。要见，只能让一两个人进来，其余的一概挡驾！

舒楚生：既是要见，还须婉言劝慰，不可动火。总监工以为如何？

王鸿卿：我是铁匠做官，打字走先。谈得好，你们就谈下去，谈不好，我这程咬金就杀出来！

李镜澄：好，就这样办！有请。

刘昌炎：刘某受路矿两局全体工人委托，特来向两位矿长请愿。

李镜澄：好说，好说，请坐下谈吧！

刘昌炎：好吧！

刘昌炎（唱）：局方借外力要把俱乐部来封闭，这样对待社会公团太不相宜。如今群情愤激提出条件，请局方速作答复免出问题。

李镜澄（唱）：头两项立即照办毋庸再议，发清欠饷还望酌情展期，要封闭贵部是我欠考虑，我愿意立即把成命收回。

刘昌炎（唱）：破坏俱乐部是局里搞的鬼，到县里请兵又是局里扯的旗，只是见局里是包藏祸心弄诡计，不要再花言巧语指东画西！

李镜澄（唱）：请兵来矿是维持秩序，与贵部无关千万莫多疑。

腾正伦（唱）：不管你调兵是玩什么把戏，七日内不发清欠饷决不依！

李镜澄（唱）：请贵部谅解勿过分相逼，欠饷在五个月内负责发齐。

刘昌炎（唱）：又拖五个月说得好容易。

腾正伦（唱）：做工的要吃饭来要穿衣，再不能七折八扣左拉右推！

王鸿卿（唱）：你这家伙真是目无法纪，竟敢在此地耀武扬威，来，把这两个东西先捆起！

刘昌炎（唱）：只怕绳子太少捆不了一万七！

腾正伦（唱）：今日的黑脚板绝非往日可比。

刘昌炎（唱）：今日的三老爷也恐怕做不得威！

舒楚生（唱）：带头闹事的就是你。

刘昌炎（唱）：为工人请命正是（我）姓刘的！

王鸿卿（唱）：你看我敢不敢枪毙你！

刘昌炎（唱）：你看我是不是怕死的！

李镜澄：平心静气谈吧。

李镜澄（唱）：这样锣鼓相对那又何必，矿方已经是一步一步让了棋。

舒楚生（唱）：俱乐部做事实在太不对，只有到县里去解决问题！

刘昌炎（唱）：劳资双方有所争议，应该协同办理分清是非。不是民刑案件要打官司，到县署去谈根本不必！

腾正伦（唱）：你们休想用调虎离山计。

刘昌炎（唱）：刘某不是老虎是个穷司机。

腾正伦（唱）：刚才的话你们要考虑。

刘昌炎（唱）：我们的话已完，告罪少陪！

王鸿卿：慢走！

刘昌炎、腾正伦：怎样？

王鸿卿：扣起来！

李镜澄：不，不，如今是文明世界，总要讲个文明。既然彼此相持不下，那就，就改日再谈，改日再谈。

刘昌炎：告辞了！

李镜澄：赶快相送！赶快相送！

第七场

众（唱）：从前是牛马，现在要做人！不达到目的，决不复工！工友们，严守秩序，大家团结紧，听俱乐部的命令，坚持斗争！我们要吃饭，我们要活命！我们饿着肚子活不成！我们要于死中求活！我们要罢工！罢工！罢工！罢工啰！

刘昌炎：干！

扳道：不好啦！县里军队开到，街上四处戒严，马上就要到这里来押解我们复工啦！

二花嫂：工友们！不要怕！大家拿起岩尖、铁棍跟他们拼！

刘昌炎：慢！

刘昌炎：工友们！刘教员再三指示我们，要我们严守秩序，不要乱动！我们罢工不是打械斗，而是要讲道理！我们罢工正是因为我们有理，拳打理不开！不怕他们有枪有炮，枪炮打不倒真理！我们有理就一定胜利！工友们，大家一定要听俱乐部的命令！喊得拢，叫得散！千万不能蛮干，不能乱动，不能拿刀拿棍跟他们冲突，这样反而会坏事！我们要以不变应万变，看他们怎么来，我们就怎么对付！

连长：勒令复工！押解复工！弹上膛！冲上去！冲！

刘昌炎：同胞们！

刘昌炎（唱）：你们当兵吃粮为活命，我们为了活命才罢工。我们有饭吃，不会下炭井，你们有饭吃，不会来当兵，我们好比黄连树，你们犹如一座苦瓜棚。不要大水冲倒龙王庙，自家人不认识自家人。不要懵懵懂懂为别人来卖命，得了两块花边黑了良心！

连长：你们罢工、闹事、造反，那还了得！你们要不要命？

腾锦堂：不要命！不要命我们还罢什么工？

刘昌炎：对！我们罢工是为了要吃饭，为了要活命！一句话为了要做人！我们要求改良待遇，增加工资，组织团体。我们的要求是极为正当的，并不犯法，更不是造反！

连长：你们扰乱治安，破坏社会秩序，就是犯法！就是造反！

刘昌炎：我们严守秩序，并无越轨行为，你们拿刀拿枪来杀手无寸铁的苦工人，才真是犯法！

连长：我们是奉戒严司令部命令，叫大家复工的，只要你们马上复工，一切都可以不究。

刘昌炎：工友们，不答应我们的条件决不复工！

众：决不复工！

刘昌炎：大家团结起来！严守秩序，坚持到底！

众：坚持到底！

李镜澄：请大家静下来！静下来！听我传达戒严司令部命令。工人罢工，目前虽无碍治安，但旷日持久，难免要出乱子。双方应立即进行谈判，本人秉承李司令意旨，以及镇守使意旨，愿与俱乐部及全体工友共谋求和平解决之途径。请即派代表前来戒严司令部进行谈判。本人代表局方，为表示谈判诚意，已请求李司令将武装部队暂时撤离。李司令官，命令贵军即还原防。谈判与否，请于明晨以前通知本局及戒严司令部，就是这样。

腾锦堂：这里头又有鬼！

二花嫂：不怕他有鬼，我们就要捉鬼！

腾正伦：我们是不是跟他们谈判呀？

二花嫂：不，不跟他们谈什么判！谈判就是讲和，跟那些大肚子讲不得和。我们要硬到底！

刘昌炎：他们要谈判就跟他们谈判。我们照刘教员的指示办事，硬来硬对付，软来软对付。你带领纠察队往各段处巡查，严防敌人暗害！严防工贼破坏！

刘昌炎：腾正伦，你跟我找刘教员报告情况去，大家一起保卫我们的俱乐部大本营去！

第八场

腾正伦：工友们，大家都到这里来呀！

众：什么事呀？

腾正伦（唱）：罢工闹得满天红，局里请求讲和平，刘教员适才已答应，亲自出马去交锋，特将大家来召拢，前去保护刘教员。

众：谈判！？

二花嫂：怎么，就是他一个人去啦？

腾玉珍：不，还有蒋教员和刘师傅他们都到戒严司令部去了。

腾锦堂：不行。不能让他们到那个虎口里去，怕吃亏！

二花嫂：我看就是不要去，省得"塌场"！

腾玉珍：不。刘代表要我告诉大家，要是不去，反而中了路矿两局的诡计，他们就正好借着这个名义破坏我们，所以一定要去。刘代表还说，死了我刘少奇一个人不要紧，还有千千万万的工人兄弟起来斗争。只要大家团结得紧，斗争一定胜利！

腾锦堂：刘代表真是浑身是胆呀。

腾正伦：不过我们得想个办法保护我们代表的安全才是呀。

二花嫂：怕什么！他们要是敢动我们代表一根毫毛，我们就打他个"片瓦不留"！

众齐：对，打他个片瓦不留！

腾正伦：好，就这样办。二花嫂哥，你通知各个段处的工人兄弟立刻集合到总公司去。珍珠子，你把所有的工人家属一起发动起来。走！

众：走！

腾正伦：我们要见我们的刘代表！

众：快、快！

马连长：工友们，你们不要闹，现在里面正在谈判，我绝对担保你们代表的安全。

腾正伦：不行！

众：我们要见我们的刘代表。

腾正伦：工人们，谈判已经好几天啦，仍然毫无结果，显见矿方故意拖延时间，我们一定听俱乐部的命令，喊得拢，呼得散，叫他们看一看我们工人团结的力量！

众：看一看我们工人团结的力量！

李矿长：请大家不要闹，条件问题好解决。

众：没有什么好解决！要赶快答应我们的条件！

李司令：哪一个闹？哪六个敢闹，局里婉转作调停，愿意谈判讲和平，讲和平！哪个敢犯戒严令，违犯治安罪不轻，罪不轻！

李矿长：是呀，你们俱乐部也实在是太过分了。现在有行政官名片，不要到头来弄得自家人不认识自家人呀！

众：呸！

腾正伦（唱）：你这话吓不倒一万七千人！

腾玉珍（唱）：休再在工人面前摆威风。

腾锦堂（唱）：要不赶快把条件来答应。

众（唱）：我们就把电机锅炉全炸尽！

舒楚生：工友们，请大家顾全产业，条件问题好解决，好商量。

腾正伦：没有什么好商量的！谈判已经好几天了，若再不签字答应我们的条件，我们就把电机、锅炉统统都炸掉！

腾正伦：周二花嫂，干！

二花嫂：电机房、锅炉房，准备！

腾正伦：欢迎我们罢工团体代表！

蒋先云：工友们，里面正在谈判，谈判仍然毫无进展。刘代表要我告诉大家，他们若不签字答应我们的条件，我们就坚持斗争到底。二位矿长先生，谈判还是不要再拖延的好。否则，矿方受到损失，俱乐部概不负责！

众：要赶快签字答应条件！

蒋先云：现在是十二点五十分，我们再等十分钟，要是他们再不答应我们的条件。

众：我们就把电机房、锅炉房统统炸掉！

舒楚生：请大家顾全产业，我们局方愿意签字啦！

腾正伦：工友们，现在是斗争最紧要的关头了，我们要严守秩序，坚持斗争到底！

众：坚持斗争到底！

内声：工友们，请大家静一静，我们的刘代表要跟大家讲话啦！

众：好呀，工友们，路矿两局答应接受我们的条件啦，现在正在签字，请大家再等等好不好呀？

刘昌炎：我们胜利了！

众：好呀！

蒋先云、刘昌炎：请大家到前面去迎接我们的刘代表！

众：好呀！罢工胜利万岁！俱乐部万岁！工人团结万岁！万岁！万岁！

（三）萍乡采茶戏唱腔选段

1.来到安源想挣钱

来到安源想挣钱

佚 名 词
邓光西 曲

1 = C

中速 稍自由地 悲愤控诉

来到安源 想挣钱（哦），一来来了 两三 年（哦），

两三 年（哦）。 想

回家看看 老母亲（哦），身上没得 个

盘缠钱（哦），盘缠钱（哦）。

2.屋漏更遭连夜雨

屋漏更遭连夜雨

李实红 作词
邓小岩 作曲
邓光西
李元生 记谱

1=C

凄楚 悲愤

（腾锦堂）屋漏更遭　连夜　雨（呀），

（大大 各 各 昌此台此 昌大大 衣大大 昌－各 各咚昌 大）破船又遭

打头　　风（哪），

都只为我老

伴　　病势沉　重（哪），

为借贷我只得

奔西走　东（哪）。

陈剥皮 借给

我　　银圆一　块，

5·6 16 565 | 2̇3̇5·3̇2 i6 | 55 i565 —) | 6̇·6̇ 6̇5 33 22 |
　　　　　　　　　　　　　　　　　　谁 知道 是假的

2̇3̇2̇ 565 — | 5 65 — | 6 2̇ i — |(2̇·3̇5 3̇2 i6 |
里 头包了　铜（哪）。

5·6 16 565 | 2̇3̇5·3̇2 i6 | 5565 i —) | 6̇55 33 i2 |
　　　　　　　　　　　　　　　　　等回头 我

5 65 — | 5·i 2̇ — i2̇ | 5 65·2̇ | 6̇5 33 2 0 |
去（啊）　找 他　 换，　他 反咬一口

2̇3̇2̇ 2565 — | 5 65 — | 6 2̇ i — |(2̇·3̇5 3̇2 i6 |
说我想诈　人　 （哪）。　（白：天一呀！）

5·6 16 565 | 2̇3̇5·3̇2 i6 | 5565 i —) | 6̇55 33 i2 |
　　　　　　　　　　　　　　　　　姓腾的 我

5 65 — | 6̇·55 33 i2̇ | 2̇ i·65 — |(2̇·3̇5 3̇2 i6 |
是　 什 么　 命（哪）？

5·6 16 565 | 5/4 2̇3̇5·3̇2 i6 | 4/4 55 i565 —)|
　　　　　　　　　　　　　　　　渐慢

廿 5·2̇2̇ — 6 6̇5 3·3 3̇2 — | 5557 6·55 — 5 65 — |
弄得我 死 又 死 不 了　活 又 活 不　成

6 — 2̇ — i — |(龙 咚 咚 仓 且 | 来 台 次 台 仓 — ‖
（哪）！

3. 是穷人就不该生病

是穷人就不该生病

李 实 红 作词
邓小岩 任萍云 作曲
邓 光 酉 记谱
李 元 生

1 = C
中速

$\frac{2}{4}$ (5· 3 23̇1̇2̇ | 5262̇ 325) 5 1 2̇ | 3̇ 3̇2̇ 1̇ | 2̇2̇ 3̇1̇2̇ | 2̇3̇2̇ | 0 ‖

(滕锦堂) 是 穷 人 就 不 该 不 该 生 病,

2̇ 3̇2̇ 5 | 2̇ 5 5· | 2̇2̇ 1̇ 65 | 56 5 | 0 | 2·2̇ 5 5 | 2̇ 0 | 2·2̇ 5 5 |

生 病 就 不 该 是 穷 人。 拖 得 过 就 拖, 拖 不 过 就

5̇ 0 | 2̇ 5 | 5 2 5 | 2̇3̇2̇ 1̇ 65 | 56 5 | 0 | 5 1 2̇ | 3̇ 2̇ 1̇ |

死, 命 浅 福 薄、 医 药 也 无 灵! 如 今 只 有

2̇ | 3̇1̇2̇ | 2̇3̇2̇ | 0 | 6̇ 6̇5̇ | 5̇ 2 5 | 2̇3̇2̇ 1̇ 65 | 56 5 | 0 |

两 条 路, 一 求 仙 水 二 求 神。

5 1 2̇ | 3̇2̇ 1̇ | 2̇ 5· 3̇ | 2̇3̇ 2̇ | 0 | 2̇ 5 | 25 565 | 2̇3̇2̇ 1̇ 65 |

怪 只 怪 你 娘 生 苦 了 命, 不 该 嫁 给 我 这 穷 矿

56 5 | 0 | 2·1̇2̇ | 2̇ (2̇2̇) | 1̇·2̇ 3̇3̇ 1̇ | 2̇3̇2̇ | 0 | 6̇ 6̇5̇ |

工。 矿 上 不 发 饷, 饭 都 吃 不 成, 死 了

5̇ 2 5 | 2̇3̇2̇ 1̇ 65 | 56 5 | 0 | 5 1 2̇ | 5 1̇ 65 | 2̇ 3̇1̇2̇ |

倒 快 活, 免 得 受 苦 情! (滕玉珍) 爹 爹 呀, 我 们 情 愿 受 点

2̇3̇2̇ | 0 | 2̇ 5 | 25 5 | 2̇3̇2̇ 1̇ 65 | 56 5 | 0 | 5 1 2̇ |

冷, 盖 盖 烂 麻 袋 也 要 过 一 冬。 难 道

（渐慢）

5 i 6 5 | 3̇ 2̇ i 2̇ i | 2 3̇ i 2 | 2̇ 3̇ 2̇ 0 | （2̇ 5 2̇ 3̇ i 2̇） | 2 5 |

一床棉被　抵得娘的　一条　　命？　　　　　　　　难道

廿2̇ 5 5 - 5 0 5 0 5 0 5 5 5 - | 5 5 2̇·3̇ 2̇ - i 6 5 5·6 5 -

爹爹你　你　你　你你你　你是铁打　的　　心！

（龙·不 龙 仓且仓 咚·不龙 仓且仓 咚·不龙 仓且次仓·）

（腾锦堂）5 i 2̇ - 3̇ 2̇ 2̇i - 6 6̇5 3̇ i 2̇ 2̇ - （八大仓-八大仓-）

听此言　不由我　珠泪难　　忍，

2̇·5 5 - 5 2 5 - 2̇·3̇ 2̇ i 6 5 5 - （八大仓-八大仓-）

难道我真是　铁打的　心？

5 i 2̇ - 3̇ 2̇ i - 6 6̇5·3̇ i 2̇ 2̇ - 快一倍（乙大大大仓 仓仓仓 仓仓仓 乙大大仓·0）

左右　为难　主意不　定。　（白）罢！

原速 2̇·5 5 - 3̇ 2̇ 2̇ - 2̇·3̇ 2̇ - i 6 5 - 5·6 5 - （龙咚咚 仓且 来台次台仓-）

我还是　忍着心　顾全好　人！

直到一九二一年

佚名 词
易均略 曲

1 = C

中快 高昂 扬眉吐气

$\frac{2}{4}$ (5̇ 6̇ | 5̇ 3 2 | 6 5 | 6̇ 1̇ 2̇ | 5̇·6̇ 5̇ 3̇ | 2̇ 1̇ 2̇ |

f

咚仓 咚仓 | 乙咚仓 | 6̇·5̇ 6̇ 1̇ | 2̇ 1̇ 2̇ | 咚仓 咚仓 | 乙咚仓 |

5̇ 3 2 | 仓且仓 | 6̇ 1̇ 2̇ | 仓且仓 | 5̇ 3 5̇ 3 | 5̇ 3 5̇ 3 | 3̇ 5̇ 6̇ 1̇ | 2̇ 2̇· |

mf

2̇ - | 2̇ -) | 2̇· 1̇ 2̇ | 5̇·6̇ 5̇ | 5̇ 3̇ 1̇ | 2̇ - | 5̇·5̇ | 1̇ 2̇ |
　　　　　　　　　　直　到　一　九　二　一　年，　忽　然　雾　散

2̇ 1̇ 6̇ | 5̇ - | 1̇ 2̇ 5̇ | 5̇ f 6̇ 6̇ | 5̇ 5̇· | 5̇ - | 5̇ - |
见　青　天。　有　个　能　人　毛　润　之（啊），

5̇· 2̇ | 1̇ 2̇ | 2̇ 1̇ 6̇ | 5̇ - | 2 5 | 1̇ 2̇ 5 | 3̇ 1̇ | 2̇ - | 2̇ 1̇ |
打　从　湖　南　来　安　源。　倡　议　要　给　办　工　会，　劳　动

f
2̇ 5̇ | 6̇ 6̇ 5̇ | 5̇ 5̇ 5̇ 5̇ | 5̇ - | 2̇· 1̇ | 5̇·6̇ 5̇ | 5̇ - | 5̇ - ‖
工　界　结　成　团（哎　　嘿），结　成　团　　（哎）！

5. 说起小妹

说 起 小 妹

陈海萍 作词
佘谱成
邓光西 作曲
朱 忠

1 = C

中速

$\frac{2}{4}$ (2 7$\underline{2}$ 76 | 5$\underline{6}$2 5 | 2·$\underline{5}$76 | 5 -) | 6 2$\underline{2}$·5 | 6 5 | 3$\underline{2}$ | 2·$\underline{5}$6 1 |

(胡高高唱) 说起小　妹　你们莫笑

3$\underline{2}$ 76 | 5 65 4$\underline{2}$ | 6 7$\underline{6}$ 56 | 2$\underline{3}$2 3 | 5· 6 | 1·6$\underline{2}$ | 6 2 6 | 5 6 |

话，　她是巾帼　一奇　葩　（呀）。

5· (1$\underline{2}$ | 5 3 | 5 | 3·2 1 6$\underline{1}$ | 2 7$\underline{2}$ 76 | 5$\underline{6}$#4 5) | 2$\underline{3}$6 5$\underline{3}$6 | 5 6 2$\underline{3}$7 |

小时爱玩　货郎鼓，

（5 2$\underline{3}$ 765）

2$\underline{3}$2 25 | 2·$\underline{5}$76 | 5 65· | | 2$\underline{3}$2 5 65 | 2·$\underline{2}$2 $\underline{1}$ | 2$\underline{3}$2 5 $\underline{1}$2 |

长大爱将　算珠　扒。　她说道：　北京鞍配　南京马，

（5 2 6$\underline{2}$ 3 25） （3 6 5$\underline{1}$ 2 3$\underline{2}$）

5·6 55 | 5 3$\underline{2}$7·6 | 2·$\underline{5}$76 | 5 65 · | 2$\underline{3}$ 2$\underline{3}$2 | 3$\underline{1}$2·|

萍　乡的煤炭　运长　沙。　城里刀　剪

（5 2$\underline{7}$6 565） （5 2$\underline{3}$ 765）

5·6 2$\underline{3}$2 | 5 65 · | 5 62 565 | 5 45 2$\underline{3}$2 | 2·$\underline{5}$76 | 5 65 ·|

送乡　下，　街上人　喝上　山里　茶。

2$\underline{1}$ 2·3 | 5$\underline{1}$ 1$\underline{2}$ | 7·65 | 3$\underline{1}$2 | 2 5 | 5$\underline{6}$1 2 | 5·6 2$\underline{3}$76 |

生意人　搞活　了　九州世界，　看不起

5 62 5$\underline{v}$3$\underline{1}$ | 2$\underline{1}$2 5·3 | 2·3 2 6 | 5· (2$\underline{3}$ | 5 35 3 2 | 1·6$\underline{1}$ |

生意人那是　真眼　瞎。　（牛三钱插白）对呀！小哥。

$\underline{\overset{\frown}{\dot{2}\,7}}\,\underline{\dot{2}\,7}\,6\,|\,\underline{5\,6}\,\overset{\sharp}{\underset{}{4}}\,5\,)\,|\,\underline{5\,3\,6}\,\underline{\overset{\cdot}{2}\cdot\overset{}{3}}\,|\,\overset{\frac{3}{2}}{\underline{\dot{2}\cdot}}\,\underline{\dot{1}\,\dot{2}}\,|\,\overset{\frac{2}{4}}{\underline{7\cdot\,6}}\,5\,|\,5\,-\,|\,\underline{\dot{2}\,3}\,\dot{2}\,|\,\dot{1}\,\dot{2}\,|$

落　花　有　意　　　　　随　流

$\overset{\frown}{5}\,|\,\underline{7\cdot\,6}\,\underline{5\cdot\,6}\,\dot{1}\,|\,\dot{1}\,-\,|\,\underline{\dot{2}\,3}\,\dot{2}\,|\,\dot{2}\,|\,\dot{2}\,5\,|\,5\,|\,5\,3\,|\,\underline{2\,3}\,|\,\underline{5\,6}\,5\,|\,\dot{1}\,|\,\dot{2}\cdot\,\underline{3}\,\dot{2}\,|$

水，　　　　出乡间开眼　界　　四处为家。

$\dot{2}\cdot\,\underline{\overset{\frown}{\dot{3}\,\dot{2}}}\,|\,6\,\dot{2}\,\underline{\dot{2}\,5\,6}\,|\,5\,6\,|\,5\cdot\,(\underline{\dot{1}\,\dot{2}}\,|\,3\,6\,\underline{5\,6\,5\,3}\,|\,\underline{2\,3}\,\dot{1}\,2\,7\,|\,6\,2\,\underline{2\,5\,6}\,|$

$\underline{5\,6}\,\overset{\sharp}{\underset{}{4}}\,5\,)\,|\,\underline{6\,7\,6}\,5\,\dot{2}\,|\,\dot{2}\cdot\,\underline{\dot{3}}\,7\,6\,|\,\underline{5\,6\,5}\,2\,5\,|\,6\,5\,|\,\dot{2}\,|\,\underline{\dot{2}\,3\,5\,6}\,|\,\underline{5\,6\,5}\,5\,\overset{3}{\underset{}{\dot{2}}}\,|$

她　要　我　　今日特来约二　宝，　明朝挑起

$2\,2\,\underline{5\,6\,5}\,|\,\overset{\frown}{\dot{2}\cdot\,\dot{3}}\,\overset{\frac{3}{2}}{\underline{3}}\,5\cdot\,|\,6\,|\,\underline{\dot{1}\cdot\,6}\,\overset{\frown}{\underline{\dot{2}\cdot\,3}}\,|\,6\,\overset{\smile}{\dot{2}}\,6\,\overset{\smile}{\underline{5\,6}}\,|\,5\,-\,\|$

货担　去　会　她（呀）。

寒冬腊月秋蝉叫

陈海萍 词
余谱成 词
邓光西 曲

1 = D

中速 惆怅 玩世不恭地

$\frac{2}{4}$ (6̲i̲ · 6̲ i̲·3̲ | 3̲5̲ 2̲3̲5̲ | 6̲i̲7̲ 6̲i̲6̲i̲3̲ | 3̲5̲ 2̲3̲5̲ | 6̲i̲ i̲ i̲·3̲ | 3̲2̲ i̲3̲2̲ |

6̲i̲7̲ 6̲i̲6̲i̲3̲ | 3̲2̲ i̲3̲2̲ | 3̲·2̲ 2̲3̲i̲ | 0̲i̲ 0̲6̲i̲ | 5̲·3̲6̲i̲ | (5̲3̲3̲5̲ 3̲3̲i̲) i̲ - |

3̲·2̲ 2̲3̲i̲ | 0̲i̲ 0̲6̲i̲ | 5̲·i̲ 1̲2̲ | (2̲i̲1̲2̲ i̲i̲5̲) 2 - | 5̲i̲3̲5̲ i̲·3̲ | 5̲i̲5̲i̲ 3̲0̲ |

5̲ 3̲3̲ 3̲i̲ | 5̲i̲5̲3̲ 2̲3̲i̲ | 5̲·3̲ 5̲·3̲ | 5̲·3̲ 5̲·3̲ | 5̲ 5̲3̲ 5̲·6̲ | i̲3̲2̲ i̲6̲ |

5̲ 3̲5̲ 6̲5̲3̲ | 2̲0̲ 2̲0̲) | 2̲3̲·2̲ 2̲3̲i̲ | 0̲i̲6̲ i̲ | 5̲(i̲i̲ 6̲i̲5̲) | 2̲3̲·2̲ 2̲3̲i̲ |
　　　　　　　　　　　 寒 冬 腊 月　秋 蝉 叫，　　　　　　 炎 炎 七 月

0̲i̲6̲ i̲ | 5̲(i̲i̲ 6̲i̲5̲) | 5̲·5̲ i̲3̲5̲ | 0̲5̲3̲ 2̲i̲ | 2̲3̲2̲ 3̲5̲i̲ | (2̲3̲i̲2̲ 3̲5̲i̲) |
雪 花 飘。　　　　　　 三 更 里　 太 阳　 当 空 照(呐)，

i̲·3̲5̲ i̲ | 0̲2̲ 2̲i̲ | 5̲6̲3̲i̲ 5̲3̲2̲ | (i̲3̲5̲3̲ 2̲3̲2̲) | 5̲ 5̲3̲ 5̲·6̲ | i̲3̲2̲· | (0̲ 3̲3̲ |
五 更 天　　金 鸡　刚 睡 着(嘞)，　　　　　　 五 更 天　 金 鸡

2̲3̲2̲i̲ 2̲0̲ | 0̲ 5̲3̲5̲0̲ | 0̲ 5̲3̲5̲0̲) | 2̲5̲ 0̲6̲i̲ | 5̲ 5̲3̲ 0̲6̲i̲ | 5̲ 5̲3̲ 0̲6̲i̲ | 5̲ 3̲5̲ 6̲5̲3̲ | 2̲3̲2̲ 1 | 2̲· (6̲i̲ |
　　　　　　　　　　　　　　　　　　(那个) 刚(呀　那个) 刚(呀　那个) 刚　睡　着(呀嗬 咳)。

5̲ 5̲3̲ 5̲·6̲ | i̲3̲2̲ i̲6̲ | 5̲ 3̲5̲ 6̲5̲3̲ | 2̲0̲ 2̲0̲) | (i̲3̲2̲i̲ | 2̲·2̲ i̲3̲i̲ | i̲) 5̲ 5̲ |
　　　　　　　　　　　　　　　　　　　　　　　　　　 鸡 婆 下 蛋，　　 孵 出

i 6i 5 |（i2 6i 5）| 5·3 565 | 5 i（35i）| 5 5 3 i·3 | 5 3 2（3 52）|
金钱　豹。　　梨 树 开 红 花，　　结 的 是 水 蜜 桃。

（5i35
i·66 3（3|3）3 i3i | 3·5 i |（5335 33i）| 5·35 3i | i）i 6i |
八 月 十 五　把 元 宵 闹（吧），　　和 尚 头 上　　长 青

（0 33 | 232i 20 | 0 5350 |
5·65 |（i353 235）5 53 5·6 | i32·　| 25 06i | i 53 06i |
苗（嘞），　　和 尚 头 上（吧　　那个）长（呀　那个）

0 5350）　　　p　　　　　　　f
i 53 06i | iiii | iiii | i·3 53 | 232 1 | 2 0 33 |
长（呀　那个）长 长 长 长　长 长 长 长　长　青　苗（呀 嗬 咳 那个）

2·i 2i | 5 0 2i | 2（0 3 | 232i 6i | 2　0）‖
和 尚 头 上 长　青 苗！

45

第三章 萍乡傩戏

（一）萍乡傩戏介绍

傩戏孕育于宗教文化的土壤，脱胎于古老的傩祭仪式活动，是由远古傩歌、傩舞蜕变而来的一种仪式性戏剧。傩戏是傩文化的主要载体，假面装扮是傩戏的重要表征，它既有驱邪纳吉的祭祀功能，又有娱神娱人的功能，是宗教文化与戏剧艺术相结合的孪生物。

1. 傩戏的来源

傩戏作为宗教文化与戏曲艺术的混融体，它在不同历史时期呈现出不同的内涵与形貌特征。先秦时期，傩戏主要呈现出以"索室驱疫"为特征的拟兽形态。汉迄隋唐，随着小戏、乐舞、杂技、杂耍等百戏技艺的融入，而呈现出以"傩百戏"的形态；随着傩百戏进入勾栏演场，傩戏表演更具世俗化和戏剧化倾向。两宋以降，随着戏曲的影响，傩戏呈现为以"歌舞演故事"的傩堂戏、社戏等形态。及至当代，傩戏主要表现为与地方戏曲相结合，逐步发展形成各种戏剧形式的傩腔宗教仪式剧。"傩戏"是以祈福纳吉为目的，以禳除安抚为手段，以假面装扮为表征，包括歌舞、杂艺、戏剧等形态的祭祀性表演。

学者曲六乙先生认为：我国现存傩戏大体可归为三个不同的发展时期或层次。早期阶段的傩戏仍依附于傩祭活动，属于傩活动的有机组成部分，当处于低层次的傩戏遇到处于高层次的戏曲艺术时，便会积极地吸收戏曲艺术的养分。处于后期的傩戏，在努力摆脱宗教文化束缚的同时，开始逐渐有了戏曲艺术的独立品格，并最终摆脱傩祭仪式而走向独立的发展。从现实状况看，不少地方的傩戏或多或少都受戏曲艺术的影响，这些影响在舞步、唱本、乐器、唱腔、表演上都有所体现。傩艺人在不断学习中掌握了傩戏以外的一些小戏，这种艺术交流不仅丰富了傩戏表演的内容，也极大地提高了傩戏艺人的演出水平和技巧，"傩戏逐渐被戏曲艺术所改造"，逐渐从"宗教型傩戏"发展为"戏曲型傩戏"。

2. 萍乡傩戏的历史

古属楚地的萍乡，自是巫傩盛行，现依然保留着较完整的傩文化形态。萍乡傩戏是从傩仪、傩舞渐次发展出来并长期演变形成的一种综合性表演艺术，它集宗教、神话、歌舞等内容于一体。在湖南西部、中部等地的主要傩祭活动中，傩戏一般放至最后，是一边说唱、一边表演的民间艺术形式。傩民表演的每一部傩戏作品都表现一位或多位傩神，傩神的扮演者主要通过服装道具、唱词、台词、肢体表演等艺术手段再现该傩神的个性形象，以期达到娱人、娱神的美好愿景。

傩戏与傩祭、傩仪、傩舞相似，都是萍乡傩的表现形式。萍乡傩戏始于何时至今未见确切的文献记载。萍乡主要傩事活动为"要傩神"，在每年腊月二十四日至元宵节这段时间内请神、拜庙、跳傩。萍乡傩戏表演在正月十五封洞那天举行，其目的是答谢从庙里请出来的傩庙老爷数日来登门驱疫的辛苦。

萍乡傩戏形态各异，既有最初从舞蹈过渡到戏曲的"歌舞戏"，如《判官收小鬼》剧目，其有角色、情节、唱腔的《赞土地》。剧目可分为反映神鬼世界和民间故事两大类。而其中有一出《张果老戏嫦娥》戏曲形态显著表现的八仙故事也是年代最近的。众所周知，八仙故事起于唐宋，在元代被道教利用，经过人为传播和民间自然演化，逐渐形成今天所说的八仙群体和八仙过海传说。

萍乡傩戏自始便与道教融为一体，它与道教文化保持着高度的一致性，所以，这出比较成熟的《张果老戏嫦娥》应创作于元代或者稍晚一些，由此可见，此时的萍乡傩戏已经比较成熟了。萍乡傩戏有傩便有庙，有庙便有戏台和雨亭，且大多傩庙旁边伴有福主庙或社庙。傩庙比比皆是，"五里一将军，十里一傩神"。并因庙多形成了古傩文化市场。

明、清时傩戏繁荣活跃，傩庙纷纷建立。据调查萍乡原有傩庙52座，因历史原因，保存比较完整的仅有19座，上栗县、湘东区分布最多，另外在安源区和芦溪县也有分布，如汶泉傩庙始建于明洪武七年（1374）、石洞口傩庙始建于明洪武二年（1369）、毛园傩庙始建于明建文元年（1399）、下埠潭塘德化庵始建于明末清初、小枧傩庙始建于明正统七年（1442）、下埠傩庙始建于唐代、南坑七保傩庙始建于清乾隆年间等。从现存家谱、石碑、屋梁上的识文来看，这些傩庙大多是明、清建筑物，后经修缮才保留到今天。萍乡有傩就有庙，庙里供奉傩神，存放傩轿、傩服装、傩面具等，从民间流传着的"五里一将军，十里一傩神"（将军即傩神，按萍乡傩三大主神，即唐、葛、周三大将军）的说法，可见，傩事活动的普遍和活跃。

傩戏多在酬神还愿或进行祭祀活动时演出，平日里也接受农家的邀请，进行宗族、家庭作薄酬的表演。原先在芦溪县大安里一带傩戏节目丰富多彩，既有表现神话故事的《开天辟地》《追阳射日》《魁星点斗》等，又有反映民间传说的《关公磨刀》《韩信拜将》《钟馗捉鬼》《鬼谷子卖酒》等，还有直接取材于日常生活的《渔樵耕读》《招财进宝》等。但随着老艺人的相继去世，大安里的傩戏都已失传，几乎未留下傩戏唱本。

3. 萍乡傩戏的分布

萍乡傩戏现状的基本线索是傩庙，除去本没有傩庙的莲花县，今安源区和经济开发区因属于市区，虽存有傩庙，但已几乎没有傩班。据考证，萍乡最早的傩庙始建于宋太平兴国年间（976-984），现存的上栗县东源乡石源村仙帝庙的前身当时叫将军庙，其占地28平方米。萍乡傩庙的构造是一进身、一戏台、一雨亭挑檐挠尾的三字燕尾形建筑，庙前有高大的雨亭，雨亭对面是戏台与大殿形成的直线。戏台与供神的大殿相对而望。芦溪县有傩庙五六座，但目前只有南坑镇车湘村的傩队还活跃在民间，其演出节目多为傩舞，傩戏有四折。湘东区排上镇毛园村有陈家班、麻山镇汶泉村有陈家班，其均以表演傩舞见多，汶泉村陈家班有傩戏唱本《孟姜女哭长城》《十月怀胎》；上栗县活跃的傩班有东源乡石源村的李家班，其没有单独的傩戏，但所表演的每一个傩舞节目前，会有一段特定的念白；东源乡上埠村的何家班属萍乡最出名的傩班之一，旧傩戏唱本主要有《张果老戏嫦娥》《财神送福》等；赤山乡石洞口的陈家班的傩戏《赞土地》来源于车湘村老艺人黎传友的唱本。

4. 萍乡傩戏的基本内容

（1）萍乡傩戏的唱本内容

萍乡市的傩戏唱本有《孟姜女哭长城》《桃园三结义》和《孔明摆阵》等。这些唱本基本已失传，自清末以后，有的傩班在封案时采用坐唱的方式来唱《孟姜女哭长城》，以及和尚唱《怀胎经》。萍乡傩戏的内容可分为反映神鬼世界和民间故事两大类。前者的代表有《判官收小鬼》《赞土地》《财神送福》，后者的代表是《张果老戏嫦娥》《哪吒玩宝》《十月怀胎》《孟姜女哭长城》。脱胎傩戏的内容可分为反映神鬼世界内容和民间小调内容渐与地方戏曲相结合内容，这种内容始终不离"傩"为其提供精神养料形成情节内容简单却极富乡土气息的地方小戏，这是萍乡傩戏发展的一条大致的道路。同一般戏曲不同，萍乡傩戏没有生旦净丑之分，没有系统化的表演程式，但是每一出戏都会有固定的调。某些戏的唱词则采用了萍乡春锣的"见赞"手法，富有一定的灵活性。"见赞"是萍乡春锣独特而常用的手法，意即看见什么就称赞什么。在农家表演的时候艺人会随机改变台词，曲调不变，从而使唱词充满浓浓祝愿意味。

（2）萍乡傩戏的表演形式

萍乡傩戏在不断吸收歌、舞、戏的艺术形式，除了唱本采用元明时期的"词话"本以外，在表演上还运用了傩舞的步法和技巧，这就使它具有鲜明的跳傩艺术特点。如东源何家班的《收邪斩妖》，其表演者身穿黑色道袍，拜了傩神老爷后，将点燃的两根香烛插在头上红巾里，手持利剑和令牌走东西南北四个方向，挥剑驱邪，继而将三只瓷碗倒扣在室中央，一一踩碎，其寓意为"有煞收煞、有邪驱邪、有妖斩妖"，最后走步到门口，剑指长空，口中大念口诀。整个表演过程有锣、钞、唢呐伴奏，增强了观赏性。

（3）萍乡傩戏的音乐特点

萍乡傩戏的常用音乐简短，以上、下句音乐反复见多。不同的傩戏一般调式也不同，以四度、五度跳进为主，调式均采用羽调、徵调和商调式，其旋律、节奏反复较多，旋律短小精悍、节奏鲜明、旋律清新。萍乡傩戏的伴奏乐器种类较多，以锣鼓为主，配用竹笛、长短唢呐、钹、二胡等器乐，通常演奏地方民间小调。以东源何家班为例，傩戏《财神送服》，以"神调"相配，《张果老戏嫦娥》主调为［小放牛调］、《哪吒玩宝》为［太子舞调］。

（4）萍乡耍傩神的特点

萍乡耍傩神的动作严格按照傩事活动的程序进行步法和布阵。步法以东、西、南、北、中为方向，布阵以子午回龙、太极回龙、八卦回龙等为中枢，生发出"一字长蛇阵""龙门阵""八卦阵""麻雀阵"等阵法，其动作风格独特，各具特色。

萍乡耍傩神的步法在"巫舞"和"禹步"的基础上发展而来，具有明显的夏、商、周时代遗风和楚巫文化风格。"花旋绕着自身转，道具贴身步轻盈；躬身换位亮面壳，摇摆上身脚要稳；双手胸前膝前舞，脚迈半步两膝平；强拍立劲弱拍踩，横斜角面穿插行。"上述均为萍乡的耍傩神技巧。

每年腊月廿四请道士打醮，将傩面洗净后供于神案，正月初二开始跳傩。一般是由求傩神赐福消灾的户家请去演出，直至农历四月封案。这两个地方的傩面有："开山""先锋""走令""功曹""判官""钟馗""杨帅""土地""上关""下关""小鬼""城隍""童子""皂班""绿品""雷公""四大天将"（殷、马、王、赵）、"关王""关靖""花关索""鲍三娘"等。当傩班出走时，欧阳金甲大将军的面具放在特制的轿内由人抬着走，轿衣是黑缎布绣金图案。其他傩班艺人则扛面具持斧、棍、云帚、三角旗。而万民伞在锣鼓声中簇拥着大将军到案户。如果这位欧阳大将军就是靖安县掸傩的一将军，那么，赣西跳傩中的"判官""钟馗"和"土地"等傩神，无疑是从宋代的宫廷傩队中吸收而来的。其他的傩神是否属于民间傩的面具，也应该引起人们的注意。

5. 萍乡傩仪的程序

萍乡傩出演前要请道士打醮，叩请傩神出洞，挨家串户，三牲酒醴，香烛帛炮巡回跳演，再请道士打醮，叩请傩神归庙封洞。不仅与道教仪式融为一体，又吸收了佛、儒二教的某些成分，形成了祭祀与娱乐相结合，除邪与治病相结合的傩事活动。正月十日，傩神要完回傩庙后，要请道士封洞或打醮，其程序是：

（1）头首公点燃傩庙内神台上香火蜡烛、放地铳、燃爆竹，迎接傩神回府。

（2）傩神下轿，头首公小心翼翼将傩面捧出轿来放神台上。

（3）起坛。

道士（唱）：劳顿半月，有欠安康。出巡赐福，护佑一方。万民有幸，神恩浩荡。

（4）杀鸡。道士左手捉一雄鸡，口中念念有词，右手作法，口喷法水在鸡身上，此时，鸡饮酒、吃米。然后，道士右手将鸡头一扭断，将鸡扔在地上打滚，头首公忙从地上捡起鸡放入厨房内。

（5）招兵。分阳兵、阴兵，把招来的兵安放在兵马桶内。

道士（唱）：天造黑狱，地造暗狱。赵戴二将，出征抓恶。历经艰险，费尽心机。心尽人间，驱邪打鬼。世间太平，人寿年丰。

（6）安坐。道士将36个傩面具分别放在靠庙中央神台上的神柜内。神柜分四层：上层是玉皇太子、关云长、欧阳将军、韩信等；二层是赵公元帅、雷公、电母等；三层为钟馗、判官等；四层为四方神将、玉皇太子护卫等。

（7）封洞。道士手持已点燃的蜡烛，向东南西北方向扬几下，然后用钱纸将傩面具耳朵、鼻子塞上。

（8）下坛。

道士（唱）：青龙吉庆，白虎代行。朱雀玄武，玄武塞尽。占神天恩，护佑四方。财源广进，人寿年丰。春夏秋冬，四季安康。

（9）宣文。

（10）礼毕。鼓乐声齐鸣，放地铳、爆竹，众人尽兴而散。

6. 车湘傩（萍乡）的介绍

车湘傩起源于唐天祐三年（906），黎氏余公从江西吉安来车湘建基立业，为求神灵保佑，免除天灾病患，在院背冲内庵门前立了个观音堂，在堂内设傩神大帝神位予以供奉。北宋时期，始雕傩神面具，开展傩舞活动。清雍正年间重建庙宇，再增傩神面具，增创各种傩文艺（舞蹈、武术、赞歌等），自此朝拜傩神的善男信女络绎不绝，传承至今。

车湘傩的活动时间一般是每年春节前后的二十至三十天，平时除五大神面具敞着安放在神龛上层外，其余二十多副面具都封闭在下层柜内，并加上封条，谓之封洞，即洞天福地之意。只有年底和新春才开洞，迎出神面具进行傩仪活动。

"出洞"是每年的农历十二月二十四（俗称小年），一早便将大柜的封条撕去，把所有的神面具都拿出来，用新布蘸水洗净傩面，供于神案。

"出行"是每年春节第一天，傩爷出行，全体傩舞队员需净身洁手，到庙内穿服装，戴面具，头佩红巾，家家户户都准备香烛鞭炮，三牲酒醴在路旁迎接。牌匾、土号、各种彩旗、万民伞、大锣大鼓开路，接着是四人抬着放有傩面具的大轿，并高举各种傩神画像，队伍后面是民乐吹奏，锣鼓喧天，场面十分热烈。

"耍傩神"是正月初一出行之后，初二便在各家各户耍傩神。全套耍傩神节目共有10个，具体如下：

（1）《王爷出行》，"出行"是每年春节第一天，傩爷出行，全体傩舞队员需净身洁手，到庙内穿服装，戴面具，头佩红巾，家家户户都准备香烛鞭炮、三牲酒醴在路旁迎接。

（2）《船古佬送将》，相传唐朝时期，一船公沿着长江一带把傩神送到各地驱邪除祟，确保人寿年丰、四方太平之目的。船公亦善武术，为傩神开山辟路。

（3）《将军搁剑》，欧阳正治金甲大将军和白马大将军各自手持七星宝剑，做作揖、搁剑、撩须、用剑等动作，意为耍神，跳得越热闹越能驱邪。

（4）《太子习双刀》，皇太子精神谦和，稚气无邪，舞蹈轻盈欢快，飞舞双刀，收擒五方邪魔。

（5）《和尚抢土地婆婆》，土地公婆与人一路巡查得意，中途杀出一个和尚抢土地婆婆，土地公异常愤怒，丈量土地，四方寻找，土地送宝。最后唱赞歌，常用赞歌为：

> 锣鼓一打且祝愿，打起锣鼓响飘飘。
> 上山砍个香樟树，鲁班仙师巧匠雕。
> 雕刻神像下凡来，家家户户保平安。
> 打起锣鼓响飘飘，多把好香炉中烧。
> 祈保一年长安平，一年一度再来朝。
> 慢打锣鼓慢祝愿，莫道花钱没功德。
> 明中去了暗中来，半买灯油半烧钱。
> 当初许了心头愿，五更深梦也要还。
> 慢打锣鼓慢祝愿，将军上殿奏玉皇。
> 病痛瘟神送长江，收拾瘟病走远方。
> 神前不敢久祝愿，又怕红日落西山。
> 神前不敢久祝愿，点起明灯化纸钱。

（6）《兄弟对铜》，兄弟两人手持铜板，满怀喜悦，以舞蹈的步伐亲热地翩翩起舞，显示出兄弟间的和乐情谊。

（7）《和尚与道士》，和尚（佛教）、道士（道教）两个宗教门派互相比较法术，品长论短，互不认输，颇具诙谐幽默。

（8）《雷公电母镇邪恶》，古代人把雷鸣电闪当作开神，作恶作祟者必遭电击雷劈。

（9）《钟馗捉小鬼》，钟馗一身正气，小鬼凶恶刁钻，四处作祟，并企图贿赂四处逃脱，最终被钟馗所擒。众呼："捉小鬼，四方太平，百事顺遂，养鸡大于鹅，养猪大于牛牯，福寿安康，五谷丰登"。

（10）《关公大刀降福》，劈邪斩妖，收瘟破秽，确保黎民安宁，四方太平，表现一种正直刚毅除恶务尽的英雄气概。

芦溪南坑车湘傩舞被列入江西省第三批非物质文化遗产名录（2010）。

（二）萍乡傩戏唱本

1. 闹新春（车湘傩）

开场 围剿野兽的图腾态势

第一场 王爷出行

情景：牌匾、土号、各种彩旗、万民伞、大锣大鼓开路。四人抬着放有傩面具的大轿，并高举各种傩神画像，后排队伍民乐吹奏、锣鼓喧天，热闹非凡。

第二场 船古佬送将

旁白：话说有一船公举桨扬帆唱着悦耳的船公歌，歌谱为载着众位傩神，沿长江一带下江南，为百姓玩傩舞，送福音、送吉祥、船公能歌善武。

（众傩神做上船、下船动作，船古佬武术表演片段。）

（土地上场，四大天将分别立于各自位置，上下左右角。）

第三场 将军搁剑

情景：一是欧阳正治金甲、白马二位将军彪悍雄姿出场，欧阳将军居上席，白马将军居前席，面对面作揖致礼；二是比剑比舞，双人舞姿一模一样，刚健有力，勇往向前，所向无敌，步子全程田字方阵，同起同落，降福人间。

第四场 太子习双刀

情景：皇太子，步履轻盈，双手握双刀，先舞口字方阵，后用马步踩傩步法分别拜将缠将，又用跳跃步，以双田字拜四将，最后中间位置做赵公元帅姿势完毕，体现太子武艺高超，机智灵活，雅气十足，能够擒拿四方妖魔。

第五场 和尚抢土地婆婆

（土地在门外坪里等待，忽听门外狗叫三声，厅内专人拿着爆竹在大门口迎土地。）

和尚：甲子乙丑海中金，门前狗叫是何人？

土地：丙寅丁卯炉中火，门前狗叫就是我。

接神者：戊辰己巳大连木土，地公公请进屋。

土地：不要慌来不要急，让我土地公公上阶基。不要急来不要慌，让我土地老子过地方（进入大门门槛）。土地步履稳健，但明显有些老态龙钟。（步到厅中央立稳后）土地土地，来到此地，鸡莫乱叫，狗莫乱吠，一年四季，万事如意，（鼓击三声）。土地带来十件宝。

众人：一宝土地，一朵金花。二宝。

土地：摇钱树。

众将：三宝。

土地：聚宝盆。

众将：四宝。

土地：四季发财。

五宝：五谷丰登。

六宝：六畜兴旺。

七宝：七星伴月。

八宝：八仙庆寿。

九宝：九龙赶珠。

十宝：十全齐美，大众请求加上一宝。

土地（全体）：大家都好啊。

（开始唱《赞歌》，鼓响锣鸣三声停，奏乐，土地即兴唱赞歌，首先自我介绍来历，歌唱内容随机应变，尽唱赞美之词，十分动听；唱完赞歌后，3/4 拍节奏的锣鼓不停，土地右手拄着龙头拐杖，左手拿着破旧的芭蕉扇，步履蹒跚，向四将分别作揖致礼，分别向各将绕一圈，叫拜将，拜完将后，趴下身子，在地上做丈量土地的动作，后在中央舞棍子舞，唱腔时长约 60 分钟。该唱段寓意：财神土地尽做好事，财神土地珍惜土地资源，劝导世人，要把土地看作生命一样重要。）

第六场　兄弟对铜（双人舞）

孪生兄弟二人，相貌相同，个子相符，一是和乐嬉舞，礼貌相待，其步法节奏一致；二是各自向对角起舞，踩傩步法，向双方斜线对舞，同时拜将对舞；三是横线对舞，其步法整齐，祈求和气生财，团结友爱，家和万事兴，世界和平，人民幸福。

第七场　和尚与道士

情景：老和尚项挂珠串，道士端着法水，手握令尺。和尚道士两个不同教派的门生，老和尚带着小和尚、道士三人一路同行来到厅堂，转了一转，老和尚和小和尚跟在道士后面，其步子傲慢，得意扬扬，神气十足，拜访四位天将。随后来至中央，老和尚用芭蕉扇子拍拍小和尚的脑壳，示意蹲下，不要插嘴，小和尚蹲在地上，一声不吭，道士问和尚哪里来的。

老和尚：我是峨眉山上来的和尚。（和尚气愤，突然用芭蕉扇拍打道士的脸部）你是哪里来的道士？

道士：我是青龙山上的道士。

老和尚：你来的道路上看到了什么好景致？

道士：我看到了一只乌鸦子在水里头搅。

（和尚听得不中听）

老和尚：哪里有什么乌鸦子在水里搅，只有在天上飞。（他们三个在厅堂里自转四周，分别说一些无中生有、反常有意思的话，很是幽默，逗人发笑。）

（老和尚、小和尚、道士跳舞四场后，妖魔邪鬼全被他们赶了出去，最后家宅安宁，生活幸福。）

第八场　雷公电母镇邪恶

（雷公电母是天神，雷鸣电闪，威力无穷，雷电居高临下，天眼恢恢，疏而不漏，为人绝不能做坏事，否则天神不容，必遭雷打火烧。）

情景：四将各居其位，3/4拍的鼓点奏乐，雷公和电母一同出场，在中央对舞，电母手握红巾来回飞舞，雷公手握雷槌，银戈灿灿，对舞后分别向四将致礼以舞后，缴篱芭舞，人流涌动，变化非凡，好像千军万马，奋勇出征，吓得鬼怪屁滚尿流，大众拍手称大快人心。

第九场 钟馗捉小鬼（哑戏、手语戏）

（判官一身正气，扶正压邪，铁面无私，小鬼凶恶刁钻，四处作祟，企图贿赂四将，以便逃窜，最终被钟馗所擒，随后众口齐呼，捉到小鬼、四方太平、风调雨顺、五谷丰登、百事顺遂。）

情景：四将立其角，判官大摇大摆，手握宝剑，杀气腾腾，胸有成竹，下乡了解民情。

情景：事前小鬼燃放烟火、鬼鬼祟祟，做坏事，闹得乌烟瘴气，紧接着躲在角落里，暂未被他人发现。判官跑到上方神案前，向上级领教，并作揖下跪，再次下乡调查民情，发现线索，四方搜捕，但又无果而终；判官又作揖下跪，于上级前领教，并求得到他们的支持后，第三次下乡，仔细搜查，并用悬赏方式请四将协助，不料小鬼贿赂四将，以便逃匿，并向判官比试功夫，用手拍拍自己的胸脯，又伸出大拇指，示意他是老大。此刻，判官也用手拍拍胸脯，又伸出大拇指，意思为他比小鬼高强，并伸出小指，指着小鬼，示意为小鬼没有什么了不起。

情景：小鬼拿着铁链子扬武耀威，气得判官忍无可忍，最终判官求得上司的支持，磨快宝剑，从角落搜出小鬼，在众人的协助下，将小鬼团团围住，一举将小鬼擒住，最后众口欢呼雀跃，庆祝胜利，判官也放下了架在小鬼脖子上的宝剑。

第十场 关公大刀降福

情景：四将绕其旁，击鼓造势。

（关公是民俗神，其正直刚毅、劈邪斩妖、收瘟破秽，常练大刀，增强体魄。）

情景：关公浓眉凤眼，披挂上阵，武姿立于中央，摇摇肩膀活动筋骨，理理胡子，花刀开场，左前刀，花刀挡敌，阴手右前刀，阳手左后刀，其旋转360度阴手后刀，向前回马刀，跳跃转身向前阴手挑刀，向前左角阳手刀，补一刀钻功，右前角阴手刀补一刀钻功，左方一阳手刀，右边阴手刀，向左反一劈刀，向右一刺刀，花刀归位，亮马步相。

结束：收装，致礼。

2. 怀胎经

该唱本取材于宗教内容，讲述母亲孕育的辛苦、分娩的痛楚以及父母的养育恩情，借此劝勉子女。该唱本与民间劝善文化相似，均采用通俗化、口语化的措辞，援引民间戏剧中人们喜闻乐见、耳熟能详的人物形象，来褒奖善行义举，贬斥无事生非，弘扬孝道，劝导良俗。通常在焚烧库钱的特定场合下，道士进行吟唱。

道士：奈何千尺浪，苦海万重波。大道轮回转，及早念阿弥陀佛。

众道士（唱）：南无阿弥陀佛。

道士（唱）：目莲尊者一身黄，搭起袈裟去寻娘。

众道士（唱）：南无阿弥陀佛。

（唱腔谱如下图，每段唱腔旋律均一致。）

1 = F

♩ = 50

$\frac{4}{4}$ （6 56 2 1 53 2·327｜6 276 5 5 5 3 2·3 12 76（佛，｜

（众道士）南 无 阿 弥 陀 （道士）目 莲 尊 者

5 1·2 32 35 3 2·327｜6 5 1161 2·3 12 76｜5 1 35 2112 5‖（6 56

一 身 黄， 搭起 袈裟 去 寻 娘。 D.S.

道士（唱）：十八地狱都寻过，内中不见我的娘。

众道士（唱）：南无阿弥陀佛。

道士（唱）：只有判官多口快，乌云崖前是你娘。

众道士（唱）：南无阿弥陀佛。

道士（唱）：乌云崖前才寻去，鞋穿袜烂路难行。

众道士（唱）：南无阿弥陀佛。

道士（唱）：一到灵山见观音，二到灵山谒世尊。

众道士（唱）：南无阿弥陀佛。

道士（唱）：三到灵山去寻娘，四到灵山去请经。

众道士（唱）：南无阿弥陀佛。

道士（唱）：心经章法都请尽，请了一本怀胎经。

众道士（唱）：南无阿弥陀佛。

道士（唱）：怀胎经本十二字，字字排来孝母亲。

众道士（唱）：南无阿弥陀佛。

道士（唱）：怀胎经本请完了，挑起经担又来行。

众道士（唱）：南无阿弥陀佛。

道士（唱）：经在头前背了母，母在头前背了经。

众道士（唱）：南无阿弥陀佛。

道士（唱）：将把经担横挑起，山中树木两边分。

众道士（唱）：南无阿弥陀佛。

道士（唱）：大树见得连根倒，小树见得两边分。

众道士（唱）：南无阿弥陀佛。

道士（唱）：只有松树不躲路，至今砍了不发孙。

众道士（唱）：南无阿弥陀佛。

道士（唱）：只有樟树多孝义，子子孙孙雕佛身。

众道士（唱）：南无阿弥陀佛。

道士（唱）：为有南柯无孝义，至今砍了乱纷纷。

众道士（唱）：南无阿弥陀佛。

道士（唱）：只有茶树多行孝，风吹桐子打娘身。

众道士（唱）：南无阿弥陀佛。

道士（唱）：为有沉香有孝义，雕成伟驮受香烟。

众道士（唱）：南无阿弥陀佛。

道士（唱）：左肩挑得皮见红，右肩挑得血淋淋。

众道士（唱）：南无阿弥陀佛。

道士（唱）：借问灵山多少路，十万八千还有另。

众道士（唱）：南无阿弥陀佛。

道士（唱）：莫说十万八千路，再加十万也要行。

众道士（唱）：南无阿弥陀佛。

道士（唱）：一月怀胎娘上身，好似露水结成冰。

众道士（唱）：南无阿弥陀佛。

道士（唱）：露水落地长百草，血脉上身生儿郎。

众道士（唱）：南无阿弥陀佛。

道士（唱）：二月怀胎在娘身，娘在房中病沉沉。

众道士（唱）：南无阿弥陀佛。

道士（唱）：茶饭我娘都不想，只想儿郎上了身。

众道士（唱）：南无阿弥陀佛。

道士（唱）：三月怀胎娘在房，山中梅树梅子黄。

众道士（唱）：南无阿弥陀佛。

道士（唱）：百般果子娘不想，只想黄梅酸浸姜。

众道士（唱）：南无阿弥陀佛。

道士（唱）：四月怀胎娘在房，好似鸡蛋入身黄。

众道士（唱）：南无阿弥陀佛。

道士（唱）：左边先动是男孩，右边先动是女郎。

众道士（唱）：南无阿弥陀佛。

道士（唱）：五月怀胎娘在房，不离凳来不离床。

众道士（唱）：南无阿弥陀佛。

道士（唱）：离了凳来离了床，不怕孩儿也怕娘。

众道士（唱）：南无阿弥陀佛。

道士（唱）：六月怀胎娘在房，娘在房中面皮黄。

众道士（唱）：南无阿弥陀佛。

道士（唱）：阎王面前隔张纸，地狱门中隔阵墙。

众道士（唱）：南无阿弥陀佛。

道士（唱）：七月怀胎娘在身，娘在房中路难行。

众道士（唱）：南无阿弥陀佛。

道士（唱）：世上百般娘不想，只想儿郎何日生。

众道士（唱）：南无阿弥陀佛。

道士（唱）：八月怀胎娘在房，娘在房中病沉沉。

众道士（唱）：南无阿弥陀佛。

道士（唱）：茶饭不敢多吃口，裤带不敢紧系腰。

众道士（唱）：南无阿弥陀佛。

道士（唱）：九月怀胎娘在身，儿在肚中打转身。

众道士（唱）：南无阿弥陀佛。

道士（唱）：东家请娘娘不去，西家接娘娘不行。

众道士（唱）：南无阿弥陀佛。

道士（唱）：右接我娘娘若去，只怕儿郎路上生。

众道士（唱）：南无阿弥陀佛。

道士（唱）：十月怀胎正当生，娘在房中喊肚痛。

众道士（唱）：南无阿弥陀佛。

道士（唱）：一阵痛来一阵死，我娘做了两世人。

众道士（唱）：南无阿弥陀佛。

道士（唱）：思想上天天无路，思想入地地无门。

众道士（唱）：南无阿弥陀佛。

道士（唱）：牙齿咬的生铁断，丝鞋踏得地皮穿。

众道士（唱）：南无阿弥陀佛。

道士（唱）：结发丈夫心难忍，拜跪堂前许愿心。

众道士（唱）：南无阿弥陀佛。

道士（唱）：一许南岳香一炷，二许长香朝武功。

众道士（唱）：南无阿弥陀佛。

道士（唱）：许了愿来未曾了，父亲急忙进房中。

众道士（唱）：南无阿弥陀佛。

道士（唱）：孩儿落地哭一声，公公婆婆放了心。

众道士（唱）：南无阿弥陀佛。

道士（唱）：孩儿落地哭二声，堂前姑嫂乱纷纷。

众道士（唱）：南无阿弥陀佛。

道士（唱）：金盆打水来洗起，裙包做好送娘身。

众道士（唱）：南无阿弥陀佛。

道士（唱）：一日吃娘三次奶，三日吃娘九次浆。

众道士（唱）：南无阿弥陀佛。

道士（唱）：娘奶不是长江水，娘奶不是树木浆。

众道士（唱）：南无阿弥陀佛。

道士（唱）：口口吃娘身上血，至今娘老面皮黄。

众道士（唱）：南无阿弥陀佛。

道士（唱）：一岁两岁吃娘奶，三岁四岁离娘身。

众道士（唱）：南无阿弥陀佛。

道士（唱）：五岁六岁才知事，七岁八岁入学堂。

众道士（唱）：南无阿弥陀佛。

道士（唱）：一读千字百家姓，二读孝义八十章。

众道士（唱）：南无阿弥陀佛。

道士（唱）：四书五经都读尽，又说爹娘不对亲。

众道士（唱）：南无阿弥陀佛。

道士（唱）：对了他家闺女门，猪羊酒礼送上门。

众道士（唱）：南无阿弥陀佛。

道士（唱）：夫妻敬得团团转，父母丢在九霄云。

众道士（唱）：南无阿弥陀佛。

道士（唱）：燕子衔泥空费力，长大毛干各自飞。

众道士（唱）：南无阿弥陀佛。

道士（唱）：养崽不知娘辛苦，养女才知父母恩。

众道士（唱）：南无阿弥陀佛。

道士（唱）：十月怀胎娘受苦，三年一回报娘恩。

众道士（唱）：南无阿弥陀佛。

道士（唱）：怀胎经本唱不尽，略唱几句世人听（或"劝世人"）。

3. 渔樵耕读

该唱本讲述渔夫、樵夫、农夫、书生的状态。看《渔樵耕读》表演时，每一个人的乡愁记忆瞬间被唤起。划出渔船，撒网捕鱼；挂着砍刀，上山砍柴；牵着牛去耕种；双手捧书，吟诗诵读。熟悉的场景，熟悉的唱词，让无数的弥井人从四面八方赶回来。它好似生命之弦，能触动人们藏在心底最柔软的一角，然后悄然化为一缕缕淡淡的乡愁，让人怀念、追忆。

人物：渔夫、樵夫、农夫、书生。（边舞边唱）

渔夫（唱）：桥上唱歌桥下应，河边遇见钓鱼人。前面山上砍根竹，后面山上火辉成。桥上唱歌桥下应，河边遇见钓鱼人。三两黄丝搓根绳，四两生铁打鱼钩。西边山上挖条蚓，连泥带蚓九斤重。桥上唱歌桥下应，河边遇见钓鱼人。鄱阳湖里放一钓，未尝钓到半块鳞。洞庭湖里放一钓，钓到鲤鱼四千斤。五百个人扛一头，一千个人扛一肩。扛到南溪街上边，丫拐落地九寸深。

樵夫（唱）：砍柴要砍石山柴，走路要走路当中。讨亲讨个娘边女，砍柴郎仔也甘心。

农夫（唱）：作田要作大丘田，两只大丘共相连。一只大丘通云南，一只大丘通四川。作田要作大丘田，两只大丘共相连。一只大丘童子糯，一只大丘鸡婆粘。

书生（唱）：白马紫金鞍，骑出万人看。借问谁家子，读书人做官。

（三）萍乡傩戏唱腔选段

1. 请神

请　　神

1=♭B　　　　　　　　　　　　　　　　　　　　　李元生 记谱

中速稍慢

$\frac{2}{4}$

（衣冬 衣冬冬｜昌　昌｜衣冬 衣冬冬｜昌　昌） 6 6 5 3｜6· i 3｜

躬　身　焚　香

且　把　前　门

3 i i 6｜6 ⁶3｜i 3｜i 6｜6 i 6 5 3｜6 i i 6 5｜6 - ‖

起供（呃）　供（呃）香云（里个）门　外　香　云　开。

四扇（呃）　开（呀）奉请（里个）神　灵　下　凡　来。

2.造船

造　船

1 = A

中速

李元生 记谱

3. 点将

点　将

李元生 记谱

1 = A

中速

$\frac{2}{4}$（昌　昌｜昌 昌 － 昌｜－ 昌 昌｜$\frac{3}{4}$ 昌 昌 － 昌 － 咚｜$\frac{2}{4}$ 昌　昌）｜

三老爷：众将!　　　　　　　　　　　　众：有!（昌）
三老爷：来在某氏门庭。　　　　　　　众：来在李氏门庭。（昌）
三老爷：屋前屋后屋左屋右，一齐扫荡了吗?　　众：扫荡了!（昌）
三老爷：将一切妖魔邪怪，解到扬洲山。　　　众：得令!（昌）

（昌　昌｜昌 昌 － 昌｜－ 昌 昌｜$\frac{3}{4}$ 昌 昌 － 昌 － 咚｜$\frac{2}{4}$ 昌　昌）｜ 6 · i 3 6｜
　　　　　　　　　　　　　　　　　　　　　　　　　（三老爷）只　准　向　前

6 · i 3 3｜$\frac{5}{\smile}$ 6 · i 3 3｜$\frac{5}{\smile}$ 6 · i 3 3｜$\frac{3}{4}$ i · 6 6｜昌｜三老爷：保护了吗?　　｜
不　准　向　后，若 有 向 后　先 斩 后 奏。(众)啊 合 合。

众：保护了。（昌）‖$\frac{2}{4}$（昌　昌｜昌 昌 － 昌｜－ 昌 昌｜$\frac{3}{4}$ 昌 昌 － 昌 － 咚｜$\frac{2}{4}$ 昌　昌）｜

i · 3 i i i 6｜i · 6 6｜i · 6 6｜$\frac{3}{4}$ 0 i 6 3 6 i i 6｜3 6 i 6 i i 6｜
(三老爷)一 点 东 方　里 面 将，里 面 将，　来 在 李 氏 门 庭，保 佑 生 意 兴 隆

$\frac{2}{4}$ i i 3 6｜$\frac{3}{4}$ i · 6 6｜昌｜三老爷：保护了吗?　　众：保护了。（昌）‖$\frac{2}{4}$（昌　昌｜
财 源 广 进。(众)啊 合 合。

昌 昌 － 昌｜－ 昌 昌｜$\frac{3}{4}$ 昌 昌 － 昌 － 咚｜$\frac{2}{4}$ 昌　昌）｜ 6 · 3 i i｜i · 6 6｜
　　　　　　　　　　　　　　　　　　　　　　　（三老爷）二 点 南 方　青 面 将

i 6 6｜$\frac{3}{4}$ 0 i 6 3 6 i i｜3 6 3 i i i｜$\frac{2}{4}$ 6 i i 6｜$\frac{3}{4}$ i · 6 6｜昌｜
青 面 将，　来 在 李 氏 门 庭，保 佑 五 谷 丰 登，　六 畜 兴 旺。(众)啊 合 合。

三老爷：保护了吗？　|众：保护了。（昌）　‖ $\frac{2}{4}$（昌　昌|昌昌　一昌|一昌　昌|

$\frac{3}{4}$昌昌　一昌　一咚|$\frac{2}{4}$昌　昌）|i·3 i i|i·6 6|i·6 6|$\frac{3}{4}$i 6 3 6 i i|
　　　　　　　　　　　　　　　(三老爷)三　点西方　黄　面将，黄　面将，　来在李氏门庭，

3 6 3 i i i|$\frac{2}{4}$6 i i 6|$\frac{3}{4}$i·6 6　昌|三老爷：保护了吗？　|众：保护了。（昌）‖
保佑入口清洁　　百事顺遂。(众)啊　合合。

$\frac{2}{4}$（昌　昌|昌昌　一昌|一昌　昌|$\frac{3}{4}$昌昌　一昌　一咚|$\frac{2}{4}$昌　昌）|6·3 i i|
　　　　　　　　　　　　　　　　　　　　　　　　　　　　　(三老爷)四　点北方

i·6 6|i 6 6|$\frac{3}{4}$0 i 6 3 6 i i|3 6 3 i 3 6|$\frac{2}{4}$i i 6 6|
红　面将，红面将，　　来在李氏门庭，保佑买田买地，　荣华富贵。

$\frac{3}{4}$i·6 6　昌|$\frac{2}{4}$（昌　昌|昌昌　一昌|一昌　昌|$\frac{3}{4}$昌昌　一昌　一咚|$\frac{2}{4}$昌　昌）‖
(众)啊　合合。

4. 土地祝词

土 地 祝 词

1 = G

表白地 中速

5. 先锋曲

先 锋 曲

1 = C

中速

稍自由地 【锣鼓曲牌起板】

卅 3 5 | 6̲ 5̲ 1 | 2̇ 1̇ 2̇ 3̇ 6 | 1̇ 2̇ | 6̲ 1̲ 5̲ 2̲ 3 - |

‖: 4/4 2̇ · 3̇ 1̇ 2̇ 5 - | 2̇ · 3̇ 1̇ 6̲ 2̇ | 2̇ 1̇ 2̇ 3̇ 5 - |

1̇ 6̲ 2̲ 3̲ 1̇ - | 2̇ · 6̲ 5̲ 6̲ 1̇ 2̇ | 6̲ 1̲ 6̲ 5̲ 3 - | 3̲ 5̲ 2̲ 3̲ 5 - |

5̲ 1̲ 6̲ 5̲ 1 - | 2̇ 1̇ 6̲ 5̲ 1 - | 2̇ 1̇ 2̇ 3̇ 5 - | 1̇ 6̲ 2̲ 3̲ 1̇ - :‖

6. 太子舞曲

太 子 舞 曲

1 = G

中速

2/4 ‖: 5̲ 6̲ 5̲ 6̲ 1 | 2̲ 1̲ 6̲ 5̲ 1 2 | 2̲ 1̲ 6̲ 5̲ 1 | 1 · 3 2̲ 3̲ 2̲ 1̲ |

6̲ 5̲ 1̲ 6̲ 2 | 5̲ 6̲ 5̲ 3 2̲ 3̲ 2̲ | 1̇ 6̲ 1̇ 2̲ 6̲ 5̲ :‖

7. 出太神曲

出 太 神 曲

1 = C

中速稍快

$\frac{2}{4}$ ‖: 3　5 i | 6 － | 5　6 5 | 3 － | 3　5 i | 6 － | i 2 6 i | 2̇ － |

i 2 6 i | 5 － | 5· 3̇ | 2̇ 3̇ i 6 | 5· 6 | i 2̇ | i 6 5 | 3 － :‖

8. 祝愿曲

祝 愿 曲

1 = C

中速稍快

$\frac{2}{4}$ ‖: 5 6 5 3 2̇ | 3̇ 5̇ 2̇ 6 | i· 2̇ i i | 3· 5 i 6 |

i 2̇ i 6 5· 6 | 5 5 0 i 6 | 2̇ 3̇ i i | 3· 5 i 6 | 5· 6 5 6 5 :‖

清至民国萍浏醴地区民间戏曲唱本研究

9. 祝愿词

<h1 style="text-align:center">祝　愿　词</h1>

1 = C

中速

$\frac{2}{4}$ 3 3 3 3 6 6 | 3· 3 6 | 3 3 6 6 | 3· 0 :‖ （曲牌音乐）

看鬼掌花久祝　愿，金毛　狮子口喷　烟。
莫道傩神初出　去，傩神　初出化三　千。
化作三千灵岳　庙，灵岳　庙下石杨　桥。
石杨桥下鬼无　事，判官　把笔总须　明。
莫道傩神沉香　木，鲁班　雕刻到庭　前。
莫道上门官刻　木，秦王　起制保乡　团。
舍钱一事井中　水，明中　舍去暗中　来。
公舍钱珲公得　福，婆修　婆舍命长　延。
‥‥‥‥
有钱莫把别处　舍，今有　将军到门　庭。

10. 团兵曲

<h1 style="text-align:center">团　兵　曲</h1>

1 = C

中速

$\frac{2}{4}$ ‖: 3 1 3 2 | 1 6 1 2 | 3· 5 1 6 | 5· 6 5 6 5

5 0 1 6 | 2· 3 1 1 | 3 5 1 6 | 5· 6 5 6 5 :‖

（反复演奏三遍）

11. 收小鬼曲

收 小 鬼 曲

1 = C

中速 稍自由

$\frac{2}{4}$ 0　0 1̇ 3̇ | 6 6 | 6 0　0 1̇ 3̇ | 6 6 | 1̇ 3 6 6 |

　　只准　向　前，　　不准　向 后。若是 向后

1̇ 3 6 6 | 6· 0 | 1̇ 3 1̇ 1̇ 6 | 1̇· 6 6 | 1̇· 6 6 |

先斩 后奏。（哦嗬）！　一点 东 方 黑 面 将。（黑 面 将）。

0 1̇ 6 1̇ 6 | 1̇ 1̇ 6 3 6 | 1̇ 6 1̇ 1̇ 6 | 1̇ 1̇ 3 6 | 6· 0 ‖

来在 你嘿 门庭，保佑 生意 兴隆，财源 广进。（哦嗬）！

12. 七槌锣

七　槌　锣

1 = C

中速 稍快

$\frac{3}{4}$ ‖: 咚 咚咚 锵 锵 | 乙 咚咚 锵 锵 | 乙 咚锵 乙 咚 | 锵 咚咚 锵 — |

6 6 1̇ 2· | 3 2 3 1̇ 6· | 6 1̇ 3 2̇ 1̇· | 3 5 6 3 5 — :‖

打起　锣鼓　　且祝　愿（哦），扶起（个）边头　闹　先（呀）天。
上山　砍只　　香樟　树（哦），鲁班（个）雕刻　匠　人（呀）装。
判官　神像　　面有　毛（哦），黄雀（个）格格　催　生（呀）娘。
催生　娘娘　　传有　女（哦），稳无（个）闲事　到　家（呀）门。
五月　五门　　传有　女（哦），未留（个）五月　看　花（呀）船。
天也　有善　　地有　善（哦），后代（个）儿孙　出　专（呀）员。

神前　不敢　　久祝　愿（哦），点起（个）银灯　化　带（呀）钱。
神前　不敢　　久祝　愿（哦），万记（个）神棒　鼓　皮（呀）穿。
今日　不敢　　久祝　愿（哦），又怕（个）红日　落　西（呀）天。

13. 踩锣

踩　锣

1 = C

李元生 记谱

$\frac{2}{4}$ 0· 1̇ 3̇ 6 | 3̇ı 1̇ | 1̇ 0 0 1̇ 3̇ | 6 6 1̇·3̇ 6 6 |

只准　向前，　　不准　向　后。若有向后

$\frac{6̇}{}$ 1̇·3̇ 6 6 | 1̇ 6·| 1̇·3̇ 1̇ 1̇ 6 | 1̇ 6 6 | 1̇ 6 6 |

先　斩后奏 （众）啊　哈。　一　点　东方　里面将，里面将

二　点　南方　青面将，青面将

三　点　西方　黄面将，黄面将

四　点　北方　红面将，红面将

$\frac{3}{4}$ 0 1̇ 6 1̇ 6 1̇ 1̇ 6 | 3̇ 6 1̇ 6 1̇ 1̇ 6 | $\frac{2}{4}$ 1̇ 1̇ 3̇ 6 | 1̇ 6·‖

来到某氏门庭，保佑生意兴隆　财源广进 （众）啊哈。

来到某氏门庭，保佑五谷丰登　六畜兴旺 （众）啊哈。

来到某氏门庭，保佑人口清洁　百事顺意 （众）啊哈。

来到某氏门庭，保佑买田买地，荣华富贵 （众）啊哈。

14. 怀胎经

怀　胎　经

1 = C

叙事地 中速

$\frac{2}{4}$ 2̇ 2̇ 6̇ | 2̇ 2̇ 6̇ | 2̇ 6̇ 2̇ | 5 - | 2̇·3 5 | 6 5 5̇ 3 | 2 - ‖

化在 （略）南海 （是）念　阿　弥，　南　无　阿　弥　陀　佛。

化在 （略）山下 （是）化　钱　粮，　南　无　阿　弥　陀　佛。

狂风 （略）吹得 （是）闪　闪　跃，　南　无　阿　弥　陀　佛。

作恶 （略）之人 （是）打　入　桥，　南　无　阿　弥　陀　佛。

怀　胎　经

1 = C

叙事地 中速稍快

$\frac{2}{4}$ 2̇ 2̇ | 5̇ 5̇·5 | 5 2̇ 1̇ | 5̇ 6̇ 3 | 5 5 6 | 2̇ 1̇ 1̇ 6 | 5 - ‖

唐朝有个目莲僧，奉旨　　取经　往西　天。

忠心不怕路途远，尽忠　　何怕　万重　山。

15. 孟姜女哭长城

孟姜女哭长城

1 = C

哭诉地 中速稍快

$\frac{2}{4}$ 1 1· | 6 6 5 | 2 2 6 5 | 2 — | 2 2 1 | 6 5 |

秦王　下令　筑城　墙，　三丁　　之内

1 1 6 5 6 | 5 5 2 1 | 1 1 6 5 | 1 — | 1 1 6 5 | 1 1· |

抽一个，　五丁之内抽一　　双。　不论　　男丁

6 6 5 | 5 — | 6 6 5 | 5 5 3 2 | 6 6 3 2 | 5 — ‖

并妇　女，　一齐　抽来　筑（呀）城　墙。

孟姜女哭长城

1 = C

叙事性 中速稍快

$\frac{2}{4}$ 5 5 3 2 | 1 — | 6 6 3 2 | 5 — | 3 3 2 | 5 6 5 | 3 5 3 2 | 5 — |

正月　里是新　年，　字画　灯彩　挂堂　前。

二月　里百花　开，　渔樵　耕读　一路　来。

3 3 2 | 5 6 5 | 5 5 3 2 | 1 — | 6 6 3 2 | 5 6 5 | 3 5 3 2 | 5 — ‖

厅堂　灯彩　团团　转，　万郎　姜女　得团　圆。

起眼　但看　梁上　燕，　一双　飞去　一双　来。

土地与傩神对话

1 = G

回答式地 中速稍快

$\frac{2}{4}$ (2 3̇ 2 | i̇ 5 | 6 6 5 | 2 3̇ 2 | i̇ 5 | 6 6 5 | 2 3̇ 2 | i̇ 6 | 2 3̇ 2 | i̇ 6 |

5 6 5 6 i̇ | 5 -) 3 3 5 6 5 6 i̇ | 5 - | 5 6 i̇ 6 5 3 | 2 - | 5 2 3 5 3 |

（土地）傩 的 起 源 什 么 时 代？ 人 类

（傩神）傩 的 起 源 什 么 时 代？ 人 类

2 5 3 2 | 1 2 3 2 1 6̣ | 5̣ - | 1̣ 6̣ 1 2 | 1· 7̣ 6 5 | 3· 5 6 5 6 i̇ |

为 了 做 什 么？ 后 来 变 化 怎 么

为 了 除 妖 害； 后 来 变 化 有 多

5 3 2 | 5 2 3 5 3 | 2 5 3 2 | 1̣ 6̣ 1 2 3 5 | 2· 1 6 5 6 i̇ | 5̣ - ‖

样？ 请 把 实 情 讲 （呀） 出 来。

样， 祭 祀 宗 教 傩 舞 戏 娱 乐。

第四章 湘东皮影戏

（一）湘东皮影戏介绍

皮影戏又称"影子戏"，是一种以兽皮或纸板做成的人物剪影以表演故事的民间戏剧。表演时，艺人们在白色幕布后面，一边操纵影人，一边用当地流行的曲调讲述故事，同时配以打击乐器和弦乐，有浓厚的乡土气息。

1. 湘东皮影戏的来源

据史书记载，皮影戏始于战国，兴于汉朝，盛于宋代，元代时期传至西亚和欧洲，可谓历史悠久，源远流长。

据湖南省攸县《高枧志》记载，皮影戏早在唐初时期唐王就号令黎民百姓在正月初二开始闹花灯、耍茶灯、舞龙灯、唱皮影，祈盼来年人寿年丰，太平盛世之美意，自此就一直流传。湘东皮影于清代同治年间从湖南省攸县高枧乡传入，已有130多年的历史。据《丁氏族谱》记载及相关调查，东桥镇界头村人丁富如（1863年生，湘东皮影戏第一代传人），师从湖南攸县高枧乡皮影表演大师张富，学成后，组团游走赣湘两省，其唱腔风格与韵律广泛吸收花鼓戏、采茶戏、京剧、民歌小调等音乐体系的精华，以当地方言东桥话演唱，语言具有浓郁的地方特色，唱腔丰富，有二黄和高腔，念白风格独特。打击乐、唱腔都得到了进一步的完善和发展，形成了湘东皮影戏"赣西高腔"艺术风格，自此在东桥地区及周边乡镇慢慢发展壮大，代代相传。丁云秋在11岁那年师从湖南攸县皮影戏老艺人欧阳相澄，技艺成熟后，他将赣湘两地的民间音乐小调相互融合，逐渐形成了具有赣西风格的唱腔，其念白独具一格，唱功粗犷、高亢，表演文武兼备，武功变幻神速，鼓乐节奏明快。

1910年，湘东皮影第三代传人丁光仪（1883—1973）先拜圆觉大师为师学习皮影戏器乐演奏，1931年又拜师欧阳相澄（1903年生）学习皮影戏的表演，其子丁云秋（1935年生）向其父学习皮影戏的器乐演奏，后因父年迈多病，又向欧阳相澄学习皮影戏表演，并传授三子丁永发（1963年生）皮影戏技艺，丁永发后又师从欧阳相澄弟子皮影戏表演大师王柏华，传承至今。

湘东皮影戏主要传承地在东桥镇一带，与湖南攸县相邻，两地方言俚语融合为一种地方独有的白话。两地民间音乐小调糅合了赣湘地域江南高腔的特点，念白风格独具，唱功粗犷高亢。表演文武兼备，舞动变幻神速，鼓乐节奏明快，唱本以传统剧本为主，兼具创新。以演艺方式祈祷年年风调雨顺、五谷丰登、除凶降吉祥，深受大家欢迎。"文革"时期，许多剧本和乐谱（工尺谱）当"四旧"被烧毁，如今部分存留的《封神榜》《西游记》等几百部戏本全靠历代皮影艺人非凡的记忆力和口传心授方式传承下来。受此影响，湘东皮影戏在传承方面面临濒危的困境，亟待各级有关部门加大力度开展挖掘和保护，促进传承。

2. 湘东皮影戏的文化特征

湘东皮影戏主要有四个文化特征：一是合理的变形，为突破影偶只能在二维空间移动的局限，影偶雕刻艺人合理使用变形艺术，适应观众观影时的视觉体验，让观众感受鲜明的立体感，同时，还能突出人物性格特征。二是大胆的夸张，这种夸张能够集中反映人物和景物的本质特征，产生强烈的美感和演出效果。三是巧妙的象征，影偶的象征特点主要通过图案和色调反映人物的性格特征。比如，曹操的造型就是通过色调反映人物的性格。四是稚朴的装饰，影偶造型吸取了民间刺绣、剪纸等的朴实、稚拙、装饰性强特点，因而布局严谨、线条流畅、色调明快，具有较强的装饰性。

3. 湘东皮影戏的道具

湘东皮影属于南方皮影，其生产材料中只有一小部分是用硬牛皮和薄牛皮雕刻而成的，大多数是由厚厚的香水纸或纸板制成的。湘东皮影的图案也采用了民间剪纸的造型，雕刻出的皮影外简内繁。外围的轮廓多采用流畅的长弧线，而内部的轮廓则以物态形状雕刻出复杂的图案，纹样因形而刻，注意形式的长度、宽度和曲直的变化，处处表现出对称、平衡、节奏和对比的美。皮影的造型主要分为人物造型、妖怪动物造型和道具造型，其图案和故事随着历史的演变由早期的《鱼戏莲》《福禄寿》《喜鹊登梅》《招财进宝》等传统中国皮影戏曲逐渐融入生活的气息，出现了一批渗透着人们生活美满幸福的精彩曲段。

4.湘东皮影戏的行当及唱本介绍

（1）行当

沿袭传统皮影的习惯，湘东皮影戏人物被划分为生、旦、净、末、丑五个类别，每个人物由头、上身、下身、两腿、两上臂、两下臂和两手十一连缀组成，表演者通过控制人物脖领前的一根主杆和两根要杠来使人物做出各式各样的动作。

（2）唱本

传统的皮影戏演出，先用大门页板和木料支起，然后在台板上架上自制的小演奏舞台，接着检摆行装、道具和清油灯（或纸篾火）。通过三通锣鼓鸣金发大筒起师，演出正式开始，首先是求福求寿求平安、还愿（唱二十四季、二十四孝）再演正戏，唱本有商朝《姜子牙钓鱼》、三国《徐庶荐阁》、唐朝《薛仁贵征东》、宋朝《杨宗保破阵》等。

湘东皮影戏剧团每年下乡演出达200场，并长期进驻本地区的大、中、小学进行授课。湘东皮影戏被列入江西省第五批省级非物质文化遗产代表性项目（2017）。

（二）湘东皮影戏唱本

1.孟姜女哭长城

该唱本讲述秦始皇筑万里长城，万喜良应征为夫役，受尽折磨，设法逃脱，又被官兵追捕。万喜良逃至孟员外家（亦称许家）花园，藏身池旁柳树上。孟员外之女孟姜女入池洗澡，得见杞良，邀万喜良同归见父母，结为夫妇。官兵抓逃夫，又捕万服役，孟姜女在家为万制成寒衣，千里往送，历尽艰险，得神救护，乌鸦为之引路，得至长城，始知喜良死，尸筑城基中。孟姜女抚城大哭，城崩。尸骨累累，孟咬指滴血认骨后，负骨而归。

有关"孟姜女传说"先后被列入第一批国家级非物质文化遗产代表性项目名录（2006，山东省淄博市）；第四批国家级非物质文化遗产代表性项目名录（2015，山东省莱芜市）等。

人物：孟姜女、梅香、县官、孟母、孟父、万郎、赵高、太监、差役、手下。

旁白：一拜天地，二拜高堂，夫妻对拜，送入洞房，真是天生一对，地上一双，后堂摆上酒宴，请，请。

差役：满堂大小人等休得乱动。

孟母：哎哟，老爷今日我家小姐成婚不知老爷驾到，有失远迎，请老爷恕罪。

差役：哼，大胆狂奴。竟敢窝藏逃犯，该当何罪。

孟母：老爷呀。今日我家大喜之日岂有逃犯。

差役：你家女婿可叫万喜良。

孟母：老爷，我家女婿那是万杞良。

差役：万喜良，万杞良，哼，叫他出来我要见识见识。

孟父：呵，这。老爷洞房内室不便打扰。

众：哎，是呀，是呀，洞房内室不便打扰。

差役：尔等大胆，竟敢同谋窝藏逃犯，一经查出，老爷我一个个问罪来呀，搜。

手下：是。

孟姜女：万郎。

差役：晦，好一个余家凶徒窝藏逃犯万喜良，来拿下去筑基长城。

手下：是。

孟姜女：夫君。差走。

孟母：哎，老爷，这点银两不成敬意，求老爷开恩，让他们说上几句话儿呀，备酒侍候。

差役：哼，有话则长，无话则短，叫他们快快讲来。

孟父：是，老爷后堂有请。

孟姜女（唱）：［反十字调］

离别见过手拉手，行行悲悲喃，离别敬夫一杯酒，知心话儿说端详。

万郎（唱）：饮下贤妻一杯酒，知心话儿对妻呀明，妻呀，双亲常年住苏州，衣食住宿好忧愁，清明要把祖坟敬，三拜九叩诚志心。妻在家中多保重，耐心等夫三春秋，三年不回再嫁人，我那好伤心好伤心，妻呀。

孟姜女（唱）：［西湖调］

万郎明日离家走，在家不知怎说好，再结再嫁自古有，怎比结发到白头。一年不回等三年，三年不回等九秋。若是因此不回转。九泉之下到白头，生是万家人，死是万家鬼，生死不离万家郎，生死不离万家郎，万郎离家去筑城，奴的思念万千端。

梅香：小姐，夜深天凉，你且歇息去吧。

孟姜女：梅香，你我在家尚觉寒冷，万郎修筑长城，风餐露宿，怎能过冬。我想做条红线棉衣送至城边，好让万郎过冬呀。

梅香：小姐说的是，待奴婢取针线来。

孟姜女：万郎呀，祈愿夫君多健壮，役满回乡早相逢。

梅香：小姐，针线取来了。

孟姜女：梅香，你我缝起来吧。

梅香：是。

孟姜女（唱）：寒风声声响，为夫做衣裳，满怀欣喜，三分喜心房，衣呀衣子哟。针儿飞，线儿长，针针线线情更长，情更长。万郎添衣御寒冷，役满回家避夜寒。夫妻相逢同甘露，鸳鸯戏水双对双。丝丝缝缝心欢庆，针对针来行对行。五更鼓响鸡报晓，棉衣缝就心欢畅。

梅香：小姐，棉衣缝好了。

孟姜女：梅香，快到天明了，我们即刻启程。

梅香：是。

县官：嘿嘿，下官死守城，有才又有文，当官二十年，年年不高升。奴才，（众：有）皇上要来视察，你要小心看好城门，任何人都不准过关（众：是）。

差役：嗯，日夜来站岗，受冷又受伤，若有怠慢处，屁股都打伤。

孟姜女：万里寻夫君，来此潼关镇，待小女子过关去也。

差役：哎，站住，你这小女子吃了豹子胆、老虎尿哇。你没看见告示，丞相有令，皇上要来视察，任何人都不准过关啦。

孟姜女：公差大哥，小女子万里寻夫，为送寒衣而来，你就让我过去吧，小女子这厢有礼了。

差役：小女子？就是老女子也不行。我告诉你，没得腰牌，就是皇帝的小婆子、老婆子、细婆子、老子、儿子、孙子，嘿嘿都不行，你有腰牌没啦？

孟姜女：小女子乃一民妇，一路卖唱而来，哪有什么腰牌呀。

差役：什么？卖唱的呀，嘿嘿，那好，老爷与我正好得闲，你就唱点子给我们开下心。

孟姜女：是，老爷请听。

孟姜女（唱）：春季里来百花开，招得蜜蜂采花来，惹得彩蝶双双飞，逗得妹妹引郎来。夏季里来柳丝长，鸳鸯戏水双对双，情哥情妹迎面来，哥撑凉伞妹乘凉。秋季里来桂花香，妹妹对镜来梳妆，何人采得香花来，朵朵插在妹头上。冬季里来雪花飘，独有梅花对雪笑，好比哥妹情义长，寒冬腊月也不凋。

县官：唱得好，唱得妙，再唱，再唱。

差役：好个屁，老爷，那小女子她溜过关去了。

县官：啊，好个奴才，你，你不好好看守城门，放人过关，丞相知道了，该当何罪。快追。

差役：是。

赵高：哼，秦王吞并六国，命我高筑长城，眼看大功即将告成，好不喜煞人也，哈哈。

赵高（唱）：赵高我慧眼万事齐，全凭心狠手段毒，只要长城早修好，万岁一笑我喜心头，金钱美女来封赐，加官晋爵享厚禄，有朝一日官运通，一统江山我赵高，哈哈哈哈，来呀（有），适才尔等察看，长城何时竣工呀？

差役：禀老爷，东段民工饥饿难当，难以预期修复哇。

赵高：啊，每日两顿改为一餐，无人修得者，统统筑于长城，我就是用人也要堆起来。

差役：老爷，西段民工怠工不动，聚众造反呀。

赵高：何人为首？

差役：江淮苏州万喜良。

赵高：啊，哎呀呀，万喜良呀万喜良，我要将你碎尸万段。来呀，（有）大刀侍候，我要亲手处死万喜良，杀一儆百。

孟姜女：过了潼关到北边，长城连绵在眼前，民夫数万何处找，唱着乡歌把夫寻。

孟姜女（唱）：正月里来是新春，家家户户点红灯，人家夫妻回洞窑，孟姜女的夫筑长城。二月里来喜洋洋，燕子展翅到南方，飞来飞去结成对，奴家夫妻不成双。三月里来是清明，家家户户扫祖坟，人家坟上飘白钱，我家祖坟冷清清。四月里来养蚕忙，孟姜女提篮去采桑，桑叶挂在树枝上，擦把眼泪摘把桑。五月里来是端阳，河里龙舟闹洋洋，人家夫妻船上坐，孟姜女在岸上痛断肠。六月里来热难当，蚊虫叮在奴身上，宁叮孟姜女千滴血，不叮我丈夫万喜良。

差役：下面听着，万喜良聚众造反，现已处死。若有违抗丞相者，万喜良就是尔等榜样。

孟姜女：请问公差大哥，适才言些什么？

差役：万喜良聚众造反，现已处死，筑于城墙。

孟姜女：啊！万郎！

众（唱）：惊天动地响三年，梦好前来心头焦，心头焦，欢欢喜事成大业，长城当哭满坟下。

孟姜女（唱）：万郎那，奴的夫，源源寻夫一线断，九泉含恨冤难消。可怜我思夫心切红颜老，可怜我万里寻夫不辞劳，可怜我一个脚印一滴泪，花鞋磨穿红颜消。苍天那，赐我一把开山斧，劈开城墙把夫找。苍天那，苍天开恩助奴家，霎时地动又山摇，长城一倒数百里，滴血尸骨捧回乡。

孟姜女：万郎，你在哪里？

赵高：嗯，长城西段为何倒塌了？

差役：禀老爷，孟姜女万里寻夫不见，在长城下啼哭不已，感动苍天，降下皇表，哭倒长城数百里。

赵高：啊，这还了得。将孟姜女带上来。

差役：是。

差役：孟姜女，你还不请罪？

孟姜女：小女子万里寻夫何罪之有？

赵高：你哭倒长城，该当何罪？

孟姜女：长城乃自己倒塌，管我何事，你，你这杀人不见血的刽子手，小女子与你拼了。

赵高：大胆，看剑。

差役：相爷，你看这孟姜女生得十分美貌，不如把她送到咸阳，献给皇上。到那时，皇上高兴起来，不就呕、呕哈哈。

赵高：来呀，带了下去。

孟姜女：奸臣，奸臣。

赵高：哟，哟，哈哈。

太监：圣旨下，赵高接旨。

赵高：万岁万岁万万岁。

太监：赵卿献美有功，孟姜女择日进宫。今令山海官兵搭起祭台，赵卿亲手捧灵，祭奠万喜良，即刻进宫受封。钦此。

赵高：谢万岁。

太监：告辞了。

赵高：送公公。

赵高：哎。

赵高（唱）：三步一跪九步拜，累得我赵高脚打战。悔当初不该贪钱财，错把孟美女引进来，要她进京事三件，沿途搭起祭奠台，尼姑和尚要两百，宰相捧灵把路开，眼看今日要累坏，六州之侯难下台。

差役：圣上有旨，焚香开祭。

赵高：美人，三件大事，件件照办了，快随我进京去吧。

孟姜女：万郎那。

孟姜女（唱）：台前走下了小孟姜，悲泪连声祭万郎，高山赤天作锦簇，官官开路作九霄，万郎那，你在生壮志未曾酬，死后戴孝有丞相，生前不能成夫妻，九泉地狱也无妨，啊，万郎……夫哇，九泉地狱也无妨。

赵高：美人，走吧。

孟姜女：奸臣。

孟姜女（唱）：唇枪舌剑漫夜长，奸臣犯下滔天罪，丞相自己把孝戴，你披麻戴孝手捧灵牌是我万郎的亲生儿子一个样，满朝文武台前跪，好比我万郎的臣子与臣孙。我心中唯有万喜良，痴心妄想梦一场。

众：孟姜女跳水啰，孟姜女跳水啰。

2. 杨宗保破阵

该唱本讲述辽邦萧天佐摆天门阵，杨延昭命焦赞、孟良去穆柯寨取降龙木。焦、孟与寨主穆桂英交战失败，诱杨宗保去对敌，穆擒宗保后许婚。宗保回营，杨延昭以宗保临阵招亲，犯令当斩，佘太君、八贤王讲情，求恕宗保，延昭均不允。穆桂英携降龙木及穆柯寨兵马、粮草至宋营，求恕宗保，并自愿破天门阵，延昭始赦宗保。穆桂英率师攻阵，得杨八姐及过去失散久居辽邦之焦光普相助，破天门阵。

人物：杨宗保、孟良、焦赞、杨延昭、萧天佐、手下、山军。

杨宗保：紫受今朝，丹心一点护皇朝。丹凤来仪宇宙春，春天雨露四时新。世间好事全忠孝，臣报君恩子奉亲。小将杨宗保，父帅杨延昭，在宋王驾前为臣，官封总督元帅之职，这也不需言表，今有萧天佐在九龙飞虎摆下了无名大阵，满朝文武不能胜任，是吾宗保得下了钟离老仙天书三卷，才知得南天门七十二阵阵阵有名，今日父帅升帐，理应辕门听点，人来，（众：有），与我开道。

杨宗保（唱）：［北路平板］

　　天有道出的是风调雨顺，地有道出的是五谷丰登，国有道出的是忠诚良将，家有道出的是孝子贤孙。南天门摆下了无名大阵，大小山军不能胜任，是我得下了天书三卷，才知南天门阵阵有名，叫人来，（众：有），与我忙开道，父帅跟前听令行。

孟良：青面獠牙铁字金，两眼神光似铜铃，不闻皇王三宣召，且听杨家把令行。哼！孟良字百枪，幼年关村响马，多蒙杨家元帅收留于我做了一个指挥头儿，今天元帅升帐理应辕门听点人来，（众：有），起到辕门。

焦赞：肩背葫芦口朝天，腰插剑戟似月圆。不闻皇王三宣召，且听杨家把令行。哼！姓焦名赞字克明，幼年关村响马，多蒙杨家元帅收了我做个指挥头儿，今天元帅升帐不知哪路差旗，人来，（众：有），起到辕门，那旁站的讲么是孟良兄。

孟良：正是，你讲么是焦赞弟，（众：正是），今天元帅升帐不知有何差旗？

焦赞：焦楼鼓打几更。

孟良：鼓打三更，请。

杨延昭：父子点兵到两厢，可恨虎口摆战场，父亲里林背下死，可怜七弟箭下亡。本帅杨延昭，在宋王驾前为臣，官封总督元帅之职，这也不必言表，今有萧天佐在九龙飞虎摆下了无名大阵，满朝文武不能胜任，是我儿宗保得下了钟离老仙天书三卷，才知得南天门七十二阵阵阵有名，今天本帅升帐理应辕门听点人来，（众：有），传焦、孟二将进帐。

手下：是，传焦、孟二将进帐。

孟良、焦赞（唱）：忽听元帅宣，迈步进宝帐。

孟良、焦赞：参见元帅。

杨延昭：二位大将一旁赐座。

孟良、焦赞：谢坐！请问元帅传某进帐不知有何差遣呀？

杨延昭：二将哪曾知道，萧天佐在九龙飞虎摆下了无名大阵，满朝文武不能胜任，是我儿宗保得下了钟离老仙天书三卷，才知得南天门七十二阵阵阵有名，今日本帅升帐，孟良听令。

孟良：何令？

杨延昭：命你到大塘山搬来金刀马夫人下山打破黄河大阵。

孟良：得令。

杨延昭：焦赞听令。

焦赞：何令？

杨延昭：命你到五台山搬来五兄长下山打破罗汉大阵。

焦赞：得令。

杨延昭：我儿宗保听令。

杨宗保：何令？

杨延昭：命你巡营调哨，备齐粮草与萧天佐对阵。

杨宗保：得令。

杨延昭：各位将军宝帐赐酒听本帅发令。

杨延昭（唱）：〔北路导板〕

坐立宝帐发号令，站立两厢听令行。两国不和动刀枪，将军个个听军情。南天门摆下无名大阵，大小山军不能胜任。我儿得下了天书三卷，才知得七十二阵阵阵有名，他有延广和延寿，我有焦赞与孟良。

孟良、焦赞：过奖了，哈哈。

杨延昭（唱）：叫声孟良听令行，大塘山上搬救兵，倘若搬来人和马，要把天佐一扫平。

孟良：接过元帅一支令，大塘山上搬救兵，倘若搬来人和马，要把天佐一扫平。

杨延昭：一见孟良下宝帐，叫声焦赞听端详，本帅赐你一支令，五台山上搬救兵，倘若搬来人和马，功劳簿上写几行。

焦赞：接过元帅一支令，五台山上搬救兵，倘若搬来人和马，扭转疆土归一统。

杨延昭：一见焦赞下宝帐，叫声我儿听端详，父帅赐你一支令，巡营调哨打头阵。

杨宗保：接过父帅一支令，巡营调哨打头阵，齐心合力把贼擒，要把天佐一扫平。

杨延昭：众将个个下宝帐，好比猛虎下山岗，叫人来，（众：有），把门掩上，等待山军报端详。

杨宗保：前面讲么是天佐贼。

萧天佐：你是娃娃宗保吧。

杨宗保：萧天佐你赶快下马投降，免得受我一刀之罪。

萧天佐：一派胡言，招枪（打仗破阵），哎呀呀，可恨的小将杨宗保枪法如水，我不是他的敌手，人来，（众：有），写降书后撤。

　　杨宗保：哈哈哈哈哈哈，山军，（众：有），萧天佐哪儿去了？

　　山军：拖枪逃走了。

　　杨宗保：打起得胜鼓，收兵回朝。

（三）湘东皮影戏唱腔选段

1.南路唱腔旋律

南路唱腔旋律

1=G

$\frac{2}{4}$（3·4 32 | 1 65 12 | 323 | 5·6 5 7 | 656 76 | 55 321 | 2 -）|

3· 2 | 1 2 65 | 3· 5 | 321 | 2 3 2⌒ 2 - （2·3 21 | 6 5 61 |

2·3 5 6 | 3 5 2 | 1 0 5 | 61 2）| 5· 6 | 1 61 | 2 12 | 3·5 32 |

1 2 1 | 1 65 |（1·2 7 6 | 5 7 65 | 1 0 2 | 323 | 5·6 5 7 |

656 76 | 55 321 | 2 0）| 1 - | 2 3 | 2 5 30 | 1·3 26 |

1 （0 6 | 5 61）| 5 5 | 3 2 | 0 2 | 7 6 | 2·3 56 | 7 6 |

5 7 6 | 2 | 7 2 | 656 76 | 5 0 6 | 1· 2 | 7 65 | 0 2 |

7 6 | 5 12 | 3·5 32 | 1 32 | 6·3 26 | 1· 6 | 5 61 |

2 2 | 3 2 | 0 2 | 3 5 | 6⌒ - | 6 - | 3 23 | 5 652 |

3 0 5 | 35 32 | 1 0 2 | 1 235 | 23 21 | 6 1 | 2⌒ - | 2 - ‖

2. 北路唱腔旋律

北路唱腔旋律

1 = F

卅（ⁱ⁶ ···· ᵛ³⁵ ···· ᵛ⁵⁶ ···· ᵛ⁶i ···· ᵛ⁵³ ···· 2·355 2172 ᵗʳ₆⁶1 ····）│ 1⁶3 ··· 232321 7·6⁵ ⁱ⁶ᵛ│

5 ³ 2327 65 616ᵛ6·2 1 2 ᵛ³⁵3 ··· │ 4/4（6·535 1 61 3 2 1·235 │

2176 53565 356i5 35356i │ 6543 2·356 352 1）│ 1⁶ 3²³₌2 1·276 5 35 │

（5·643 2 3 5）
6·276 ⁵ - 5·6 │ 7627 676 2·327 67·6 │

（6 2 7276 535 65656i │
⁵ - - - │ 5/4 565 356i5 61235 3612 1）│

4/4 6 3²³₌2 1276 5 35 │ 6·276 ⁵ - 5·6 │

（5·643 2 3 5）
7627 676 ᵛ⁵₌6 2 2 │ ⁵³₌2 1 - - │

（2·222 3235 16123 │
16123 1 2 121 2·223 │ 5632）1⁶ 3²³₌2 1276 │

（5·643 2 3 5）
5 35 6·276 ⁵ - │ 5·6 7627 676 2·327 │ 6ᵛ76 5 - - ‖

3. 凯丰

$\frac{3}{4}$ 2·356 276(76 576) | 3 321 1·(276 561) | $\frac{2}{4}$ 2275 32 | 027·6 |

我 心难 忍， 为的 是 穷人

$\frac{3}{4}$ 2·356 276(76 576) | 2·327 65676 5 ‖: $\frac{2}{4}$ 1·2 635 | 027·6 |

早 翻 身， 男儿 流血

狱 友们 禁食

$\frac{3}{4}$ 2·356 276(76 576) | 3 321 1·(276 561) | $\frac{2}{4}$ 2275 32 | 027·6 |

不都 流（啊）泪， 死到 阴间

齐（呀）心， 中华 儿女

$\frac{3}{4}$ 2·356 276(76 576) | 2·327 65676 5 :‖ $\frac{2}{4}$ 1·2 635 | 027·6 |

也定 无悔。 革命 到底

必胜。

2·356 276 | 0 535 | 6 - | 167 2326 | 7 02 7276 | 5 06 5672 |

志 如钢，

6765 35 | 6 - | (276 576 | 0 1 65 | 323 6561 | 232 5·653 |

2532 1561 | 5535 2) | 2275 32 | 027 6 |

胜利 曙光

rit.

$\frac{3}{4}$ 2·356 276(76 576) | 535 6· 1 | $\frac{2}{4}$ $\overset{56}{5}$ 5 - | (0 哒哒 格 台) ‖

在 东 方。

第五章 上栗皮影戏

（一）上栗皮影戏介绍

关于萍乡的皮影戏，早在彭江流《汤水伢仔与影子戏（能工巧匠）》一文中提及："五十年前，萍乡没有剧院，民间多是借'酬神'而请'班子'在神庙前的戏台下演'大戏'，让神和人都热闹热闹，欢笑欢笑，在整年的衣食奔忙里轻松一下。演影子戏（皮影戏）是'耍事'，不够享受隆重接待。"①清光绪年间，浏阳县城紫微街谢发昌、肖长久等组织皮影社，备有三副皮影箱担，供皮影艺人租用。演出由谢统一交涉安排，并设馆授徒。民国时期，著名皮影艺人廖长二、罗冬生等均是这里出师的。民国初年（1912），浏阳皮影艺人苏文珍、黄名龙、黄星同等组班进入长沙市，在庙台挂牌演出，这是皮影戏走向大城市演出之始。民国二十年（1931），浏阳全县有皮影戏班76个（浏西47个，浏北29个），皮影艺人150多人。民国二十九年（1940），浏北皮影艺人在永安市彭家冲组建皮影戏老郎会，入会者百余人。浏阳的皮影戏班经常前往上栗县的农村集镇演出，除以湘戏唱登台、花鼓戏唱扫台外，中间的正本戏都是具有皮影戏特点的节目，上栗皮影戏吸收了浏阳皮影戏的表演特点。

每逢初二到十五，上栗皮影戏会到各地居民聚集区进行演出，民间艺人会登门"打春""赞土地"，亲友邻里也互请"春饭"。二十世纪七十年代，上栗的皮影戏班有很多，比较有名的是肖家班（南边赤山镇）、陈家班（北边上栗镇和金山镇）。皮影艺人制作皮影时，将牛皮或驴皮、羊皮刮去血，加工成半透明状后，再进行刻制，其雕绘工艺讲究刀工精致、造型逼真。影人分头、身两部分，

---

① 彭江流：《汤水伢仔与影子戏（能工巧匠）》，出自彭江流主编：《〈萍乡古今〉选编之一》，萍内出字第［88］0023号1988年版，第221页。

头身分离，根据剧中人物需要而临时组合。头部有盔帽，也是临时组合。身部、四肢皆着服饰，涂上油后用火砖烘烤压平即成。上栗皮影戏为四个男人一台戏，演出前需要搭起一个距离地面有 2 米高的戏台，用四张桌子拼成舞台，围上幔子，点上一盏清油灯，再调试出最佳的光影效果。表演时，艺人们在白色幕布后面，一边操纵皮影人，一边用地方曲调讲述故事，同时配以传统器乐伴奏。其表演艺术集雕刻、绘画、剪纸、吹、拉、弹、唱、提、打等多种形式于一体，每一出戏都有二胡（或大筒、京胡）、铜锣、鼓等乐器配合，随着音乐的节奏，幕布上出现了不同角色的人影。角色的一举手、一投足，都因为艺人们情深意切的唱白而变得更加生动。受湘文化的影响，它通常以上栗民间小调为主，并吸收湘剧、花鼓戏等曲调。

上栗皮影戏是舞台戏曲的前身，其唱本繁多，多取材于当地百姓耳熟能详的民间故事和传说，有神仙道化戏、历史演义戏、民俗生活戏、爱情戏、伦理戏等，如《七姐下凡》《三殿》《双麒麟》《灯扒寨》《西游记》《九龙潭》《真假美猴王》《万寿山》《粉妆楼》《仁贵征东》《薛丁山征西》《薛刚反唐》《罗通扫北》《瓦岗寨》《封神榜》《渭水访贤》《龙虎斗》《九龙山收兴》《天水关收维》《樊梨花斩子》《捉放曹》《徐庶荐贤》《刘金定南唐救驾》等。

目前，上栗县成立了赤山慕冲、上栗绿塘、金山山口三个皮影戏传承基地。上栗皮影戏被列入江西省第四批非物质文化遗产名录（2013）。

（二）上栗皮影戏唱本

1. 龙虎斗

该唱本讲述赵匡胤同呼延赞交战，忽然发现对方出现龙形和虎形，最终和好，使赵匡胤下河东收获巨大。

人物：赵匡胤、呼延赞、白步虎。

兵：打听军情事，名为夜不收。日间藏草内，晚来支荒兵。俺探马是也，打听罗家祭来一哨人马，鞭驱白龙马踏御营，此事不可隐瞒，报与万岁知道也。

赵匡胤（唱）：龙争虎斗这干戈何日罢休。

赵匡胤：王离龙位虎离山，蛟龙无水困沙滩，御营差斩忠良将，何臣保孤回帝台。抓臣乾德王赵，只因被欧阳哄下河东，有了七载，内丢粮草外还丢救兵，也曾命南旗四路捎道，未见回报，御林军介有伺候。

兵：流心不落地，下马报军情。报（探子进）万岁在上，探子打参。

赵匡胤：报……来势，腰间常撑令字旗，打听何方真情事，一二从头报孤知。

兵：听道万岁打坐九龙廷，且听投马报，分明罗家山前发人马，鞭驹白龙马踏御营，一不要江山，二不要社稷，只要万岁一马当先。

赵匡胤：阵势如何？

兵：阵势可。

赵匡胤：赐你良牌一面，四路再探再报。

兵：得令。

赵匡胤：且住，方才探马报到罗家山，发来一哨人马，鞭驹白龙马踏御营，若是胡儿的人马，就不该马踏御营，既是我朝救兵，不该鞭驹白龙，此事叫孤难解。

赵匡胤（唱）：〔南路导板〕探马儿不住在回来报到，他报到罗家山动了镰刀，杏黄旗在半空，乌云自飘，只吓得御林军中胆战魂消，是凤凰离却了昆仑道，大鹏鸟展翅在落林毛。昔日里，有一个三圣召刘备关张结同胞，乌牛白马祭天地，关为二来张为三，到后来徐州遭失散，关爷围困土城壕，曹操差来文远到，劝说关爷去降曹，曹操待他恩义好，美女十名绣红袍，上马金来他不要，下马银来他不照，闻听大哥袁绍到，一心只想会故交，临行时休下了辞曹，（曹操）挡在霸林桥，双降红袍，酒澄青铜偃月刀，曹丞相，曹丞相，饯别在霸林桥，千不该是万不该，不该酒醉斩红袍，眼前若有三弟到，何劳孤王把兵交。下河东，有七载，胡须白了，双年迈苍苍，把兵交在。头上取下了飞龙帽，身上夺下衮龙袍，白龙行。

白虎步（唱）：王离位、玲珑盔甲锦丝稻，草头官与孤备战马。

旁：有请万岁。

赵匡胤（唱）：腰子翻身踏鞍桥，御林军摆开一字长沙道，会一会罗山家，小小营寨人。

呼延赞（唱）：〔导板〕罗家上兴人马山摇地动，大小三军听详情，叫人来与我围困，休要放走乾德君。

赵匡胤（唱）：孤王打马出御营，抬头只见两座坟，左边葬的呼光定，右边葬的呼寿庭。自从二卿亡故后，山河曾得安宁，将身且把战场上，那厢来了一支兵。

呼延赞（唱）：少爷马上传将令，大小儿郎听详情，有人擒得乾德君，功劳簿上表头名，有人放走乾德君王，法条不顺情，将身且把战场上，要会御营乾德君。

赵匡胤（唱）：巫由厝来巫由甲，巫由甲上潇园花。胯下一骑巫驹马，手挽金鞭赛铁锤。小将快把名通下，通下名来好刺杀。

呼延赞（唱）：家住山东麻衣城，吾父有名呼寿庭。若要问我名何姓，呼延赞就是少爷名。

赵匡胤（唱）：先不说呼家没后，谁知有这条根不同名来走罢了。

呼延赞（唱）：少爷打马随后跟。

赵匡胤（唱）：小将要会哪一个？

呼延赞（唱）：要会御营乾德王。

赵匡胤（唱）：乾德王驾在黄罗帐，我是驾前打草军。

呼延赞（唱）：双手过膝赛帝王，五柳胡须飘胸膛。看你不似小军样，好似当今乾德王。

赵匡胤（唱）：少将能识麻衣相，认孤是乾德王，自幼曾把江湖闯，通个名姓有何妨，要问我何姓，乾德王就是孤的名。

呼延赞（唱）：听说来了乾德君，杀父冤仇报得成，手挽钢鞭朝下打，汪汪打死无道的昏君人。

赵匡胤（唱）：小将不过十七八，手挽金鞭赛铁锤，一鞭打来千斤重，打得孤王两膀麻，将身且把战场下，待他来时顺说他，小将暂息雷霆怒，且听孤王说从头，北地胡儿把反造，战书打入九龙廷，孤王金殿拜帅印，你父亲做了马前先行。胡儿三更偷营寨，蒲营反了呼寿廷，为王斩字未出口，欧阳方扳剐杀你的父亲。

呼延赞（唱）：君不开口谁敢斩，哪一个臣子乱杀人。

赵匡胤（唱）：兵传落在奸贼手，孤王也要听令行。

呼延赞（唱）：不会为王早退位，天宫再降紫微星。

赵匡胤（唱）：小将保孤回朝转，孤王马上把你封。

呼延赞（唱）：不受官来不受爵，不受爵来免开心。

赵匡胤（唱）：孤王封你前殿王，二不要后殿王，三也不要一十八路总殿王。

呼延赞（唱）：万里江山我不要，一心要报杀父仇。

赵匡胤（唱）：小将不服人，头仰口声把王伤，孤王上山擒猛龙。

呼延赞（唱）：少爷下海捉蛟龙。

赵匡胤（唱）：孤王与你分上下。

呼延赞（唱）：少爷与你定雌雄。耳内里又听得战鼓响，站立云端看端详，君是龙来儿是虎，龙虎相斗必有凶，我儿早来降宋，呼家代出忠良。

赵匡胤（唱）：〔导板〕

　　　耳内里又听得忠良，到醒来却不在刁鞍，猛然睁开昏花眼，

　　只见猛虎在他身上，手挽金铜朝下打，只见猛虎奔山林。

呼延赞（唱）：耳内里又听得父，到醒来不却在刁鞍，猛然睁开杀人眼，只见火龙在他身，手挽钢鞭朝下打，只见火龙腾了空，人说赵家有天下，莫非此人就是他，罢，罢，罢，一双膝来跪下，尊声万岁休却怕。

赵匡胤（唱）：耳内里又听的呼万岁，只见小将跪尘埃，马上擒王不能够，哄孤下马万不能。

呼延赞（唱）：万岁不必心害怕，呼延赞保主坐中华。

赵匡胤（唱）：坐中华来坐中华，可对苍天把誓发。

呼延赞（唱）：呼延赞保主若有假，死在千军万马踏。

赵匡胤（唱）：一见小将把誓发，孤王才把心放下，攀鞍离镫把马下。

呼延赞：唔。

赵匡胤（唱）：小将他把恨声发，左思右想不下马，金铜叼起小卿家。

呼延赞（唱）：走近前来参王驾。

赵匡胤（唱）：封你王侯第一家。

呼延赞（唱）：杀我父亲哪一个。

赵匡胤（唱）：欧阳方把你父亲杀。

呼延赞（唱）：奸贼今在何方地。

赵匡胤（唱）：随王来合同寨上把贼拿。

呼延赞：别驾。

赵匡胤：哈哈，人说三弟生得恶，他比三弟强得多，为王得了这员将，哪怕胡儿动干戈。

2. 九龙山收兴

该唱本取材于《说岳全传》，讲述杨再兴聚义九龙山，进攻潭州。岳飞驻援守城，知晓杨再兴为杨家将后裔，欲收之帐下。相约战中双方不许兵将助战，岳飞不敌杨门枪法而败阵。适岳云解粮回来，不知新令，突出助战。杨再兴讥岳飞军令不严。岳飞回营欲斩岳云，众将求情，责打四十，令人押至九龙山杨再兴营中谢罪。杨再兴为所动，约期再战。岳飞夜梦杨景教其撒手锏，次日用飞锏将杨打落马下；杨再兴折服，率众投岳家军。

人物：杨再兴、岳飞、岳云、牛皋、牛文、手下、将。

杨再兴：头戴金髯插红绫，身穿盔甲现七星，万马营中为上将，谁不闻名将英雄。俺杨再兴在宋室驾前为臣，可恨徽宗丢到命，俺采办花石砚，血染明差怒恼，豪杰带领本部家将，哈，哪哪反反上九龙山自立为王，闻听岳飞兴兵前来，又道兵来将挡，水来土掩，喽啰，有闻兵来将通名。

牛皋：老子牛皋。

杨再兴：牛皋你不是我的敌手，要你元帅前来会阵。

牛皋：你与老子一阵未交，就知道老子不是你敌手，你不要争，试一试老子的买卖，好将。

牛皋：牛皋参见元帅。

岳飞：坐，免参，牛皋。

牛皋：有。

岳飞：命你一路扎营，如远远扎营寨。

牛皋：候元帅大驾。

岳飞：可曾与那间过阵来。

牛皋：会了一阵。

岳飞：胜了也是败了？

牛皋：我也不知胜了还是败了，他杀的来，我就跑了。

岳飞：这是败了。

牛皋：唔，只怕是败了。

岳飞：可曾问敌将名姓。

牛皋：元帅又来两军阵前鞭，抢押诈，招都招架不赢，哪个问他的名姓。

岳飞：唔，跟随本帅征剿多年，还是这等狙言，倘若得了功，本帅也好上你的功劳簿。

牛皋：元帅，倘若匹夫得了，你老人家在那功劳簿上多打几个圈，就是。

岳飞：想是小校场杨再兴。

牛皋：杨再兴呀，唔，怕是他狗样的。

岳飞：你骂得胜得他过。

牛皋：原来战他不过。

岳飞：押下阵脚。

牛皋：叱。

岳飞：且慢，牛皋败下阵来，战将亏手离不得，本帅亲自出马来，有闯兵。

杨再兴（唱）：九龙山前争给党，杀气腾腾遮日光。久闻岳飞是好将，某家也是将魁元，将身打坐牛皮帐，等候探马报端详。报岳飞讨战。

杨再兴：再探。

杨再兴（唱）：听说岳飞兴兵将，不由豪杰喜洋洋，吩咐喽啰下山往，看谁弱来看谁强。

杨再兴（唱）：［导板］

　　　　阵头上闪出一员上将，头戴盔身穿甲，甲兼秋霜，坐马上倒有个天神气象，手挽着明晃铁寻神枪，我和你相争斗交锋打仗，杨再兴现道略盖世无双。

岳飞（唱）：两骑马叩连环，声声明亮，头戴盔，似是秋霜，坐马上倒有个天神气象，可惜有名将绿林呈祥，尊一声杨再兴，听吾言讲，我和你，并不争小小科场。

杨再兴（唱）：尊岳飞，休得要对我言讲，我和你会过了小小科场。

岳飞：怎不计那一日，五科之上，我和你会过了小小科场，你杨家本是那英雄上将，你那里必须要与祖争光，大不该在绿林打移结抢，岂是你败祖宗惹祸门祥。

杨再兴（唱）：杨再兴闻此言，哈哈掌，尊岳飞停战马细听端详。

杨再兴：岳元帅明主，想我杨再兴，非是不知理义，我乃公孙之子，将门后代，怒恼豪杰带领本部家将反上九龙山，自立为王，你若依某相劝，先灭宋室，后立明主，再若痴迷不醒，敢叫你死无葬身之地也。

杨再兴（唱）：你若不听吾言讲，马到悬崖难收缰。

岳飞（唱）：君要臣死，不得不死，父要子亡，一定要亡。

岳飞：慢着。

杨再兴：想是怕战。

岳飞：非是怕战，想你我棋逢敌手，将遇良才，吩咐三军不准叩阵，如有帮阵者，杀首号令，你我同传一个。

杨再兴和岳飞：全下令，下面听着，不准帮阵，如有帮阵，斩首号令。

众：呵。

岳飞（唱）：铁寻神枪蛟龙样。

杨再兴（唱）：杨门花枪次次伤。

岳飞（唱）：手挽铁枪往上闯。

杨再兴（唱）：杨门花枪无底闯。

岳飞：且慢，你看杨再兴杀法厉害，铁神寻枪场，他可识战枪。

杨再兴：铁寻神枪哪个不知。慢着，你看岳飞杀法厉害，他若再来杨门花枪场地，可识此枪？

岳飞：杨门花枪哪个不知，且慢。

杨再兴：想是歇战。

岳飞：非是歇战，今日天色已晚，来日再战。

杨再兴：来者。

岳飞：君子。

杨再兴：不来。

岳飞：小人。二人请。

众：辕门战鼓响，元帅收了兵，元帅出兵一场辛苦。

岳飞：为国擒敌，何言辛苦。

众：可将此将收复。

岳飞：此人武艺高强，难以收复。

众：众家兄弟帮你生擒活捉。

岳飞：且慢，我俩传下将令，不准帮阵，如有帮阵，斩首号令。

众：想是贪功。

岳飞：非是贪功，我想杨再兴他是一员上将有意收他，做左膀观阵。可这正是两条龙载水，一对虎登山。

岳云（唱）：〔导板〕宝传领了爷一令，催齐粮草回大营，家将打马往前进，不却来此是大营。

岳云：有人没有？

牛文：奉了帅父命，镇守在大营，贤弟回来了。

岳云：回来了，你的粮草可以催齐，也曾催齐打往大营去了，吓，我帅父哪里去了？

牛文：与杨再兴交战去了，小心看守大营。

岳云：待我前去观阵。

牛文：自要小心。

岳云：那是自然，前面敢莫是牛叔父？

牛皋：你是哪一个？

岳云：岳云。

牛皋：岳云侄儿来了下马双。

岳云：参见叔父。

牛皋：不屑岳云你爷爷命，你催粮草可已齐？

岳云：粮草催齐，打往大营去了。

牛皋：见了你爷爷老子有许大之功，不计奉陪。

岳云：我的帅父哪里去了？

牛皋：呀，连不请你爷爷老子是与杨再兴交战了几日几夜，未分胜败，可惜。

岳云：可惜何来？

牛皋：丢人去帮阵。

岳云：有人帮阵。

牛皋：若有人帮阵，打得个把好胜仗。

岳云：侄儿可以去得。

牛皋：不道是你下去就去得，不知你两个砣带来没有。

岳云：现在身旁。

牛皋：上马，打得个好胜仗。

岳飞：战。

杨再兴：打岳飞，传令，不请私帮阵。

岳云：你看我家帅父这等模样，想我岳云来错了。

岳飞：岳云犯将令，定斩不顾情，来，将岳云拿上来。

岳云（唱）：忽听辕门鼓角响，吓得豪杰脸丢光。莫不是粮草来迟了，帅父大怒为哪桩。

岳飞：下跪何人。

岳云：孩儿岳云。

岳飞：奴才。

岳飞（唱）：大骂小奴才大奴才，不该私心来阵，即刻起头来。

岳飞：斩！

岳云：牛叔父，快来。

牛皋：刀下留人，参见元帅。

岳飞：免。

牛皋：请问元帅如何将岳云取斩。

岳飞：这奴才私心帮阵，因此将他取斩。

牛皋：这是你不是。

岳飞：匹夫岂肯求本帅不是。

牛皋：哈哈，谁敢求你老人家不是，匹夫今日有两句话，请任，请我，就请不用，请口都是不闻。

岳飞：请。

牛皋：吓，启禀元帅，我想岳云头次在牛头侧领打息，你老人家的免战牌，你老人家将他取斩，二次在那天闯关擒来假人氏，你老人家将他取斩，众家兄弟还是胜了也是败了，众：大获全胜，是可，又胜了，我想岳云头一非是葱头，二非是蒜头，斩了一个能长成一个，今日不要斩岳云，拿把刀来，把我的牛脑壳取了去，搬了去。

岳飞：想是与奴才请缨。

牛皋：望元帅开恩。

牛皋：众家兄弟，你看如何？

众：想是你会讲。

牛皋：说什么会请一钉子后人压解下枪来。

岳云：谢过师傅不斩之恩。

岳飞：非是为全不斩，如你多蒙两旁叔讨保死罪难饮，仗打四十军棍。

牛皋：打也打不得。

岳飞：斩。

牛皋：斩也斩不得。

众：牛二哥打的轻，斩的要人落地。

牛皋：好，打自家两个人，轻打留手下一十二十三十四十，牛老子代替二十。

岳云：呀！谢过师傅之恩。

岳飞：传保将岳云，带往九龙山请罪。

众：元帅打也打了，骂也骂了，哪里这多虚情假意。

岳飞：众家贤弟。

岳飞（唱）：非是本帅情不准，杨再兴可算将英雄，九龙山前去请罪，多拜再兴早登程。

岳云（唱）：帐前责打四十棍，牛叔父打也打了，骂也骂了，我还不知犯了何令。

牛皋：我骂你这蠢东西，你家爷爷老子与那杨再兴交战两下，金传一令，不准帮阵，如有帮阵，斩首号令，哪个要你去帮阵，打得你不行。

岳云：牛叔父这是你害了我。

牛皋：什么为叔害了你。

众：牛二哥本是你害了他。

牛皋：哈哈哈哈，岳云侄儿这一次为叔害了你，到九龙山请罪如归，为叔多罪此策，并与你哈。

岳云：九龙山请罪忙。

杨再兴（唱）：心中恼恨南宋王，听信谗言败忠良，昨日岳飞打一仗，他不弱来咱不强，东南各闪出一员将，头戴良厴是秋霜，胯下战马蛟龙样，手挽铜锤赛金光，不是他的枪法好，险把爷的左膀伤，龙虎相斗有损伤，将遇良才谁是强。

将：门上那位在，什么人。烦你禀报你家帅主，昨日帮阵者，非别乃是岳元帅之子岳云，解粮始归，不知中军令，将帮了一阵，回得营来将他取斩，多蒙两旁叔父讨保死罪已免，活罪难逃，责打四十军棍，特到宝山请罪。

岳飞：可曾观伤，未曾观伤，有伤。

杨再兴：这才是为元帅的道理，人来，有提花良十那，助与岳公爷养好伤行，多拜你家父，来日早登将台。

手下：寨主传出话来。

将：有劳了。

杨再兴：众儿郎来日饱餐与岳飞比一死战。

杨再兴（唱）：他好比蛟龙初出水，俺好比猛虎入山林。

岳飞：我儿去请罪，未见转回营。

将：离了九龙山，来此是宋营，见过爷爷。

岳飞：杨再兴怎样传出话来？

岳云：杨再兴传出话来赏花良十那，与孩儿养好伤行，来日多拜帅父早登将台。

岳飞：将花良交与将叔父。

将：谢过。

岳飞：我儿受军棍为的杨再兴。

岳飞（唱）：［导板］本帅奉旨来平蛮，人马扎在九龙山，站立帐前，用目光只见我儿泪不干。

岳飞：儿吓为父责打你几下，难道你仇父在心，小马有仇恨，有祖母在世也好讨下保来，你在怎讲。

岳云：与儿讨下保来。

岳飞：吾儿吓。

岳飞（唱）：我儿提起祖母娘不由为父心着忙，但愿有除奸党，那时节归家拜高堂。

岳云（唱）：将兄好汉是好汉。

将：贤弟也是将魁元。

岳飞（唱）：紫金楼打破二更鼓，夜宿皮林百在中。

将：杨爷到。

岳飞：有请，不知杨爷驾到，没来远迎，元帅海涵，正好说。

杨爷：请问元帅杨再兴可曾收复。

岳飞：此人武艺高强收复难。

杨爷：要收杨再兴，离不得耍手锏。

岳飞：幼年未曾学习。

杨爷：待某教授与你。

岳飞：将保你看锏伺候，教锏牢牢谨记，杨爷请，适才杨爷言道要收杨再兴，离不得耍手锏，将保看伺候招呀。

杨再兴：元帅甚早。

岳飞：将军也不迟，对阵。

杨再兴：且慢，你看岳明主败下阵去。众喽啰，赶早前去。

岳飞：且慢，你看杨再兴他不追来便罢，他若追来耍手锏让他跌下马。

杨再兴（唱）：纵然说尽长江水，难免今朝扑面休，走近前来把头叩。

岳飞（唱）：有劳将军把宋投，山寨多少人马？

杨再兴：三千喽啰。

岳飞：你我兄弟相会，望空一拜，二营合作一主，班师回朝。

（三）上栗皮影戏唱腔选段

1. 讲评

讲　评

1 = D

中速

李元生 记谱

2/4 ‖:（乙冬冬冬　冬　冬 | 乙冬冬冬　冬）:‖　拜上拜上　多拜上，

拜上爹爹　搬救兵，　若是救兵　搬不到，

今世（个）不　能把（咧）　仇报（啰哎）。

清至民国萍浏醴地区民间戏曲唱本研究

2. 南路唱腔旋律

南路唱腔旋律

1 = G

4/4 (3　2　6 5 1 3｜2· 5 3 6 5· 5 5 7｜6 5 6 5 6 1　5　3 23̃2)｜

1 1 2 3· 1｜3̃2 - - -｜(2· 3 2 1 6 5 6 1｜2　5　3 12̃2｜

1 5 6· 1 23̃2)｜5 5 6 2· 3 7 6｜5 3 5 6 1 -｜(2· 3 7 6 5· 7 6 5｜

1 1 3 2 5 3 6｜5 - 6 5 6 1｜5 3 23̃2 -)｜2 2 3 7 (6 5 7｜

6 1 5)3· 5 3 2｜1· (6 5 6 1)｜2 2 7 2 3 1 2｜0 2 7 7 6｜

5 5 6 1 (5 7 6)｜3 2 6 1 (0 6 5 6 1)｜2 2 7 2 3 2 0 2｜

7 7 6 5 5 6 7 (6 7 5 7 6)｜5 3 5 6· (5 7 6 7｜2 0 6 7 0 2 7 2 7 6 5· 6｜

5 6 7 2 7 6 5 0 7 6 5｜6 5 6 7 5 7 6 0 1 6 1 6 5｜3 2 3 5 6 5 6 1 2 3 2 5· 6 5 3｜

2 3 2 1 1 5 6 1 5 3 2)｜2 2 7 2 3 2 0 2 7 7 6｜5 - 5 6 7｜

0 3 2 3 2 7 6 6 -｜(6· 7 2 3 3 2 7 6 6 7 6 5 3 5 6)｜5 3 5 6 5 1 1̃6 - 5̃ -‖

3. 北路唱腔旋律

北路唱腔旋律

1 = F

4. 自盘古天地分（杂戏）

自盘古天地分

邓小岩 传腔
邓光西 记谱

1 = F

中速

【道情歌腔】

4/4 (0　0　多罗·多｜2·3 5 6 3 5 3 2｜1　2　1·6)｜¹6·⁵3 －｜
　　　　　　　　　　　　　　　　　　　　　　　　　自　盘　古

6⁵3 ⁶¹6 －｜2 3 2 2 2·3 6¹｜2 3 6¹ ²³2 －｜
天　地　分，　三　皇　五　帝　定　乾　坤。

6·6 ¹6 6 6 3 5 ⁶¹6｜3 1 1 2 3 2 2 3 6¹｜²³2 － 2·3 2 1 6｜
泾河老龙开河　路，鬼谷子先生定　时　辰。神农皇帝

2 6¹ 2　2·3 2 1｜6¹ 2 3 1 －｜¹6·⁵3·5 5·6｜
造五　谷，轩辕皇帝制　衣　服。　女娲娘　娘

（帮）
（各大 大大｜仓 － 来·且来且｜
6·¹6 5 3·｜3·3 2 1 2 3 2｜1·6 6 6¹｜5·3 2·3 5 6
分男女，　直到如今不　差　　分（哪）。

衣且 衣且仓 －｜来·且衣且仓·大｜来·且仓 －｜
3 5 3 2 1·6｜2·5 3 2 1·6｜5·6 1·6｜

（止）
来·且衣且仓·大｜来·且仓·且衣且｜来且来且仓 且｜仓 －）
2·5 3 2 1·6｜5·6 1·2 3 5｜2 1 6 1 2｜1 － 0　0 ‖

第六章 湘剧

（一）湘剧介绍

湘剧主要流行于长沙、善化、湘阴、浏阳、醴陵、湘潭、湘乡、宁乡、益阳、攸县、安化、茶陵、萍乡等地。

1. 湘剧的来源

"湘剧"名称最早见于民国九年（1920）在长沙印行的《湖南戏考》第一集西兴散人序"闻之顾曲家，湘剧全盛于清同光间"。因湘剧用中州韵（长沙官话）演唱，曾也称为长沙湘剧，乾隆十六年（1751）长沙湘剧老郎庙（梨园公所）建成，庙址在今长沙市三王街。据同治《鄮县志》卷十"风俗"条记载：乾隆三十年（1765）二月，当地出告示"严禁演《目莲》《西游》《台城》等大戏"。"大戏"即指湘剧，在萍乡市芦溪县沅南村沅陵福神祠古戏台的后台墙壁中保留着清道光二十六年（1846）二月初四起至民国二十八年（1939）十一月十一日期间湖南戏班演出时的题字，如"民国七年星沙同春班在此亦乐"。同春班是长沙最大的班社。咸丰年间，浏阳、醴陵一带的湘剧班社，也经常演出于萍乡、宜春、上高、铜鼓、抚州等地，并一度成为吉安的守城戏班。宣统元年（1909）长沙城里的仁和、庆华、春台、仁寿、同春五个班社共有艺人六百人，连同湘潭等地及江湖班的从业人员人数达到一千人。

2. 湘剧的唱腔

湘剧唱腔由高腔、低牌子、昆曲、弹腔（南、北路）及少数杂曲、小调构成，其主要声腔为高腔和弹腔。高腔与弹腔均采用长沙官话，长沙官话不同于长沙方言，是经过规范的长沙话，字分六声，字音高低、升降的调值自成一格。

（1）高腔

湘剧高腔源于江西弋阳腔，进入湖南后，较快地吸收了湘中、湘东民间音乐并扎下根来，成为湘剧早期的高腔。到明代万历年间，青阳腔进入湖南，已经地方化了的高腔，深受其影响，又吸收了青阳腔的"滚调""滚白"和"畅滚"，发展为高腔中的长段"放流"，逐渐形成具有独特风格的高腔。湘剧高腔为曲牌连缀体音乐，属弋阳诸腔（高腔）系统。曲牌是这一声腔的基本结构形态，每出戏中的每一唱段由数支曲牌构成。湘剧高腔传统曲牌至今保留着 250 余支，其中绝大多数为南曲，部分为北曲。但多数北曲已南化，即曲调由七声音阶变成五声音阶，部分南曲又北唱，即由五声音阶变成七声或六声。南曲中有引子、过曲与尾声曲牌之分；北曲虽无引子，但有正曲与煞尾之别，其不同宫调套首基本固定的第一支正曲，作用相当于南曲引子。过曲与正曲是曲牌中的主体，数量最多。所有曲牌除尾声（煞尾）外，都有各不相同的固定牌名。不同牌名或南北曲同一牌名的曲牌，其区别主要在于它们有着各不相同的词格和腔格。湘剧高腔曲牌分为［窣地锦裆］、［四朝元］、［红衲袄］、［犯腔］、［北驻马听］、［汉腔］等六类，前四类基本为南曲，后两类基本为北曲。［窣地锦裆］类的曲调大多较平和，故以叙事见长，但有些曲牌也能抒发哀怨忧伤的情调和表现慌乱紧急的情绪；［四朝元］类曲调迂回婉转，以表现忧思、凄凉情感取胜；［红衲袄］类曲调优雅华丽，适于抒发缠绵悱恻的儿女之情；［汉腔］类曲调开阔激扬，具有庄严肃穆的磅礴气势，很能表现愤懑、恳切的心情和正气凛然的气概；［北驻马听］类更是基本保持了北曲高亢、激越的风格，擅于表现威武雄壮和慷慨激昂的情绪。高腔进入湘剧时间最长，其高亢粗犷、感情奔放，地方色彩浓郁。过去是锣鼓干唱（有大锣戏和小锣戏之分），不托管弦，一唱众和，即"其节以鼓，其调喧"。近四十年来，有些剧目试用管弦伴奏，有些剧目另组帮腔队，全用人声帮腔，都取得了较好的效果。

（2）弹腔

湘剧弹腔为板式变化体音乐，属皮黄腔声腔系统，其腔调主要有南路、反南路、北路、反北路四种。从清乾隆时起，由徽班、汉班相继传入。道光年间，有以唱南北路为主的仁和班。后与高腔同为湘剧主要声腔。此外，低牌子（即昆腔）在湘剧的唱腔音乐中也有所体现，它以唢呐、笛子伴奏，字多腔少。在《湖南戏考》（1920）中将低牌子称为"低词"。现保存低牌子 350 首曲牌，在连台大本戏中与高腔分折间唱，多用于"饮宴""发兵""对阵"等群众场面的合（齐）唱。

民间流传定义低牌子为昆腔，它是昆曲地方化之后的俗称，其词格、曲格均与昆曲相同，曲牌名称也大体一致，唱法也大同小异，昆腔略比昆曲粗犷、平直。此外，[平板]（即[四平调]），[吹腔]（包括[安庆调]与[苏乱弹]），[南罗]（俗称"七句半"），[卫腔]（俗称"打庙调"），以及[八音联弹]和民间小调，如[补缸调]、[银纽丝]等。南路曲调流畅，速度较慢，宜于表现抒情和哀怨、伤感的情调；北路曲调开朗活泼，速度较快，宜于表现乐观和激昂的情绪；平板曲调华丽大方，常用于抒发爱慕之情或表现悠闲、潇洒的气派；南路反调则凄凉悲愤。湘剧弹腔基本上是上下乐句反复进行的单乐段形式，它以少数几个基本腔调为基础，通过节拍节奏的伸展、紧缩与拆散，发展出各种不同板式，并使之作各种不同组合的有机连接，用以刻画人物，表现内容。

3. 湘剧的伴奏音乐

湘剧的伴奏音乐分为文场和武场。文场是管弦乐，武场是打击乐。文场以伴奏唱腔为主，武场以烘托表演为主，两者有机结合，共同来完成托腔保调、烘托表演、统一协调舞台节奏、渲染舞台气氛以及描写规定情景等各项任务。因此，传统的说法是"场面半台戏"，说明了伴奏音乐的重要地位。中华人民共和国成立后，伴奏音乐的乐器配置已由以往的"文武六场面"增加到十余人或二十人不等，分别增加了如笙、扬琴、高胡、中胡、板胡、大提琴、定音鼓、水锣等辅助性的乐器。

高腔旧时没有管弦乐伴奏，只以打击乐的一些特定锣鼓点作引奏、间奏，乃至靠腔，场面乐师担负人声帮和。二十世纪五十年代前后，逐步加入管弦伴奏，遂基本上试以高胡或二胡作为主伴乐器；但有选择地保留了某些腔句的人声帮腔，而帮腔者则改由男女演员临时组成的帮腔队担负；而放流部分特别是大段找头，仍多保持只以鼓、板击节的清唱传统。低牌子主要以大、小唢呐为主伴乐器，昆腔则以曲笛托腔。弹腔的主奏乐器现为京胡（旧时为小筒、软弓、音色高尖的二弦子），配以二胡（即大筒）、月琴（或小三弦），并称三大件，配合演员的表演和完成其他伴奏任务。文武场各有其一定数量的不同器乐曲，文场的管弦乐分别有唢呐、竹笛、丝弦曲牌百余支，传统叫"过场牌子"；武场面的打击乐按其用途的不同而有"长锤""击头""挑皮""梢皮·包皮""身法"等若干类锣鼓经（俗称"锣鼓点子"）百余个。

4. 湘剧的表演及唱本

湘剧民间艺人经过长期舞台实践，逐渐形成了南路（高腔）和北路（弹腔）的表演艺术风格，这两个路子风格迥异，共性是重生行、净行戏。在行当分工中有所不同，高腔是按九行，即三生、三旦、三净；弹腔是按江湖十二色分行。

据文献记载，在清道光、咸丰时，湘剧的唱本多达千余个，经过一百多年演出实践不断地消长更迭，到中华人民共和国成立后，老艺人能演的唱本或前辈艺人演出过的唱本，尚存682个，其中弹腔唱本有500个以上，高腔唱本约100个，低牌子唱本保存在连台大本戏中的有200余折，独立单出唱本不多，昆腔及杂腔小调唱本则极少。从内容和来源看，有来自北杂剧的唱本，如《单刀会》《诛雄虎》《北钱》《回回指路》；有来自弋阳腔和青阳腔的唱本，如《琵琶记》《投笔记》《白兔记》《金印记》《拜月记》《追鱼记》《百花记》《鹦鹉记》《玉簪记》等，南、北路唱本中，有来自楚（汉）调的《祭风台》《李密投唐》《临潼会》等，弹腔唱本《三国》《水浒》《杨家将》等。这些唱本有的可演七天七夜，有的可演十多个小时，也有只能演一两个小时或几十分钟的散折或单出，还有少数结构、内容基本固定的常演的连台搭桥戏，如《薛仁贵征东》《薛丁山征西》《粉妆楼》《唐明皇游月宫》《二度梅》等。

5. 湘剧班社

湘剧科班最早开设在长沙城内，清乾隆年间有专习昆腔的九麟科班，至清道光年间兴办的五云科班，弹腔进入湘剧后，早期科班以教弹腔为主，同光年间，科班最为兴盛。湘剧科班分为四类：一是老艺人为传授技艺也为晚年谋生办的科班；二是大戏班为后备人才附设的科班；三是豪门家族为娱乐而雇教师办的科班；四是富商巨贾为牟利而办的科班。湘剧的名演员、乐师多为科班出身。此外，也有私人带徒、随班学艺而成名角的，或本系"梨园世家"，小孩随父母在戏班中生长，耳濡目染，先学点基本功夫，后再参师学艺成名的，这种出身的艺人班内人称为"和生"。

6. 湘剧语音调类调值表

表 6.1 湘剧语音调类调值表

调类	阴平	阳平	上声	阴去	阳去	入声
字例	妈今	麻年	马有	骂个	骂闰	抹月
调值	33	32	42	55	22	324
相对音程值	1—					

注：由于语音学规定的标记调值是用五度制调号，而湘剧语音六声高低的相对音程距离却有七度之差，故调值所标调号中音调的高低，只表明各音间的大体关系，非实际音高。

7. 浏阳湘戏的介绍

湘戏是湖南的地方大戏，其剧团俗称大戏班，据专家考证，认为"湘戏起源于江西的弋阳腔，明代中叶，由南昌市经万载到浏阳以达沙"[1]。浏阳艺人对湘剧的形成与发展起了重要的作用，湖南省湘剧界著名艺人欧元霞、贺华元、彭凤姣等均为浏阳人。浏阳湘戏团体分为以下五种：

（1）案堂班

清代咸丰年间，浏南金刚头便有了案堂班子。民国初年（1912），该地富绅刘发裕为首、集资购置服装道具，招三十余人，请长沙湘剧客师授艺，组成凤仪科班（又名福庆科班）。因为它专随当地"三元福主神"游乡接案，巡回演唱，故俗称"案堂班子"。其演员限在十人左右，生、旦、净、丑齐全。高腔、弹腔齐备，整本、散折听点，在湖南省湘剧界颇负盛名，有"九条网子打天下"之说。著名艺人徐绍清、名乐师欧阳寿庭，均是案堂班培养出来的。另外，浏西枨冲乡大元地三元宫，也有这种戏班，称"新案堂班"。

（2）江湖班

江湖班即私人班子。由班主（行话称"本家"）投资或分股合资购置服装道具，每年一次或两次邀请各行演员组成。报酬除去班主开支后，再按比例分成，

① 湖南省戏曲研究所编：《湖南地方剧种志（五）》，湖南文艺出版社1992年版，第82页。

名角则用包账。民国初年，有桂和班、福春班、太和班、太华班、红胜班等。至新中国成立前夕，浏阳有私人经营的"仁和湘戏班"。1950年12月，浏阳县人民教育馆对该班进行了"三改"工作，在自愿的基础上，建成新的集体经营的"湘淮湘剧团"。1953年，该团的湘剧团离浏去南县落户。从此，除外地湘剧团常来演出外，县内未组建专业性湘剧团。

（3）围鼓班

围鼓班分两种，一是专为红白喜事吹打的鼓乐班。坐场清唱湘戏，每班七八人。这种民间围鼓班，普及全县城乡。浏西著名的黄十四围鼓班，影响最大，为发展地方戏培养了很多器乐演奏人才，省、县很多专业剧团名乐师，如刘天庄、李阳生等，多出自其门下。二是由阔少及戏剧爱好者组成，唱湘戏，其活动多为自唱自乐。民国期间，县城的福寿堂班较著名。永安市的雅乐堂活动亦较经常。此外，全县各地的集镇也有这种围鼓班子，后来也发展到登台演出。

（4）科班

科班属私人办的湘戏培训班，学徒多为贫儿。学戏期间，经常挨打挨骂。在普迹办的咏霓科班，就曾发生过打死学戏乞儿事件。清光绪时期（1875—1908）浏阳县有玉林、凤仪等科班。湘剧名艺人尹咏琴、彭咏吾等均为咏霓科班出身。

（5）湘戏案堂班

民间艺人俗称老案堂，当地人打趣说它是"戏窝子"，"要戏饱，浏阳跑"①。据文献记载，浏阳金刚头（现浏阳金刚镇）有个三元宫，供奉唐、郭、周三将军，香火特盛，且发展到一些善男信女，用神轿迎接上户叩拜，谓之"行香"。此俗一倡，势不可当，一年365天都有人接奉。清初时期，三元宫开办湘剧案堂班，传徒学艺。案堂班在传承方面作了进一步的要求，凡在堂艺人能演之戏，由庙中人将唱本全抄记存档。如演员有不会演某戏者，烧神香一炷跪叩神后，可以借本抄唱，演员有新唱本而庙中无的，必须献出奉神，基于此，三元宫累计了有成百上千种抄本，藏本累计两木箱，每年翻晒一次。在土改时期，这些抄本埋藏地下，已基本腐烂。

湘剧被列入第二批国家级非物质文化遗产名录（2008）。

---

① 湖南省戏曲研究所编：《湖南地方剧种志（五）》，湖南文艺出版社1992年版，第184页。

（二）湘剧唱本

1. 白门楼

该唱本内容来源于《三国演义》第十九回，讲述曹操会合刘备、关羽、张辽，合攻吕布，围下邳，决水淹之。吕布又待部属不仁，侯成盗其赤兔马降曹操，宋宪、魏续内应献城，吕布被擒，陈宫、张辽、貂蝉亦皆被获。曹操斩陈宫、吕布，劝张辽归降。

人物：吕布、貂蝉、陈宫、刘备、张飞、关羽、曹操、张辽、侯成、陈登。

第一场　张辽起霸

头戴金盔一点红，身穿铠甲响玲珑，今日兴动人和马，要把徐州一笔勾。某将张辽字文远奉了温侯之命，攻打徐州。众将官，温侯传下将令，趁刘备远征在外，张飞独守徐州，有勇无谋，正好夺取，尔等必须个个奋勇当先，将徐州城团团围住。开兵。

张飞（唱）：［北路导板］三爷生来性好暴。

报：三将军，吕布攻城。

张飞：啊，你在怎讲。

报：吕布攻城。

张飞：哇，无知孺子来攻城，旧时之仇今当报。不杀那三姓家奴我枉为英豪。脱衣。

报：三将军，皇叔临走之时，报拖住再三嘱咐，只可坚守，不可出战。

张飞：撒手。（对阵开打，张飞胜，发笑，吕布出对阵，张飞败，逃走。）

吕布：进城。

报：徐州印信献与温侯。

吕布：哈哈哈。

陈登（唱）：披星戴月奔许昌，哪顾路途马蹄忙，一路之上思暗想，在下陈登，奉了温侯之命，往许都呈奉表章，另求曹丞相封官，暗查朝中的动静，意图称霸天下。哎，想那吕布乃是见利忘义，虎狼成性的酒色之徒，难成大事，我不免借此机会，结识曹丞相，日后也好建功立业，为国出力，就是这个主意啊，梧桐三分比凤凰。

曹操（唱）：小乐观书下位，看本章发人省字字牵动，众诸侯龙争虎斗不罢休，论军情忧国事夜难安枕，何日里灭群雄匡定乾坤，吕奉先又恐他待机而动，怕只怕陈登他假意来从，自古徐州常鏖战，兵家必争此地盘，吕布虎踞徐州城，养成气候非等闲，近在咫尺牵肘腋，威胁京城酿祸端，削平吕布除后患，方能够大展宏图逐鹿中原。

曹操：来，传陈登来见。

中军：陈登来见，陈登来了。

陈登：拜见丞相。

曹操：罢了，陈登深夜召见，为了何事？

曹操：陈登，你昨日对老夫言讲，那吕布，在徐州修造逍遥宫，有谋反之意，可是实情。

陈登：句句是实。

曹操：是你又道，老夫若是攻打徐州，你愿做内应，可是真心。

陈登：若有假心，天地不容。

曹操：只怕天地容你，老夫不容，来呀，推出斩了。

陈登：哈哈哈。

曹操：你为何发笑。

陈登：丞相容禀，自古道，良禽择木而栖，贤臣择主而侍，弃吕布而投明公，好比武成王弃商归周，想那吕布横征暴敛，百姓深受其害，在下不顾身家性命之危，愿助丞相一臂之力，解民于倒悬何谓不义。

曹操：这。

陈登：丞相你不识贤愚，不辨忠奸，我何必相助，要杀便杀，何必多言。

曹操（唱）：看先生慷慨陈词令人欢喜，辨真伪识汉业休要挂心，我这里眉头皱，巧计来定。

曹操：锦囊一封照计而行。

陈登：告辞了。

陈登（唱）：同舟同报再做离经。

中军：启禀丞相，今有桃园弟兄投靠丞相来了。

曹操：喔，那刘备来了？

中军：正是，现在辕门候见。

曹操：好，桃园兄弟前来投靠，我军如虎添翼，若是攻打徐州，易如反掌，哈哈哈，有请。

刘备：哈，丞相。

曹操：刘使君，一路多受风霜。

刘备：好说了。

关羽：参见丞相。

曹操：原来是云长，虎牢关一别想煞老夫了。

关羽：云长何德何能敢劳丞相挂念。

张飞：嗯。

曹操：原来是翼德，将军可好。

张飞：哎，想俺不听大哥之言，失落徐州叫老张好恼呀。

曹操：翼德将军真乃快人快语哈，请坐，刘使君不远千里而来，终圆老夫仰慕之心。

刘备：多劳丞相抬爱，来日愿效犬马之劳，以图恩报。

刘备（唱）：〔北路摇板〕

悔不该让吕布小沛驻屯，未曾想鸠占鹊巢起野心，备奉命讨袁术征战淮南，他那里乘虚而入夺徐州，逼得我兄弟们走投无路，投丞相共谋大业盼收留，望明公发大兵扶危济困，我弟兄愿充当，马前先行。

曹操：刘使君不必忧虑，来日老夫，发兵与你报仇。

刘备：多谢丞相。

曹操：中军，传我将令，大小三军，明日教场听点，三日之后攻破徐州。

貂蝉（唱）：〔北路摇板〕

徐州城外开了战，金鼓动地杀声喧，温侯胜负难料算，吉凶未卜于心难安。

监：启奏娘娘，陈登求见。

貂蝉：温侯出战去了，叫他改日再来。

监：是他言道，有机密大事，求见娘娘。

貂蝉：传他晋见。

监：陈登晋见。

陈登（唱）：［北路摇板］

　　曹丞相施妙计，安排已定，巧言语点破她，试探芳心。

陈登：谋士陈登，叩见娘娘。

貂蝉：免礼，一旁看坐。

陈登：谢娘娘。

貂蝉：先生因何至此。

陈登：娘娘，适才我在城楼之上，观看两军厮杀，真个惊天动地，好不吓煞人也呀。

貂蝉：但不知胜负如何。

陈登：哎呀，娘娘呀，在下久闻，曹丞相威名，如雷贯耳，今日一见，果然名不虚传，一看他手下，兵强马壮，前哨人马，是人人奋勇，个个当先，里三层外三层，将温侯围得水泄不通。啊……

貂蝉：怎么，那曹军将温侯围住了么。

陈登：是啊，围得严密得很呀。

貂蝉：呀。

貂蝉（唱）：［北路散板］

　　听说温侯遭围困，我又是欣慰又担心，喜的是汉室中兴终有望，怕的是黎民涂炭落得个玉石俱焚。

貂蝉：先生，这后来呢。

陈登：后来啊，幸亏陈宫预先埋伏下了两千人马，断了曹军后路，温侯他独展雄威，那曹军腹背受敌，横冲直撞，杀得那曹兵落花流水，人仰马翻，败下阵去。

貂蝉：如此说来，温侯取胜了。

陈登：是啊，我特地前来，与娘娘报喜了。

貂蝉：众人儿，快快备下酒宴，等温侯回来，与他庆功。

宫娥：是。

陈登：且慢。

貂蝉：先生为何阻拦?

陈登：在下有一言启奏，不好言讲。

貂蝉：你等退下。

宫娥：是。

貂蝉：先生有何话讲？

陈登：娘娘容禀，自古道，兵家胜败难料定，今日庆功为时过早，依我看徐州城。

貂蝉：怎样？

陈登：危在旦夕。

貂蝉：先生何出此言？

陈登：温侯虽然获胜，依在下看来。

貂蝉：怎么？

陈登：这，娘娘恕罪，方敢直言。

貂蝉：恕你无罪，大胆讲来。

陈登：谢娘娘，依在下看来，温侯必败，曹丞相必胜。

貂蝉：怎见得。

陈登：温侯蓄意谋反，罪在不赦，曹丞相兴师问罪，名正言顺，此乃一胜也。

貂蝉：啊，一胜。

陈登：温侯虐待将士，残害百姓，曹丞相，吊民伐罪，顺天应人，此乃二胜。

貂蝉：二胜。

陈登：温侯他，兵不过一万，将不过十员，曹丞相十万雄兵，能将如林，又有桃园兄弟相助，如虎添翼，此乃三胜也。

貂蝉：啊，三胜么？

陈登：曹丞相，有此三胜，温侯败局已定，徐州城朝夕难保，娘娘你要再作打算啊。

貂蝉：呀。

貂蝉（唱）：［北路摇板］

　　陈先生何必说危言在即，我与你两家事非是一题，早知道
貂蝉女身不由己，只盼得有一日我飞出藩篱。

陈登：娘娘此言差也。

貂蝉：何差？

陈登：娘娘你怎么忘记一个人了？

貂蝉：谁呢？

陈登：娘娘你那恩公之父，忠心赤胆，为国除奸，身遭惨死的司徒王允，王大人。

貂蝉：啊。

貂蝉（唱）：〔北路正板〕

　　提起了司徒公柔肠寸断，止不住凄然泪满腹心酸，义父啊，你要儿学西施为国把身献，除董卓设下了巧计连环，叹只叹天下未宁你身先丧，丢下了迷途孤雁展翅难，强颜欢笑度岁月，忍辱含垢伴虎狼，夜深人静偷抛泪，帘外湘妃渍斑斑，义父啊，黄泉有知当梦示，叫孩儿怎样方能忠义全。

陈登：娘娘啊，当年连环计，曹丞相尽知，故此丞相命我，送来密信，请娘娘共除吕贼，娘娘不信，有丞相亲笔书信在此。

貂蝉：待我一观，司徒定巧计，婵娟盖世奇，今当酬壮志，杀贼保社稷。丞相啊。

貂蝉（唱）：〔北路摇板〕

　　曹丞相慧眼赏识貂蝉女，盼到了为民除害好时机，承蒙先生把信息传递，义重如山我深深感激，对天盟下山海誓，纵然是粉身碎骨志不移。

陈登：在下深知娘娘忠义之心，故而才冒死呈辞，冲撞之处，还望娘娘见谅。

貂蝉：好说，先生，有何妙计授我？

陈登：娘娘，吕布有勇无谋，又贪酒色，不难对付，唯有陈宫，足智多谋，诡计多端，娘娘只要略施手段，叫吕布拒那陈宫的良策，不纳忠言，大功必成也。

貂蝉：承蒙先生指点。

陈登：在下告辞了。

内侍：温侯回府。

貂蝉：温侯，今日出战胜负如何？

吕布：今日出战，只杀得曹兵，丢盔弃甲，倒退三十余里。

貂蝉：温侯虎威，可喜可贺，内侍，摆宴与温侯庆功。

内侍：是。

貂蝉：温侯，你看明月当空，这良辰美景，来个一醉方休。

吕布：哈哈哈。

吕布（唱）：〔北正导板〕

耳边厢如闻瑶池仙乡调，眼蒙眬似见玉女下九霄，人夸飞燕掌上舞，不及爱妃半分毫，人说道西施倾国倾城貌，你比西施百倍娇，场上金戈铁马苦争斗，哪有这风流把魂消，看天下英雄俱枉然，怎及俺醉仙乐逍遥。

陈宫（唱）：〔北正导板〕

军情紧急不容缓，岂可安枕待明天，撩袍我把府门闯，徐州城陷入曹兵包围圈。

温侯啊，曹操大队人马，将徐州城团团围住了。

吕布：公台不必惊慌，俺视那曹兵，如同草芥，不足为惧。

陈宫：温侯此言差也，那曹操十万大军，兵临城下，又有桃园兄弟相助，如虎添翼，十分危急，望温侯早定破敌之策，万万不可轻敌。

貂蝉：公台你怎的长他人志气，灭自家威风。

陈宫：娘娘说哪里话来，常言道，知己知彼方能百战不殆。

吕布：哼哈哈哈，公台，此言差也。

吕布（唱）：〔北路正板〕

休道曹操十万兵，吕布何曾怕在心，当年虎牢摆战场，八路诸侯起风云，俺催动胯下赤兔马，方天画戟鬼神惊，战败桃园三结义，今日来犯徐州城池，你不用操心。

陈宫：温侯之言，固然不错，可今非昔比，虎牢关是山川之险，行动自如，徐州城是四面受敌无险可避，昔日是兵多将广，今日是兵微将寡，倘若死守孤城，实为下策也。

吕布：依公台之见呢？

陈宫：趁曹兵立足未稳，温侯带领人马突围在外，我与张辽坚守城池，曹操若来攻城，温侯在外，接应待粮，曹兵可破也。

貂蝉：温侯，依妾妃看来，徐州城内，兵精粮足，只要以逸待劳，曹军必定不战自破，又何须劳。

陈宫：徐州城孤立无援，岂可坐以待毙。

貂蝉：去了，你可知徐州安危，系于温侯一身，你可知一旦温侯远去，徐州朝夕难保，你口口声声，想要温侯离城是何原因啊，温侯啊，一旦城破家亡，你我夫妻只有相见九泉了啊。

吕布：爱妃，不必如此，公台我意已决，休得多言。

陈宫（唱）：［北路正板］

陈公台秉忠心把计来献，貂蝉女在一旁左挡右拦，吕温侯忘却了骄兵必败，他不该恋美色拒纳忠言，怎忍见徐州城毁于一旦，温侯呀，听我把古往事细说一番，昔日里有个商纣王，宠妲己乱朝纲丢了江山；幽王烽火戏诸侯，失天下都只为褒妃一欢；西施媚倒吴王殿，好山河断送在红颜，前车之覆是明鉴，皆因贪色起祸端，今日徐州如累卵，岂可困守图苟安，倘若是作茧来自缚，到头来悔不尽抱恨终天。

吕布：可恼。

吕布（唱）：［北路散板］

以下犯上出言不逊，怎把我比作那淫乱昏君，你胆敢藐视我含沙射影，定要将你问斩刑，人来与我将他赶。

内侍：走。

陈宫（唱）：果然是今朝毁誉女钗裙。

貂蝉：啊，温侯你特意地宽容他了。

吕布：爱妃念在初犯，暂且饶恕于他吧。

貂蝉：依妾妃看来，那陈宫并未把温侯放在眼里，温侯可知，为造那逍遥宫，他说了许多的闲言杂语。

吕布：啊，难怪那逍遥宫，迟迟未曾造就。

貂蝉：正是。

吕布：内侍传侯成进见。

内侍：侯成进见。侯成来了，参见温侯。

吕布：罢了，命你监造逍遥宫，已有半年之久，如今怎么样了？

侯成：这。温侯容禀，只因工程浩大耗费过多，百姓们怨声载道，再者那曹操大兵压境，人心惶惶，末将斗胆进言，还望温侯停造逍遥宫，保守城池要紧。

吕布：大胆侯成，竟敢违误军令，哪里容得，军士们将侯成推出斩了。

众：是。

张辽：且慢，温侯，临阵斩将却是为何？

吕布：侯成违误军令，理当问斩。

张辽：温侯，侯成获罪，理当问斩，念他跟随温侯多年，鞍前马后之功，眼下两兵交战，正当用人之机，望温侯开恩赦免死罪。

吕布：好，念在将军讲情，暂且饶恕于他，军士们，将侯成重责四十军棍，限你半月之内造好逍遥宫，如若不然定斩不饶。

侯成：啊，温侯。

内侍：一十二十三十四十。

侯成：竖子四十棍打得我皮开肉绽，血淋漓痛难忍举步艰难，恨吕布薄情寡义心太狠，将士们个个敢怒不敢言。

侯成：吕布啊，好匹夫，你不体军心，不察民情，如今大敌当前，还强令赶造逍遥宫，你，你如此的昏庸。

将士：将军，这逍遥宫实难建成，将军你始终难免一死，难道将军就坐以待毙不成了吗？

侯成：这个。

将士：将军啊，我看吕布民心丧尽，败局已定，如今城内纷纷传言，曹丞相爱将如子，将军不如弃暗降曹。

侯成：此去降曹，无有晋见之礼，恐曹丞相不会信用。

将士：这晋见之礼吗？

侯成：有了，你我连夜乔装改扮，将画戟、赤兔马盗走。

曹操：众将官，攻打徐州去者。

吕布（唱）：〔北路正板〕

吕貂同自大帐出，每日里在宫中逍遥饮酒，品丝弦赏秋光任性风流，恨曹瞒他那里兴兵入寇，我若是上战场群贼命休，内侍臣看过了皇封美酒，今日里与妃子尽醉方休。

貂蝉：温侯请酒。

貂蝉（唱）：洒琼浆献柔情将他软扣，但愿得曹丞相早破徐州，貂蝉女喜盈盈，再敬一杯交欢！

貂蝉：温侯请，再饮几杯吧。

吕布：我实实地饮不下了啊。

貂蝉：温侯酒已醉了么。

吕布：醉了。

吕布（唱）：不由人昏沉沉，睡意沉沉。

貂蝉：温侯，温侯，看他已经醉了。内侍传旨下去，温侯酒醉，任何人不得惊驾，若敢闯入取头来见。

内侍：遵旨。

陈宫：不好了。

陈宫（唱）：［北路散板］

　　恼恨貂蝉献狐媚，困守孤城势垂危，冒死再把温侯劝，化险为夷早突围。

陈宫：公公，烦劳通禀，陈宫求见温侯。

内侍：温侯酒醉，有本改日再来。

陈宫：此话何人所讲？

内侍：乃是娘娘所讲。

陈宫：不不不好了。

陈宫（唱）：［北路散板］

　　温侯全然被迷乱，眼看徐州难保全，舍死忘生把宫门闯。

内侍：使不得，使不得！呔，胆大陈宫，三番两次闯宫，难道你不要脑袋吗？

陈宫：罢。

陈宫（唱）：仰天长叹泪空弹。

张辽：不好了，温侯醒来，温侯醒来。

吕布：张将军，何事惊慌？

张辽：温侯的画戟、赤兔马，被侯成盗走。

吕布：啊。

张飞：守城将士弃城而逃，曹操十万人马，已然杀进来了。

吕布：啊，怎么那曹操他杀来了吗，不好了。听罢言来怒气发怒气发，不由人咬碎钢牙，咬碎钢牙，盗去画戟、赤兔马，这赤手空拳怎战杀？

张辽：温侯，有请温侯，快上马。

吕布：杀出重围走天涯，带马与我杀。（张辽被擒。）

吕布：貂蝉，貂蝉不好了。

吕布（唱）：〔北路散板〕

擒去陈宫张文远，不见爱妻美貂蝉，心中烦闷难交战。（众将围吕布被擒。）

陈登（唱）：丞相大军果善战。

貂蝉（唱）：奴家一旁喜在心。

陈登（唱）：陈登路上去回音。

貂蝉（唱）：感谢丞相知遇恩。

吕布：贱人休走。

吕布（唱）：〔北路快板〕

俺一见小贱人心如烈火，骂一声貂蝉女胆大贱婆，你本是那王允许配于我，为什么暗地里又配董卓，那一日打从那凤仪亭过，只见你在一旁变脸装模，我为你被董卓刺杀，我为你父子们反目不和，恨不得这一足，将你结果。

貂蝉：吕布贼子。

貂蝉（唱）：〔北路快板〕

骂一声吕奉先呆子恶魔，你父子行篡逆殃民祸国，才引出凤仪亭醋意风波，你本是横暴成性贪酒色，一意孤行无人破作恶多，思前想后你自食其果。

陈宫：温侯。

陈宫（唱）：〔北路摇板〕

有陈宫上前来忙把话说，貂蝉女是假意早已奏过，反骂我老陈宫疑心太多，到如今失城池身披链锁，温侯啊，才知道貂蝉女里应外合。

吕布：公台啊。

吕布（唱）：陈公台休得要，埋怨于我，吕奉先误入了，奸贼网罗。

白门楼。

曹操：今日破徐州，喜登白门楼。

陈宫、貂蝉：参见丞相。

曹操：罢了，罢了，貂蝉这些年来委屈你了。

貂蝉：为了汉室江山，貂蝉万死不辞，何言委屈，何言委屈二字。

曹操：哎呀呀，讲得好。

曹操（唱）：〔北路摇板〕

　　王司徒献连环一箭双雕，貂蝉女可算得巾帼英雄，待老夫
班师回朝奏明天子，你二人为汉室，立下奇功。

陈宫、貂蝉：谢丞相。

貂蝉（唱）：〔北路摇板〕

　　为国除奸把忠尽，不枉义父一片心。

曹操：带陈宫。

众：是。

陈宫（唱）：〔北路散板〕

　　温侯不听忠良计，虎落平阳被犬欺，迈步且把白门楼进，
生死度外不可屈。

曹操：下站可是陈宫？

陈宫：正是。

曹操：公台，别来无恙啊。

陈宫：曹操奸贼。

曹操：想不到，你我分别数载，今日你还是这样的傲气，今日被擒，降意
如何？

陈宫：如今被擒，哼哼，但求一死。

曹操：将你斩首，家中还有妻室老母，依靠何人？

陈宫：这妻室老母么，哎，如今被擒，别无牵挂，要我跪下，日出西方。

曹操：也罢，中军，将公台妻室老母送回原郡，好生奉养，不可怠慢，这正
是，生死无二志，丈夫何壮哉，不从全石论，空负栋梁材。公台休怪曹某不仁了。
斩、斩！

陈宫：哈哈。

曹操：带吕布。

吕布（唱）：［北路正导板］

今日里在阵前打败一仗，似猛虎离山岗虎落平阳，想当初众诸侯齐聚一堂，约定了虎牢关大摆战场，吕奉先一骑马阵头之上，战败了众诸侯桃园的刘关张，今日里失徐州身入罗网，怕的是进帐去一命身亡，俺好比夏后羿月窟遭殃，俺好比楚重瞳自刎乌江，俺好比绝龙岭闻仲命丧，俺好比三齐王命丧未央，无奈何进宝帐将贼哄骗，我这里低下头，假意归降。

曹操：下跪可是奉先？

吕布：正是小将吕布。

曹操：见了老夫为何不抬起头来？

吕布：有罪不敢。

曹操：抬头，恕你无罪。

吕布：谢丞相。

曹操：哈哈，当年，虎牢关上，威风何在呀。

吕布：天下英雄怎比丞相。

曹操：怎么讲？

吕布：怎比丞相。

曹操：哈哈，刘使君，老夫有意，收吕布帐下为将，你意如何？

刘备：今日是留他在于丞相，杀他也在于丞相，你可知丁建阳与董卓的故事。

曹操：啊，斩。

吕布：刘使君，这里来，刘使君，如今你乃为上客，布乃阶下囚，你不与俺讲个人情，反在一旁，冷言冷语，是何道理？

刘备：此乃丞相之意，与备何干？

吕布：你可记得当年辕门射戟之故么？

刘备：天长日久，备我忘怀了。

吕布：大耳贼。

吕布（唱）：［北路快板］

大耳贼可记得辕门射戟，有袁术差纪灵把你来逼，那时节若非我射戟之力，那纪灵他岂肯善把兵息，到如今忘前情反作仇敌，某死在九泉下将尔命逼，二次里进帐去，再次下跪。

吕布：啊，丞相若能饶奉先一命，末将愿为丞相扫平天下。

曹操：只怕天下未曾扫平，老夫人头早已落在你的手中，斩。

吕布（唱）：某死后汉室中英雄，还有谁。

2. 拜月记

该唱本内容来源于《拜月亭》。讲述王尚书奉旨出使，其妻及女儿瑞兰因兵乱失散，书生蒋世隆亦与妹瑞莲失散，寻妹却遇瑞兰，结伴同行，终为夫妇。王妻路遇瑞莲收为义女。王尚书还京，途中过招商店，见蒋及瑞兰，强逼瑞兰归家。瑞兰思念蒋世隆，夜晚在花园焚香拜月，祈祷夫妻重逢，被瑞莲窥见，一再追问，才知瑞兰意中人即自己胞兄，姊妹成为姑嫂。后王尚书拟为瑞兰招赘新科状元，瑞兰不从，相见时方知状元即蒋世隆，终夫妻团圆。

人物：蒋世隆、王瑞兰、蒋瑞莲、王夫人、王镇、张大人、六儿、店家、家院、媒婆。

第一场 抢伞

众（合唱）：番家百万虎狼兵，纷纷人马似飞尘，海倒山倾，海倒山倾，烽烟四起涂炭生灵，房野唯闻鼓角声，中都路不太平。

王瑞兰：古今愁，谁似我今朝这般愁，耳听军马骤，人乱语稠，向松林逃躲，恐怕有人搜。

蒋世隆：慌忙里迷失路途，寻妹不见我心忧。谢苍天多保佑，寻着了亲骨肉，携带同行走。

众（合唱）：教人心下暗猜疑，声声唤，倒有这两三回。

王瑞兰：你是何人我是谁，缘何将我乳名提。

蒋世隆：我寻我的亲妹子，何曾将你乳名提，不是卑人亲妹子，答应连声惹是非。

王瑞兰：并非是我惹是非，母亲失散好惨凄，瑞兰与你何关系，错应一声莫猜疑。

蒋世隆：瑞莲，是我亲妹子，都只为番兵似虎狼，逞刀枪向中都向中都侵犯，百姓逃难走四方，兄妹们不幸在中途失散。

王瑞兰：我也一样在中途，母别儿来女失娘。地乱天昏，人离鸟散。

蒋世隆：这正是，愁人休对愁人说。

王瑞兰：说起愁来愁更加。

蒋世隆：一般样焦急。

王瑞兰：一般样烦恼。

蒋世隆：焦急烦恼说将来道将去，两情一般。

王瑞兰：君子，逢急难遇艰危，独自行来路已迷，君子正须寻妹子，危途作伴望你提携，望你提携。

蒋世隆：时事艰危兵马乱，女子孤行事本难，自己的妹子寻不见，怎能与你相周济。

王瑞兰：圣贤书你能知能解，恻隐之心人皆有之，君子啊，危途无奈，求作伴，且相偕。

蒋世隆：怕只怕旁人，观形迹动疑猜。

王瑞兰：乱军中有谁来问你。

蒋世隆：倘若是关津渡口人盘问，教小生把何言答对。

王瑞兰：君子请转来，倘若是你妹子在此，那也是男女同行无挂碍，关津渡口有人问，你只说亲兄妹，为逃兵乱两相偕。

王瑞兰：家住在中都城鼓楼街，王氏瑞兰女裙衩。

蒋世隆：家住在中都城外五里牌，姓蒋名世隆我本是黉门之中一秀才。

王瑞兰：爹爹在朝奉圣差，哪痛儿的娘亲，母女逃难到此来，却被干戈两拆开。

蒋世隆：你我心事一般哀，愁人相诉更伤怀。

王瑞兰：一般哀，更伤怀。

蒋世隆：万苦千愁雨又来。

王瑞兰：幸喜得今朝遇着你，危途作伴仗提携。

蒋世隆：患难中休客气，颠危相遇应扶持。

王瑞兰、蒋世隆：雨湿罗裙，雨湿罗裙且拧干。

王瑞兰：患难相逢又相伴，今日恩情永不忘。

蒋世隆：若要恩情能永远，来朝前路莫分张。好呀，要知娘行心腹事，尽在摇头不语时,她未嫁来我未娶。好姻缘珍重向她提。

王瑞兰:他的心意我能解,待说求鸾配他难启齿来,我待说了吧,羞人答答口难开,有个说话的人儿在,我在头上拔下金钗来,金钗呀,与我转达这情怀。

蒋世隆:好呀,谁知月老就是你,美满姻缘红丝牵,今生不负美情意,还望小姐莫猜疑。

王瑞兰:但愿太平干戈息,告禀爹娘那时节你我,那时节你我永不分离。

第二场 认女

蒋瑞莲:慌乱逃奔,哥哥,哥哥,哥哥不知何处,叫我进无路,退又无门,哥哥,哥哥。

王夫人:离开了安乐尚书府,逃出了中都烽火城,忽一时途中纷乱人声震,不见了我那瑞兰儿,苦我呼寻,西边呼来,东边寻问,总总的沿途不见人,我那儿呀,娘再呼来儿再听。好,谢苍天,可喜前边有应声。

蒋瑞莲:远远闻一声,哥哥呼唤瑞莲名。错听又错认,待寻儿,我还是往前行。

王夫人:说同行就同行,途中还喜不孤零。

蒋瑞莲:问老娘何人失散待呼寻。

王夫人:呀!小姑娘,我的兰儿失散在中途不见人。

蒋瑞莲:是怎样打扮?

王夫人:她身穿锦夹,腰束绣罗裙,头上乌云鬓,容貌正青春,这孩儿娇生惯养,流离苦味何曾惯经,真是可怜,我也伶仃甚,我也伶仃甚,登山涉水,倘若跌着有谁怜,跌着有谁怜。

蒋瑞莲:一路招扶我应承,唉!不必忧心动,我应承。

王夫人:上坡的时候。

蒋瑞莲:我扶着你的腰背挽扶定。

王夫人:下坡的时候。

蒋瑞莲:我的肩儿给你来支撑。

王夫人:过渡呢。

蒋瑞莲:试一试跳板儿稳不稳。

王夫人:过桥呢。

蒋瑞莲：手拉着手儿一个前行，一个随后跟。

王夫人：我便慢行慢走不须惊。

蒋瑞莲：就做个女儿娘带领，问娘心中肯不肯。

王夫人：肯，肯，肯。我把你当亲生。

蒋瑞莲：万分感激拜娘亲，感激拜娘亲。

王夫人：从今相伴娘和女，共过危途苦与辛，危途苦与辛。

王夫人：相逢急难两相亲。

蒋瑞莲：依然念女与思兄。

王夫人：今夜梦魂难忍。

蒋瑞莲：愁人说与愁人。

第三场　离别

蒋世隆：旅中无计消烦恼，才了兵荒病又缠，地北天南人困顿，不知何日返家园。

王瑞兰（唱）：说道是前烽息了兵乱，道路已平安，且望门前散淡，看一看乱后风光门前散荡，看看乱后风光。

王瑞兰：那，那，那不是征旗是酒旗。

蒋世隆：这，这，这鼓声传来，也和那战鼓咚咚相似。

王瑞兰：这是邻村赛会，鼓乐声天把福祈。

蒋世隆：哎呀呀未闻战鼓闻村鼓，不挂征旗挂酒旗，门外风光如此美。

王瑞兰：果然重见太平时太平时。

蒋世隆：半路兄寻妹，他乡母失儿，破巢分燕子，断雁不胜悲。

王瑞兰：深山空谷有兰芝，贫贱夫妻患难时，记得白头偕老哟，今生今世永不离。记得白头偕老哟，今生今世永不离永不离。

王镇：两国通和，喜狼烟消散，风展归旗向汴梁，野店几家堪驻马，略舒劳顿再上征鞍。

王镇：地北天南资讯沉，父女相逢岂有心。

王瑞兰：非意料，似梦中。

王镇：店中权歇问家音，问家音。啊，你真荒唐，婚姻事你私自主张。

王瑞兰：至诚君子儿钦仰，患难中，患难中恩义长。

王镇：他姓甚名谁人怎样？

王瑞兰：姓蒋名世隆，中都城外秀才郎。

王镇：既是中都秀才郎，兵荒已过为何不还乡？

王瑞兰：染病在床，染病在床，羁留逆旅剩空囊。

王镇：你益发荒唐，益发荒唐。不尊古礼私许穷郎，青春年少官家女，终身穷困怎能当？

王瑞兰：儿见他饱学富文章，一跃龙门姓字香，古剑在鞘似凡品，出鞘方得见光芒。

王镇：此言错讲，此言错讲，说什么饱学富文章，说什么一跃龙门姓字香，父见多少秀才郎，穷愁潦倒，有几个登金榜，儿呀！依为父速速理归装。

王瑞兰：谢爹爹待儿好心肠，儿为此事也曾思量，当时若无他作伴，儿性命也难保名节也难全，有恩有义非比寻常。

王镇：有恩有义异寻常，未曾酬答岂能忘，我儿但把宽心放，父与他银钱相报偿。

王瑞兰：这君子非是那市井儿郎，难道说老爹爹是铁打的心肠？

王镇：你是娘生父养，许终身欲不告爹娘，无媒约成何婚配，逆亲言心向情郎，要想成亲休指望。

王瑞兰：既如此女儿就不去汴梁，不去汴梁。

王镇：须发苍苍父年衰暮，膝下无儿你是掌中珠。儿若是回家去，父与你良田，与你配一个乘龙佳婿耀门墙。

王瑞兰：女儿事不劳爹爹，不劳爹爹。

王镇：若再无理，这不是来那不是，真是疑，意欲如何。

店家：他说道，小娘子无媒约成何婚配，许终身却不告爹娘，古礼不遵真鲁莽，更不该私许一穷郎，他虽说见过多少秀才郎，穷愁潦倒，有几个金榜把名扬，他说你是拐骗，要送衙门将你关，若不是娘子哀哀求上，铁锁银铛你进了班房，进了班房。

蒋世隆：错怪她一言不尽，却原来魂飞魄散去阳关，又谁知翻天风浪拆鸳鸯，我何时再见你的愁容面，我定要千山万水万苦千愁，找到你跟前。

第四场　拜月

王瑞兰：几时得烦恼绝，几时得离恨别。

王瑞芳：姐妹到后花园闲游戏。

王瑞兰：为什么欲行又止？

王瑞芳：你看那花红柳绿，满园芳香真叫人，对景伤悲长嗟叹。

王瑞兰：待撇下，难撇下，欲割舍，难割舍，沉吟倚遍栏杆也，万感伤情切，均付与长嗟叹。

王瑞芳：我看你绣罗裙宽打折，再看你行路少精神，哪里是体弱多病，我观姐姐，头上懒梳乌云鬓，脸上容颜黄瘦颜，贤姐姐，莫不是伤春少欢悦，小妹子来压邪，料想姐姐非为别，莫不是想着那姐，莫不是想姐夫？哈哈哈，你的春心动也。

王瑞兰：我劝你，放肆的话儿休要说。瑞芳，你这大胆的丫头！常言道女儿家三绺梳头，两节穿衣，行不动裙，笑不露齿，话莫高声，月夜里来到花园，故意儿说出伤风败俗的话来，小鬼头你的春心动也。

王瑞兰：打只打小丫头胡言乱说，倒是我瑞兰差也，手执花枝未曾打她，她那里啼哭起来，倘若是哭到爹娘的跟前，爹娘道一声瑞兰儿，别人家三兄四妹尚且要和睦，何况她是一个外来的妹子，都容她不得，打她怎的，骂她何事羞答答，爹娘的跟前无话说。贤妹在此闲游戏，为姐不陪先去也，到了爹娘跟前，难道我没有话说不成。我说道瑞芳妹妹，月夜里来到花园，故意儿说出，伤风败俗的话来，小鬼头你的春心动也。

王瑞芳：适才间无非是戏耍言，贤姐姐，常言道，天能盖地，大能容小，你是姐姐我是妹妹，有什么不到之处，打也打得骂也骂得，望姐姐高抬贵手饶恕些。

王瑞芳：姐姐，下次若还再如此，诸般责罚任妹妹，姐姐在此闲游戏，小妹不陪先去也，姐姐跟前岂敢生气不成，适才姐姐行得急，愚妹的也来得忙，绣房中，未曾收拾针线帖。

王瑞兰：对月深深拜，我这里拜新月，宝鼎中明香满泻明香满泻，分明是疑心多暗鬼，眼乱必生花，风吹蔷薇花枝动，俨然是我的妹子来也。我有三炷香祷告苍天，一炷香愿我的郎君，疾病早除灾星消散安返家园。二炷香愿苍天，不负你青灯黄卷十载寒窗，有一朝窃门三月桃花浪，我那……我那男儿，官人呀！夫呀！你一跃龙门姓字标金榜，争一个天下名传。三炷香愿苍天保佑，鸟不孤，凤不单，早相逢相会同欢共乐。

王瑞芳：本当要高声喊叫，我观姐姐烦恼之中拜新月，小妹忙把衣袖遮，问姐姐为何在此拜新月。

王瑞芳（唱）：男儿二字听得清，同欢共乐听得明，手捧香盘告爹尊、打烂香盘，难道打烂愚妹的嘴不成，先前道我小鬼头春心动，到如今大鬼头动春心，茶不思来饭不爱，后花园中烧保香，保情人，大鬼头，你的春心真动也。

王瑞兰：适才间尽都是胡言乱说，姐妹跟前休见责，爹娘跟前你切莫乱说，我和你挽手下花台，一一从头与你来说一个明白。

王瑞兰：他名唤世隆，中都城外五里牌前，有他的家乡住宅。

王瑞芳：听说名姓与家乡，不由人珠泪汪汪。

王瑞兰：哎呀我的妹，为姐啼哭为衷情，我妹啼哭为何因？

王瑞芳：适才提的蒋世隆，他是我的亲兄长，我是他的亲妹子，只为番兵进犯，番兵向中都进犯，难中不见我兄长，多感义母相提携，因此上蒋瑞莲就改王瑞芳。

王瑞兰：越讲越亲我那妹呀，为姐也为番兵进犯，母女逃难各一方，恰遇令兄寻妹声声唤，你名瑞莲我名瑞兰，莲兰音近瑞字相同，他那里喊叫起来，我这里误听应声，因此与他同行。

王瑞芳：有朝得会家兄，我要叫一声嫂嫂。

王瑞兰：羞也羞煞人我那妹妹呀，花园中叫一声嫂嫂，没什么要紧，倘若是到了爹娘跟前，望贤妹改，改口叫一声亲姐姐。

王瑞芳：叫姐姐就叫姐姐，你与家兄你们何方分别？

王瑞兰：曾记得秋风八月秋风八月，与令兄曾在招商离别，起程时他染病在床，我侍药在旁，偏遇爹爹下绝情，苦逼我上车，欲留无计痛伤心，流水一去不回程。

王瑞芳：你二人中途怎能割舍。

王瑞兰：我二人中途情难舍，好一似宝镜分玉簪折。

王瑞芳：我那世隆兄。

王瑞兰：世隆夫。要相逢难相逢，要得见难得见，但不知是何年月同欢共悦。

王瑞芳：但愿哥哥早相见。

第五场 拒婚

王镇：哈哈。相府门高阀阅显，女儿择婿费焦烦，圣主加恩怜衰晚，许赘新科美状元，了却平生儿女愿，也绕半子乐余年。

王夫人：南堂日永湘廉卷，画檐前喜鹊声喧。

王镇：你我白发年高迈，兰儿已是长成年，圣主怜我求儿愿，要我招赘新状元，老夫已把媒婆遣，请问夫人意怎言。

王夫人：相爷，儿女成年，男婚女嫁遣，门庭美事应开颜，况且是圣主垂恩眷，又何能大胆有违言。

王夫人（唱）：此事相爷曾遇招商店，而今屈指有三年，这婚事，不同朝廷事儿样，还须用爱子之心细商量，细商量。

王镇：曾为儿剖说情由相告劝，儿休要循情执意不回旋。

王瑞兰：爹爹的教训儿心常记念，儿的心愿求爹也爱怜。

王镇：休得要，休得要巧言千万遍，女在家从父古训久相传，在家不从父此理实难言。

王瑞兰：爹爹你身居相位理朝纲，教儿守贞节为古训，逼儿重婚配此理怎言。

王瑞兰（唱）：也只能将贞节劝，不能拆散美鸳鸯，自古道南山有鸟，山张罗网，北山张罗网，鸟自高飞也枉然。

媒婆：他道实难忘，昔日招商店，海誓山盟美满缘，千金小姐王氏门庭显，难中恩义结良缘。

王镇：兰儿事正是在那招商客店。

王夫人：状元他也是在那，招商店内匹配良缘。

王镇：我的儿她说是难中恩义见。

王夫人：那状元他说是恩义难中全。

王镇：瑞兰儿为蒋姓心心思念。

王夫人：那状元他说是恩义难中全。

王镇：难道说那蒋世隆他的名字改变？

王夫人：难道是穷秀才他也变了状元？

第六场 重逢

蒋世隆：那时百姓争逃命，我失散了亲妹子待呼寻，我呼妹子她错应，错应做亲娘唤女声。一路同行相照应，怜她独女太伶仃，险浪同船联性命，在招商店内结婚姻，夫妻恩爱形如影。谁知一病竟缠身，异地他乡遭贫困，多亏得贤妻把汤药看承。不幸她父路过广阳镇，他道我配合不能成，他既道无高堂父母命，又无媒妁送红庚，他道我秀才成何用，他道我只有穷愁潦倒，名标金榜万不能。苦逼我妻把归装整，将她强夺上车轮，马不停蹄车不顿，就这样鸳鸯拆散两离分。我正要访寻妻子讯，难忘她贫贱旧时情，如今纵有皇王命，我实实无心敢应承。

蒋世隆（唱）：兄妹分离无处问，谁知今日巧相逢、巧相逢。

蒋世隆：娘子，离鸟拆凤无处问，今日相逢似梦中。

3. 报恩府（节选）

该唱本讲述马力进京投奔做官的叔父马汉，途遇强盗被打落江中，适路遥员外过此，命家人救起，并结为兄弟，复又赠银和坐骑，助其上京，并通过一系列事件，反映出路遥和马力的深深情谊。值得一提的是，湘剧表演艺术家彭升贤（1887年生）在出演《报恩府》路遥员外赌气离开王府回家的路上，打跛脚骡子一幕时，因靴子一滑，跌了一跤，他当场借此做戏，横躺在台上，拦住了旗牌的路，因而两人闹起来，不但不露破绽，反而有助于路遥倔强性格的刻画。从此，这一"跌跤"的动作，也就照样保留下来了。

人物：马力、刘氏、路遥、李氏、路龙、路虎、家院、丫鬟、白怀等。

第一场 别妻应试

马力（唱）：坐草堂为夫的把话来讲，叫一声贤德妻细听端详，为丈夫苦读寒窗在灯下，盼的是有朝一日把名扬，都只为家道贫时运不好，贤德妻你为我受尽煎熬，积下了银两把京上，望贤妻保自身莫挂心梢。

刘氏（唱）：夫别妻千里迢迢京城上，临行时妻有言嘱告夫郎，此一去望夫君多多谨慎，一路上莫把妻挂在心房，愿夫君你此回高官做上，到那时扬眉吐气转回乡。

马力（唱）：贤德妻叮嘱言词记心上，今生里决不忘恩德妻房，辞别了贤德妻忙把路赶，实难舍恩爱妻奔赴帝邦。

刘氏（唱）：见夫君登上了阳光大道，又是忧又是喜珠泪暗抛，望不见夫的影内堂转到，朝焚香晚拜佛保佑夫郎。

第二场　遇害劫抢

路遥（唱）：三皇五帝到东周，韩信强来不到头，命里有来终须有，命里无来莫强求，在世多积阴公德，子子孙孙拜帝邦，家院带路往前走，南庄收租莫停留。

白怀（唱）：家住深山陡壁崖，只会杀人不会埋，明晃晃钢刀朝上举，血淋淋的人头落下来，甩开大步朝前走，黑森林内暂安身。

马力（唱）：离家乡别故里京城来上，但愿得荣宗耀祖转回乡，半空中听乌鸦声声叫鸣，不由得马力我心内彷徨，观前面黑森林心中害怕，但愿得天保佑无祸无灾，战兢兢我且把黑森林进，大汉人拦住我所为哪桩？

路遥（唱）：走时红日当头照，归来不觉日落西，家院带路归庄往，何处传来叫苦声？

马力（唱）：忽听耳旁人声呼唤，又只见员外在眼前，走上前来我忙跪定，有劳员外救残生。家住河南上泽县，马家庄上有家门，娶妻刘氏贤淑女，马力就是我的名，只因朝中开科选，离乡奔京求功名，行在山林来经过，遇着强盗太无情，银两包裹全抢光，丧尽天良推深渊，今感员外来搭救，结草含环报大恩。

第三场　送行登程

路遥（唱）：兄弟挽手出庄门，全家送弟十里亭，喜鹊空中喳喳叫，它向贤弟报佳音，贤弟此去必高中，莫忘兄弟结拜情，家院看过饯行酒，纹银五十表兄情。

李氏（唱）：弟在我府多怠慢，一杯美酒表寸心，家院看银三十两，相赠贤弟做盘程。

路龙、路虎（唱）：走近前来把话论，遵声叔父听分明，兄弟各赠银十两，略表侄儿的孝心。

丫鬟（唱）：相赠五分散碎银，员外路上买茶吞。

家院（唱）：手扯员外把话论，小人有言听分明，做工积得银三分，员外且莫来看轻。

马力（唱）：劳兄一家来相赠，愧煞马力读书人，府中打搅日多久，全家恩情似海深，若是此回高得中，一重恩报九重恩。

第四场　落店得宝

马力（唱）：夜深沉更声尽风吹落叶，有马力在店房难以入眠，若不是路遥兄难中相救，到如今尚不知是死是生，在店中将诗书翻开阅就，只觉得身子困瞌睡店中。

第五场　路府遇劫

路龙、路虎（唱）：这一阵杀得兄弟心血涌奔，老母亲与爹爹何处藏身，恨贼子他那里无端风起，强抢我路家庄丧尽人伦，战乱中不见了儿父和母，怕只怕年迈人难逃灾星，兄弟们忍悲痛忙把路奔，望天涯和海角四处藏身。

路遥、李氏（唱）：这一阵吓得年迈人魂飞魄散，好一似虎口中逃出羊群，若不是儿兄弟舍死拼杀，年迈人只怕是早亡命倾，一路来含辛茹苦家业创，一刹时被火光化为灰尘，仰望着寒夜空对天长叹，我路家却为何遭此灾星，二娇儿不见影心中悲痛，求上苍保佑儿逃脱贼群，没奈何跌跌跄跄把路奔，抬头望又只见破洞窑门。

第六场　揭榜做将

路龙、路虎（唱）：披星戴月京城奔，揭榜做将保朝廷。

马力（唱）：招军榜文挂营门，未见武士到来临，将身打坐虎皮帐。

路龙、路虎（唱）：揭榜武士见大人。

第七场　报恩府

路遥（唱）：马力无义将我气，不由路遥怒满怀，无奈何将跛驴催动，驴不走来为何情，下得驴来仔细看，老驴无牙怎样行，翻身再把驴来上。

白怀（唱）：一见老伯礼相迎。

路遥（唱）：你骑我的驴我骑你的马，骂声马力无义人，家住河南上泽县，八排庄上有家门，所生娇儿有两个，路龙路虎伴双亲，只因家中失了火，不知孩儿哪里存，在家与夫人来商议，特到京城来借银，不提此事到还罢，提起此事恼人心，结拜兄弟名马力，谁知他是无义人，不借银两尤小可，见利忘了结拜情，一路行程来得快，高楼大厦眼前存。

4. 大战长沙

该唱本内容来源于《三国演义》第五十三回，讲述关羽攻长沙，守将韩玄遣老将黄忠出战，黄忠马失前蹄，关羽释之；次日韩玄命令黄忠射关羽，黄忠感忠义，箭射中其盔缨；韩玄责黄忠通敌，欲斩，魏延纠合百姓杀死韩玄，以长沙降刘备，刘备又以礼劝降黄忠。

人物：孔明、关羽、韩玄、黄忠、魏延、刘备、众三军。

孔明：天有阴来地有阳，九宫八卦按胸膛，苍天赐我三分策，保定刘主锦家邦。山人诸葛亮，多蒙主公恩高义厚，三顾茅庐，下得山来，辅汉扶刘，忠心保主。昨日银安商议国事，主公有意夺取长沙，想那长沙太守韩玄帐下，有两员虎将，黄忠、魏延，有万夫不当之勇，岂可轻易取之，看来此战，非云长出马不可，众三军，传关将军进帐。

军：关将军进帐。

关羽：三国英雄将，威名震四方，参见师爷。

孔明：不消。

关羽：谢师爷，唤关某上帐，哪路军情？

孔明：主公有意夺取长沙，离不得关将军一马当先，不知意下。

关羽：请动师爷将令。

孔明：听山人令下。

孔明（唱）：中军帐内令传下，关羽将军听根芽，三国鼎立诸侯霸，各为其主定邦家，桃园兄弟谁不怕，赫赫威名震天涯，带领五千人和马，要把黄魏一股拿，杀了韩玄功劳大，速速披挂去长沙。

关羽：得令。

关羽（唱）：师爷将令某接下，带领人马去长沙，何需五千人和马，五百刀手随某发，青龙偃月神鬼怕，要把贼子一股拿，施罢一礼宝帐下，两军阵前会会他。

孔明（唱）：一见云长把帐下，好似猛虎出山崖，来日再把人马发，要与主公定邦家。

关羽：赤人赤马又赤心，青铜偃月破黄巾，兄弟桃园三结义，乌牛白马祭苍神。某汉室关羽，奉了军师将令，夺取长沙，三军人马可曾齐备？

军：俱已齐备。

关羽：两旁侍候。

关羽（唱）：军师将令把某差，豪杰领兵出营来，绿袍罩定黄金铠，五绺长须飘胸怀，三弟带兵武陵界，四弟桂阳把兵排，大哥想得长沙郡，军师将令把某差，小军与爷把马带，夺取长沙显将才。

黄忠：老将年高大。

魏延：威名镇长沙。

黄忠：丹心能贯日。

魏延、黄忠：竭力保邦家，俺黄汉升、魏文长，请太守升帐，两厢侍候。

韩玄：辕门侍立三千将，统领貔貅百万兵，嫩笋出土节节高，坐，仙风吹动皂罗袍，凤凰落在金沙地，何愁百鸟不来朝，本郡韩玄，威镇长沙，闻听一信，关羽兴兵前来，夺取长沙，还须遣将对敌，来呀，黄、魏二将进帐。

黄忠、魏延：参见太守。

韩玄：二位将军请坐。

黄忠、魏延：谢坐。

黄忠：太守升帐。

魏延：哪路差遣？

韩玄：二位将军，哪曾知道，只因关羽带兵前来，夺取长沙，哪位将军出马，建立奇功？

黄忠：太守，赐某将令，生擒关羽，前来献功。

魏延：且慢，久闻关羽有万夫不当之勇，老将如此年迈，岂是关羽的敌手？

黄忠：你待怎讲。

魏延：你岂是关羽的敌手。

黄忠：魏将军。

黄忠（唱）：魏文长把话错来讲，有几辈古人听端详，赵国廉颇七旬长，文韬武略镇疆场，昔日有个姜吕望，八十二岁遇文王，你道那关羽熊虎将，有道是强中自有强中强。

魏延：老将军。

魏延（唱）：老将军休要逞刚强，关羽战功赫赫扬，勇冠三军谁不尊仰，千里独骑保嫂娘，过五关曾斩六员将，擂鼓三通斩蔡阳，年迈老将你怎抵挡，此功让与魏文长。

韩玄（唱）：魏文长说话不思量，灭自家威风你太乖张，首战无须你前往，单点老将紧丝缰，带领人马疆场上，一战成功擒云长。

黄忠：得令，黄忠接令喜洋洋，那一厢气坏魏文长，抖擞精神把马上，威风压赛少年郎。

韩玄（唱）：一见老将下宝帐，开言叫声魏文长，本镇赐你一支令，命你四路去催粮，一月之内粮催好，功劳簿上表几行。

魏延：得令。

魏延（唱）：魏延接令暗思想，关羽刀法本高强，韩玄庸才无肚量，压下这心头火某去催粮。

韩玄（唱）：黄忠魏延出宝帐，本帅城中紧提防，关羽本非寻常将，胜负难测挂心肠。

黄忠：老夫年迈苍，大刀保家邦，百步穿杨箭，威名四海扬，俺黄忠，关羽兴兵前来，夺取长沙，有道是兵来将挡，水来土掩，三军开兵。

黄忠：来将通名。

关羽：关羽。来将通名。

黄忠：黄忠。

黄忠：哎呀且住，久闻关羽一身好披挂，今日一见，果然名不虚传。

关羽：久闻黄忠一员好上将，今日一见，果然名不虚传。

黄忠：住了，胆大的关羽，有何本领，敢来夺取长沙。

关羽：若问爷的本领，搅开驴耳听道。

关羽（唱）：勒马停蹄站战场，且听关某表端详，某大哥堂堂帝王像，当今皇叔在朝廊，三弟张飞翼德将，大吼一声断桥梁，结拜四弟子龙将，长坂坡前救小王，茅庐三请诸葛亮，神机妙算按阴阳，某家曾斩雄虎将，挂印封金美名扬，五关曾斩六员将，擂鼓三通斩蔡阳，老儿快把长沙让，少若迟延刀下亡。

黄忠（唱）：勒住丝缰高声讲，叫声蒲州关云长，老夫今年六十上，斩将犹如斩鸡羊，你往日杀的无能将，我黄忠掌中刀非比寻常，你取长沙休妄想，管叫你顷刻刀下亡。

关羽：黄忠杀法厉害，他若追来，拖刀拖他下马。

关羽（唱）：怎不上前，黄跌入马下。

黄忠：马失前蹄。

关羽：关羽兴兵，从来不斩马下之将，上马去罢。

黄忠：哎呀，上马。

关羽：将长沙团团围困。

韩玄（唱）：奉命把守长沙关，为国忘家哪得安，将身打坐莲花帐，老将回营问一番。

黄忠（唱）：今日阵前落下马，关羽停刀不肯杀，明日交战恩报答，施雕翎不向咽喉发。

黄忠：见过太守。

韩玄：老将军请坐。

黄忠：谢座。

韩玄：老将军，两军胜败如何？

黄忠：两下不分胜败，准等来日，定取关羽的头。

韩玄：听本郡令下。

韩玄（唱）：坐立宝帐传将令，叫声老将听分明，来日兴兵两军阵，大战关羽要小心。

黄忠：太守请退。

黄忠（唱）：领了太守一支令，背转身来自思忖。

黄忠：慢着，奉了太守将令，来日与关羽交战，不如假意败阵，他若追来，老夫幼年习就百步穿杨，百发百中，哎，想某被他拖刀，拖下马来，蒙他不杀之恩，将他一箭射死，不为紧要，岂不被天下人，道老夫不仁不义。哦，有了，老夫在两军阵前，不射他咽喉，射他盔缨，报他马下不杀之恩。

黄忠（唱）：老夫习就箭雕翎，百发百中不差分，来日兴兵两军阵，百步穿杨报他恩。

关羽（唱）：昨日两军把武比，杀得红日落了西，将身打坐莲花帐，且候探马报端的。

军：报，黄忠讨战。

关羽：再探。

军：得令。

关羽（唱）：探马报到莲花帐，黄忠老儿把兵提，人来带过赤兔马，一见老将怒不息。

关羽：昨日饶你一死，今日又来做甚？

黄忠：昨日老夫未曾防备，今来与你决一死战。

关羽：放马过来。对阵，黄败下。

韩玄（唱）：长沙城外摆战场，将士纷纷马蹄忙，三军带马城楼上，且看二家动枪刀。

黄忠（唱）：水有源来木有根，树归枝干叶归林，有钱须放无钱债，受恩当报施恩人，对着关羽把箭放，招箭。

关羽（唱）：接过雕翎箭一根，明知黄忠箭法准，关某何惧这小雕翎。

黄忠（唱）：关羽不知其中情，单人独骑随后跟，二次我把雕翎放，招箭。

关羽（唱）：接过老儿箭二根，哪怕老儿箭法好，哪有关羽接箭能。

黄忠：关羽不知内情苦苦追来，再若追来，把箭头咬掉，只中盔缨，不中咽喉，报他昨日不杀之恩。

黄忠（唱）：银牙一咬箭头掉，不中咽喉中盔缨。招箭，中盔缨。

关羽：慢着，久闻黄忠雕翎，有百发百中之能，为何不中咽喉，只中盔缨，是何缘故哦，是了，想他有意投降，也未见得，三军将长沙城团团围困。

韩玄：顺马。

韩玄（唱）：适才敌楼来观定，黄忠起了降敌心，无名火起心头恨，定斩老儿黄汉升。

黄忠（唱）：百步穿杨把恩报，太守跟前把令交。

韩玄：可恼。

黄忠：太守为何着恼？

韩玄：你的雕翎百发百中，为何只中盔缨，不中咽喉，是何理也？

黄忠：某家昨日被他拖刀拖下马来，蒙他不杀之恩，故而某的雕翎，只中盔缨，不中咽喉，也报他不杀之恩。

韩玄：只顾你报恩，不顾长沙军民人等。

黄忠：元帅放心，来日末将定能，生擒关羽入帐。

韩玄：到了明日，本帅的人头，只怕早已落到关羽之手。

韩玄：可恼。

韩玄（唱）：分明你要把长沙送敌手，分明你卖主求荣把敌投，喝令两旁刀斧手，速速斩却黄忠头。

黄忠（唱）：号令一声绳上肘，黄忠难保项上头，大丈夫一死何惧有，实可叹长沙城姓了刘。

韩玄：押下。

韩玄（唱）：刀下留人，又恐关羽大军发，何人率军保长沙，且候延催粮转，黄忠首级慢斩杀。

魏延（唱）：元帅传令催粮草，四处奔波好辛劳，韩玄鼠辈胆量小，只知仗势压群僚，兵丁催车奔前道，怕只怕老将军难敌青龙刀。

黄忠（唱）：年迈抗敌反斩首，汗马功劳不到头，战场上与关羽殊死斗，某马失前蹄脸含羞，关羽停刀留我首，放我回营整貔貅，百步穿杨报恩厚，恼怒韩玄要斩头，再不能领兵疆场走，再不能建功把名留，再不能把敌齐扫就，再不能确保长沙太平秋，含悲忍泪法场走，好一似祭祀三牲等割头。

魏延（唱）：来在法场用目瞅，只见老将绑桩头，惊得魏延身发抖，老将军醒来问情由。

黄忠（唱）：望苍天热泪流无人救，抬头只见魏参谋，将军快快救老朽，来迟一步我命休。

魏延：老将军。

魏延（唱）：你大战关羽把城守，因何故绑法场做了死囚。

黄忠（唱）：某马失前蹄刀失手，关羽不杀性命留，似这样大恩情理当报，因此上只射盔缨不射喉，进帐去不容某开口，他道我黄忠把敌投，元帅发怒似牛吼，捆绑法场要斩人头。

魏延（唱）：老将军切莫来担忧，有俺魏延莫惊愁，他若是准了某保奏，风风雨雨两罢休，他若是不准某保奏，我定然割下他韩玄头，回头来叫一声刽子手，你把老将留一留，老将若有好和歹，尔等性命一笔勾，急忙上马帅府走，元帅跟前把情求。（下）

黄忠（唱）：魏文长两肋插刀为朋友，怕只怕韩元帅记恨结仇。

韩玄（唱）：乌鸦不住叫喳喳，叫得本帅心胆麻，莫不是长沙难保守，莫不是有人行刺咱，将身打坐莲花帐，心惊肉跳两眼花。

魏延（唱）：来到辕门下战马，见了太守问根芽。

魏延：见过太守。

韩玄：鞍马劳顿，请坐。

魏延：谢坐。

韩玄：粮草可曾催齐？

魏延：粮草催齐，请太守过点。

韩玄：将军催粮，何须过点，后帐备宴。

魏延：且慢，黄老将军身犯何令，为何绑赴法场取斩？

韩玄：他的雕翎，百发百中，不中敌人的咽喉，只中盔缨，老贼起了卖国之心，故此将他取斩。

魏延：斩了黄忠，关羽何人是他敌手？

韩玄：有魏将军出马。

魏延：你将黄忠赦却，魏延方可出马，若不将黄老将军赦却，魏延万万不能出马。

韩玄：本帅宁可失却长沙，一定要斩这老贼。

魏延：赦的高。

韩玄：斩的高。

魏延：赦的妙。

韩玄：斩的妙。

魏延：呸。

魏延（唱）：赦却黄忠到还罢，不然魏延就要。

韩玄：就要怎样，要藐王法。

韩玄：想是要造反。

魏延：招呀。

魏延（唱）：魏延造反谁不怕，敢叫老狗染黄沙。

韩玄（唱）：吩咐两旁刀斧手，推出辕门斩了他。

魏延（唱）：开刀先杀刀斧手，追杀韩，提头看你赦他不赦他。

魏延：慢着，老狗被俺杀了，不免将他家小斩尽杀绝。

黄忠（唱）：魏延上帐把情求，这等时候未回头。

魏延（唱）：刀斧手上前来答话，去罢，老将军醒来说根芽。

黄忠（唱）：一见魏延下毒手，两旁刀斧手去人头，走上前来把头叩，劳你救我老命留。

黄忠：既是太守准情，魏将军，为什么将刀斧手杀了？

魏延：那老贼不准人情，怒恼魏延，将他一刀杀了。

黄忠：我却不信，首级在此。

黄忠：拿了过来，哎呀，韩太守。

黄忠（唱）：一见人头好惨凄，为国忘家血染衣，我哭了一声韩太守。

魏延（唱）：无义之人哭怎的。

黄忠：你将太守杀了，夫人公子知道，看你怎生吃罪得起。

魏延：还有什么夫人公子，是我将他满门，斩尽杀绝了。

黄忠：太守不仁，与他家小何干？

魏延：有道是斩草不除根，萌芽又发生，斩草除了根，萌芽永不生。

黄忠：看将起来，你好狠毒的心。

魏延：唔，我的心狠，为的是谁？

黄忠：倒也不知。

魏延：站了下来，为的是你，为的是你。

黄忠：他为的是我。

魏延：唔，反道我的心狠。

黄忠：哎呀。

黄忠（唱）：只为太守不仁义，连累全家命归阴，辞别将军披挂起。

魏延：慢着。

魏延（唱）：将军披挂到哪里？

黄忠：老夫披挂与关羽决一死战。

魏延：事到如今，还交什么战，依俺之计，降顺桃园兄弟，图一个长久富贵。

黄忠：有道是忠臣不保二主，你去我就不去。

魏延：哦，我去你就不去。

黄忠：你去我就不去。

魏延：站了下来，招刀，你去也不去。

黄忠：我去。

魏延：你去。

黄忠：去。

魏延：你要走。

黄忠：我走。

魏延：走。

黄忠（唱）：大吼一声散了队。

魏延（唱）：长沙人马失了威。

黄忠（唱）：舍不得太守我回头哭，韩太守。

魏延：唔。

黄忠：太守爷。

魏延：唔，站了下来，我不准你哭。

黄忠：我不哭。

魏延：不准你嚎。

黄忠：我不嚎。

魏延：你若再嚎再哭，俺是杀黄了，眼睛的招刀，你要走。

黄忠：我走。

魏延：走。

黄忠：哎。

黄忠（唱）：魏延提刀把我逼。韩太守，太守爷，哎呀。

魏延：招刀，你要走。

黄忠：我走呀。

刘备（唱）：坐立雕鞍用目观，对对紫燕向空飞，回头我对先生讲，孤王有言听端的，二弟夺取长沙郡，不知凶来不知吉。

诸葛亮（唱）：坐立车辇本奏启，遵声主公听端的，二道公夺取长沙郡，请主进城安社稷。

刘备（唱）：听一言来孤心喜，二弟可算将英奇，人马开往长沙地，孤王悬榜安社稷。

关羽（唱）：长沙城外好战场，棋逢对手旌旗扬，某不斩黄汉升落马老将，他也曾箭射盔缨来报偿，若能够相助桃园为臂膀，定然是青史名标万古扬。

军：报，黄忠、魏延投降。

关羽：传投降人进帐。

军：投降人进帐。

魏延：走，走呀。

黄忠（唱）：人言桃园多仁义。

魏延（唱）：话不虚传果第一。

黄忠（唱）：来到辕门用目看。

魏延（唱）：刀枪剑戟摆列齐。

黄忠（唱）：降顺桃园非本意。

魏延（唱）：良禽尚知择木栖。

黄忠（唱）：我这里报门跪帐里。

魏延（唱）：恕某将斩杀韩玄归降迟。

关羽（唱）：坐立宝帐用目观，只见老将泪悲啼，莫不是用的诈降计，快将来意说端的。

黄忠（唱）：都只为太守不仁义。

魏延（唱）：因此取了他首级。

黄忠（唱）：千岁若还不肯信。

魏延（唱）：现有首级作证凭。

关羽（唱）：一见人头好惨凄，为国忘家命归西，关某离了虎帐下，三人对面把话提。

关羽：老将军，好箭法。

黄忠：夸奖了。

关羽：那位是谁？

黄忠：乃是魏延将军。

关羽：两军阵前未曾会过。

魏延：某催粮去了，回时由法场经过，看见老将捆绑法场，是某进帐讲情，老儿不准，怒恼情性涌上，将他杀了，献了长沙印信，千岁收下。

关羽：关某收下，兄王一到，自有封赠。

黄忠：请转长沙。

内：千岁到。

关羽：有请。

关羽：有长沙印信在此，大哥收下。

刘备：待孤收下。

关羽：收了黄、魏二将，不敢参驾。

刘备：传来见孤。

关羽：二位将军上前参驾。

黄忠、魏延：遵命，见过千岁。

刘备：见过师爷。

黄忠、魏延：见过师爷。

诸葛亮：老将军请起，来呀，将魏延推出斩了。

魏延：老将军，老将军。

黄忠：刀下留人。

刘备、关羽：先生为何留黄斩魏？

诸葛亮：观看此人，住其地，废其土，食其禄，杀其主，此人反复非常，若不早除，定是后患。

刘备、关羽：斩了魏延，天下之人，都道桃园不仁不义。

黄忠：师爷开恩。

诸葛亮：主公，二道公讲情，哪有不准之理，老将军将魏延解下桩来。

魏延：谢主不杀之恩。

刘备：谢过师爷。

魏延：谢师爷。

诸葛亮：从今以后，派在山人帐下，你要仔细打点。

魏延：是，是，是。

刘备：夺取长沙，乃是二弟之功，后帐备宴，与二弟先生一乐。

诸葛亮、关羽：臣等把盏。

黄忠：这是何苦？

魏延：慢着，想我魏延进得营来，口都未开，那骚道就要将我取斩，我魏延又要打主意。

众：吼。

5. 刘金定下南唐

该唱本讲述高俊保南唐寿州救主，力不胜敌，病困于寿州。其妻刘金定闻讯别母下山，率领人马，前往驰援。至寿州，四门为敌所围，刘金定力杀四门，破敌重围。入城得会俊保，时俊保卸甲中风，牙关紧闭，金定为之求药理治，病遂愈。

人物：刘金定、赵匡胤、刘母、刘来等。

刘来（唱）：家将生来不可夸，两膀犹如似铁打。姑娘要往南唐去，打扮姑娘一枝花。

旁白：双锁山马夫刘通是也，只因姑娘要往南唐救驾，命俺配马侍候。马鞍配好，有请姑娘。

刘金定：来也。

刘金定（唱）：［北路导板］

　　　身边厢又听得家将一声请。

刘母（唱）：我的儿你为什么把娘相抛？

刘金定：孩儿拜见母亲。

刘母：儿呀，你全身扮要往哪厢而去？

刘金定：是孩儿要往南唐救驾而去。

刘母：是孩儿要往南唐救驾，为娘的我不阻拦，与你打坐草堂，听为娘的教训。

刘金定（唱）：〔北路〕

母女们坐草堂且把话讲，为娘的有一言细听端详，家不幸儿的父亡故得早，丢下了母女们苦守心寨，此一去下南唐立功报效，得胜时接为娘回转天朝。

刘金定（唱）：听母言难道是孩儿不孝，你的儿有一言细说根苗，都只为高公子曾把誓发，忘却了夫妻情马踏尸抛，在山寨别老母恕儿不孝。

刘金定、刘母（唱）：我的娘（儿）呀，我的娘（儿）呀，娘（儿）呀，我的娘（儿）呀。

刘金定（唱）：得胜时接老娘转回天朝，一是我儿登鞍桥，好似刁林箭一条，但愿此去立功报效，早回山寨奉娘亲。

刘金定（唱）：手挽银，雪花飘。身穿盔甲结丝绦，家将带马往前闯，要往南唐走一遭。

刘来：来自是哪城?

内侍：乃是东城。

刘来：救兵到了，速速开城。

内侍：圣驾往南城去了。

刘来：启禀姑娘，圣驾往南城去了。

刘金定：杀往南城。

刘来：启禀姑娘圣驾往北城去了。

刘金定：不好。

刘金定（唱）：连杀三城不能进，杀得奴家血奔心，不如打马回山去，回转山寨奉娘亲。

刘来（唱）：家将有言上前，请问姑娘哪里行?

刘金定（唱）：家将有所不知情，姑娘言来听分明，连杀三城不能进，杀得奴家血奔心，不如打马回山转，回转山寨奉娘亲。

刘来（唱）：家将倒有好主意，姑娘忘却夫妻情，家将一言来提醒，提醒南柯梦中人，舍死忘生我把北城进。不救奴夫不收兵。

赵匡胤（唱）：［北路导板］

乾德王下南唐千错万错。

［慢西皮］

悔不该带皇后游玩山河。酒醉了斩三弟是孤之错。陶三春带人马反上朝歌，李侯王下战表哄孤离座，君臣们好似急鱼入钢罗。余洪贼摆下了空城一座，内无手下外无兵，怎生奈何。

［二流］

南旗官搬救兵如同救火，搬来了高俊保文超武略，进宫来是孤王一时之错，夺战甲卸下了御甲风波，孤好比孔圣贤在城受饥，又好比汉关羽围困土坡，孤好比顺风舟江心失舵，有谁人驾小舟打救于我，耳边厢又听得战鼓如火，想必是余洪贼又动干戈，御林军摆驾北城而过，看一看余洪贼兵势如何？

刘来：来自哪城？

内侍：来自北城。

刘来：圣驾可在此城？

内侍：哪里来的人马？

刘来：双锁山。

内侍：与哪家有亲？

刘来：与高家有亲。

内侍：有何为证？

刘来：有金剑为证。

内侍：将金剑呈上。

刘来：接过去。

赵匡胤（唱）：［流水］

一见金剑往上抛，龙目凤眼往下瞧，此剑赐予高俊保，为何落在女英豪，是，是，是，来明白了。双锁山前配变姣，御林军忙把北城开了，皇罗帐问一声文将英豪。

赵匡胤：女将唤醒。

刘金定（唱）：[导板]

　　这一阵杀得我昏迷不醒。

赵匡胤：圣驾在此。

刘金定（唱）：[北慢皮]

　　睁开了杀人眼往上观瞧，宝帐内见万岁双膝贴跪，恕臣妾救驾迟罪有千条。

赵匡胤（唱）：睁开了龙凤眼往下观瞧，宝帐下跪的是女将英豪，哪家女谁家将通上名号，本孤王回天朝封汝功劳。

刘金定（唱）：奴本是双锁山金定来到，特到此接万岁回转天朝。

赵匡胤（唱）：听说是双锁山金定来到，不由我本孤王苦笑眉梢。本孤王坐宝帐盔甲一套，刘小姐到后帐改甲换袍。

刘金定（唱）：好一个万岁王真果有道，他命我到后帐改甲换袍，站立在营门内四下观瞧。宝帐内怎不见奴家英豪，我这里上前去开言问道，万岁王命奴夫哪路征剿？

赵匡胤（唱）：休要提起高俊保，提起俊保皇心愁，自从那日寒病倒，现在后帐用药调。

刘金定（唱）：听说是奴的夫寒病倒，不由我刘金定心内是火烧，我这里万岁传旨一套，命臣妾到病房去把夫瞧。

赵匡胤（唱）：自古常言道得好，夫妻恩爱似水胶，刘小姐若念夫妻情，孤王命你到病房把夫瞧。

刘金定（唱）：好一个万岁王真果有道，他命我到病房去把夫瞧，小哥哥。

手下：有。

刘金定（唱）：你与我前面带路，去到病房把夫瞧。

赵匡胤（唱）：有意栽花花不发，无心插柳柳发芽，往日搬兵兵不到，今日搬来女英豪，刘金定与高俊保，一个更比一个高，一个高过南山豹，一个胜似北海蛟，为王得了此对宝，余洪贼你不死往哪里而逃。

6. 药王登殿

该唱本讲述隋唐时期孙思邈云游四海，采集百药，悬壶济世，为民治病，其间识破了庸医黄半仙，最终黄半仙也得到了孙思邈医治的故事。众百姓齐赞孙思邈胸怀广阔，品德高尚，他医术精湛，研制出许多要方，被后人誉为药王。

人物：孙思邈、李世民、魏徵、洪妃、尉迟恭、太监、宫娥、龙、虎等。

第一场 游园得病

洪妃、宫娥（唱）：御花园百花开芬芳吐尽，妃婢们同观赏姹紫嫣红，好春光莫闲过抒怀尽乐，牡丹花与芍药比美争春，池塘内并蒂莲鸳鸯交颈，蜂与蝶一对对搂抱花心，见花开见花谢年年如此，人在这阳世间几度青春，彩群花争艳色江山似锦，好河山但愿得万载永存。

洪妃、宫娥：哎哟。

洪妃、宫娥（唱）：［三流］

　　一霎时不由人心怀气闷，得寒病偶然间涌上心间，但愿得除病体早日康健，同万岁整山河料理朝间，叫宫娥挽哀家宫闱而进，来日里早朝上禀明圣君。

第二场 奏本

李世民（唱）：自盘古初分开乾坤始造，前三皇后五帝禹舜唐尧，商纣王宠妲己昏君无道，信妖言斩忠良诸把命抛，周文王在西岐天生有道，渭水河访子牙辅助周朝，那老儿虽年迈韬略广晓，收下了众门徒诸是英豪，打下了周皇朝万年基业，八百年管天下雨顺风调，为王的坐江山可算有道，全凭着瓦岗将保定皇朝，文凭着徐爱卿魏徵老相，武凭着众将官都是英豪，金钟响玉鼓催王登大宝，但不知哪部臣来奏当朝？

宫娥：忙将洪妃事，报与万岁知，奴婢参见万岁。

李世民：宫娥女上殿有何本奏？

宫娥：万岁王大事不好。

李世民：何事惊慌？

宫娥：洪妃娘娘得下风寒之症疼痛难忍，还望万岁定妥。

李世民：内侍，速传赵、钱二太医上殿。

太监：万岁有旨，赵、钱二太医上殿。

赵、钱：万岁一声传，忙步上金銮，微臣参见万岁。

李世民：平身。

赵、钱：谢万岁，禀万岁，传为臣上殿有何国事相商？

李世民：二位太医有所不知，只因洪妃娘娘御花园观花，一霎时腹中疼痛，前去把脉医治。

赵、钱：万岁，为臣遵旨，请驾。

李世民：摆驾。

赵、钱：我们二人转过宫中。

第三场 医病

洪妃：哎哟。

洪妃（唱）：游花园霎时间得下急病，痛得我洪氏女茶饭难咽，宫娥女上金殿把本启奏。

孙思邈：神农尝百草，医药最有方，胶可吃，药可吃，膏药不可吃，脾可医，气可医，脾气不可医，卑人孙思邈，祖住沂山人氏，世代名医，闻得一信唐王天子挂榜招贤，还要前去，医好娘娘病体，也要成为药中之王，收拾家中，就此而往。

孙思邈（唱）：自幼在家习医术，要与凡人百病医，人体分为五脏腑，七孔目液肺通脾，六筋循环靠心脏，脑管人体四肢力，手脚麻木筋路短，全靠药方除湿气，木通枝子能散气，养血还是归第一，五劳七伤肝火旺，红花贝母方能医，扁豆花粉能过气，玄参麦冬补身体，化小解表多通气，还靠黄杞来助力。

龙神：仙山修道不记年，饥饮松子渴饮泉，练就八九玄空术，方称人间一气仙，吾乃独角龙王，仙山修炼，不料身染重病，法眼观定，孙思邈往宫廷医病，我还要化变白面书生，等他来也，这正是久炼成功到，变化广无穷。就此而走。

龙神（唱）：须眉山上一清泉，流来流去数万年，有人食得泉中味，不成佛来也成仙，远观思邈宫廷进，等他到此说端的。

孙思邈（唱）：疾走如风出山林，娘娘得病在其身，唐王天子招贤榜，进宫为的是庶民，快步如风往前走。

龙神：孙先生请。

孙思邈（唱）：知名道姓是何人？

孙思邈：你是何人，为何知道，卑人的姓名？

龙神：孙先生休得害怕，吾乃独角龙王，久炼千百余载，偶沾病体，不知所为何故，特请先生医病。

孙思邈：何不现出原形，要我银针灸治。

龙神：先生休得害怕，待我现出原形。

孙思邈（唱）：凡人不知龙体身，我拿笔墨绘图形，提笔描龙龙现爪，五彩金鳞耀眼睛，先道沾的别的病，却然龙蚤缠它身，自幼针灸能救命，针灸插在龙尾身，忽然一阵狂风起。

龙神（唱）：有劳先生救残生。

龙神：有劳先生相救，医好病体，但不知要何相谢？

孙思邈：谢，不用谢，四月二十八，在沂山登基，你来站班一时三刻。

龙神：多谢了。

孙思邈：告辞了。

龙、虎：虎扯四角挡路，打锣鼓。

孙思邈（唱）：世上怪事多得很，龙王医病现原形，心想画龙人间看，谁知针灸现原形，只见龙头不现尾，只得胡扯见异成，三岔路口抬头看，只见大虫挡路程，猛虎生来多烈性，为何见人不动身，手摸胸膛暗思想，莫非它有病在其身。

孙思邈：大胆的大虫，挡住我的去路，莫非是有什么事情，你点头三下。

孙思邈：待我看来。

孙思邈（唱）：大虫挡在路当中，不伤人命不行凶，伏在此地求我救，看看为的何事情，原来伤及女人命，一根金簪拴喉咙，我将金簪来拔出，大虫即刻命还魂。

孙思邈：猛虎，医好了你的病体，为何不走，莫非要做我的坐骑，也未见得，虎点头三下好，四月二十八日你来沂山，奏我成功，登基九五，左脚踏龙，右脚踏虎，归山去吧。好呀。

孙思邈（唱）：一桩奇巧接连生，猛虎伤人险丧生，幸与我今来相救，奏我登基九五尊，喜笑颜开路途奔，见了吾主问分明。

魏徵：调和鼎鼐，位列三台，位列三台列三台，三台步步踏金阶，虽然在朝伴圣驾，辅助吾主锦龙台。老夫魏徵，在唐太宗驾下为臣，官拜首相，只因娘娘玉体不安，吾主下旨，招取天下名医，医治娘娘病体，谁知榜文挂出，数月有余，不见有人前来揭榜，老夫在堂稍坐。

孙思邈：山重水复疑无路，柳暗花明又一村，参见大人。

魏徵：下站者是谁？

孙思邈：孙思邈。

魏徵：见了老夫当朝一品，为何不跪。

孙思邈：我乃一介村夫，山中俗人，只知朝起暮落，日月轮回，清泉作伴，天地为毡，观尽白鹤长飞，双鹿齐鸣，乃是一境仙地，虽初进朝，不知朝中礼仪，相爷身为爵高一品，岂能怪罪俗夫。

魏徵：到此何事？

孙思邈：闻得万岁招贤，特来揭榜。

魏徵：哦，原来是高人到了，老夫言语冲撞，望乞见谅。

孙思邈：好说，我乃不知朝中礼仪，冲撞相爷，还望相爷海涵。

魏徵：既然如此，随老夫上殿。

尉迟恭（唱）：奉圣旨破西域干戈奏凯，平定了狼烟息胜利归来，忆当年抢三关夜夺八寨，只杀得唐营中鬼哭神哀，程咬金为先行攻打我寨，我一鞭打老儿滚下鞍来，在阵前夸海口世民为帅，仁义主一骑马来把兵排，那时节怒冲冲横眉冷待，李世民从胯下钻了过来，我见他好宽宏令人喜爱，弃刘武我只得降顺唐朝，此一回扫贼寇狼烟尽扫，回朝去见圣驾世代功劳。

李世民：龙楼凤阁，万古千秋，王登殿五彩缤纷，着黄蟒双龙缠身，上朝时三呼万应，退朝时鼓乐升平，寡人，大唐天子李世民在位，掌父王之基业，管天下之权衡，自孤登基以来，风调雨顺，国泰民安，不料娘娘偶沾病体，王出下招医榜文，不见名医进京。

太监：万岁有旨，奏事官员上殿。

魏徵：忙将一道本，呈上九龙廷，微臣魏徵参见万岁，万万岁。

李世民：老卿平身，金銮赐绣凳。

魏徵：谢主隆恩。

李世民：老卿上殿有何本奏？

魏徵：启奏万岁，招贤榜文数月有余，来了贤士揭动榜文，无旨不敢上殿。

李世民：让卿传旨，名医进殿。

魏徵：万岁有旨，名医进殿。

孙思邈：天边日月时常见，今朝才见九五尊。草民参驾，愿主万岁万万岁。

李世民：平身。

孙思邈：谢主隆恩。

李世民：卿家有何高术，与娘娘医病？

孙思邈：臣启万岁，微臣习就悬丝探脉，能药到病除，妙手回春。

李世民：侍儿，带先生后宫与娘娘调治。

太监：喳。

李世民：魏卿，与孤摆驾，同转后宫。

洪妃：展珠帘金钩高挂，黄鸾伞罩定哀家，红墙绿瓦白玉台，珍珠玛瑙摆金阶，出入皇宫声势大，广寒宫内一枝梅。哀家洪妃不知何故，游玩御花园，偶得风寒，病体沉重，卧睡不宁，不知何故，宫娥女，宫廷稍坐。

内侍：启娘娘，万岁招来名医，与娘娘医病。

洪妃：珠帘放下，传名医进宫。

内侍：娘娘有命，名医进宫。

孙思邈：自幼习就悬丝术，万般疑难能解清，草民孙思邈，参见娘娘千岁。

洪妃：卿家平身，赐座。

孙思邈：谢娘娘赐座，请娘娘将悬丝，系在腕指脉上。待微臣看来呀。

洪妃（唱）：悬丝系在腕脉官，天地阴阳一气通，先道娘娘疑难病，却原喜脉在其中，按着喜脉针灸插，不日之后产真龙，看罢病体心欢畅，尊声娘娘听端详。

孙思邈：恭喜娘娘千岁，贺喜娘娘千岁。

洪妃：有何喜贺？

孙思邈：身怀真龙，不日将临盆。

洪妃：多劳名医悬丝探脉，重重有赏。

孙思邈：请驾回宫。

洪妃：摆驾。

李世民（唱）：王坐江山天星顺，文清武秀享太平，文凭国公魏老相，武凭尉迟程咬金，侍儿摆驾金銮殿，朝靴响亮为何情。

孙思邈：忙将一道本，呈上圣明君，微臣参驾，愿吾主万岁万万岁。

李世民：平身，赐座。

孙思邈：谢万岁。

李世民：卿家探病一事如何？

孙思邈：恭喜万岁，贺喜万岁。

李世民：喜从何来。

孙思邈：娘娘病体乃是喜脉，是臣命太医药方三剂，保娘娘龙胎安泰。

李世民：留在太医院，为名医之首。

孙思邈：臣启万岁，微臣乃一介草夫，不愿皇宫富贵，有一事相求。

李世民：有何事相求，朕尽量办到。

孙思邈：有意借主上的龙衣龙帽一用。

李世民：国无二主，岂能相借？

孙思邈：你为人中王，我为药中王有何不可？

李世民：卿家不嫌，朕更衣待候。

孙思邈：谢主隆恩。

尉迟恭：扫平狼烟回朝纲，万岁让位怒满腔。臣尉迟恭参见万岁。

李世民：老卿平身，怒气冲冲有何本奏？

尉迟恭：刚才一乡巴佬，他是何人戴有万岁龙衣龙帽，下殿而去？

李世民：他乃是药王孙思邈。

尉迟恭：微臣不服，传进殿来，微臣要与他扬掌打赌。

李世民：让卿传旨，孙思邈进殿。

尉迟恭：万岁有旨，孙思邈进殿。

孙思邈：臣，因何去而宣返？

尉迟恭：大胆的孙思邈，何德何能敢称药中之王。

孙思邈：万岁乃人中之王，我乃药中之王，有何不可，如此说来，你是不依？

尉迟恭：正是不依。

孙思邈：四月二十八，我在沂山登基，你与我站班一时三刻。

尉迟恭：你若登基九五，敢与我扬掌打赌。

孙思邈：放手过来，药能治百病，医术更高明，悬丝探脉妙法高，针灸手法病全消，沂山登基九五帝，龙虎相邀乐逍遥。

7. 夜打登州

该唱本取材于《说唐演义》第二十二至二十六回和清传奇《倒铜旗》，讲述隋朝末年秦琼助程咬金等大反山东，被隋靠山王杨林所识，令将秦琼拿获，并提登州问罪。秦琼起解后，投宿三家店中，思母念友，不胜嗟叹，被差官王周所闻。王周系罗艺养子，欲助秦琼脱难。适逢史大奈奉瓦岗寨将令来探秦琼，遂与王周定计，由秦修书求救，约八月十五，在登州由瓦岗众英雄救出秦琼。秦琼被解至登州后，瓦岗众将在程咬金的带领下，乔装成买卖经商各行混入登州营救。杨林得知，令秦琼背插红灯，与己较武，企图将瓦岗英雄一网打尽。赖王伯当神箭射落红灯，众英雄乘乱救出秦琼。

人物：秦琼、贾氏、秦母、杨林、罗舟、罗成、史大奈、徐茂公、程咬金、单雄信、王伯当、马裕等。

第一场 押粮

秦琼（唱）：历城县内领公文，粮草押往登州城。俺秦琼字叔宝在历城县为一捕快，领了马大人之命，押送十万粮草登州而往。

秦琼：来呀，起道登州。

罗成：小生生来不可当，景阳城内摆战场，瓦岗寨上三十六，谁挡罗成一杆枪。俺罗成镇守光武山，奉了大王之命带领人马攻打登州，来呀，开道。

杨林：威威皇叔掌兵权，凌霄阁上咱为先，上殿见驾君王宠，半由天子半由臣。老夫靠山王杨林，在隋主驾下为臣。

杨林（唱）：罗成娃娃武艺强，杀得孤家难抵挡，丢盔卸甲进营帐，只见探马走忙忙。

第二场

罗成：原来是表兄。

秦琼：表弟，适才我押粮来到登州，杨林败下阵来，我在后帐发笑，笑他武艺不如娃娃，我与他立下军令状，如我输了，我将人头押上，如若我赢了，他将金印赐给于我，表弟，你要让与表兄一阵。

罗成：表兄，哪有不让之理，就是你十阵百阵都可以，表兄请。

秦琼：表弟，请。

罗成：来呀，回营交令。

秦琼（唱）：鹞子翻身上了马，快马加鞭回历城，催马来在长叶岭，那厢来了老杨林。

第三场

马裕：鸦鸣雀噪，不知主何吉兆，在下马裕，历城县训民今日闲下无事，府堂稍坐。

罗舟：离了登州地，来此是历城大人请了。

马裕：请问将军到此何事？

罗舟：我奉了登州皇叔公之命，前来提拿秦琼，有提文在此。

马裕：待我一观，不好。

马裕（唱）：看罢提文心着慌，秦琼此去命必伤，拿出秦琼登州地，此去盗贼不安宁，若是不让秦琼去，王法条条不顺情，左难右难难坏我，霎时叫我无计生，后衙我把秦琼叫。

秦琼（唱）：太爷为何唤小人？

秦琼：太爷，唤我何事？

马裕：秦琼，这里有提文在此，你去看来。

秦琼：待我一观。不好。

秦琼（唱）：听一言来吃一惊，冷水淋头怀抱冰，不该解粮登州地，铜打杨林惹祸根，走上前来双膝跪，尊声太爷听分明。

秦琼：大人，此回犯法，我秦琼一人担待，凡事不会连累于你，此回前往登州，望太爷保重。

马裕：你在历城功劳甚大。老夫难舍于你，差官呵，一路之上不得为难于他。

罗舟：一路之上不得为难与他的。

秦琼：太爷呀，走上前来双膝跪，尊声太爷听分明，我老母全仗你照料，来生犬马报你恩。

马裕：看刑，此去到了登州地，好言哀告老杨林。

秦琼：辞别太爷府门出，回头叫一声马太爷，望你差人报一信，要老母妻子到长亭。

马裕：好，我即刻过府报上一讯。

秦琼：谢太爷。

罗舟：走。

秦琼（唱）：历城县内上了刑，好似鳌鱼把钓吞，走上前来双膝跪，尊声差官听分明。

罗舟：又有何事？

秦琼：容我母子一会。

罗舟：待你一会。

秦母：我儿在哪里？我儿在哪里？

秦琼：母亲。

秦母（唱）：一见吾儿上了刑，好似钢刀刺娘心，我儿犯了何条法，快对为娘说分明。

秦琼（唱）：杨林说儿铜法好，接我到登州把铜传。

秦母（唱）：媳妇你夫行孝友，有话难说问来由。

贾氏（唱）：贾氏领了婆婆命，手扯奴夫说分明，在登州犯了何条法，一二从头说详情。

秦琼（唱）：贤妻若问详和细，登州的杨林把我欺，杨林败于罗八弟，辕门发笑赌兵机，胜了瓦岗不交印，长叶岭前把我追，撒手一铜伤左膀，拿我登州命归西，高堂老母全靠你，来生也要报答妻。

贾氏（唱）：丢下老母年高迈，妾身怀孕又靠谁？

秦琼（唱）：生男取名秦怀玉，生女任妻把名提。

贾氏（唱）：回头我把婆婆请。

秦母（唱）：媳妇可曾问分明？

贾氏：母亲，秦琼铜伤杨林，杨林拿他登州问罪。

秦母：你在怎讲？

贾氏：登州问罪。

秦母（唱）：我哭哭一声儿叔宝，我叫叫一声小秦琼，先想吾儿养娘老，谁知诀别在今朝，叫媳妇看过培伦铜，带铜去哀告老杨林。

秦琼（唱）：上前母子来分别，母亲啊，妻啊，要想相逢除非在梦中。

第四场　三家店

史大奈：虎老雄性在拳打花世界，问我名和姓，老子史大奈。俺史大奈，今奉徐三哥一命前往三家店，打救秦二哥，今晚月朗星稀，待某收拾而往。

史大奈（唱）：光武山前旌旗摆，威风凛凛下山来，秦二哥好一比天蓬元帅，徐三哥八卦巧安排，山前差我史大奈，打救二哥上山来，草覆芒鞋紧紧踩，就是神鬼也难猜。

秦琼（唱）：大吼一声上了刑，不由豪杰泪双淋，难舍太爷恩义厚，难舍老母白了头，难舍贤妻年纪幼，难舍江湖众朋友，一步来在大街口，尊声列位听从头，我本山东秦门后，秦琼威名贯九州，一非响马并强寇，二非谋财害命徒，只为杨林结仇寇，因此提我到登州，看看日落西山口，豪杰还在外面游，对着差哥拱拱手，还望早早把店投。

差哥：有请内面。

店家：店是三家店，开坛十里香，河下洗坛子，醉死老龙王，你是做人贩子生意的吧？

差哥：不是的，我们是解差押的罪犯，天色已晚，特来投店的。

店家：打了进去。

史大奈：那厢敢莫是秦？

秦琼：秦什么。

店家：一不寻针二不寻线，寻个扫把扫地。

秦琼：那厢敢莫是史？

史大奈：史什么。

店家：一不使你二不使他，使我开店的好为难。

史大奈：店小子看你不出，还讲得几句，那厢汉子，我见你黄黄瘦瘦，我乃三代名医，今晚与你瞧病，三抓黄土为引，击掌三下为号。

秦琼：记着了。

店家：好汉哥听你说，你是三代名医，你何不与我瞧一瞧病？

史大奈：你有什么病？

店家：我吃饱了饭就不想饭吃，屙起屎来一坨坨的，屙尿放水一样泻。

史大奈：你上来，待我与你拿脉。

店家：哎哟，快放下，我的三魂七魄，都被你拿去，你这是拿什么脉？

史大奈：我拿你的总脉。

店家：算哒，看你病怎么整法？

史大奈：你去取把快刀来，把你的肚皮破开，将肠肚取出，放到河下去洗得娘的简简洁洁，你的病就会好的。

店家：那我的命哩。

史大奈：我只管医你病，就不管你的命。

店家：算了我的病不要你整哒。

史大奈：店主家，今晚与汉子医病，你休要走漏风声，不然我要你的命，嘿嘿嘿。

差哥：店主家，我们解的重犯，店外走了人归我们负责，要是店内走了人，拿你是问。

店家：那你就想个不走之计。

差哥：你是店家，又在你店内归你想。

店家：我倒有个办法。

差哥：什么办法？

店家：关门夜壶计。

差哥：何为关门夜壶计？

店家：你拿把夜壶给他，要他把手从窗户内伸出来，提了夜壶，他要走，必须要喊你接夜壶，不就走不脱。

差哥：要不得，他要逃命，还会管你的夜壶不成。

店家：还有一个猫儿扑鼠计。

差哥：何为猫儿扑鼠计？

店家：把一张门钉上长钉，把人放在钉上，再加一张放在上面，扎他两千斤石头，包你不会走。

差哥：那人不会压死去。

店家：我不管他死活，只要人不走。

差哥：要不得，要想过生活之计。

店家：还有一计。

差哥：什么计？

店家：凤凰单展翅。

差哥：何为凤凰单展翅？

店家：你把罪犯的手反过来，脚与手一样吊一个指头，再把人扯起来，这就是扯半边猪。

差哥：店主家看你不出，你靠实谋孤客。

店家：冒失哩，我的心最慈善不会的。

罗舟：汉子，你可有保人。

秦琼：生地人生，哪有保人。

罗舟：来，凤凰展翅，上起刑来。

秦琼：苦也。

秦琼（唱）：三家店内高吊起，吊得手足痛酸麻，自幼曾在江湖走，从未受过此刑法，为朋友受过老母的气，为朋友冷落枕边妻，为朋友卖过黄骠马，为朋友当个铜二条，马渴思想长江水，人在难中想宾朋，猛然想起那罗思信。

罗舟（唱）：罗思信是你什么人？

秦琼（唱）：何劳差官来动问，罗思信是我姑表亲。

罗舟（唱）：大水冲了龙王庙，自家不认自家人，凤凰展翅刑松定。

秦琼（唱）：差官为何松了刑？

罗舟（唱）：走近前来忙跪定，罗思信就是我的名。

秦琼（唱）：既然你是罗思信，不该提我登州城。

罗舟：小弟不知。

秦琼（唱）：你不知来我不怪，表弟罗舟请起来。

罗舟：表兄待我将你释放。

秦琼：走，走，走，去不得。

罗舟：你为何还不走？

秦琼：我若走了，杨林问你要人何言答对？

罗舟：这倒也罢，天色不早，你我草草安宿了吧。

史大奈：谯楼鼓起更，谋事正好成，待我轻轻击掌三声，三把黄土撒了进去。

罗舟：表兄外面有响声，待我开门看个明白。

秦琼：慢着，此处离光武山不远，恐有强人前来，待我开门前去看过明白。

史大奈：招刀。

秦琼：史贤弟，使不得。

史大奈：待我杀了这狗娘养的差官。

秦琼：杀不得，他是表弟罗舟。

史大奈：罗舟，既然你是姑表，你为何不将他释放？

罗舟：我释放他，可他不肯走。

史大奈：二哥你为何不走？

秦琼：杨林老贼要人，他何言答对？

史大奈：这倒也罢，二哥你可有计。

秦琼：慌中无计。

史大奈：罗弟你可有计？

罗舟：忙中无计。

秦琼：你可有计？

史大奈：是我吗，倒有一个浅计。

秦琼：有何高计？

史大奈：不免在三家店内修书一封，搬得瓦岗众家兄弟前来，八月十五打救二哥。

秦琼：此计尚好。

秦琼：同转店房。

秦琼（唱）：三家店内定一计，好似猛虎脱毛衣，三人同转店房里，表弟罗舟请代笔。

罗舟：你念，我写。

秦琼（唱）：拜上拜上多拜上。

史大奈：招刀。

秦琼：你这是做甚？

史大奈：嘿嘿嘿。我是试试罗爷的胆量。

秦琼：他乃将门之子，胆量自然是好的。

史大奈：罗爷你与我写写呀。

秦琼（唱）：多多拜上兄弟们。

史大奈：招刀。

秦琼：你又做甚？

史大奈：看不出来罗爷还有一手好字。

秦琼：他是公卿后代，字迹当然不错。

史大奈：罗爷，你与老子写写呀。

秦琼（唱）：头一个拜上魏老大，再拜三哥徐先生，王伯当来单雄信，鲁明月来鲁明信，李如圭来齐国远，再拜丑鬼程咬金，秦琼登州城有难，还望兄弟发救兵，只等八月十五到，来个大闹登州城。

史大奈：罗爷，听我一个，拜托呀。

史大奈（唱）：三家店内听我托，叫声罗爷听琢磨，徐三哥山前对我说，二哥中途有哆嗦，因此山前差遣我，他要我杀了你搭救二哥，念之在姑表情权且饶过，一路上待二哥好生看着，倘若是在中途有差有错，愚弄我史老大休想命活，恨不得使双刀将门劈破，尤恐那店小子走漏风波，我这里施双飞越墙而过，在门外听他们讲些什么。

罗舟：二哥，这黑汉他乃是谁？

秦琼：他乃是瓦岗寨耍双刀的一条好汉史大奈。

史大奈（唱）：他二人背地里夸奖于我，史大奈使双刀本也不弱。急忙忙我把着，光武山过，待八月十五日搭救二哥。

秦琼：天色不早安歇了罢。

罗舟：五更鸡报晓，红日一轮高，表兄，走吧。

秦琼：怎奈我两腿无力。

罗舟：何不坐小弟的坐骑。

秦琼：倘若杨林老贼得知，你担当不起。

罗舟：做一个瞒上不瞒下，来。

差哥：有。

罗舟：打道登州。

杨林：咱本金枝玉体，文武见咱魂飞，长叶岭前失志，凤凰反被鸦欺。孤家靠山王皇叔杨林，可恨秦琼小子，长叶岭前打伤孤的左膀，也曾命罗舟儿往历城提来处决，未见回营，站堂军。

军：有。

杨林：两厢侍候。

罗舟：提拿秦琼事，报与父王知，参见父王千岁。

杨林：罗舟儿回来了，提拿秦琼一事如何？

罗舟：也曾提到。

杨林：叫他报门而进。

罗舟：秦琼报门而进。

秦琼：离了历城县，来此是登州，报秦琼告进。

军：吼。

秦琼：报，秦琼告进，参见杨老千岁。

杨林：下跪敢莫是秦琼？

秦琼：叔宝。

杨林：小子。

杨林（唱）：秦琼小子太猖狂，长叶岭前把孤伤，今日提拿登州往，叫你一命见阎王。

秦琼（唱）：千岁息怒容我讲，还需容诉太平郎。

秦琼：千岁且息雷霆之怒，两边抹却虎狼之威，小人有一言禀告。

杨林：讲。

秦琼：千岁，你将我提到登州，敢莫是报一锏之仇。

杨林：招，招，招。

秦琼：千岁呀。

秦琼（唱）：谁是谁非当面讲，纵死登州又何妨。

杨林（唱）：秦琼小子不思量，敢把孤家左膀伤，今日提拿太平郎，叫你一命丧无常。

杨林：罗舟，秦琼的培伦双锏可曾带来。

罗舟：也曾带来，父王问他做甚。

杨林：为父的要与他传捧溜铜。

罗舟：他是何等样人，敢与父王传捧溜铜？

杨林：哪知为父的心事。

杨林（唱）：闻言怒发三千丈，太阳头上冒火光，罗成兴兵来反上，你敢把孤左膀伤。叫罗舟将他押往丹池上，今朝比个弱和强，叫人来与王忙脱蟒。脱蟒袍现出了甲页秋霜，登州城好一比阎罗宝殿，众三军好一似恶鬼无常，今日里将秦琼好有一比，好比那小山羊遇着虎狼，罗舟儿好一比判官小鬼，是孤家好比那五殿阎王，叫罗舟看过了培伦双铜，将双铜交给了太平郎，叫人来与秦琼忙松绑，丹池上做一个小小战场。

秦琼（唱）：有秦琼跪丹池自思自想，罗舟弟你不该引虎藏狼，好汉做事好汉当，岂肯连累别人忙，走近前来忙跪上，尊声千岁听端详，长叶岭是小人一时错想，误把千岁左膀伤，望千岁开恩把我放，历城县内奉老娘。

杨林：不能，不能啊。

杨林（唱）：小子痴心还妄想，岂能放虎归故乡，你打孤王全不想，孤是隋炀老叔王，叫罗舟看过囚龙棒，定要比个弱和强。

秦琼（唱）：好话说了千千万，不能打动半分毫，打死杨林也是死，不打杨林活不成，呵拉拉推开了培伦铜。

罗舟：且慢。

罗舟（唱）：死到临头还逞强。

罗舟：父王你不要将他打死，何不下入监牢，每天八角老米，饿得他黄黄瘦瘦，只等八月十五绑在海子口，一棒将他打死，岂不名扬天下？

杨林：哪个名扬天下？

罗舟：父王名扬天下。

杨林：哈，这正是，我把秦琼交与你。

罗舟：八月十五见高低。二哥呀。

罗舟（唱）：二哥做事不思量。

秦琼（唱）：一人索命万难当。

罗舟（唱）：三家店内修书往。

秦琼（唱）：未必兄弟下山岗。

罗舟（唱）：他不下山小弟往。

秦琼（唱）：愚兄大事你承当。

罗舟（唱）：只等八月十五到。

秦琼（唱）：登州城杀个寸草无秧。

第五场

众：浪荡江湖谩自夸，收今贩古作生涯，年来不做朱门客，闲暇无事喝清茶。

程咬金：不济真不济，瓦岗做皇帝，文官不来朝，武官不来聚，晦气真晦气。不占南来不占北，瓦岗寨上为一国，若问咱的名和姓，我是当年偷牛贼。混世魔王程咬金，家住东鲁地，板桥第一家，不会做生意，只会入竹扒，遇着尤俊达，将我接进家，我道做什么，却是当响马，打开军器库，军器让我拿，我拿宣花斧，他拿三角叉。头次下山寨，打劫皇库银子白花花，一根丝到底，并无九七八。二次把山下，遇着罗家娃，他问我要棉布，我问他要棉纱，不懂江湖话，各自转回家，三次下山寨，遇着杨林将我拿，有个秦二哥苦苦搭救咱，提起当年事，好比烂冬瓜。

徐茂公：上写拜上多拜上，多拜瓦岗众宾朋。头个拜上魏老大，再拜山西徐茂公，鲁明月来鲁明信，金甲童环二将军，百步穿杨王伯当，陕西地界谢应登，再拜丑鬼程咬金，白马银枪小罗成，若念当初结拜义，速发人马救秦琼。

第六场 捉妖

马员外（唱）：我儿得下病相缠，要请法师把病医，一步来在大街上。

程咬金（唱）：一见老丈礼为先。

程咬金：老丈，你这等慌张做什么？

马裕：请法师先生与女儿医病。

程咬金：我正是法师先生。

马裕：请到寒舍。

程咬金：转进。

马裕：先生请坐。

程咬金：大家坐。

马裕：要何费用？

程咬金：慢些，先让我这个徒弟吃了饭，我给你开纸马单。

马裕：壮士暂且进食。

程咬金：拿笔来，哎哟。

马裕：怎么？

程咬金：我手扯鸡爪风，我讲你写。

马裕：请讲。

程咬金：银珠一挑。

马裕：哪里要这多？

程咬金：这是挑子，挑不是一担，黄纸一刀，贡果十斤。

马裕：哪里要这么多？

程咬金：我的师祖多，上等谷酒三十斤，熟猪肉五十斤，钱纸二十斤，并要一个人叩头。

马裕：老汉我。

程咬金：要不得，这妖怪尤恐缠你，你躲住莫出来。

马裕：叫丫鬟作揖，全仗先生。

丫鬟：先生，有何吩咐？

程咬金：丫鬟摇墨，待先生画符，心里明白。

丫鬟：你为何总是念心里明白？

程咬金：不是我明白，还是你明白，符画好，一张贴房门，一张贴亮窗，一张贴床，一张贴马桶子。

丫鬟：马桶也要贴。

程咬金：马桶子还要紧些，你晓得叩头。

丫鬟：怎么叩？

程咬金：我的令卦拍一下，你就叩一个。

丫鬟：你拍，你拍这样快，怎么叩得赢？

程咬金：你拍我叩。

丫鬟：我来拍，快拍。（程伏下不动。）

程咬金：你照这样就是，待我请神。

程咬金（唱）：香烟绕绕把师请，请起瓦岗众英雄。

丫鬟：为何请到瓦岗去了？

程咬金：我的师祖是瓦岗的，我请神不准抬头，不然妖怪就缠你。

程咬金（唱）：一请英雄魏老大，二请山西徐茂公，三请河南王伯当，金甲童环二将军，众师兄弟亲来到，马家庄上拿妖精。

丫鬟：先生醉了。鬼叫。（丫下。关门。）

程咬金：呀，妖怪来了，待我抓来，快拿坛子来装，将它烧掉。

丫鬟：先生，小姐病愈。

程咬金：你对员外言道，金银不要，八月十四晚多蒸几桶饭，几头猪肉羊肉十坛酒，命人送到关王庙来，就算谢了，要回师庆坛，徒弟快来。

徐茂公：雄信探消息，等候转回程。

单雄信：众家兄弟请了，探道杨林哑子口，比武要将二哥一棒打死，名扬天下。

程咬金：众兄弟，富家送来菜和酒肉，大家饱餐一顿。

徐茂公：每人身藏短刀，王伯当借了关帝衣帽，假扮关帝，我等扮做百姓。

第七场　夜打登州

秦琼（唱）：秦琼上了刑和肘，好似鳌鱼把钓吞，一步来在大街上，来了瓦岗众宾朋，穿街来在东门上，那厢来了徐茂公。

徐茂公：算八字。

秦琼：你敢是三哥？

徐茂公：三个钱不算，要四个钱。

秦琼：我乃秦琼。

徐茂公：你人穷要有志气。

秦琼：你要救我。

徐茂公：你要舅母，找你舅舅，你这样犯人，莫连累好人，站开些，算八字。

秦琼：强盗。

秦琼（唱）：贾家桥前来结拜，倒做忘恩负义人，一步来在南门上，那厢来了伯当兄。

伯当：卖刀枪。

秦琼：你是伯当。

单雄信：刀枪本是白钢打的。

秦琼：我乃秦琼。

伯当：你人穷买不起。

秦琼：你要救我。

伯当：你要舅母，找你舅舅，你穷买不起我的刀枪，你这样的犯人，莫连累好人。

秦琼：强盗。

秦琼（唱）：当初有义结同胞，今日遇难忘故交，早知你是无义军，不认瞎娘把你交，一步来在西门上，那厢来了表弟兄。

罗成：卖字画。

秦琼：敢莫是表弟。

罗成：我字画本是表的。

秦琼：我乃秦琼。

罗成：你人穷要穷得有志气，你这样的犯人，莫连累好人，你与我站开些，卖字画。

秦琼：（唱）：骂声罗成太欺情，全然不念姑表情，手足遭难不搭救，天打雷劈灭绝人。

程咬金：买烧饼。

秦琼：敢是咬金？

程咬金：你要紧，我不要紧。

秦琼：我是秦琼，你来救我。

程咬金：你人穷要穷得有志气。

秦琼：五哥。

程咬金：五个，六个都不止，你看三十六个，都来了。

秦琼：明白了。

秦琼（唱）：兄弟下了瓦岗寨，为的救我上山台，拼着一死北城踩，大闹登州黑夜来。

徐茂公：众家兄弟，今晚头阵谁人胜？

内侍：罗成。

徐茂公：夜打登州，个个罗成，舟上顶上千斤闸，压死损伤一个，暂且转过山寨。

8. 捉放曹

该唱本内容来源于《三国演义》第四回，讲述三国时期曹操刺杀董卓未遂，改装逃走，至中牟县被陈宫所擒。后曹用言语打动陈宫，使陈弃官一同逃走。行至成皋，他们一同去找曹父故友吕伯奢，吕伯奢杀猪款待。曹操闻得磨刀霍霍，误以为吕伯奢欲加害，便杀死吕氏全家，焚庄逃走。陈宫见曹操心毒手狠，枉杀无辜，十分懊悔，宿店时，趁曹操熟睡时欲刺杀曹操，后放弃独自离去。

人物：曹操、陈宫、班头甲、班头乙、吕伯奢、家院、店家、衙役、丫鬟。

第一场

陈宫：身受皇恩，与黎民判断冤情。头戴乌纱奉孝先，思想开国万民欢。家严有语呼兄弟，得配汪洋水底天。本县姓陈名宫，字公台。幼年科甲出身。蒙主恩，特授中牟县正印。前日接到董太师钧旨，上面写道：曹操相府行刺不成，畏罪脱逃，因此命各州县，画影图形，捉拿刺客曹操。我也曾差王申等四门巡查，未见交签。今日升堂理事。来，伺候了。

班头甲：捉拿曹操事，报与太爷知。太爷在上，小人叩头。

陈宫：罢了。

班头甲：恭喜太爷，贺喜太爷！

陈宫：喜从何来？

班头甲：曹操被小人们拿获了。

陈宫：有何为证？

班头甲：有宝剑为证。

陈宫：呈上来。

班头甲：是。

陈宫：只要尔等拿得不差，解进京去，俱有千金重赏。

班头甲：小人们不愿领赏，愿太爷禄位高升。

陈宫：哈哈哈。官升禄赏，理所当然。吩咐将刺客曹操押上堂来。

班头甲：伙计们，将曹操押上堂来。

班头乙：哦。

曹操（唱）：〔北路流水板〕

　　跳龙潭出虎穴逃灾避祸，又谁知中牟县又入网罗。

　　怒冲冲站立在滴水檐边，看陈宫他把我怎样发落。

陈宫（唱）：〔北路摇板〕

　　曹孟德进衙来齐声威喝，书吏们站两旁虎占山坡。观刺客面貌上带定凶恶，见本县不下跪却是为何？下站可是曹操？

曹操：既知我名，何必动问？

陈宫：见了本县，为何不跪？

曹操：我这双金膝，上跪天子，下跪父母，岂肯跪你这小小县令？

陈宫：岂不知王子犯法，与民同罪？

曹操：我身犯何法？

陈宫：你行刺董太师，还言无罪？

曹操：我行刺董太师，可是你亲眼得见？

陈宫：也非亲眼得见，现有董太师钧旨，捉拿与你，还敢强辩不成？

曹操：呀！

曹操（唱）：〔北路流水板〕

　　听他言唬得我心似刀割，心问口口问心自己揣摩。

　　说几句巧言语将他哄过，管叫他弃县令随我逃脱。

曹操：公台，你可知朝中谁忠谁奸？

陈宫：我在廉外为官，怎知朝内之事？

曹操：却又来。

曹操（唱）：〔北路原板〕

　　你本是外省官怎知朝歌，哪知道董卓贼奸雄作恶？

　　刺杀了丁建阳文武胆破，满朝中文共武木雕泥塑。

　　到如今收吕布做事太错，一心要谋取那汉室山河。

　　我看你做的事广有才学，细思量董太师奸恶如何？

陈宫：哦！

陈宫（唱）：〔北路二六板〕

　　曹孟德你不必谤毁董卓，董太师他倒有治国韬略。

　　灭黄巾虽无功却也无过，十常侍乱宫闹扫荡妖魔。

　　又收下吕奉先威镇海角，传将令好一似高山水过。

　　我将你解进京献与董卓，千金赏万户侯加官授爵。

　　你好比扑灯蛾自来投火，你好比抢食鱼自投网罗。

　　你好比出山虎把路走错，既擒虎怎能够纵虎归窝？

　　擒住你反放你必定伤我，捉虎难放虎易自己揣摩！

曹操（唱）：〔北路快板〕

　　你将我解进京献与董卓，那时节见太师自有话说，刺董卓
是陈宫修书与我，管叫你遍体排牙难以分说！

陈宫：哦！

陈宫（唱）：〔西皮快板〕

　　听他言讶得我双眉皱锁，这件事好叫我无可奈何。

　　若放他只恐怕罪归于我，若不放又恐怕惹出风波。

　　思一思想一想无计安妥，我就是放也说个言投意合。

曹操（唱）：〔北路快板〕

　　陈公台说此话真个软弱，小县令怎能够名标烟阁？

　　依我劝弃县令随定与我，约诸侯带人马杀进朝歌。

　　到那时灭残臣除奸剿恶，管叫你换朝衣封官授爵！

　　陈公台又道你颇有王佐，细思量想一想心下如何？

陈宫（唱）：〔北路快板〕

　　曹孟德出此言如梦出觉，七品官岂不负经纶才学。

　　倒不如弃县令从他入伙，奔天涯约诸侯重整朝歌。

　　下位来与明公亲解钮锁。

众人：哦。

陈宫：书役们且退避也有发落。

陈宫（唱）：〔北路摇板〕

　　手挽手与明公二堂内坐，驾光临少奉迎望乞恕罪。明公到

此，书役们得罪，望为宽恕。

曹操：岂敢，多蒙释放，日后必当重报！

陈宫：久闻明公献剑为名，刺杀董卓。天意不遂，今欲何往？

曹操：我有意奔走天涯，搬来五路诸侯，灭却董卓。

陈宫：下官有意随明公，奔走天涯，不知意下如何？

曹操：若得公台同去便好，只是连累宝眷不便。

陈宫：不妨，老母妻子，俱在原郡，仆人使女，不在衙署。料无妨碍。

曹操：既然如此，事不宜迟，你我连夜出城，以免百姓耳目。

陈宫：请至书房待茶，待下官料理公案，即便同行。

曹操：暂且别。

陈宫：少刻奉陪。来。

门子：有。

陈宫：将印信付与右堂代管。说老爷领了上司公文，下乡查旱，多则一月，少则十日就回。你附耳上来。

陈宫：备马伺候。

第二场

吕伯奢：夜梦不祥，叫人难防。老汉吕伯奢，乃陈留人氏。承父兄之业，颇有家财，一生广交好友。昨晚三更，偶得一梦，也不知主何吉凶。朝晨已过，午膳将近，并无应验，我不免庄前庄后，闲游散步一回。

吕伯奢（唱）：［北路慢板］

    昨晚一梦大不祥，只见猛虎赶群羊，绵羊遇虎无逃处，大小俱被虎来伤，清晨起来鸦鹊噪，吉凶二字人难防。

曹操：马来。

曹操（唱）：［北路］

    八月中秋桂花香。

陈宫（唱）：行人路上马蹄忙。

曹操（唱）：坐立雕鞍用目望。

陈宫（唱）：见一老丈在路旁。

吕伯奢：呀，那边来的敢是曹操？

曹操：呀，俺不是曹操，你不要错认了。

吕伯奢：呀，贤侄，不要害怕，老夫吕伯奢，你父与我有八拜之交，难道就不认得了么？

曹操：哦，原来是吕伯父来了，一同下马。侄儿不知，多多有罪。

吕伯奢：岂敢，不知者不怪。

陈宫：明公，你我赶路要紧！

曹操：是呀，伯父，本当到府，拜见伯母，奈有要事不便，侄儿告辞了。

吕伯奢：且慢，贤侄说哪里话来，你乃朝廷贵客，你父与我有八拜之交。天色已晚，岂有过门不入之理？请到寒舍一叙，老汉与你带马。

曹操：这就不敢。

吕伯奢：前面带路了。

陈宫：明公，去得的么？

曹操：此乃我父好友，去得的。

吕伯奢（唱）：〔北路流水板〕

怪不得昨晚灯花放，今日喜鹊叫门前，只说大祸从天降，贵客临门到我庄。

童儿：迎接家爷。

吕伯奢：将马带到后槽，多加草料。

曹操：马不要下鞍！

吕伯奢：请进。

曹操、陈宫：请。

吕伯奢：此位是谁？

曹操：这就是中牟县太爷，姓陈名宫，字公台。

吕伯奢：哎呀，原来是我父母太爷，小老不知，多有得罪。

陈宫：岂敢，误造宝庄，望乞海涵。

吕伯奢：请坐。

曹操、陈宫：有坐。

吕伯奢：贤侄为何这等狼狈？

曹操：一言难尽。

曹操（唱）：〔北路原板〕

董卓专权乱朝纲，欺君藐法似虎狼，行刺不成身险丧，因此逃出是非场，不是公台来释放，侄儿已作瓦上霜。

吕伯奢（唱）：〔北路〕

伯奢闻言双合掌，宽宏大量非寻常，焚香答拜不为上，粉身答报也应当，老汉撩衣跪草堂，多蒙太爷施恩光，孟德不是你释放，险些作了瓦上霜。

陈宫：老丈。

陈宫（唱）：〔北路〕

多蒙老丈美言讲，释放忠臣礼应当，但愿灭却贼奸党，同奔原为汉家邦。

吕伯奢：原来如此。贤侄你令尊前日到此，是我留住一夜，昨日一早启程，往原郡避祸去了。

曹操：哎呀，不好了！

曹操（唱）：〔北路快板〕

听罢言来两泪汪，年迈爹爹受灾殃，孩儿不能来供养，连累爹爹逃外乡。

吕伯奢：贤侄不能啼哭，待老汉吩咐家下人，杀猪宰羊，款待二位。

曹操、陈宫：家常随便，不用费心。

吕伯奢：贵客临门，焉敢轻慢，请坐。正是在家不曾迎贵客，出外方知少主人。

陈宫：明公，闻听令尊逃奔他乡，忽然双目流泪，真乃忠孝双全！

曹操：父子之情，焉有不痛？

陈宫：明公呀。

陈宫（唱）：〔北路快板〕

休流泪来免悲伤，忠孝二字挂心旁，同心协力灭奸党，凌烟阁上把名扬。

吕伯奢（唱）：〔北路摇板〕

人逢喜事精神爽，月到十五分外光。

曹操：伯父这等时候，往哪里去？

吕伯奢：老汉家下颇有蔬菜，怎奈没有好酒。老汉向西村，沽瓶美酒，款待二位。

陈宫：老丈不要费心。

吕伯奢：二位宽坐一时，老汉即刻就来奉陪。

吕伯奢（唱）：［北路摇板］

　　贵客临门喜气降，沽瓶美酒待栋梁。

陈宫：哈哈哈。

陈宫（唱）：［北路摇板］

　　老丈亲自沽美酿，待人礼仪赛孟尝。

曹操（唱）：［北路摇板］

　　家父与他常来往，当年结拜一炉香，曹操抬头四下望。

家人：伙计们将刀磨快些！

曹操：哎呀！

曹操（唱）：听得刀声响叮当。

曹操：公台你可曾听见？

陈宫：听见什么？

曹操：后面刀声响亮，莫非下手你我。

陈宫：老丈一片好心，杀猪宰羊，款待你我，你不要多疑。

曹操：你我在后面看过动静如何？

陈宫：这倒使得。

曹操：请。

曹操（唱）：［北路摇板］

　　来在后堂用目望。

家人：我们把它捆而杀之！

陈宫：哎呀！

陈宫（唱）：言语恍惚实难防。

曹操：公台你可曾又听见？

陈宫：又听见什么？

曹操：后面言道"捆而杀之，绑而杀之"。不是你我，还有何人？

陈宫：后面的言语，难分皂白。

曹操：我心下明白了！

陈宫：你明白何来？

曹操：想是那老狗沽酒为名，去到前村，约请乡的地保，捉拿你我，好受千金的重赏，是与不是？

陈宫：哎，我观那老丈面带厚道，况且与令尊大人有八拜之交，断无此心，不要多疑。

曹操：如今的人，不要看他面带厚道，内藏奸诈。依我之见，先动手来！

陈宫：哎呀明公呀，等那老丈回来，问个明白，再动手也还不迟。

曹操：哎，等那老狗回来，他的人多，你我的人少，岂不是束手就擒？自古道：先下手为强，后下手遭殃。

曹操（唱）：〔北路摇板〕

  可恨老贼太不良。

陈宫（唱）：未必他有此心肠。

曹操（唱）：明明去求千金赏。

陈宫（唱）：求赏焉有此风光。

曹操（唱）：手提宝剑往里闯。

陈宫：明公不要去！

曹操：撒手！

陈宫：哎呀！

陈宫（唱）：他一家大小误遭殃！

第三场

曹操（唱）：〔北路摇板〕

  小鬼怎挡五阎王，自作自受自遭殃，宝剑一举人头落。

陈宫：哎呀！

陈宫（唱）：讶得我三魂七魄忙。

曹操（唱）：怒气不息厨下往。

陈宫（唱）：陈宫上前拉衣裳。哎呀，明公又欲何往？

曹操：我到厨下取把火来，烧了此庄，岂不是好？

陈宫：哎呀，明公呀！你将他一家杀死，尚且追悔不及，还要烧他的村庄，断断使不得的！

曹操：咳！这是老贼不仁，莫怪我的不义！一不做，二不休，杀他个干干净净。

曹操（唱）：〔北路摇板〕

　　烧他的房屋焚他的村庄。

陈宫（唱）：你杀人还要火烧房。

曹操（唱）：手持宝剑往里闯。

陈宫（唱）：见一捆猪在厨房。明公你将他一家错杀了！老丈一片好心，杀猪款待你我，反把他一家杀害，岂不是杀错了？

曹操：有何凭证？

陈宫：上前看来，呵呵。

曹操（唱）：〔北路摇板〕

　　曹操做事太慌忙，错把一家好人伤。

陈宫：呀，明公将他一家杀死，老丈回来，我看你将何言答对？

曹操：三十六计，走为上计。你我找寻马匹，逃走了吧！

陈宫：哈哈，事到如今，只得走了呀！

曹操：走！

陈宫：走！

曹操：走呀！

陈宫：走走走！

曹操（唱）：〔北路摇板〕

　　出得庄来把马上。

陈宫（唱）：扭回头来自参详，我先前道他安邦定国将，却原来他是个人面兽心肠！

第四场

吕伯奢（唱）：〔北路摇板〕

　　老汉亲自沽佳酿，满面春风转回乡，一步来在庄头上。

曹操：伯父来了。

吕伯奢：呀。

吕伯奢（唱）：二公这时往何上？二公这般时候，往哪方而去？

曹操：伯父，侄儿避祸来此，恐怕连累伯父家眷不便，侄儿告辞。

吕伯奢：老汉也曾吩咐家下人，杀猪款待二位，老汉亲到西村沽瓶美酒，天气昏暗，招商又远，且转到家中，暂宿一宵，明日早行。

曹操：侄儿实实不能久停，告辞了。

吕伯奢：贤侄若不回转，老汉就要强留了。

曹操：这个。

陈宫：呀，老丈不必强留，回家自晓，你我后会有期。

曹操：告辞了。

曹操（唱）：〔北路导板〕

　　辞别伯父把马跨。

陈宫：老丈。

陈宫（唱）：陈宫心中似刀扎，多蒙老丈恩义大，好意反成了恶冤家，一时难说真心话，莫怨陈宫你要怨他。

吕伯奢：哎。

吕伯奢（唱）：〔北路摇板〕

　　孟德上马神恍惚，陈宫为何乱如麻，莫不是家下人说闲话，言语不到冲撞他，叫人难解这真与假，待老汉回家去问根芽。

曹操（唱）：〔北路摇板〕

　　勒住丝缰且住马。

陈宫（唱）：他人不走必有差。明公为何不走？

曹操：公台，你我只顾遭风避祸，又忘了一桩大事！

陈宫：什么大事？

曹操：不曾叫伯父转来，嘱咐他两句话。

陈宫：你饶他一条老命去罢！

曹操：不要你管！伯父转来！

吕伯奢（唱）：〔北路摇板〕

　　相逢未说知心话，又听孟德呼唤咱。呀，贤侄，敢是有回转之意?

曹操:正要回去,你身后何人?

吕伯奢:在哪里?

曹操:看剑!

陈宫:哎呀!

陈宫(唱):[北路摇板]

　　陈宫一见咽喉哑,可叹老丈染黄沙,你一家大小遭剑下,老丈呀!

曹操:哈哈哈。

陈宫:呀呸!

陈宫(唱):[北路摇板]

　　再与孟德把话答。明公呀,你将他一家杀死,尚且追悔不及,为何又将老丈杀死道旁,是何道理?

曹操:杀死老狗,以去后患,这叫作斩草除根!

陈宫:你这样疑心,岂不怕天下人咒骂与你?

曹操:这,公台,曹操一生一世,宁可负天下人,不要叫天下人来负我!

陈宫:呀呀!

曹操:哽!

陈宫(唱):[北路慢板]

　　听他言讶得我心惊胆怕,背转身自埋怨自己做差。我先前只道他宽宏量大,又谁知是一个量小的冤家!马行在夹道内难以回马,皆因是花随水,水不能随花。这时候我只得忍耐在心下,既同行共大事,必须要劝解于他。

曹操:你的言语多诈!

陈宫:明公。

陈宫(唱):[北路二六板]

　　你那里休道我言语多诈,你本是大义人把事做差。吕伯奢与你父相交不假,谁叫你起疑心杀他全家?一家人俱丧在宝剑之下,出庄来杀老丈是何根芽?

曹操（唱）：〔北路摇板〕

陈公台休埋怨一同上马，坐雕鞍听孟德细说根芽。吕伯奢
与我父相交不假，俺曹操错当他对头冤家。你说我不应该将他
来杀，岂不知斩草除根永不发芽？

陈宫（唱）：好言语劝不醒蠢牛木马，把此贼比作了井底之蛙。

曹操（唱）：忙加鞭催动了能行坐马，黑暗暗雾腾腾必有人家。

曹操：公台，天色已晚，你我就在旅店歇了罢！

陈宫：任凭于你。

曹操：店家哪里？

店家：来了！高挂一盏灯，安歇四方人。二位敢是下店么？

曹操：正是，将马带过。

店家：是了。

陈宫：不要下了鞍蹬，明日早行。

店家：是了。

店家：二位，用些什么？

陈宫：前面用过，自用孤灯一盏。

曹操：暖酒一壶。

店家：是，伙计们，烫酒一壶，酒到灯到。

陈宫：唤你再来，下去。

曹操：公台，请来用酒。

陈宫：鞍马劳顿，吞吃不下。

曹操：哪里是鞍马劳顿，吞吃不下，分明是见我杀了吕伯奢全家，你心中有
些不服，是与不是？

陈宫：既已同行，有什么心中不服？你那疑心太重了。

曹操：俺曹操这一生一世，就是这疑心太大。

曹操（唱）：〔北路摇板〕

逢人只说三分话，常在虎口去拔牙，活饮几杯安宿罢，梦
里阳台到故家。

陈宫：明公，明公。睡着了。咳，恨曹狠毒真难渡，将来曹董一样人！

陈宫（唱）：〔南路慢板〕

一轮明月照窗下，陈宫心中乱如麻，悔不该心猿共意马，悔不该随他人去到吕家，吕伯奢可算得仁义大，杀猪沽酒款待他，又谁知此贼疑心大，拔宝剑将他的满门杀，一家人死在贼的宝剑下，白发老丈也染了黄沙，屈杀的冤魂休怨咱，自有神明天理监察。

陈宫（唱）：〔南路原板〕

听谯楼打罢了二更鼓，越思越想自己做差，悔不该将家眷来抛下，悔不该弃官职丢去乌纱。

实指望此人的宽宏量大，赛赵高比王莽奸诈不差。

看此贼到后来奸雄志大，汉室江山贼是起祸根芽！

陈宫（唱）：〔南路原板〕

观此贼睡卧真潇洒，贼安眠比一比井底之蛙。

贼好比蛟龙未生甲，贼好比狼豹未生牙，虎在笼中我不打，我岂肯放虎把人抓？

陈宫（唱）：〔南路摇板〕

拔宝剑将贼的头割下！哎呀！

陈宫：我险些把事又做差！哎呀，且住，我若一剑将贼杀死，等待天明，惊动乡约地保，岂不连累店家？这便怎么处？有了，看桌案上，现有笔墨，待我题诗一首，用言语打动于他。

以何为题？

陈宫：有了，就把四更为题（写和念），鼓打四更月正浓，心猿意马归旧宗。误杀吕家人数口，方知，曹明公睡着了。

方知曹操是奸雄——陈宫题。哎呀呀，看此贼睡着了，不免寻找行囊马匹，逃走了罢！

陈宫（唱）：〔南路摇板〕

这是我自己做差，悔不该与贼走天涯，落花有意随流水，流水无心恋落花。

曹操（唱）：〔南路导板〕

梦作阳台到故家，呀！不见陈宫事有差。天已明了，陈宫
为何不见？桌上现有诗句，待我看来。

曹操：鼓打四更月正浓，心猿意马归旧宗。

误杀吕家人数口，方知曹操是奸雄！

——陈宫题。

呀，他有意留诗在此，叫骂与我。

陈宫呀，陈宫，我日后若不杀你，誓不为人也！呀，店家，房饭钱在此，
俺赶路去了！

曹操（唱）：［南路摇板］

可恨陈宫做事差，不该留诗叫骂咱，约会诸侯兴人马，拿
住了陈宫我不饶他！

（三）湘剧唱腔选段

1. 沉醉东风

沉 醉 东 风

1 = G

（刘天佑）听 父 言， 肝 胆 裂 碎， 不 由 人 汪 汪 泪 垂， 早 知 道 井 栏 相 会，是 我 的 娘 亲， 何 不 双 手 扶 上 马 来， 做 一 个 娘 亲 骑 儿 步 行 方 显 我 的 娘 为 儿 的 孝 顺

爹爹我要荣唱。 父亲：儿呀！你为何瞻前顾后？

哪 老 爹 爹， 非 是 你 的 孩 儿 瞻 前 顾 后， 要 荣 唱 不 能 那 日 里 井 栏 相 会 受 苦 的 娘 亲， 比 那 位 娘 亲 大 大 不 相 同， 可

1 2 5 3 | (0 6 5 4 | 3 - | 3 4 3 2 | 1 - | 1 3 2 3 1 7 | 6̣ - | 6̣ 0 |
怜　她

0) 1 6̣ 5 | 1 2 5 3 | 0 1 6̣ 5 | 2 1 1 2 3 | 0 5 3 1 | 6̣ 5 3 5 6 1 5 5 |
可　怜　她，　头　上　哪有着戴的，身　上　哪有着穿的，她

1 2 3 5 2 3 1 | 0 2 1 6̣ | 5· 6 | 1 2 1 6̣ 5 6 | 1 6̣ 1 | 5· 6 | 1· 6 5 6 |
身穿着　　破损损烂　衣　　襟，她的头　　挽

渐快
1 3 2 3 | 2 3 5 | 1 2 1 5 | 6 - | 6· 1 5 6 | 1̇ 2̇ 1̇ 2̇ 1̇ | 0 2 1 6̣ |
着乱蓬松头发齐　肩，

5 3 6 | 0 5 3 2 | 5· 6 5 5 | 0 3 2 1 2 | 3 0 | 0 3 5 | 3 6 5 3 |
　　　　　　　　　　　　　　　　　孩儿一

2 2 1 | 1· 2 1 2 | 0 3 6 5 | 1· 2 1 1 | 0 6 5 5 | 6 0 | 0 1 2 |
见　来把肝　肠　痛　碎，　　　　　爹爹

5 3 | 5 1 1 | 2 1 2 3 | 0 5 3 5 | 3 5 | 6· 5 5 3 | 2 2 1 | 6̣ 1 1 2 |
在此 享荣华受富贵，　忘却了李家庄　　上，招你为门

0 1 6̣ 5 | 1 3 5 | 6̣· 1 3 | 0 5 5 6 | 1· 2 3 5 | 2 1 6̣ 5 | 1· 2 1 1 |
婿。为门　婿　　配　夫　　　妻，

0 2 1 6̣ | 5· 3 6 | 0 5 3 2 | 5· 6 5 5 | 0 3 2 1 2 | 3 0 | 0 2 1 |
　　　　　　　　　　　　　　　　　　爹爹

6̣ 1 2 3 | 0 5 6 1 | 1 1 | 5 1 2 3 | 0 3 3 5 | 1 6̣ 5 | 6̣ 1 3 5 |
来 日　接我的娘亲到这里，　孩 儿万事　虽不提，

我娘到这里 | 0 1 3 | 5 6 5 3 | 2 2 1 | 6̣ 1 1 2 | 0 1 6̣ 5 | 1· 2 1 1 |
碰 死 阶　前，儿为鬼　咧。

0 5 0 5 | 6̣ 0 ‖

2. 挡马

挡　马

1 = G

4/4 (X X 6 7 6 5 6 | 1 2 5 3 2 7 6 | 5 6 5 7 6 5 6 1 |

5 6 4 3 2 -) | 6 3 2 3 2 1 | 1 6 1 2 - | 1 · 2 7 6 5 |

(焦光普) 昔　　日　　大　战

1 · 2 7 6 5 | 0 1 6 1 | 2 - 5 2 | 5 3 5 7 6 5 |
在　　　幽　州，流落番

0 2 7 6 7 6 5 | 5 6 - 5 | 1 · 2 7 6 5 | 0 5 3 2 3 6 5 |
邦　　十　　　　五

1 (2 7 6 5 6 1) | 2 2 3 5 5 | 5 · 6 7 6 5 | 0 1 6 1 |
秋，　　　故土 亲人 难　　　得

2 - 2 2 3 | 4 3 4 6 3 5 2 | 0 5 3 2 3 2 1 | 2 1 6 - 5 |
见，思见 忆　　　　　　母

1 · 2 7 6 5 | 0 3 2 3 6 5 | 6̇1 - - (7 | 6 7 2 3 7 6 5 6 | 1 - - -) ‖
泪　　双　　流。

焦光普：在下焦光普，兄长焦光赞，兄弟二人同在杨老令公帐下为将。只因当年沙滩大战，可恨奸贼潘仁美，不发救兵，害得我杨家损兵折将，使我流落番邦，在南关柳叶镇上开了一个小小的茶饭酒店，卖酒度日，心想逃回国去。怎奈奸贼潘仁美，私通北国，把守雁门关，无有腰牌难以通行，使俺有家难奔，有国难报，思想起来，好不闷煞俺英雄也。

5 6 7 2 6 5 6 | 0 1 · 2 3 | 2 - - (3 | 2 3 2 1 6 5 6 1 | 2 -) 2 1 2 |
叹　　英　公　好比

0 3 - 2 | 1 · 6 5 6 1 | 0 1 5 6 | 5 - 6 5 6 | 0 1 3 5 |
失　落　群　鹰，虎落 平

6 - - 5 | 1 · 2 7 6 5 | 0 3 2 3 6 5 | 1 (2 3 6 5 6 1) |
阳，　龙　困　沙　滩，

1 6 5 3 5 5 | 1· 2 7 6 5 | 0 1 6 1 | 2 - 3 5 3 2 |
纵然是肋 下 生   双   翅，也 难

1· 2 3 5 2 | 0 5 5 6 2 7 6 | 5 6 - 5 | 1· 2 7 6 5 |
飞   渡 雁

0 3 2 3 6 5 | 1 - - (7 | 6· 1 2 3 7 6 5 6 | 1 - - ‖
门。

焦光普：只因萧天佐摆下天门大阵，侵犯南朝，昨晚来了三个鞑子，酒醉之中泄露了破阵之法，
三个鞑子喝到半夜三更，弄得我精疲力尽，打四更（鸡啼），待我暂睡片刻。

【南路导板】

廿(6̣5 5 5 6̣5 5 5 2·5 3 3 | 3̱2· 1 6 2 7 6 5 5)

3 2 1 3 3̱2… (5̣ 6 1 2…) 3 3 3̱2 1 7̣ 6̣ 5̣|
梦，梦 中   又 听 得，

(5̣ 6 7̣ 6̣ 5̣…) 2 2 2 2 2 1 2 3… 5 6 5 4 5 6 6 5|
鸡 报 晓，鸡 报   晓，

$\frac{4}{4}$ (5 6 5 4 5 0 | 5 6 5 4 5 0 | 5 6 5 3 2 3 |

5 -)5 3̣2 | 1 1 2 3 5 2 | 0 3 2 1 | 1 1 6̣ 5̣|
昨 晚 梦 破   番 邦

1· 2 7̣ 6̣ 5̣ | 0 3 2 6̣ 5̣ | 1 (2 3 6̣ 5̣ 6̣ 1) |
得 胜 还   朝。

光普离了幽州地，天波府里庆功劳，余老太来敬酒，
八姐与我穿红袍，一家正饮团圆酒，（鸡啼）忽听得鸡报晓。

(1 5 6 $\frac{2}{4}$ 1 2 7 6 5 6 | 1 3 1 2 | 3 4 3 2 1 2 | 3 0 0 5 3 3 2 |

1· 2 3 5 2 | 0 5 6 2 7 6 | 5 6 5 | 1· 2 7 6 5 | 0 3 2 6̣ 5̣ | 1 (2 3 6̣ 5 6̣ 1) |

6· 1 2 3 1 | 2 - | (2 3 2 1 | 0 3 | 2 1 6̣ 1 | 2 3 4 3 | 2 5 6̣ 1 |

2· 3 | 2 1 6 1 | 2 3 4 3 | 2 1 6 1 | 2 -) | 天不早了 | (0 0 3 |

2 3 2 1 6 1 | 2) 5 3 2 | 1·2 3 5 2 | 0 5 6 2 7 6 | 5 6 5 | 1·2 7 6 5 |
家家 户 户 挂 起 了

0 3 2 6 | 1·(6 5 6 1) | 1 1 6 1 | 3·5 2 | 1 2 6 5 | 1·2 7 6 5 |
招牌，　　　　我 也 将 招 牌 门

0 1 6 1 | 2·(3 | 2 1 6 1 | 2· 3 | 2 1 6 1 | 2 2 3 4 3 | 2 1 6 1 |
外 挂，

2· 3 | 2 1 6 1 | 2) 2 2 | 5·6 7 6 5 | 0 7 6 5 | 5 6 5 |
面 向 南 朝

1·2 7 6 5 | 0 3 2 6 5 | 1 (2 7 6 5 6 1) | 0 1 5 6 | 1 2 7 6 5 6 | 1 0 |
叫 几 声。

（深盼太君发人马，孟良、焦赞为先行。
八姐九妹齐上阵，杀尽辽兵定太平。光普心头急如火。）

(5·3 2 3 | 5) 5 3 2 | 1·2 3 5 2 | 0 5 6 2 7 6 | 5 6 5 | 1·2 7 6 5 |
何日里盼 得 亲

0 3 2 1 | 1 (2 3 6 5 6 1) | 1 1 6 5 | 3·5 2 | 1 2 7 6 5 | 1·2 7 6 5 |
人 临，　　　端 一 把 椅 儿 坐

0 1 6 1 | 2·(3 3 | 2 1 6 1 | 2 2 0 3 3 | 2 1 6 1 | 2 3 4 3 | 2·1 6 1 |
门 口，

2 -) | 0 5 1 2 | 3·5 2 | 0 3 2 1 | 1 6 5 | 1·2 6 5 | 0 3 2 1 |
白龙 马 上 一 位 将

1 (2 3 6 5 6 1) | 7 6 5 3 5 5 | 5 3 5 6 1 5 | 0 1 6 1 | 2 5 3 2 | 1 2 1 2 3 5 2 |
军，　马不停蹄得 快 待我提马

【内唱导板】

0 5 6276 | 276 5 | 1·2 765 | 0321 1 - ‖ 廿 (6 5 5 5 5

2·5 3 3 | 3 2 7 6 2 7 6 5 5) | 2 2 1 5 3·1 2 ……
（杨八姐）杨 八　姐

(5 6 1 2 ……)5 2 3 7 - 6 6·1 5 …… | (5 6 7 6 5 ……) |
催 马

紧打慢唱

5 3 2·6·1 2 3 2 1 …… | 2 5 2 2 3 …… 0 5 2 1 1 3 2 |
快 如　云，　闰 进 幽 州　探 军 情，

5 5 6 …… | 5 6 5 3 1 6 5 3 5 6 4 5 …… ‖
加 鞭　催 动 白 龙　马。

焦光普：将军想是喝酒的。　杨八姐：不是的。
焦光普：定是歇马的。　　杨八姐：也不是的。

5 3 2 2 1 2 3 …… 0 6 3 3 2 1 6 1 2 …… 0 待我弹弄琵琶一番
（焦光普）看他 不 像　　北 番 人，

1/4 1 1 | 06 | 01 | 31 | 2 | (x) | 61 | 61 | 31 | 2 | (x) | 33 | 11 |
昭君 娘　娘 去 和 番，　怀 抱 琵 琶 马 上 弹， 马 上 弹 得

11 | 6 776 | 776 | 22 56 | 1 ‖ 76 | 767 | 6 | 67 | 61 | 61 |
凄凉 调，伤心 哭动 雁门　关。弹 的 是 一二 三，三 二 一，一二

61 | 3 | 31 | 31 | 2 | 61 | 61 | 31 | 2 | 61 | 61 | 31 | 2 |
三四 五，五四 三二 一，一二 三四 五六 七，七六 五四 三二 一。

2/4 7·6 | 7 - | 7767 | 2256 | 1 - | (嗡)焦光普：弦断了，弹不成了。
弹 弹　弹 不 成 雁 门　关。

紧打慢唱

杨八姐：呀！5 26 13 2 …… 0 5 2 7 65 | 2 765 6 2 2·31 |
听 琵 琶　无 限　爱 国，

$$2 \quad 2 \quad 2 \quad 2 \quad \overset{3}{\overset{2}{3}}\cdots \quad 0 \mid 6 \quad 3 \quad \overset{3}{2} \quad 1 \quad 1 \mid 3 \quad \overset{3}{2}\cdots \mid 5 \quad 5 \quad \overset{1}{6}\cdots \mid$$

莫　非　他　不　是　　北　番　人，　　加　鞭

$$5 \quad 6 \quad 5 \quad 6 \quad 5 \quad 3 \quad 5 \mid \overset{1}{6}\cdot \overset{1}{1} \quad 6 \quad 5 \quad 3 \quad 5 \quad 5 \quad 6 \quad 5\cdots \mid$$

催　马　往　前　奔，　　（焦光普：将军慢走。）

【导板】

$$\overset{5}{3} \quad 1 \quad 3 \quad \overset{3}{2}\cdots \quad (\overset{5}{6} \quad \overset{1}{6} \quad 1 \quad 2\cdots) \mid 3 \quad 3 \quad \overset{3}{2}\cdot \mid \overset{1}{6} \quad 2 \quad 7 \quad 6 \quad 5\cdots \mid$$

挡　马　头　　　　　　问　将　军，

$$(\overset{6}{6} \quad 7 \quad 6 \quad \overset{5}{5}\cdots) \mid 2 \quad 3 \quad 1 \quad 2 \quad 3 \quad 2 \quad 3 \mid 2 \quad 3 \quad 2 \quad 1 \quad 2 \quad 3\cdots \mid$$

　　　　　今　往　何　方　今　往　何

$$5 \quad 5 \quad 6 \quad 5 \quad 3 \quad 5 \quad 6 \quad 3 \quad 5\cdots \mid \frac{2}{4}(5 \ 6 \ 5 \ 3 \quad 2 \ 1 \ 2 \ 3 \mid 5) \quad 5 \quad 3 \quad 2 \mid 1 \ 2 \ 1 \ 2 \quad 3 \ 5 \ 2 \mid$$

方？　　　　　　　　　　　　　　敢　问　将

$$0 \quad 5 \ 6 \ 2 \ 7 \ 6 \mid 5 \quad 6 \quad \underset{\cdot}{5} \mid 1\cdot 2 \ 7 \ 6 \ 5 \mid 0 \ 3 \quad 2 \ 6 \ 5 \mid 1(2 \ 7 \ 6 \quad 5 \ 6 \ 1) \mid 5 \quad 5 \quad 3 \quad 2 \mid$$

军　　哪　　里　　行？　（杨八姐）银　安

$$\overset{1}{6}\cdot \overset{1}{5} \mid 1 \quad 7 \quad 6 \quad 5 \mid 1\cdot 2 \ 7 \ 6 \ 5 \mid 0 \ 1 \quad 6 \ 1 \mid 2 \quad 5 \quad 3 \quad 2 \mid 1\cdot 2 \quad 3 \quad 2 \mid$$

殿　　奉　了　太　　后　　令　去　到　关

$$0 \quad 5 \ 6 \ 2 \ 7 \ 6 \mid 5 \quad 6 \quad \underset{\cdot}{5} \mid 1\cdot 2 \ 7 \ 6 \ 5 \mid 0 \ 3 \quad 2 \ 6 \ 5 \mid 1\cdot(6 \quad 5 \ 6 \ 1) \mid 1 \quad 6 \ 5 \quad 3 \ 5 \ 5 \mid$$

前　探　军　情。　　既　然　是　领　了

$$1\cdot 2 \ 7 \ 6 \ 5 \mid 0 \ 1 \quad 6 \ 1 \mid 2 \quad - \mid 0 \quad 2 \ 2 \ 2 \mid 5\cdot 6 \ 7 \ 6 \ 5 \mid 0 \ 7 \ 6 \ 7 \ 6 \ 5 \mid 5 \ 6 \quad \underset{\cdot}{5} \mid$$

太　太　后　令，　　到　我　的　店　　中

$$1\cdot 2 \ 7 \ 6 \ 5 \mid 0 \ 3 \quad 2 \ 6 \ 5 \mid 1(2 \ 7 \ 6 \quad 5 \ 6 \ 1) \mid 2 \ 2 \quad 3 \ 5 \ 5 \mid 1\cdot 2 \ 7 \ 6 \ 5 \mid 0 \ 1 \quad 6 \ 1 \mid$$

饮　　几　　樽。　　（杨八姐）你　我　从　来　不　　相

$$2 \quad 5 \quad 3 \quad 2 \mid 1 \ 2 \ 1 \ 2 \quad 3 \ 5 \ 2 \mid 0 \quad 5 \ 6 \ 2 \ 7 \ 6 \mid 5 \quad 6 \quad \underset{\cdot}{5} \mid 1\cdot 2 \ 7 \ 6 \ 5 \mid 0 \ 3 \quad 2 \ 6 \ 5 \mid$$

识，怎　好　无　　　　　故　　打　扰　店

$$1(2 \ 7 \ 6 \quad 5 \ 6 \ 1) \mid 1 \quad 2 \quad 1 \quad 6 \quad 5 \mid 3 \quad 2 \quad 3 \quad 5 \quad 2 \mid 1 \quad 2 \quad 7 \quad 6 \quad 5 \mid 1\cdot 2 \quad 6 \quad 5 \mid 0 \ 1 \quad 6 \ 1 \mid$$

中？　（焦光普）山　　在　　西　来　水　　在

2 2 2 | 5̲6̲5̲6̲ 7̲6̲5̲ | 0 3̲5̲ 6̲2̲7̲6̲ | 5̲ 6̲ 5 | 1̲·2̲ 6̲5̲ | 0 3̲ 2̲6̲5̲ |
东, 山 水 流　　　来　　处　　处

1(2̲7̲6̲ 5̲6̲1̲) | 5̲ 5̲ 1̲6̲5̲ | 1̲·2̲ 7̲6̲5̲ | 0 1̲6̲ 1̲ | 2̲ 1̲5̲ | 1̲2̲1̲2̲ 3̲5̲2̲ |
通,　　男 儿 四 海 皆　朋　友, 人 到 何

0̲ 5̲ 6̲2̲7̲6̲ | 5̲ 6̲ 5 | 1̲·2̲ 7̲6̲5̲ | 0 3̲ 2̲1̲ | 1̲2̲3̲6̲ 5̲6̲1̲ | 5̲ 5̲ 3̲2̲ |
处　不　相　逢,　　翻

6̲·1̲ 5 | (5̲6̲5̲3̲ 2̲1̲2̲3̲ | 5) 2̲1̲2̲ | 0 3̲ 6̲5̲ | 1̲·2̲ 7̲6̲5̲ | 0 1̲6̲ 1̲ |
身　　　　(杨八姐)下 了　　白　龙

3̲ 2̲ (0 3̲ | 2̲ 1̲6̲ 1̲ | 2̲3̲4̲3̲ | 2̲ 1̲6̲ 1̲ | 2) 7̲6̲ | 7̲·6̲ | 7̲·6̲ |
马,　　　　　　　　　　　(焦光普)哎 呀, 马　马 你

7̲7̲6̲7̲ | 2̲ 2̲5̲6̲ | 1(2̲7̲6̲ 5̲6̲1̲) | 5̲ 6̲ 2̲7̲6̲ | 5̲·3̲ 6̲5̲ | 0 1̲6̲ 1̲ |
来 到 我 的 小 店　中,　　将 马 拴 在 槽　头

2̲ 5̲ 3̲2̲ | 1̲2̲1̲2̲ 3̲5̲2̲ | 0̲ 5̲ 6̲2̲7̲6̲ | 5̲ 6̲ 5 | 1̲·2̲ 7̲6̲5̲ | 0 3̲ 2̲3̲6̲5̲ |
上 再 与 将　　　军　把　礼

1(2̲3̲6̲ 5̲6̲1̲) | 5̲ 1̲6̲ 5̲ | 3̲·5̲ 2̲ | 1̲·2̲ 6̲5̲ | 1̲·2̲ 6̲5̲ | 0 1̲6̲ 1̲ | 2̲· (3̲ |
行,　　上 前 去 施 一 个 番　邦　礼,

2̲ 1̲6̲ 1̲ | 2̲1̲2̲ 3̲ | 2̲ 1̲6̲ 1̲ | 2̲3̲4̲3̲ | 2̲3̲2̲1̲ 6̲1̲ | 2 2) 2̲ 2̲ |
　　　　　　　　　　　　　　　　　　不 知

5̲6̲5̲6̲ 7̲6̲5̲ | 0 7̲6̲5̲ | 5̲ 6̲ 5 | 1̲·2̲ 7̲6̲5̲ | 0 3̲ 2̲6̲ | 1(2̲7̲6̲ 5̲6̲1̲) |
番　礼 为　何,

5̲ 1̲ 6̲5̲ | 3̲·5̲ 2̲ | 1̲7̲6̲5̲ | 1̲·2̲ 7̲6̲5̲ | 0 1̲6̲ 1̲ | 2̲· (4̲3̲ | 2̲ 1̲6̲ 1̲ |
上 前 去 施 一 个 大　朝　礼,　　(将 军

2̲3̲4̲3̲ | 2̲ 1̲6̲ 1̲ | 2) 0 | (2̲3̲2̲1̲ 6̲1̲ | 2) 5̲2̲ | 5̲·6̲ 7̲6̲5̲ | 0 1̲6̲ 3̲ |
请)　　　　　　　　　　　　猜 透 机

$\underline{\dot{5}}\ \underline{6}\ \dot{5}\ |\ \dot{1}\cdot\underline{2}\ \underline{765}\ |\ 0\ \underline{3}\ \underline{2}\ \underline{65}\ |\ 1\cdot\ (\underline{7}\ |\ \underline{6123}\ \underline{7656}\ |\ 1\ -\ )\ |$
关　八　　　九　　　分。

焦光普：将军在此稍坐，待我与你热壶酒来。

杨八姐：诈坐，且住，想我进得店来，这店家上下打量于我，莫非他……哼！俺还要提防一二就是。

$2\ 3\ 2\ 1\ |\ \overset{5}{3}\cdots\ 5\cdot\ \underline{65}\ -\ |\ \underline{3\cdot5}\ \underline{3}\ \underline{2}\ \underline{1}\ \underline{62}\ |\ 1\ \underline{5}\ \underline{61}\ \underline{656}\ |$
俺　本　是　天　波　　府　内　女　钗

$5\ -\ \underline{2}\ \underline{3}\ \underline{2}\ \underline{1}\ |\ 1\ \underline{5}\ \underline{61}\ \underline{656}\ |\ 5\cdot\ \underline{5}\ \underline{1}\ \underline{2}\ |\ 5\cdot\ \underline{65}\ -\ |$
裙，乔装打扮跨进　燕　　京　造腰牌，私　自

$\underline{2\cdot5}\ \underline{3}\ \underline{2}\ \underline{1}\ \underline{62}\ |\ \underline{65}\ \underline{61}\ \underline{656}\ |\ 5\ -\ \underline{23}\ \underline{21}\ |\ \underline{2}\ \underline{165}\ 1\ -\ |$
沙　漠　提防　小　　心　葫芦声声阵　　阵

$1\ \underline{5}\ \underline{61}\ \underline{656}\ |\ 5\ 3\ 3\ 3\ |\ 2\ \underline{235}\ 5\ |\ 0\ 3\ 3\ 3\ |\ 2\ 5\ -\ 6\ |$
远离　故　　　国，有一日大功告成，　有一日大功

$\underline{1\cdot}\ \underline{6}\ \underline{561}\ |\ 0\ \underline{16}\ \underline{5}\ |\ \underline{61}\ \underline{65}\ \underline{3}\ \underline{5}\ |\ 0\ \underline{16}\ \underline{1}\ |\ 5\ 0\ \underline{32}\ 3\ |$
告　成，　　对菱花整　我　旧　容。行几步，

$\underline{6\cdot}\ \underline{1}\ 5\ -\ |\ 0\ \underline{16}\ \underline{5}\ |\ 2\ -\ 3\ 5\ |\ 1\ -\ -\ ‖$　焦光普：将军你叫我？
飘　拂　石榴　花　裙。

杨八姐：谁叫你。　焦光普：将军想是要酒。　杨八姐：取来。

行弦
$(1\ \underline{56}\ \underline{1}\ \underline{2}\ \underline{7656}\ 1\ )$

焦光普：是（行弦）将军请酒。　$\dfrac{2}{4}\ (\underline{2\cdot}\ \underline{16}\ \underline{1}\ |\ 2\ )\ \underline{1}\ \underline{65}\ |\ \underline{1\cdot}\ \underline{2}\ \underline{65}\ |\ \underline{1}\ \underline{2}\ \underline{65}\ |$
　　　　　　　　　　有道是　主　不常来　客

$0\ \underline{16}\ \underline{1}\ |\ 2\ \underline{5}\ \underline{32}\ |\ \underline{1212}\ \underline{352}\ |\ 0\ \underline{3}\ \underline{21}\ |\ 1\ \underline{6}\ \underline{5}\ |\ \underline{1\cdot}\ \underline{2}\ \underline{765}\ |$
不　　饮，你　不　饮　　　来　我

$0\ \underline{3}\ \underline{2}\ \underline{365}\ |\ 1\ (\underline{1656}\ |\ \underline{1}\ \underline{2}\ \underline{7656}\ |\ 1\ 0\ \underline{3}\ |\ \underline{2321}\ \underline{61}\ |\ 2\ )\ \underline{1}\ \underline{1}\ |$
知，　　　　　　　　　　　　　　　　我

$\widehat{6\cdot 1}\ |\ 2-|\ 2-|\ (1\ \underset{\cdot}{7}\ \underline{\underset{\cdot}{6}\cdot 1}\ |\ 2\ -\ 2)\ |\ 1\ 1\ 6\cdot 1\ |\ 2\ -$
连　　　　　　　　　　　　　　我 连

$2\ (1\ \underset{\cdot}{7}\ |\ \underline{\underset{\cdot}{6}\cdot 1}\ 2)\ (3\ |\ \underline{2321}\ \underline{\underset{\cdot}{6}1}\ |\ 2)\ 3\ \underline{\overset{\frown}{32}}\ |\ \underline{1212}\ \underline{352}\ |\ 0\ \underline{5}\ \underline{6276}\ |$
连　一　　连,

$\underline{\overset{\frown}{5}6}\ 5\ |\ \underline{1\cdot 2}\ \underline{765}\ |\ 0\ \underline{3}\ 26\ |\ 1\ (\underline{276}\ \underline{561})\ |\ 5\ \underline{5}\ \underline{32}\ |\ 3\cdot \underline{5}\ 2\ |$
二　饮　　几　盅　满咚　咚,

$\underline{1\overset{\frown}{765}}\ |\ \underline{1\cdot 2}\ \underline{765}\ |\ 0\ \underline{1}\ 6\ |\ 2\ \ 1\ 5\ |\ \underline{1212}\ \underline{352}\ |\ 0\ \underline{5}\ \underline{6276}\ |$
斟了　三　杯　酒,还望 将

$\underline{\overset{\frown}{5}6}\ 5\ |\ \underline{1\cdot 2}\ \underline{765}\ |\ 0\ 3\ \underline{23}\ \underline{65}\ |\ 1\ (\underline{276}\ \underline{561})\ |\ 2\ 2\ \underline{5}\ 2\ |$
军　领　薄　情。　　　(杨八姐)用 手 接 过

$\underline{1\cdot 2}\ \underline{765}\ |\ 0\ \underline{1}\ 6\ |\ 2\cdot\ (\underline{43}\ |\ \underline{2321}\ \underline{6561}\ |\ 2\cdot\ \underline{43}\ |\ \underline{21}\ \underline{61}\ |$
酒　　一　樽,(马 叫)

$2\ \underline{34}\ 3\ |\ \underline{2321}\ \underline{\underset{\cdot}{6}1}\ |\ 2)\ 5\ \underline{32}\ |\ \underline{1\cdot 2}\ \underline{352}\ |\ 0\ \underline{32}\ 1\ |\ 1\ \underline{6}\ \underline{5}\ |$
马 在　槽　　头,

$\underline{1\cdot 2}\ \underline{765}\ |\ 0\ 3\ \underline{2321}\ |\ \overset{\frown}{6}\ \underline{1}\ (0\ \underline{7}\ |\ \underline{6123}\ \underline{7656}\ |\ 1\ -)\ \|$
将 军 放　心。

焦光普: 将军再来一杯。
杨八姐: 不用了。
焦光普: 将军请坐。
杨八姐: 请问店家家姓?
焦光普: 咦,我还没有问她,她却问起我来了。将军可知哑谜?
杨八姐: 略知一二。
焦光普: 俺是红篮子,绿篮子,里面装的是白菜子。
杨八姐: 店家可是姓焦?
焦光普: 俺正是姓焦,将军好算才。
杨八姐: 不见得。
焦光普: 好算才。
杨八姐: 夸奖了。
焦光普: 将军上姓?
杨八姐: 俺姓杨。
焦光普: (故意地)哦,将军姓王。
杨八姐: 俺正是姓王。

197

焦光普：将军你刚才说你姓唐？

杨八姐：（气愤地）俺正是姓唐。

焦光普：将军请下来。

杨八姐：下来何事？

焦光普：我看你一不姓唐，二不姓王。

杨八姐：姓什么？

焦光普：你姓杨。

杨八姐：是的是的。好恼！听一言来怒气生，怒气生，不由豪杰咬牙根，咬牙根。

焦光普：你马上好像男子汉，下马好似女裙钗。进店来一阵胭粉气，耳朵上有个大窟窿。
　　　　将军你说南，你是杨。

杨八姐：杨什么？

焦光普：你莫不是天波府内杨八姐？
　　　　（杨一惊，焦躲在桌下）

杨八姐：关门外查找。

焦光普：将军我在这里，将军慢动手慢动手，我是南朝人，南朝人。

杨八姐：你说此话俺不信，你是南朝什么人，什么人？

焦光普：兄长名叫焦光赞，焦光普就是我的名。

杨八姐：既是光普，有何为证？

焦光普：现有旗为证。

杨八姐：扫北大将军，啊！原来是兄长。

焦光普：真是，八妹到了。

杨八姐：正是小妹锦春，兄长。

焦光普：八妹（兄妹拥抱相会）

6 5 3 6 5 3 2 1 3…… | 2 1 6̣ 1 2 3 5̣ 7̣ 6̣ ……|

（三 个 鞑 子 上）

三鞑子：开门，开门（焦开门）

焦光普：原来是三位将军，到此何事？

三鞑子：奉了太后将令。　　　　焦光普：太后将令？

三鞑子：怎么样？　　　　　　　焦光普：哎，没有怎么样。

三鞑子：（四处搜查）捉拿南朝来的奸细，你这店中可有？

焦光普：昨晚你三位将军还在我店中饮酒，难道不知道我这小店中没有奸细吗？

三鞑子：当真没有？　　　　　　焦光普：当真没有。

三鞑子：果然没有？　　　　　　焦光普：果然没有。

三鞑子：走！（马叫）啊！你说没有奸细，槽头之上白马如何而来？

焦光普：只因今早来了一位将军，身跨白马在我店中歇息一会，现在到关前探望去了，等下就会
　　　　将马牵走的。

三鞑子：俺不信。　　　　　　　焦光普：你要怎样？

三鞑子：我要搜。　　　　　　　焦光普：啊！你要酒，等一等。

三鞑子：转来，我要搜。　　　　焦光普：是要搜呀，请搜。

三鞑子：搜！　　　　　　　　　焦光普：小心！

三鞑子：小心什么？　　　　　　焦光普：我是说这三位小将要小心，不要打爆我的酒坛子。

三鞑子：搜！　　　　　　　　　焦光普：转来。

三鞑子：转来做什么？　　　　　焦光普：你们要搜我的店中，可有太后的将令？

三鞑子：没有太后的将令，怎敢搜你的店中？

焦光普：当真要搜？　　三鞑子：当真要搜。　　焦光普：果然要搜？　　三鞑子：果然要搜。

焦光普：俺让你搜（用口咬住令箭，开打，八妹杀死番兵）

杨八姐：兄长，令箭到手，小妹告辞了。　　焦光普：待兄长送你一程。

3.六郎点将

六 郎 点 将

1=F

杨宗保：大丈夫 廿 6 6 6 6 3 2 1 … 6 6 1 2 1 6 … 5 5 6 7 6 …
九 霄 云 外 恨 天 低。

旁白：马披龙鞍将挂袍，九霄云外日月高，那日若得凌云志，脱下蓝杉换紫袍。

小将杨宗保，爹爹杨延昭，在宋氏驾前为臣，官居沙台总镇之职。这也不消言表，只因萧天佐在九龙谷口，摆下天门大阵，内有许多无名野阵，我营将官俱不认识，是我行至中途，偶遇钟离大仙，他赐我兵书二卷，不知南天门七十二阵，阵阵有名，金刚阵缺少一妇人，罗汉阵缺少一僧人，今日爹爹奉旨破阵，理当辕门听点。人来（众：有），起道辕门。

【北路慢板】八板头

(0 6 5 6 | 4/4 1 7 6 1 6 5 3 2 | 1 2 7 6 2 7 6 | 5 6 5 1 2 3 6 5 |

3 2 3 5 6 i 6 5 3 2 | 1 2 3 5 2 3 1 0 i 3 5 6 i | 5 3 5 6 i 6 5 4 3 |

2.3 5 4 3 5 2 ‖: 1 6) 6 3 | 3 2 3 2 1 6 | 7 6 2 3 7 6 |
天 有 道 降 的 是
国 有 道 出 的 是

(1 7 6 1
5 (3 5 6 i 5) 5 3 1 5 6 | 6 - 7 6 | 3 2 - - 3 5 | 1 - 2 3 5 6 |
甘 露 时 雨，
忠 臣 良 将

1 2.7 6 2 7 6 | 5 1 2 3 5 | 3.5 6 i 6 5 4 3 | 2 3 5 7 6 1 2 |

1 -) 6 3 | 3 2 3 1 6 | 7 6 2 3 7 6 (3 5 6 i 5) |
地 有 道 产 的 是
家 有 道 生 的 是

5 3 1 5 6 | 6 0 2 3 2 7 | 6 2 7 6 5 - | [1. (6.1 2 3 6 2 7 6 |
五 谷 丰 登。
孝 子 贤 孙。

5 6 5 1 2 3 5 | 5 i 6 5 1 | 2 3 5 4 3 5 2) :‖ [2. 5 3 1 1 6 5 |
叫 家 将

5 5̲6̲7̲6̲7̲2 | 6 (7̲6̲ 5̲3̲ 5̲6̲) | 5 3̲1̲ 1̲5̲6̲ | 6·1̲ 5̲ 6̲ |
带　　马　　　　　去　　　到　　辕

2 - -3̲5̲ | 1 - - - ‖ 廿1 5̲5̲1̲ 3̲1̲1̲5̲ 6̲……(x) | 2 2̲6̲2̲7̲6̲ 5̲…… ‖
门。　　　　到辕门看爹　爹　　怎样用　兵。

孟良：水远山遥马踏万里江。
　　　身背葫芦口朝天，腰插斧似月圆，不听黄王三宣召，且听杨家将令传。
　　　俺，孟良，曾在家山落草为寇，多蒙杨元帅收留，在三关之上，做了一名小小的头
　　　儿，今日元帅升帐，不知哪路军情？人来（有），起道辕门。

焦赞：昔日英雄腹内定太平。
　　　两眼睁睁似铜铃，身披铠甲如天神，不听黄王三宣召，且听杨家将令传。
　　　俺，焦赞，曾在家山落草为寇，多蒙杨元帅收留，在三关之上，做了一名小小的头
　　　儿，今日元帅升帐，不知哪路军情？人来（有），起道辕门。

焦赞：那厢敢莫是孟二哥。　　　　　　孟良：那厢敢莫是焦贤弟？
焦赞：正是。　　　　　　　　　　　二人：今日元帅升帐，不知哪路军情？听辕门打了几鼓？
孟良：打了二鼓。　　　　　　　　　二人：诸！两厢伺候。

杨六郎：昔日父子镇边关，番儿一见心胆寒，忠心耿耿把国保，哪怕萧氏乱江山。
　　　本帅，杨延昭，在宋氏驾前为臣，官居沙台总镇之职，这也不消言表，只因萧天佐在九
　　　龙谷口，摆下天门大阵，内有许多无名野阵，我营将官俱不认识，是我儿宗保行至中
　　　途，偶遇钟离大仙，他赐我儿兵书二卷，不知天门七十二阵，阵阵有名，金刚阵缺少
　　　一妇人，罗汉阵缺少一僧人，今日本帅奉旨破阵，不免传焦孟二将进帐，商议用兵之
　　　策。人来（有），传焦孟二将进帐。（元帅有令，焦孟二将进帐）。
焦　孟：来矣，参见元帅，传末将进帐不知有哪路军情？
杨六郎：二位贤弟哪曾知道，只因萧天佐在九龙谷口，摆下天门大阵，内有金刚阵，缺少一妇
　　　人，罗汉阵缺少一僧人，今日本帅奉旨破阵。孟良听令。
孟　良：何令？　　杨六郎：赐你将令一支，去到太行山，搬请马夫人下山，打破那金刚阵。
孟　良：得令。　　杨六郎：焦赞听令。
焦　赞：何令？　　杨六郎：赐你令箭一支，去到五台山，搬请五兄长下山。
焦　赞：得令。　　杨六郎：我儿宗保听令。
杨宗保：何令？　　杨六郎：赐你将令一支，催齐四路粮草。
杨宗保：得令。　　杨六郎：人来（有），看酒伺候！

【北路导板】

廿(6̲ 6̲6̲ 6̲·5̲ 1̲1̲ 1 3̲…… 1̲2̲ 3̲2̲1̲ 6̲ 2̲1̲1̲) 5̲ 5̲ 3̲·1̲6̲ 5 4·5̲ 3̲
　　　　　　　　　　　　　　　　　　　（杨六郎）南　宋　北　辽

(6̲ 1 2 3̲……) 3̲·1̲5̲ 3̲·5̲6̲ 6̲·1̲5̲…… (0̲6̲5̲6̲ 4/4 1̲7̲6̲1̲6̲5̲3̲2̲ |
　　　　　二　君　王，

1̲6̲2̲·7̲6̲2̲7̲6̲ | 5̲6̲5̲1̲6̲1̲ 2̲1̲6̲ | 1 - 3̲5̲ 5̲ | 5̲ 5̲6̲ 3 - |
　　　　　　　　　　　　　　　　　两　国

5 3̂ 6 5 (5 6 4 3 2 3 5) | 5 1 2 3 4 | 3 2 1 5 2 3 |
不　和　　　　　动　　　干

2·6 1 - | (1·2 3 5 2 1 6 2 | 1 0 7 6 2 7 6 | 5 6 5 1 2 3 5 |
戈，

3 5 6 i 6 5 4 3 | 2 3 5 1 6 1 2 1 6 | 1 -) 6 1 1 | 1 2 3 - |
　　　　　　　　　　　　　　　　　　　连　年

（5 6 4 3
1 6 3 3 | 2 3 5 7 6 | 5 3 5 6 7 6 3 | 5 - 2 3 5)|
兴　兵

2 3 2 7 6 7 2 | 2 0 3 5 | 6·7 2 - | 1·2 7 - | 6 - - - |
来　　　犯　上，

(6 7 6 5 3 2 3 5 | 6 2 i 7 | 6 7 6 5 3 5 6 | 0 i 6 5 6 1 |

2 3 4 3 5 2 | 1 -) 6 1 1 | 1 2 3 - | 3 2 1 6 1 2 |
　　　　　纷　纷　　铠　甲

(2 3 5 7 6 1 2) | 1 6 5 3 2 | 2 0 5 2 3 | 2 3 2 1 - |
论　刚　　　强。

(1·2 3 5 2 1 6 2 | 1 0 7 6 2 7 6 | 5 6 5 1 2 3 5 |

3 5 6 i 6 5 4 3 | 2 3 5 1 6 1 2 1 6 | 1 -) 6 2 1 | 1 2 5 3 - |
　　　　　　　　　　　　　　　　　　　他　有

1 6 5 1 2 | (2 3 5 7 6 1 2) | 2 1 5 3 | 3 0 1 3 | 2 - - (1
延　寿　　　　　　和　　延　广，

2 3 5 7 6 1 2 1 | 2 7 6 2 7 6 | 5 1 2 3 5 | 3 5 6 i 6 5 4 3 |

2 3 5 4 3 5 2 | 1 —)6 2 1 | 1 2 5 3 — | 1 6 5 1 2 |
　　　　　　　　　　我 有　　焦　赞

(2 3 5 7 6 1 2) | 2 1 5 3 — | 3 0 2 3 7 6 | 5·6 1 — |
　　　　　　　和　　　　孟　良，

廿6 5 1 1 2 2 4 3 3 2 1 6 0 | 5 3 2 1 6 2……1 2 3 2……|
叫 人 来 摆 酒　　　　中 军 帐。

(1 2 1 2 1 7 6 1 6 5 3 6 1 2 1) | ¼ 0 3 | 0 3 | 1 2 | 3 3 | 2 1 | 1 |
　　　　　　　　　　　　孟 良 上 帐 听 令 详，

0 6 | 5 1 | 6 1 | 1 | 2 | 3 廿 5 | 3 3 3 | 3 3 5 2 1 1……|
本 帅 赐 你 饯 行 酒，太 行 山 搬 请 马 夫 人。

(1 2 1 2 1 7 6 1 6 5 3 6 1 2 1) | ¼ 0 5 | 0 3 3 | 3 0 | 0 2 | 3 |
　　　　　　　　　　　　(孟良) 接 过 元 帅 饯 行 酒，

0 1 | 0 1 | 6 2 | 3 5 | 2 1 | 1 0 6 | 6 1 6 | 1 0 | 1 2 | 3 |
将 酒 不 饮 敬 君 神，此 回 去 到 太 行 山，

廿5 1 1 1 3 2 1…… | (1 2 1 2 1 7 6 1 6 5 3 6 1 2 1) | ¼ 0 4 |
叫 他 发 兵 到 宋 营。　　　　　　　　　(杨六郎) 孟

3 3 | 3 2 | 3 | 0 2 | 1 2 | 3 | 0 1 | 0 1 6 5 | 1 3 | 2 1 | 1 0 6 |
良 洋 洋 下 宝 帐，焦 赞 上 帐 听 令 详，本

5 1 | 6 1 | 1 | 0 1 | 0 2 | 3 廿 5 | 3 3 3 3……0 ¼ 3 | 2 1 | 1 |
帅 赐 你 饯 行 酒，五 台 山 搬 请　　五 兄 长。

廿(1 2 1 2 1 7 6 1 6 5 3 6 1 2 1) | ¼ 0 3 | 0 3 | 3 3 | 0 1 | 0 2 | 3 |
　　　　　　　　　　　　接 过 元 帅 饯 行 酒，

0 1 | 0 1 | 6 5 | 3 | 3 | 2 1 | 1 | 0 4 | 3 3 | 3 | 3 | 0 ⁴3 3 3 | 3 |
将 酒 不 饮 敬 君 神，五 台 山 搬 请 五 哥 到，

廿5 3 3 3…0 3 2̂1̂1…廿(1̂2̂1̂2̂1̂7̣6̣1̣6̣5̣3̣6̣1̣2̂1)
功劳簿上　　把名标。

1/4 0 4̂3̣ | 3 3 | 3 3 | 0 1 | 0 2 | 3 | 0 1 | 0 1 | 2̂4 | 3 3 | 2 1 | 0 6̣ |
焦孟二将下宝帐，我儿宗保听令详，为

0 1 | 6̣ 1 | 0 1 | 0 2 | 3 | 0 1 | 0 1 | 6̣5̣ | 1 3 | 2̂1 | 1 0 6̣ | 0 1 |
父赐你一支令，催齐四路草钱粮，三日

6̣ 1 | 0 1 | 0 2 | 3 廿5 3 3 3…0 3 2 1…
之内要粮到，延误军情　　也不饶。

(5̣6̣5̣6̣5̣ 3̣5̣3̣5̣6̣3̣6̣5̣6̣5̣) | 1/4 i̇ | i̇ | 0 5 | 0 5 | 5 | i̇ | 0 i̇ |
　　　　　　　　　　(杨宗保)帐前领了爹爹命，催

0 i̇ | 3̂5 | 5 | i̇ | 5̂6 | 5 | 0 5 | 0 5 | 5 | 5 | 3̂5 | 5̂6 | i̇ | 2̇ |
齐四路草钱粮，三日之内要粮到，延

廿2̇ | 6̇ 2̇7̇ 6̇ 5 | 6…0 | 3 5 6̂i̇ 5… | (7̣6̣ 2 1…) |
误军　令　　法不饶。

3 3 3 3 1 2 3 0 | 1 1 6̣5̣ 1 3 2 1…0 |
(杨六郎)我儿洋洋下宝帐，　不由为父挂心旁，

6̣ 1 1 2̂2 5 | 6…0 | 2 1 3 2…| 6̣5̣ 1 1 2 5 |
吩咐众军门掩上，且听跨

3…2·1̣6̣…0 | 5 2 1 5̣ 6̣ 1… ‖
马　　　报端详。

孟良：俺，孟良，奉了元帅将令，去到太行山搬请马夫人下山，来（众：有），马上加鞭。
焦赞：俺，焦赞，奉了元帅将令，去到五台山，搬请五兄长下山，人来（众：有），马上加鞭。
宗保：俺，杨宗保，奉了爹爹将令，催齐四路粮草，人来（众：有），马上加鞭。

4.徐庶荐葛

徐 庶 荐 葛

1=G

徐庶：离别曹营 廿3 3 3̲2̲1 ……| 1 1 ³2̲6 ……| 5̲ 5̲ 5̲·6̲7̲ 6 …—|
　　　　　思 老 母，　　　挂 忧　　　　心。

徐庶：忆昔当年日月深，好似孤雁宿寒林，虽然在此风光好，还有思娘一片心。
旁白：山人徐庶，字元直，自幼在家将人打坏，逃出在外多蒙刘皇叔收留，改名单福，昨日闻听
　　　一信，曹之兵驻许昌，将我老母接在他营，此事不知是真是假，人来（有）伺候。
报子：离了曹营地，此地是新野，门上哪位在。
旁白：什么人？　　　　　　　　　　　　　报子：烦你通报，有下书人求见。
旁白：候着，启禀先生，外面有下书人求见。　徐庶：传见。
报子：参见先生。　　　　　　　　　　　　徐庶：奉何府所差？
报子：徐母所差。　　　　　　　　　　　　徐庶：到此何事？报来此下书，将书呈上。
报子：请先生观看。　　　　　　　　　　　徐庶：内赐茶饭。
报子：用过饱餐。
徐庶：老母有书信前来，上告老母，恕孩儿拆书之罪。

【南路原板】

4/4 (0 0̲6̲7̲6̲5̲6̲ | 1 2 3̲2̲7̲6̲ | 5̲3̲5̲7̲6̲5̲6̲1̲ | 5 4̲3̲2̲ -)|

1·2̲6̲ 5̲ |3·5̲3̲2̲1̲ |2 - -(3̲ |2̲3̲2̲1̲6̲5̲6̲1̲ | 2̲ 5̲ 3̲5̲2̲
拆　　　　开

3̲ 5̲ 6̲1̲2̲)| 5̲ 3̲2̲2̲ - | 7̲2̲7̲6̲5̲7̲6̲5̲ | 1 - -(2̲7̲ |
　　封　　　皮

6̲·1̲2̲3̲7̲6̲5̲6̲ | 1 2 3̲2̲7̲6̲ | 5̲3̲5̲1̲6̲5̲6̲1̲ | 5 4̲3̲2̲ -)|

1 2̲3̲7̲6̲5̲(6̲ | 7̲6̲5̲)3̲ 2̲6̲ | 1(2̲ 3̲2̲7̲6̲ 5̲6̲1̲)| 5̲ 3̲5̲3̲ 2̲ |
看　　　书　　信，　　　　　　上 写 着

0 2̲ 7̲6̲5̲ | 5̲ 3̲2̲7̲ | 6̲(7̲ | 5̲7̲6̲)2̲ 7̲ | 6̲7̲6̲3̲5̲ - |
我 的 儿 看　　　分　　　明，

5̲ 3̲2̲7̲6̲5̲ | 0 5̲ 3̲1̲5̲ | 1·2̲7̲6̲5̲(6̲ | 7̲6̲5̲)6̲3̲2̲6̲ |
昨 日 里　　为 娘 的 得　　　　一

1(2̲ 3̲2̲7̲6̲ 5̲6̲1̲)| 2̲2̲7̲2̲3̲5̲2̲ | 0 2̲ 7̲6̲5̲ | 5̲ 3̲2̲7̲ 6̲(7̲|
信，　　　　　儿 在　　新 野 保

$5\dot7\dot6)2\ \underline{7}\ |\ \underline{6}\underline{7}\underline{6}\underline{3}\dot5\ -\ |\ 1\ \underline{2}\underline{3}\underline{7}\underline{6}5\ |\ 0\ 2\ \underline{3}\underline{5}5\ |$
刘　君，　　恨曹贼　　　　将娘

$\dot1\cdot\underline{2}\underline{7}\underline{6}5(\dot6\ |\ \underline{7}\underline{6}5)\underline{3}\underline{5}\underline{2}\underline{6}\ |\ 1(\underline{2}\underline{3}\underline{6}\underline{5}\underline{6}1)\ |\ \underline{2}\underline{2}\underline{7}\underline{2}\underline{3}\underline{5}\underline{2}\ |$
拿　在　　　　他营，　　　　娘在

$0\ \underline{2}\ \underline{7}\underline{7}\underline{6}\ |\ 5\ \underline{3}\underline{2}\underline{7}\underline{2}\underline{6}(\underline{7}\ |\ \dot5\dot7\dot6)2\ \underline{7}\ |\ \underline{6}\underline{7}\underline{6}\underline{3}\dot5\ -\ |$
营房　受　苦　　苦刑，

$5\ \underline{3}\underline{2}\underline{7}\underline{6}5\ |\ 0\ 2\ \underline{3}\underline{5}5\ |\ 1\cdot\underline{2}\underline{7}\underline{6}5(\dot6\ |\ \underline{7}\underline{6}5)\underline{6}\underline{3}\underline{2}\underline{6}\ |$
一日里　　将娘　三　　　　次

$\underline{1}\underline{2}\underline{3}\underline{6}\underline{5}\underline{6}1\ |\ \underline{2}\underline{2}\underline{7}\underline{2}\underline{3}\underline{5}\underline{2}\ |\ 0\ 2\ \underline{3}\underline{5}5\ |\ 5\ \underline{3}\underline{2}\underline{7}\dot6(\underline{7}\ |$
打，　　三日里　　　将娘　九　次

$\dot5\dot7\dot6)2\ \underline{7}\ |\ \underline{6}\underline{7}\underline{6}\underline{3}\dot5\ -\ |\ 2\ \underline{3}\underline{2}\underline{7}\underline{6}5\ |\ 0\ 2\ \underline{3}\underline{5}5\ |$
拷刑，　　我的儿　早回

$\dot1\cdot\underline{2}\underline{7}\underline{6}5(\dot6\ |\ \underline{7}\underline{6}5)\underline{6}\underline{3}\underline{2}\underline{6}\ |\ 1(\underline{2}\underline{3}\underline{6}\underline{5}\underline{6}1)\ |\ \underline{2}\underline{2}\underline{7}\underline{2}\underline{3}\underline{5}\underline{2}\ |$
三日　　　能相见，　　　　迟回

$0\ \underline{2}\ \underline{7}\underline{7}\underline{6}\ |\ 5\ \underline{3}\underline{2}\underline{7}\ \dot6(\underline{7}\ |\ \dot5\dot7\dot6)2\ \underline{7}\ |\ \underline{6}\underline{7}\underline{6}\underline{3}\dot5\ -\ |$
半日　不　能　　相　逢。

卄2 2 5 2 3 3 ₃1……| 3 3 ₆1 1 ₃2 3 1……| 2 2 ₂7 6 5……|
看罢书信眼流泪，我的娘　　老母亲，

₁6 0 ₁6 0 6 1 2 5 3 2 1 7 6……| 2 2 3 5 5……|
哎　哎　哎　　　　不 由 孩儿泪

【紧打慢唱】
2 2 3 5 6 6·1 5……| 3 3 3 2—0| 1 1 1 3 2 3 2 1……|
涟涟。　　我本想　不辞刘主爷走，

5 5 1 1·2 3……0| 5 5 3 2 1 3 ₃2……| 2 2 2 2 7 6 5……0|
难舍桃园　大义　人，　　回头我把

1 3 2 3̲2̲1̲…… │ 2 2 5 3̲2̲1̲2̲3̲……0 │ 5 1 1 3 ³2……│
刘主爷请。　　　先生请孤　　　　　为何情？

徐庶：参见主公。　　　刘备：先生为何两目流泪？
徐庶：主公哪曾知道，只因老母有书信前来，请主公龙目观看。
刘备：待孤一观，此书不是伯母所写。　　　徐庶：怎见得？
刘备：上面写的是元直，怎么是伯母所写？
徐庶：主公哪曾知道，只因自幼在家将人打坏，逃出在外，多蒙刘皇叔收留，我改名单福。
刘备：这也难怪，先生既要曹营敬母，孤不强留，四弟听令。
子龙：何令？　　　刘备：赐你令箭一支，带领本部人马。长亭摆宴与先生饯行。
子龙：得令。头戴金盔插宝刀，身披银甲似蟒袍，东反西反为上将，南征北战逞英豪。小将赵子龙，奉了主公将令，长亭摆宴与先生饯行。来人（有），起道长亭。

（1̲6̲ 6̲1̲ 6̲6̲ 1̲6̲5 │ 1̲1̲3̲3̲ 6̲1̲2̲ 2̲7̲ 7̲ 6̲3̲2̲ 1̲……）│ 4̲3̲ 3̲ 3̲ 3̲2̲1̲……│
　　　　　　　　　　　　　　　　　　　　　　　　　手挽手来

1 6̲1̲ 1̲ 2 3·5̲2……（0̲6̲5̲6̲ │ 4/4 1̲7̲1̲6̲ 1̲6̲5̲3̲2̲）│
把　长　亭　进，

1̲6̲2·7̲6̲2̲7̲6̲ │ 5̲6̲5̲1̲2̲3̲ 5̲6̲5̲ │ 3̲2̲3̲5̲ 6̲1̲6̲5̲3̲2̲ │
1̲2̲3̲5̲ 2̲3̲1̲0̲ i̲ 3̲5̲6̲i̲ │ 5̲3̲ 5̲6̲i̲ 6̲5̲4̲3̲ │ 2·3̲5̲1̲ 6̲1̲ 2̲1̲6̲ │
1 6̲ 6̲1̲1̲ │ 1̲ 2 3 - │ 3̲ 2̲1̲1̲ 2 │（2̲3̲5̲7̲6̲1̲2̲）│
（徐庶、刘备）难 舍　　难　　　分，

1 6̲5̲3̲ 2̲ │（6̲1̲2̲）5̲2̲3̲ │ 2̲ 3̲2̲1̲6̲ │（1̲2̲3̲5̲2̲1̲6̲2̲）│
汉　　能　　　人，

1̲ 2̲7̲6̲2̲7̲6̲ │ 5̲ 1 2̲3̲5̲ │ 3̲5̲6̲i̲ 6̲5̲4̲3̲ │ 2̲3̲5̲4̲3̲5̲2̲ │
1 6̲）1̲ ⁵3̲ │ 3̲ 2 1 6̲ │ 3̲3̲2̲1̲ 6̲1̲2̲ │（2̲3̲5̲7̲6̲1̲2̲）│
（徐庶）臣 本 当　　　与主　公

3̲ 2̲1̲1̲ 3̲ │ ³2 - -（1̲6̲ │ 2̲3̲5̲7̲6̲1̲2̲ 1̲ │ 2̲ 7̲ 6̲2̲2̲6̲ │
相　扶　助，

5̲6̲5̲1̲2̲3̲5̲ │ 0̲ i̲ 6̲i̲ 5̲6̲4̲3̲ │ 2̲3̲5̲2̲3̲1̲2̲ 1̲ │ 6̲）3̲ ³1̲ │
　　　　　　　　　　　　　　　　　　　　　老　母

1 2̲5̲3 - │ 3 2̲1̲ 6̲1̲ 2 │(2̲3̲ 5̲7̲ 6̲1̲ 2)1 │ 2 1̲5̲ 3 2 │
亲　　修书来　　　　　　　要早

(6̲1̲2̲) 2̲3̲7̲6̲ │ 5·6̲ 1 - │(1̲2̲ 3̲5̲ 2̲1̲ 6̲2̲ │ 1 2̲7̲ 6̲2̲ 7̲6̲ │
见　她。

5 1 2̲3̲5̲ │ 3̲5̲ 6̲1̲ 6̲5̲ 4̲3̲ │ 2̲3̲ 5̲4̲ 3̲5̲2̲ │ 1 6̲)6̲1̲1̲ │
(刘备)这都

1 2 3 - │ 3̲3̲ 2̲1̲ 6̲1̲2̲ │(2̲3̲ 5̲7̲ 6̲1̲2̲) 1 │ 1 2̲3̲ 2 │
是　汉刘　备　　　　　　福分

(6̲1̲2̲) 1̲ 3̲ 2 - -(7̲6̲ │ 2̲3̲ 5̲7̲ 6̲1̲ 2̲1̲ │ 2 7̲ 6̲2̲ 2̲6̲ │
薄　浅，

5̲6̲5̲1̲ 2̲3̲5̲ │ 0 6̲1̲ 5̲6̲ 4̲3̲ │ 2̲3̲ 5̲2̲ 3̲1̲ 2̲ │ 1 6̲)3̲2̲1̲ │
眼见

1 2 3 - │ 3 2̲1̲ 6̲1̲2̲ │(2̲3̲ 5̲7̲ 6̲1̲2̲) 1 │ 6̲5̲ 3 2 │
能　人　　　　　　与

(6̲1̲2̲) 5̲2̲3̲ │ 2 3̲2̲1̲ 6̲ │(1̲2̲ 3̲5̲ 2̲1̲ 6̲2̲ │ 1 2̲7̲ 6̲2̲ 7̲6̲ │
别　人。

5 1 2̲3̲5̲ │ 3̲5̲ 6̲1̲ 6̲5̲ 4̲3̲ │ 2̲3̲ 5̲4̲ 3̲5̲2̲ │ 1 6̲)1̲ 5̲3̲ │
(徐庶)劝　主

3̲2̲1̲ 6̲ │ 1 1̲2̲ 3̲ 2 │(2̲3̲ 5̲7̲ 6̲1̲2̲)│ 3̲2̲1̲ 1̲ 3 │
公　暂把　　　宽心

3̲2̲ - -(7̲6̲ │ 2̲3̲ 5̲7̲ 6̲1̲ 2̲1̲ │ 2 7̲ 6̲2̲ 2̲6̲ │ 5̲6̲5̲1̲ 2̲3̲5̲ │
放，

0 6̲1̲ 5̲6̲ 4̲3̲ │ 2̲3̲ 5̲2̲ 3̲1̲ 2̲ │ 1 6̲)6̲1̲1̲ │ 1 2̲3̲ - │
不久

207

3 2̣1 1 2 | (2 3 5 7̣ 6̣ 1̣ 2) | 1 6̣ 5 3 2 | (6̣ 1̣ 2) 5 2 3 |
有　个　　　　　　　今　　　能

2 3̣2 1 6̣ | (1̣ 2 3 5 2̣ 1̣ 6̣ 2 | 1̣ 2 7̣ 6̣ 2 7̣ 6̣ | 5 1 2 3 5 |
人。

3 5 6 i 6̇ 5 4 3 | 2 3 5 4 3 5 2 | 1 6̣ 6̣ 5 1 1 2 3 - |
　　　　　　　　　　　　　　　　(刘备)后　有

3 2̣1 6̣ 1 2 | (2 3 5 7̣ 6̣ 1̣ 2) | 3 2̣1 1 3 | ³2 - - (1̣ 6̣ |
能　人　　　　　　真　可　用,

2 3 5 7̣ 6̣ 1̣ 2 1 | 2 7̣ 6̣ 2 2 6̣ | 5 6̣ 5 1 2 3 5 | 0 ³i 6̣ i 5 6 4 3 |

2 3 5 2̣ 3 1̣ 2 | 1 6̣) 3 2̣ 1 | 1 2 3 - | 3 2̣1 6̣ 1 2 |
　　　　相　比　　　先　生

(2 3 5 7̣ 6̣ 1̣ 2) | 1 6̣ 5 3 2 | (6̣ 1̣ 2) 5 2 3 | 2 3̣2 1 - |
　　万　　　不　　　能。

廿3 6̣1 1 2 ³2 1 2 5³- 2̣1 6̣ 0 | 2 2 1·2 3 ³2…… |
叫 人 来 看　过　了　皇 封 玉　液,

【流水】1/4 0 3 | 2̣1 | 6̣1 1 | 3 5 | 1 | 0 4 | 4 3 | 3 | 3 3 |
　　　　我 与　先 生　来 饯　行, 一　杯 美　酒 不

1̣2 3 | 0 3 | 2̣1 1 | 1 2 3 | 0 3 5 | 2̣1 1 | 0 4 43 |
为 敬,　表 一　表 刘　备 一 片　心。(徐庶)接 过

3̣2 | 3 | 3 | 1̣2 | 3 | 0 3 | 2̣1 | 6̣1 1 | 3 5 | 2̣1 1 | 0 3 |
主 公　一 樽　酒, 将　酒 不　饮 讬　苍 神, 主

0 3 | 1̣2 | 3 | 3 2 | 3 廿 | 0 3 0 3 1·32…… 0 | 3 5 2̣1 1 |
公 赐　酒 礼　向 敬,　低 头 恭　身　谢 恩 情。

关羽：四弟前来。

$\frac{1}{4}$ 0 4 | 0 3 | 3　3 | 3 | $\widehat{1 2}$ 3 | 0 1 | 0 1 | $\widehat{6 5}$ |
　　　龙　眉　凤眼　别　先　生，　相　逢　大

3 | $\widehat{3 5}$ | $\widehat{2 1}$ | 1 | 0 4 | $\widehat{4 3}$ | $\widehat{3 2}$ | 3　3 | 3 | $\widehat{1 2}$ 3 | 0 1 | 0 1 |
哥　镇　乾　坤，大　哥　江　山　全靠　你，　先　生

$\widehat{6 5}$ | 3 | $\widehat{3 5}$ | $\widehat{2 1}$ | 1 | 0 3 | 0 3 | 2 | 3　3 | $\widehat{1 2}$ 3 | 0 3 | $\widehat{2 1}$ |
一　去　靠　何　人？　本　当　留　你来　扶　助，　又　难

$\widehat{6 1}$ | 1 | $\widehat{6 5}$ | $\widehat{3 2}$ | 1 | 0 4 | 0 3 | 3　3 | 3 | $\widehat{1 2}$ 3 | 0 3 |
忘　却　伯　母　恩，　一　杯　美酒　不　为　敬，　表

$\widehat{3 3}$ | 2　4 | 3 | 0 | $\widehat{6 5}$ | $\widehat{3 2}$ | 1……徐庶：二将军。 0 3 | 0 3 | 3　3 | 3　3 |
一　表　　　　一　片　心。　　　　　　　接　过二将　军酒

$\widehat{1 2}$ 3 | 0 3 | $\widehat{2 1}$ | $\widehat{6 5}$ | 3 | $\widehat{3 5}$ | $\widehat{2 1}$ | 1 | 0 3 | 0 3 | 2 | 3　3 | $\widehat{1 2}$ |
一　樽，　将　军　不　饮　谢　官　神，　神　里八　卦　来　排

3 | $\frac{3}{4}$（$\widehat{1 2}$ 1 2 3 | 2 3 2 3 5 | 3 5 3 5 6 | 5 6 5 3 2 | 2 3 2 1 6̣ |
定，

1̣ 6̣ 1 3 2）| $\frac{1}{4}$ 0 3 | 0 3 | 2 | 3 | $\widehat{3 5}$ | $\widehat{2 1}$ | 1 | 0 3 | $\widehat{2 1}$ | 6̣ 1 | 1 | $\widehat{1 2}$ |
　　　　　　　五　十　三岁　走　麦　城，　后　来若　是　归

$\widehat{1 2}$ | 3 | 廿 0 3 | 0 3 | 2　4 | 3……0 | $\widehat{3 5}$ | $\widehat{2 1}$ | 1 |张飞：哒。 4 | 3……0 |
本　位，　山　人　比他　差　万　分。　　　　　手　执

【流水】

0 3 | 0 3 3 | $\widehat{1 2}$ | 3……| 2　1 | 2 3 | 0　3 | 0 | $\frac{1}{4}$ $\widehat{3 5}$ | $\widehat{2 1}$ | 1 |
金　壶　酒　一　樽，张翼　德跪　　跪　　跪　长　亭，

0 3 | 0 3 | 2 | 3 | 3 | $\widehat{1 2}$ | 3 | 0 3 | $\widehat{2 1}$ | $\widehat{1 2}$ | 3 | 3　3 | $\widehat{2 1}$ | 1 |
上　跪　天来　下　跪　地，　跪　父跪　母　不　跪别　人，

0 3 | 3　3 | 3 | 2 | 3　3 | $\widehat{1 2}$ | 3 | 0 3 | 0 3 | 4 | 3 | $\widehat{3 5}$ | $\widehat{2 1}$ | 1 | 0 3 |
今　日　跪　在先　生　前　面，　只　为　大　哥　镇乾　坤，　此

0 3 | 3 3 3 | 1 2 | 3 0 4 | 3 3 | 2 2 4 | 卅3 - - 0 | 3 5 2 1 1 - - |
日　曹营去救　母，切莫与曹　贼　用计　行。

徐庶：三将军。　1/4　0 4 | 3 3 | 3 | 3 | 3 | 1 2 | 3 0 3 | 2 1 | 6 1 | 1 | 3 5 |
三　将军　说　出腹心　话，山人言　来听

2 1 | 1 0 4 | 0 3 | 3 3 3 | 1 2 | 3 0 4 | 3 3 | 卅1· 2 3 - - 0 |
分　明，此　日曹营来救　母，焉能与曹　贼

3 5 2 1 1 - - 赵子龙：马来。 (5 6 5 6 5　3 5 3 5 6 3 5 6 5) 1/4 i | i |
用计　行。　　　　　　　　　　　　　　　　皇封

0 3 | i i i | i 5 6 | i 0 i 0 i | 3 5 5 | 3 5 6 i | 5 0 i 0 i |
御　酒我不　敬，我　与先　生带马行，将马

3 i | 5 卅 i 5 6 | 5 3 3 2 2· 3 i - - | 5 5 5 2 7 2 5 6 - 0 |
带　在亚龙　下，　　　扬鞭跨马

2 2 6 2 7 6 6· i 5 - - 徐庶：怪呀。 4 3 3 4 3 3 1 2 3 0 |
奔　前　程。　　　　　　　　　　山人来帐里有何　用，

3 3 1 2 3 - - 0 3 5 2 1 1 徐庶：四将军。 赵子龙：有。 徐庶：将马带下些。
岂肯劳动　四将军。

赵子龙：带上些。　徐庶：四将军呀！　2/4 (0 1 2 3 2 | 1 1 2 3 2 | 1 1 2 3 2 |

5 4 3 2 1 2 3 2 | 5 4 3 2 1· 7 | 6 1 6 5 | 3 2 1 2 6 | 1/4 1) | 6 1 | 1 | 2 |
来　来来，

2 2 2 | 3 5 5 5 | 6 6 | 0 3 2 | 1 0 6 | 6 3 | 2 1 6 | 7 6 | 2 2 7 | 0 6 |
手扶着刘皇叔去长　　亭，舍不得　臣弟主恩重义

2 | 7 7 2 | 3 5 | 5 6 | 6 6 | 0 3 2 | 1 0 6 | 6 3 | 2 1 6 | 7 7 6 | 2 |
厚，舍不得　二将军仁义　过谦，舍不得　三将军

威风 八面，舍不 得 四将军 年纪 小来 文武 双全，舍

不得 众儿郎 教场 训点，舍不 得 满堂文武，一个 一个

个个俱已 到席 前。我上面辞别 臣帝主，下面辞别

众 三军，含悲忍泪，把马

上。 主公呀， 先生呀，

呀，呀，呀 扬鞭跨马

往 曹营。

（关羽）一见 先生 曹家去，只 见 树木 不见他，叫

人 来， 将树木一齐 伐 下。

（赵子龙）只见 平地 起黄沙。

（徐庶）扯 转 缰绳 待转 马，只见 主公 把树伐，

反面 离蹬 把马 下。 一见 主公 难舍 他。

211

刘备：先生为何去而复返，莫非是有复转之意？
徐庶：非是山人去而复返，请问主公，为何将树木伐下？
刘备：远望先生难以得见，因此将树木一齐伐下。
徐庶：哎呀！久闻桃园兄弟情深义重，今日一见果然名不虚传。
刘备：先生为何背地重言？
徐庶：非是山人背地重言，山人有两个谋士献上。
刘备：哪两个？　　　徐庶：庞统，字凤雏；诸葛亮，字孔明。
刘备：请道其详。　　　徐庶：主公请听。

【北路二六】

$\frac{4}{4}$ (6 1 2 3 5 4 3 2 | 1· 7 6 2 1 | 1 0) 6· 5 | 6 1 1 − − |

(徐庶) 尊 一 声
(徐庶) 此 去 姓
(徐庶) 双 人 提
(徐庶) 马 提 龙
(徐庶) 卧 龙

6 6 5 6 1 | (2 1 6 1 2) | 6 6 2 5 3 2 1 6 | 1 6 3 2 |

主 不 公 过 休 要 害 怕，
诸 葛 里 二 十 里 亮，
心 单 名 八 卦，
凤 雏 山 前 芒 往 访 他，

(6 1 2) 6· 5 | 6 1 − − | 6 6 5 6 1 | (2 1 6 1 2) |

山 卧 人 龙 言 来
卧 兴 龙 刘 山 前
卧 子 龙 敬 山 前
山 不 灭 曹
知 生 生
凤 雏

6 6 2 3 2 1 | 6 1 2 6 2 7 6 | 6 5 6 1· 7 | 6 2 1) 0 0 |

听 分 明
小 去 树 下，
去 就 访 他，
往 会 是 他，
哪 家？

1/4 4 | 3 0 3 | 0 3 3 | 1 2 | 3 | 0 3 | 2 1 | 6 1 | 1 | 3 5 | 2 1 | 1 |
凤 雏 住 在 向 阳 地， 主 公 慢 慢 去 访 他，

0 4 | 0 3 | 3 3 3 | 1 2 | 3 | 0 3 | 2 1 | 6 1 | 1 2 | 3 5 | 2 1 | 1 |
此 回 曹 营 来 救 母， 母 亲 修 书 果 见 他，

廿 3 3 3 3 2·1 6 0 | 2 2 1·2 3·5 2 — | 3 3 2·3 1 |
辞 别 主 公 把 马 上， 主 公 哪！

1 1 6·1 2· 3 7 6 5 — | 6 0 6 0 6 1 1·2 3 3·5 2 — |
(刘备)先 生 哪 哪 哪 哪。

6 1 1 2 5 3 2·1 6 — 0 | 3 1 1 2·3 7 6 5 6 1 — |
(徐庶)执 鞭 催 马 往 曹 家。

【流水】
(1 2 1 2 1 7 6 1 6 5 3 6 1 2 1) | 1/4 4 | 3 0 3 | 0 3 3 | 1 2 | 3 |
(刘备)一 见 先 生 往 曹 家，

0 3 | 2 1 | 6 1 | 1 2 | 3 5 | 2 1 | 1 | 0 4 | 3 3 | 2 | 3 | 3 | 1 2 | 3 |
刘 备 心 中 似 刀 杀， 二 弟 三 弟 一 声 叫，

0 3 | 2 1 | 6 1 | 1 2 | 3 5 | 2 1 | 1 | 0 3 | 0 3 | 3 | 3 | 1 2 | 3 |
四 弟 子 龙 听 根 苗， 刚 才 听 得 先 生 话，

0 3 | 2 1 | 6 1 | 1 2 | 3 5 | 2 1 | 1 | 0 4 | 3 3 | 3 | 3 | 1 2 | 3 |
你 我 慢 慢 去 访 他， 一 不 要 惊 动 人 和 马，

0 3 | 2 1 | 6 5 | 1 2 | 3 5 | 2 1 | 1 | 0 4 | 3 3 | 3 | 3 | 2 | 1 2 | 3 |
二 不 要 扰 动 百 姓 家， 只 要 你 我 三 骑 马，

廿 5 5 5 3·1 6 5 3·2 1 (x) 6 2 2 7 6 5 6 6 1 — ‖
一 统 山 河 保 中 华。

5. 南唐救主

南 唐 救 主

马　夫：自幼生来不可挡，两手紧握手中枪。
　　　　姑娘行动人和马，要到南唐救驾回。
念　白：俺双锁山马夫刘通是也，奉了姑娘之命，南唐救主驾，备马伺候，有请姑娘。
刘金定：来了。

1=F

【北路导板】

（刘金定）叫家将，

（有）随姑娘

南唐救主。

（刘母）我的儿为什么把娘亲抛，

刘　母：儿呀！你这样全身披挂，带兵何往？
刘金定：母亲有所不知，只因高俊宝有书信前来，要女儿南唐救驾。
刘　母：南唐救驾是一场美事，坐立草堂听为娘的嘱教。

年迈人坐草堂

把话表，

叫一声我的儿，

214

(2 3 5 7 6 1 2)|1 6 5 3 2|(6 1 2)5 2 3|2 ³²1 1 - |
　　　　　　　细 听　　根　苗,

(1 2 3 5 2 1 6 2｜1 | 2·7 6 2 7 6 | 5 6 5 1 2 3 5 0 |

3·5 6 1 6 5 4 3 | 2 3 5 4 3 5 2 | 1 6)6 1 1 | 1 2 3 - |
　　　　　　　　　　　　　　　　全 不 记

2 1 2 3 5 3 2 | 7· 2 7 - | 6 7 6 5 6 2 7 6 | 5 - - - |
你 的 父

2 7 5 3 2 | 7 - 7 2 7 5 | 6 6 5 6 7 | 6 - - - |(6 7 6 5 3 2 3 5 |
亡 过　 得

6 2 1 7 | 6 7 6 5 3 5 6 | 0 6 5 1 | 2 3 5 4 3 5 2 |

1 6)6 1 1 | 1 2 3 - | 3 3 2 1 6 1 2 |(2 3 5 7 6 1 2)|
丢 下 了 母 女 们

1 6 5 3 2 | 2 0 5 2 3 | 2 3 2 1 - |(1 2 3 5 2 1 6 2 |
苦 守 山 巢。

1 2·7 6 2 7 6 | 5 6 5 1 2 3 5 0 | 3·5 6 1 6 5 4 3 |

2 3 5 4 3 5 2 | 1 6)3 3 | 3 3 2 1 6 | 3 6· 1 2 |
　　　　　　我 的 儿 下 南 唐

(2 3 5 7 6 1 2)|3 2 1 1 3 | ³²2 - -(7 6)| 2 3 5 7 6 1 2 1 |
把 驾 保,

2 7 6 2 7 6 | 5 6 5 1 2 3 6 5 | 3·5 6 1 6 5 4 3 |

2 3 5 4 3 5 2 | 1 6)6 1 1 | 1 2 3 - | 3 3 2 1 6 1 2 |
绝 莫 要 将 为 娘

215

（2 3 5 7̇ 6̇ 1 2）｜1 6̇ 5 3 2｜（6̇ 1 2）5 2 3｜2 3 2 1 -｜

一旦　　　相　抛。

（1 2 3 5 2 1 6̇ 2｜1 2·7̇ 6̇ 2 7̇ 6̇｜5 6 5 1 2 3 5 0｜

3·5 6 i 6 5 4 3｜2 3 5 4 3 5 2｜1 6̇）3̇ 3̇ 3̇ 2̇ 3̇ 2̇ i 6

（刘金定）老　母　亲

（5 6 4 3 2 3 5）

i 6̇ i 2̇ 3̇ 7 6｜5 - 0 0 5 3 2̇ 7 6 6 0 5 6｜5̇ 3̇ 2̇ - 3̇｜

说的话　儿　心　谨　记，

（1 2 3 5 2 1 6̇ 2｜

i - - ｜1 2·7̇ 6̇ 2 7̇ 6̇｜5 6 5 1 2 3 5 0｜3·5 6 i 6 5 4 3｜

2 3 5 4 3 5 2｜1 6̇）3̇ 5 5｜5 2̇ 3̇ 2̇ i 6｜i 6̇ i 2̇ 3̇ 7 6｜

为儿的　有一言

5（6 4 3 2 3 5）｜5 3 2̇ 7 5 6｜6 0 2̇ 3̇ 2̇ 7｜6 5 6 7 6 5 -｜

请　母　牢记，

3̇ 3̇ 3̇ 2̇ i｜i 6̇ i 2̇ 3̇ 7 6｜5（6 4 3 2 3 5）5 3 i 3 5｜

老母亲　在山寨，　　　　宽心

（3 5 6 i 5）6̇ i 6̇ i｜5̇ 3̇ 2̇ - 3̇｜i 0 3̇ 5 5｜5 2̇ 3̇ 2̇ i 6｜

放　　下，　　为娘的

3̇ 6̇ i 2̇ 3̇ 7 6｜5（6 4 3 2 3 5）｜5 3 2̇ 7 2 5｜6 7 6 2̇ 3̇ 2̇ 7｜

下南唐　　救驾　回

6 2̇ 7 6 5 -｜3̇ 3̇ 3̇ 2̇ i｜i 6̇ i 2̇ 3̇ 7 6｜5（6 4 3 2 3 5）｜

朝，　一来是　救荣主

5̱3·i 3 5｜6 7 2̇ 6 5 3｜2̇ i 2̇ 3̇ i·（7 6̇ 2̇ i）5 3 5 6｜

奴把贼　　剁，　　　　二来

7 6 7 2̇ 6· (5 | 3 5 6) 3 i̇ | 3 5 6̇ 5̇ 3 | 7̇ 6 5 6 7 2̇ 6 |

是　　　　救　俊　保　百　年

(3 5 6) 5̇ 3 5 6 | 2̇ 3̇ 7 6 5 - | i̇ 3 5 6 i̇ | 5̇ 3 5 6 2̇ 3̇ 7 6 |

鸾　　姣，　　老　爹　爹　阵　前　亡，

5 (6 4 3 2 3 5) | 2̇ 7̇ 2̇ 3̇ 5̇ 3̇ 2̇ | 7̇· 2̇ 7 5 | 6̇ 7̇ 5 6 7 | 6 - - - |

粗　心　　大　　意，

(6 7 6 5 3 2 3 5 | 6 2̇ i̇ 7 | 6 7 6 5 3 5 6 | 0 6̇ 5 1 |

2 3 5 4 3 5 2 | i̇ 6) 3̇ 5 5 5 | 2̇ 3̇ 2̇ i̇ 6 | i̇ 6̇ i̇ 2̇ 3̇ 7 6 |

为　儿　的　　万　不　能

5 (6 4 3 2 3 5) | 5 3̇ 2̇ 7̇ 2̇ 5 | 6 7 6 2̇ 3̇ 2̇ 7 | 6 5 6 7 6 5 - |

把　　娘　　　相　　抛。

卄 5 3 i̇ i̇ 6 5 | 5 3 5 6 7 6 7 2̇ 6 - | 5 3 5 6 5̇ 3̇ 2̇ |

对 母 亲 施　一　礼，　把　马　来

2̇ 3̇ 2̇ 3̇ 2̇ 3̇ i̇ - | 3̇ 3̇ 2̇· 3̇ i̇ - | 3̇ 3̇ i̇ i̇ 3̇ 2̇· 3̇ 7̇ 6̇ 5̇ - |

老 母 亲，　(金母)我　的 儿 呀

6̇ 0 6̇ 0 (6̇· 1 2· 3̇ 7̇ 6̇ 5̇ -) | 3̇ 3̇ i̇ i̇ 2̇· 3̇ 2̇ 3̇ 2̇ 3̇ 2̇ 2̇· 3̇ i̇ - |

哪　哪　　　　　　(二人唱)我的娘

　　　　　　　　　(二人唱)小姣生

i̇ i̇ i̇ i̇ 3̇ 5 5 5 | 5 6 7· 2̇ 7̇ 6̇ 5 6····· 765 3 0 (×)

此 一 回 救 驾 回　来，

2̇ 3̇ 2̇ 6̇ 2̇ 7̇ 6̇ 6̇· i̇ 5····· ‖ (1 2 1 2 1 7 6 1 6 5 6 3 6 1 2 1) | 4 | 3 |

接　娘　亲。 【北路流水】　　　　　　　　(金母)一 见

0 3 | 3 | 1 2 | 3 | 0 3 | 2 1 | 6 1 | 1 2 | 3 5 | 2 1 | 1 | 0 3 |

我 儿 上 了 马，　好 似 开 弓 把 箭 发，　此

217

0 3 | 6 1 | 1 0 | 3 1 2 | 廿 3·5 2…… | 3 3 3 2 1 3 3 | 6 1 2…… |
回 南 唐 把 驾 保， 那 时 节 接 老 娘

【流水】

2 2 6·2 7 6 6·1 5…… ‖ (5 6 5 6 5 3 5 3 5 6 3 5 6 5)) | ¼ i | i |
同 回 天 朝。 (刘金定)山 寨

0 i 0 i | i 5 6 | i 0 i 0 i | 3 5 5 | 3 5 | 6 i | 5
领 了 母 亲 命， 要 到 南 唐 救 驾 回，

0 i 0 i | 3 5 | 5 6 | 廿 i 5 6 5 3 2 2·3 i…… |
家 将 带 路 往 前 行，

i i 3 5 | 5 6 7·2 5 6……| 2 3 2 6·2 7 6 6·1 5…… ‖
要 与 皇 家 立 奇 功。

马夫：来在哪城？　　旁白：来在东城。
马夫：快快开城！　　旁白：圣驾往南城去了。
马夫：唔，启禀姑娘，圣驾往南城去了。
金定：人马杀向南城。　马夫：得令。
马夫：来在哪城？　　旁白：来在南城。
马夫：圣驾可在此城？　旁白：往西城。
马夫：唔，启禀姑娘，圣驾往西城去了。
金定：人马杀向西城。　马夫：得令。
马夫：来在哪城？　　旁白：来在西城。
马夫：圣驾可在此城？　旁白：圣驾往北城去了。
旁白：不好！

【流水】

(5 6 5 6 5 3 5 3 5 6 3 5 6 5)) | ¼ i | i | 0 5 | 0 5 5 | 5 6 | i 0 i |
连 杀 三 门 不 能 进， 杀

0 i | 5 5 | 3 5 | 6 i | 5 | 0 i | 6 5 | 5 | 5 | 5 6
得 姑 娘 血 愤 心， 倒 不 如 打 马 回 山

廿 5 3 3 2……i 2·3 i…… | 3 3 3 3 2·3 3 2 1 1…… |
寨。 (马夫)姑 娘 打 马 往 哪 里 行。

(5 6 5 6 5 3 5 3 5 6 3 5 6 5)) | ¼ i | i 0 i | 0 i | 3 5 | 5 6 | i |
(刘金定)家 将 有 所 不 知 情，

0 i｜0 i｜3 5｜5｜i｜5 6｜5｜0 5｜0 5｜5｜5｜3 5｜5 6｜i｜0 i｜
姑　娘　言　来　听　分　明，连　杀　三　门　不　能　进，杀

0 i｜5｜5｜3 5｜6 i｜5｜0 i｜6 5｜3 5｜5｜3 5｜6 i｜5｜0 7｜
得　姑　娘　血　愤　心，倒　不　如　打　马　回　山　寨，双

0 2｜3 5｜5｜6｜卅 7· 2 7 6 5｜6—— 0 2｜2 2 7 6· 2 7 6 6· i 5 ——｜
锁　山　前　　　　奉　　　娘　亲。

（1 2 1 2 1 7 6 1 6 5 3 6 1 2 1）｜¼ 0 3｜0 3｜3 3｜2｜1 2｜3｜
（马夫）姑　娘　有　所　不　知　情，

0 3｜2 1｜6 1｜1｜0 3｜0 3｜3 3｜3｜1 2｜3｜0 3｜0 3｜3｜1 2｜
马　夫　言　来，马　夫　倒　有　救　主　意，姑　娘　知　忘

卅 3｜2 ——0 3｜3 2 1 6｜1 ——｜（5 6 5 6 5　3 5 3 5 6 3 5 6 5）｜
恩　情。

¼ 0 i｜0 i｜3 5｜5｜3 5｜5 6｜i｜0 i｜0 i｜3 5｜5｜3 5｜6 i｜5｜
（金定）家　将　一　言　来　提　醒，提　醒　南　柯　梦　里　人，

0 i｜0 i｜3 5｜5｜卅 i｜5 6｜5· 3/2 2· 3 i ——｜
家　将　带　路　往　前　行，

3 3｜6/i i｜i 2 —— 3 2 1 6 0（x）｜2 2｜6 2 7 6 6· i 5 ——‖
舍　死　忘　生　　杀　北　城。

【北路导板】
（16/5 2 3 5 6 i 2 ——｜7 6· i 5 6 i i 3 3

61/2 2 7 6 2 1 1）｜5 5 5 5 3· i 6· 5 3 0
（乾德王）乾　德　王　下　南　唐，

5 5 3 i 6 - 6 i 5 ——｜（i6/5 5｜4/4 1 6 5 4 3 5 2｜
千　错　万　错，

1 2· 7 6 2 7 6｜5 6 5 1 2 3 5 6 5｜3· 5 6 i 6 5 4 3｜

$235435 2 | 1 \dot{6}) \overline{1} \dot{6} 5 | 5 \overline{\dot{6} \dot{3}} 3 - | 5 5 3 \dot{1} \dot{6} \cdot \dot{1} 5 |$
　　　　　　　悔不　该　　带皇　后

$(5 6 4 3 2 3 5) | 5 | 1 2 3 4 | 3 \overline{2 1} \overline{5 2 3} | 2 \cdot \dot{6} 1 - |$
　　　　　　　远游　　　　山　河，

$(1 \cdot \underline{2} \underline{3 5} \underline{2 1} \underline{6 2} | 1 \cdot \underline{2 \cdot \underline{7} \underline{6 2} \underline{1 6}} | 5 6 5 1 2 3 5 | 0 \overline{\dot{1}} 6 5 1 |$

$235435 2 | 1 \dot{6}) \overline{3 2 1} | 1 2 3 - | 3 \overline{3 2 1} \overline{6 1 2} |$
　　　　　　　李浩　王　　打战　表，

$(2 3 5 \overline{7} 6 1 2) | 3 \overline{2 1} 1 2 | 0 1 3 | 2 - - (\overline{7 6}$
　　　　　　哄孤　离　座

$2 3 5 \overline{7} 6 1 2 1 | 2 \overline{7} \overline{6 2} \overline{7 6} | 5 1 2 3 5 | 3 \cdot \overline{5} 6 \dot{1} 6 5 4 3 |$

$235435 2 | 1 \dot{6}) \overline{3 2 1} | 1 2 3 - | 3 \overline{2 1} \overline{6 1 2} |$
　　　　　　　酒醉　时　　斩三　弟，

$(2 3 5 \overline{7} 6 1 2) | 3 \overline{1 2 3} 2 | 2 0 \overline{5 2 3} | 2 \overline{3 2 1} - |$
　　　　　　是　皇　　之　错，

$(1 \cdot \underline{2} \underline{3 5} \underline{2 1} \underline{6 2} | 1 \cdot \underline{2 \cdot \underline{7} \underline{6 2} \underline{1 6}} | 5 6 5 1 2 3 5 | 0 \overline{\dot{1}} 6 5 1 |$

$235435 2 | 1 \dot{6}) \overline{3 5 5} | 5 6 3 1 | 5 5 3 \dot{1} \dot{6} \dot{1} 5 |$
　　　　　　　是孤　　带人　马

$(5 6 5 1 2 3 5) | 3 \cdot \overline{5} \overline{6 5 3} | 3 0 5 \overline{3 \dot{1}} | 6 - - - |$
　　　　　　南　唐　唐　过。

$(6 7 6 5 3 2 3 5 | 6 \overline{\dot{2}} \dot{1} \overline{7} | 6 7 6 5 3 5 6 | 0 \overline{\dot{1}} 6 5 1 |$

　　　　　　　　　　　　　　　　　　$(5 6 5 1 |$
$235435 2 | 1 \dot{6}) \overline{3 5 5} | 5 6 3 - | 5 5 3 \dot{1} \dot{6} \dot{1} 5 |$
　　　　　　　余洪　贼　　瞧见　了

2 3 5)

5 1 2 3 4 | 3 2 1 5 2 3 | 2· 6 1 - |(1· 2 3 5 2 1 6 2 |
又　动　　干　　　戈，

1 2·7 6 2 1 6 | 5 6 5 1 2 3 5 0 1 6 5 1 | 2 3 5 4 3 5 2 |

1 6)6 1 1 | 1 2 3 - | 3 3 2 1 6 1 2 |(2 3 5 7 6 1 2)|
是　孤　王　　进　城　来，

3 2 1 1 2 | 2 0 1 3 | 3/2 - 6 1 1 | 1 2 3 - | 3 3 2 1 1 2 |
以　为　　躲　过，内　无　粮　外　无　兵，

(2 0 5 7 6 1 2)| 1 6 5 3 2 | 2 0 5 2 3 | 2 3 2 1 - |
怎　做　　奈　　何，

(1· 2 3 5 2 1 6 2 | 1 2·7 6 2 1 6 | 5 6 5 1 2 3 5 0 1 6 5 1 |

2 3 5 4 3 5 2 | 1 6)6 1 1 | 1 2 3 - | 3 2 4 3 - |
拦　骑　官　　搬　救　兵，

(0 5 3 2 1 2 3)| 3 2 1 1 3 | 3/2 - 3 2 1 | 1 2 3 - |
如　同　救　火。搬　来　了

3 3 2 1 6 1 2 |(2 3 5 7 6 1 2)| 1 6 5 3 2 |(6 1 2)5 2 3 |
高　俊　保，　　文　韬　武

2 3 2 1 - |(1· 2 3 5 2 1 6 2 | 1 2·7 6 2 1 6 | 5 6 5 1 2 3 5 |
略，

0 1 6 5 1 | 2 3 5 4 3 5 2 | 1 6)3 5 5 | 5 6 1 3 - |
初　进　营

5 3 1 6 1 5 |(5 6 4 3 2 3 5)| 3 5 6 5 3 |(6 5 3)5 3 1 |
杀　贼，　　如　同　　虎

$6 - \underline{3\ 5}\ 5\ |\ 5\ \underline{6\ 3}\ 3\ -\ |\ 5\ \underline{3\ 1}\ \underline{6\ 1}\ 5\ (\underline{5\ 6}\ \underline{4\ 3}\ \underline{2\ 3}\ 5)\ |$

豹。　到　后　来，　　寒　病　倒

$5\ 1\ \underline{2\ 3\ 4}\ |\ \underline{3\ 2\ 1}\ 5\ \underline{2\ 3}\ |\ 2\cdot\underline{6\ 1}\ (7\ \underline{6\ 2\ 1})\ \underline{6}\ \underline{3\ 3}\ \underline{3\ 2\ 1}\ \dot{6}\ |$

用　药　　　　来　调。　　　　王　好　比

又　好　比

又　好　比

$3\ \underline{3\ 2\ 1}\ \underline{6\ 1}\ 2\ |\ (\underline{2\ 3}\ \underline{5\ 7}\ \underline{6\ 1}\ 2)\ \dot{6}\ \dot{6}\ 2\ 5\ |\ 3\ 2\ 1\ \dot{6}\ |$

孔　圣　贤　　　　　　　　在　　山　了

虎　离　山　　　　　　　　受　　独　飞

南　来　雁　儿　　　　　飞　　　断

$1\ \dot{6}\ 3\ 2\ |\ (\underline{6\ 1}\ 2)\ \dot{6}\ \underline{3\ 3}\ \underline{3\ 2\ 1}\ \dot{6}\ |\ 3\ \underline{2\ 1}\ \underline{6\ 1}\ 2\ |$

受　饿，　　又　好　比　　　汉　关　公

孤　单，　　又　好　比　　　蛟　　龙

番　邦，　　又　好　比　　　丧　家　犬

了　弦，　　又　好　比　　　顺　水　舟

$(\underline{2\ 3}\ \underline{5\ 7}\ \underline{6\ 1}\ 2)\ |\ \dot{6}\ \dot{6}\ \underline{2\ 3}\ \underline{2\ 1}\ |\ \underline{6\ 1}\ 2\ \underline{6\ 2}\ \underline{7\ 6}\ |\ \overset{\boxed{4.}}{5\cdot}\ \underline{6\ 1}\ (7\ 6\ 5}$

围　困　困　　土　城。

久　无　人　　看　管。

江　心　失　　落。

※ ⌐ 5.

$\underline{3\ 2\ 1})\ 3\ \underline{3\ 3}\ |\ 3\ \underline{2\ 3}\ \underline{2\ 1}\ \dot{6}\ |\ 3\ \underline{2\ 1}\ \underline{6\ 1}\ 2\ |\ (\underline{2\ 3}\ \underline{5\ 7}\ \underline{6\ 1}\ 2)$

有　谁　臣　　驾　小　舟

$\dot{6}\ \dot{6}\ 2\ |\ 3\ 2\ 1\ \dot{6}\ |\ 1\ \dot{6}\ 3\ 2\ |\ (\underline{6\ 1}\ 2)\ \dot{6}\ \underline{3\ 3}\ \underline{3\ 2\ 1}\ \dot{6}\ |$

解　救　　　君　侯，　　俺　孤　王

$3\ \underline{2\ 1}\ \underline{6\ 1}\ 2\ |\ (\underline{2\ 3}\ \underline{5\ 7}\ \underline{6\ 1}\ 2)\ \dot{6}\ \dot{6}\ \underline{2\ 3}\ \underline{2\ 1}\ |\ \underline{6\ 1}\ 2\ \underline{6\ 2}\ \underline{7\ 6}\ |$

登　金　殿　　　　　　　　记　　上　　功

6̣ 5̣ 6̣ 1 - | 廿 (1 7̣ 6̣ 2 1 6̣ 3 5 6 5 6 5 3 2 1 2 6 2̣ 1) 5 | ¹⁄₄ 3 | 3 0 5 |
劳。　　　　　　　　　　　　　　　　　　　　　　耳 边 里 又

0 3 | 3 3 3 | 1 2 3 | 0 4 | 3 3 3 | 1 2 3 | 3 3 | 2 1 | 1 |
听 得 鸣 锣 鼓 号，　莫 不 是 余 洪 贼 又 动 干 戈，

廿 3 6̣ 1 1 …… (有) | 3 6̣ 1 1 2 1 | 1·2 3 | 2 |
御 林 军　　　在 北 城 躲 过，

³⁄₄ 5 5 5 | 5 5 5 3 1 6·5 | 5 3·2 1 …… | 5 5 3 | 3 3 2 2·3 1 ‖
看 看 看 余 洪　　贼　　阵 势 如 何。

马夫：来在哪城？　　　　旁　白：来在北城。
马夫：圣驾可在此城。　　旁　白：哪厢来的人马？
马夫：双锁山来的人马。　乾德王：与哪家有亲？
马夫：与当家有亲。　　　乾德王：有何为凭？
马夫：金铜为凭。　　　　乾德王：将金铜呈上来。

(1 7̣ 6̣ 2 1 6̣ 3 5 6 5 3 2 1 2 6 2̣ 1) | ¹⁄₄ 0 4 | 0 3 | 3 3 3 | 1 2 3 |
　　　　　　　　　　　　　　　　　(乾德王)一　见 金 铜 往 上 飘，

0 3 | 2 1 | 6̣ 1 | 1 | 3 | 3 5 | 2 1 | 1 | 0 5 0·3 | 0 3 | 3 3 | 3 3 | 1 2 3 |
龙 目 龙 眼 往 下 瞧，此 铜 原 在 高 俊 保，

0 3 | 2 1 | 6̣ 1 | 1 | 3 5 | 2 1 | 1 | 0 3 | 0 3 | 3 3 | 2 | 1 2 3 | 0 2 |
如 何 落 到 女 英 豪，是 是 是 来 明 白 了，双

2 3 | 1 | 1 | 3 | 2 1 | 1 | 廿 4 3 3 …… (有) | 0 3 0 3 0 1 1 2 3 ³⁄₂ |
锁 山 前 配 鸾 姣。御 林 军，　　快 把 城 门 开 了，

³⁄₄ 5 5 5 3 1 6 5 | 3·2 1 …… (x) | 2 2 6 2 7 6 5·6 1 …… ‖
黄 罗 宝　　帐　　问 根 苗。

⁴⁄₄ (3 5 6 1 5) 6 7 6 5 6 | 5 3 2 - 3 5 | 1 (7̣ 6̣ 1 2 3 5 6) |
跪　　　道

1 2·7̣ 6̣ 2 7̣ 6 | 5 6 4 3 2 3 5 | 2·5 6 1 6 5 4 3 | 2·3 5 4 3 5 2 |

1 6̣) 1̂ 3 5 5 | 5 2̂ 3̂ 2̂ 1̇ 6 | 1̇ 6̇ 1̇ 2̇·3̇ 7̇ 6̇ | 5̇ (6̇ 4̇ 3̇ 2̇ 3̇ 5̇) |
恕　臣　妾　　救驾迟，

5 3̂ 2̂ 7̣ 2̂ 5 | 6 7̣ 6 | 2̇ 3̇ 2̇ 7̇ | 6̇ 2̇ 7̇ 6̇ 5̇ - | (4̇ 3̇ 3̇ -) |
望　君　恕　饶。

3 3 1 2 3 - | (3·5 3 2 1 2 3) | 4 3 - 3 | 3 - - - |
坐黄　罗　　　　用目　观瞧，

(3 5 3 2 1 6̣ 1 2 | 7̣ 6̣ 2̣ 7̣ 6̣ | 5 1 2 3 5 | 3·5 6̣ 1 6 5 4 3 |
2 3 5 4 3 5 2 | 1 6̣) 3̇ 2̇ 1̇ | 1̇ 2̇ 3̇ - | 3̇ 3̇ 2̇ 1̇ 6̇ 1̇ 2̇ |
帐下　面　　跪的　是

(2 3 5 7̣ 6̣ 1 2) | 1̇ 6̇ 5̇ 3̇ 2̇ | (6̇ 1̇ 2̇) 5̇ 2̇ 3̇ | 2̇ 3̇ 2̇ 1̇·7̇ |
女　将　　英豪

2̇ 2̇ 5̇ 3̇ - |
谁家女

6̇ 2̇ 1̇ 0 0 | 3̇ 3̇ 2̇ 1̇ 6̇ 1̇ 2̇ | (2 3 5 7̣ 6̣ 1 2) | ³₂̇ 2̇ 1̇ 1̇ 3̇ | ³₂̇ 2̇ - - - |
哪家　将，　　　　　通上名　号，

(2 3 5 7̣ 6̣ 1 2 1 | 2 7̣ 6̣ 2̣ 7̣ 6̣ | 5 6̣ 5 1 2 3 5 | 3·5 6̣ 1 6 5 4 3 |
2 3 5 4 3 5 2 | 1 6̣) 6̇ 1̇ 1̇ | 1̇ 2̇ 3̇ - | 3̇ 3̇ 2̇ 1̇ 6̇ 1̇ 2̇ |
侯为　王　　登金　殿，

1 6̣ 5 3 2 | 5 2 3 2 3̇ | 1 - 6 3̇ | 3̇ 2̇ 3̇ 2̇ 1̇ 6̇ |
记　上功　劳。　　(刘金定)奴本　是

1̇ 6̇ 1̇ 2̇·3̇ 7̇ 6̇ | 5̇ (6̇ 4̇ 3̇ 2̇ 3̇ 5̇) | 6̇ 1̇ 6̇ 5̇ 3̇ 5̇ | (3 5 6̣ 1̇ 5) 6̇ 7̇ 6̇ 5̇ 6̇ |
双锁　山　　　　　金　定。　　　来

3̇ 2̇ 1̇ 2̇ 3̇ - | 3̇ 3̇ 2̇ 1̇ 6̇ 1̇ | 2̇ 3̇ 1̇ 2̇ 3̇ | 2̇ (3 5 7̣ 6̣ 1 2) 1̇ |
待为　王　传下　御旨一　道，　　　命

2 1 2 3 - | ³⁄₆· 1 1 - | 3 3 - 2 1 | 6 1 - - |
小姐到　　后　帐　卸甲　换　袍。

【北路导板】
卄（1 6 6 1 6 6 1 6 5 1 1 3 3 2 2 7 6 2 1 1） 1 5 6 |
　　　　　　　　　　　　　　　　　（刘金定）这　一

³⁄₂ 2· 3 1 - - | (7 6 2 1 - -) 1 1 6 1 ³₂ 2· 3 7 6 5 |
阵　　　　　　　　　　　杀　得　奴

(2 3 7 6 5 - -) 6 1 6 5 3 5 - - (x) | 5 6 5 3 ³₂ - 2· 3 1 |
昏　睡　不　　　　醒。

旁白：启禀姑娘，圣驾在此。【八板头】慢板
(0 7 6 5 6 | ⁴⁄₄ 1 7 6 1 6 5 3 2 | 2· 7 6 2 7 6 |

5 6 5 1 2 3 5 6 5 | 3 2 3 5 6 1 6 5 3 2 | 1 2 3 5 2 3 1 0 1 3 5 6 1 |

5 3 5 6 1 6 5 4 3 | 2· 3 5 1 6 1 2 1 6 | 1 6) 3 3 | 3 2 3 2 1 6 |
　　　　　　　　　　　　　　　　睁　开了

1 6 1 2 3 7 6 | 5 (6 4 3 2 3 5) 5 3 2 7 5 6 | (3 5 6) 2 3 2 7 |
杀　人　眼，　　　　　四　方　　　观

6 2 7 6 5 - | (6· 1 2 3 6 2 7 6 | 5 6 4 3 2 3 5 | 0 6 5 1 |
瞧，

2 3 5 4 3 5 2 | 1 6) 3 3 | 3 2 3 2 1 6 | 1 6 1 2· 3 7 6 |
　　　　　见万　岁　　上　前　来

5 (6 4 3 2 3 5) | 6 7 6 5 3 | 5 3 2 - 3 2 | 1 - 3 5 5 |
　　　　双　膝　跪倒　　特来

5 2 3 2 1 6 | 1 6 1 2 3 7 6 | 5 (6 4 3 2 3 5) | 5 3 2 7 2 5 |
此　保圣　驾，　　　　　转　回

6 7 6 2 3 2 7 | 6 2 7 6 - | 4 3 3 - | 3 3 2 4 3 - |
天　　朝。　　（乾德王）听说是　双锁　山

225

4 4 - 2 | 3 (5 3 2 1 2 3) | 2 1 1 2 3 - | 3 3 2 1 1 2 |

金 定 来 到， 不 由 得 乾 德 王

3 3 - 2 1 | 1 (7 6 5 3 2 1) | 3 2 1 2 3 - | 3 3 2 1 6 1 |

颜 开 眉 笑， 为 王 的 黄 罗 帐

2 2 1 2 3 | 2 (3 5 7 6 1 2) 3 | 2 1 1 2 3 - | 3 6 1 1 - |

传 口 诏， 带 刘 小 姐 到 后 帐

3 3 - 2 1 | 6 1 - - | i i i 6 - | i 6 i 2 3 7 6 |

卸 甲 换 袍。(刘金定) 好 一 个 万 岁 爷

5 (6 4 3 2 3 5) | 6 1 6 5 3 5 | (3 5 6 i 5) 6 7 6 5 6 | 5 3 2 - 3 2 |

真 正 有 道，

i - - 6 | (6·1 2 3 6 2 7 6 | 5 6 4 3 2 3 5 | 0 i 6 5 | 1 |

2 3 5 4 3 5 2 | 1 6) i 5 5 | 2 3 2 i 6 | i 6 i 2 3 7 6 |

叫 奴 家 到 后 帐

5 (6 4 3 2 3 5) | 5 3 2 7 2 5 | 6 - 2 3 2 7 | 6 2 7 6 5 - |

卸 甲 换 袍，

5 3 i i 6 5 | 5 5 6 7 6 7 2 | 6 7 6 (5 3 5 6) | 5 5 5 6 |

对 万 岁 施 一 礼，

5 3 2 2· 3 i …… | (5 6 i i 6 5 | 6 5 3 5 6 5 3 2 1 |

6 1 6 1 2 6 1 | 6 1 6 1 2 6 1) i i i i i 3· i |

为 什 么 不 见 奴

5· 6 7 2 7· 6 5 6 …… (x) | 2 3 2 6· 2 7 6 6· i 5 …… 4 |

夫 英 豪？ (乾德王) 我

3 0 3 0 3 | 1 2 3 0 3 3 3 3 | 1 3 2 2 3 3 2 1 1 |

营 将 士 有 多 少？ 哪 一 个 与 女 将 配 为 鸳 鸯？

(刘金定)奴夫不是别一个，高俊保就是奴的英豪。(乾德王)切莫提起高俊保，提起俊保王心想，初进营来杀敌如虎豹，今在后帐用药调。(刘金定)听说奴夫寒病倒，不由奴家心里焦，请万岁爷黄罗传口诏，命奴家到后帐把夫瞧。(乾德王)自古常言道得好，恩爱夫妻似水胶，为王黄罗传口诏，刘小姐到后帐把夫瞧。(刘金定)好一个万岁爷真正有道，命奴家到后帐把夫瞧。小哥哥同前引道，奴这里到病房看望俊保。

6. 法场换子

法 场 换 子

张泰：金殿领圣旨，法场斩仇人，老夫张泰奉了圣旨，监斩薛猛夫妇。来人！（众：有）将薛猛
　　　夫妇绑了上来！（众：是）
薛猛：夫人哪！爹娘一死，尽其忠也；夫人一死，尽其节也；宋林一死，尽其义也；本帅一死，
　　　尽其孝也；忠孝节义，四字周全，好笑！哈……哈……
马氏：你我一死，倒还则可，可叹这三个月的薛姣儿也要做刀头之鬼呀！

1=G

【南路导板】

（薛猛）法　场　　上

绑　得　我，

神昏人倦，　神昏人倦。　　　哎呀！　紧打慢唱

三魂杳杳　　　又转

来，　　要你反来你不　反。

马氏：老爷呀！｜薛猛：夫人呀！｜二人同：哎呀！

（马氏）事到临头，　　　悔也　晚。

都只为　征东结仇

寇，　贼子累累　记心头，

$5\ 5\ \overset{\frown}{5\cdot\ \dot{1}}\ 6\cdots\ |\ 5\ 5\ 5\ \overset{\frown}{5}\ \underline{3\cdot\ \dot{1}}\ 6\cdot\ 35\cdots|$ 张泰：唔！

恨 不 得　　　一 脚 将 贼 踢。

$5\ 5\ 2\ |\ \overset{\frown}{2\ 1}\ 23\cdots\ 0\ |\ 5\ 1\ 1\ \underline{6}\underline{1}3\cdot\ 52\cdots\ |$

(薛猛) 阎 君 殿 前　　　等 儿 来。

家院：　有人没有？
剑子手：什么人？
家院：　这里有帖一个，徐相爷求祭。
剑子手：候着！启禀相爷，徐相爷求祭。
张泰：　这老儿又来多事，若不容他一祭，朝廊不好相见，容他一祭，时辰到了报与老夫知道。
剑子手：容他一祭。
家院：　将祭礼抬上来，有请相爷。

$(3\ 5\ 2\ 3\ |\ 1\cdot\ \underline{7}\underline{6}5\underline{1}2\ |\ 3\cdot\ \underline{2}3\underline{6}5\underline{7}\ |\ 6\cdot\ \underline{5}2\underline{3}1\underline{7}\ |$

$6\cdot\ \underline{5}6\underline{5}61\ |\ 2\ 3\ 23\underline{2}1\ |\ 612\underline{3}1276\ |\ 561\underline{7}61\underline{5})\ |$

【南路】 紧打慢唱

$(23\underline{2}3\underline{2}\ |\ 15\underline{6}1\underline{2}1\ 22\underline{2}2\overset{\frown}{)}\ |\ 3\ 3\ 3\ \overset{3}{\underline{2}}\cdots\ 0\ |$

(徐策) 夫 妻 双 双

$5\ 1\ 1\ \overset{\frown}{3\ 2\ 1}\cdots\ |\ \underline{6}\underline{5}1\ 2\ 2\ 3\cdots\ 0\ |\ 5\ 1\ 1\ 3\ 2\cdots\ |$

到 法 场，　　 祭 奠 薛 猛 二　　 忠 良。

徐策：夫人，你我本当对他夫妻一拜，犹恐他们消受不起，你我就望空一拜。　$\frac{4}{4}(6\cdot\ \dot{1}\ 5\ 4\ |$

$3\ -\ -\ 2\ |\ 6\cdot\ \dot{1}\ 5\ 4\ |\ 3\ -\ 5\ \underline{3}\underline{2}\ |\ 1\cdot\ \underline{2}1\underline{2}3\ |\ 0\ 2\ 1\ 2\ |$

$5\ 4\ \underline{3}2\underline{3}\ |\ 0\ 5\ 3\ 2\ |\ 1\cdot\ \underline{7}\underline{6}5\underline{1}\ |\ 1\ \cdots\ )\ |$

徐策：瞧鼓咚咚呛。　　夫人：西山月影斜，黄泉无客伴。薛猛呀，马氏呀，你的灵魂落谁家。

紧打慢唱

$(23\underline{2}3\underline{2}\ |\ 15\underline{6}1\underline{2}1\ 22\underline{2}2\overset{\frown}{)}\ |\ 3\ 3\ 2\ \cdots\ 0\ |$

(徐策) 你 夫 妻

$5\ 5\ 2\ |\ 2\ 2\cdot\ \overset{\frown}{3\ 1}\cdots\ |\ 5\ 5\ 2\ 2\ 3\cdots\ 0\ |$

可 比 一 张 弓，　　 (夫人) 万 马 营 中

5 1 1 6 1 3·5 2…… | 2 2 2 2 7 6 5…… 0 |
逞威风，　　　　　　(徐策)正好开弓

1 6·5 1 3 2 2·3 1…… | 5 5 2 2 3－0 5 5 3 2 |
弦又断，　　　　　　(夫人)汗马功劳　　一场

1 6 1 3·5 2…… | 徐策：夫人，这法场之上，人多挤挤，马尾相连，回府去吧！
空。

夫人：妾身遵命。哎呀！薛猛呀，马氏呀，我那。 | 徐策：住口！ | 夫人：今生今世不能得见两个孩儿了。

徐策：夫人慢走。(⁷⁶5　6) 【南路】4/4 5 2　2 3 7 6 | 5 5 6 2 － | 2 7 2 6 3 5 |
　　　　　　　　　　　见夫人　含着悲　忍着泪，

5 5 6 2 7 6 | 2 7 2 6 3 5 | 1 1 2 5 3 2 | 2 7 2 6 3 5 |
含悲　忍泪　忍泪　含悲，悲悲　切切　切切　悲悲，

0 2 7 7 6 | 1 1 2 7 6 5 | (7 6 5) 3 2 6 | 1 (2 3 2 7 6 5 6 1) |
哭出了　法场　　之　上。

2 2 7 2 3 5 2 | 2 7 6 2 | 5 3 2 7 6 5 | 5 5 6 2 3 2 |
可怜她　十月怀胎燕子衔泥花篮提小

2 7 2 6 3 5 | 7 6 7 2 ³2 | 5 5 － 6 | 7·2 7 6 5 | 6 － －(7
养儿代老积谷防饥，与　　你

6·7 2 5 2 2 1 7 | 6 7 6 5 3 5 6) | 5 5 6 5 3 5 | 2 2 ³2 7 － |
　　　　　　　　　　　　　空　　　望。

7 － － | 6 7 6 5 6 7 6 | 5 － －(5·6 1 3 2 1 6 1
　　　　　　　　　　　

5 0 4 3 5 2 6 | 1 6 2 5 3 2 3 2 7 6 | 6 6 5 7 6 5 6 1 | 5 4 3 2 －)|

3 － 3 2 | 1 6 － 1 | 2 － －(3 | 2 3 2 1 6 5 6 1 | 2 5 5 3 5 2 |

$1\ \dot{6}\ \dot{5}\ \ \dot{6}\ 1\ 2\ )\ |\ 1\ \dot{6}\ 3\ -\ |\ \overline{2\ 3\ 2\ 1\ \dot{6}}\ 1\ 2\ 3\ |\ 1\ -\ -\ (2\ \dot{7}\ |$

　　　　　　站　　法　场

$\dot{6}\cdot\dot{1}\ 2\ 3\ 7\ \dot{6}\ 5\ \dot{6}\ |\ 1\ 3\ \ 2\ 1\ 2\ 3\ |\ 5\ \dot{6}\ 5\ 1\ \dot{6}\ 5\ \dot{6}\ 1\ |\ 5\ 4\ 3\ 2\ -\ )\ |$

$1\cdot\dot{2}\ 1\ 2\ 3\ |\ (2\ 4\ 3)\ 3\ 2\ 1\ |\ 1\ (2\ \overline{3\ 2\ 7\ 6}\ \dot{5}\ \dot{6}\ 1)\ |\ 2\ 2\ 7\ 2\ 3\ 5\ 2\ |$

咬　牙　　痛　恨　　　恨薛　刚

$0\ 2\ 7\ 7\ \ \dot{6}\ |\ \dot{5}\ \ 3\ 2\ 7\ \dot{6}\ |\ (5\ 7\ \dot{6})\ 2\ \ 7\ |\ \dot{6}\ 7\ \dot{6}\ 3\ 5\ -\ |$

无　知的　不　孝　　　奴　　才,

$2\ \ 7\ 2\ \dot{6}\ 3\ 5\ |\ 0\ \dot{5}\ \ 3\ 5\ \overset{3}{\overset{\frown}{2}}\ |\ 1\cdot\ 2\ 7\ 6\ 5\ (2\ |\ \overline{3\ 2\ 7\ 6}\ \dot{5})\ 3\ \ 2\ 1\ |$

闯　出了　滔　天　祸,私　自　　　逃

$1\ (2\ 3\ \dot{6}\ \dot{5}\ \dot{6}\ 1)\ |\ 2\ 2\ 7\ 2\ 3\ 5\ 2\ |\ 0\ 2\ 7\ \ 7\ \dot{6}\ |\ \dot{5}\ \ 5\ \dot{6}\ 2\ \overset{3}{\overset{\frown}{2}}\ |$

走,　　　连累了　　一　家人,　大的大来

$2\ \ 7\ 2\ \dot{6}\ 3\ 5\ |\ 2\ \ 7\ \dot{6}\ 2\ 3\ 2\ |\ 2\ \ 7\ 2\ \dot{6}\ 3\ 5\ |\ 1\ \ 1\ 2\ 5\ 3\ 2\ |$

小　的小,　老　的老来　少的少,　大大小小

$2\ \ 7\ 2\ \dot{6}\ 3\ 5\ |\ 0\ 2\ 7\ \ 7\ \dot{6}\ |\ \dot{5}\ \ 5\ -\ 6\ |\ 7\cdot\ 2\ 7\ \dot{6}\ 5\ |\ 6\ -\ -\ (7\ |$

老老少少,　一　个个　俱受

$\dot{6}\ 7\ 2\ 5\ 3\ 2\ 1\ 7\ |\ \dot{6}\ 7\ \dot{6}\ 5\ 3\ \dot{6}\ )\ |\ 5\ \ 6\ 5\ 3\ \ 5\ |\ 2\ \ 3\ 3\ 2\ 7\ -\ |$

　　　　　　　　刀　　　灾。

$7\ -\ -\ -\ |\ \dot{6}\ 7\ 6\ 5\ 6\ 7\ 2\ \dot{6}\ |\ 5\ -\ (3\ 5\ 2\ 3\ |\ 1\cdot\ 7\ \dot{6}\ 5\ 1\ 2\ |$

$3\cdot\ 2\ 3\ \dot{6}\ 5\ 7\ |\ \dot{6}\cdot\ 5\ 2\ 3\ 1\ 7\ |\ \dot{6}\cdot\ 5\ 6\ 5\ \dot{6}\ 1\ |\ 2\ 3\ \ 2\ 3\ 2\ 1\ |$

$\dot{6}\ 1\ 2\ 3\ 1\ 2\ 7\ \dot{6}\ |\ 5\ \dot{6}\ 1\ 7\ \dot{6}\ 1\ \dot{5})\ |\ 3\ -\ 3\ 2\ |\ 1\ \dot{6}\ -\ 1\ 2\ -\ -\ -\ |$

　　　　　　　　　　眼　前

$(\dot{6}\cdot\ \dot{1}\ 5\ 4\ |\ 3\ -\ -\ 2\ |\ \dot{6}\cdot\ \dot{1}\ 5\ 4\ |\ 3\ -\ 5\ 3\ 2\ |\ 1\cdot\ 2\ 1\ 2\ 3\ |$

0 2 1 2｜5 4 3 2 3｜5 6 5 1 6 5 6 1｜5 4 3 2 -）｜

1 6 3 -｜2 3 2 1 6 1 2 3｜1 - - -（5·6 1 3 2 1 6 1｜
若 有

5 0 4 3 5 2 6｜1 6 2 5 3 2 3 2 7 6｜5 6 5 7 6 5 6 1｜5 4 3 2 -）｜

1· 2 1 2 3｜（2 4 3）3 2 1｜1（2 7 6 5 6 1）｜2 2 7 2 3 5 2｜
薛 刚 儿 在, 恨 不 得

2 7 6 2 -｜2 7 6 5 -｜2 7 6 5 -｜7 6 7 2 -｜
刮 你 的 皮, 抽 你 的 筋, 割 你 的 舌, 挖 你 的 心,

2 7 6 5 5｜5 5 6 2 2 5｜5 - 6｜7· 2 7 6 5｜6 - -（7
刮 皮 抽 筋 割 舌 挖 心 方 消

6· 7 2 5 3 3 1 7｜6 7 6 5 3 5 6）｜5 6 5 3 5｜2 3 2 7 -
我 恨。

7 - - -｜6 7 6 5 6 7 2 6｜5 -（3 5 2 3｜1· 7 6 5 1 2｜

3· 2 3 6 5 7｜6· 5 2 3 1 7｜6· 5 6 5 6 1｜2 3 2 3 2 1｜

6 1 2 3 1 2 7 6｜5 6 1 7 6 1 5）｜3 - 3 2｜1 6 - 1 2 - - -｜
这 边 厢

（6· 1 5 4｜3 - - 2｜6· 1 5 4｜3 - 5 3 2｜1· 2 1 2 3｜

0 2 1 2｜5 4 3 2 3｜5 6 5 1 6 5 6 1｜5 4 3 2 -）｜3 - 3 -｜
绑 的

2 3 2 1 6 1 2 3｜1 - -（2 7｜5· 6 1 3 2 1 6 1｜5 0 4 3 5 2 6｜
是

1 6 2 5 3 2 3 2 7 6｜5 6 5 7 6 5 6 1｜5 4 3 2 -）｜1· 2 1 2 3｜

$(2\ 4\ 3)\ 3\ \underline{2\ 1}\ |\ 1\ (2\ 3\ \dot6\ 5\ \dot6\ 1)\ |\ \underline{2\ 2}\ \underline{7\ 2}\ \underline{3\ 5}\ 2\ |\ 0\ 2\ \underline{7}\ \underline{7\ 6}\ |$

$5\ \underline{3\ 2}\ \underline{7}\ 6\ (\underline{5\ 7\ 6})\ 2\ 7\ |\ \underline{6\ 7}\ \underline{6\ 3}\ 5\ -\ |\ 5\ \underline{3\ 2}\ \underline{7\ 6}\ 5\ |$

$0\ 2\ \underline{3}\ \underline{1\ 5}\ |\ 1\cdot\ \underline{2}\ \underline{7\ 6}\ 5\ |\ (\underline{7\ 6}\ 5)\ 3\ \underline{2\ 1}\ |\ 1\ (0\ \dot6\ 5\ \dot6\ 1)\ 1\ |$

$1\ \underline{6\ 5}\ 3\ 2\ |\ (\underline{1\ 2\ 3}\ 2)\ 3\ \underline{2\ 1}\ |\ 1\ -\ -\ 2\ |\ 1\ 2\ 3\ 2\ 1\ 3\ 2\ 1\ |$

$7\ \dot6\ \dot5\ \underline{3\ 5}\ |\ 6\ -\ (\underline{7}\ \dot6\ |\ 5\ \dot6\ 7\ \dot6\ |\ 2\ -\ 7\ \dot6)\ |$

徐策：薛猛呀，马氏呀，哪，哪，我的儿呀！

$\underline{2\ 2}\ \underline{7\ 2}\ \underline{3\ 5}\ 2\ |\ 0\ 2\ \underline{3}\ \underline{2\ 2}\ |$
　　　　　　为伯　的　　　有一言

$5\ \underline{5\ 6}\ \underline{7\ 2}\ 6\ (\underline{5\ 7}\ \dot6)\ \underline{7\ 6}\ 7\ 2\ |\ \underline{6\ 7}\ \underline{6\ 3}\ 5\ -\ |\ (5\ 6\ 5\ 3\ 2\ 3\ \dot5)\ |$
细　听　　　　　开　怀，

$3\ -\ 3\ 2\ |\ 1\ \dot6\ -\ 1\ |\ 2\ -\ -\ (3\ |\ \dot6\cdot\ \dot1\ 5\ 4\ |\ 3\ -\ -\ 2\ |\ \dot6\cdot\ \dot1\ 5\ 4\ |$
为　祖　父

$3\ -\ 5\ \underline{3\ 2}\ |\ 1\cdot\ \underline{2}\ 1\ 2\ 3\ |\ 0\ 2\ 1\ 2\ |\ 5\ 4\ 3\ 2\ 3\ |$

$\underline{5\ 6}\ \underline{5\ 1}\ \underline{6\ 5}\ \underline{6\ 1}\ |\ 5\ 4\ 3\ 2\ -)\ |\ 1\ \dot6\ 3\ -\ |\ 2\ 3\ 2\ 1\ 6\ 1\ 2\ 3\ |$
　　　　　　　　　　　马　三　保，

$1\ -\ -\ (2\ 7\ |\ 5\cdot\ \dot6\ 1\ 3\ 2\ 1\ 6\ 1\ |\ 5\ 0\ 4\ 3\ 5\ 2\ 6\ |\ 1\ 6\ 2\ 5\ 3\ 2\ 3\ 2\ 7\ 6\ |$

$\underline{5\ 6}\ \underline{5\ 7}\ \underline{6\ 5}\ \underline{6\ 1}\ |\ 5\ 4\ 3\ 2\ -)\ |\ 1\cdot\ \underline{2}\ 1\ 2\ 3\ (2\ 4\ 3)\ 1\ 3\ 2\ 1\ |$
　　　　　　　　　　开　唐　元，

$1\ (2\ 7\ \dot6\ 5\ \dot6\ 1)\ |\ \underline{2\ 2}\ \underline{7\ 2}\ \underline{3\ 5}\ 2\ |\ 0\ \dot5\ 2\ 5\ |\ 5\ \underline{3\ 2}\ \underline{7}\ \underline{7\ 6}\ |$
儿的　父　　　名马登治　国

$(\underline{5\ 7}\ \dot6)\ \underline{7\ 6}\ 7\ 2\ |\ \underline{6\ 7}\ \underline{6\ 3}\ 5\ -\ |\ 5\ \underline{3\ 2}\ \underline{7\ 6}\ 5\ |\ 0\ 2\ \underline{7}\ \underline{7\ 6}\ |$
大　　才，　　　生　下　了　　小裙钗

233

1·<u>2</u> <u>7</u> <u>6</u> <u>5</u> | (<u>7</u> <u>6</u> <u>5</u>) 3 2 1 | 1 (<u>2</u> <u>3</u> <u>6</u> <u>5</u> <u>6</u> 1) | <u>2</u> <u>2</u> <u>7</u> <u>2</u> <u>3</u> <u>5</u> 2 |
令 人　　可　爱，　　　　因 此 上

0 <u>2</u> <u>3</u> <u>2</u> 2 | <u>5</u> <u>3</u> <u>2</u> <u>7</u> 6 | (<u>5</u> <u>7</u> 6) <u>5</u> <u>6</u> <u>7</u> 2 | <u>6</u> <u>7</u> <u>3</u> <u>2</u> 5 - |
与 薛 猛 结 下　　　良　　　缘，

2 <u>3</u> <u>2</u> <u>7</u> <u>6</u> 5 | 0 <u>5</u> 2 <u>3</u> <u>5</u> | 1·<u>2</u> <u>7</u> <u>6</u> 5 | (<u>7</u> <u>6</u> <u>5</u>) 3 2 1 |
你 夫 妻　　镇 守 在 阳 河，　地 岸

1 (<u>2</u> <u>3</u> <u>6</u> <u>5</u> <u>6</u> 1) | <u>2</u> <u>2</u> <u>7</u> <u>2</u> <u>3</u> <u>5</u> 2 | 0 <u>2</u> <u>7</u> <u>7</u> <u>6</u> | <u>5</u> <u>3</u> <u>2</u> <u>7</u> 6 |
胡　　儿 贼，　他 闻 名 不 敢 前

(<u>5</u> <u>7</u> 6) 2 <u>7</u> | <u>6</u> <u>7</u> <u>6</u> <u>3</u> 5 - | 2 <u>7</u> <u>2</u> <u>6</u> <u>3</u> 5 | 0 <u>2</u> <u>7</u> <u>7</u> <u>6</u> |
来，　往　　日 来 使　双 刀，今

1·<u>2</u> <u>7</u> <u>6</u> <u>5</u> | (<u>7</u> <u>6</u> <u>5</u>) <u>6</u> <u>3</u> <u>2</u> <u>6</u> | 1 (<u>2</u> <u>3</u> <u>6</u> <u>5</u> <u>6</u> 1) | <u>2</u> <u>2</u> <u>7</u> <u>2</u> <u>3</u> <u>5</u> 2 |
日 何　在?　为　　什 么 怀

2 <u>7</u> <u>6</u> 2 2 | <u>5</u> <u>3</u> <u>2</u> <u>7</u> <u>6</u> <u>5</u> | <u>7</u> <u>6</u> 2 2 | <u>5</u> 5 - <u>6</u> | <u>7</u>·<u>2</u> <u>7</u> <u>6</u> <u>5</u> |
抱 姣 儿 身 坐 土 台，　默 默 无 言。儿 呀

<u>6</u> - - (<u>7</u> | <u>6</u>·<u>7</u> <u>2</u> <u>5</u> <u>3</u> <u>2</u> <u>1</u> <u>7</u> | <u>6</u> <u>7</u> <u>6</u> <u>5</u> <u>3</u> <u>5</u> <u>6</u>) | <u>5</u> <u>6</u> <u>5</u> <u>3</u> 5 |
口 也　不

2 ³_﹌ <u>2</u> <u>7</u> - | <u>7</u> - - - | <u>6</u> <u>7</u> <u>6</u> <u>5</u> <u>6</u> <u>7</u> <u>2</u> <u>6</u> | 5 - - - | (1·<u>7</u> <u>6</u> <u>5</u> <u>1</u> <u>2</u> |
开，

3·<u>2</u> <u>3</u> <u>6</u> <u>5</u> <u>7</u> | <u>6</u>·<u>5</u> <u>2</u> <u>3</u> <u>1</u> <u>7</u> | <u>6</u>·<u>5</u> <u>6</u> <u>5</u> <u>6</u> <u>1</u> | 2 3 <u>2</u> <u>3</u> <u>2</u> <u>1</u> |

<u>6</u> <u>1</u> <u>2</u> <u>3</u> <u>1</u> <u>2</u> <u>7</u> <u>6</u> | <u>5</u> <u>6</u> <u>1</u> <u>7</u> <u>6</u> <u>1</u> <u>5</u>) | 3 - 3 <u>2</u> | 1 <u>6</u> - 1 | 2 - - (3 |
此 事 儿

<u>6</u>·<u>1</u> <u>5</u> 4 | 3 - - 2 | <u>6</u>·<u>1</u> <u>5</u> 4 | 3 - 5 <u>3</u> <u>2</u> | 1·<u>2</u> <u>1</u> <u>2</u> <u>3</u> |

0 <u>2</u> <u>1</u> 2 | 5 4 <u>3</u> <u>2</u> <u>3</u> | <u>5</u> <u>6</u> <u>5</u> <u>1</u> <u>6</u> <u>5</u> <u>6</u> <u>1</u> | <u>5</u> 4 <u>3</u> <u>2</u> -) |

2 - ³₌2 - | 7̂2̇7̇6̇5̇7̇6̇5̇ | 1 - -（27̣ | 5̣·6̣ 1 3 2 1 6̣1̣ |
我　不　把

5̣ 0 4 3 5 2 6̣ | 1̣ 6̣ 2 5 3 2 3̣2̣7̣6̣ | 5̣6̣ 5̇7̇6̇5̇6̇1̇ | 5̣ 4 3 2 -）|

1̇· 2̇1̇23 |（2̇43）3 2 1 | 1（2̇3̇6̇5̇6̇1）| 2̇2̇7̇2̇3̇5̇2̇ |
马　氏　　儿　怪。　　　怪只怪

0 5̣ 2 3̣5̣ | 5̣ 3̣2̣7̣6̣ |（5̣7̣6̣）7̣6̣7̣2̣ | 6̣7̣6̇3̇5̇ - |
男子汉腹　里　　无　才，

5̣ 3̣2̣7̣6̣5̣ | 0 2 3̣2̣2̣ | 1̣· 2 7̣6̣5̣ |（7̣6̣5̣）3 2 1 |
回头来　　我便把薛猛　　儿

1̇·（6̇5̇6̇1）5̇ | 1̇ 6̇5̇3̇2̇ |（1̇2̇3̇2）3̇ 2̇1̇ | 1̇ - -2̇ 1̇2̇3̇2̇ |
怪，　　把薛猛　　儿怪。

1̇ 3̇ 2̇1̇ | 7̇ 6̇ 3̇5̇ | 6̇ - - - | 6̇ - 7̇6̇ | 5̇6̇7̇6̇ |

2̇ - 7̇6̇ | 2̇ - - - |薛猛呀，马氏呀，哪哪我的儿呀！　　　　（3̇5̇2̇3̇ |

1̇· 7̇6̇5̇1̇2̇ | 3̇· 2̇3̇6̇5̇7̇ | 6̇· 5̇2̇3̇1̇7̇ | 6̇· 5̇6̇5̇6̇1̇ |

2̇ 3̇ 2̇3̇2̇1̇ | 6̇1̇2̇3̇1̇2̇7̇6̇ | 5̇6̇1̇7̇6̇1̇5̇）| 2̇2̇7̇2̇3̇5̇2̇ |
为伯　的

0 2̇ 5̇2̇2̇ | 5̇ 5̇6̇7̇2̇6̇ |（5̇7̇6̇）7̇6̇7̇2̇ | 6̇7̇3̇2̇5̇ - |
有一言细听　　开　怀

（1̇· 7̇6̇5̇1̇2̇ | 3̇· 2̇3̇6̇5̇7̇ | 6̇· 5̇2̇3̇1̇7̇ | 6̇· 5̇6̇5̇6̇1̇ |

2̇ 3̇ 2̇3̇2̇1̇ | 6̇1̇2̇3̇1̇2̇7̇6̇ | 5̇6̇1̇7̇6̇1̇5̇）| 3 - 3 2 |

1 6̣ - 1 | 2 - -（3 6̣· 1̇5̇ 4 | 3 - -2 6̣· 1̇5̇ 4 | 3 - 5 3̇2̇ |

1· 2 1 2 3 | 0 2 1 2 | 5 4 3 2 3 | 5 6 5 1 6 5 6 1 |

5 4 3 2 -) | 2 - 2 - | 7 2 7 6 5 7 6 5 | 1 - - (2 7 |
　　　　　　　万　不　该，

5· 6 1 3 2 1 6 1 | 5 0 4 3 5 2 6 | 1 6 2 5 3 2 3 2 7 6 |

5 6 5 7 6 5 6 1 | 5 4 3 2 -) | 1· 2 1 2 3 | (2 4 3) 3 2 1 |
　　　　　　　是　儿　　不

1 (2 3 6 5 6 1) | 2 2 7 2 3 5 2 | 0 3 1 3 5 5 | 5 3 2 7 6 |
该　　　　儿 不　该，　命 薛 刚 私　回

(5 7 6) 2 7 | 6 7 6 3 5 - | 5 3 2 7 6 5 | 0 2 3 5 5 |
京　来，　　　　拜 什 么　　寿 来

1· 2 7 6 5 | (7 6 5) 3 2 1 | 1 (2 3 6 5 6 1) | 2 2 7 2 3 5 2 |
问　　　 什 么 安，　　　 爹娘

0 2 7 7 6 | 5 3 2 7 6 | (5 7 6) 2 7 | 6 7 6 3 5 - |
爱 子　就　把　　　酒　开，

5 3 2 7 6 5 | 0 2 3 5 5 | 1· 2 7 6 5 | 0 5 3 2 3 6 5 |
三 杯 酒　下 咽　喉 劣　性　　还

1 (2 3 6 5 6 1) | 2 3 2 7 2 3 5 2 | 0 2 7 7 6 | 2 5 2 7 6 |
在，　　酒 壮　胆，　胆 包 天 闯　下

(5 7 6) 2 7 | 6 7 6 3 5 - | 5 3 2 7 6 5 | 0 2 2 3 5 |
祸　来，　　　 探 花 郎　　张 登 云

1· 2 7 6 5 | 0 5 3 2 3 6 5 | 1 (2 3 6 5 6 1) | 5 1 6 1 3 5 2 |
是 他 打　坏，　　　 太 子 爷

236

0 2 7̣ 7̣ 6̣ | 5 3 2 7̣ 6̣ | (5 7̣ 6̣) 2 7̣ | 6̣ 7̣ 6̣ 3 5 - |
紫 金 冠 打 落　尘　埃，

5 3 2 7̣ 6̣ 5 | 0 2 2 2 7̣ 6̣ | 5 3 2 7̣ 6̣ | (5 7̣ 6̣) 3 2 1 |
御 花 园　打 死 了 御 狗　七

1 (2̣ 3̣ 6̣ 5̣ 6̣ 1) | 3 3 2 1 2 3 5 2 | 0 3 5 2 7̣ 6̣ | 2 5 2 7̣ 6̣ |
头，　满 堂　神 像 打 成

(5 7̣ 6̣) 7̣ 6̣ 7̣ 2 | 6̣ 7̣ 6̣ 3 5 - | 5 3 2 7̣ 6̣ 5 | 0 3 5 2 7̣ 6̣ |
土　块，　皇 封　御 酒

5 3 2 7̣ 6̣ | 0 5 3 2 3 6̣ 5 | 1 (2̣ 3̣ 6̣ 5̣ 6̣ 1) | 2 2 7̣ 2 3 5 2 |
是 他 私？　　　　睡 卧

0 3 2 7̣ 7̣ 6̣ | 2 5 2 7̣ 6̣ | (5 7̣ 6̣) 2 7̣ | 6̣ 7̣ 6̣ 3 5 - |
龙 床　更 不　应　该，

5 3 2 7̣ 6̣ 5 | 0 2 7̣ 7̣ 6̣ | 5 3 2 7̣ 6̣ 5 | 0 5 3 2 3 6̣ 5 |
这 些　那 些 还 未　了，

1 (2̣ 3̣ 6̣ 5̣ 6̣ 1) | 2 2 7̣ 2 3 5 2 | 2 7̣ 6̣ 2 2 | 5 3 2 7̣ 6̣ |
　他 不 该 举 手 动 足 去 打

(5 7̣ 6̣) 2 7̣ | 6̣ 7̣ 6̣ 3 5 - | 5 3 2 7̣ 6̣ 5 | 0 2 3 2 2 |
张 泰，　张 泰 贼　奏 奏 本

1· 2 7̣ 6̣ 5 | 0 5 3 2 3 6̣ 5 | 1 (2̣ 3̣ 6̣ 5̣ 6̣ 1) | 2 2 7̣ 2 3 5 2 |
皇 王 宠，　传 下 旨

0 2 3 2 2 | 2 5 2 7̣ 6̣ | (5 7̣ 6̣) 2 7̣ | 6̣ 7̣ 6̣ 3 5 - |
将 薛 家 满　门　刀 开，

5 3 2 7̣ 6̣ 5 | 0 3 5 2 3 5 | 1· 2 7̣ 6̣ 5 | (7̣ 6̣ 5̣) 3 2 1 |
传 泰 贼　回 府 去，假 旨　来

清至民国萍浏醴地区民间戏曲唱本研究

紧打慢唱

安排　儿呀！跪近前来。　薛姣儿

是金安儿斗代，　斗换薛家

后代　来，　你夫妻到阴曹

把祖先拜，　把斗子的心肠

说开　怀。　你看我年迈苍苍

没后代，　送老归山

等谁来，　用手搀起了

阳河元　帅，　马氏女不搀，

悲悲切切　哭出了法场外

只等得号炮一声，　收儿的骸骨。

夫　人：薛猛呀，马氏呀，我那金崤，哎！今生今世不能见我的两个孩儿了。
张　泰：来！（众：有）时辰到了，拿去开刀。
刽子手：请老爷夫人高升。启禀相爷，有一小小婴儿。
张　泰：抱了上来，观看此子，生得太平饱满，待老夫抱回家抚养。哎，抱回家去长大成人，
日后还是老夫的对头，四门架起，斩草不除根，萌芽依旧生，斩草除了根，萌芽永不生。去吧！
刽子手：启禀相爷，这小孩被一阵狂风劫去了。
张　泰：少待，慢说老夫不容薛家，就是苍天也不容薛家，待老夫上殿交旨。来！（众：有）起
道上朝。

7. 渭水访贤

渭 水 访 贤

1 = G

尧天舜日 廿 2 2 2 3 1…… | 6 1 ³2 1 6 5 5 6 7 6…… ‖
　　　(文王) 别　一　派　　　风　　景

诗曰：纣王无道不纳贤，忠良一旦丧黄泉。眼前赤子皆涂炭，文武何日得见天。

文王：孤王，西北王姬昌，那日巡查西城于道，偶遇武吉将我门军撞死，当时拿他抵命受罪，是他言道：家有八旬老母无人侍奉，孤见他是一孝子，赐他银米归家安顿老母再来受罪，他一见许久不见前来，不免八卦里面查看吉凶，皇儿，看香案。

[南路导板]

4/4 (0 0 6 7 6 5 6 | 1 2·5 3 2 3276 | 5 3 5 7 6 5 6 1 |

5 4 3 2 −) | 1·2 6 5 | 3·5 3 2 1 | 2 − − (3 2 3 2 1 6 5 6 1 |
　　　　　焚　　香

2 5 6 3 5 2 | 3 5 6 1 2) | 5 3 2 − | 7 2 7 6 5 7 6 5
　　　　　秉　　烛

1 − − (2 7 | 6·7 2 3 7 6 5 6 | 1 6 2 5 3 2 3276 | 5 3 5 7 6 5 6 1 |

5 4 3 2 −) | 2 1 2 4 3 | (2 3 5 4 3) 1 3 2 1 | 1· (6 5 6 1)
　　　　　叩　　上　苍，

0 2 − 1 | 2 1 2 5 3 | (2 3 4 3) 3 2 1 | 1 6 1 2 − | 5 3 3 2 1 |
吉凶断　　　分　明，　　有凶

0 6·5 1 | 2 1 2 5 3 | (2 4 3 3) 1 3 2 1 | 1 − − 2 | 1· 2 1 2 3 5 |
且　把凶　　　来　断，

2 3 2 1 7 6 | 5 7 6 − | (6 7 2 5 3 2 1 7 | 6 7 6 5 3 5 6)

2 3 1 2 3 | (3 2 5 3 2 5 3) | 3· 3 2 1 | 7 6· 2 7 6
无　凶　　　　无　凶八卦看

5 − − − | (5 6 5 3 2 3 5) | 0 0 3 2 1 | 1 6 − 1 | 2 − − − ‖
　　　　　　　　端　详。

八八六十四卦，内求一卦，三百八十四爻，内求一爻，爻通天地，卦通鬼神，乾坤艮震，巽离坤兑。哎呀！我道武吉逃走，原来身陷深泛受水，那此人身死不着紧要，可叹他家有老母无人侍奉，可叹啊！可叹！

2 3̲2̲ 1̲2̲3̲ 5 | 3̲ 1̲2̲2 - |(2̲3̲ 2̲1̲ 6̣̲5̣̲6̲1̲ | 2 5 3̲5̲2̲ |
孤　　　　王

1̲ 6̣̲5̣̲ 6̲1̲2̲) | 1̲ 6̣ 3 - | 2̲3̲ 2̲1̲ 6̣̲1̲2̲3̲ | 1 - - - |
立　帝

(1̲2̲ 7̣̲6̣̲5̣̲7̣̲6̣̲5̣̲ | 1̲ 3 2̲1̲2̲3̲ | 5̲6̲ 5̣̲1̲6̣̲5̣̲6̲1̲ | 5̣ 3̲5̲2̲ -)

2̲ 1̲ 2̲5̲3̲ |(2̲4̲ 3)1̲3̲2̲1̲ | 1· (6̣̲5̣̲6̲1̲) | 6̣· 5̲6̲ 1̲ | 0 2 - 1 |
在　　西　邦，　　只　为　江　山

2̲ 1̲ 2̲5̲3̲ | 3̲ 0 3̲ 2̲1̲ | 1̲ 6̣̲ 1̲2̲ - | 5̲ 3̲ 3̲2̲1̲ |
昼　夜　夜　寒，　东　路

0̲ 5̲5̲3̲ 2̲ | 2̲ 1̲ 2̲5̲3̲ |(2̲4̲ 3)1̲3̲2̲1̲ | 1(2̲3̲ 6̣̲5̣̲6̲1̲) |
反　了　姜　文　焕，

6̣· 5̲6̲ 1̲ | 0 2 - 1 | 2̲ 1̲ 2̲5̲3̲ | 3̲ 0 3̲ 2̲1̲ | 1̲ 6̣̲ 1̲2̲ -
南　北　鄂顺要　反　商，

5̲ 3̲ 3̲2̲1̲ | 0 2 - 1 | 2̲ 1̲ 2̲5̲3̲ |(2̲4̲ 3)1̲3̲2̲1̲ |
两　国　王　子修　书

1(0̲ 6̣̲5̣̲6̲1̲) | 6̣· 5̲6̲ 1̲ | 0 2 - 1 | 2̲ 1̲ 2̲5̲3̲ |(2̲4̲ 3)3̲ 2̲1̲ |
到，　要　孤王　兴兵来　反

1̲ 6̣̲ 1̲2̲ - | 5̲ 3̲ 3̲2̲1̲ | 2̲ 1̲ 2̲5̲3̲ |(2̲4̲ 3)1̲3̲2̲1̲ |
商，　臣继君位该　有

1(2̲3̲ 6̣̲5̣̲6̲1̲) | 6̣· 5̲6̲ 1̲ | 0 2 1̲ 1̲ | 2̲ 1̲ 2̲5̲3̲ |
罪，　自　守　自业　和

(2 4 3) 3 2 1 | 1 6 1 2 - | 1 1 5 6 1 | 0 3 2 1 1 |
安 康， 将身儿 转至 在

2 1 2 5 3 | (2 4 3) 3 2 1 | 1 - - 2 | 1· 2 1 2 3 5 | 2 1 7 6 |
黄 罗 宝 帐，

5 - 7 - | 6 - - - | (6 7 6 5 7 6 | 0 1 6 5 | 3 2 3 6 5 6 1 |
2 1 2 3 5 6 5 3 | 2 3 2 1 1 5 6 1 | 5 3 5 2 -) | 2 1 2 5 3 |
且 听 得

(3 5 3 2 1 2 3) | 廿3 3 2 1 7 6 5 …… | 3 2 1 1 6 1 2 - |
风 声 响 叮 当，

紧打慢唱
(2 3 2 3 2 1 5 6 1 2 1 2 2 2 2 2) 3 3 3 2 - - 0 | 1 1 1 1 3 2 1 …… |
你本是 山中飞行虎，

2 2 2 2 3 …… 0 | 1 1 1 1 3 2 | 2 2 7 2 7 6 5 - 0 |
为何闯入 孤王帐中， 手执宝剑

3 3 3 2 1 …… | 5 1 1 2 2 3 …… 0 | 3 3 2 1 3 2 …… |
将你砍， 化一阵清风 影无踪。

【小导板】
皇儿：父王苏醒。 (5 5 3 3 3 2 1 7 6 5 …… | 3 3 1 1 3 1 2 1 …… |
时在三更得一梦，

(6 5 6 1 ……) 1· 1 1 1 3 3 2 1 | 2 - …… (5 6 1 2 ……) |
梦见飞行入帐中，

2 7 2 2 2 7 6 7 6 5 …… | 3· 3 1 1 1 3 1 2 2 - …… |
将左膀你一 爪， 不知吉来未知凶。

文 王：皇儿（有），宣大夫上灵台。　　皇儿：父王有旨，散大夫上灵台。
散大夫：领旨，腹内有八卦，神中定乾坤，散宜生见驾千岁。
文 王：家平身赐座。
散大夫：请问主公，宣臣进帐有何国家大事商议？
文 王：非是有国家大事，只因孤王昨晚三更之时偶得一梦。
散大夫：得何龙梦？　　文 王：梦见飞行入帐，将孤左膀伤了一爪，不知有何吉兆？

散大夫：主上可曾详解？　　　　　文　王：不曾详解。
散大夫：待臣解来。　　　　　　　文　王：与孤解来。
散大夫：恭喜主上，恭喜主上。　　文　王：喜从何来？
散大夫：飞行入帐，必有贤臣良将。
文　王：孤王深宫内院，怎有贤臣良将？
散大夫：主公使一旨，郊外狩猎，方可得见。
文　王：与孤传旨。　　　　　　　　散大夫：郊外访贤臣。
武　吉：胆大无去得，胆小寸步难行。在下武吉，那日挑樵进城拍卖，偶遇姬千岁的门军，将他
　　　　撞死，千岁当时拿我抵命受罪，是我言道，家有七旬老母无人侍奉，千岁见我是个孝
　　　　子，便赐我银米归家安顿老母再来受罪，是我行到渭水溪边，偶遇一白发老翁，他教我
　　　　一个小小的方法，归得家去，在堂屋之中挖一土坑，长七宽三，头顶一盏灯足踏一盆
　　　　水，口衔灯草粮米，要我睡七七四十九天，方保无事。我只睡了四十八天，老母腹中饥
　　　　饿，唤我醒来，只得又要挑柴进城拍卖，卖樵呀！卖樵呀！挑担柴薪，挑到苏州城，
　　　　卖些钱和米，归家奉娘亲，奉娘亲。
散大夫：箭是雕翎箭。　　南宫适：掌弓住上弦。　　辛甲：弹打飞行鸟。　　辛兔：英雄出少年。
四人同：唔！散宜生、南宫适、辛甲、辛兔，主公郊外射猎，两厢伺候。
文　王：旌旗辗转透明月，号炮三声好惊人，孤王西北侯姬昌，众将。众人同：有！
文　王：人马可曾齐备？　　　　　众人同：诸已齐备。
文　王：兵发郊外。　　　　　　　旁白：启禀万岁，前面有一樵子挡道。
文　王：列开，怎不抬头？　　　武吉：有罪吗？
文　王：恕你无罪。　　　　　　武吉：谢过千岁。
文　王：我道是谁，原来是武吉，孤王当时赐你银米归家，安顿老母再来受罪，一去许久不见前
　　　　来，该当何罪。
武　吉：多蒙千岁爷赐我银米归家安顿老母再来受罪，是我行到渭水河边，偶遇一白发老翁，
　　　　他教我一个小小的方法，归得家去，在堂屋之中挖一土坑，长七宽三，头顶一盏灯足踏
　　　　一盆水，口衔灯草粮米，要我睡七七四十九天，方保无事。我只睡了四十八天，老母腹
　　　　中饥饿，唤我醒来，今日撞着千岁的牛头。
旁　白：马头。　　　　　　　　武吉：是马头，望千岁恕罪。
文　王：这渔翁现在哪里？　　武吉：渭水溪边。
文　王：你可还迎得他到？　　武吉：还是迎得他到，望千岁轻衣小帽。
文　王：着便衣，众将！　　　旁白：有。
文　王：人马靠于皇城，武吉，孤王封你开路先锋。
武　吉：千岁随我来。

1· 2 1 2 3 |（2 4 3）1 3 2 1 | 1（2 3 6 5 6 1）| 6· 5 6 1 |
出　　帝　京，　　　只　为

0 2 - 1 | 2 1 2 5 3（2 4 3）3 2 1 | 1 6 1 2 - | 5 3 3 2 1 |
周　室　锦　　　乾　　坤，　叫　武　吉

0 2 - 1 | 2 1 2 5 3（2 4 3）1 3 2 1 | 1 - - 2 1· 2 3 2 |
引　道　往　　　前　　行，

1 3 2 1 | 7 6 5 3 5 | 6 - - - |（6 7 6 5 7 6）| 0 1 6 5 |

3 2 3 6 5 6 1 | 2 1 2 3 4 6 4 3 | 2 3 2 1 1 5 6 1 | 5 3 5 2 - ）|

2 1 2 5 3 |（3 5 3 2 1 2 3）| 3· 3 2 1 7 6 6 2 7 6 | 5 - - - |
要　到　　　渭　水　河

（5 6 5 3 2 3 5）| 卅 3 2 1 ＃6· 1 2 ……| 4/4（0　0 6 7 6 5 6 |
　　　　访　贤　臣。

1　2· 5 3 2 3 2 7 6 | 5 3 5 7 6 5 6 1 | 5 4 3 2 - ）| 1· 2 6 5 |
（姜子牙）奉

3· 5 3 2 1 | 2 - -（3 | 2 3 2 1 6 5 6 1 | 2 5 3 5 2 |
师　　命　　　　下　昆

3 5 6 1 2）| 5 - 3 2 - | 7 2 7 6 5 7 6 5 | 1 - -（7 |
仑，

6· 1 2 3 7 6 5 6 | 1 2 5 3 2 3 2 7 6 | 5 3 5 7 6 5 6 1 | 5 4 3 2 - ）|

1 2· 3 7 6 5（2 3 2 7 6 5）3 2 6 | 1· 2 3 6 5 6 1）| 5 3 5 3 2 |
云　游　　天　　下，　　　行　至　在

0 2 7 7 6 | 5· 6 7 2 6 |（5 7 6）2 7 | 6 7 6 3 5 - |
宋　家　庄　借　宿　安　家，

2 5̲2̲7̲6̲5̲ | 0 2 3̲1̲5̲ | 1· 2̲7̲6̲5̲ | (3̲2̲7̲6̲ 5̲) 6̲3̲2̲6̲ |
好一个　　　宋家人，恩　高　　义

1 (2 3̲2̲7̲6̲ 5̲6̲1̲) | 2̲2̲7̲2̲3̲5̲2̲ | 0 2̲ 7̲ 7̲6̲ | 5̲ 3̲2̲7̲ 6̲ |
大，　　　　说合了　马氏女与　我

(5̲6̲7̲ 6̲) 2̲ 7̲ | 6̲7̲6̲3̲5̲ - | 1̲ 2̲3̲7̲6̲5̲ | 0 2̲ 7̲ 7̲6̲ |
结　发，　　恨马氏　她不贤

5̲ 3̲2̲7̲ 6̲ | (5̲6̲7̲ 6̲) 3̲5̲2̲6̲ | 1 (2 3̲6̲5̲6̲1̲) | 2̲2̲7̲2̲3̲5̲2̲ |
朝　嘈　暮　骂，　　朝歌城

0 2̲ 7̲ 7̲6̲ | 5̲ 3̲2̲7̲ 6̲ | (5̲7̲ 6̲) 2̲ 7̲ | 6̲7̲6̲3̲5̲ - |
摆科棚权　作　生　涯，

5̲ 2̲ 7̲6̲5̲ | 0 2̲ 7̲ 7̲6̲ | 5̲ 3̲2̲7̲ 6̲ | (5̲7̲ 6̲) 3̲5̲2̲6̲ |
甲子曰：琵琶精被　我　拿

1 (2 3̲6̲5̲6̲1̲) | 2̲2̲7̲2̲3̲5̲2̲ | 0 3̲5̲2̲ 7̲6̲ | 5̲ 3̲2̲7̲ 6̲ |
下，　摘心楼　用火攻才现

(5̲6̲7̲ 6̲) 2̲ 7̲ | 6̲7̲6̲3̲5̲ - | 5̲ 3̲2̲7̲6̲5̲ | 0 2̲ 3̲2̲2̲ |
道　法，　　纣王爷　他封我

5̲ 3̲2̲7̲5̲6̲ | (5̲7̲ 6̲) 3̲5̲2̲6̲ | 1 (2 3̲6̲5̲6̲1̲) | 2̲2̲7̲2̲3̲5̲2̲ |
大　夫　伴　驾，　苏妲妃

0 2̲ 7̲ 7̲6̲ | 5̲ 3̲2̲7̲ 6̲ | (5̲7̲ 6̲) 2̲ 7̲ | 6̲7̲6̲3̲5̲ - |
报妹仇要　害　子牙，

5̲ 3̲2̲7̲6̲5̲ | 0 2̲ 3̲5̲5̲ | 1 2 7̲6̲5̲ (2̲ 3̲2̲7̲6̲ 5̲) 6̲3̲2̲6̲ |
她命我　造鹿台工程　浩

1 (2 3̲2̲7̲6̲ 5̲6̲1̲) | 2̲2̲7̲2̲3̲5̲2̲ | 0 2̲ 7̲ 7̲6̲ | 5̲ 3̲2̲7̲ 6̲ |
大，　　　　一月里　不成功推　出

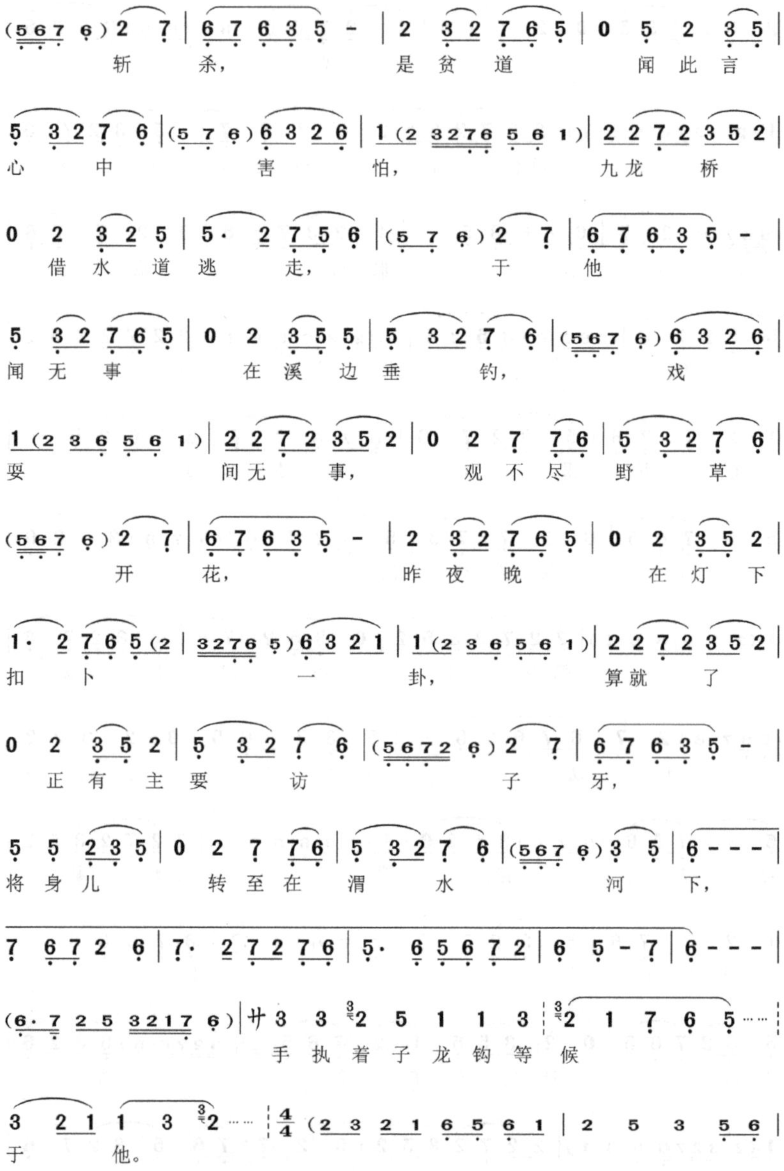
斩 杀， 是 贫 道 闻 此 言
心 中 害 怕， 九 龙 桥
借 水 道 逃 走， 于 他
闻 无 事 在 溪 边 垂 钓， 戏
耍 间 无 事， 观 不 尽 野 草
开 花， 昨 夜 晚 在 灯 下
扣 卜 一 卦， 算 就 了
正 有 主 要 访 子 牙，
将 身 儿 转 至 在 渭 水 河 下，
手 执 着 子 龙 钩 等 候
于 他。

1 2 3̲2̲7̲6̲ | 5̲3̲5̲7̲6̲5̲6̲1̲ | 5̣ 4̲3̲2 -) | 2̲3̲2̲1̲2̲3̲ 5 |

(文王)大　　　　　　　　　　　　　　　　　鹏

3 - - 1̲2̲ | 2 - - (3 | 2̲3̲2̲1̲6̲5̲6̲1̲ | 2 5 3̲5̲2̲ | 1̣ 5̣ 6̲1̲2̲) |

鸟

1 6̣ 3 - | 2̲3̲2̲1̲6̲1̲2̲3̲ | 1 - - (7̣ | 6̣·1̲2̲3̲7̲6̲5̲6̲ |

不　住　在

1 2̲5̲3̲2̲ 3̲2̲7̲6̲ | 5̲3̲5̲7̲6̲5̲6̲1̲ | 5̣ 4̲3̲2 -) | 2̲ 1̲ 2̲5̲3̲ |

枝　头

(2̲4̲ 3) 1̲3̲2̲1̲ | 1 (2̲3̲6̲5̲6̲1̲) | 6̣·5̲6̲ 1 | 0 ³2̲ - 1 |

上　叫,　　　　　　　　远　望　溪　边

2̲·1̲2̲5̲3̲ | (2̲4̲ 3) 3̲ 2̲1̲ | 1̣ 6̲ 1̲2̲ - | 5̲ 3̲ 3̲2̲1̲ | 0 ³2̲ - 1 |

水　　　长　流,　　　溪　边　上　　坐

2̲·1̲2̲5̲3̲ | (2̲4̲ 3) 3̲ 2̲1̲ | 1 (2̲ 3̲6̲5̲6̲1̲) | 1̣ 6̲5̲6̲ 1 |

着　　　一　老　　　叟,　身　伴

0 ³2̲ - 1 | 2̲ 1̲ 2̲5̲3̲ | (2̲4̲ 3) 3̲ 2̲1̲ | 1̣ 6̲ 1̲2̲ - |

着　杨　柳　　　手　执　钩,

5̲ 5̲ 3̲2̲1̲ | 0 3̲ 3̲2̲1̲ | 2̲ 1̲ 2̲5̲3̲ | (2̲4̲ 3) 3̲ 2̲1̲ |

看　此　人　　好　好　似　仙　家　　模

1 - - 2̲ | 1̣·2̲1̲2̲3̲5̲ | 2̲3̲2̲1̲7̲ 6̲ | 5̣·6̲5̲6̲7̲ |

样,

6̣ - - (7̣ | 6̣·1̲2̲5̲ 3̲2̲1̲7̲ 6̲) | 5̲ 1̲ 1̲2̲3̲ | (3̲5̲ 3̲2̲1̲2̲3̲) |

叫　皇　儿

廿1̲ 1̲ 3̲ 2̲ 7̲ 6̲ 5̣……(x) | 5̲ ⁶5̲ 3̲ 2̲ 1̲ 3 ³2……|

上　来　　　　　　　　相　求。

第六章　湘剧

247

皇儿：这位渔翁请了。

皇儿：这渔翁好不轻视人也。

文王：我儿解得开？

文王：站过一厢，为父上前，这一位渔翁请了。

子牙：贫道稽首。

子牙：昆仑山修道，元始天尊门徒。

子牙：在此垂钓。

子牙：这是贫道养命之物，不可损坏。

子牙：贫道口道心直，因此钩也直。

子牙：但愿等得春来到，自有鳌鱼投直钩。

文王：请问道者高姓尊名？

文王：哎，提起飞熊二字，正合孤王得梦之兆。

子牙：请来者上姓。

子牙：原来是姬千岁，贫道多有得罪。

子牙：请问千岁不在深宫院内，到此何事？

文王：请先生下山扶保周室江山，不知先生意下如何？

子牙：贫道才疏学浅，难以重用国家大事。

文王：明知高才，何必过谦？

子牙：要我下山，这也不难，但不知千岁行辇而来还是车轮而来？

文王：车轮而来。

子牙：千岁将车轮让贫道坐下，千岁挪捷方可使得。

皇儿：哎，启禀父王，那行反礼不成。

文王：为国求贤，焉有不从，武吉看来赐马不。

文王：先生请。　　　　　　　　　　子牙：千岁请。

子牙：大鱼不来小鱼去吧。

子牙：几载来见成劳绩，要见名君方可言。

皇儿：孩儿解不开。

文王：口称稽首，不知在哪山修道，何人门徒？

文王：在此做甚？

文王：借钩一观。

文王：那倒自然，哎呀，请问道长为何直钩垂钓？

文王：这有谁上钩？

文王：哈哈……好一个鳌鱼投直钩。

子牙：贫道姓姜名子牙，道号飞熊。

文王：西北侯姬昌。

文王：不知者不怪罪。

5 3 3̲2̲ 2̲1̲ | 0 3 2̲ 1̲ | 2 1 2̲5̲ 3 | (2̲4̲ 3) 1̲3̲ 2̲1̲ |

我 和 你　　好 一 似 风 云 际

1· (6̲ 5̲6̲1̲) | 2 - 3 - | 2 - 2̲3̲ | 5 6 5 3 | 2 1̲2̲3̲2̲5̲3̲ |

会，　　　　愿 保 周

3̲ 5̲3̲2̲1̲7̲6̲1̲ | 2 - - ³⌒2 | 7̲2̲7̲6̲5̲6̲7̲ | 6 - - (7̲ |

6̲·7̲2̲3̲7̲6̲5̲ | 6̲7̲6̲5̲3̲5̲6̲) | 2̲3̲4̲5̲3̲2̲1̲ | 2̲3̲1̲2̲3·2̲ |

　　　　　　　　江 山

1̲2̲3̲) 6̲ 1̲ | 2̲ 1̲3̲ 2̲ 1̲ | 5̲6̲1̲2̲1̲ 0 | 7̲6̲5̲6̲5̲ |

万

0 6̲1̲2̲ - | 0 5̲ 3̲ 5̲ | 6̲ - 6̲ 5̲ | 7̲ 6̲7̲2̲3̲2̲6̲ |

　　　　　　　　　　　　　年。

7̲·2̲7̲2̲7̲6̲ | 5̲·6̲5̲6̲7̲2̲ | 6̲ 5̲ 3̲ 5̲ | 6̲ 1̲ 2̲3̲5̲ | 1 - - - ‖

文王：请先生登车。　　子牙：贫道得罪。

【北路导板】

(⁷⁶̲5̲ 2̲ 3̲ 5̲ 6̲ i̲ 2̲⌒…

7 6̲·i̲ 5̲ 6̲ | i̲ i̲ i̲ 3 | 2·3̲ 5̲ 5̲ 2̲1̲ 7̲2̲ | 1 1) ³⁵̲5̲ 5̲ 5̲ |

(子牙) 号 炮 三

5 3 7̲ 6̲· 5̲ | 4· 5̲ 3 … | (6̲ 1 2 3 …) 5̲ 5̲ 3̲ i̲ |

声，　　　　　　　　旌 旗

⁔6̲ 5̲ 0 4̲ 5̲ … | ⁴⁄₄ (0 0 6̲ 5̲ | 1̲6̲5̲4̲3̲5̲2̲ | 1 2·7̲6̲2̲7̲6̲ |

展，

5̲6̲5̲1̲2̲3̲5̲6̲5̲ | 3·5̲6̲i̲6̲5̲4̲3̲ | 2·3̲5̲4̲3̲5̲2̲ | 1 6̲) 3̲5̲ 5̲ |

众 儿

5 6̲i̲3̲ - | 5̲5̲3̲i̲6̲i̲5̲ | (5̲6̲4̲3̲2̲3̲5̲) | 5 1 2̲3̲4̲ |

郎 一 个 个　　齐 上

清
至
民
国
萍
浏
醴
地
区
民
间
戏
曲
唱
本
研
究

$\overline{321}$ $\overline{523}$ | 2· $\overline{6}1$ - | ($\overline{1·2}$ $\overline{352}$ $\overline{162}$ | 1 $\overline{2·7}$ $\overline{62}$ $\overline{76}$ |
马　鞍，

$\overline{565}$ $\overline{123}$ 5 | 0 $\overset{i}{6}$ $\overline{561}$ | $\overline{2·3}$ $\overline{543}$ $\overline{52}$ | 1 6) $\overline{6}\overline{11}$ |
　　　　　　　　　　　　　　　　　对　千

$\overline{1}$ 2 3 - | $\overline{33}$ $\overline{21}$ $\overline{612}$ | ($\overline{235}$ $\overline{761}$ 2) | $\overline{61}$ $\overline{216}$ |
岁　施一　礼，　　　　　　　　　忙　登

($\overline{216}$) 3 3 | $\overline{234}$ 3 - | ($\overline{353}$ $\overline{216}$ 12 | 3 7 $\overline{62}$ $\overline{76}$ |
车　轮，

$\overline{565}$ $\overline{123}$ $\overline{565}$ | $\overline{3·5}$ $\overline{6i}$ $\overline{654}$ 3 | $\overline{2·3}$ $\overline{543}$ $\overline{52}$ | 1 6) $\overline{355}$ |
　　　　　　　　　　　　　　　　　用　目

$\overline{5}$ $\overline{6}$ 3 - | 5 $\overline{3i}$ $\overline{6·i}$ 5 | ($\overline{564}$ $\overline{3 2}$ 35) | 5 1 $\overline{234}$ |
瞪　瞪，　　　　　　　　　仔　细

$\overline{321}$ $\overline{523}$ | 2· $\overline{6}1$ - | ($\overline{353}$ $\overline{216}$ 12 | 3 7 $\overline{62}$ $\overline{76}$ |
观　瞧，

$\overline{565}$ $\overline{123}$ $\overline{565}$ | $\overline{3·5}$ $\overline{6i}$ $\overline{654}$ 3 | $\overline{2·3}$ $\overline{543}$ $\overline{52}$) |

3 $\overline{21}$ $\overline{123}$ | 3 $\overline{21}$ $\overline{612}$ | ($\overline{235}$ $\overline{761}$ 2) | $\overline{61}$ $\overline{216}$ |
前三皇　后五帝，　　　　　　年　深

($\overline{216}$) 3 3 | $\overline{234}$ 3 - | ($\overline{353}$ $\overline{216}$ 12 | 3 7 $\overline{62}$ $\overline{76}$ |
月　远，

$\overline{565}$ $\overline{123}$ $\overline{565}$ | $\overline{3·5}$ $\overline{6i}$ $\overline{654}$ 3 | $\overline{2·3}$ $\overline{543}$ $\overline{52}$ | 1 6) $\overline{355}$ |
　　　　　　　　　　　　　　　　　有　尧

$\overline{5}$ $\overline{6}$ 3 - | 5 5 $\overline{3i}$ $\overline{6}$ 5 | ($\overline{564}$ $\overline{32}$ 35) | 5 1 $\overline{234}$ |
舜　和商　汤，　　　　　　四　大

3 2 1 5 2 3 | 2· 6 1 - | 2 1 2 3 - | 2 1 5 3 2 |
名　王。　　商纣王　宠妲妃

(2 3 5 7 6 1 2) | 6 1 2 1 6 | (2 1 6) 3 3 | 2 3 4 3 - |
　　　良　心　　　改　变，

(3 5 3 2 1 6 1 2 | 3 7 6 2 7 6 | 5 6 5 1 2 3 5 6 5

3·5 6 1 6 5 4 3 | 2·3 5 4 3 5 2 | 1 6) 3 5 5 | 5 6 3 - |
　　　　　　　听　妖　言

5 5 3 1 6 1 5 | (5 6 4 3 2 3 5) | 5 1 2 3 4 | 3 2 1 2 3 5 |
斩忠　良，　　　　命丧　　黄

2 1 6 1 (7 6 5 | 3 2 1) 6·5 | 6 1 1 - 7 | 6 6 5 6 1 |
泉，　　　周　文王　应得梦，

(2 1 6 1 2) | 6 6 2 5 | 3 2 1 6 | 1 6 3 2 | (6 1 2) 6·5 |
　　飞　行入　　帐，　　散

5 3 2 1 1 6 | 3 2 1 6 1 2 | (2 1 6 1 2) | 6 6 2 3 2 1 |
宜　生　奉一　本　　　　郊外访

6 1 2 6 2 7 6 | 5·6 1 (7 6 5 | 3 2 1) 6·5 | 3 2 1 1 6 |
贤，　　打　樵汉

6 6 5 6 1 (2 1 6 1 2) | 6 6 2 3 5 | 3 2 1 6 | 1 6 3 2 |
名武吉，　　　引　君　　来到，

(6 1 2) 6·5 | 6 1 1 - - | 6 6 5 6 1 | (2 1 6 1 2) |
因　此上　渭水河，

6 6 2 3 2 1 | 6 1 2 6 2 7 6 | 5·6 1 (7 6 5 | 3 2 1) 6·5 |
得令　圣　贤，　　姜

5 3 2 1 ⁱ6 - | 6 6 65 6 1 | (2 1 6 1 2) 6 6 2 5 |
子　牙　坐　车　轮　　文　王　挪

3 2 1 6 | 1 6 3 2 | (6 1 2) 6·5 | 6 1 - - | 6 65 6 1 |
捷，　　臣　坐　车　君　挪　捷，

(2 1 6 1 2) 6 6 2 3 2 1 | 6 1 2 6 2 7 6 | 65 6 1· (7
世　事　倒　颠，

廿 3 2 1) 5 5 5 3 1 6 5 3 2 1 ⌣ 2 2 1·2 3 ³2 ⌣ |
行了百单八　部，　停车不动，

(1 2 1 2 1 7 6 1 6 5 3 2 1 1 1) 3 6 1 1 3 1 2 |
到后来坐江

3 2 7 6 5 (x) 6 5 3 3 3 2 1 ⁶1 - | (1 2 1 2 1 7 6 1 |
山　八百零八年。

6 5 3 2 1 1 1) ¼ 4 | 3 3 | 0 3 | 1 2 | 3 | 4 3 | 3 3
(文王)说什么坐江山八百零八

3 | 3 | 6 1 | 1 | 0 2 | 1 2 | 3 廿 3 3 3 ³2 ¹2·3 1 - 0 |
年，(子牙)但愿得纣王爷洪福齐天，

4 3 3 | 武吉:有! | 6 1 1 3 | 3 1·2 3· 52 |
叫武吉。　　后帐摆酒宴，

(³2 1 6 1 2 -) 3 3 3 3 2 1 7 6 5 (x)
孤与先生

(武吉如果不念那段快板，就唱这一曲)
6·5 1 2 3 3 ³2 2·3 1 - ‖ ⁴4 (0 0 6 7 6 5 6 |
细谈言。

1 2 3 2 7 6 | 5 3 5 7 6 5 6 1 | 5 6 4 3 2 -) 2 3 2 1 2 3 5 |
天

3· 1 2 - | 1· 2 6 5 | 1· 2 7 6 5 | 0 1 6 1 | 2 - 2 2 |
上　　星　　　　　子　　　　朗　　稀　莫　笑

5 6 5 6 7 6 5 | 0 7 6 7 6 5 | 5 6 - 5 | 1· 2 7 6 5 |
穷，　　　　　　　　　人　　穿

0 3 2 6 5 | 1 (2 7 6 5 6 1) | 5 5 1 6 5 | 1· 2 7 6 5 |
破　　　　衣，　　　　　　　山 中 也 有 千

0 1 6 1 | 2 - 3 3 2 | 1· 2 3 5 2 | 0 5 6 2 7 6 | 5 6 - 5 |
年　　树，　世 上 难 逢　　　　　百

1· 2 7 6 5 | 0 3 2 6 5 | 6 1 - (2 7 | 6· 1 2 3 7 6 5 6 | 1 - - -) ‖
岁　　　　　人。

8. 五台会兄

五台会兄

1 = G

廿 (2 3 2 3 2 2 1 6 1 2 2 2 2) 3 3 3 2—0 1 1 2 3 2 1··0

(杨延昭) 大 波 府　　奉 了 母 亲　　命，

1 1 2　 2 5 4 3··0 5 2 1 1 3 2··0

盗 取 骸 骨，　　　　　　转 回 程，

2 2 7 6 2 7 5 0 2 5 3 2 1··

快 马 加 鞭　　　　　往 前 行，

1 1 1 2　2 5 4 3··0 5 3 2 1 7 6 3 2··

五 台 山 不 觉　　面 前 存。

杨延昭：少待，行在此地，前无招商后无旅店，不免到庵堂借宿一晚，明日好赶路。喂！里面有
人没有？

老　僧：扫地不伤蝼蚁命，爱惜飞蛾纱罩灯。原来是一壮士，想是觅识路途？

杨延昭：非也，我乃行至此地，前无招商后无旅店，有意在此借宿一晚，禅师意下如何？

老　僧：便便使得，我有一弟子，他的性情不好。

杨延昭：他乃是出家之人，我不惹他，他还惹我不成？

老　僧：这壮士你可用晚膳？　　　　杨延昭：在前面用过。

老　僧：要何物使用？　　　　　　　杨延昭：明灯一盏，苦茶一杯。

老　僧：待我取来，明灯苦茶俱已在此。　杨延昭：有劳师父。哎呀，爹爹呀！严亲呀！

(2 3 2 3 2 2 1 6 1 2 2 2 2) 3 3 2··0 1 1 2 3 2 1··

(杨延昭) 一 见　　骸 骨 好 伤 心，

2 1 2　2 5 3 0 6 5 3 2 1 3 2·· 3 3 2··0

不 由 延 昭　　两 泪 淋，　　为 国

1 1 2 3 2 1·· 2 1 2 2 5 3 0 6 5 3 2 1 6 1 2

舍 家 不 周 全，　忠 君 报 国　　把 命 归。

【南路导板】

杨延德：好酒，好酒。(3 3 2··1 6 5·· 5 6 1 3 5 2··)

3 3 2··3 3 2 1 7 6·· 6 5 1 1 1 0 6 6 5 5 5··

(杨延德) 五 台 山 出 了 家，　削 发 金 身　削 发 金 身

$(2\quad 3\quad 1\quad 2\quad 5\quad 4\quad 3\cdots)$ $\frac{4}{4}$ $(3\ 5\quad 3\ 2\ 1\ 2\ 3\ |\ 0\quad 3\quad 2\ 1\ 2\ 3\ |$

$5\ 6\quad 5\ 6\ |\ 5\ 6\ 1\ |\ 5\quad 3\quad 2\ -\ )\ |\ 6\cdot\ 5\ 6\ |\ 1\quad 1\ 6\ 1\ 1\ |$

　　　　　　　　　　　　　　天　　波　府　　　别　　却　了

$2\quad 2\ 5\ 3\ |\ (3\ 5\quad 3\ 2\ 1\ 2\ 3\ |\ 2\cdot\quad 1\quad 1\quad 3\ |\ 2\ -\ -\ -\ )$

年　迈

杨延德：枪挑杨家将，箭射白连环，看破红尘事，五台出了家。
　　　　咱家杨五郎，字延德，奉了师父之命，下山赶去牛皇大会，众家师兄师弟，见我量海，
　　　　这一个一杯那一个一盏，将我（呕吐），吃得一个大醉，天色已晚，不要回山去。

廿 $(5\ 6\ 5\ 6\ 5\quad 5\ 3\ 2\ 3\ 5\ 6\ 5\ )$ $|\ 5\quad 5\quad 5\quad 5\quad i\quad 6\ 5\cdots$

　　　　　　　　　　　　　　　　　　（杨延德）西　天　佛　祖　玄　门　开，

$5\quad 5\quad 5\quad 5\quad 2\quad 1\quad 3\quad 2\cdots|\ 1\quad 1\quad 1\quad 1\quad 2\quad 1\quad 2\quad 5\quad 3\cdots$

十　八　罗　汉　下　凡　来。　师　父　常　常　对　我　讲，

$5\quad 5\quad 5\quad 5\quad 2\quad 1\quad 1\quad 3\quad 2\cdots|\ 2\quad 2\quad 7\quad 7\quad 6\quad 5\cdots$

我　是　金　身　罗　汉　去　投　胎，　闯　着　酒　　性

$i\quad 6\quad 5\cdots|\ 5\quad 5\quad 5\quad 5\cdots|\ 5\quad 2\quad 1\quad 1\quad 3\quad 2\cdots$

上　五　台，　　紧　闭　山　门　　为　何　　　　来？

杨延德：这等时候，何人将山门紧闭？不免请小沙弥出来问个明白，小沙弥开门，小沙弥开门。
　　　　唔，他们一个个都熟睡了，难道咱家在此打挨不成，待我打了进去。
老　僧：弟子为何这等摸样？
杨延德：师父哪曾知道，奉你老人家之命，下山赶去牛皇大会，众家师兄师弟，见我量海，这
　　　　一个一杯那一个一盏，将我（呕吐），吃得一个大醉。

老　僧：下次不可。	杨延德：弟子知罪。
老　僧：随我转过丹房安宿。	杨延德：弟子遵命。
杨延昭：苦呀！	杨延德：师父呀，是何人叫苦？
老　僧：有一壮士在此借宿。	杨延德：待弟子前去问个明白。
老　僧：他乃是行路之人，弟子不可去惹他。	杨延德：师父你老人家要撒手。
老　僧：弟子不要去。	

杨延德：去罢，你来看，我家师父年迈之人，被我一推在尘埃，师父请起，弟子知罪。吠！果然
　　　　一个汉子在此打觉睡。这汉子，我来问你，由哪里而来？往哪里而去？对咱家说得清
　　　　楚，讲得明白，来日着人送你下山回去。呀！（又重复讲一遍）。唔！待我提醒于他，
　　　　汉子速醒。休要动手。（又重复前面那段）

杨延昭：我从北国而来，往大宋而去。	杨延德：提起大宋朝，咱家倒要盘你一盘。
杨延昭：你盘我何来？	杨延德：宋朝有一座天波府，你可知道？
杨延昭：提起天波府，我倒要盘你一盘？	杨延德：你盘我何来？

杨延昭：天波府的将官，你可知道？　杨延德：一概全知。

杨延昭：请讲。　杨延德：请听。

【导板】

廿（3 2…… 1 5̣ 6̣ 5̣……5̣ 6̣ 1……3 5 2……）‖ 3 3 2……｜
　　　　　　　　　　　　　　　　　　　　　　大 宋 朝

3 3 2̣ 1 7̣ 6̣……｜ 6̣ 5̣ 6̣ 1 6̣ 6̣ 5̣……｜
有 一 座　　　　　天　波 府，天 波 府，

2 3 1 2 5 4 3……｜ 4/4（3 5̇ 3 2 1 2 3 | 0 3 2 1 2 3 |

5̇ 6̇ 5̇ 6̇ 1 5̣ 6̇ 1 | 5̣ 3 2 -)6̇ · 5̇ 6̇ 1 | 1 6̇ 1 1 | 2 · 5̣ 3 - |
　　　　　　　　　　　天　波 府　有 一 家 姓

（3 5̇ 3 2 1 2 3）| 3 2̇ 1̇ 6̣ 1　杨延昭：我问的是令公。　杨延德：你问的是谁呀？
　　　　　　　　　　杨　　人，

杨延昭：我问的是令公。　杨延德：难道你问的是令公？　杨延昭：正是。　杨延德：咱家这里有。

杨延昭：请讲。　|（2 1 | 2 5 3 5̇ 2 | 2 5 3 2 | 1 6̇ 1 2 5 3 |

5̇ 6̇ 5̇ 1 6̣ 5̣ 6̇ 1 | 5̣ 3 3 5̇ 2)6̇ 1 2 3 2̇ | 1 1 6̣ 1 | 2 - - - |
　　　　　　　　　　　（杨延德）杨　令 公

（2 3 2̇ 1 6̣ 5̣ 6̇ 1 | 2 5 3 5̇ 2 | 3 5̣ 6̇ 1 2 ）5 1̇ 6 5 | 5 - - - |
　　　　　　　　　　　　　　　　　　　　在　朝　中，

（5̇ 6̇ 5̇ 3 2 3 5 | 5 3 2 1 2 3 | 5̇ 6̇ 5̇ 1 6̣ 5̣ 6̇ 1 | 5̣ 3 5̇ 2 -)

花腔

3 2 2 3 | 3 0 2 · 3 | 5 - - | 6 1̇ 6 5 | 4 5 4 3 |
官 居　　 几　品。

2 3 2̇ 1 2 | 3 - 2 3 5 4 | 3 - - -　杨延昭：我问的是安人。杨延德：难道你问的是安人？

杨延昭：正是。　杨延德：我家这里有。　杨延昭：请讲。　杨延德：听道。　（3 2 |

3 5̇ 3 2 1 2 3 | 0 3 2 1 2 3 | 5̇ 6̇ 5̇ 1 6̣ 5̣ 6̇ 1 | 5̣ 3 5̇ 2 - ）|

6 6̂ 5 1 1 | 0 6̣ 1 1 | 2· 5 3 - | (3 5 3 2 1 2 3) | 3 2 6̣ 1 |
佘 氏 太 君, 老 安 人 曾 掌　　　　　帅　 印,

2 - - - | 杨延昭：我问的是大郎。| 杨延德：难道你问的是大郎？| 杨延昭：正是。| 杨延德：咱家这里有。|

杨延昭：请讲。| 杨延德：请听。| (2 1 | 2 5 3 5 2 | 0 5 3 5 3 2 |

1̣ 6̣ 1 3 2 5 3 | 5 6 5 6 1 5 6 1 | 5̣ 3 5 2 -) | 1· 2 3 2 |
　　　　　　　　　　　　　　　　　　　　　　　杨　　 大

1 6̣ - 1 | 2 - - - | (2 3 2 1 6̣ 5 6̣ 1 | 2 5 3 5 2 | 3 5̣ 6̣ 1 2) |
郎

花腔
3· 2̂ 2 3 | 3 0 2· 3 | 5 - - - | 6 1 6 5 4 5 4 3 |
把　 忠　　　 尽　　 了。

2 3 3 1 2 | 3 - 2 3 5 2 | 3 - - - | 杨延昭：我问的是二郎。| 杨延德：难道你问的是二郎？|

杨延昭：正是。| 杨延德：咱家这里有。| 杨延昭：请讲。| 杨延德：听道。| (3 2 |

3 5 3 2 1 2 3 | 0 3 2 1 2 3 | 5 6 5 6 1 5 6 1 | 5̣ 3 5 2 -) |

6· 5 6 1 | 0 6̣ 1 1 | 2· 5 3 - | (3 5 3 2 1 2 3) |
杨　 二 郎　 短 箭 射 命

3 2 1 6̣ 1 | 2 - - - | 杨延昭：我问的是三郎。| 杨延德：难道你问的是三郎？|
赴 阴　 曹。

杨延昭：正是。| 杨延德：咱家这里有。| 杨延昭：请讲。| 杨延德：听道。| (2 1 |

2 5 3 5 2 | 0 5 3 2 | 1̣ 6̣ 1 2 5 3 | 5 6 5 1 6 5 6 1 |

5̣ 3 3 5 2) | 1· 2 3 2 | 1 1 6̣ 1 | 2 - - - | (2 3 2 1 6̣ 5 6̣ 1 |
　　　　　 杨　 三　　 郎

清至民国萍浏醴地区民间戏曲唱本研究

2 5 352 | 3 5 612) | 5· i 635 | 5--- | (5 6 53 235) |

被　马　踩，

3 1 2 3 | 3 0 2·3 | 5--- | 6· i 65 4 543 |

死　如　泥　草。　　　　　　　　　　　花腔

2 321 2 | 3-2352 | 3--- |杨延昭：我问的是四郎。|杨延德：难道你问的是四郎？

杨延昭：正是。|杨延德：咱家这里有。|杨延昭：请讲。|杨延德：听道。| (3 2 | 3 5 523 |

0 5 3 2 | 0 5 3532 | 1 613 253 | 5 651 6561 |

5 352-) | 6· 56 1 | 0 61 1 | 2· 53- | (3 532 123) |

杨　四　郎　在番邦，不　能

3 21 6 1 | 2--- |杨延昭：我问的是五郎。|杨延德：你问的是谁？|杨延昭：我问的是五郎。

回　朝。

杨延德（哭）|杨延昭：请讲。|杨延德：听道。| (2 1 | 2 5 352 |

0 5 3 2 | 1 613 253 | 5 651 6561 | 5 352-) |

1· 23 1 | 1 1 6 1 | 2--- | (2 321 6561 | 2 5 352 |

杨　五　郎

3 5 612) | 5· i 635 | 5--- | (5 6 53 235) | 3 1 23 |

他　怕　死，　　　　　　　　　　　做　了

3 0 2·3 | 5--- | 6 i 65 4 543 2 321 2 |

和　尚。　　　　　　　　　花腔

3-2354 | 3--- |杨延昭：我问的是六郎。|杨延德：难道你问的是六郎？|杨延昭：正是。

杨延德：咱家这里有。|杨延昭：请讲。|杨延德：听道。| 6· 56 1 | 0 61 1 |

杨　六　郎　在三关

$\widehat{2\cdot\ 5}\ 3\ -\ |(\overline{3\ 5}\ \overline{3\ 2}\ \overline{1\ 2\ 3})|\ 3\ \overline{2\ 1}\ \overline{1\ \dot{6}}\ \overline{1}\ |\ 2\ -\ -\ -\ |$
当　了　　　　　　　总　　兵。

杨延昭：我问的是七郎。｜杨延德：你问的是谁?｜杨延昭：我问的是七郎。｜杨延德（哭）

杨延昭：请讲。｜杨延德：听道。｜$1\cdot\ \overline{2}\ \overline{3}\ 2\ |\ 1\ \overline{\dot{6}\cdot}\ -\ 1\ |\ 2\ -\ -\ -\ |$
　　　　　　　　　　　　杨　七　郎

$(\overline{2\ 3}\ \overline{2\ 1}\ \overline{\dot{6}\ \dot{6}\ 1}\ |\ 2\ 5\ \overline{3\ 5\ 2}\ |\ 3\ 5\ \overline{\dot{6}\ 1\ 2})|\ 5\cdot\ \overline{\dot{1}}\ \overline{6\ 5}\ 5\ -\ -\ |$
　　　　　　　　　　　　　　　　破　仁

$(\overline{5\ 6\ 5\ 3\ 2\ 3\ 5})|\ 3\ 2\ \overline{2\ 3}\ |\ 3\ 0\ 2\cdot\ \overline{3}\ |\ 5\ -\ -\ |\ \overset{\text{花腔}}{6\cdot\ \dot{1}}\ \overline{6\ 5}$
　　　　　　　　箭　射　　花　标。

$4\ 5\ \overline{4\ 3}\ |\ 2\ \overline{3\ 2\ 1}\ |\ 2\ 3\ -\ \overline{2\ 3\ 5\ 4}\ |\ 3\ -\ -\ -\ |$ 杨延昭：我问的是八顺。

杨延德：难道你问的是八顺?｜　　　　　　｜杨延昭：正是。｜

杨延德：咱家这里有。｜杨延昭：请讲。｜杨延德：听道。｜廿$(\overline{2\ 3\ 2\ 3\ 2}\ \overline{2\ 1\ \dot{6}\ 1}\ \overset{\frown}{2\ \widehat{2}})|$

$3\ \overline{3\ 2}\cdots\ 0\ |\ 1\ \overline{1\ 2}\ \overline{3\ 2}\ 1\cdots\ |\ 2\ \overline{1\ 1}\ \overline{2\ 5}\ 3\cdots\ 0\ |$
这是　　杨家几员　　将，　存者少来

$\overline{\dot{6}\ 5}\ \overline{3\ 2}\ 1\ \overline{\dot{6}\ 1\ 2}\cdots$ 杨延昭：大师何名?｜$3\ \overline{3\ 2}\cdots\ 0\ |\ 1\ \overline{1\ 2}\ \overline{3\ 2}\ 1\cdots\ |$
多　死　亡。　　　（杨延德）你要问　　我名和姓，

杨延昭：是谁?｜$1\ \overline{2\ 1}\ \overline{2\ 5}\ 3\cdots\ 0\ |\ \overline{\dot{6}\ 5}\ \overline{3\ 2}\ 1\ \overline{\dot{6}\ 1\ 2}\cdots\ |$
　　　　杨五郎延德　　我　的　名。

杨延昭：哎!｜$(\overline{2\ 3\ 2\ 3\ 2}\ \overline{1\ \dot{5}\ 6}\ \overline{1\ 2\ 1}\ \overset{\frown}{2\ 2}\ \overline{2\ 2})\ |\ 3\ \overline{3\ 2}\cdots\ 0\ |$
　　　　　　　　　　　　　　　　（杨延昭）问　起

$1\ \overline{1\ 2}\ \overline{3\ 2}\ 1\cdots\ |\ 2\ \overline{1\ 1}\ \overline{2\ 5}\ 3\cdots\ 0\ |\ \overline{\dot{6}\ 5}\ \overline{3\ 2}\ 1\ \overline{3\ 2}\ |$
姓来道其　名，　原来是五哥　　同　胞　人，

259

2 2 7 6 5 - 0 2 5 6 1 6 3 2 1 - 2 1 2 1 2 5 3 - 0
走近前来　　忙跪定，　　(杨延德)你是大宋朝

6 5 3 2 1 3 2 - 3 3 2 - 0 1 1 2 3 2 1
什么人？　(杨延昭)兄弟　　相逢认不清，

2 1 2 2 5 3 - 0 6 5 3 2 1 3 2 - 杨延德：你就是六弟？
我是三关　杨总兵。

杨延昭：正是。杨延德：兄弟相了会。杨延昭：相了会。杨延德：困了圆。杨延昭：困了圆。(笑)哈哈……呀！

(2 3 2 3 2 1 5 6 1 2 1 2 2 2 2) 3 3 2 - 0 1 1 2 3 2 1 -
　　　　　　　　　　先说　　兄弟难得见，

2 1 2 2 5 3 - 0 6 5 3 2 1 6 1 2 - (2 3 2 3 2 1 5 6 1 2 1 2 2 2 2)
今日相逢　　在五台。

3 3 2 - 0 1 1 2 3 2 1 - 2 1 2 2 3 - 0
耳边　　听得人马闹，贤弟带来

6 5 3 2 1 3 2 - 3 3 2 1 1 2 3 2 1 -
多少兵？　(杨延昭)一无　兵来二无　将，

2 1 2 2 5 3 - 0 5 3 2 1 6 1 2 - 3 3 2 - 0
韩昌贼子　　随后跟。　(杨延德)听听

1 1 2 3 2 1 - 2 2 2 5 2 3 - 0 6 5 3 2 1 2 -
言来怒气生，韩昌贼子　大逞能，

3 3 2 - 0 6 5 1 2 3 2 1 - 2 1 2 2 5 3 - 0
六弟　且把丹房进，手执禅杖

6 5 3 2 1 6 2 - 3 3 2 - 0 1 1 2 3 2 1 -
退贼兵，　回头　我把六弟请，

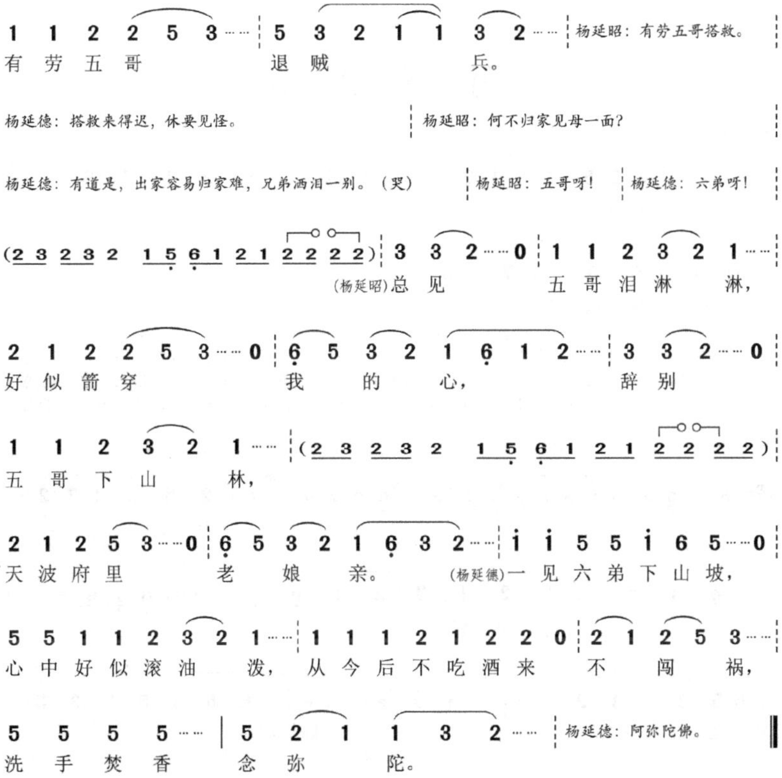
有劳五哥退贼兵。
杨延昭：有劳五哥搭救。
杨延德：搭救来得迟，休要见怪。
杨延昭：何不归家见母一面？
杨延德：有道是，出家容易归家难，兄弟洒泪一别。（哭）
杨延昭：五哥呀！
杨延德：六弟呀！
（杨延昭）总见五哥泪淋淋，
好似箭穿我的心，
辞别五哥下山林，
天波府里老娘亲。
（杨延德）一见六弟下山坡，
心中好似滚油泼，
从今后不吃酒来不闯祸，
洗手焚香念弥陀。
杨延德：阿弥陀佛。

月 下 盘 貂

1 = G

关羽：赤胆 秉性坚，何日得会桃园？

旁白：徐州失散好凄凉，兄南弟北各一方，思哥想弟难得见，提起叫人痛肝肠。俺，汉室关羽，兄弟们徐州失散，关某被困土城，曹操差来文远与关某土城相约。曹操依允，将某接进营来，三日一小宴，五日一大宴，美女十名侍奉关某，今乃中秋佳节，皓月当空，不免观月一番。

今乃是中秋节，月光灿烂，广寒宫现出了玉兔一轮，照得某

$\widehat{\overset{1}{6} \cdot \underline{5}5} \overset{}{3} | \overset{\frac{3}{2}}{2} - - 3 | 5 \underline{6 5 3} \underline{5 6 3} | 5 - - - | (5 \underline{6 5} \underline{3 2 3 5}) |$

英　雄　辈，

$\widehat{2 \quad 1} \quad \widehat{2 \quad 5} \quad 3 | (\underline{2 5 3}) \overset{}{3} \quad \widehat{2 3} | 5 - - \underline{3 5} | \widehat{6 \cdot \underline{1} \underline{6} 5}$

赤　心　　肝　胆。

$4 \cdot \underline{5} \widehat{4 \quad 3} | 2 \quad \widehat{3 \quad 2} 1 | 2 | 3 \quad 3 \quad \underline{2 3 5 4} | 3 - - - |$

$(\underline{3 5 3} \underline{2 1 2 3} | 0 \quad 3 \quad \underline{2 1 2 3} | \underline{5 6 5} \underline{1 6 5 6 1} | 5 \quad \underline{3 5} 2 -) |$

$2 \quad 5 \quad \widehat{5 \quad 2} 3 | 0 \quad 2 \quad \underline{2 3 5} | \widehat{2 3} 2 - 1 | \overset{}{7} 6 \widehat{5 \quad 6} 5 |$

今　夜　晚　　上　有　事，难　把

$(\underline{5 6 4} \underline{2 3 5}) | \widehat{6 \cdot \underline{5}} 1 - \underline{6} 1 | 3 - - - | 2 - - - |$

月　观。

关羽：曹操差来美女十名，内有貂蝉，闻听她有盖国之功，不免传她进帐盘问一番。来人。

将：在。

关羽：传貂蝉进帐。

将：君侯有令，貂蝉进帐。

貂蝉：来了！廿 $(\underline{2 5 3 5 2} \quad \underline{1 5 6 1 2 1} \overset{\frown}{2} \quad 2) | \overset{\frown}{1 5} \widehat{1 2} \overset{\frac{5}{3}}{3} \cdots \underline{1 2 2} \cdots |$

适　才　间

$(\underline{2 5 3 5 2} \quad \underline{1 5 6 1 2 1} \overset{\frown}{2} \quad 2) | 2 \overset{\frac{3}{2}}{2} 7 \underline{6 5} 3 \quad 5 \cdots (2 \underline{7 6 5 6 7 6} \overset{\frown}{5}) |$

在　上　　房，

$\overset{\frac{5}{3}}{3} \cdot \underline{1} 5 \quad 0 \quad \underline{6} 1 | \widehat{2} \cdots \overset{\frown}{2} \cdot \underline{3} 1 \cdots (2 \underline{7 6 5 6 7 6} \overset{\frown}{1} 1) |$

穿　针　刺　绣，

$5 \quad 2 \overset{\frac{2}{7}}{7} \cdot \underline{6} \widehat{3 \cdot \underline{1}} 5 \quad \underline{3 5 6} \cdots (2 \underline{7 6 5 7 6} \overset{\frown}{6}) | 7 \quad 6 \overset{\frac{3}{2}}{2} |$

忽　听　得　二　君　侯　　呼　唤

$\widehat{5 \quad 6 5} 3 \quad 5 | \overset{\frown}{6} \widehat{6 \cdot \underline{1}} 5 \cdots (2 7 \underline{6 5 6 7 6} \overset{\frown}{5}) 5 \widehat{6 5} 3 5 |$

奴　声，　　　　　将　身　且

$\overset{\frac{3}{2}}{2} 7 \cdot \underline{6 5} \cdots (2 \underline{7 6 5 6 7 6} \overset{\frown}{5}) | \underline{2 3 5} 1 \underline{6 5 3 2} \overset{\frac{1}{2}}{2} \overset{\frac{3}{1}}{1} \cdots |$

把　　　绣　房　出，

(7 6 5 6 7 6 1 1) 5 3̇2 7· 6 3·1 5 5 3 5 6 ……
但不知 二 君侯

(2 7 6 5 7 6 6) 6 1 3̇2 5 5 3 5 6 6· 1 5 ……
问 我 何事。

貂蝉：奴乃貂蝉，在白楼门配夫吕奉先，忽听君侯呼叫，不免堂前走走。

(2 5 3 5 2 3 1 5 6 1 2 1 2 2) 5 3 3 2 1 6 1 3· 5 2 ……
转 欢 颜

(3 2 5 3 5 2 3 1 5 6 1 2 2) 2 3̇2 7 6 5 3 5 ……
迈 金

(2 7 6 5 6 7 6 5 5) 6 1 3̇2 2 3̇2 5 6 5 3 2 2· 3 1 …… 276 5
莲，奴把宝 帐

(7 6 5 6 7 6 1 1) 5 5 3 2 2̇7· 6 2 5 5 3 5 6 ……
进，貂 蝉 女见君

(2 7 6 5 7 6 6) 5 3 5 3̇2 …… 5 6̇5 3 5 6 6· 1 5 ……
侯不敢抬头。

貂蝉：见过君侯。　　关羽：下跪何人？
貂蝉：奴乃貂蝉。　　关羽：为何不抬头？
貂蝉：有罪不敢。　　关羽：恕你无罪。
貂蝉：见过君侯。　　关羽：啊！

【南路】紧打慢唱

(2 3 2 3 2 3 1 5 6 1 2 1 2 2 2 2) 5 3 3 1 2 …… 0
见貂蝉

1 1 3 1 1 1 1 3 2 1 …… 5·3 3 2 1 2 2 5·2 3 …… 0
生 得有沉鱼落雁， 赛过了 天仙女

5 5 3 2 1 1 1 6 1 3 1 2 2 2 2 2 2 2̇7 6 5 …… 0
降 下 凡 间， 怪 不得凤仪亭

264

5 5 5 5 3 2 2·3 1 ┊ 5 1 5 5 5 3 2 1 2 3 ┊ 0 ┊
父　子　争　战，　　　　父　杀　子，子　杀　父，

5 5 3·1 6 5 3 2 1 0 1 3 2 ┊ 关羽：貂蝉你站了起来，一旁坐下。
人　伦　　　　　　　倒　　颠。

貂蝉：君侯在此，哪有貂蝉的座位。
关羽：你乃功勋之女，温侯之妻，哪有不坐之礼？
貂蝉：谢过君侯。
关羽：貂蝉，我来问你，你父亲将你先许吕布后许董卓，是何道理？你慢慢地讲来。
貂蝉：君侯容禀。

【南路慢板】

4/4 (0 0 6 7 6 5 6 ┊ 1 2·5 3 2 3276 ┊ 5 3 5 76 5 6 1 ┊ 5 4 3 2 -)┊

3 2 3 4·6 3 2 ┊ 1 6 1 1 7 6 1 ┊ 2 - - (4 3 ┊ 2 3 2 1 6 5 6 1 ┊
未　开　　　　　言，

2 3 5 4 3 5 2 ┊ 3 5 6 1 2)┊ 2 2 7 2 6 5 ┊ 5 3 5 5 76 5 ┊
　　　　　　　　不　　由　人

1 - - (2 7 ┊ 6·7 2 3 7 6 5 6 ┊ 1 2 5 3 2 3276 ┊ 5 3 5 76 5 6 1 ┊

5 4 3 2 -)┊ 2 3 5 6 76 5 (2 ┊ 3276 5)1 6 1 ┊
　　　　　　泪　流　　　满

2 3 2 3 4 5 3 5 2 3 ┊ 1 - - 6 5 ┊ 1·2 3 5 3 2 ┊ 1 6 3 2 2 ┊
面。

0 3 1 7 6 - ┊ (6·7 2 76 5·6 7 2 ┊ 6 0 0 1 5 1 6 5 ┊

3·3 3 3 3 2 1 6 ┊ 2 0 5 3 2 3235 ┊ 2 3 5 3 2 1 7 6 5 6 1 ┊

(5676
5 6 4 3 2 -)┊ 5 3 5 3 5 2 0 1 2 7 6 5 ┊ 5)2 7 65 3 5 ┊
尊　一　声　　　　　　　二　君　侯

$\widehat{5\ 3}\ 5\ -\ \dot{6}\ |\ \overline{7\cdot\ 2}\ \overline{7\ 6}\ \dot{5}\ |\ 6\ -\ -\ (\dot{7}\ |\ \overline{\dot{6}\cdot\ \dot{7}}\ 2\ \dot{6}\ \overline{7\ 2}\ \dot{6}\ |$

细 听

$\overline{\dot{7}\cdot\ 2}\ 3\ 5\ \overline{3\ 2\ 1\ 7}\ \dot{6})\ |\ \overline{7\cdot\ 2}\ \overline{6\ 7}\ \overline{6\ 5}\ |\ \overline{5\ 6}\ 5\ 3\ -\ 5\ |\ \overline{6\ 7}\ \overline{6\ 5}\ \overline{6\ 7}\ 2\ \dot{6}\ |$

奴 言,

$5\ -\ -\ (\dot{6}\ |\ \overline{5\cdot\ \dot{6}}\ \overline{1\ 3}\ \overline{2\ 1}\ \dot{6}\ \dot{1}\ |\ 5\ 0\ \overline{4\ 3}\ \overline{5\ 2}\ \dot{6}\ |\ \overline{1\ \dot{6}}\ \overline{2\ 5}\ \overline{3\ 2}\ \overline{3\ 2\ 7\ 6}\ |$

$\overline{5\ 3}\ \overline{5\ 7}\ \overline{6\ 5}\ \overline{6\ 1}\ |\ \overline{5\ 6}\ \overline{4\ 3}\ 2\ -\ )\ 2\ -\ \overline{2\ 7}\ \overline{2\ 6}\ 5\ |\ \overline{5\ 3}\ \overline{5\ 6}\ \overline{5\ 6\ 1}\ |$

先 帝 爷

$5\ -\ -\ (\dot{6}\ |\ \overline{5\ 6}\ \overline{4\ 3}\ \overline{2\ 1}\ \overline{2\ 3}\ |\ \overline{5\ 6}\ \overline{4\ 3}\ \overline{2\ 3}\ 5\ )\ |\ 2\ -\ \widehat{5\ 3}\ \overline{5\ 6}\ |$

坐 江

$\overline{7\ 2}\ \overline{7\ 6}\ \overline{5\ 7}\ \overline{6\ 5}\ |\ 1\ -\ -\ (\dot{7}\ |\ \overline{\dot{6}\cdot\ \dot{1}}\ 2\ 3\ \overline{7\ 6}\ \overline{5\ 6}\ |\ \overline{1\ \dot{6}}\ \overline{2\ 5}\ \overline{3\ 2}\ \overline{3\ 2\ 7\ 6}\ |$

山,

$\overline{5\ 3}\ \overline{5\ 7}\ \overline{6\ 5}\ \overline{6\ 1}\ |\ \overline{5\ 6}\ \overline{4\ 3}\ 2\ -\ )\ 5\ |\ \overline{3\ 5}\ \overline{6\ 1}\ 5\ |\ 0\ \overline{5\ 3}\ \overline{2\ 3}\ \overline{6\ 5}\ |$

民 心 大

$1\ (\dot{2}\ \overline{3\ 2\ 7\ 6}\ \overline{5\ \dot{6}}\ 1\ )\ |\ \overline{2\ 2}\ \overline{7\ 5}\ \overline{3\ 5}\ \overline{2\ 7}\ |\ \dot{6}\ \overline{7\ 6}\ 2\ \widehat{3\ 5}\ |$

变, 惹 动 了 黄 巾 贼

$5\ \overline{3\ 2}\ \overline{7\ 6}\ (\dot{7}\ \overline{5\ 6\ 7\ 2}\ \dot{6})\ \overline{5\ 3}\ \overline{5\ 6}\ |\ \overline{1\ 2}\ \overline{7\ 6}\ 5\ -\ |\ \overline{2\ 7}\ \overline{6\ 5}\ \overline{2\ 3}\ 5\ |$

四 起 狼 烟, 恨 董 卓

$0\ 2\ \widehat{3\ 5}\ 5\ |\ \overline{5\ 3}\ \overline{5\ 6}\ \overline{7\ 2}\ \dot{6}\ |\ 0\ \overline{5\ 3}\ \overline{2\ 3}\ \overline{6\ 5}\ |\ 1\ (\dot{2}\ \overline{3\ 2\ 7\ 6}\ \overline{5\ \dot{6}}\ 1\ )\ |$

在 朝 中 为 官 专 权,

$\overline{2\ 2}\ \overline{7\ 5}\ \overline{3\ 5}\ \overline{2\ 7}\ |\ \dot{6}\ \overline{7\ 6}\ 2\ \widehat{3\ 5}\ |\ 2\ \overline{5\ 2}\ \overline{7\ 2}\ \dot{6}\ |\ (\overline{5\ 6\ 7}\ \dot{6})\ \overline{5\ 6}\ \overline{7\ 2}\ |$

仗 着 了 吕 奉 先 逞 下 威

$\overline{6\ 7}\ \overline{6\ 3}\ 5\ -\ |\ 5\ \overline{3\ 2}\ \overline{7\ 6}\ 5\ |\ 0\ \overline{2\ 5}\ 2\ |\ 5\ \overline{3\ 5}\ \overline{6\ 1}\ 5\ |$

严。 奴 爹 爹 每 日 里 神 魂

0 $\widehat{5323}$ $\widehat{65}$ | 1 $(\widehat{276}$ $\widehat{561})$ | $\widehat{22}$ $\widehat{75}$ $\widehat{3527}$ | $\widehat{65}$ 5 $\widehat{35}$ $\overset{3}{\underset{}{2}}$ |

倒　　　　颠，　　　　　为国　家　　　昼夜里

$\widehat{5356}$ $\widehat{726}$ | $(\widehat{567}$ $6)$ $\widehat{5356}$ | $\widehat{12}$ $\widehat{765}$ $-$ | 5 $\widehat{3276}$ 5 |

哪　得　　　　安　宁，　　　父女　们

0 2 $3\cdot\widehat{55}$ | $\overset{5}{\underset{}{5}}\widehat{3}$ $\widehat{561}$ 5 | 0 $\widehat{5323}$ $\widehat{65}$ | 1 $(2\widehat{3276}$ $\widehat{561})$ |

定一个连环　　计　　　　献，

$\widehat{22}$ $\widehat{75}$ $\widehat{3527}$ | 6 $\widehat{762}$ $\widehat{35}$ | $\widehat{5356}$ $\widehat{726}$ | $(\widehat{567}$ $6)$ 2 7 |

因此　上　　先许奉先　后　许　　　董

$\widehat{676}$ 35 $-$ | $\widehat{27}$ $\widehat{65}$ $\widehat{235}$ | 0 2 $\widehat{352}$ | 5 $\widehat{3561}$ $5(2$ |

奸，　　凤仪亭　　并非是　奴　家

$\widehat{3276}$ $5)$ 6 1 | $\widehat{232}$ $\widehat{123}$ $\widehat{532}$ | $1\cdot\widehat{23}$ $\widehat{5232}$ 1 | 7 6 5 6 |

下　　贱，

1 $\widehat{61}$ $\widehat{253}$ 2 | 1 $\widehat{561}$ 21 | 0 $\widehat{765}$ 65 | 0 $\widehat{612}$ $-$ |

0 5 5 | 6 $--$ $\widehat{56}$ | 7 $\widehat{672}$ $\widehat{326}$ | $7\cdot$ $\widehat{272}$ 76 |

5 0 $\widehat{656}$ 72 | $\widehat{676}$ 5 | 5 6 $\widehat{567}$ 2 | 6 $---$ |

$(6\cdot7$ $\widehat{253}$ $\widehat{217}$ | $\widehat{676}$ 5 $\widehat{356}$ | $6\cdot7$ $\widehat{253}$ $\widehat{2176}$ |

$\underset{}{6}\cdot\widehat{666}$ $\widehat{666})$ | 1 5 5 1 | $1\cdot\widehat{23}\cdots$ | $(0$ 4 $\widehat{3212}$ $\widehat{3333})$ |

奴这里失名节，

3 $\widehat{3521}$ $\widehat{765}\cdots$ | $6\cdot\widehat{51}\cdot23\cdot53\cdot21$ $2\cdots$ | $(\widehat{23232}3156121\widehat{2222})$ |

为的是　　山川。

2 $\overset{3}{\underset{}{2}}1$ 5 $\overset{5}{\underset{}{3}}1$ $22\cdots$ | 1 $\widehat{5332}$ 1 5 $\widehat{321}\cdots$ |

(关羽)貂蝉　女　　　她果然才貌出　现，

267

5 2 2 5 3̲2̲2 3··· 0 5 1̲5̲5 2··· 2 2 2 2 2̲2̲7 6̣ 5·· 0

现皇朝尽都是　　老贼董奸，凤仪亭若不是

5 5 3̲2̲ 5 5̲3̲ 2 1··· 5 3̲ 3 1 2̲5̲ 5 3··· 0

连环　　计献，　汉江山一旦

5 5 3̲2̲5 2··· 2 2 2 2̲2̲7 6̣ 5·· 0 ³2 1 1 1̲ 3̲2̲1···

付与　董奸，汉关某我只得　　好言相劝，

2·2̲2 5 3̲2̲1·2̲3 3··· 0 3·1̲6̣ 5 3 2 1 6̣ 5̣ 1·3̲1·2̲3 1 2···

三国中论英雄，谁比　　桃园？

(⁶5̣ 5̲ 3 3 2 7̣ 6̣ 2 7̣ 6̣ 5···) ⁵3 3 3 1̲ 2·· 1̲

(绍峰)汉　朝　中

(5̣ 6̣ 1 2···) 3 ³2·7̲ 6̲2̲ 7̲6̲5 (6̣ 7̣ 6̣ 5···)

论　英　雄，

5··· 5̲1 6̣ 6̣ 5 3 2·3̲ 4̲6̲3··· 6̣ 2 ⁴4 1 6̣ 5̲3̲5̲3̲2

奴　夫　　　奉

1̲ 6̲ 3̲ 3̲ 2̲3̲2̲ 1 6̲1̲6̲1̲ 2̲ 3̲2̲ 1̲3̲2̲7̲6 5 3̲5̲3̲5̲ 6̲2̲7̲6

先

【北路慢板】

5̲6̲1̲ 4̲3̲2̲1̲2̲3 5 - - 6̲5̲ 4 5 6̲ 7̲6̲1̲ 5 - - - ²4(0 6̲ 5̲ 6̲

⁴4 1̲7̲6̲ 1̲6̲5̲ 3̲2̲ 1̲ 6̲2̲ 2·7̲ 6̲2̲ 7̲6̲ 5̲6̲5̲ 1 2̲3̲ 5̲6̲5̲

3̲2̲3̲5̲ 6̲i̲ 6̲5̲ 3̲2̲ 1̲2̲3̲5̲ 2̲3̲1̲ 0 i̲ 3̲5̲6̲i̲ 5̲ 3̲ 5̲6̲i̲ 6̲5̲ 4̲3̲

2·3̲5̲ 4̲3̲5̲2̲ 1 6̣) 6̣ 3̲ 3 2̲3̲2̲1 6̣ 3̲5̲ 2̲7̲ 6̲5̲6̲7̲6

又只见　二君侯

5(6̲4̲3̲2̲3̲5) 5̲ 3̲2̲ 7̲2̲5̲ 6̲7̲6̲ 6̲7̲2̲7̲ 6̲5̲ 7̲6̲5 -

怒　气　　冲　天，

5̲ 3̲5̲6̲ 6̲ 1 | 3 2̲7̲6̲5̲7̲6̲ | 5 (6̲4̲3̲2̲3̲5̲) | 6̲7̲6̲5̲3̲ 5 |
奴 这 里 转 笑 脸　　　　　　　随　机

(3̲5̲6̲i̲ 5̲) 6̲1̲6̲1̲ | 5̲3̲2̲ 2 - 3̲2̲ | 1 (7̲ 6̲1̲2̲3̲ 5̲3̲2̲ |
　　应　　变,

1 2̲·7̲6̲2̲7̲6̲ | 5̲6̲4̲3̲2̲3̲5̲ | 3̲·5̲6̲i̲6̲5̲4̲3̲ | 2̲3̲5̲4̲3̲5̲2̲ |

1 6̲) 3 3 | 3 2̲3̲2̲1̲ 6̲ | 3̲5̲ 2̲7̲6̲5̲6̲7̲6̲ | 5 (6̲4̲3̲2̲3̲5̲) |
尊 一 声　　二 君 侯

5̲·2̲7̲2̲5̲ | 6̲7̲6̲ 6̲7̲2̲7̲ | 6̲5̲6̲7̲6̲5̲ - | 5̲3̲5̲ 6̲ 1 |
细 听 奴 言,　　　大 千 岁

5̲3̲5̲6̲2̲3̲7̲6̲ | 5 (6̲4̲3̲2̲3̲5̲) | 6̲7̲6̲5̲3̲ 5̲ (3̲5̲6̲i̲ 5̲) 6̲1̲6̲1̲ |
他 本 是　　　帝 王 体

5̲3̲2̲ 2 - 3̲2̲ | 1 6̲ 3 3 | 3 2̲3̲2̲1̲ 6̲ | 3 2̲7̲6̲2̲7̲6̲ |
面,　　　手 执 着 双 蚨 剑

5̲ (6̲4̲3̲2̲3̲5̲) | 5̲·2̲7̲2̲5̲ | 6̲7̲6̲ 6̲7̲2̲7̲ | 6̲5̲6̲7̲6̲5̲ - |
　　压 赛 天 仙,

1̲3̲5̲ 6̲ 1 | 5̲3̲5̲6̲2̲3̲7̲6̲ | 5 (6̲4̲3̲2̲3̲5̲) | 2 7̲2̲3̲5̲3̲2̲ |
二 君 侯 你 本 是　　　仁 义

7̲·2̲7̲5̲ | 6̲7̲6̲ 5̲6̲7̲ | 6 - - (7̲ | 6̲7̲6̲5̲3̲2̲3̲5̲ | 6̲ 2̲ i̲ 7̲ |
过　　谦,

6̲7̲6̲5̲3̲5̲6̲ | 0 i̲6̲ 5̲6̲1̲ | 2̲3̲5̲4̲3̲5̲2̲ | 1 6̲) 3 3 |
　　　　　　　　　　　　　手 执

3 2̲3̲2̲1̲ 6̲ | 1 6̲1̲2̲3̲7̲6̲ | 5 (6̲4̲3̲2̲3̲5̲) | 5̲·2̲7̲2̲7̲5̲ |
着 偃 月 刀,　　　保 定

$\widehat{6\ 7\ 6}$ $\widehat{6\ 7\ 2\ 7}$ | $\widehat{6\ 7\ 6}$ $\widehat{3\ 5}$ - | $\widehat{5\ 3\ 5}$ $\widehat{6\ 1}$ | $\widehat{5\ 3\ 5}$ $\widehat{6}$ $\widehat{2\ 3\ 7\ 6}$ |
山　　川，　　　三千岁　他生来

$\underset{\cdot}{5}$($\widehat{6\ 4\ 3}$ $\widehat{2\ 3\ 5}$)| $\underset{\cdot}{5}$ $\widehat{3\ 2\ 3}$ $\underset{\cdot}{5}$ | $\widehat{6}$ $\widehat{7\ 2\ 6\ 5\ 3}$ | $\widehat{2\ 1}$ $\widehat{2\ 3}$ $1\cdot$ ($\underset{\cdot}{2}$|
威风　　八　　　面，

$\widehat{6\ 2}$ 1)$\widehat{5\ 3\ 5}$ | $\widehat{7\ 6\ 7\ 2}$ $\widehat{6\cdot}$ ($\underset{\cdot}{5}$| $\widehat{3\ 5\ 6}$)$\widehat{3}$ $\underset{\cdot}{1}$ | $\underset{\cdot}{3}$ $\underset{\cdot}{5}$ $\widehat{6\ 5\ 3}$ |
手执着　　　　丈　八　矛

$\widehat{7\ 5\ 6}$ $\widehat{7\ 2\ 6}$ | ($\widehat{3\ 5}$ $\widehat{6}$)$\widehat{5\ 3\ 5}$ $\widehat{6}$ | $\widehat{2\ 3\ 7\ 6}$ $\underset{\cdot}{5}$ - | ($\widehat{3\ 5\ 6\ 1}$ $\underset{\cdot}{5}$)1 $\widehat{3\ 5}$ |
谁　敢　　近　前？　　　　虎牢

$\underset{\cdot}{3}$ $\widehat{2\ 3\ 2}$ $\underset{\cdot}{1}$ $\underset{\cdot}{6}$ | ($\widehat{6\ 2}$ 1)$\underset{\cdot}{7}$ $\widehat{6\ 5}$ | $\underset{\cdot}{3}$ $\underset{\cdot}{1}$ $\underset{\cdot}{5}$ $\widehat{6\ 7\ 6}$ | $\underset{\cdot}{7}$ $\widehat{6\ 5}$ $\underset{\cdot}{3}$ $\underset{\cdot}{5}$ |
关　　　胜　奴　夫　一　场

($\underset{\cdot}{5\cdot}$ $\underset{\cdot}{5\ 5\ 5\ 5\ 5\ 5}$)|$\overset{廾}{6}$ $\widehat{1\ 6\ 1}$ $\widehat{5\ 3\ 2}\cdots\widehat{3\ 2\ 1}\cdots$($\overset{\cdot}{6}$ $\overset{12}{\underset{\cdot}{6}}$$\overset{\frown}{5\ 5}$ $\underset{\cdot}{2}$ $\underset{\cdot}{1}$ $\underset{\cdot}{7}$ $\underset{\cdot}{2}$ $\underset{\cdot}{1}\cdots$)|
恶　　战，

$\widehat{7\ 6\ 2}$ $\overset{3}{\underset{\cdot}{5}}\cdots$ | $\underset{\cdot}{2}$ $\underset{\cdot}{5}$ $\underset{\cdot}{5\cdot}$ $\underset{\cdot}{6}$ $\underset{\cdot}{7\cdot}$ $\underset{\cdot}{2}$ $\widehat{7\ 6\ 5}$ | $\underset{\cdot}{6}$ - |($\underset{\cdot}{7}$ $\widehat{6\ 5\ 3}$ $\underset{\cdot}{5}$ $\overset{\frown}{\underset{\cdot}{6}}$)|
汉　朝中　论英雄

1 $\underset{\cdot}{3}$ $\underset{\cdot}{2}$ $\underset{\cdot}{1}$ $\underset{\cdot}{7}$ $\underset{\cdot}{6}$ $\underset{\cdot}{5}\cdots$ $\overset{6}{1}$ $1\cdot$ $\widehat{2\ 3}$ $\widehat{5\ 3}$ $\widehat{2\ 1}$ $\widehat{2}\cdots$ $\overset{\circ\circ}{\underset{\cdot}{6}}$|
谁　比　　　桃园？

($\widehat{2\ 3\ 2\ 3}$ $\underset{\cdot}{2}$ $\widehat{1\ 5\ 6}$ $\widehat{1\ 2}$ $\widehat{1\ 2}$ $\widehat{2\ 2\ 2\ 2}$)2 2 $\underset{\cdot}{1}$ $\underset{\cdot}{5}$ $\overset{5}{3}$ 1 $2\cdots$ 0
　　　　　　　　　　　　　　　　(关羽)貂　蝉　　女

1 $\underset{\cdot}{5}$ $\widehat{3\ 2\ 3}$ $\underset{\cdot}{2}$ $\underset{\cdot}{1}$ 1 $\widehat{3\ 2}$ $1\cdots$ $\underset{\cdot}{5}$ $\underset{\cdot}{3}$ $\widehat{3\ 2\ 1}$ $\underset{\cdot}{2}$ $\underset{\cdot}{2}$ $\widehat{5\ 2}$ $3\cdots$ 0
她果然嘴能舌辩，　几句话　说得我

$\underset{\cdot}{5}$ $\underset{\cdot}{5}$ $\widehat{3\ 2}$ $\underset{\cdot}{1}$ $\underset{\cdot}{3}$ 1 $2\cdots$ 3 $\underset{\cdot}{2}$ $\underset{\cdot}{2}$ $\underset{\cdot}{2}$ $\underset{\cdot}{7}$ $\underset{\cdot}{2}$ $\underset{\cdot}{2}$ $\widehat{7\ 6}$ $5\cdots$ 0
哑口无言，　有一日某大哥

1 $\underset{\cdot}{3}$ $\widehat{3\ 2}$ $2\cdot$ $\overset{3}{1}$ $1\cdots$ $\underset{\cdot}{5}$ $\underset{\cdot}{3}$ $\widehat{3\ 2\ 1}$ $\underset{\cdot}{2}$ $\underset{\cdot}{5}$ $\widehat{5\ 2}$ $3\cdots$ 0
登了金　殿，　奏兄王　他封你

$\underbrace{\overset{1}{6}\ 6\ 5}\ 5\ 5\ |\ 3\ 2\ 1\ 3\ 2\ —|$ 关羽：貂蝉，你小心伺候二位皇嫂，有事再来传你，下帐去吧。

女 中 魁 元。

貂蝉：谢过君侯。$(2\ 5\ 3\ 5\ 2\ 3\ 1\ 5\ 6\ 1\ 2\ 1\ 2\ \ 2)\ 5\ 3\ 2\ 1\ 6\ 1\ 3\cdot 5\ 2\ —|$

（貂蝉）二 君 侯

$(2\ 5\ 3\ 5\ 2\ 3\ 1\ 5\ 6\ 1\ 2\ 1\ 2\ \ 2)\ 5\ 2\ 5\ 3\ 5\ 6\ 5\cdot 6\ 1\ 5\ —|$

他 待 人

$(2\ 7\ 6\ 5\ 6\ 7\ 6\ 5\ \ 5)\ 1\ 5\ 1\ 6\ 1\ 2\ 2\cdot 3\ 1\ —|$

仁 义 过 谦，

$(2\ 7\ 6\ 5\ 6\ 1\ \ 1)\ 2\ 3\ 2\ 7\ 6\ 5\ 6\ 6\ 5\ 2\ 7\ 6\ 5\ 6\ —|$

说 得 我 貂 蝉 女

$(2\ 7\ 6\ 5\ 7\ 6\ \ 6)\ 7\ 6\ 2\ 5\ 6\ 5\ 3\ 5\ 6\ 6\cdot 1\ 5\ —|$

无 有 话 言，

$(2\ 7\ 6\ 5\ 6\ 7\ 6\ 5\ \ 5)\ 2\ 7\ 2\ 6\ 2\ 7\ 6\ 5\ 5\ 3\ 2\ 7\ 6\ 5\ 6\ 7\ —|$

待 等 得 他 大 哥 登 了

$(2\ 7\ 6\ 5\ 6\ 7\ \ 7)\ 1\ 6\ 5\ 3\ 2\ 2\cdot 3\ 1\ —|(2\ 7\ 6\ 5\ 6\ 7\ 6\ 1\ \ 1)$

金 殿，

$5\ 3\ 3\ 2\ 1\ 2\ 5\ 5\cdot 2\ 3\ —|(4\ 3\ 2\ 1\ 2\ 3\ \ 3)\ 5\ 3\ 2\ 1\ 6\ 1\ 3\cdot 5\ 2\ —|$

奏 兄 王 他 封 我， 女 中 魁 元，

$(3\ 2\ 5\ 3\ 5\ 2\ 3\ 1\ 5\ 6\ 1\ 2\ \ 2)\ 2\ 7\ 6\ 2\ 6\ 7\ 6\ 5\ 2\ 7\ 5\ 6\ —|$

怕 的 是 貂 蝉 女

$(2\ 7\ 6\ 5\ 7\ 6\ \ 6)\ 7\cdot 6\ 5\ 1\ 6\ 5\ 3\ 2\ 2\cdot 3\ 1\ —|$

福 命 薄 浅，

$(7\ 6\ 5\ 6\ 1\ 2\ 7\ 6\ 5\ 6\ 1\ \ 1)\ 5\cdot 3\ 3\ 2\ 1\ 2\ 2\ 2\cdot 5\ 3\ —|$

受 不 得 皇 家 礼，

（4　32 1 2 3　3）│5 3·i 6 5 5 3·2 1　(x)│1 2 i 6 1 3·5 2‥‥│
　　　　　　　　　　名　节　　　　　　难　全，

（2 3 2 3　2 3 1 5　6 1 2 1　2 2 2 3）│3　3　1 2 2‥‥0│
　　　　　　　　　　　　　　　　　　　（关羽）曹　孟　德

2 3 2 1 3 2 2 1　5 3·2 1‥‥0│3 2 3 5 3 2　1·2 3‥‥0│
他把这美人计献，　　　　　哪知道汉关某

6·5 3·2 3 1 2 3‥‥│1 3 3 1 3 2 1 3 2 5 1‥‥5 3 2 1│
铁　石　心坚，　　　他好比柳下惠坐怀不乱，

3 2 2 1 3 2 1 2 2 3‥‥0│5 5 3 i 6·5 3 0 2 2 1 2 3·1 2 2│
我好比鲁果子，　　不爱

5 3 2 3 2 1 0 1 1 5 2│1 7 6 5‥‥1 1 2 i 6·i 6 5 3 5‥‥│
汉　关，　　　思哥想弟，

2 5 1 2 5 1·2 3‥‥0│i i 6·5 3·2 1‥‥1 3‥‥1 2‥‥‖
兄弟们相会时　　　感谢　　　苍天。

272

第七章 长沙花鼓戏（浏阳）

（一）长沙花鼓戏（浏阳）介绍

清同治十二年（1873）《浏阳县志》记载："又有服优场男女衣饰，暮夜沿门歌舞者，曰花鼓灯。""花鼓灯"属地花鼓（对子花鼓），均唱插秧、采茶曲，以丑角、旦角装扮，载歌载舞，它是花鼓戏的最初形式。

1. 长沙花鼓戏的来源

长沙花鼓戏流行于原长沙府一带十二属县——长沙、善化（今望城）、湘阴、浏阳、醴陵、湘乡、宁乡、益阳、安化、茶陵、攸县等地。长沙花鼓戏形成、流行的广大地区各地方言有较大差别，旧称"五里不同音，十里不同调"，随着艺术交流的频繁，逐渐演变为以长沙官话为统一的舞台语言。2008 年，长沙花鼓戏被列入湖南省第二批非物质文化遗产名录项目。

清道光、咸丰年间，长沙花鼓戏从两小戏到三小戏经历了约 50 年的发展。长沙花鼓戏脱胎于湘中各地的山歌、民歌和民间歌舞，是在丑、旦歌舞演唱的"对子花鼓"基础上发展形成的。其历史可分为三个阶段：一是"两小戏"阶段。这是长沙花鼓戏的雏形，与丑、旦歌舞演唱的"对子花鼓"既有联系又有区别。二是"三小戏"阶段，这是花鼓戏正式形成并最具特色的阶段。时间大约在清代道光至同治年间（1821–1874）。"三小戏"是"两小戏"的发展，在丑、旦演唱的基础上，加入了小生行当，使花鼓戏脱离了歌舞演唱的旧套。"三小戏"是"两小戏"的发展，它在丑、旦妆唱的基础上，加入小生行，使花鼓戏的戏剧结构与表现形式发生了重要变化，脱离了歌舞演唱的旧套，向歌、舞、科、白俱全的综合性戏曲艺术过渡。唱本题材也从以表现生产、劳动的生活故事为主，转向于以较大篇幅来表现爱情或伦理道德的民间故事与神话故事，但仍保持着通俗、生动、形象的民间文学特点。三是"多行当本戏"阶段，它在"三小戏"的基础上增加了生、净等表演行当，唱本也从原来以小戏或折子戏为主而逐步变为搬演故事完整的本戏。在这个阶段，长沙花鼓戏的声腔得到了完善，唱本进一步扩大，角色行当进一步发展，成为一种表现力丰富，生活气息、地方特色十分浓郁的地方戏曲剧种。

清道光、咸丰年间，长沙花鼓戏开始与湘剧同台演出，从湘剧中汲取营养，出现了"亦湘亦花"的科班、戏班。同时花鼓戏扩大了自己的演出唱本，丰富了表演艺术，促使花鼓戏的音乐得到了更大的发展，唱本上也发展为故事完整的整本戏。

清末民初，花鼓戏开始进军城市。民国元年，花鼓戏新泰班进入长沙演出。到1949年，花鼓戏开始进入兴盛时期，益阳班、湘潭班、醴陵班、宁乡班、浏阳班云集长沙，不同路子的花鼓戏因频繁的艺术交流而逐渐合流，舞台语言向长沙官话统一，形成比较完备的长沙花鼓戏剧种，长沙花鼓戏（浏阳）是长沙花鼓戏剧种之一，长沙花鼓戏（浏阳）被列入湖南省长沙市第四批非物质文化遗产名录（2014）。

2. 长沙花鼓戏（浏阳）的唱本内容

长沙花鼓戏（浏阳）唱本大多为劳动人民和艺人集体创作。传统唱本的形式、风格，以短小精悍、载歌载舞者为主，又以轻松活泼的喜剧和火辣热烈的闹剧见长。有歌舞性的对子戏，也有唱做并重的本戏；有讽刺喜剧，也有庄重的正剧、悲剧。传统唱本多属艺人的口头创作，以民谣、民歌、俗话、歇后语以及朴素的生活语言为基础提炼、加工。它的唱词常借用民歌中的"十送""十绣""四季""五更""十二月"等套曲。长沙花鼓戏（浏阳）的唱本内容多取自民间传说、神话故事、通俗话本和社会生活；描写对象多为劳动人民、书生公子、官吏商贾，但以渔、樵、耕、读为主。表现内容上多为反封建伦理道德、追求婚姻自由，要求个性解放，提倡朴素的伦常美德，惩恶扬善，歌颂劳动人民的生活和理想。

3. 长沙花鼓戏（浏阳）的班社情况

浏阳为长沙花鼓戏发源地之一。浏阳的花鼓戏因受地域文化影响，兼有湘东的山歌、浏阳的民歌、江西的采茶、平江的花灯及浏阳的地花鼓元素，在演出唱本、声腔特色、表演风格和锣鼓套路上自成流派，别具一格。

浏阳的花鼓戏有一百余年的历史。它是由民间对子花鼓逐渐发展为草台班子的。在清末民初，就以地区语系分为上、中、下三路；东区为上路，以花鼓艺人林益元、王兴发、周南桂较有名；城关与南乡青草市一带为中路，以高一、高二、刘二等较有名；西区为下路，以袁申姣、罗汉臣等为代表。花鼓戏班多为半农半艺，于节日及喜庆时演出。旧社会被指斥为花鼓淫戏，常遭禁止，戏班子很难巩固。因各地民间艺术、民俗、乡音土语以及政治、经济的差别，形成了不同风格的艺术流派，艺人们称为"不同路子"。如醴潭路子，泛指湘潭、浏阳、茶陵、攸县、醴陵一带的花鼓。唱本通大路，而湘潭多风流戏、小调戏。

不同路子的民间艺人为了发展花鼓戏事业，他们兴潮就地设科，学成组班，其演出活动也多限于本土乡镇。流行于湘潭、醴陵一带的人义班，在湘东（现萍乡市湘东区）颇享盛名。它们均组建于清代后期。虽然后几经衍变，师徒承袭，数易班名，但大多不离开本土。到了民国年间，才有外乡戏班进入长沙演出。民国二十五年（1936）在长沙开湘、鄂、赣、粤省土产展览会，各自带来地方戏献演。

长沙人刘福生来浏西邀请花鼓艺人孙少云等，组织花鼓戏班到长沙演出了"武扯笋"等节目。这是湖南省会舞台上演花鼓戏之始。民国三十六年（1947），浏籍驻长商人贺怡邀集袁申姣、孙少云等艺人成立浏西楚剧改进社。在长沙可园绿萍书场演出。次年春，浏阳花鼓艺人邓树桃等在长沙办美奇戏院，邀集以浏阳花鼓艺人为主的班子上演花鼓戏。1949年，已有益阳班、湘潭班、醴陵班、宁乡班、浏阳班等云集争演。

4. 长沙花鼓戏（浏阳）的唱腔特点及表演形式

长沙花鼓戏（浏阳）唱腔以［川调］和［神调］为主，［川调］有：［湘潭川调］、［湘潭双川调］、［醴陵川调］、［醴陵双川调］、［醴陵花十字调］等，曲调风格高昂激越；［神调］有：［嫂子调］、［产子调］、［盘姐歌］、［小送郎］以及［南神调］、［反神调］等，以湘东民歌为素材，大筒 D 调。长沙花鼓戏（浏阳）现存声腔主要为打锣腔和川调，曲调有一百多支，表现方法为曲调连接为主，辅以板式变化。小调则是辅助性的，也作为创作素材，过场曲牌与锣鼓点子均源自民间吹打乐。

长沙花鼓戏（浏阳）以"小戏"（两小戏、三小戏）最具特点，行当、表演、装扮与唱腔、伴奏，以及演出排场等，是体现其艺术特点的重要因素，它的表演程式最初是承袭民间歌舞中的扇舞、手巾舞、矮子步以及打花棍、打酒杯、筷子、盘子加工提高，同时从劳动生活中提炼身法与做工，如犁田、使牛、推车、采茶、砍柴、踏碓、绣花、挑水、喂鸡、纺纱等。道具也以生活用具居多，如花旦的羽扇，小生的折扇，老旦、摇旦的葵扇，花旦、二旦的手巾，老丑、摇旦的烟袋，以及《调叔》中的两条长凳等。其装扮、服饰最初也以生活装饰为主，旧时曾有当场向观众借衣服的习俗。中、后期的袍帽蟒靠，刀枪把子，是搬演大本戏开始逐步从湘剧引进的。

5. 长沙花鼓戏（浏阳）的音乐特点

长沙花鼓戏（浏阳）音乐有声乐曲和器乐曲。声乐曲由各具特点的声腔组成；器乐曲由唢呐、丝弦曲牌与锣鼓点子组成。

（1）声腔

长沙花鼓戏（浏阳）音乐源于民歌，初期没有声腔之分，唱腔为民歌联唱，较为定型的声腔形式是在艺术实践中逐步形成的。它的声腔分为民歌灯调、川调和打锣腔，其中川调和打锣腔是长沙花鼓戏（浏阳）的代表性声腔。

川调是演员独唱、大筒托腔、唢呐伴奏的唱腔形式，通常被称为"正调弦子腔"。川调的声腔结构源于民歌中的"分节歌"形式，由过门乐句与唱腔乐句组成；四个乐句成一支完整的曲调而被反复演唱。作为完备的唱段，通常前部分有起板或导板，后部分有锣鼓、唢呐演奏的结束形式，传统称为"梢腔"。民歌、灯调组成的花鼓戏唱腔通常保留了各自的结构特点及伴奏形式。例如锣鼓、唢呐伴奏的［望郎调］、［小花鼓］；重复三句式结构的民歌［洗菜心］；分节歌形式的［阳雀歌］，以及多句式自由体结构的［银纽丝］、［淮调］等。均各有其旋律特点与曲调个性。

（2）伴奏

长沙花鼓戏（浏阳）音乐伴奏的主奏乐器是大筒和唢呐。大筒是川调的主奏托腔乐器。还有数十种伴奏乐器，大唢呐是打锣腔之主要随腔乐器，在川调中它作为色彩性乐器吹奏。根据不同的表现要求，大、小唢呐分别吹奏（也有两支合奏）川调的过门、梢腔以及哀子等；竹班鼓是原草台班、半台班时期的指挥乐器；堂鼓是主奏打击乐器，在传统戏中多用于领奏；锣与钹（大锣、小锣、大钹、小钞）均同湘戏（湘剧）。旧时为低音大锣、汉钞；现为苏锣、汉钞；课子（方木），为梆状的击板乐器，现为云板（摇手）所代替。

长沙花鼓戏（浏阳）的伴奏曲牌（器乐曲）通常用于伴奏舞蹈、描写环境、配合表演动作与内心感情。它有"大吹"（唢呐、锣鼓演奏）、"小吹"（丝弦伴奏的曲牌）、"民间乐曲"和"古典乐曲"构成。此外，锣鼓经也是长沙花鼓戏（浏阳）常用的打击乐，锣鼓经也称锣鼓点子，是用锣鼓演奏的伴奏曲，用以连接唱腔、道白、表演、舞蹈、武打，加强戏剧的节奏感，统一整体舞台节奏。

表 7.1 锣鼓字谱

名称	演奏器乐及方法
昌	大锣、大钞、大锣；合击
叉	大钞、小锣；合击
且	大钞、小锣；合击或大钞独击
册	小锣、小钞；合击
此	小钞；独击
退	小锣；独击
衣	板鼓；击板或休止

（二）长沙花鼓戏（浏阳）唱本

1. 半把剪刀

该剧讲述纨绔子弟曹锦堂强逼婢女陈金娥，并将其奸污，之后娶了名门梁惠梅为妻。金娥被诬为贼并赶出家门，后来生下孩子后被弟弟送到大户人家为子。十八年后，曹锦堂把女儿曹亚男许配给徐天赐，但曹亚男性情凶悍，与徐天赐争吵，金娥进内劝解，不意误杀亚男，慌乱中遗下半把剪刀。

人物：陈金娥、曹锦堂、梁惠梅、陈根福、徐天赐、徐清道、徐妈、曹亚男、黄氏、桑君葭、曹母、周鸣鹤、萍儿、管家、仵作。

众（唱）：大千世界，奇奇怪怪，螳螂食情侣，春蚕作茧反自害，该爱的却又恨，该恨的偏生爱，说奇怪，又不怪，祖祖辈辈就是这样走过来，若不信，且看那牵情惹恨的一出戏。正道这，正道这人生无奈，人生无奈。

场景：书房

陈金娥：少爷。

曹锦堂：金娥，梅花，来，金娥，暖暖手吧。

陈金娥：我不要。

曹锦堂：金娥，你在剪什么哪？

陈金娥：我在剪喜鹊登梅。

曹锦堂：我看看，喜鹊登梅，你的手真巧，剪的花鸟跟真的一样，哦，嗯，你这把剪刀不好，金娥，我的这把剪刀送给你，让你把花剪开，把鸟剪飞。

陈金娥：我可没那么灵巧。

陈金娥（唱）：银光闪闪小剪刀，一上一下两相交，剪出花开雀儿叫，剪不断心丝万千条，一剪黄山苦艾草，苦不过我的命一条，灾年家家难温饱，谁收我姐弟苦根苗，再剪练江鱼儿跃，大伯收养小弟恩情高，曹夫人慈悲买下我，服侍少爷到今朝。

曹锦堂：看，都冻红了。

陈金娥：少爷，好好读书吧，少爷，我来。

曹锦堂：来，金娥，烤烤火吧，来嘛金娥。

陈金娥：不，不，少爷。

曹锦堂：你不坐，我就不读了，快来，金娥，你别走嘛，金娥，金娥。

陈金娥（唱）：看见他我意撩乱心儿跳。

曹锦堂（唱）：看见她我神已驰心旌摇。

陈金娥（唱）：他手比炭热把我熔化了。

曹锦堂（唱）：他手比火烫烫了我心梢。

陈金娥：我想躲，我想跑，又怕别人听见了。

曹锦堂：莫出声，莫开口，我爱这相对无言静悄悄。

陈金娥：他似无形锁，我挣也挣不掉。

曹锦堂（唱）：总不能隔着花枝将你瞧。

曹锦堂：金娥。

陈金娥：少爷，你该写字了，我去换水（摔破）。

曹母：哎呀，你这是怎么啦，这是祖传的玉瑶笔玺，你怎么把它打破了，去，拿家法来。

曹锦堂：母亲。

陈金娥：太太，我，我。

曹锦堂：母亲，这笔玺是孩儿不慎习笔碰碎的，不能怪她，要罚就罚我吧。

曹母：嗯，是你？是你打破的？

曹锦堂：是的，孩儿不敢欺瞒母亲，母亲，这还是个好兆头呀。

曹母：什么好兆头？

曹锦堂：人们常说跌破旧瓷碗，重换白玉盅，这岂不是孩儿要改换门庭的大喜之兆吗？

曹母：跌碎旧瓷碗，重换白玉盅，那也就罢了，快把这些收拾干净，用心伺候少爷读书。

陈金娥：是。

曹锦堂：母亲回房歇息去吧。

曹母：嗯，玉蝶，快帮她收拾收拾。

玉蝶：金娥，少爷看上你了，那么护着你。

陈金娥：胡说，那是他心好。

玉蝶：他心好？上次玉蝶打碎一只花瓶，还不是传家宝呢，夫人动家法，为什么不给玉蝶说情呢？

陈金娥：好呀，你胡说，看我不打你，看我不打死你。

玉蝶：你还打人哪，救命啦。

陈金娥：你还敢不敢说。

玉蝶：我偏说。

曹锦堂：你们在说什么呀？

陈金娥：没，没什么。

玉蝶：少爷，我们在说，金娥马上就要变成少爷的白玉盅了，我丫鬟就是旧瓷碗啦。

陈金娥：你快走，快走呀。

曹锦堂：呀。

曹锦堂（唱）：我观她长得多俊俏，我爱她心灵手又巧，剪开了多少花儿红，剪绿了多少嫩芳草，青梅向着竹马笑，伴我俩，唱着童年的歌谣。

陈金娥：少爷，我给你送炭来了。

曹锦堂：金娥，来。

曹锦堂（唱）：你剪花，我写稿，笔下才思如涌潮。

陈金娥：花儿鸟儿不知剪啥好，心儿纸儿剪碎得一条条。

曹锦堂：金娥，痛吗？我怜你孤苦伶仃无依靠，我爱你柔顺如水心灵巧，黄山接天尚有顶，你可知我对你，一片真情比天高。

陈金娥（唱）：一番话说得我心儿醉了，两眼湿润泪花飘，我只望救命恩人前程美好，报你恩还你债，把欠账勾销。

曹锦堂（唱）：说报恩就应该伴我到老，说还债就应该把红线系牢，锦堂我怜你爱你情已痴，此心耿耿可对苍天表。

曹锦堂：金娥，我母亲命我，到省城找梁老爷，请他提携，能捐得一官半职，光宗耀祖，不日动身，我实实难舍于你呀。

陈金娥：你要去省城捐官吗，好呀。一把剪刀两边分，又剪纸来又剪心，但愿他鱼跃龙门，但愿他直上青云，只要他莫忘少年纯正，我也似口含蜜糖甜津津。

曹锦堂：相伴十年情难禁，金娥待我情义深，只等省城捐官转，从此鸳鸯不离分。

众（唱）：明月多情透窗棂，鸳鸯戏水暗销魂，痴心交上相思运，哪知恩爱是祸根，哪知恩爱是祸根。

场景：客栈室内，夜晚

桑君葭：惠梅，春宵一刻值千金，我真舍不得离开你，可是我怕。

梁惠梅：怕什么呀，你在我家唱的《贵妃醉酒》，我还没学会呢，对了，我爹娘最喜欢你唱的那段，鸳鸯来戏水。

桑君葭：惠梅呀。

桑君葭（唱）：小姐真是太天真，哪里晓得你爹娘的心，他们喜欢我唱的戏，并不喜欢我这唱戏的人。

梁惠梅：桑君葭。

梁惠梅（唱）：桑君生来貌英俊，文武小生戏惊人，又是台柱又是班主，惠梅喜欢你这个人，千万别丢下我不管，天涯海角随夫行。

桑君葭（唱）：小姐本是千金之贵，贵躯怎配我江湖人，你父虽告老还乡井，翰林势力谁不闻，戏子拐带小姐奔，抓住治罪要充军。

梁惠梅（唱）：只要我俩有情义，哪怕杀头与充军，你今带我离家境，二人从此不离分。

桑君葭：惠梅。

桑君葭（唱）：惠梅待我情义深，桑某决不负你身，哪怕前途多坎坷，生生死死不离分。

萍儿：小姐，时候不早了。

桑君葭：你该走了，小伙计，给你买双鞋穿，麻烦你送她们一程。

陈根福：多谢公子，小姐，当心点。

场景：曹家府堂

曹母（唱）：张灯结彩喜气盈，鼓乐声声闹沉沉，堂前摆酒又设宴，后院杂耍唱戏文，我儿省城捐了官，不由为娘喜在心，男佣摆花送点心，站在府厅高声唤，家丁使女听分明，少爷今日回府转，从今以后改口称，见了老身叫太夫人，红包每人发一份，上前领赏切莫争。

众：多谢老太太。

陈金娥：怎么还没回来呀？

曹母：呃，金娥呢？

玉蝶：金娥，老太太有赏呢。

陈金娥：多谢老太太。

管家：老爷回来了，老爷回来了。

众：老爷回来了。

曹母：快，鼓乐齐奏，有请老爷。

曹锦堂：孩儿叩见母亲。

曹母：儿呀，起来吧。

曹锦堂：多谢母亲。

曹母：我们曹家是官宦世家，如今也是做官的人啦，不可再淘气贪玩，切不可玷污祖宗家风，辜负了皇上的圣恩啦。

曹锦堂：孩儿谨遵慈训。

众佣：恭喜老爷。

众佣：老爷，老太太，这是奴仆们的一点心意，祝贺老爷前程锦绣，祝老爷鹏程万里。

曹锦堂：多谢。

四丫鬟：老爷，老太太。

四丫鬟（唱）：奴婢礼物来奉上，聊表奴仆一片心，老爷荣升候补道，日后高升跃龙门。

曹母：好呀。

曹母（唱）：礼物编得多精致，好个鲤鱼跳龙门，吉祥之物多寓意，管家个个给赏银。

曹母：管家，快给赏银。

管家：是。

曹母：这是谁编的？

众丫鬟：是金娥编的。

曹母：金娥。真难为你想得周到。

曹锦堂：金娥。

曹母：堂儿，堂儿。

曹锦堂：母亲。

曹母：今日我儿升官，大家同庆，后院已安排杂耍戏曲，是我儿最喜欢看的得胜鼓，快随为娘来吧。

曹锦堂：啊，母亲请。

玉蝶：金娥，老太太和老爷都喜欢你，说不定啊，你可真要变成白玉盅啦，以后可别忘了我们这些旧瓷碗啊。

陈金娥：我，你。

场景：书房

陈金娥（唱）：喜重重，乐阵阵，合府欢庆把少爷迎，自从他捐官去省城，我书房处处见身影，我脸发烧飞红晕，羞羞答答怕见人，今日府堂来相见，我心儿怦怦跳不停，姐妹都把我来笑，金娥要变白玉盅，插枝海棠等君归，我已经听到脚步声。

曹锦堂：金娥。

陈金娥：少爷，哦，老爷。

曹锦堂：金娥，以后不要叫我老爷，也不要叫我少爷，就叫我锦堂吧。

陈金娥：我。

曹锦堂：金娥，你知道吗？

曹锦堂（唱）：为了捐官去省城，二月时光如二春，无时不在思念你，梦魂牵绕两团圆。

陈金娥：相思债，相思情，你我相思一般同，茶不思来饭不想，夜坐书房等你回程。

曹锦堂：金娥。

陈金娥：锦堂。

曹母：嗯嗯。

曹锦堂：啊，母亲还没休息，母亲这么晚了，你还。

曹母：我是为了你的大事未办，睡不着才来找你的。

曹锦堂：母亲，什么事啊？

曹母：儿啊。

曹母（唱）：曹梁两家同为官，你与梁小姐早定亲，这次捐官蒙岳父，才得锦绣好前程，我儿衣锦还乡井，理当早日来完婚。

曹锦堂：母亲。

曹锦堂（唱）：我虽捐了候补道，没有时缺空耀荣，况且孩儿还年轻，苦读诗书跳龙门。

曹母：奴才。

曹母（唱）：说什么自己还年轻，说什么苦读跳龙门，你的心事娘不晓，金娥只是一下人，堂堂曹府官宦家，丫头怎配做夫人，早与梁小姐成婚配，岳父翰林手遮天，况且他们门遍朝廷，何愁无有好前程。

曹锦堂（唱）：我与金娥情义深，青梅竹马长成人，书斋相伴十余载，还求母亲来成全。

曹母：真是个糊涂东西，你竟敢逆母吗？

曹锦堂：母亲。（跪）

曹母：你要三思而行啊。

曹锦堂：孩儿听凭母亲做主。

曹母：为娘明日请媒人前去提亲，让你们早日完婚。

曹锦堂：唉。

曹母：嗯？

曹锦堂：遵母命。

场景：洞房

众（唱）：撒帐东，好一个撒帐东，新娘好比一把弓，新郎好比狼牙箭，下下射在正当中。撒帐南，好一个撒帐南，蓝天高挂白玉盘，牛郎织女鹊桥会，年年花好月儿圆。撒帐西，好一个撒帐西，董永路上遇仙姬，春暖花开送子来，子子孙孙穿朝衣。

玉蝶：请新娘早掀盖头，早早安睡。

曹锦堂：知道了，都下去吧。

众丫鬟：是。

曹锦堂（唱）：想不到，出意料，疑是嫦娥仙子下九霄。她，她美如花艳若桃，又似红梅独自娇，多情点点在眉梢，妩媚难得回眸笑，怎不叫我痴迷了，她门第高似城貌，真是相见恨晚喜初交，从今后何须苦苦吟诗稿，任我痛饮金樽且醉倒，金屋藏阿娇。

曹锦堂：娘子，时候不早了，宽衣安寝吧。

梁惠梅：郎君请。

场景：花园

陈金娥（唱）：一边是月圆花又好，一边是凄风冷焰轻烟飘，海誓山盟犹在耳，难道说花犹嫩来叶已凋，少爷啊。洞房中你今伴着新人笑，可知我旧人孤凄双泪抛，一见赠物似见人，一刀一剪剪乱了心梢。

萍儿：小姐，快来看，这是姑爷的书房。

梁惠梅：这书房多雅致呀。

陈金娥：新奶奶早。

梁惠梅：你叫什么名字？

陈金娥：我叫陈金娥。

梁惠梅：我听说，老爷身边有一个心灵手巧，长得又俊俏的丫头就是你。

陈金娥：新奶奶过奖了。

梁惠梅：我带来一个丫头笨手笨脚的，初来乍到，府中上下，以后烦你多劳了。

陈金娥：奴婢不敢，新奶奶以后有什么事情尽管吩咐。

萍儿：金娥姐，这窗花都是你剪的啊，以后教教我。

梁惠梅：老爷写文章还爱看花，花不新鲜了，萍儿，你去摘些鲜花来。

陈金娥：还是我去吧。

梁惠梅：不必了，萍儿，快去吧。

萍儿：是。

梁惠梅：以后我们叫你金娥姐姐好了。

陈金娥：不，不敢当，老太太最讲究名分，还是叫我金娥吧。

萍儿：小姐。

梁惠梅：什么事，大喊大叫，成何体统。

萍儿：小姐，他，我。

梁惠梅：嗯？

萍儿：我不知道老爷爱什么花，所以。

梁惠梅：真是笨头呆脑的，哪像金娥心灵手巧。

陈金娥：新奶奶，萍儿初来乍到，还是让我去吧。

梁惠梅：也好，萍儿，你搞什么名堂？

萍儿：小姐，他来找你了。

梁惠梅：谁？

萍儿：桑家少爷。

梁惠梅：你没看错吧。

萍儿：没有。

梁惠梅：这可怎么办呢？

萍儿：要是让姑爷知道了那就要穿帮了。

梁惠梅：他怎么会到这来呢，萍儿，你快走，萍儿，你去告诉他，要他快快离开这，呃，等等，你请他多多原谅我，呃萍儿，要是有人看见问起，你就说是你家亲戚。

萍儿：我家亲戚？嗯。

梁惠梅：他怎么能来这呢。

陈金娥：新奶奶。

曹锦堂：金娥。

陈金娥：老爷。

曹锦堂：金娥，你怎么一个人在这，金娥，苦了你了，你恨我吗？

陈金娥：不，麻雀怎能跟燕子飞呢。

曹锦堂：这些日子新奶奶老是跟着我，我想你，可又不能来看你，唉，有谁知道我的苦衷呢。

曹锦堂（唱）：昔日花园曾尽欢，今朝相见心更乱。

曹锦堂：金娥呀。

曹锦堂（唱）：非是我忘恩负义，非是我贪恋新欢，本当与你比翼飞，无奈何牢笼紧锁展翅难，从今后咫尺天涯隔婵娟，愿你我，人不相伴心相连。

曹锦堂：金娥，你不要急，等些日子再说吧，金娥，你可不要怪我呀。

陈金娥：我不怪你，可是我。

曹锦堂：怎么啦？

陈金娥：我已经等不下去了。

曹锦堂：什么？

陈金娥：我有了。

曹锦堂：多少日子了？

陈金娥：三个月了。

曹锦堂：这。

陈金娥：老爷，该怎么办啊，我都快急疯了。

曹锦堂：是啊，这可怎么办啦？

梁惠梅：老爷，老爷。

曹锦堂：新奶奶来了，你赶快走吧，别让她看见你，快走。

陈金娥：老爷，那。

曹锦堂：这件事情我知道了，我会想办法的，快走，快走吧。

陈金娥：新奶奶好。

梁惠梅：老爷，你在这啊，我到处找你。

曹锦堂：太太，你快来看，这儿的莲花，开得多好啊，来，你看那朵。

梁惠梅：刚才金娥在这干什么？好像还哭过。

曹锦堂：没什么，这丫头做事笨手笨脚的，被我责骂了一顿。

梁惠梅：哦，老爷，你不是说今天要去拜客吗？

曹锦堂：是啊，可我现在不想去了。

梁惠梅：为什么？

曹锦堂：啊，我在留恋一朵花。

梁惠梅：花？是睡莲还是月季呀？

曹锦堂（唱）：睡莲月季虽然美，怎及红梅国色天香。

梁惠梅：红梅？

梁惠梅（唱）：笑你痴来笑你呆，五月哪见梅花开。

曹锦堂（唱）：远在天边难得见，近在眼前一枝梅。

梁惠梅：哎呀，老爷。

曹锦堂：惠梅呀。

曹锦堂（唱）：有你惠梅长相伴，为夫怎舍来离开。

梁惠梅（唱）：你我虽是新婚燕尔，男儿应该志在四方，我不愿你留恋闺中，误了老爷的锦前程。

曹锦堂：哦，爱妻这般贤德，我怎敢不从命呢，我现在就去拜客。

梁惠梅：那早去早回啊。

曹锦堂：嗯，谨遵贤妻之命。

梁惠梅：我等着你，唉，总算哄出门了，萍儿，萍儿。

萍儿：我早就来了，看见你和姑爷在讲话。

梁惠梅：好了好了，别讲了，快点把这个送去，呃，从那边走，呃，萍儿，小心点啊。

萍儿：好。

陈根福：姐姐，呃，你。

梁惠梅：你找谁啊？

陈根福：我找我姐姐金娥。

梁惠梅：金娥是你姐姐？

陈根福：是的，我找我姐姐有点急事，顺便讨回姐姐给我做的衣服。

梁惠梅：她在后院，我去帮你叫。

陈根福：多谢了。是她，就是她，没错，她不是桑少爷的娘子吗，怎么到这里来了？

陈金娥：根福，我给你的衣服都做好了。

陈根福：姐，养老伯他归天啦。

陈金娥：什么，大伯他过世了。

陈根福（唱）：大伯临终留下话，不要惊动姐姐你，多亏邻居来相助，老人总算入土安。

陈金娥（唱）：大伯是我们的救命人，未能尽孝来送终，大恩大德比天高，愧对老伯泪汪汪。

陈根福（唱）：老伯他留下两间房，姐弟们总算有家安，姐姐休要再流泪，老太太知道把气生，我在客栈当伙计，姐姐曹府放宽心。

陈根福：姐姐不要哭了，呃，姐姐，刚才那个女的是谁啊？

陈金娥：这里的新奶奶啊。

陈根福：什么，新奶奶？她怎么一下变成了这里的新奶奶啦？

陈金娥：不许这样说话，没规矩。

陈根福：姐，她住过咱们客栈。

陈金娥：别瞎说。

陈根福：姐，我真的不骗你，那个少爷还给我了二两银子呢。

陈金娥：此事千万不可声张，说出去要闯祸的，不但新奶奶不好做人，就连老爷的名声也会受这牵连。

陈根福：你放心，我不会和别人说的，你去把衣服拿来，我这就走。

陈金娥：如今老爷捐官了，老太太吩咐，以后底下人有人来找，就在门外等候，你先去，我马上就来，去吧。

陈根福：有钱人真好，连官也能买，底下人就不是人了，（见信拾起）这是谁的信啊，这是谁的信啊，"杏花巷一号"，还真有地址，抽空送去，还能挣几个赏钱，嘿嘿。

梁惠梅（唱）：水里多少鱼，天上多少星，狭路偏逢这送信的人，为什么偏逢这送信的人，自从我带胎来曹府，恰似步步履薄冰，虽失君葭断旧梦，幸喜锦堂俊雅慰我心，只道从此风浪平，谁料狂涛陡然生，他找姐姐常来此，日后必然露风声，爹爹家教多严厉，真情败露我命难存，思前想后心不宁，我要设法赶走知情人。

陈金娥：新奶奶好。

梁惠梅：金娥。

陈金娥：新奶奶，有事吗？

梁惠梅：你到我房中倒杯茶来。

陈金娥：新奶奶，茶来了。

梁惠梅：嗯。

陈金娥：根福，衣服都在这里，你快回去吧。

陈根福：我走了。

梁惠梅：有贼啊，快来人啊，抓贼啊。

陈金娥：你快回去，我去看看。

管家：慢走。

陈金娥：管家，出了什么事了。

管家：新奶奶房中丢失了一支金丝珠凤，老太太传话，大门紧闭，后门上锁，我要搜身。

曹母：贤媳，丢了什么东西？

梁惠梅：婆婆，我陪嫁的那支金丝珠凤不见了。

曹母：昨天不是还戴在头上的吗？

梁惠梅：刚才都还在梳妆台上，一转眼就不见了。

家丁：这一定是家贼。

曹母：刚才谁到你房里来过？

丫鬟：我们没去过。

曹母：难道珠凤就不翼而飞了吗？

众家丁：是啊，难道就不翼而飞了，就是。

管家：老太太请放心，不用出这个门，我就给你找出来，来人啊。

家丁：是。

管家：搜身。

丫鬟：你搜我们吗？

管家：是，谁都不例外。

曹母：你们说，你们谁到新奶奶房里去过。

陈金娥：老太太，我刚才去房里拿过茶，可没看到什么珠凤。

家丁：金娥应该不会干出这种事啊。

梁惠梅：是哪，金娥忠厚老实，她不会做这种事情的。

陈金娥：新奶奶，老太太，幸亏我还没走远，还是在我身上搜一搜吧。

曹母：嗯，这也好，转眼的工夫，这东西被人偷了应该还在身边，那就把在场的人都搜搜吧。

管家：家贼难防，我这也是不得已而为之，来，来，搜！转过身子，那边的，过来，老太太，新奶奶，都搜过了，没有啊。

曹母：嗯，这就怪了。

陈根福：老太太，新奶奶，我也搜一下吧。

曹母：他。

管家：他是金娥的弟弟。

陈金娥：老太太，就是我弟根福，他是来取我给他做好的衣服。

梁惠梅：他难得来，况且又没进屋，还是不用搜了吧。

陈根福：老太太，新奶奶，穷要穷得清白，还是搜一下吧。

梁惠梅：其实不搜也罢，既然你这么说，还是你自己把包打开吧。哎呀，就是这支珠凤，果然在这找到了。

曹母：金娥，你，你。

陈金娥：老太太，冤枉，冤枉，实在是冤枉啊。

管家：哼，有赃有证，还冤枉？

梁惠梅：婆婆，真是知人知面不知心哪。

管家：来人啊，按家规，把金娥送衙门处置。

陈金娥：老太太，冤枉啦，新奶奶，我没偷，没偷啊。

曹锦堂：出了什么事，管家，管家，这是怎么啦？

管家：金娥偷了新奶奶的珠凤。

陈金娥：老爷，老爷，我冤枉啊，我没偷，我没偷。

曹锦堂：母亲，这。

曹母：这件事有些蹊跷。

曹锦堂：太太，金娥自幼进府，手脚一向稳当，看来这事是有些蹊跷，好在珠凤已经找到了，你就看在我的分上，饶了她吧。

梁惠梅：哼，你们都说事有蹊跷，那珠凤怎么会在她的包里，说冤枉，那倒是我冤枉了她？人赃俱在，有何蹊跷，那只有请官府来断案啦，你说呢？

曹锦堂：这。

曹母：你们都下去。

管家：大家都下去吧，下去干活去，走吧。

陈金娥：老爷，难道你也。

曹母（唱）：这窃案真假难辨有疑云，为什么惠梅一口咬定不放松。

曹锦堂（唱）：莫非她已对金娥生猜忌，借题发挥暗示警。

梁惠梅（唱）：金娥呀休怪惠梅心肠狠，绝境求生除祸根。

陈金娥（唱）：老爷果然知我心，但愿他早替金娥把冤屈洗清。

曹母（唱）：锦堂他迷恋丫头心腹患。

曹锦堂（唱）：金娥她腹中有孕，使我难安枕。

陈金娥：老爷，难道你。

梁惠梅：想说什么，快说呀。

曹母：你听我说。

曹母（唱）：曹家诗礼耀门庭，奴仆送官败名声，念她初犯赶出府，从此斩断是非根，念你伺候少爷勤，赏你五十雪花银，回去安家度日过，从此再莫入府门。

陈金娥：老太太，我冤枉啊，我不要，我不要。新奶奶，我冤枉，我冤枉啊，我没偷，我没偷啊。

梁惠梅：老太太说了，就按她的吩咐去办吧。

陈金娥：新奶奶，我冤枉，我冤枉啊，老爷，我冤枉啊老爷。

曹锦堂：你，你先去吧。

陈金娥：老爷，我不能走啊。

陈根福：姐，你还在这干什么。走啊，姐。

陈金娥：老爷，我不能走啊。

曹锦堂：快给她送走，快呀。

场景：野外

陈金娥：根福，往哪去啊？

陈根福：到河那边去，哭哭，早知道这样，就不该干这种丑事，现在哭也没有用了。

陈金娥：别人存心害我，难道你也不相信我吗？

陈根福：人赃俱获，你叫我怎么相信你呀？

陈金娥：根福。

陈金娥（唱）：记得那年发大水，姐弟们饿了一整天，宁可大街卖自身，也不拿别人的东西，如今衣食无忧虑，岂会见利做贼人？

陈根福（唱）：这包袱明明是你交给我，这珠凤又怎么会在包中？

陈金娥（唱）：这桩事儿明白了，就是弟弟害我身。

陈根福（唱）：姐姐莫非气疯了，根福岂会害姐身。

陈金娥：对，就是她。

陈金娥（唱）：新奶奶行为不端有隐情，怕你常来常往漏风声，她想私情不败露，只有斩草先除根，故意栽赃将我赶，珠凤是她放在我包中。

陈根福（唱）：气要出，冤要伸，决不能吃了黄连不出声，我要去揭她丑事翻她账，这黑天的冤枉要洗清。

陈金娥：根福。

陈金娥（唱）：自古捉奸要捉双，无凭无证说不清，这口恶气只得忍一忍，得饶人处且饶人。

陈根福：真憋死了，姐姐，新奶奶叫什么名字？

陈金娥：梁惠梅啊。

陈根福：梁惠梅？

陈根福（唱）：她要赃来我有赃，她要证来我有证，她腹中不但有私胎，这里还有一封信。

陈根福：姐，你看。

陈金娥：信？哪来的信？

陈根福：在曹府花园捡到的，你看。

陈金娥：君家恩郎如面，只恨狂风无情，吹散梦中鸳鸯，幸喜腹中具胎尚未事发东窗。果然是封情书。

陈根福：姐，情书在手，我们走。

陈金娥：不能去。

陈根福：我们去找她。

陈金娥：这事会要出人命的，你要好好想想，你这一去新奶奶是扳倒了，只怕老爷的名声也就完了。

陈根福：姐，这个时候你还管老爷太太的名声，谁管我们呀？

陈金娥：根福，你不明白，这样吧，你把信交给我，我一定把它收藏好，总有一天我要用这封信，来证明我的清白。

陈根福：姐，给，那你一定要把它收藏好。

陈金娥：嗯。

陈根福：姐，我真不明白，你为什么要这么护着老爷？

陈金娥：弟弟，以后你会明白的。

陈根福：以后，唉，走吧，走吧。

场景：庙堂

陈根福（唱）：心如浪心在翻腾，冤波恨涛心难平，姐姐被人作践身怀孕，老实善良受人欺凌，怕只怕十月一满要临盆，姐姐从此难做人，心中忧虑如火焚，万般无奈求神灵。

黄氏：徐妈，将香烛摆上。

徐妈：是。

黄氏：神圣呀。

黄氏（唱）：黄氏焚香顿首拜，虔心诚意拜神台，黄氏人到中年载，行善积德常吃斋，可叹至今无后代，怎不叫人忧在怀，送子娘娘送一子，世世代代朝香来。

陈根福：菩萨保佑。

徐妈：太太，求个签吧。

黄氏：嗯，又是中平，去年求了个中平签，今天又，哎。

徐妈：太太，吉人自有天相，再多布施一点，菩萨会保佑你生儿子的，太太，先到香堂休息一会吧。

陈根福：有钱人没孩子着急，我们穷人有了孩子也着急。

徐妈：太太，我一会就来，小兄弟，你刚才说什么，小兄弟，你有什么为难的事吗？

陈根福：我，大娘，此处不便，请跟我来，大娘，那个太太是不是想要个孩子？

徐妈：是呀，你知道我们老爷是出了名的善人，谁想到这年过四十了，还没有个一男半女的，老爷盼子心切，想娶二房，太太死活都不依，这不，老爷现在出门经商去了，她急得天天拜佛，想求个孩子。

陈根福：哎，这富有富的难处，我是穷有穷的难处，我还愁着孩子没处送呢。

徐妈：呃，看不出你这小老弟，你都有孩子了。

陈根福：不不不，大娘，我连老婆都还没有呢。

徐妈：不用说了，准是年轻荒唐，跟哪家姑娘。

陈根福：不不是，大娘，我可不是那种人哪。

徐妈：那个怎么为孩子着急呢？

陈根福：大娘，这这孩子不是我的。

徐妈：小兄弟，你能不能对我说说，我一定不对别人讲。

陈根福：真不说？

徐妈：真的，菩萨在上。

陈根福：你附耳上来。

徐妈：好。

陈根福：我先走了。

黄氏：徐妈。

徐妈：太太，恭喜太太，你有孩子啦。

黄氏：徐妈，你又来宽我的心。

徐妈：这回可是真的啦，假装怀胎。

黄氏：假装怀胎？这样行吗？将来若被老爷知道了，岂不要闹出大事。

徐妈：太太，有这样一场戏你还记得吗？

黄氏：什么戏？

徐妈：狸猫换太子啊，人家皇宫里能拿狸猫换太子，咱们换个孩子还不行吗？

黄氏：这。

徐妈：等老爷回来，正好临盆。

黄氏：这。

徐妈：好啦，好啦，都包在我身上，保证你不会穿帮，回去装肚去。

黄氏：快回去吧。

场景：徐清道家

徐妈：怎么还没来？

陈根福：徐妈，徐妈。

徐妈：哎哟小兄弟，你可来了，孩子呢。

陈根福：在这。

徐妈：是男孩还是女孩啊？

陈根福：是男孩。

徐妈：真的，小兄弟，这一百两银票是太太赏给你的，往后你就别来了，啊。

陈根福：哦，不。

徐妈：小兄弟，怎么啦？

陈根福：你们给钱，我就不给孩子。

徐妈：怎么，反悔了？

陈根福：反悔？要是反悔我就不来了，我再穷也不等着卖孩子的钱用，我又不是人贩子，大娘，我只求你们对孩子好一些，这钱我分文不要。

徐妈：小兄弟，这你就放心吧，我们家老爷太太都是善人，又是老来得子，这孩子到了徐家他们绝不会亏待他的，这孩子真是糠箩到米箩了，这你就放心吧，你走吧快点。

陈根福：呃，大娘，让我再看一眼吧。

徐妈：你别看了，当心被别人看见，走吧，以后你不能再来啦，你得发个誓。

陈根福：菩萨在上。

徐妈：好好，太太，孩子来了。

黄氏：徐妈，快把他抱过来，快抱过来让我看看。

徐妈：太太，是个儿子。

黄氏：是个儿子？那太好了。

徐妈：恭喜你啦。

黄氏：还是个男孩呢，又白又胖的，哎哟，菩萨保佑。

徐妈：你快上床，别把孩子弄哭了，快啊，快上床。

黄氏：哦，好，好。

徐妈：呃，慢点，肚子，肚子，孩子都生了，还不把肚子拿下来。快上床。

黄氏：哎哟。

徐妈：太太，一会就生了啊，别着急。春兰，秋菊，你们快来啊。

二丫鬟：来了。

徐妈：春兰，太太要生了，快给送子观音烧香，秋菊，快把蜡烛点上。

秋菊：太太要是生个男孩子就好了。

春兰：就是啊。

秋菊：我去看看。

徐妈：哎呀，女孩子家，不能看生孩子，秋菊，你去把水端来。

秋菊：徐妈，水来了。

徐妈：给我，给我，外面等着去。

二丫鬟：是。

徐妈：使劲叫，戴上这个，太太，使劲叫哪，叫，大声点。

徐清道：哈哈。

徐清道（唱）：此番经商半年多，半途太太寄佳音，说是腹中有了孕，好比摘到天边星。

徐清道：太太，我回来了。

二丫鬟：老爷回来了，恭喜老爷。

徐清道：太太她身体如何？

二丫鬟：还好，老爷您回来得太巧了，徐妈正在接生。

徐清道：好好好，好啊。

秋菊：老爷，这是红房，不能进，徐妈说的，你看。

徐清道：菩萨保佑太太，平安无事，早生麟儿，我一定重修庙宇，再塑金身，生了生了。

二丫鬟：呃，老爷，这是不能进去的，不能进啊。

徐清道：哎呀，老爷我顾不得这么多了，快让我进去。

二丫鬟：老爷，这是不能进去的，不能进啊。

徐妈：恭喜老爷，贺喜老爷，太太给您生了个贵子。

徐清道：我有儿子啦，我有儿子啦，哈。

二丫鬟：你看老爷高兴得。

徐清道：儿啊，儿啊，你看他像我吗？

秋菊：挺像太太。

春兰：眼睛真像老爷。

徐清道：像我？徐妈，他像我吗？

徐妈：他和老爷一个模样，哎呀，老爷，你把小少爷弄哭了。

众奴：恭喜老爷。

徐清道：同喜同喜。

徐妈：老爷，太太中年得子，奶水不足。

徐清道：呃，像我们这样的大户人家，哪有自己喂奶的，太太调养身体要紧，喂，你们赶快去请奶妈，快去，一个要是不够，就多请两个。

徐清道（唱）：果然是麒麟送子喜临门，不负求神一片心，我要菩萨面前去还愿，重修庙宇塑金身。

徐妈：老爷，太太请您进去。

徐清道：哦，徐妈，快去请奶妈，重重有赏，重重有赏。太太，太太。

黄氏：老爷，您回来啦，老爷，你辛苦了。

徐清道：我不辛苦，太太，你辛苦啊。

黄氏：老爷您看。

徐清道：哎呀我的儿啊。

黄氏：老爷，给我们儿子取个名字吧。

徐清道：取个名字，太太，你我老年得子，真是天赐麟儿啊。

黄氏：天赐麟儿，对，我们老来得子，真是天赐麟儿啊，就叫他天赐吧。

夫妇：对，天赐，哈哈。

场景：野外

陈金娥：儿啊，我的儿啊，你在哪里啊？

陈金娥（唱）：哭天叫地唤亲儿，天地无声野茫茫，娘咬脐带生下你，未知你今在何方，你是娘雪中一盆火，你是娘长夜一线光，到如今火熄了光灭了，眼前一片黑，身边空荡荡，茫然不知身何在，大河滔滔把路挡，岸上的人水中的人，苦水只能向自己倾，伤心事，难出唇，打落门牙和泪吞，泪眼将他盼，心底将他恨，恨只恨喜新厌旧负心的人。

陈金娥：儿啊，我的儿啊，你在哪里，根福啊，贤弟啊，你在何方，哎，儿呀。

徐妈：姑娘，姑娘，万万死不得啊，不能跳啊，不能跳，跟徐妈说，姑娘，好死不如赖活着，有什么为难的事啊，非要走这条道。

陈金娥：让我死啊，让我死啊。

徐妈：来，姑娘，起来，有你这副好模样，有什么为难事啊，说给徐妈我听听，也许我能帮你啊。

陈金娥：徐妈呀。

陈金娥（唱）：我是三月的桃花遭霜打，花蕊初绽就断根，夫早死儿又丢失，不如一了百了了残生。

徐妈：唉。

徐妈（唱）：你我都是苦命之人，你寻死谁来疼儿身，倘若你儿长大后，又到哪里找亲人。

陈金娥（唱）：徐妈一言来提醒，不由我一线希望心底升，为娇儿，为自身，岂能糊涂再轻生，如今根福无去处，姐弟何日再相逢。

徐妈：你叫什么名字啊？

陈金娥：我叫陈玉贞。

徐妈：姑娘，家里还有人吗？

陈金娥：现在是孤身一人。

徐妈：儿子多大啦。

陈金娥：还是吃奶的孩子。

徐妈：这可真巧，我家太太刚生了贵子，正找奶娘呢，姑娘，跟我走吧，一来你有个安身之处，二来你能找你的儿子，日后你能找着你的儿子的，行吗？

陈金娥：大妈。

徐妈：姑娘。

陈根福（唱）：〔导板〕

　　　　身遭冤屈披枷锁，愤愤不平恨苍天，苍天为何不睁眼，任凭那弱女受欺凌。

陈根福：姐姐啊。

陈根福（唱）：一恨梁惠梅心不正，与人私通败坏门风，连累姐姐诬良为盗，身背黑锅赶出府门，二恨狗官人面兽心，害得你黄花闺女怀孕在身，为攀高枝另娶官女，亲生骨肉不得团圆，根福为你抱不平，去到曹府把理评，好个淫妇梁惠梅，勾结官府丧人伦，告我白日去打劫，公堂之上不公平，百姓有理无处诉，任人宰割去充军，充军苦役离乡井，不知何日能回程，姐弟从此难相见，悔不该将儿送徐门，姐姐醒来不见儿，怕她伤心活不成，恨不插翅回家转。

差役：哪里去？

陈根福：我要归家见亲人。

甲：为人莫犯法。

乙：犯法不是人，打，往死里打，打。

差役：快走，走。

场景：曹府

曹母（唱）：自古怀胎要十个月，媳妇七个月产女婴，难道惠梅品不正，难道带胎嫁过门，梁小姐本是名门闺秀，岂做伤风败俗人，此事叫我心不宁，怕的曹氏断了根。

曹锦堂：孩儿参见母亲。

曹母：免了吧。

曹锦堂：请母亲给孙女儿，取个名字吧。

曹母：我老了，管不了这许多了，唉。种树开花盼结果，养儿望孙继香火，曹府并无兄弟多，香火全靠你一人。

曹锦堂：母亲。

曹锦堂（唱）：母亲请把宽心放，我们夫妻还年轻，先开花来后结果，子孙发达代代兴。

曹母：好了，唉。

曹锦堂：母亲，我给小女取名亚男怎么样？

曹母：亚男？嗯，就叫亚男吧。

曹锦堂：多谢母亲。

梁惠梅：老爷，老爷。

曹锦堂：夫人，你怎么出来了？

梁惠梅：老爷，婆婆给女儿取了个什么名字？

曹锦堂：哦，叫亚男。

梁惠梅：亚男？哼，分明是嫌我生了个女儿是不是。

曹锦堂：小声点，老太太思孙心切嘛。

萍儿：老爷，老太太请你过去。

曹锦堂：知道了，萍儿，好好照顾小姐。

梁惠梅：哼，气死我了。

萍儿：小姐，桑少爷来了。

梁惠梅：他在哪里？

萍儿：走了。

梁惠梅：他要到哪去？

萍儿：他说他来告辞的，哦，这是他给你的一包东西。

梁惠梅：萍儿，你到外面看着点。任尔千般恩爱，无常终是到来，任尔山盟海誓，自己营造苦海，人生一场春梦，劝人极早醒来，如今沉冤已尽，枉生虚空世界，山遥水远永不回来。

孩子，孩子，快叫一声爹，你的亲爹走了。

场景：徐家

金娥剪纸带孩子，看着孩子。

徐妈：陈妹子，还没睡啊，你在干什么呢？

陈金娥：徐妈，徐妈，来坐，快坐，我给小少爷剪一朵朵花样呢。

徐妈：哎哟，你这花剪得像真的一样，你的手真巧，来，我对你说呀，老爷太太对你可称心啦，你好好干，他们不会亏待你的，啊。

陈金娥：嗯。

陈金娥（唱）：轻轻唱呀轻轻摇呀，宝宝睡着了，我把你当亲生，日夜把心操，我的儿睡着了，梦中微微笑嗨哟嗨呀，你可知道娘的心，把你当珍宝嗨哟嗨呀，看天赐长大了，我想儿心更焦，天赐有我知冷暖，我儿谁照料，我儿巧，我儿娇，我儿如花貌，凤贵鸾娇占高枝，乘云上九霄上九霄，我的儿，如在世，也有这大小，会写会算会作文，也会尽孝道，十八年找我儿，云断信也杳，泪湿蓝衫梦不成，夜夜到清晓。

陈金娥：少爷。

徐天赐：奶妈，我自己来，奶妈，我都十八岁了，别把我当小孩子，奶妈，你怎么又哭了。

陈金娥：没什么，没什么。

徐天赐：奶妈，你又在想自己的儿子啦，奶妈，找不到儿子就把我当儿子嘛，我会孝敬您的。

陈金娥：少爷，难得你的一片心意。

场景：曹府

梁惠梅：来试一试，我要往这边一点。

曹亚男：母亲，我就是这样的嘛。

梁惠梅：那样好看。

曹亚男：嗯，手指我翘不起来嘛。

梁惠梅：好，好，好，由着你，注意点手指。

曹亚男：喜上眉梢，喜在心梢，喜得他见我声音沉下水底深处，水底深处啊，啊。

曹锦堂：亚男何时学会的，为父还从未听过，呃，亚男，你是跟谁学的呢？

梁惠梅：老爷，您忘啦，老太太在世你请班子唱堂会，不是有贵妃醉酒吗？

曹锦堂：哦，那些三脚猫功夫的人唱得哪有亚男的好。

曹亚男：爹，母亲比我唱得更好。

曹锦堂：我可从未听过。

梁惠梅：老爷若喜欢，以后我会唱给你听的。

曹锦堂：不，还是听女儿唱啊，哦夫人，以后你别忘了，要教女儿的女红啊。

曹亚男：爹，你怎么了嘛，又嫌我不是男孩，我最恨。

梁惠梅：亚男，亚男，老爷，你盼子心切我知道，你可以骂我，可以把我休掉再娶嘛，你总不能够责难孩子啊，亚男自一生下来，老太太在世时就没疼过她，你一时宠她，一时又烦她，亚男，你和娘一样的命苦，受这般气。

曹锦堂：夫人，你想到哪里去，我，亚男，不要多心，爹是疼你的。

曹亚男：疼我？为什么给我取名叫亚男，疼我，我要的珠凤为什么到今天都不给我买。

曹锦堂：亚男，我已叫人到珠宝店去定做了嘛。

曹亚男：不行嘛。

曹锦堂：已经定做好了，明天就可以送来了。

曹亚男：不行，我今天就要戴。

梁惠梅：亚男。

曹亚男：我不管，我偏要今天戴，我要，我就要。

梁惠梅：好了，好了，亚男，你今天一定要戴，就先把娘的那支戴上，来，来嘛，听娘的话，走，来坐下，好看吗？这是娘留给你陪嫁用的，来，娘给你戴上，喜欢吗？真好看。

曹锦堂：唉。

曹锦堂（唱）：见珠凤往事如云烟，想当年逐赶金娥，她怀孕出府声声怨，转眼过了十八年，十八年来十八年，好似风筝断了线，若能生下一儿子，如今该是美少年，朝朝夕夕伴膝前，何愁如今断香烟，这才是人到中年品人生，难辨苦涩和酸甜。

曹锦堂：呃，有了，我没有儿子，选个好女婿也是好的。

梁惠梅：老爷，快来看，亚男多漂亮啊。

曹锦堂：是啊，我的女儿嘛。

曹亚男：爹，娘。

梁惠梅：本来嘛。

曹锦堂：夫人，亚男，我想与你们商量一件事。

二人：什么事啊。

曹锦堂：喜事呀。

曹锦堂（唱）：海平县有一老善人，徐清道是个茶叶商人，中年四十得一子，取名天赐读诗文，才貌出众人人夸，琴棋书画样样精，今年正好十八岁，他与亚男是同庚，我有意亲自过府去，为我亚男选佳婿。

梁惠梅：这个吗？

曹亚男：怎么是个做买卖的人家？

曹锦堂：亚男，人家可是家财万贯，这徐公子如今也是秀才，只待来年开科，再说有为父在朝，还有你外祖父的名气，捐他个官，也不成问题吧。

梁惠梅：是啊，亚男。

曹亚男：那凭爹娘做主就是了。

曹锦堂：那好，我明日亲自过府，有道是，百闻不如一见嘛，哈哈。

场景：徐家后院

陈金娥（唱）：一别曹府十八年，千痛万苦埋心间，十八年来十八年，情已断绝泪已干，只求母子有朝得团聚，粗茶淡饭度残年，谁料想找儿至今音信渺，冤家重现在眼前，今日负心人把徐府进，亲自为女择良缘，想不到官高势力大，不曾识我旧故人，他视别人的女儿如珍宝，哪知亲生骨肉的死和生。

陈金娥（唱）：是我金娥命太苦，还是你天道不平心有偏。

徐天赐：奶娘，别动，我来我来。

陈金娥：慢点，慢点。

徐天赐：奶娘，您上年纪了，这事让春兰她们去做，奶娘，您坐啊。

陈金娥：我闲着没事，着急啊。

徐天赐：奶娘，我有一事相求。

陈金娥：什么事，说吧，只要我能办到的。

徐天赐（唱）：知府大人亲临门，为他千金择婚姻，爹娘唯恐高攀不上，天赐心中不依从，我怕官家的掌上珠，刁蛮任性欺负人，日后若有不顺事，对不起疼我的二双亲，爹娘平时敬重你，求奶妈与我说个情。

陈金娥（唱）：自古婚姻大事父母命，媒妁之言难改更，少爷温顺有孝心，必然家和万事兴，只等你们成婚后，多养几个乖娇生，奶妈与你们带宝宝，快快乐乐过一生。

徐天赐：奶妈，你，你也和我娘一样，唉。

陈金娥：当然啦，老太太也想抱孙子，哈。

陈根福：五色丝线，红绿头绳，卖罗，针线丝绸，花帽鞋面，卖罗。

陈金娥：呃货郎，货郎，天青缎鞋面有吗？

陈根福：有啊，有天青缎，海青缎都有。

陈金娥：我们家少爷要成亲了，得赶做新鞋，我要选一块好料的。

陈根福：你看这块怎么样，这块。

陈金娥：这块好，这块好看，就这块吧，这块多少钱？

陈根福：姐姐。

陈金娥：根福。

众（唱）：别梦依稀十八年，华发已染两鬓斑，多少苦水多少泪，滚滚涌心间涌心间。

陈金娥：弟弟，这十八年你到哪去了呀，姐姐找得你好苦啊。

陈根福：姐姐。

陈根福（唱）：十八年前见姐受欺辱，我到曹家去喊冤，管家不让我进门，梁惠梅买通了衙门，硬说我是白日打劫，抢了曹府五十两银，公堂之上受刑杖，送我充军做苦工，岁复岁来年复年，如今才得转回程，挑着货担四处游，想不到在此姐弟逢。

陈金娥（唱）：曹锦堂、梁惠梅依仗权势太欺人，都是姐姐害了你，连累弟弟受苦辛，只叹我儿不见了，十八年寻儿无信音，若不是为了你和娇儿，为姐早已葬身鱼腹中。

陈根福：姐姐，都是我害了你，是我害了你呀。

陈金娥：不，是为姐害了你受那么多苦啊。

陈根福：姐姐，这家有几位少爷。

陈金娥：就是我带的一位。

陈根福：今年多大了。

陈金娥：十八了。

陈根福：十八岁？也该十八啦。

陈金娥：你说什么，你说什么？

春兰：奶妈，奶妈，太太找你给小爷量衣服呢。

陈根福：姐姐，这事一时也说不清楚，等你家少爷办完大事我再找你，啊。

陈金娥：好，一定要来啊。

春兰：奶妈，快一点。

陈根福：等一等，这是给少爷的一点礼物，你先拿去。

陈金娥：好。

春兰：快点，快点，人家等不及了。

陈金娥：你一定要来啊，我有好多话要说，你一定要来啊。

陈根福：我一定来，姐姐在这家当奶娘，天下竟有这么巧的事。

场景：徐家

春兰：奶娘，奶娘，剪好了吗？

陈金娥：剪好了，来来来，你们把这些都贴上。

秋菊：奶娘，都好了吗？

陈金娥：都好了。

春兰：你看奶娘又在剪了，咱们去看新娘子去了。

陈金娥：哈哈。

陈金娥（唱）：人逢喜事爽精神，今宵我却心不宁，天赐是我抚养大，虽非亲生却有情，不知曹女性如何，但愿莫像她娘亲，夫妻恩爱礼相敬，人也和来家也顺。

内：送入洞房，哈。

众（唱）：高烧凤烛十万支，花光四照云锦帔，新人欲醉娇容姿，明月灿烂月华低。

内：请新郎官陪酒哟。

徐天赐：来了。

丫头：小姐，姑爷在喝酒。

曹亚男：知道了，你先去睡吧。

丫头：是。

曹亚男：哼。

徐天赐：请。

徐天赐（唱）：陪过酒，送完客，满腹心事回房门，爹娘为我攀富贵，我怕千金难应承，既然成婚由天命，满脸含笑见新人。

徐天赐：小姐。

曹亚男：哼，哼。

徐天赐：小姐，今夜宾客甚多，不便抽身，回房迟了，还望小姐多多原谅。

曹亚男：堂上都是达官显贵？

徐天赐：不是，堂上宾客，无非是些商贾贩人和同窗学友。

曹亚男：身份不低嘛。

徐天赐：小姐，时候不早了，你要不要吃点东西，我去给你拿。

曹亚男：既然你心里只有那些贵客，何必再来管我？

徐天赐：小姐，时候不早了，早些安睡吧。

曹亚男：我不想睡，你自己睡吧。

徐天赐：小姐呀。

徐天赐（唱）：今日洞房是大喜，小姐千万莫生气，春宵一刻值千金，何苦争嘴伤和气。

曹亚男（唱）：谁和你争嘴斗气，我是凤凰掉进了草鸡窝，凤凰落草被鸡戏，珍珠蒙尘被黄豆欺。

徐天赐：呸。

徐天赐（唱）：乌鸦冒凤不知耻，鱼目混珠惹人讥。

曹亚男：谁是乌鸦谁是鱼目？

徐天赐：谁是黄豆谁是草鸡？

曹亚男：今天来的众宾客全是奸诈商贾寒酸书生。

徐天赐：你是知府千金小姐金枝玉叶难攀比。

曹亚男：高攀不上莫允婚，何苦害我下嫁你。

徐天赐：不是你父硬硬逼，小生决不攀高枝。

曹亚男：你，你给我出去。

徐天赐：哼。

曹亚男（唱）：自古彩凤伴随玉龙飞，哪有官府千金下嫁商贾门，怨爹娘错把婚配，害我新房守孤灯，花烛之夜受冷落，这口怨气岂能忍，乘此制服徐天赐，闹他徐家个鸡犬不宁。

陈金娥：新奶奶，这，这是干什么呀？

曹亚男：不要你管，你给我出去。

陈金娥：新奶奶，别这样，别这样，你这是干什么呀？

曹亚男：你给我出去，给我出去啊。

陈金娥：新奶奶，别这样，今天是你大喜的日子，要是天赐得罪了你，我去找他。

曹亚男：不要你管，你是什么人？

陈金娥：我，我是天赐的奶娘。

曹亚男：奶娘？奶娘也配来管我。

陈金娥：小姐，我不是管你，天赐是我看着长大的，我盼你们相敬如宾，和和气气的，你可千万别伤了和气，啊。

曹亚男：我爹娘都从不说我，倒要你这老丫头来管我。

陈金娥：老丫头也是一片好心哪，我还不是为了你们好吗？

曹亚男：你还敢顶嘴。

陈金娥：小姐，你的性情太犟了，倒挺像你娘的。

曹亚男：我娘怎么啦，你说，我娘怎么啦，你说，你倒是说呀。你说呀。

陈金娥：你不能逼人太甚。

曹亚男：逼人太甚？哼。

曹亚男（唱）：我爹是朝中四品官，我娘堂堂诰命夫人，我本是知府千金女，你这贱丫头也配提她名。

陈金娥（唱）：诰命夫人只会诬良为盗，丧心病狂丧人伦，行为不正门风丧，害得人家骨肉分，四品官员衣冠畜，害得良家女子怀身孕，为攀高门喜新厌旧，为保名声不闻不问。

曹亚男：可恼，大胆贱人包天胆，岂容你血口来喷人，手执剪刀追你的命，叫你永世做不得声。

陈金娥：新奶奶，不要这样，不要这样。

曹亚男：我让这贱女人胡说八道。

陈金娥：我说的可都是真的。

曹亚男：我让你说，让你说。你放手，放手。

陈金娥：新奶奶，你别这样，我放下，你也放下，我放下。

众（唱）：花烛昏昏血样红，狂风吹折玉芙蓉，洞房血案留遗恨，喜未临门祸临门。

黄氏：儿啊，听娘的话，啊，快进去吧。

徐清道：再出新房，当心打断你的腿。

徐天赐：父亲，母亲。

黄氏：去吧。

徐天赐：小姐，小姐，快来人啊，爹爹，母亲，快来啊。

徐夫妇：儿啊，怎么啦，出了什么事了？

徐天赐：小姐她，她她死了。

众：啊，死了？

黄氏：哎哟，我的媳妇儿啊，这可怎么办？

徐清道：快，快报与亲翁知道。

管家：是。

徐清道：我怎么向他曹家交代啊，她是千金小姐，这可得了啊。

徐天赐：爹爹，母亲。

徐清道：都是你这奴才惹的祸。

黄氏：老爷怎么能怪天赐，天赐又不在房中。

徐清道：你，都是你惯坏了他，他才会如此高傲。

曹夫妇：亚男，我的儿啊。

梁惠梅：我的儿啊，亚男。小畜生，我女儿与你无怨无仇，你竟下此毒手，我要杀了你，我要杀了你，天哪。

曹锦堂：管家，拿我的名帖，速去县衙报案，禀周知县，火速到这里来见我。

管家：是。

徐夫妇：这使不得，使不得，亲翁，你不能这样。

梁惠梅：你们害死了我女儿，我要你们偿命，谁来还我的女儿？

梁惠梅（唱）：亚男倒卧血泊中，万把钢刀穿我胸，从此花残不再红，化作香魂去匆匆。

梁惠梅：儿啊。

梁惠梅（唱）：日后谁把双亲奉，何人为我来送终，我要为儿申冤报仇，闹他个天翻地覆血雨腥风。

周鸣鹤：参见知府大人。

曹锦堂：周知县，我女儿惨死在贵县，你将如何做交代呢？

周鸣鹤：下官一定查清此案。

梁惠梅：徐天赐，你害死我的女儿，居心何在，你，你说呀，你给我说呀。

黄氏：儿啊，你快说呀。

徐天赐：我送完客回房，小姐与我争吵，我一气之下，走出房门，后来被爹娘逼回房内，回房以后，小姐已经死了，小姐怎样被杀，我实在不知道呀。

曹锦堂：哼，你，你不要再花言巧语了，新房中除了你，还有何人，分明是你对婚事不满，又不敢违抗，才下此毒手。

黄氏：亲翁息怒，亲翁息怒，天赐自幼老实，连杀鸡都怕，他绝不会杀人，亲翁啊，你不可冤枉好人，不可冤枉好人啊。

梁惠梅：好端端的一个女儿到你们家，你，你一进洞房就起了杀心，你是对婚事不满，害死了我的女儿，我，我，我要你们一命抵一命，我要你们一命抵一命。

仵作：启禀老爷，检验女尸，年龄约十八九，身长四十九寸，身上未见其它伤痕，咽喉被利器割断，凶器是半把剪刀，请大人复验详查。

周鸣鹤：嗯，只有半把剪刀。

仵作：只有半把剪刀。

周鸣鹤：寻仔细了？

仵作：寻仔细了。

周鸣鹤：还有半把剪刀现在何处，一定要查清，大人，现在理当审问与此案有牵连之人啊，大人请。

曹锦堂：不，贵县乃是本县的父母官，此案理当由贵县来审理。

周鸣鹤：徐天赐，曹亚男之死，你有摆脱不了的干系，快将详情如实招来。

徐天赐：老府台，学生与曹小姐无怨无仇，刚刚拜堂成亲，我怎么会杀她呢，我实在是冤枉啦。

徐清道：是啊，大人，小儿与小姐既已成亲，结为夫妇，怎么会杀害妻子呢？

父子：请老府台明察。

周鸣鹤：这个。

曹锦堂：贵县，这洞房之中除了新郎，还有何人哪，贵县，我女儿死得凄惨，你要与我女儿申冤报仇啊。

周鸣鹤：下官遵命，速将疑犯徐天赐绑了，打道回衙。

徐府一家：大人，冤枉啊，冤枉，老爷明察啊。

徐夫妇：儿啊，儿啊。

徐天赐：爹爹，母亲。

周鸣鹤：带走，下官告辞。

场景：内房

梁惠梅：亚男。

曹锦堂：儿呀。

曹锦堂（唱）：风萧萧，雨飘飘，满腔悲愤借酒浇，哭亚男香消玉殒归净土，锦堂我身后寂寞无依靠，当初苦心择佳婿，谁料反害儿把祸招，从今后绣楼听不见儿笑语，堂前再不见儿撒娇，恨不能求得回生灵芝草，无奈蓬莱无路仙山渺，千嘘万叹恨难消，怒向劣畜兴钢刀，杀人偿命自古定，这才是法网恢恢天理昭昭。

梁惠梅：老爷，你快让那知县当场定他死罪，替我儿报仇啊，你快去啊。

曹锦堂：官府衙门，各司其职，我去监审，要遭人非议的。

梁惠梅：儿啊，你死得好惨，谁为你申冤报仇啊？

曹锦堂：太太放心，我乃一府之尊，此案海平县岂敢不办，官场中的事情何须明言呢。

管家：老爷，周知县来了。

曹锦堂：好，知道了，本府后堂更衣，请他前厅稍候，太太，下去吧。

管家：有请周大人，请厅堂稍候。

周大人：是，唉。

周大人（唱）：一个是知府大人顶头的官，一个是翰林的女儿能通天，自古权比王法大，这场官司我为了难，勘察犯，察案情，真凶一时难分辨，疑云层层怎结案，秉公执法为何这样难。

管家：周大人，我家老爷到。

周鸣鹤：下官参见大人。

曹锦堂：看座，徐天赐是否定了死罪啊。

周鸣鹤：哦，大人，据卑职细查此案，徐天赐虽然嫌疑重大，但未必是真凶，一时很难定案。

曹锦堂：何以见得？

周鸣鹤：当晚徐天赐离开过洞房，此时会不会有人乘虚而入呢，再说新娘手中只有半把剪刀，且不令人费解，洞房案发之后，徐家少了一个人，至今下落不明啊。

曹锦堂：谁？

周鸣鹤：徐家奶娘，据查洞房中的剪刀，就是奶娘剪窗花时留下来的，案发之后就不见踪影。

曹锦堂：本府倒要请教贵县，奶妈与小女有何怨仇，竟要杀她？

周鸣鹤：待卑职查访到奶娘自会明白。

曹锦堂：像小女幼居深闺，又与人无怨无仇，何苦下此毒手呢？况且，花烛之夜，让小女独守空房，分明是对婚事不满，早有杀心，故意离房，欲做脱身之计，案情如此明白，证据又如此的确凿，可你迟迟不定死罪，有何道理？

周鸣鹤：凶器不全，徐天赐又不招认，实难定案啊。

曹锦堂：贵县，你有半把剪刀，照样定罪，杀人偿命，律有明条，你快把徐天赐定为死罪，否则，本府乃四品知府，怎肯与你干休。

曹锦堂：周知县，你可知道，本省府台是我爹的门生，此事稍有差池，只怕你的乌纱难保。

周鸣鹤：大人，可否再限卑职三日，以查水落石出。

曹锦堂：若不想治徐天赐死罪，除非你现在就交出凶犯，否则，莫说是三天，就是三个时辰也怠慢不得，你速回衙，我一旁听审。

周鸣鹤：这，这，大人。

曹锦堂：只要三拷六问，动用大刑，何愁这畜生不从实招来。

周鸣鹤：大人。

曹锦堂：你办还是不办？

周鸣鹤：这？

场景：街道

陈金娥（唱）：洞房祸事陡然生，吓得我魂飞心又惊，六神无主唯有泪，叫我跳进黄河洗不清，天地茫茫何处去，逃出徐家寻亲人。

农一：等等，等等。

农二：城里的新鲜事可听多了。

农一：什么事？

农二：听说大茶商徐清道的少爷把新娘子给杀了，新娘子还是知府的千金呢。

农一：这倒是奇闻啊，新郎为什么要杀新娘子呢？

农二：听说这凶器是半把剪刀，还有半把没找到。

陈金娥（唱）：行路之人说奇闻，句句话语如雷震，亚男误伤自毙命，哪知连累少爷蒙冤情，幸喜凶器不全难定案，我要即刻回城探动静。

陈金娥：老先生，我。

瞎子：大嫂，算命啊，那跟我到那边去吧，我说大嫂，你是算男命还是算女命哪？

陈金娥：算男命。

瞎子：哦，算男命，他今年多大了，问婚姻还是问凶吉啊？

陈金娥：十八岁，属牛的，问问凶吉。

瞎子：十八岁，属牛的，丑牛午马，子丑午寅卯。哈哈，大嫂，恭喜你呀，恭喜你啊。

陈金娥：什么喜啊？

瞎子：丑牛午马同类，今年正好是马年啊，要算婚姻是夫荣妻贵，算凶吉定能化险为夷啊。

陈金娥：真的，老先生，多谢了。

差役：各位乡邻都过来，各乡各地的老百姓都听着，杀人凶犯徐天赐，手持半把剪刀，杀死新婚妻子，知府千金曹亚男。罪大恶极，人神共愤，即日绑赴法场，斩首示众，杀一儆百，以儆效尤。

众：杀的是知府的千金哪，这个文弱书生，怎么会杀人呢？

陈根福：姐姐，姐姐，快走。

陈金娥：根福，根福，我到处在找你。

陈根福：我问你，这布告上说，徐家少爷杀死曹府千金，明日午时三刻就要问斩，到底是怎么回事啊？

陈金娥：什么，徐家少爷要立斩法场？

陈根福：是啊。

陈金娥：不，算命先生还说他能逢凶化吉，根福，是我害了徐家少爷呀。

陈根福：姐，你去哪？

陈金娥：我要去救徐家少爷。

陈根福：姐，你怎么救他呀？

陈金娥：根福，你哪里知道，这曹亚男就是十八年前梁惠梅的私生女，她在新房中与少爷争吵，是我好言相劝，反而持剪刀行凶，刺我未中，反而误伤了自己，谁知却害了少爷，我，我要去辨明是非，宁可判我死，也不能冤枉了少爷呀。

陈根福：姐，我对不起你呀。

陈金娥：什么？

陈根福：你知道少爷他是谁吗？

陈金娥：谁？

陈根福：他就是我十八年前亲手送给徐家的你的亲生儿子。

陈金娥：什么？

陈根福：姐。

场景：徐家

徐家夫妇：天赐，我的儿啊。

徐天赐：母亲，爹。

黄氏：儿啊，明日知县审理此案，你岳父也来听审，你可千万不能胡招乱供啊。

徐天赐：母亲，孩儿不孝，二老白疼了孩儿一场。

黄氏：儿啊，你可千万不能胡思乱想啊。

徐天赐：母亲，多多保重，您老为孩儿操心，此恩此德今生，今生难以报答啊。

黄氏：儿啊，你是妈的命根子，你娘操心就是操到底，答应妈妈，你可千万不能胡招乱供啊。

徐清道：儿啊，你可千万不能胡招乱供，你知道吗？

徐天赐：母亲，儿有一事相求。

黄氏：什么事，你说吧，你说。

徐天赐：奶妈养育儿十八年，我死后望二老多多照顾她，儿就是在九泉之下也。

黄氏：儿啊，你为何要说如此绝情的话呢，妈妈要闯公堂为你喊冤哪。

徐天赐：知府大人严刑逼供，儿已经屈打成招了。

夫妇：什么，我的儿啊，你怎么能胡招呢？

徐清道：我的儿啊，想不到我老年得子，到头来还是一场空啊。

黄氏：天赐，我的儿啊。

场景：法场

差役：闪开，闪开。

曹锦堂：周知县，本府命你午时三刻一到，立即问斩，不得犹豫。

周鸣鹤：大人，今日虽值法场，卑职尚有一言奉告。

曹锦堂：大胆，放肆。

时差役：午时一刻。

众（唱）：心如火燎急急奔，舍命刀下救亲生，心如火燎急急奔，难舍十八年母子情，两个母亲流的是一样泪，两个母亲碎的是一样心。

时差役：午时二刻已到。

周鸣鹤：大人。

曹锦堂：贵县，你太唠叨了。

徐夫妇：我的儿啊，你睁开眼看看我们啊，青天大老爷啊，冤枉啊。

曹锦堂：拉出法场。

时差役：午时三刻到。

徐天赐：冤枉啦。

曹锦堂：周知县。

周鸣鹤：大人，罪犯法场喊冤，定有冤情啊。

曹锦堂：三堂定案，有何冤情？

曹锦堂：时辰已到，为何不斩？

周鸣鹤：大人，法场外有人喊冤，倘若屈斩好人，你可知天外有天哪？

曹锦堂：放肆，你敢犯上，我就是你的天外天，斩！

众：冤枉啦。

陈金娥：刀下留人。

周鸣鹤：刀下留人。

曹锦堂：斩！

徐天赐：我冤枉啊。

众（唱）：血溅钢刀天怒人也怨，魂断法场冤上又加冤，悲和喜，爱和恨，逆和顺，暗和明，红白吉凶两条绳，漫漫人生全靠它搓成。

陈金娥：儿啊。

徐夫妇：奶娘。

曹锦堂：回衙。

周鸣鹤：且慢，法场有人连声喊冤，岂可不问。

曹锦堂：本府办案，从无差错，这种疯妇，理她做甚？

周鸣鹳：请。

陈金娥：哈哈，老爷，太太，你们还认识我十八年前的陈金娥吗？

陈根福：你可认识我客栈的小伙计，你忘了吗？

梁惠梅：老爷，还不快叫人把他们赶出去。

曹锦堂：大胆刁民，语无伦次，疯疯癫癫，来啊，快把他们赶出法场。

周鸣鹳：大人，这二人言语蹊跷，定有隐情，陈金娥，你有话还不快说。

陈金娥（唱）：儿啊。生你养你十八年，寻你找你十八年，十八年，十八年，谁知你竟在眼前，儿啊我呼儿千声你可知晓，唤儿万句你可听见，想当初我卖身曹府做丫鬟，寒窗伴读整十年，心心相印身怀孕，谁知情爱化云烟，梁惠梅为瞒私胎陷害我，诬良为盗将我赶，曹亚男是她私生女，撒娇逞强自伤自身丧九泉，曹锦堂不顾王法枉断案，屈斩天赐滥用权，遗弃亲生你算什么为人父，草菅人命你当的什么父母官，金娥今生难以报此仇，茫茫恨海何日才能填。

梁惠梅：住口，你敢信口开河，诽谤官宦眷属。

陈根福：这封信是你亲手写的，难道你都忘了吗？

曹锦堂：无耻贱人，你自己看吧。

梁惠梅：你是从哪来的这封信？

陈根福：这是我十八年前从曹府后花园里拾到的。

曹锦堂：金娥，你十八年前怀的孩子呢？

陈金娥：你问我们的儿子？

曹锦堂：是啊，我们的儿子呢？

陈金娥：他，他，他在这，哈哈，是你亲手杀了我们的儿子，是你亲手杀了我们的儿子。

曹锦堂：我的儿子。

陈金娥：儿啊，娘早也盼，晚也盼，想不到我们就这样见面，你没喊一声娘就走了，天哪，想不到你还了我的清白，却不能还我儿子，儿啊，你等着。

徐夫妇：奶娘。

陈根福：姐姐。

曹锦堂：金娥。

众（唱）：快刀利剪送冤魂，斩断母子未了情，弱草怎耐秋风劲，天公无力救苍生，叹世人功名利禄梦难醒，悲古今情海孽债还不清，绵绵爱恨浸血泪，黄粱梦醒吊孤魂。

2. 蔡驼子回门

该唱本讲述张秀英由父母操办婚姻，将她许配给又驼又跛、六根不全的蔡大成婚。秀英趁其兄接她夫妻回门之际，向兄提出不愿再回蔡家。其兄以伦理纲常劝慰秀英，秀英自怨命苦，与夫和好。

人物：张秀英、蔡驼子、岳母。

张秀英（唱）：［嫂子调］

爹娘生我十七八，女大当婚理该嫁，只恨媒婆太狠心，谎言骗我到蔡家，一说蔡家门户大，二说人才实不差，东西南北有名声，谁不攀亲巴结他，爹娘不问将奴嫁，哪晓得过门变了卦，哪知家无隔夜粮，油盐柴米无一粒，丈夫人才十分丑，又驼又跛满面铁屎麻，不知春耕与秋收，满肚子黑如煤炭粑，今日回家见亲娘，我要一去永不回蔡家门。

蔡驼子（唱）：长子长双脚，矮子矮驼驼，你们莫笑我，我有一个好老婆。

张秀英（唱）：别人回家大轿行。

蔡驼子：哎哟哟，坐呀么坐大轿。

张秀英：奴家回门两脚行哪。

蔡驼子：得儿衣子呀子衣呀衣，两脚行坐大轿。

张秀英：叫声蔡郎听分明，今日过门要小心，见了我的爹爹喊岳父，见了我的妈妈称孺人，见了我的哥哥喊大舅，见了我的姐妹姨姐姨妹称，见了我家左邻右舍左舍右邻，六亲九舅亲朋好友，大大细细，老老少少，大大细细老老少少啊哎，我的夫啊夫妻尊敬喃。

蔡驼子（唱）：开言我把老婆叫，听声老婆听分明，见了你的爸爸喊岳父，见了你的妈妈称孺人，见了你的大哥喊一声，大大大大大舅，见了你的大哥称哎，衣得呀得衣呀衣大舅称，见了你的嫂嫂喊孺人，见了你的姐姐妹妹叫，叫叫叫叫叫婆娘，见了你的姐妹姨姐姨妹称，见了你家左邻右舍左舍右邻，六亲九舅大大细细，老老少少黄狗黑猫，猪羊狗兔螺砣螃壳要尊敬，哎哟我的妻，衣得儿呀衣呀衣，要哎要尊敬。

岳母（唱）：今日女儿回家门哪，铺毡床桌两边排哪，厨房准备饭和茶，打扫客堂等客来哪，女儿虽然嫁出门，骨肉与共挂娘怀哪，枝头喜鹊喳喳叫，定是女婿回门来哪。

蔡驼子（唱）：岳母娘听根由，她不言来我不把话来发，爹娘生我十七八啦，与你的秀英妹子来结发，我家抬来花花轿，又打兰伞会又吹喇叭，吹，吹喇叭哪火咳，衣呀哟子衣、衣子呀衣哟，又打兰伞又吹喇叭，吹喇叭哪嚄嗨，一抬抬到塘边过，一塘草鱼都死光呀，二抬抬到大门口，马桶子跌了盖打了我的腰，厨房里师父捉只鸡来杀，一刀割哒咯只满指甲，哪嚄嗨，衣呀呀子衣衣子呀衣呀，满指甲哪嚄嗨，自从你女儿到我家呀，又死鸡来又死鸭，看不起蔡驼子由小可，常与那别的男人打哈哈，岳母娘如果劝服她，许你只弯把夜壶打酒呷，哪嚄嗨，衣呀呀子衣、衣子呀衣呀，打打打打酒呷哪嚄嗨。

岳母（唱）：叫声女婿快坐下，且听岳母说句话，我儿若有不到处，念在夫妻同结发，前世修来共枕眠，再世修来同一家，回头再把女儿劝，凡事能把直根还，昔日有个马氏女，嫁个丈夫姜子牙，子牙时运不得志，马氏天天来吵架，马氏狠心改了嫁，哪晓文王招子牙，子牙坐了宰相位，马氏再想来结发，子牙骂声猪婆精，现在猪栏门前还发子牙。还有一个朱买臣，全靠卖柴来营生，崔氏嫌贫要改嫁，马前复水绝半边，朱买臣得志做高官，崔氏长街当叫花，女儿莫学这模样，要学淑娟铁心肠，天要和来地要和，天地要和白老发，夫要和来子要和，父子好和成一家，夫要和来妻要和，夫妻要和不分外，有了三郎和四女，关起门来知根由，千言万语嘱咐你，改嫁的思想要丢它，去得皮来难去骨，高垫枕头想一想，哪呀哪嚄嗨，衣呀呀子衣，衣子呀衣呀，想，想一想哪嚄嗨。

张秀英（唱）：他白天打骂事非过，天天东荡又西游，既无亲来又无爱，何人结发到白头，我要从今不改嫁，除非西山出太阳。

岳母（唱）：莫嫌丈夫人才丑，莫嫌自家无米油，哪有穷人穷到底，不知富贵来到头，唐朝有个王宝钏，他今招亲上彩楼，王孙公子有千万，绣球单打平贵头，夫妻寒窑把身安，男帮女衬无忧愁，平贵投军十八载，三进寒窑把苦受，平贵功中龙虎位，夫荣妻贵到白头，我儿要学王宝钏，留有美名传千秋。

张秀英（唱）：妈妈苦口将儿劝，秀英低头自衬意，石头也要翻身石，勤劳和顺有前程，多谢亲娘将儿劝，儿今靠人不靠名，夫敬妻和勤占家，但愿黄树发树芯。

蔡驼子（唱）：一见我堂客回了心，多谢岳母教训人，蔡驼子过去并不蠢，只因妻子鬼迷哒心，见她回头我转意，先向我娘子赔小心罗，哪嗬嗨，衣呀呀子衣、衣子呀衣呀，先向我娘子赔小心啦，哪嗬嗨，虽然我蔡驼子人才丑，撒谷种秧、扶犁撑耙、锄园做菜、里里外外样样行，从今后立志向，但愿弯树发直根，你纺纱来我耕种哪，岳母明年抱外孙。

张秀英（唱）：见此情喜在心，蔡驼子装宝人聪明人聪明，你耕田来我纺纱，不老苍芸传村前，来世修来共婵娟，但愿夫妻恩爱深，天和红日起，地和风草生，人和处处好，家和万事兴，勤耕创业传美名，荣华富贵享太平，衣呀衣子呀，衣呀衣呀衣子呀衣哟，享太平呀、呀衣呵嗨呵嗨。

3. 化子嫁妻

该唱本讲述杨三春携妻儿流落他乡，以乞讨为生，在他万般无奈之下，只得嫁妻救儿。木匠陈光正见此情况，实在不忍拆散他人骨肉，并慷慨解囊周济杨家，最后与杨家喜结干亲。

人物：杨三春、赵红娥、杨妻、李玉香、陈光正、文菊云、杨天保、阳许华。

杨天保（唱）：［四六导板］

　　寒风吹大雪飘天寒地冷，寒风吹大雪飘地冻天寒。

杨妻：老天爷你何苦如此无情。

杨天保：腹中饥身上冷饥寒交迫。

杨妻：可怜我贫苦人无处安身。

杨天保：抱孩儿手挽妻沿门求乞。

杨妻：如今是人地生疏哪安身。

杨三春（唱）：［木马调］

好伤心，好伤心；好一似那钢刀刺啊我心，宝宝崽，好可怜。天苍苍野茫茫狼嚎鬼啸，我一家走投无路何处求生，冻死我无用的男子我不惋惜，冻死我杨三春我无怨言，可怜我贤德妻子苦难当，可怜我宝宝儿呀命难存，想到此不由人心如刀割。天哪天，贫富不均咧太偏心。

杨三春（唱）：［放羊调］

顶风冒雪往前行，期望四方老爷发善心，雪深路滑往前走，不觉来到一府门，尊一声大公大奶大伯大叔，大婶大娘大哥大嫂，吃不完的残菜剩饭赏我一口，穿不完的破衣烂衫赏我一身，你们做做好事积阴德，公侯万代福寿无疆多子多孙。课子。大叔不要拿棍子，我本不是懒汉子，祖宗三代是穷人子，吃穿全靠抬轿子，天天挨骂挨棍子，从没过一天好日子，碰上那抢劫的兵古子，他身上背起枪杆子，他杀人放火烧房子，专打我们这些穷人子，老天爷瞎打眼珠子，禾田里干得冒烟子，我租哒东家干田子，哪来谷米交租子，拆掉我三间烂屋子，抢走我床上破被子，他手里拿起这算盘子，口里讲的是白泡子，利上滚息要银子，赶走我一家三口子，害得我当起叫花子，讨米要饭度日子，乞求赏几个铜壳子，残菜剩饭碗把子，救活我那小儿子，我感谢大叔一辈子，愿你发财进银子，万事如意过日子。

杨三春（唱）：［兰数板］

贤妻有所不知情，穷人无处可安身，富人有钱就有天，天下认钱不认人，金银盐米堆成山，穷人莫想半毫分，富还是他豪富，贫穷还是我贫穷。

杨妻（唱）：［劝夫调］

听夫言来好伤心，上天无路入地无门，你我饿死不要紧，可怜年幼小姣生，夫妻再想万全之计，共商良方救亲生。

杨三春（唱）：〔兰数板〕

贤妻一言来提醒，提醒南柯梦中人，贤妻要把亲生救，除非你，除非你，你能改嫁一高门。

杨妻（唱）：〔劝夫导板〕

听夫言来雷击顶，要我另嫁一高门。常言道，好马不把双鞍配，好女不嫁二夫君，马配双鞍不好走，女嫁二夫难为情，夫妻本是同林鸟，总能拆散两离分，哎呀，我的夫哇！好女子怎能配二夫君。

杨三春（唱）：〔兰数板〕

非是为夫想拆散，贤妻听我说分明，我妻若是不改嫁，定然饿死小姣生。

杨妻（唱）：〔兰数板〕

夫君说话欠思忖，难道多了妻一人，纵然为妻嫁出去，姣生也会活不成。

杨三春（唱）：〔兰数板〕

此地风俗大不同，贤妻你且听分明，女少男子难婚配，娶妻行聘有金银，倘若为妻愿出嫁，赚来银两养姣生。

杨妻（唱）：〔兰数板〕

为妻不是无情女，丢下为夫怎忍心，姣儿离母无依靠，要我依从万不能。

杨三春（唱）：〔兰数板〕

一见我妻不依允，窑内难坏杨三春，回头我对贤妻讲，夫有言来你听清，夫打单身不要紧，助夫救子留美名，走上前来双膝跪，恳求贤妻来依从。

杨妻（唱）：〔劝夫调〕

夫君跪地哭涟涟，铁石人心也动情，我今若不依此事，害了夫君和亲生，我今若是依此事，绝情寡义落骂名，走上前来双膝跪，卖身救子我依从。

陈光正（唱）：〔西湖调〕

地冻天寒年关近，辞别东家转家园，老母年迈无人侍奉，有意讨妻奉娘亲，怎奈难娶良家女，时时刻刻挂在心，雪大风猛难行走，不觉来到破窑门，躲躲风雪寒窑落，窑内何人哭连声。

杨三春（唱）：〔木马调〕

只因家乡遭灾害，流浪天涯求生存，可怜兄长冻饿死，丢下侄嫂无人怜，有意将嫂来改嫁，不知谁人能识贤，拜托大哥来相助，找户人家托终身。

杨三春（唱）：〔老辞店调〕

夫妻离别好伤心，好似钢刀割我心，叫声我妻你且听，为夫有言听分明，先只说夫妻同到老，谁知今日要分离，只怪老天不长眼，休怪愚夫下毒心，再嫁别人贤妻苦。

侍奉老人助夫营生，此次嫁往陈家去，切莫两意与三心，亲生儿子交与我，为夫定将他哺养成人，到来日我儿陈家探母，叫一声嫡嫡亲亲亲亲嫡嫡，大慈大悲大恩大德的好娘亲，好娘亲。

杨妻（唱）：〔老辞店调〕

听罢言来好伤心，铁石人儿也动情，天不长眼人遭劫，恩爱夫妻两离分，我走后夫君你要多保重，姣儿托与你费苦心，夫妻今日来分别，要想相逢万不能，舍不得夫君悲声放，叫人难舍又难分。

杨妻（唱）：〔反十字调〕

对着了列位磕头几拜，望各位伸援手怜惜残生，都只为杨三春家遭灾害，只落得一家人讨米营生，哪一位年长者慈悲施舍，福体长寿乐晚年，哪一位贵人来周济，青云直上锦前程，哪一位富翁来相助，万事如意又呈祥，哪一位经商的来施舍，财源茂盛达三江，哪一位读书人前来周济，龙虎榜上点头名，哪位后生来施舍，定然匹配美良缘，哪位小姐来周济，终身自会托贵人，孝家人你那里施舍于我，孝去福来在你身，都管先生把钱散，子孙发达富贵门，多谢众位来相助，来生来世报大恩。

合唱（唱）：［四六］

雪中送炭真君子，锦上添花是小人，富帮富来穷帮穷，天下穷人一条心。

（十八年后）

杨天保（唱）：［四六导板］

皇榜高中状元郎，今奉圣旨赴回乡。

杨天保（唱）：［四六］

十载寒窗无人问，一举成名天下杨，天有道降的是风调雨顺，地有道出的是五谷丰登，国有道出的是忠臣良将，家有道出的是孝子贤孙，世间若问忠和孝，臣报君恩子奉亲，加鞭催马往前赶，父母跟前问安康。

4. 卖御铡

该唱本讲述包公除奸保国的故事。包公奉旨来到洛阳去勘察吏治，途中遇见鲁剑、石薇二人喊冤，随后，其二人在金殿之上被昏君判了糊涂案，最后在包公的帮助下，斩除了奸贼鲁王。

人物：鲁玉、鲁剑、石薇、包拯、鲁王、赵洪、黄飞、孙崇、忽耶律、王朝、马汉、包李氏、金妃、田妃、手下、军。

第一场　花烛生祸

（鲁府：鲁剑、石薇拜堂完毕）

鲁玉：在朝把主保，协力扶圣君，在王驾前愿王兴，食王爵禄报君恩，世间两字全忠孝，臣报君恩子奉亲。本帅鲁玉官封元帅之职，镇守边关数载，昨日得胜回朝，抓来一番将，搜得密书一封，有鲁王与忽耶律内应外合，这也不须言表，我儿鲁剑与石薇，已曾许下婚约，未曾完婚，来呀，将花烛堂展开。

鲁王：圣旨下。

鲁玉：吾皇。

鲁王：奉天承运，皇帝诏曰：查罪臣鲁玉暗与番邦勾结，欲谋大宋江山，满门抄斩，暴尸三日。圣旨读毕，旨必恩呼。

鲁玉：万岁。

鲁王：搜来。

军：禀大人，有密书一封。

鲁王：黄飞、孙崇将他全家斩首。

鲁剑：胆大奸贼，分明是你私通番邦，反降罪忠良，你该当何罪？

鲁王：休与他等啰嗦，斩首。

鲁剑：娘子呀，此时不动手，还等何时，一同杀出府门开打冲出重围。

军：报王爷全家俱斩，只有鲁剑、石薇逃走。

鲁王：谅他们逃之不远，孙崇、黄飞。

孙崇、黄飞：有。

鲁王：命你们四路打探下落，还须斩草除根。

孙崇、黄飞：是。

鲁王：来呀，回朝复旨。

鲁剑（唱）：赵洪做事太欺人，反咬忠良反叛臣，可叹全家遭不幸，一家大小命归阴，鲁门世代忠心耿，何曾有过谋朝心，不是夫妻武艺好，早已人头滚埃尘，手扯娘子慌逃命，不知何处好安身。

石薇（唱）：此时不能光怀恨，有日定能申冤情，你我都是忠良后，只怨主上太无能，偏信奸臣来谎奏，江山哪能得太平，有朝一日回朝转，不除奸贼不收兵，夫妻双双路途奔，何日才得报冤情？

第二场　拦轿喊冤

鲁剑（唱）：刚刚脱了生死路，虎口逃出羊一群，忽听后头人马闹，莫非奸贼赶来临，手扯石薇高岗奔，岂让奸臣再逞能，站在高岗用目望，包字旗号闪盈盈，莫非丞相从此过，何不求他报冤情，急步忙把高岗下，挡在中途诉冤情。

包拯（唱）：为国家秉忠心不辞劳困，陈州地赈灾民哪顾艰辛，宋王爷坐江山天心永顺，全凭着众文武保定乾坤，忆当年辞嫂娘京城而进，一心想求功名改换门庭，带包兴挑行李把路来奔，牛坡岭遇着了草寇刘英，他道我容貌丑功名无分，在山前打下赌击掌为凭，做出了锦绣文皇王宠幸，皇封我龙虎榜点中头名，奉圣旨参娘娘后宫而进，她见我容貌丑革去功名，遇着了老恩师实实万幸，保奏我定远县训管黎民，想老包进朝来忠心耿耿，断奇案惩奸佞不徇私情。众衙役与老包开道前进，喊冤人挡路旁所为何情？

包拯：（对喊冤人言道）有冤到有司衙门去告。

王朝：大人传下话来，有冤到有司衙门去告。

鲁剑：启禀大人，对头大了，有司衙门管他不着。

包拯：既然如此捎在轿后起道南衙，御赐铜铡两边排，好似阎君孽境台，别人衙门朝南向，老夫衙门向北开，老夫包文拯，在宋仁宗驾下为臣，今奉圣旨，陈州放粮而归，有人拦道喊冤，王朝、马汉，传喊冤人上堂。

鲁剑（唱）：来了堂鼓声紧紧催如雷劈打。杀父仇母被斩紧咬银牙，鲁王爷官一品我并不怕，怕只怕糊涂官贪赃枉法，久闻那开封府圣赐御铡，专整那贪官吏命染黄沙，石薇妻鲁剑我，冤情太大，今日里上公堂，细说根芽。

鲁剑：参见大人。

包拯：下跪何人？

鲁剑：小人鲁剑。

石薇：民女石薇。

包拯：有何冤枉，可有词状？

鲁剑：做词状不及，只有口诉。

包拯：诉来。

鲁剑：容诉。

鲁剑（唱）：跪公堂眼含泪忙把话禀，我的父名鲁玉元帅奉君，奉圣旨带人马边关守镇，为的是防干戈挡住贼兵，兵尚书名石虎将女许配，我鲁剑与石薇早定终身，近几月边关地狼烟已息，奉圣旨回京都吉日完婚。有大将高天喜搜来密信，忽耶律与鲁王要夺龙廷，密书中第一句鲁王台驾，信收悉解其意即日发兵，你内助我外攻双方接应，杀天子诛大臣夺取中原，选良期择吉日荣登九五，保鲁王做一朝有道明君。我的爹收密书心中气恨，新婚礼刚举行大祸来临，有鲁王带圣旨当堂宣读，道我家通番贼即问斩刑，我鲁剑闻此言肝胆气炸，与石薇一对刀杀出府门，望大人如明镜，除奸雪恨，与高堂二双亲，洗却冤情。

包拯（唱）：听此言包文拯暗自思忖，却原来鲁王爷陷害忠臣，来日里有老夫上殿奏本，岂容国贼奸臣阴谋得逞，你夫妻权且在府内居住，包文拯与忠良昭雪平冤，叫人来带他俩内堂安歇，鲁王爷管叫你死无葬身。

鲁剑（唱）：谢丞相与小民申冤雪恨，我夫妻死九泉瞑目甘心，对丞相施一礼，内堂而进，我家的冤情事，全仗大人。

包拯：清平世界，朗朗乾坤，胆大鲁王竟然颠倒黑白，王朝、马汉，看老夫雅轿打道上朝。

第三场 金殿判案

仁宗皇：摆驾。

仁宗皇（唱）：为王年幼坐龙廷，全凭朝中文武臣，文凭耿直包文拯，武凭呼杨两家臣，先帝老王龙归井，文武保王坐龙廷，金钟响御鼓催王登金殿，为什么殿角下吵闹高声？

包拯（唱）：东华门本是文官进，西华门本是武将行，撩袍吐袖金銮进，一本一本奏明君。臣包文拯见驾，愿吾皇万岁万岁，万万岁。

仁宗皇：老卿平身赐座。

包拯：谢主隆恩。

仁宗皇：老卿家上得殿来为者何事？

包拯：臣奉旨前往陈州放粮而归，途中有人拦轿喊冤，因此奏明圣上，此案重大，关系到皇亲国戚，为臣。

仁宗皇：常言道，王子犯法，与庶民同罪，纵然有天大的事，有朕与你做主。

包拯：今有鲁王上欺天子，下压群臣，勾结番邦，欲谋王位，假传圣旨，抄杀鲁玉一家五十余口。鲁剑、石薇，杀出重围，才得拦轿喊冤，望主上详查。

仁宗皇：啊？有这等事，来呀，速传鲁王上殿。

鲁王：圣上选调，快步拜道，鲁王见驾，愿吾皇万岁万岁万万岁。

仁宗皇：你可知罪？

鲁王：罪有千条，但不知臣罪犯哪条？

仁宗皇：你身为宋室重臣，为何假传圣旨，抄杀鲁玉一家，你私通番邦，欲谋皇位。

鲁王：啊哈哈哈。

仁宗皇：你为何发笑？

鲁王：我笑恶人先告状，其实告我私通番邦的人，才真正是私通番邦，鲁玉私通番邦欲谋皇位，本王对大宋一片忠心，鲁玉他意欲谋反，事态紧急，上殿请旨已来不及，为了确保大宋江山，我只得先杀叛臣，然后面君，因此为臣假传圣旨，矫王命实属万般无奈。

包拯：你说他谋反，无证无据，胡乱杀人，大宋王法难容。

鲁王：包拯你说要证据，这是番邦给鲁玉的密信，请万岁龙目观看。

仁宗皇：呈了上来，待朕观看。鲁玉台鉴，来信收悉，其意尽知，我已奏明狼主，即日发兵中原里应外合，谋杀宋王扶你荣登大宝。胆大鲁玉贼臣，寡人待你不薄，竟敢私通番邦，谋朝篡位斩者不亏。

鲁王：臣跪拜万岁万万岁。

仁宗皇：卿家平身。

鲁王：万岁，老臣明知矫王命传假旨，罪在不赦，为了大宋江山，哪能顾得个人安危，而今触犯刑法是杀是刚，请万岁处置吧，老臣万死不辞。

仁宗皇：皇叔快快起来吧，鲁玉私通番邦，你矫命诛杀，乃是为了大宋江山，朕不仅赦你无罪还要嘉奖。

包拯：启奏主上，如此赦罪赏功，恐有不妥。

仁宗皇：这有何不妥？密信在此，铁证如山，皇叔杀叛臣，自然要受到嘉奖。

包拯：鲁王鲁玉乃只有一点之差，依臣看来定是鲁王涂改密信，望万岁详查。

仁宗皇：胆大包拯，你无凭无证，弹奏重臣，本当治罪，念你两朝元老，一生清正，孤且赦免，再不准多奏，下殿去吧。

包拯：谢万岁。

仁宗皇：皇叔为防不测，立即增兵边关，以防番兵入侵。

鲁王：老臣遵旨，只是那叛臣鲁玉之子鲁剑，儿媳石薇还在包大人府中，臣恐有后顾之忧。

仁宗皇：这事好办，皇叔不必担心，包卿家朕赐你天子宝剑，命你速回府将鲁剑、石薇斩首示众不得有误，内臣摆驾。

包拯（唱）：主上年轻太无能，听信谗言大祸临，有罪之臣反嘉奖，无罪忠良要斩刑，我将忠良后来处斩，岂不也做叛逆臣，人来打道回府去，要想良谋救忠臣。

第四场　御街卖锏

鲁剑（唱）：可恼，鲁王势大太狠心。

石薇（唱）：假传圣旨杀忠臣。

鲁剑（唱）：杀父之仇载九天。

石薇（唱）：谅他奸臣难出身。

鲁剑（唱）：包大人断案似天神。

石薇（唱）：铁面无私赏罚明。

鲁剑（唱）：只等丞相回府后。

石薇（唱）：杀父之仇报得成。

内侍：丞相回府。

石薇、鲁剑：拜见丞相。

包拯：免礼，站了起来。

鲁剑：请问大人，圣上怎样发落？

包拯：圣上听信奸言，老夫谏本不准，还赠来天子宝剑要将你们斩首示众。

鲁剑：大人啦，丞相，我多历来忠心耿耿，不幸遭害，主上要杀我俩，死不足惜，只是还要背上叛逆罪名，我死不甘心呀。

包拯：二位不必忧愁，事不宜迟，番邦密信中说即日发兵，为防不测，你二人火速往边关搬兵，一来保护圣驾，二来为你们惨遭杀害的一家人报仇雪恨。

鲁剑：大人啦，你违抗圣旨，放我俩逃走，昏君若是降罪，我其心何忍？

包拯：你边关搬兵是为了大宋江山，这里有银一百两，不必多讲，快快起程，不得有误。

鲁剑：多谢丞相。

鲁剑（唱）：丞相对我恩义广，我家世代永不忘，施罢一礼登程往。

石薇（唱）：火速搬兵回朝纲。

包拯（唱）：鲁王做事太猖狂，痴心妄想夺朝纲。今命鲁剑边关往，相救主上无祸殃。

黄飞：头戴七星镜，身穿独爪龙，摆开四大队，出猎深山中，某将黄飞、孙崇，主上前往郊外射猎，人马可曾齐备？

军：也曾齐备。

孙崇、黄飞：拜请圣驾。

仁宗皇：离了深宫内院，来此演武教场。

孙崇、黄飞：某将打参。

仁宗皇：免参，人马可曾齐备？

军：早已齐备。

仁宗皇：开兵。

包拯（唱）：吾主年幼受欺蒙，听信鲁王理不通，误把忠良作奸贼，一片忠心负九重，昨晚得下不祥梦，所生一计在心中，先帝赐铡御街卖，要扫朝中不正风，主上出猎人喧闹，挡道扫灭鲁王公，站在御街高声叫，三把御铡架街中。

仁宗皇（唱）：为王离了深宫院，一队人马好威风，忽听人叫卖御铡，勒马停蹄问来踪。

包拯：卖铡。

仁宗皇：何人叫卖御铡？

军：包公带领王朝、马汉一行人沿街卖铡。

仁宗皇：他怎么卖起铡来了？

鲁王：依臣之见，这一定是包黑子，玩弄什么阴谋诡计。

仁宗皇：速传包拯见驾。

军：圣上有旨，包拯参驾。

包拯：臣包拯参见吾皇万岁万万岁。

仁宗皇：包卿，你可知晓，这三口铜铡，乃先王所赠，要你用它严正法纪，你怎么能将它卖掉？

包拯：这三口御铡是先王赐臣，龙头铡专铡作恶多端的皇亲国戚，虎头铡专铡贪赃枉法的奸佞大臣，狗头铡专铡为非作歹的恶霸刁民，可自从先帝驾崩以后这三口御封的铜铡，成了聋子的耳朵，龙头铡生黑锈，虎头铡长青苔，狗头铡常卷刃，鲁王叛逆反嘉奖，忠良被害含冤情，似这等御赐的铜铡有何用，有钱不卖半年闲，不如卖掉换银钱。

鲁王：呈启主上，这包黑子与鲁玉串通一气，内藏奸情，这分明是戏弄万岁。

仁宗皇：叔王之言有理，大胆包拯，你竟敢嘲弄寡人，该当何罪？

黄飞：启奏万岁，包拯私自放走鲁剑、石薇。

仁宗皇：包拯你不是要卖铡吗，寡人买了，朕赐你鸩酒一壶，限你三日之内找回鲁剑、石薇，将他斩首，朕便赦你无罪，如若不然，你就自行了断。

包拯：臣遵旨。

仁宗皇：来呀。

军：有。

仁宗皇：起道荒郊。

第五场 仁宗遇难

忽耶律：皇叔来一信，今朝除昏君。

某将忽耶律，有皇叔鲁王来信，昏王郊外射猎，约定今日人马，扎在黑松林等候，来呀。

军：有。

忽耶律：起道黑松林。

仁宗皇（唱）：为王的离却了深宫内院，众文武送为王五凤楼前，催龙驹来之在郊外之地，又只见一黄羊它在道边，满咚咚搭上了刁翎羽箭，管叫你即丧命无力回天，对着了黄山羊，鼓睁龙眼，一箭出只见它跌倒山前。

鲁王：射中了，射中了，好箭法，主上那厢有一只梅花鹿。

仁宗皇：哪里？

鲁王：随我来，出律。

忽耶律：来呀将这昏王绑了。

仁宗皇：你是何人，可知朕乃大宋天子？

忽耶律：正要拿捉你这昏君。

仁宗皇：皇叔快来救驾。

鲁王：嘿嘿。

忽耶律：鲁王依你之计，如今拿捉了昏王，这燕幽十六州。

鲁王：划归贵国所有。

忽耶律：金妃、田妃。

鲁王：归你受用。

仁宗皇：好个奸贼，原来私通番邦的欲夺王位的是你。

鲁王：嘿，嘿，嘿。不错，正是本王。

仁宗皇：包大人，包卿，我悔不该不听你的忠言相谏，如今竟落奸贼之手，你你你，把孤王如何处置？

鲁王：这要看你自己，我来问你，你是想死，还是想活？

仁宗皇：想死怎样，想活何来？

鲁王：想死容易，想活你就下诏，让位给老夫，待我登基之后，封你郡王，世代相袭享受荣华富贵。

仁宗皇：待朕写下诏书，奉天承运，只因孤王年幼，难掌朝廷大事，故将皇位让与皇叔鲁王，钦此。

鲁王：来呀，赐他三尺白绫，让他留个全尸吧。

仁宗皇：天啦苍天，哎呀。

仁宗皇（唱）：听罢此言胆魂销，要害孤王命一条，为王一死事还小，宋室江山化冰消，不该不听良言告，错斩忠良罪难逃，包卿忠心把王保，我诚言不听半分毫，指着鲁王高声骂，谋朝篡位无下稍。

鲁王：黄飞、孙崇，押了下去，将昏王绑在黑松林。

黄飞：是。

鲁剑（唱）：边关搬得人马到，除奸削恨报冤仇，催马加鞭把路赶，一厢人马挡路途，坐在马上忙观就，那边鲁王死对头，白绫将主绑咽喉，眨时吾主要命丢，连忙放出雕翎扣，箭射黄飞命难留。

黄飞：哎哟。（倒地）

忽耶律：鲁王大事不好，鲁剑、石薇搬来了许多人马。死伤大半，你怎么让鲁剑、石薇搬来人马，你都不知道？

鲁王：哎呀，这包黑子果然厉害，这如何是好？

仁宗皇：你这奸贼也有今天。

鲁王：你不要高兴太早，你不让臣活，臣也不让你这昏王生，看剑。

鲁剑：奸贼休要逞能，看刀。将鲁王生擒活捉，对阵将律黄孙杀死。

鲁剑：万岁速醒速醒。

仁宗皇（唱）：耳内里又听得叫速醒，七魄悠悠又还魂，猛然睁开昏花眼，二员小将在眼前，家住何方高名姓，哪部忠良后代根，今日多蒙小将到，孤王永世不忘恩。

鲁剑（唱）：我父奉旨三关镇，鲁玉就是我严亲，鲁剑是我名和姓，石薇与我结发情，二人奉了包公命，前往三关搬救兵，包大人抗旨将我放，多拜主上要谅情。

仁宗皇（唱）：听说来的忠良后，不由为王喜在心，包卿家来包文拯，盖世无双好忠臣，不是卿家早预料，为王早已命归阴，猛然一事在心中。不好，王赐鸩酒了不成，倘若包卿将酒饮，岂不屈死好忠臣。

仁宗皇：鲁剑、石薇，大事不好，王赐包卿鸩酒一壶，你俩速去包卿家，切不可饮。

剑鲁、石薇：遵旨。

仁宗皇：来呀，打道包府。

第六场　包拯装死

鲁剑（唱）：今朝奉了君王旨，不由心急似火焚。

石薇（唱）：鸩酒它是烈性毒，饮了一口命难存。

鲁剑（唱）：多求上天来保佑，大人切莫把酒吞。

石薇（唱）：催马来之是包府，为何府内哀乐声。

鲁剑（唱）：夫妻下了马鞍蹬，急步进府看详情。

石鲁剑：哎呀包大人包青天。

石薇（唱）：一见大人丧了命，石薇心似冷水盆，一片忠心含冤死，可恨苍天不太平。

鲁剑（唱）：大人胜过亲生父，救了我夫妻自丧生，只觉天旋地又转，不由心中似刀疼，只怪鲁剑来迟了，早来一步免丧生，叫我鲁剑终生恨，怎对得起恩公包大人。

仁宗皇（唱）：王催龙驹来得快，只听府内哭沉沉，莫非包卿丧了命，为王心内不安宁，下得龙驹把府进，鲁剑、石薇泪淋淋，包卿白绫来包定，有何面目见爱卿，王上前去双膝跪，失去了王的好忠臣，千错万错是王错，忠奸不分怎为君。

仁宗皇：包卿家，包恩官，千错万错，都是朕之错，朕不该听信谗言残害忠良，几乎亡国丧生，多亏老爱卿忠心一片，派鲁剑、石薇搬来救兵，才救了朕的性命，谁知江山得救，你却身亡，怎不叫王遗恨终生，痛断肝肠，王怎么这么糊涂赐你鸩酒。

包拯：万岁。

仁宗皇：怎么包卿你没有死?

包拯：万岁王呀。

包拯（唱）：前日御街去卖铡，为的打动君王心，良言直谏你不听，反认鲁王是忠臣，出猎郊外有凶险，臣想相劝你回程，臣知久劝也无益，反把好心当歹人，舍死放了二小将，要他速速去搬兵，君赐为臣一壶酒，臣不是贪生怕死人，夫人听罢王赐酒，怨恨君王太不平，劝我他乡去逃命，老臣死死不依从，夫人把酒壶来甩碎，忽听万岁转回京，怕的君王来降罪，因而装死哄圣君，适才听得君王悔，不由老臣喜在心，劝君往后要心细，莫让甜言迷了心，君听臣言多思考，莫把忠臣当奸臣，良药苦口利于病，诚言逆耳利于行，为君赏罚分清楚，宋室江山万年春。

仁宗皇（唱）：老卿此言道得好，寡人心中似灯明，往后为王不道处，指责王过无怨声，忠良还是忠良好，不惧生死扶圣君，可叹鲁玉含冤死，五十三口遭惨刑，鲁王他是罪魁首，千刀万剐也应该，多蒙小将来拿捉，如何处置任爱卿。

仁宗皇：包卿家，如今事已真相大白，众卿家，转过金殿，再作处治。

包拯：全凭主上做主。

仁宗皇：来呀，与孤王带马。

包拯：鲁剑，如今万岁已知真相，你鲁家冤仇可以报了。

鲁剑：全凭大人做主。

包拯：一同转过金殿，斩鲁王。

仁宗皇：为王的坐江山天心不顺，内有那老奸贼谋夺邦家，文班中有包拯清如明镜，武班中有鲁家征战沙场，多亏了包卿家查明真相，查明了鲁玉家血海深仇，想当初都是王一时之错，包庇了皇叔公忠奸不分，自那日在野外游山捕猎，才知是鲁王内外谋朝，今日里孤王我决心已定，定斩了皇叔公才把恨消，叫内侍忙摆驾，金銮殿上，传包卿上殿来，重振朝纲。

仁宗皇：传寡人口诏，包卿上殿。

内侍：包卿上殿。

包拯：忽听万岁传，忙步上金銮，微臣参见万岁。

仁宗皇：平身，包卿家，如今多亏鲁剑夫妻将鲁王拿捉，任凭卿家如何处置，就交给爱卿铜铡，就地正法吧。

包拯：可是我那铜铡已被主上一壶鸩酒换去。

仁宗皇：三口铜铡乃先王所赐，理应归还爱卿，重整朝纲，来呀。

军：有。

仁宗皇：将铜铡抬了上来。

包拯：万岁这铜铡不能用了。

仁宗皇：为什么不能用了呢？

包拯：龙头铡生黑锈。

仁宗皇：生黑锈，王来擦。

包拯：虎头铡，长青苔。

仁宗皇：长青苔，王来刮。

包拯：狗头铡，常卷刃。

仁宗皇：朕命工臣把钢加。

包拯：君臣携手正王法。

仁宗皇：除奸保国成佳话，速将鲁王押了上来。

包拯：将鲁王押了上来。

鲁王：罪臣参见大人。

包拯：胆大奸贼，你如何私通番邦，杀害鲁玉一家，谋朝篡位，一一从实招来，免受大刑之苦。

鲁王：实不相瞒，是老夫久有谋朝之意，怎奈鲁玉武艺高强，不好动手，想要将他所害不能动手，刚好鲁玉回朝与子完婚，此时有番邦忽耶律信来密书，又被鲁玉搜走，因此带家兵家将，趁鲁玉操办喜事，假传圣旨，搜到密书，将他一家斩首，怎奈鲁剑、石薇武艺高强幸免，于是将鲁王，王字加上一点，成为给鲁玉的密书，蒙哄圣上，主上出猎，是我修书命忽耶律前来刺王杀驾，事已至此，老夫知罪。

包拯：胆大逆贼，一堂皇叔六亲不认，残害忠良，刺王杀驾，罪该万死，来呀，王朝、马汉。

王马：有。

包拯：抬了下去开铡。

王马：斩首。

仁宗皇：斩者不亏，众文武在殿前，听王封赠，包爱卿官高不必再封，加俸加禄，鲁剑子承父职，石薇压国一品夫人，王朝、马汉恩赐黄马褂，鲁剑一家人命丧，请高僧高道，打七七四十九天罗天大醮，超度后请入忠臣大庙，每年受王的春秋大祭，封赠不齐，打上名单另行封赠，广乐祠摆宴与为王吹唱贺功。

众：请驾。

仁宗皇：摆驾。

5. 墙头记

该剧讲述张木匠与他两个儿子之间的故事。张木匠十分疼爱他的儿子，在他们很小很小的时候，会爬上墙给他们摘果子，陪他们做游戏，陪伴他们成长，然而到了需要养老的时候，他却被两个儿子互相推诿挂上了墙，因王银匠谎称张木匠私藏了许多银子，故其两个儿子又展开了一场"争爹之战"。（余桂香整理，1991 年）

人物：张木匠、张大乖、张二乖、赵氏、李氏、王银匠。

第一场

张大乖：自己的算盘自己打，自己的把戏自己耍，为人若不为自己，不是呆子就是傻。

李氏：奴乃李氏，配夫张大乖，倒也生得聪明能干很会精打细算，做生意更是一把好手，对我也是百依百顺。我是百事如意，就是一件事不称心，他家里还有一个八十多岁的老鬼专吃饭不做事，还要我每天送茶水洗衣浆衫，真是烦死人啦，到处死人，咯只老的为什么不死啰，哎，今天是我娘家的亲爹来，一清早我叫大乖买菜去了，为什么现在还没回呀？等我把屋子收拾干净。

李氏（唱）：亲爹要来心欢喜，收拾堂前厨房里，盘盏盆碟洗干净，亲爹来了好团聚，莫怪李氏偏心眼，哪家不是这样的，拿起扫把打扫地。

张大乖（唱）：手提竹篮回家里，哎。

张大乖：你是怎么搞的啰。

李氏：啊，是大乖同意。

张大乖：是的啰。

李氏：我要你买的东西都买了没有？

张大乖：你吩咐的事不办好那还了得，你看一篮子咧，慢些，三五一五，五五二十五。

李氏：哎，你到底买了一些什么？

张大乖：毛伢子的娘咧，莫急啰。

张大乖（唱）：买了一只大母鸡，半斤韭菜干粉皮，金针木耳宴席菜，一条鲇鱼顶好的。

李氏：怎么鲇鱼？

张大乖：是呀，鲇鱼啦。

李氏：我叫你买鲤鱼，你为什么买鲇鱼呐？

张大乖：毛伢子的娘咧，这一斤半重的鲇鱼要比鲤鱼省几个钱啰。

李氏：鲇鱼怎么上得席？

张大乖：哎呀，毛伢子的娘咧。

张大乖（唱）：毛伢子的娘你性急，听我慢慢说细的。你去了头来斩了尾，炒成一盘好鱼片。凑成凑成一盘菜，鲇鱼一样是顶好的。

李氏：好呀，你就在我爹面前搞鬼呀。

张大乖：那你又为什么在我爹面前搞鬼咧？

李氏：你的爹怎能和我的爹相比咧。

张大乖：你的爹也是爹，我的爹也是爹，不是一样子的货色呀。

李氏：哼，你听。

李氏（唱）：我爹贸贩卖丝绸，发财还乡买田丘。你爹是个臭木匠，穷斯难堪像猴头。两个货色不一样，几多欢乐几多愁。

张大乖：好，算哒算哒，喂，给爹做了饭没有。

李氏：做哒。

张大乖：做的什么？

李氏：糊涂呀。

张大乖：什么呀，又是糊涂呀，哎。

张大乖（唱）：老二家中吃糊涂，我家也吃糊涂。一家大小都吃糊涂，越吃越吃越糊涂。

李氏（唱）：只能吃来不能做，有了糊涂不起酥。

张大乖：我不是与你说过吗？做点白面馒头吃。

李氏：什么白面馒头。

张大乖：我是说用七钱麦麸子对一层白面粉哪。

李氏：那好吃吗？

张大乖：我管他好吃不好吃，我只要省的钱置得产业、买得田、扯得布、做得衣服，大家穿就是好的。

李氏：你一天到晚就只晓得钱钱钱的。

张大乖：哎呀，毛伢子娘咧，如今这世界上哪一个又不是喜欢钱啰，俗话说，有钱能使鬼推磨呀。

李氏：要得，你去做。

张大乖：毛伢子娘咧，坟里烧纸是遮旁人的眼目，我是老大，不要让老二他们抓了我的把柄哪。

李氏：嘿，不提老二事可，提出老二我火起喷，那年我做小米给爹吃，他们却做的黑夫馍，我煮玉米粥给爹吃，他们都比米汤还要稀。

张大乖：恨玩把戏耍阴谋把算盘，世界上一切事情好坏在你们堂客身上。

李氏：你讲谁？

张大乖：嗯，我是说老二他们。

李氏：他们还说什么，兄长前面走，老弟后面跟，后娘跟着前娘行，呸，你们得了便宜不怕肚子痛。

张大乖：呸，说大人话不做大人事，我们行孝你不行孝，说什么是跟我们学的，呸，好好莫发气，我去喊爹来陪客。

李氏：你说什么？

张大乖：哎，我是说吃完了端碗剩饭剩菜给爹吃，你看又省米又省力这样不好呀，哎呀你就莫生气哒啰。

张大乖（唱）：不要气来不要愁，愁一愁来白了头，更怕愁肠伤肺腑，参神拜福把情求，笑一笑三年少，多赚银钱买田丘。

李氏：什么呀，十年少，你笑笑看。

张大乖：嘻，哈。

李氏：好，我们搞饭咯。

张大乖：对，搞饭咯。

第二场

张木匠（唱）：自幼生来习木匠，终日累得汗水淌。兴家创业哪容易，没得两息把家传。两个儿子缺道义，一对媳妇更不贤。他们睡的绫花床，三垫四盖乐安然。我夏无蚊帐冬无絮，草席门板架土砖。一恨皇天不公道，二恨先生教不严，三恨光养不教，娇生惯养性乃？

张木匠：老汉张木匠，一生勤俭，老伴早丧，所生二子，我又做爹又做娘，把他们抚养成人，教读成家，老大继承了部分家业娶了老婆，老二讨一个财主的女儿得一份绝业，可是他们都长大了，就把我这个老的不当人看，现我年老多病，要茶不得茶，要饭不得饭，还要遭受闲言白眼，这日子怎么过呀？

张木匠（唱）：我吃不饱来穿不暖，一日两餐不周全，冻得手脚敲心颤，饿得东倒西又偏，每日每时鬓门望。

李氏（唱）：送茶送水讨人嫌，吃饭哪。

张木匠：哎，又是糊糊呀。

李氏：能有糊糊吃就算不错了。

张木匠：哎呀，冰冷的呀。

李氏：你吃就吃，不吃就喂狗！

张木匠：呵，你，唉。

张木匠（唱）：恶言恶语冷糊涂，饥寒交迫几时休，这家胜过阎王殿，那家好似貉一丘，我今生未做缺德事，为何养了这群猪。

张木匠：不，我不能这样任由他们摆布，我要把那半亩地要回来自己过，大乖、小乖。

李氏：喊死呀。

张大乖：爹咧，吃得饱饱的还叫么子啰。

张木匠：大乖，我要把我那半亩地收回来。

李氏：哎，这。

张大乖：爹爹咧，你还是不够吃呀不够穿，还是不够用啰，你要把那半亩地收回去，好让旁人笑我说我不孝是不是呀。

张木匠：大乖，我现在只能吃，又不能做，我不好再麻烦你们了，我把地收回来自己过。

张大乖：哎呀，你可不是想要地，是嫌我们照顾得你不够，硬是想找我们算账是吗？

李氏：是呀，对你还不好呀。

张大乖：好咧，要算就跟你算一个清楚明白，你听，我一共养了你几年，每年你穿的用的我只作三百吊一年，这不算多吧，八年，一年三百，八三二千四百吊。

张木匠：你！

张大乖：哎，莫急，我放大方些，把四吊尾数不要，总共两千吊，一手交钱，一手交田，拿得来呀，你拿得来呀。

张木匠：你，你这是！

张大乖：我这是公平交易，童叟无欺。

李氏：是呀，你拿得来呀。

张木匠：你，你不是逼你老子吗？

张大乖：这不是我逼你哪，是你要跟我们算账哒。

张木匠：哦，我。

李氏：唉，我的糊涂咧。

李氏（唱）：你一不憨来二不傻，当初交地为的啥，若嫌我们不周到，今后你就住别家。

张木匠：你，你。

李氏：你，你什么，呵，你眼睛鼓心的，棍子动心的，你，你还想打人哪？

张大乖：哎哟，你，你这是干什么啰？

李氏：哎，怎么打你了呀，嘿，就是他走。

张木匠：苍天哪，苍天。

第三场

张二乖（唱）：下有地来上有天，人间世事要知全。生子不教为养猪，养女不教为养驴。张二乖自幼习文墨，自身一世有格言。自从娶了赵氏女，亲父亲母都死亡。得了这绝户产，平步青云上九天。孟子归天八十四，孔子死在七十三。老爹今年八十五，何不死在圣人争，无奈观书引经典。

赵氏（唱）：下了轿子到家园。

赵氏：相公。

张二乖：啊，是娘子回来了，请坐，请坐。

赵氏：相公你也请坐呀。

张二乖：娘子，外祖母可好呀？

赵氏：好呀。

张二乖：外祖父可好呀？

赵氏：好呀。

张二乖：大姨二姨可好呀？

赵氏：哎呀，她们都很好咧。

张二乖：那满姨可好呢？

赵氏：好呀，都好，相公真是读书之人礼多，难怪他们都夸你咧。

张二乖：娘子，有道是圣人之徒，非礼勿行，非礼勿动，非礼勿言哪，这都是书上有的你看。

赵氏：好，算哒，相公我也看不懂这些。

张二乖：娘子你怎么不多住几天，就回来做什么？

赵氏：还不回家里有事呀。

张二乖：家里没有什么事呀。

赵氏：相公你忘了今天是什么日子，那个老的就要来了呀。

张二乖：娘子，今天是二十九，你明天回也不迟呀。

赵氏：相公，你真是读书读呆了，这个月小明天就是初一了。

张二乖：什么呀，又是初一，又是月小，这，唉。

赵氏：哎呀，相公咧。

赵氏（唱）：一年六个小月份，全部轮到大哥家，大哥走的狗屎运，背时鬼偏挂我的门。

张二乖（唱）：锣不敲来鼓不敲，鼓不打来锣不鸣。不公平来太不公，要和大哥大嫂把理评。

赵氏（唱）：哥嫂蛮横不讲理，棍棒都会打不通。

张二乖：古人书本上有云，不服教训乃野人。

赵氏：相公，不知道大哥他们又搞什么鬼，我在路上听说，他们今天买了好多菜，又是鸡，又是鱼的。说是招待你爹的，这不是对我们来一手吗？

张二乖：哦，有这等事，不会吧，他们会舍得，呵，我又想起来了，前几天我听人说大哥的岳父在外面发了横财，要到他家来，是的，一定是招待他。

赵氏：嗯，那还差不多。

张二乖：唉，只是这面子全部让他们占尽了，那老的明天就要来，这怎么办，这怎么办。

赵氏：是呀，这要想法子才行哪。

张二乖：娘子，你想出来了没有？

赵氏：相公，我看是这样。附耳来。

张二乖：好好，就这样，就这样。

张二乖（唱）：关上门来堵上窗，任他呼唤不搭腔。

赵氏（唱）：要道关门躲债主，不淋风雨不受冻。

张二乖：娘子，这是什么计呀？

赵氏：这叫关门之计。

张二乖：好一个关门之计呀。

第四场

李氏：喂，大乖，你快来呀。

张大乖：来哒啰，爹咧，你走起些啰。

张木匠：大乖，让我在你家吃了早饭走不行吗？

张大乖：爹咧，在我家吃早饭不好算账咧。

张木匠：我身上好冷哪。

李氏：你快走几步身上不就暖和了呀。

张木匠：我走不动啰。

李氏：你走不动，来，我推着你走。

张木匠：哎呀，你一你慢点，我会摔跤呀。

张大乖：哎哟。

李氏：你，你个老不死的，大乖，大乖，哎，你看今天早上才换的新衣就弄脏了，都怪你。

张大乖：站着不要动，到了，等我叩门去，老二呀，开门啰，嗯，喂老二快开门哪，哎，这不对呀。

张大乖（唱）：老二夫妻不像话，你不开门我用石头，明明你夫妻在家里，不聋不哑尽装傻，你不开门我就骂，咒你全家死绝哒。

李氏（唱）：我骂你夫妻不是人。

赵氏（唱）：你越骂我就越殷勤。

张大乖（唱）：我与你本是一娘生。

张木匠（唱）：再不开门你是混账。

赵氏（唱）：骂得越恶我越？

张大乖：好呀、好呀，要得你不开门我也有办法，我把老爹送上墙，走。

张木匠：哪里去呀？

张大乖：请你上墙。

张木匠：哎呀，我不去呀。

张大乖：你上不去，我来背，哎哟，老骨头硬死哪，走，上去。

张木匠：哎呀，大乖，我会掉下来的。

张大乖：哎。

李氏：你要掉下在墙里面，掉在对面有人给你送饭，大乖快走。

张大乖：好，走。

张木匠：喂，大乖，大乖，哎呀。

张木匠（唱）：骂声大乖大不该，你推我上墙就走开。此墙是我自己垒，哪知自垒望？

王银匠：王银匠走四方，呼声乡亲们听端详。金银首饰修得好，旧的可以换新装。散碎银子化成锞，化成锞银好收藏。

一路行走来好快，哪家的被子挂墙上。喂，是哪家被子挂在墙上，不怕被别人拿走呀？

张木匠：哎哟。

王银匠：哎呀，有鬼呀，嗯，青天白日哪来的鬼，啊，原来是一个人啰，唉，你这个人咧，清晨八早站在这头上你是怕不凉快吧，快下来呀，怎么呀，呵，你是下不来哟，好，我来扶你下，慢点莫绊倒，哎，原来是张大哥啰。

张木匠：哎呀，你是银匠老弟。

王银匠：是我呀，张大哥你八十几站在这墙头把景观，你是两个儿子的老太爷，怕是吃多了油水发油吧，哈哈。

张木匠：银匠老弟你，你休要提了呀。

王银匠：大哥，你我多年不见，我知道你一生就是喜喝几杯酒，来，我们到前面去喝几杯。

张木匠：银匠老弟，我现在连饭都没得吃，哪里还有钱喝酒啰。

王银匠：张大哥，你也太小看老弟了。

王银匠（唱）：相交多年今天见，不要装穷叫可怜。莫把老弟小看了，不是向你来求援。请你喝酒表情义，今天喝酒我付钱。

张木匠：银匠老弟，你误会了。

王银匠：张大哥你哭什么，到底发生了何事？

张木匠：老弟呀，多年不见你不知我现的处境呀，儿子抚大了，娶了妻，我也老了，他们不再需要我了，我现在是有上餐没下餐哪。

王银匠：哎，有这等事呀，唉，大哥。

王银匠（唱）：你四十多岁得娃娃，庆贺三朝乐开了花。爹对崽是春天笋，夏天的瓜，秋天葡萄，冬天的鱼虾。自己舍不得吃，省吃俭用抚娃娃。等到娃娃长大了，娶妻教读成了家，就不认得爷。昔日仁宗皇不认母，眼前有两个畜生不认爷。唉，当年我给财主帮工，等他们发了财，我人老了也是一脚踢出门外，大哥，你这样不行哪，要想办法呀。

张木匠：老弟呀，叫天天不应，叫地地不灵，我能有什么办法想。

王银匠：唉，大哥。

王银匠（唱）：同命人说同命话，我来替你想办法。左思思，右想思，嗯，这有头一煞就有办法，就是这个主意对付他。

王银匠：张大哥，我给你想了一个好办法。

张木匠：什么办法呀？

王银匠：你近前来，就这样。

张木匠：啊，这怎么行，我一世人从未讲个假话。

王银匠：大哥咧，这样的人就只有这种法子来治。

张木匠：这万一，他们。

王银匠：这，你就放心好了，一切有我。

张木匠：唉，他们要是……

王银匠：我这个主意一出呀，他们自会接你回去。哎，慢些，你现在还不能回去，要等那太阳落山的时候回去。

张木匠：这又是为什么啰？

王银匠：这你就不必问了。

王银匠（唱）：老兄权当诸葛亮，来唱一个空城计，好，现在我们安心喝酒去，走。

第五场

李氏：老二夫妻心太刁。

张大乖：关门闭户不理睬。

李氏：任你算盘来算尽。

张大乖：还是我的妙计高。

王银匠：妙计安就关门打狗，两脚忙忙，为的朋友，大乖呀，大乖在家吗？

张大乖：哎，八成是送转来哒。

李氏：快关门、快关门。

王银匠：嘿，慢些，是我咧。

张大乖：啊，是，银匠大叔啰，请进哪。

李氏：他是谁呀。

张大乖：是爹原先的老朋友。

王银匠：是呀，我是你爹几十年的老朋友。

张大乖：快见过银匠大叔哪。

李氏：嗯，见过银匠大叔。

王银匠：哎，这就是大媳妇吧，大乖呀，好久没到你屋里来了，真是大变样了呀，高楼大厦，雕梁画栋，你也是长得一表人才，真像个把员外咧。

张大乖：嗯，哎，银匠大叔你今天到我屋里做么子哪？

王银匠：来找你爹呀。

张大乖：找我爹干什么哪？

王银匠：你爹欠了我的钱哪。

张大乖、李氏：啊。

张大乖：喂，我爹他什么时候欠了你的银钱？

王银匠：大乖呀。

王银匠（唱）：一席话完说当头，你们夫妻听从头，我和你爹是老朋友，我吃过你的三朝酒，大概过了三四天，你爹就往我家走，背了一大包。

李氏：一大包什么？

王银匠（唱）：散碎银子白溜溜。

张大乖：呵，银子，多少。

王银匠（唱）：大概三四百两，一没称来二没数，要与他帮个忙。

李氏：帮什么忙？

王银匠（唱）：当场要我把炉开，散碎银子化成锞。

张大乖：化成锞做什么？

王银匠（唱）：化成锞来好收藏，他说池塘积水防干旱，积银防老防后头。欠我的火钱还未给。

张大乖：欠你的多少呀？

王银匠（唱）：年深月久我记不清楚。

张大乖：哎，大叔，你请坐，你请坐，哎，你快泡茶给大叔吃，快。

王银匠：大侄子不要客气嘛。

李氏：大叔请喝茶。

张大乖：大叔你放心，我爹欠你的火钱由我来还。

王银匠：哎，大乖真是个孝子呀，那好。

张大乖：嗯，大叔，我爹到底就了多少银两哪？

王银匠：嗯，四百、五百，可能有千把吧，究竟多少我不清楚，反正就是就了不少钱，当时我说：大哥呀，你有几个儿子，怪他们今后不养你呀，你留各多银子做什么啰。

李氏：他怎么说？

王银匠：他当时叹口气说，老弟呀，你要知道呀，俗话说得好呀，娘有，爷有，不如自己，当客有还隔一层手咧。我想他的话不是没有理，你们说是不是？

张大乖：是的是的，大叔，我爹他把这些银两藏在哪里你知道吗？

王银匠：这我就不知道了，他没向你们交底呀。

张大乖：没呀，提都没提过。

王银匠：嗯，那八成是藏起来了。

张大乖：大叔，我爹欠的钱一定会还给你，只是我爹他现在不在这里。

王银匠：他到哪里去了？

张大乖：他到我老二家中去了。

王银匠：啊，到他家去了，好，我到他家去。

张大乖：哎，大叔，你吃哒饭去呀。

王银匠：呀，下次来吧。

张大乖：那，大叔你就好走啦，哈，哈。

李氏：嘻，嘻。

张大乖：我爹还有钱。

李氏：我爹还有银两。

张大乖：有钱就是爹。

李氏：无钱就是他、他、他。

张大乖：快接爹去。

李氏：哎，是接银子去。

张大乖：啊，接银子，接银子，哈、哈。

李氏：嘻、嘻。

第六场

张二乖：夫妻定下关门计。

赵氏：任你刁横也不行。

王银匠：巧计安排定，不怕你不入笼，张二乖在家吗？

张二乖：乳名乃父唤，他人岂呼也，失礼、失礼。

王银匠：呵，是的，二相公莫怪莫怪。

张二乖：嗯，你是？

王银匠：我是你银匠大叔呀。

张二乖：嗯，银匠大叔，请进吧。

王银匠：好，我进来了，这是？

张二乖：这是贱内哪，见过大叔。

王银匠：什么贱外贱内的，不就是二媳妇吗？

赵氏：见大叔。

王银匠：好，好，免礼。

张二乖：大叔，你到我家有何贵干哪？

王银匠：我来找你爹呀。

张二乖：哎，我爹他没在这里。

王银匠：他在哪里呀？

张二乖：在我大哥家中哪。

王银匠：什么话？

王银匠（唱）：大推小来小推大，一定是他藏起哒。他化锞银积私银房，欠我的火钱就不问。

张二乖：呵，我爹有私房钱。

王银匠（唱）：无钱说几句殷话，当心我把你老底掀。一个兔子不见面，会伤感情会破脸。

张二乖：哎，大叔莫发气，有话好说，请坐，坐下再说，娘子你快泡茶来呀，坐坐。

赵氏：好好，我去我去。

张二乖：二叔，我爹有多少私房银，又欠了你多钱，你说说看。

王银匠：二相公，谁来说长，那时你还年纪小不懂事，你爹。

赵氏：你老请，大叔喝茶，大叔。

王银匠：好好，别客气。

张二乖：大叔，我爹怎样，你接着说呀。

王银匠：你爹背着一大包散碎银子。

张二乖：哎，一大包银子。

赵氏：大叔，有多少呀？

王银匠：起码有五六百银吧，到底多少没称。

张二乖：呵，这么多银子，他怎样你接着说呀。

王银匠：他请我帮他化成锞银，也好收藏，当时他也忙，我也忙，忘记了给我火钱，眼下大叔我人老了已赚什么钱不到了，所以来找他要钱。

张二乖：大叔，这个好说，你说说，父欠子还，天经地义。

赵氏（唱）：挽留大叔再饮？

王银匠（唱）：改日闲谈再登门，哎呀，糟了，今天多喝了几杯，牙齿关风不住，把老朋友几十年老底都捅出来了，赶快走，莫讲了。

张二乖：哎，大叔，你不要走呀，我爹他积了这么多钱，你知道他放在哪里吗？

王银匠：这我就不知道了，哎，你爹没告诉你们哪。

张二乖：没呀。

王银匠：这肯定是藏起来了哟。

赵氏：对，肯定是藏起来了。

王银匠：哎呀，我说多了，我要走我要走。

张二乖：哎呀，大叔，你喝杯酒哪。

王银匠：不喝了，再喝酒拐大场了，改日来。

张二乖：嘻，嘻。

赵氏：哈，哈。

张二乖：娘子。

赵氏：相公。

张二乖：真想不到我爹还有这么多的钱哪。

赵氏：是呀，做梦也没想到呀。

张二乖：只是爹还在大哥家中咧。

赵氏：那你快去接爹回呀。

张二乖：要是他不肯咧?

赵氏：他不肯，嘿。

赵氏（唱）：当初字据写得清，一家半月养父亲。他要强留不肯放，张家祠堂把理评。

张二乖：对，找他评理，找爹去。

赵氏：走，接财神去啰。

张二乖：对，接财神去，哈、哈。

第七场

张木匠（唱）：适才银匠把计定，不知办法灵不灵。一生未曾说过谎，老来扯谎更丢人，前思后想心不定。

张大乖（唱）：儿接爹爹回家门，爹爹咧，你怎么待在这里啰。

张木匠：他们不开门哪。

张大乖：他们不要，你就到我家里喀。

张木匠：到你家吃饭，怕不好算账吧。

张大乖：哎，爹爹咧。

张大乖（唱）：爹吃崽的要算账，真是糊涂尽混账。你是我的亲生爹，娶妻教读费心肠。大乖今日要行孝，接你回家里应当。

张木匠：你接我回家，你屋里那个。

张大乖：爹咧，你就别说你那个儿媳妇了，自早晨我把你推到墙上，回到家里就把我骂了个血淋头，你听啰，大乖呀，我就告诉你哪，他不孝，我管不着，我不准你对爹不好，你把爹一个人丢在墙上要是冷了，饿了，我就不会答应你，还不把爹接回来。你看，爹走吧。

张木匠：大乖，我走不动哪。

张大乖：那，我来背你啰。

张木匠：老骨头硬死人哪。

张大乖：这，哎，不硬人，来吧，毛伢子娘咧，快来呀，爹回哒，活爷回哒咧。

李氏：呵，爹回哒，快坐快坐啰。

张大乖：毛伢子娘你莫呆，快把皮袍子拿去来。

李氏（唱）：我几个俏步子走快，拿来皮袍子爹穿戴。

张大乖：爹你快把皮袍子穿哒，天气冷，爹咧，你莫打战啰，你一打战，我这做崽的就，哎。

李氏：哎。

张大乖：哎，我心里就痛啰。

张大乖（唱）：你老受冻儿心痛。

李氏（唱）：我就把火盆端去来。

张大乖（唱）：端来火盆你来添炭。

李氏（唱）：火小就用扇子扇。

张大乖（唱）：爹爹他还没吃饭咧。

李氏（唱）：我杀鸡打蛋香油煎。

张大乖（唱）：从此以后养老。

李氏（唱）：媳妇待你把药煎。

张大乖（唱）：生养死葬包祭奠。

李氏（唱）：媳妇守孝两三年。

张二乖：去，接爹爹去。

赵氏：接爹去。

张二乖、赵氏：爹。

张大乖：你们来干什么？

赵氏：干什么，接爹回去呀。

张二乖：今天是初一，爹应该到我家去，你不知道呀？

李氏：你们还好意思来接爹呀，送得你屋里，你们门都不开。

赵氏：哎呀，大嫂咧，哪是我没听见啰。

李氏：你们两个都没听见哪。

张大乖：是呀，你们不要装糊涂。

清至民国萍浏醴地区民间戏曲唱本研究

张二乖：天哪，我要是装糊涂苍天有眼，苍天有眼。

赵氏：哎呀，爹爹咧。

赵氏（唱）：爹爹快到我家去，荔枝蒸蛋喷香的。

李氏（唱）：就在我家不要去，马上就有红烧鸡。

张二乖：哪怕你有红烧鸡，不遵规矩把圣欺。

张大乖（唱）：圣人也是讲孝顺，大乖行孝尊圣的。

张二乖：爹，走到我家去。

张大乖：不行，爹今天就是不能去，我是老大，今天我说了算。

张二乖：你说了算嘿，你是什么东西。

张大乖：哎，你，你敢骂我。

赵氏：哎，你敢打人哪，去你的吧。

张大乖：哎哟，你，你。

张二乖：你要动武，我也不惧哉。

张大乖：你这个畜生。

张二乖：哎哟。

赵氏：你这个畜生。

张大乖：哎哟。

李氏：你这个畜生。

赵氏：哎哟。

王银匠：啊，你们全家大团圆，好热闹呵。

张大乖：哎，大叔来了，是呀，我们大团圆了。

张二乖：大叔，是呀，我们一家真热闹呀。

王银匠：大哥，你现在是儿媳满堂，硬是好福气咧。

张木匠：唉，福气，这，是你。

王银匠：我呀，我就没得你这么好啰。

张木匠：银匠老弟，这些，我实在过意不去呀。

王银匠：大哥，你快莫这样说了，欠我这点钱这不算什么，我只是你们的事，大儿乖里东仓西仓全是满的，大乖，你说是不是？

张大乖：嗯。

王银匠：二相公家里金条银条有得是，二相公对不？

张二乖：嗯。

王银匠：大哥，你哪锞银？

张木匠：唉！

王银匠：对，你们有的是钱，就是没有散碎银子，大乖、二乖你们说是不是？

张二乖：对，大叔说的对。

王银匠：哎，这要什么紧啰，俗话说，钱财乃粪土，仁义值千金，我跟你爹是几十年的老朋友，大哥你说是不是呀？

张木匠：银匠老弟。

王银匠：大哥，我看你的气色不太好呀，你要好好保重才好啰。

众：是呀，爹。

张木匠：唉，我。

王银匠：大哥呀。

王银匠（唱）：我劝大哥要沉住气，好好保重你身体。鱼儿穿泡锅里煮，人无阳气就归西。老弟劝你是为你，愿你百岁寿年颐。老兄千万要记住，老弟不会害你的。

张木匠：我听明白了。

王银匠：你呀一定要顶住，想开些，看远些。

张木匠：我想开，我看的远哪。

王银匠：那我就放心了，好，我走了。

众：喂，大叔，你不要走。

张大乖：大叔，你吃哒饭再走吧。

王银匠：我还有事，我是路过这里顺便来看看你爹的，我走了。

众：大叔，你老好走啊。

张二乖：爹，走，到我家去。

张大乖：不行，爹今天就是不准走。

张二乖：没得这好事。

张大乖：毛伢娘，用力拖。

张二乖：娘子，用力。

张木匠：哎哟。

众：爹。

张木匠：唉。

张木匠（唱）：你拉东来他拉西，拉得我浑身冒力气，你两人的孝心都不错，怎知老人我受不起，你们要是真心意，还是听我讲道理，今天还是到他家去，十日再到你家里，月大月小要分清，谁也不想占便宜。

张大乖：爹咧，今天天气这样冷，你就莫走啰。

张木匠：大乖，这件皮袍子，让我暂时穿了去行吗？

李氏：爹，行，行，这本来就是给你穿的。

赵氏：哎呀，爹爹咧。

赵氏（唱）：这是一件老羊皮，穿在身上顶重的。

张二乖：爹，暖和不。

张木匠：暖和、暖和，穿在身上好像进了福啰。

赵氏：相公，还站着做什么，快扶爹回去呀。

张二乖：对对，爹，回去。

李氏：呸，背时鬼，下回看我的。

张大乖：呸，神气个屁，下回看我的。

第八场

张二乖（唱）：人生处事难行孝，朝朝暮暮又两年。

赵氏（唱）：爹爹藏私不露面，今逢中秋正团圆。

张二乖（唱）：夫妻二人定巧计。

赵氏（唱）：叫他酒后吐真言。

张二乖：娘子，我们请爹爹去。

赵氏：哎呀，爹爹咧。

赵氏（唱）：中秋佳节摆酒宴。

张二乖：人生在世孝为先。

赵氏（唱）：爹爹快请上边坐。

张二乖（唱）：月也圆来人也圆。

赵氏：爹，你坐好，我们就摆酒端菜来，相公快。

张木匠（唱）：老弱无能一老头，依靠说谎来骗流。我要说出真情话，立即变成丧家狗。有心不说真情话，骗到几时才到头。

赵氏（唱）：清炖鸡仔炸大虾，红烧鱼里香到家。干的怕你咬不动，剁碎的精肉煮蛋花。

张大乖（唱）：老二剁肉又杀鸡，假装行孝实为钱。倘若把银子骗了去，我孝顺两年白受冤。狗啃骨头干咽味，猫咬尿泡空喜欢。你夫妻纵有千条计，我爬上墙头听仔细。

张二乖：爹爹，今日是八月中秋节，天上月圆人也圆，来，儿子和儿媳敬你老人家一杯酒，祝你长命百岁，爹爹呀。

张二乖（唱）：山中自有千年树，世上难逢百岁人。爹爹今年八十七，有何遗嘱后代根。

赵氏（唱）：爹爹你说出心里话。

张大乖：大乖我躲在墙上听。

赵氏：爹爹这些年我们对你老人家怎样哪？

张木匠：你们对我照顾得很好呀。

张二乖：那大哥他们咧。

张木匠：他们待我也不错呀。

张大乖：嗯，这还是一句良心话。

赵氏：爹爹，你老是不是还有什么没，没讲。

张木匠（唱）：唉，你们待我很孝顺。

张木匠：我死后保佑你们发富发贵，多子多孙。

张木匠（唱）：和我一样了残生。

赵氏：爹，我们不是说这个。

张木匠：你们说哪个呀？

赵氏：就是，银，哎呀，相公你问哪？

张二乖（唱）：哎呀我的老婆娘，我是一个读书郎。摆明与他要银子，话到嘴边我难开腔。

张大乖（唱）：你若真的不开腔，大乖老子不姓张。

赵氏（唱）：再三提起王银匠。

张大乖（唱）：要钱不怕脸无光。

赵氏：爹，你喝酒呀，来、来。

张大乖：两个东西猪狗样，逼爹要钱把酒灌。要是把爹醉死了，老子也是空一场。

张二乖：银匠大叔说。

张木匠：他说什么呀？

赵氏：就是，就是。

张大乖：就是，你老人家的那些银子。

张木匠：银子么。

张大乖、张：是呀，是呀，到底有多少，你把它放在哪里了？

张木匠：这，这我要好好想一想。

张大乖、张：要得要得，你想清楚，我们还加点菜来。

赵氏：相公，有门了。

张二乖：对，有门了。

张大乖：你们有门，老子也有窗户，哎。

张木匠（唱）：儿媳心狠不是人，逼我老来不忠诚。我有苦处不能讲，苍天哪，何不叫我早归阴。

张二乖：哎，爹，你怎样了，怕是喝多了，娘子快灌茶把爹喝。

赵氏：好，爹爹，喝点茶醒醒酒，爹爹你醒醒哪。

张木匠：唉。

张二乖：爹爹你到底藏了多少银两，你快说呀，什么五十两，啊，不是，是五百两，啊还不是，是多少啊，是五千两哪，唉，还不是。

张大乖：八成是五万两，哎呀。

赵氏：谁？

张大乖：汪，汪，汪。

张二乖：畜生，叫死。

张大乖：你两个家伙比畜生都不如。

张二乖：哎，爹。

第九场

张木匠（唱）：两子争父献殷勤，不是敬我是敬财神。头也昏来脚已肿，莫非我的寿将终。

张大乖：爹咧，你好些没有呀，哎，毛伢子的娘咧，你快些来啰。

李氏：叫什么哪？

张大乖：你看，爹不行了。

李氏：这只老鬼呀，我硬累够了。

张二乖：走，接爹去。

张大乖：你们来做什么？

赵氏：今天是轮到我们接爹去呀。

李氏：他今天不能。

张二乖：为什么不能去呀，你想独吞哪？

张大乖：你没长眼睛哪，爹病成这个样子。

张二乖：病了，让我们抬回去医治，难道让他死在这里呀？爹，跟我们走。

赵氏：呵，爹。

李氏：爹，好，那你们抬回去，棺材寿衣寿帽，下土安葬都归你们管。

赵氏：呸，又不是我一家的爹，大家有份。

张大乖：大家有份哪，本来没死，就是你们抬死的，全都归你们。

张二乖：归你们。

张大乖：归你们。

张木匠：唉。

乖二人：快喊魂。

赵李氏：好，爹爹咧，你快回啰。

乖二人：回来哒啰。

张木匠：唉。

张二乖：哎，回来哒，爹。

张木匠（唱）：一阵阴来一阵阳，抬头只见那垛墙。死后不把别人想，只想我的好友王银匠。

张二乖：爹，呵嗬，死了啰。

李氏：大乖，爹临死前说，眼观那垛墙，想起王银匠，这话中有话。

张大乖：对，这里面有文章。

王银匠：无事东庄走，去看老朋友，大乖、二乖你们都在这里。

大张大乖：大叔，我爹他死了。

张二乖：是呀，死了啰。

王银匠：大哥大哥，你就死了呵，你今一死为灯黑，后事我替你操心，你爹的东西都准备好了没有呀？

众：我们都备好。

王银匠：好，你们快去拿来。

众：好，我们就去。

王银匠：大哥呀，大哥。

王银匠（唱）：大哥是个忠厚人，如今一命归了西。年老气衰墙头站，不用计谋怎能行。如今呜呼气数尽，后事何人来操心。不孝之子如不惩，容惯后世狡诈人。暂且让我平民愤，再来一个假乱真。

众：大叔，你看我们都准备齐了，嘻、嘻。

王银匠：不像话，你们这些畜生哪，俗话说，人死满堂哭，金银自进屋，你们哭都不哭，与我跪下。

众：哎呀，我的爹呀，你怎么死了啰。

李氏（唱）：员外衣服员外帽，再加一件员外套。

赵氏（唱）：丝绸被面绣花枕，又有盖来又有垫。

张大乖（唱）：三堂道师四堂僧，念经七七四十九天。

张二乖（唱）：请个纸扎师傅扎个屋，八大金刚白鹤仙。

王银匠：好，快抬你爹安葬。

众：这。

王银匠：怎么呀，你们的亲生爹，你们都不敢抬呀，给我抬，快。

众：好，我们抬。

王银匠：大哥呀。

王银匠（唱）：你我相交几十载，如今相隔阴阳界。银匠对得起你张木匠，对不起你的两个崽。

张二乖：大叔，我们把爹也安埋好了。

王银匠：埋了，好，我的事已办完了，现在我该走了。

众：哎，大叔你不能走呀。

王银匠：怎么不能走呀？

张大乖：大叔，我爹临死前说了两句话。

王银匠：两句什么话？

张二乖：就是，眼观那垛墙，想起你王银匠。

张大乖：大叔，这话中有话呀。

王银匠：不错，这是话中有因，唉，只是清官难断家务事，何况我只是一个银匠大叔，管不了这么多，我还是走的好。

张大乖：哎，大叔。

张大乖（唱）：世上有句流行话，朋友面前不说假。

李氏（唱）：一定对你交了底，请你指点我一下。

张二乖（唱）：他的银子藏何处，请你开窗说亮话。

赵氏：哎呀，大叔咧。

赵氏（唱）：我的爹爹已死了，你就是我的亲生爹。

众：对，你是我们的亲生爹。

王银匠：好，我就来个凭天断，我带你们去挖，谁的福大谁就挖的多。

张大乖：对，生死有命。

张二乖：富贵在天，走拿东西去。

王银匠：好，你们快去。

众：大叔，东西拿来了。

王银匠：随我来，就挖这里。

众：好，快挖，哎，我的、我的。

王银匠：不要抢，等我看看，抢什么，一块黄石头，再挖。

众：好，哎呀，救命哪。

王银匠：哈，哈，你们也有今日，我走了。

众：哎，大叔，你见死不救，你良心何在呀？

王银匠：良心，你们这帮畜生，也讲良心，你的亲爹你们都不肯养，你们的良心早被狗吃了，你们就好好在这里待着吧，我不陪了，哈哈。

6. 十五贯

　　该唱本由清初戏曲作家朱雝根据《醒世恒言》中的《十五贯戏言成巧祸》改编而成，讲述明末时期在无锡发生的一桩公案，屠夫尤葫芦被人杀害，十五贯铜钱被盗。县官过于执草率断案，认定苏戏娟私通熊友兰杀父谋财。苏州知府况钟监斩之时疑案不公，请令微服私访，查出真凶，沉冤昭雪。

　　人物：尤葫芦、苏戏娟、熊友兰、娄阿鼠、况钟、秦古新、过于执、都爷、中军、邻居、禁子、门子、刽子手等。

第一场

　　尤葫芦：吃酒越多越好，本钱越亏越多，停业多日心内焦，为借债东奔西跑。想我尤葫芦，自从肉店停业，全靠借当过活，终日愁眉不展，幸好那死去的妻子，有个姐姐住在皋桥为人热情好义，今朝请我吃了两杯酒又借钱十五贯给我做生意，好不快活哟。姨娘待人心肠好，周大人济贫穷世难找，离开她家才黄昏，一路行来更已敲。我往日里买猪全靠秦古新老伯帮忙，明日买猪，只好再去请他相帮。秦古新老伯在家吗？秦古新老伯。

　　秦古新：外面是哪一个？

　　尤葫芦：是我。

　　秦古新：原来是尤葫芦二叔，你就喜欢开玩笑，这么晚了叫我有什么事？

　　尤葫芦：老伯请看。

　　秦古新：这么多的铜钱是哪里来的？

　　尤葫芦：路上捡来的。

　　秦古新：你也开玩笑了。

　　尤葫芦：不瞒你说，这十五贯钱是皋桥姨娘借给我的本钱。

　　秦古新：好好，有了本钱，你老店重开，可以吃喝不愁，我这里卖酒卖油的生意要沾光了，明朝买猪还是你我一同去吧。

　　尤葫芦：多谢老伯。

　　秦古新：只怕酒醉误事，明朝还是我来叫你吧。

　　尤葫芦：多谢多谢。

　　秦古新：明朝会。

尤葫芦：才离秦古新家油铺店，不觉又到自家门子，开门子、开门子。

苏戍娟：来了，爹回来了。

尤葫芦：回来了。

苏戍娟：爹，哪来的这么多钱？

尤葫芦：你猜是哪里来的？

苏戍娟：可是借来的？

尤葫芦：呃，世上哪来的这样的好人，借这么多钱给我？

苏戍娟：这，又是哪里来的呢？

尤葫芦：唉，事到如今，瞒你也是无用，我今早出门子正遇见张媒婆，他说王员外的小姐要出嫁，缺少陪嫁的丫头，我收下她十五贯钱，把你卖掉了。

苏戍娟：啊，此话当真？

尤葫芦：明天一早就要过于执去，你快收拾收拾吧。

苏戍娟：啊呀，亲娘啊。

尤葫芦：一句笑话她却信以为真，权且骗她一夜，明朝再说明白倒也有趣，铜钱且放好，痛痛快快地睡一觉。

苏戍娟：心悲酸泪如泉涌，我如似茫茫大海一叶船，波浪翻花滚，望不见岸和边，待我苦求他看亡母情面，念孤儿退还卖身钱。

苏戍娟：爹爹，爹爹。他已睡熟了，我与他非亲生彼此疏远，他既有卖我意，怎会把我怜，只怕是难劝他心意转，我心中好似滚油煎，苍天哪天哪，喊苍天喊了千万遍，唤母亲唤得唇儿干。且住，曾记得皋桥姨母对我讲，若有难事前去找她，如今事已危急，不如投她去吧。

苏戍娟：但愿得姨母她成全，免得我孤儿受颠连，趁此时他已酒醉正眠，赶快投亲莫迟延。

娄阿鼠：输尽骗来钱，再找倒霉人，想我娄阿鼠一不经商、二不种田，专靠赌博为生，不论士农工商、三教九流，只要见他有钱，能骗则骗，能偷则偷，虽说名气不好，但我赌场里兄弟多，衙门子里朋友多，街坊邻居对我倒还敬重，昨日骗得一笔钱，可恨手气不好，统统输光大吉，虽说有这灌了铅的骰子，只因今日赌场里尽是行家，难以下手，想翻本又没有本钱，我要快些找个财神菩萨才是。咦，尤葫芦家为何大门子未关，灯火未熄，想是又在杀猪，待我赊他几斤肉，饱吃一顿再说。尤葫芦二叔、大姐，咦，他还浓睡未醒，想必他老酒吃醉，忘记关门子，忘记熄灯，啊，台上有把肉斧，不如偷它换得几文钱也是好的，啊呀，见他枕头下面有许多铜钱，这可料想不到财星高照、眉开眼笑、心惊肉跳，方才正愁未有赌本，如今是有了赌本心不焦，去到赌场压大牌猜大宝，我要是赢了钱，去到酒馆吃个饱，再到妓院走一遭。

尤葫芦：哪一个，不好了有贼，原来是娄阿鼠，你欠了我的肉账未还，又来偷钱。

娄阿鼠：尤葫芦，尤葫芦，你莫怪我手下无情，我要是不杀你，被你传扬出去，叫我娄阿鼠怎样做人，我是一不做二不休，扳倒葫芦泼掉油，拿起铜钱快快溜。

秦古新：亲帮亲、邻居帮邻居、富帮富、贫帮贫，大门子已开，想必已经起身了，尤葫芦二叔，尤葫芦二叔，啊呀，地上什么东西绊了一跤，原来是尤葫芦二叔，喂尤葫芦二叔，醒来，醒来，好好的床不睡，为何睡在地上，啊，不好了，满身都是鲜血，已被人杀死了，大姐、大姐，啊呀，大姐也不见了，众街坊，不好了，快些来呀。

众：老伯为何喊叫？

秦古新：不好了，出了人命了。

众：尤葫芦被人杀死。

娄阿鼠：我不相信。

秦古新：不相信进去看吧。

众：走，进去看看，呀。

秦古新：看哪，那肉斧之上鲜血淋淋。

娄阿鼠：鲜血淋淋，吓死人咯。

众：秦古新老伯，你是怎样知道的？

娄阿鼠：对，你是怎样知道的？

秦古新：昨夜他来找我，说是在皋桥亲戚家借了十五贯铜钱，邀我相帮，今朝一同买猪，一早我来喊他，不料他已被人杀了。

众：那十五贯钱呢。

秦古新：不见了。

众：好奇怪呀，父亲死，女儿不在，这桩事令人难猜，定是那十五贯惹下祸灾，只落得他穷运未退，杀身祸又来。

秦古新：也许是贼骨头，偷钱财，谋财害命，又把女儿来拐带。

邻居：贼人定带凶器来，肉斧伤人好奇怪。也许是苏戍娟杀父盗财，私逃出外。苏戍娟忠厚老实，怎能够为非歹。

娄阿鼠：常言道，女大不中留，久留惹祸灾，苏戍娟婚恋情贪爱，通奸夫，杀父盗财，野鸳鸯高飞天外。

邻居：谁曾见有男人与她往来，谁曾见，她与人有什么情和爱。

娄阿鼠：女大心大，孤身难捱，与人私通，自然是暗中往来，肉斧伤人，定不是外人所害，她定是假装正经，心怀鬼胎，凶手就是她，不必再疑猜，不必再疑猜。

秦古新：是贼也罢、是他女儿也罢，我想也许不曾远逃，我们分头办事，你们二人前去报官，我们去追赶凶手去吧。

众：我们去报官。

秦古新：我们去追赶凶手。

娄阿鼠：我去、我去，我也去。

第二场 受嫌

熊友兰（唱）：家贫穷少衣食难养双亲，靠我帮工苦度光阴，终日里为主人买货卖货，我为他赚金银受尽苦辛，走遍了苏杭湖广皖赣闽，贩遍了绫罗药草海味珍。

苏戍娟（唱）：两腿酸，痛难忍，怕追赶，往前奔，跑得我四肢无力，头晕眼花，不知此去皋桥往哪条路走，好苦啊。身孤单，少亲人，似黄连，苦在心，眼前一条路皋桥去投亲，姨娘家中细诉衷情。

熊友兰（唱）：做牛做马力用尽，到头来难以养双亲，但不知何日能养家，不知何日乐天伦。

苏戍娟：前面客官慢行。

熊友兰：呀，原来是个小娘子，莫非她迷失路途，为何她一人独自出门子，不知大姐叫我为了何事？

苏戍娟：请问到皋桥去，往哪条路走？

熊友兰：大姐如此匆忙赶路为了何事？

苏戍娟：前往皋桥探望亲戚。

熊友兰：为何没有亲人伴随？

苏戍娟：只因家中生活忙碌，父母难以分身，有要紧事前往皋桥探亲，不知如何走，烦客官指引。

熊友兰：原来如此，大姐要到皋桥，卑人正好同行便了。

苏戍娟：多谢了。

苏戍娟、熊友兰（唱）：我在前面走他在后面跟，同行乃是陌生人陌生人，此人姓名不曾问，陌路人何必问姓名。

熊友兰、苏戍娟（唱）：忽听得喊叫声一阵阵，又只见奔上来人一群。

秦古新：啊，大姐你干的好事。

苏戍娟：秦古新大伯，我想念姨母，前去探望有何不可？

众：你父亲被人杀了。

苏戍娟：怎么爹爹死了？

众：自然是死了。

苏戍娟：待我转去。

众：你要到哪里去？

苏戍娟：回家看望。

众：哼，你装模作样，谁肯相信。

苏戍娟：既是爹爹被害，为何不让我回去看望呢？

众：哼，勾结奸夫害父亲，盗取钱财想逃奔，如今双双被捉住，你要脱身万不能。

熊友兰：怪不得如此匆忙，原来如此。

众：你走不得。

熊友兰：为何走不得？

众：你要走了，叫哪一个抵罪啊？

娄阿鼠：对啊，你要走了，难道我娄阿鼠替你抵罪？

熊友兰：这又奇了，这与我有何相干啊？

众：不用多说，且看他的铜钱是不是十五贯。

熊友兰：这钱是我的。

秦古新：让我来数，一五、一十、十五，啊哟，一贯不多，半贯不少，整整十五贯，你还想抵赖。

众：谋财害命拐女人，狗肺狼心。

娄阿鼠：你心太狠，胆大万分，竟敢杀死人。

熊友兰：列位，我叫熊友兰，是客商陶复朱的伙计，这十五贯钱是主人命我前往常州购买木梳去的，我与这女子彼此不相识，怎可把我比作凶犯呢？

苏成娟：我与这位客官素不相识，不可冤枉好人。

众：你们这些话是真是假哪个相信？

熊友兰：我那主人陶复朱，现在苏州玄庙观前悦来客栈，列位不信请派人查问便知。

众：听他言，又疑又信，难断定是假是真，这件事难解、难分。

娄阿鼠：人在赃在尤葫芦不是他们杀的，难道还是别人杀的不成，二位大哥，凶手在这里快带走吧。

差：来上刑。

众：走。

娄阿鼠：嘿嘿，想不到这两个人，倒做了我娄阿鼠的替死鬼了。

第三场　被冤

过于执：可恨民风太凶恶，泼妇刁男生事多，治国安邦刑为主，威严不立起风波。想我过于执自从到任以来，屡逢疑难案件，幸亏我善于察言观色，揣摩推测，虽然民性狡猾，一经审问，十有八九不出我之所断，上至巡抚、下至黎民，哪个不知我过于执大人英明果断，今有尤葫芦被害一案，据报凶手已经拿到，不免升堂理事，来升堂，带街坊上堂。

差：众街坊上堂。

众：参见老爷。

过于执：你们全是尤葫芦的街坊吗？

众：是的。

过于执：起来回话。

众：是。

过于执：尤葫芦被害，你们是怎样知道的，这两名凶手你们又是怎样拿住的？

秦古新：回大老爷，尤葫芦昨夜在皋桥亲戚家里，借了十五贯铜钱，前来邀我相帮一同买猪，我怕他酒后误事，起早喊他，不料他已被人害死，他女儿苏戌娟也不知去向，小人等一面报官，一面追赶凶犯，追到皋桥近处，忽见苏戌娟与一男子同走，那男子身上正带十五贯钱。

过于执：啊，熊友兰所带之钱数，也是十五贯吗？

众：是的。

过于执：他们二人又是一同行走，由此可见，熊友兰与苏戌娟，一定是通奸谋杀无疑的了。

众：这，小人不敢乱说。

娄阿鼠：大老爷真是英明果断，英明果断。

过于执：来带苏戌娟上堂。

差：带苏戌娟上堂。

苏戌娟：参见老爷。

过于执：抬起头来。

苏戌娟：不敢抬头。

过于执：叫你抬头只管抬头，嗯，看她艳如桃李，岂能无人勾引，年正青春怎会冷若冰霜，她与奸夫情投意合，自然要生比翼双飞之意，父亲拦阻，因此杀其父而窃其财，此乃人之常情，这案情就是不问，这已明白十之八九的了，苏戌娟，你为何私通奸夫，偷盗十五贯铜钱，杀父而逃？

苏戌娟：大老爷所问之事，小女子一件不曾做。

过于执：嘿嘿，倒推得干干净净，我再问你，你父姓尤，你为何姓苏？

苏戌娟：我父早死，我母改嫁带我同来，没随父姓，故而姓苏。

过于执：这就是了，你们既非亲生父女，他见你招蜂引蝶伤风败俗，自然要来管你，于是你就怀恨在心，起了凶杀之意，是也不是？

苏戌娟：小女子并无此事。

过于执：岂有此理，俗话说，拿贼拿赃，捉奸拿双，如今你与奸夫双双被捉，十五贯赃款在此，又有邻居人为证，人证物证俱全，难道本县冤枉不成？

苏戌娟：小女子实在是冤枉呀。

苏戌娟（唱）：我的父拿钱财把我出卖，我不愿为奴逃了出来，迷路途烦客官顺便引带，想逃祸被疑猜又遇灾，冤从天上来，冤从天上来。

过于执：一派胡言，方才邻居人言讲，这十五贯铜钱乃是你父从你亲戚家中借来的，你却加他一个卖你的罪名，分明是含血喷人，看你年纪虽轻，竟然如此恶毒，不愧凶手本色，想本县无头疑案不知审清多少，何况你这桩案件，不管你如何狡猾，难道还能瞒过我老爷不成。

苏戌娟：天啦！

过于执：杀父盗财，还敢狡赖，不受刑法，怎知厉害，招不招？

苏戌娟：冤枉，难招。

过于执：来，把她拖下去打四十大板。

差：这女子受刑不起昏了过去。

过于执：带她上来叫她画押。

差：画押。

过于执：将他带下去，钉镣收监，带奸夫上堂。

差：带奸夫上堂。

熊友兰：参见老爷。

过于执：熊友兰你为何与苏戌娟私通，偷盗铜钱十五贯，杀死尤葫芦，还不从实招来。

熊友兰：老爷容禀。

熊友兰（唱）：前天方从苏州来，去常州去把货买，大姐迷途顺便引带，素昧平生有什么情和爱，十五贯本来是货款，几时何曾为非作歹。

过于执：嘿嘿，伶牙俐齿真会说话，可是谁来信你，你从苏州而来，往常州而去，为何不迟不早，正巧与苏戌娟相遇？你说与她素昧平生，为何她不与别人同走，偏偏要与你同行？你说十五贯本是货款，为何与尤葫芦丢失的钱数分文不差？苏戌娟已招了口供，你还是与我招认了罢。

熊友兰：冤枉难招。

过于执：来，拖下去重打四十。

差：是。

熊友兰：打死小人也是无招。

过于执：小刑可耐，大刑难挨，若不招供，夹棍相待。

熊友兰：冤枉。

过于执：来，大刑侍候。

差：是。

差：犯人昏过去了。

过于执：松刑。

差：松刑。

熊友兰（唱）：同行受疑猜，天外飞来祸灾，大刑实难挨，冤情深似海。

过于执：叫他画押。

差：画押。

过于执：来，把他带下去，钉镣收监，哈哈哈，这样一桩人命重案，不消三言两语被我判得清清楚楚、明明白白，这正是"胸中若无宏才，怎可迎刃而解"，退堂。

第四场 判斩

刽子手：手拿鬼头刀，专斩犯法人，开门子、开门子。

禁子：来了，原来是大哥，有什么事情？

刽子手：都爷命本府况钟太爷，连夜处决常州府无锡县原解囚犯二名，我奉命前来调取熊友兰绑赴法场。

禁子：请稍等。（熊友兰走上）

熊友兰：苦呀。

熊友兰（唱）：遭奇冤悲愤恨难平，恨昏官乱定罪名。

禁子：熊友兰，恭喜你了。

熊友兰：闻听此言猛一惊，莫非。

禁子：人活百岁，难免一死，你也不必难过了。

熊友兰（唱）：含冤死目难瞑。

禁子：事到如今，无锡县的原判，常州府的复审，都爷的朝审，都过去了，三审定案，木已成舟，你就是真有冤枉，也是难以挽回了。

熊友兰（唱）：想不到平地风波送了命，谁奉养白发苍苍，堂上亲。

禁子：你这官司若要落在我们苏州府况钟太爷手里，那就不会冤枉了，我们况钟太爷是出名的爱民如子，包公再世，今天监斩的就是他。

熊友兰：是况钟太爷监斩？

禁子：是呀。

熊友兰（唱）：但愿得况钟太爷查查冤情，拯救我被冤人，起死回生。

禁子：他只是奉命监斩，无权审问，就是知道你有冤情也是无能为力啊。

刽子手：快走，快走。

禁子：走吧！

况钟（唱）：执法严明，德威并行，体民苦，查察民情，平生愿效包拯。本府况钟，自任苏州府以来，且喜五谷丰登，百姓安乐，今奉上台之命，委本府连夜监斩囚犯，已着刽子手前去调取，想必来也。

刽子手：走啊。

熊友兰、苏戌娟：老爷冤枉啊！

况钟：唔。

况钟（唱）：杀人者理当偿命，律典上法字如铁载分明，为人要忠诚勤劳，怎能够盗窃横行，只为你无法无天，才落得身受暴刑，可叹贪色刀下死，可笑贪财丧残生，对恶人理当严惩，若姑息是非怎明？

熊友兰、苏戌娟：老爷冤枉呀。

熊友兰：小民的冤比山高。

苏戌娟：小民的冤比海深啊！

况钟（唱）：若冤枉何来人证物证，若冤枉怎有条条罪情，只等那谯楼敲五更，速将钢刀出鞘将他，斩首回令。

熊友兰：老爷，人人都说你，爱民如子，包公再世，难道你也不分清白，看小人含冤而死吗？

苏戌娟：你要是屈斩良民，还算什么清白，算得什么爱民如子？

况钟：此案经过多少官，三审六问，已经定案，你们口口声声喊冤枉，本府未获凭证，也难轻信，既是冤枉，你们又有何词申辩？

熊友兰：老爷呀，小民被判与这女子通奸谋杀，罪证不实。

况钟：怎见得罪证不实？

熊友兰：我家住淮安，她家住无锡，二人素不相识，只因她迷失路途，顺便指引同行，哪里有什么奸情呢？我本跟随客商陶复朱为佣，终年往来各地，贩卖土产货物，我所带的十五贯铜钱是主人付我前往常州买木梳的，哪里什么偷盗而来的呢？

况钟：你主人陶复朱现在何处？

熊友兰：我动身之时，他住在玄庙观前悦来客栈之中，等我办货回来，同往福建销售，大人不信请派人查问。

苏戍娟：我与这客官实不相认，只因我赴皋桥投亲，迷失路途，求他指引，被人猜疑，害得他含冤而死，岂不是我把他连累了，老爷若能查明这位客商真实来历，就知道我与他通奸谋杀罪行是冤枉的。

况钟：面朝外跪，来。

门子：有。

况钟：速到玄妙观前悦来客栈查问可有此事？

况钟（唱）：一住淮安一住无锡，他二人怎结的这私情？一赴常州一赴皋桥，既是同路自可同行，他二人有奸情并无实证，熊友兰十五贯是非不明，这命案来龙去脉尚不清，怎可以不辨黑白判死刑？

门子：启禀太爷，小的前去查问，确有此事，如今陶复朱已往福建经商去了，据客栈主人言讲，这熊友兰是陶复朱的伙计，陶复朱确曾付他十五贯钱前往常州办货，这是悦来客栈的号簿请太爷查看。

况钟：拿了过来。熊友兰，你是几时来到苏州的？

熊友兰：四月初八。

况钟：几时动身赴常州的。

熊友兰：四月十五。

况钟：如此看来，这熊友兰是冤枉了。

苏戍娟：老爷，既然查出了这位客官根底，就请替他昭雪了吧。

况钟：苏戍娟，你与熊友兰是否通奸谋杀，自可再行追查，只是你父被杀，为何你又偏偏出门子了呢？

苏戍娟：老爷，那晚继父回家带回十五贯铜钱，明明说是卖我的身价，只因我不愿为婢，故而深夜私自逃出投亲，若说我是偷了钱财，杀了继父，又有什么真凭实据呢？

况钟：若说她不曾杀人，就要捉到真正凶手，若说她确曾杀人也要找到真实证据，怎可捕风捉影，轻率判成死罪呢？斩不得、斩不得。

况钟：哎。

况钟（唱）：我乃是奉命监斩，翻案无权柄，苏州府怎理得常州的冤情？况且这部文已下怎好违令行？不可啊，不可。这支笔千斤重，一落下丧了生，既知冤情在，就应该判断明，错杀人怎算得为官清正，刽子手。

刽子手：喳。

况钟：将这两名囚犯，暂且与我带进牢房，候命行事。

刽子手：啊呀太爷，奉旨决囚停留不得。

况钟：不必多讲，本府自有道理。

刽子手：太爷，五更斩囚，迟慢不得，延误时刻，小的吃罪不起。

况钟（唱）：今奉上司命，五更斩囚时三更，翻案复查恐难成，好叫我一时无计心不宁，既遇冤情，理当相救，为民请命，不必犹豫，来。

门子：有。

况钟：取我素服印信，掌起明灯，随我前往辕门子面见都堂。

第五场 见都

况钟：来，你在辕门子侍候。

门子：是。

况钟：辕门子上哪位在？

巡：什么人，原来是太爷监斩辛苦了。

况钟：本府正为监斩一事，特来面见都爷相烦通报。

巡：大人安寝已久，小官不便通报，太爷请明日相见吧。

况钟：有要紧公事迟延不得。

巡：小官前途要紧，不敢禀报。

况钟：嗯，倘若误了大事，你可担当得起？

巡：这个，太爷与别官不同，待小官通报便是。

况钟：嘿，这人胆小如鼠却也可笑。

内：唔，唔。

巡：太爷呢？

况钟：在。

巡：小官进去通报，大人十分着恼，说了太爷才得免责，又传出话来，说太爷请回，明日早堂再见。

况钟：生死呼吸，说什么早堂，再烦通报。

巡：小官性命要紧。

况钟：啊呀，这便如何是好，事出无奈待我击鼓便了。

巡：来呀，都爷有令，问是何来鲁莽小民乱击堂鼓，若有状纸，先打四十，等候传问，若无状纸，加倍重打，赶出衙门子。

巡：何人击鼓？

况钟：是本府。

巡：原来是太爷。

况钟：本府无状纸，如何是好？

巡：太爷说哪里话来，待小官去禀明都爷。

况钟：狐假虎威，可恶的很。

内：都爷请太爷客厅相见。

况钟：请与小官引道。

巡：随我来，请稍等。

况钟（唱）：急在心间坐立不安，刀下留人时光本有限，不料他身如磐石、稳如泰山，急惊风偏遇着郎中慢，更鼓敲得人心烦，今方知光阴贵，胜过黄金千万，侯门深似海，见贵人如此艰难。

巡：下面听着，都爷令旗牌客厅侍候。

况钟：参见大人。

周大人：请坐。

况钟：谢座。

周大人：奉旨决囚，已经借重贵府，理合法场监斩，深夜到此却是为何？

况钟：只因这两名罪犯，罪证不实，因此深夜禀求老大人，准予暂缓行刑，查明真相。

周大人：怎见得罪证不实？

况钟：苏戌娟虽曾与熊友兰同路行走，熊友兰所带的钱虽说与尤葫芦丢失钱数相同，但经卑职查明，其中疑点甚多，不可以如此草率，判定二人为通奸谋杀。老大人，同行走怎能定罪，钱无凭难断是非，此案叫疑，还须要仔细追查。

周大人：三审六问，不知经过多少官，铁案已定，贵府不必过问了。

况钟：老大人说哪里话来，怎可轻易地判成死罪，害良民成为冤鬼。

周大人：无锡县与常州府都是朝廷命官，国家良臣，阅历多，审理此案决不会有什么差错的，况且本院朝审已过，若有冤枉，早已昭雪，贵府不必多疑了。

况钟：老大人既经朝审，不知那熊友兰可是客商陶复朱的伙计，十五贯铜钱的真实来处，可曾查明？熊友兰家住淮安，苏戌娟家住无锡，不知他们怎样相会？二人私通，又有何人为证？据卑府派人前往玄庙观前悦来客栈。

周大人：唔，本院巡抚江南管辖州县甚多，国家大事，尚且无暇一一料理，这小小案件，难道还要本院亲自审问不成，本人审理此案，有常州府案卷可查，岂是捕风捉影的么？

况钟：不过人命关天，非同儿戏，依卑府看来，此案必须重新审理，证据要真证，凭要实凭，不可空论黑白。

周大人：贵府，本院有一事不明，请贵府指教。

况钟：不知有何事下问？

周大人：监斩官职责何在？

况钟：验明正身，准时斩犯回报。

周大人：不在其位呢？

况钟：不谋其政。

周大人：却又来，本院既委贵府监斩，就当谨守职责，为何擅离职守越俎代庖？

况钟：老大人，那律典上载一款，凡死囚监刑叫冤者，再勘问呈奏，如今只求老大人做主，那被冤者就可以得生矣。

周大人：如今部文已下，本院哪里做得主，节外生枝惹是非，王法如山，何人敢违，某官卑职小，无斗胆、无乱违。

况钟：想我们为官之人，上报国下安黎民，这样草菅人命，卑府实难从命。

周大人：贵府，你听谯楼，更鼓紧催，望贵府速回，倘若违误时刻，彼此都有不便。

况钟：老大人差。

周大人：唔。

况钟：君轻民为贵，若百姓含冤，为官心愧，为民请命，即丢官，不后悔。

周大人：事关重大，本院难以做主，贵府不必多言。

况钟：若是老大人怕担干系，不妨推在卑府身上，卑府愿一人独当，卑府蒙圣上来赐玺书，当看看可斟酌而为，僚属不法，卑府尚能疏问，既闻冤情，怎可不理？

周大人：嘿，嘿。

况钟：请大人务必高抬贵手，多多包涵。

周大人：你既可便宜行事，又何必再向本院饶舌，你既奉玺书，可随意而为，何必屈驾前来本院啊，一生唯谨，从来不违常规。

况钟：老大人息怒，卑府无非是为民请命也。

周大人：绝难从命。

况钟：老大人既执意不允，也罢，卑府将此金印寄押在老大人这里，请老大人宽限数月，待卑府来往无锡、常州查明回报，务请准允。

周大人：好个怜民的知府，却也难得，此官品望非常，不比他人，若不依允，嗯，本院自有道理，这印还请收回，本院就准前去。

况钟：多谢老大人，还求令箭一支。

周大人：要令箭何用？

况钟：常州、无锡非卑府所属，有了老大人令箭方好行事。

周大人：取令箭过来。

巡：是，令箭在此。

况钟：多谢老大人。

周大人：慢，贵府此去，只限半月为期，倘半月之内不能查出水落石出，本院当奏明圣上。哼、哼，题参来便。

第六场 疑娄阿鼠

秦古新：众街坊快来呀。

众：秦古新大叔何事呼唤？

秦古新：只因尤葫芦被杀一案，苏州府况钟太爷前来查勘即到，特请众位等候问话。

众：他是苏州府，怎能管常州的案件呢？

秦古新：况钟太爷是请了都爷的令箭来的。

众：真凶实犯都已拿到，怎么还要查勘？

秦古新：况钟太爷是清官他说冤枉了，众位随我来吧。

娄阿鼠：啊呀，我只道熊友兰、苏戌娟已做了刀下冤鬼，况钟又来查勘，莫不是我娄阿鼠的案情发了，不会的，我干这桩事情，一无人看见，二无人知道，证又无凭证，怕什么，待我混在街坊之中，假认便看风转舵，见机行事，啊呀，使不得，那况钟是有名的包公再世，足智多谋，厉害无比，露了马脚，被他识破，到那时逃也来不及了。常言说得好，三十六计走为上策，待我到乡下躲十天半月，且等风平浪静之后，再回来不迟，说得有理，拔脚就走。

门子：太爷有令，命尔等在此等候。

众：是。

况钟：为民不怕跋涉苦。

过于执：官场最怕迂阔人。

秦古新：见过二位太爷。

况钟：尤葫芦家住哪里？

秦古新：就在前面。

况钟：带路。

秦古新：是。

秦古新：这里是尤葫芦的房屋。

况钟：将门打开。

秦古新：是。开了。

况钟：请进。

过于执：大人请进。

况钟：同进。

过于执：请大人查勘。

况钟：一同查勘，众街坊，尤葫芦是死在哪里的？

秦古新：死在这里的。

况钟：凶器是放在哪里的？

秦古新：放在这里的。

况钟：几时验尸埋葬的？

秦古新：死后三天。

况钟：凶器呢？

秦古新：已被官差带去存案了。

况钟：贵县当时有曾亲自查勘？

过于执：真凶实犯俱已拿到手，何必多此一言？

况钟：仔细查来。

过于执：啊，大人看，这是血迹。

况钟：是血迹。

过于执：只怕是被害者的血迹。

况钟：自然不会是凶手的血迹。

过于执：这血迹与凶手密切相关，倒要仔细查看。

况钟：自然要仔细查看。

过于执：啊呀，这血迹看来看去，也看不出凶手是哪一个啊？

况钟：依贵县之见呢？

过于执：依卑职之见么，嘿。

况钟：是哪一个呢？

过于执：况钟大人说他们是冤枉的？

况钟：苏戍娟住在哪里？

秦古新：就在里面。

况钟：她平日为人如何？

秦古新：平时为人稳重。

过于执：未嫁之前与人私通，自然要假装稳重，掩人耳目。

况钟：内室继续查勘。

过于执（唱）：罪情真定说冤枉，罪证在他偏要查访，把凶手认作善良，可笑他无知荒唐。

过于执：大人是否见有可疑之处？

况钟：贵县你呢？

过于执：啊，处处有可疑啊。

况钟：哪里可疑，因何可疑呢？

过于执：若无可疑之处，况钟大人又何必前来查勘呢？

况钟：如此说来是我多管闲事了。

过于执：说哪里话来，况钟大人是为民请命。

况钟：贵县你呢？

过于执：卑职才疏学浅，审理此案，虽然凭赃凭证，据理而断，既是老大人说有差错，想必务有高见，况钟大人才高阅历广，一经亲查勘，定知端详。

况钟：只怕空来一场，徒劳往返。

过于执：况钟大人胸有成竹怎会徒劳往返？嘿，请查。

况钟：查，喂，这地上有枚铜钱。

门子：这里也有枚铜钱。

过于执：这一二枚铜钱，难道有什么道理在内不成？

况钟：再寻。

秦古新：回禀太爷，床后有铜钱半贯之多。

况钟：这半贯铜钱，真令人奇怪。

过于执：大人，尤葫芦卖肉为业，误将铜钱抛落地上也就有的，不足为奇。

况钟：传街坊上来。

秦古新：是。

过于执：众街坊都是此案见证，对本县审理此案，人人心悦诚服，问也如此，不问也如此。

众：参见老爷。

况钟：尤葫芦平时家境如何？

秦古新：尤葫芦停业多日，借当过活，家无隔夜之粮。

况钟：尤葫芦家无余粮，哪有钱抛在地上？

过于执：尤葫芦酒醉糊涂，定是停业之前遗忘在那里的。

况钟：三五枚可言讲，半贯钱决难遗忘。

过于执：依大人之见，这半贯钱是从何而来呢？

况钟：我也正在纳闷，这半贯钱是从何而来呢？

秦古新：依小人看来，这半贯钱是十五贯之内的也未见得。

众：怎么会掉在地上半贯呢，也许是凶手杀人后手忙脚乱把钱散落了，可是凶手身上十五贯钱并没有少啊，也许是捉到的凶手不是真正凶手。

秦古新：那熊友兰只怕是……

过于执：那熊友兰只怕是不知道床后有钱，若是知道顺手带去了。

况钟：将钱拾起存案。

门子：是太爷，小的又拾到了一只小小的木盒。

况钟：拿来，原来里面放着一对赌博的骰子，分量为何这样重呢？

门子：也许是灌了铅的。

况钟：唔，好像是灌了铅的。

过于执：本县民风浇薄，赌风极盛，这骰子家藏户有，不足为奇。

况钟：贵县，这骰子内中藏铅非寻常，定是那赌徒恶棍骗。

过于执：尤葫芦既喜吃酒，定爱赌博，这骰子一定是他的了。

况钟：众位街坊，尤葫芦可是好赌博的吗？

众：他经常吃酒，从不赌博。

过于执：一定是尤葫芦的亲友遗落在这里的。

况钟：他可有好赌的亲友常来常往？

众：他的亲友我们都相识，没有一个好赌博的。

况钟：众位退下，秦古新，这街坊之中可有好赌之徒？

过于执：自然有的。

秦古新：这几位街坊没有好赌之人。

况钟：除这几位之外呢？

过于执：他已经说过没有好赌之人。

秦古新：喂，有，是有一个。

况钟：叫什么名字？

秦古新：叫娄阿鼠。

况钟：他与尤葫芦可常往来？

过于执：自然时常往来，若不往来，怎么会把骰子掉在这里。

秦古新：只因他常赊尤葫芦的猪肉，不给铜钱，二人素不来往。

过于执：大人啊，深究此肠空费心肠，想搜罗车载斗量。

况钟：要深究哪怕费心肠，若是贵县有要事，请先回留我一个也无妨。

第七场　访娄阿鼠

秦古新：经我东打听、西打听，打听了十多天，只道如今打听到娄阿鼠就住在那间茅屋里面。

门子：老伯，那娄阿鼠是什么模样？

秦古新：咦，前面那人好像就是娄阿鼠，是他，正是他，不要被他看见，待我躲过一旁。

娄阿鼠：是谁，哪个？唉。为人不做亏心事，半夜敲门心不惊。自从那个短命的况钟，他来无锡，害得我心惊肉跳，坐卧不安，十多天来，我躲在乡下，实在忒闷，前面东岳庙内的老道与我相识，他时常到城里去购买香烛，不免再去问他打听城里风声如何，顺便求个签问问吉凶祸福啊，乡下躲藏，忐闷难当，况钟入相，我再出将。

秦古新：就是他，我先回去。

门子：辛苦了，我家太爷乔装打扮，东查西访，就为限期将满心中焦急，如今有了娄阿鼠的下落，他定然欢喜。

娄阿鼠：老道进城购买香烛，还未曾回来，待我去求一支签，等他一等。啊呀，东岳大帝啊，若是无事呢，赏一个上上签。

况钟：老兄。

娄阿鼠：吓了我一跳，什么事？

况钟：可要起数么？

娄阿鼠：我在这里求签，起数不要不要。

况钟：求签不如起数的好。

娄阿鼠：求签不如起数好？

况钟：是呀，若是心中有什么疑难之事，问流年凶吉祸福，只要起个数，便能知道清清楚楚明明白白，若是逢凶化吉，遇难成祥，找人能逢，谋事能成，赌博能赢，起个数便知分晓，万分灵验。

娄阿鼠：啊，起数的请数这是什么数？

况钟：请看观枚测字。

娄阿鼠：测字就是测字，怎么又叫观枚？

况钟：老兄，你若有什么心事，只要随手写一个字来便可判断出。

娄阿鼠：测不成，测不成。

况钟：为何测不成？

娄阿鼠：我一字不认得，一字不会写，可是测不成？

况钟：随口说一个字也好。

娄阿鼠：啊，随口说一个正也好？

况钟：是呀。

娄阿鼠：先生，小弟的贱名叫娄阿鼠，这个老鼠的鼠字，你可测得出？

况钟：测得出，测得出。

娄阿鼠：待我拿张凳子你坐。

况钟：借测字，深深探真相，但愿今朝定长短。

娄阿鼠：先生请坐。

况钟：你测这个字，想问什么事呢？

娄阿鼠：官司。

况钟：噢，官司。

娄阿鼠：喂。

况钟：鼠字一十四画，数目成双，乃属阴类，这娄阿鼠又属阳类，阴中之阳乃幽晦之象，若问官司，急切不能明白。

娄阿鼠：明白是不曾明白，不知日后可会有什么是非牵连？

况钟：请问这字是你自己测的，还是代别人测的？

娄阿鼠：啊，代别人测的，代测、代测。

况钟：依字看来只怕不是代测。

娄阿鼠：（惊。）

况钟：啊，鼠乃为祸之首，鼠乃十二生肖之首，岂不是个造祸之端么，依字理而断一定是偷了人家东西，造成这桩祸事来的，老兄可是吗？

娄阿鼠：先生你码头跑跑，我赌场混混，自家人，这一套江湖诀可用不着，江湖诀不要用，江湖诀不要用啊，人家偷东西你也测得出？

况钟：娄阿鼠，善于偷窃，所以才有这个断法，还有一说，只怕那家人家是姓尤葫芦呢。

娄阿鼠：哎，叫你不要用江湖诀，你的江湖诀又来了，我不相信，别人的姓你也测得出，别人的姓你怎能测得出呢？

况钟：有个道理在内。

娄阿鼠：什么道理？

况钟：那老鼠不是喜欢偷油么？

娄阿鼠：对，有道是老鼠偷油，偷油老鼠，先生不要管他油也罢、盐也罢，你看我往后可有是非牵连？

况钟：怎么连累不着，目下就要暴露了。

娄阿鼠：怎么说？

况钟：喏，你问这娄阿鼠字，娄阿鼠属子，目下正交子月，乃当令之时，只怕这场官司就要明白了。

娄阿鼠：啊呀，明白是明白不得的呀。

况钟：你要对我讲实话，你究竟是自己测，还是代人测，你要讲得清，我才指引得明。

娄阿鼠：先生，你等一等，哼，他那里吓、我这里吓，先生我是代……

况钟：唔，老兄，四海之内皆朋友也，你有什么事你说了出来，我或许可以替你分担。

娄阿鼠：不瞒你说，我是自测。

况钟：啊，自测。

娄阿鼠：先生，你看这灾星我可躲得过吗？

况钟：嗯，你若是自测，本身就落空了。

娄阿鼠：怎么讲？

况钟：空子头，加一鼠字岂不是窜字。

娄阿鼠：怎么窜？

况钟：逃窜的窜字。

娄阿鼠：先生可能窜得出？

况钟：要窜是一定窜得出的，只是老鼠生性多疑，若是东猜西想，疑神疑鬼，只怕弄得上下无路，进退两难，到那时就窜不出了。

娄阿鼠：佩服，先生的神数，真是灵验，我一向喜欢疑神疑鬼的，依先生神断，你看我几时动身最好？

况钟：若要走，今日要动身，到了明日，就走不掉了。

娄阿鼠：为什么？

况钟：鼠字头是个臼字，原是两个半日合为一日之意，若到明日，就算两日就走不掉了。

娄阿鼠：啊呀，现在天色已晚，叫我怎么走呢？

况钟：哎，鼠乃昼伏夜行之物，连夜逃走，那是最妙的了。

娄阿鼠：先生费心看看，往哪方走，才得太平无事？

况钟：待我算算看，鼠属巽，巽属东，东南方去的好。

娄阿鼠：东南方，先生再费心看看，还是水路太平，还是陆路无事？

况钟：水路去为好啊。

娄阿鼠：东南方，水路去无锡望亭关上苏州。

况钟：嘉兴、杭州，杭州是个好地方。

娄阿鼠：唉，要是有只便船，往东南方去我扑通一跳，他即刻就开船，那有多好。

况钟：老汉倒有一只船，正好今晚开船，往苏杭一带，赶趁新年生意，只是……

娄阿鼠：求先生行个方便，带我同去可好，我一定多付船钱。

况钟：说哪里话来，钱财如粪土，仁义值千金。只是船行太慢，老兄若不嫌弃，与老汉同舟就是。

娄阿鼠：啊呀，你不是测字的先生啊。

况钟：怎么？

娄阿鼠：你真是我娄阿鼠救命王菩萨了，我的这条性命就交给你了。

况钟：你放心就是，保你一路平安。

娄阿鼠：我好比，鱼儿漏网，急匆匆，逃入海洋。

况钟：愿只愿，遇难成祥，从今后，稳步康庄。

娄阿鼠：先生，你的船在哪里？

况钟：就在前面河下。

娄阿鼠：我就住在对河那间茅屋里面，这是起数钱，这是船钱，请你收下，让我去拿些衣服、银钱，即刻就到。

况钟：速去速来，我在船上等你。门子，你快回到城里带领差役，邀集街坊，速到娄阿鼠家中查抄，若有可证之物，连夜带回苏州，不得有误。

门子：是。

第八场 审娄阿鼠

门子：奉命去查抄，顺风归来早，带来真赃证，后堂把令交。昨日前往娄阿鼠家中查抄，在他床下查出地窖一个内藏各种开锁的钥匙，各种骗人的赌具，内中并有钱袋一个，据秦古新言讲，这钱袋本是尤葫芦之物，娄阿鼠家中既有尤葫芦的钱袋，凶手不是他，还是哪一个？只怕娄阿鼠狡赖，秦古新自愿前来作证，秦古新老伯，快走，秦古新老伯，你随我到前面耳房等候，我到后堂禀报太爷。

秦古新：是。

况钟：东寻西找，东找西寻，喜只喜，真凶擒到，水落石出，雾散云消，担着心，捏着汗，救出人命二条。来呀，升堂。

众：喳。

况钟：带苏戌娟上堂。

众：带苏戌娟上堂。

况钟：苏戌娟，你可认得这钱袋？

苏戌娟：这钱袋是我爹爹的，怎么会在这里？

况钟：既说是你爹爹的，可有什么记号为凭？

苏戌娟：爹爹曾把钱袋烧了一个圆洞，是我用线缝补并绣成花朵模样，老爷请看。

况钟：暂且下去。

苏成娟：是。

众：启禀老爷，中军到。

况钟：请他进来。

中军：太爷在上，小官拜见。

况钟：不知有何贵干？

中军：太爷前往无锡查勘案件，都爷言明，限期半月，今已期满，未见回报，不知何故，都爷言讲，尤葫芦被杀一案，人赃俱获，已经三审定案，太爷却依仗圣上玺书，胡作非为，包庇死囚，延误斩期，蔑视上司，违抗上令，殊属不法，都爷有令，令太爷即刻前去进见，若查明，确有冤情，将功赎罪，如若不然，缴上印信，听候提参。

况钟：请稍等，看坐，带娄阿鼠。

娄阿鼠：大老爷。

况钟：你干的好事。

娄阿鼠：小人不曾干什么坏事。

况钟：你杀了尤葫芦，盗了十五贯铜钱，还想抵赖？

娄阿鼠：小人冤枉。

况钟：还说冤枉，拿与他看。

门子：这可是你的？

况钟：你可认识东岳庙那测字先生么？

娄阿鼠：不认识。

况钟：抬起头来，还不快快招来。

娄阿鼠：一无赃证，二无人证，大老爷不能冤屈良民。

况钟：拿与他看来，你可认得这钱袋么？

娄阿鼠：这是哪里来的？

况钟：你家地窖里的东西就不认识了？

娄阿鼠：这是小人自己的东西。

况钟：既是你的东西，可有什么为凭？

娄阿鼠：记号，小人记不清了。

况钟：传秦古新。

众：秦古新上堂。

秦古新：参见大老爷。

况钟：起来回话，秦古新，娄阿鼠说这钱袋是他的东西，你看如何？

秦古新：娄阿鼠，胡说八道，这钱袋分明是尤葫芦的，我与尤葫芦是多年的街坊，常常帮他一起卖猪，对这钱袋甚是熟悉，去年尤葫芦吃醉了酒，把这钱袋烧了一个指头大圆洞，他女儿苏戌娟在圆洞上织了一朵花，大爷请看。

况钟：娄阿鼠，你还有什么话说？

娄阿鼠：嘿，赖也赖不掉，招供就是。大人啊，那日夜静更深，输得身无分文，尤葫芦家肉铺未关门子，为赊肉，迈步闯进，苏戌娟不在房内，尤葫芦大梦沉沉，只为谋财起杀心，害得他斧下归阴，乱将罪名害别人，所供句句是真。

况钟：可有同谋之人？

娄阿鼠：就是小人一个。

况钟：画押，你这狗才，因赌为盗，因盗杀人，律有明察，钉上枷锁，押入死囚牢内，秦古新你暂且下去吧。

况钟：虽然三审定案，可是直到如今人赃俱获，你道怪也不怪。

中军：这，太爷告辞了。

况钟：带熊友兰、苏戌娟上堂，熊友兰、苏戌娟，真凶娄阿鼠已被捉拿到案，冤情已被平反了。

况钟：将他刑具打开，熊友兰这十五贯铜钱拿回去吧，苏戌娟本府赠你十两纹银，皋桥投亲去吧。

熊友兰、苏戌娟：青天大老爷呀。

熊友兰、苏戌娟（唱）：老爷好似水晶明灯，若比那铁面包公不差分，若不是老爷恩德高，小人怎能够活到今朝。

7. 杨八姐游春

该剧讲述天波杨府的杨八姐带领九妹，背着母亲佘太君郊外游春，恰逢宋仁宗赏春光。宋仁宗见杨八姐美貌，预选进宫内封为贵人，命三朝元老王延龄前往杨家提亲，佘太君深感圣命难违，假意允亲，以借向万岁索要彩礼为由，以理力争婉转抗婚，金殿上君臣间展开一番唇枪舌剑。

人物：佘太君、王丞相、宋王、八姐、九妹、刘文晋、杨排风、刘虎、刘豹、杨洪、太监、中军、御林军、丫鬟、彩女。

第一场 撞驾

宋仁宗（唱）：［北路散导板］［四六］

　　骑龙驹离皇宫奔向郊外，君有道国太平万民欢腾，与众卿游郊外游春射猎，艳阳天春光好百草花鲜，蜂儿来蝶儿去馋戏花蕊，阳雀鸟喳喳叫欲似觉春，龙离海凤离巢方圆严禁，确保孤无一失万民之尊。

杨八姐（唱）：［北路导板］［十字调］

　　催马加鞭往前赶。

杨九妹（唱）：天波府出来了游春的人。

杨八姐（唱）：一路上风尘如云雾。

杨九妹（唱）：穿大街越小巷直奔荒村。

杨八姐（唱）：来到这荒郊外风光正好。

杨九妹（唱）：姐妹俩背母亲私自游春。

杨八姐（唱）：阳春日春色美天气晴朗。

杨九妹（唱）：百花开鸟声喧绿草如茵。

杨八姐（唱）：堤边柳随风起如飞如舞。

杨九妹（唱）：那万点桃李花齐散芬芳。

杨八姐：妹妹呀。

杨八姐：（唱）：都说是阳春风景好。

杨九妹：姐姐呀。

杨九妹（唱）：这郊野的美景名不虚传。

杨八姐：你看那，翠绿草铺满地如织如锦，无数的鲜花草开待更新。

有白花有粉花花分五色，有桃花有李花还有马兰。

红花开在绿叶上红配绿，绿配红红绿相抱爱死人。

那桃花与李花齐争春色，开得鲜艳的属那迎春，翩翩蝴蝶飞上飞下，许多的蜜蜂采花心，我把这景致好有一比，比起那人间仙境咱比仙人。

杨九妹：姐姐呀！

杨九妹（唱）：［北路正板］［鱼古调］

你瞧那远处好风景，一片树海如烟又如云，青山隐隐映绿水，绿水青山紧相邻，绿水绕着青山走，隐听着水打山石震耳音，几只野鸭把水戏，对对鸳鸯不离分，小小渔船好几艘，渔翁船头把网拎，撒网打上金翅鲤，沉甸甸足有十几斤，这幅景致好有一比，比起那世外桃源不差分。

杨八姐：我说妹妹，你看那边花草，长得又鲜又美，你我姐妹不如去到那厢，你看如何？

杨九妹：就依姐姐。

杨八姐：妹妹你随我来呀！

杨八姐（唱）：［北路正板］［采茶调］

叫声妹妹随我走，勒着马缰绳要留神，马前蹄别踩坏好花草，马后蹄当心那将要开花的牡丹根。

左边小心铺地锦，右边别碰小迎春，单等那牡丹盛开花好日，咱姊妹背娘亲。

御林军甲：那骑马二位女子，休要前进！

杨八姐：怎么？不叫走？

御林军甲：此乃禁地！

杨八姐：什么禁地？这一不闹兵慌，二不闹外寇，青天白日的。你们设得什么禁地？

御林军甲：此乃圣上行园射猎之地，你们闲杂人等，休要前进！

杨九妹：姐姐你听着没有，这小子说什么皇上行园射猎之地！

杨八姐：噢！我说呢，这小子说话这么横，闹了半天，他是拿皇上吓唬咱们呢。

咱们倒要问问他！

哎！这圣上禁地有多大？

御林军甲：方圆十里！

杨八姐：方圆十里？

嘿嘿嘿，亏你说得出，这么一个皇上就禁十里，要来上十个八个王公侯爷，连你姑奶奶们踏足之地，也要禁了不成？告诉你！

你要是和别人说什么皇上万岁给你吓唬住，今儿个可巧啦，你姑奶奶不听皇上二字或许不去，可你这么一提，我们还是非游游不可！我说妹妹！

杨九妹：姐姐！

杨八姐：给我闯！

（二人打马闯过。）

（被八姐的马撞倒在地。）

刘文晋：大胆、大胆与我抓了。哪里来的野女子，如若圣上见怪，你们何人担待得起？

御林军甲：我们与她言讲，她二人不听。

刘文晋：废物，快快与我抓了回来。

宋仁宗（唱）：［北路正板］［过江调］

　　惠风和畅精神爽，我与众卿赏风光，抬起头用目望，微风送来野花香，山连山来山不断，岭接岭来岭绵长，草连花花连草花草缤纷，荒郊旷野披上了锦绣衣裳，我再往那远处望，谁家两位女娇娘？

宋王：王爱卿，你往那远处看，那里有两个美女。

王丞相：这旷野荒郊，哪里来的美女呀。哎呀！好像杨府的八姐九妹！

宋仁宗：王爱卿，是哪家女子？

王丞相：（假意又看，边看边说）为臣有些老眼昏花，难以认清。

宋仁宗：啊！王爱卿，随孤追上前去，看个明白。

王丞相：万岁，应以圣驾为重。民间女子不看也罢！

宋仁宗：哎，你随孤来吧！（急下。众随下。）

王丞相：这两个丫头，你哪里游春不好，偏偏要到圣上禁地中来！嗨！

杨九妹：马来。

杨九妹（唱）：［北路正板］［十字调］

　　九妹马上细留神，有道小河面前存，小河水清明如镜，微风吹过起波纹，两岸花开红似火，一行柳树绿成荫，黄莺不住枝头叫，许多雀鸟串枝林。

杨八姐（唱）：有座小桥河上架，一根独木两岸伸。

杨九妹（唱）：你看那远处宫殿多齐整。

杨八姐（唱）：楼台亭阁数不清。

杨九妹（唱）：我猜那高楼住的是皇上。

杨八姐（唱）：我猜那偏殿住的是美人。

杨九妹（唱）：别看他宋王住的宫廷美。

杨八姐（唱）：比不了咱姐妹自在来散心。

杨九妹（唱）：耳边厢隐听着人声喧嚷。

杨八姐（唱）：又听得马蹄响金铃声音。

杨九妹（唱）：我这里忙回头那厢观看。

杨八姐（唱）：我看他倒好似哪家大臣。

杨八姐：妹妹，你看他们奔我们这儿来啦。

杨九妹：姐姐，咱背着妈出来，可别给妈惹事！

杨八姐：好，你我姐妹转到西郊。

杨九妹：就依姐姐。

宋仁宗：啊，二美人走远了。

太监：启奏万岁，二女子已去西郊。

宋仁宗：赶至西郊。（众急下）

王丞相：万岁，应以圣驾为重。（追下）

杨八姐（唱）：［北路散板］［梁山调］

　　　姊妹二人骑马上，鲜花美景满路旁。

杨九妹：远望。哎呀姐姐，你瞧，他们又奔我们来啦！

杨八姐：是朝咱们这儿来了。哼！你我赶回东郊。

太监：启奏万岁，二女子已回东郊。

宋仁宗：追往东郊！

杨九妹：姐姐，照这么跑来跑去，咱们这春还游个什么劲呀！

杨八姐：哎！妹妹莫要心急，这会儿怕他们是不能来了。

杨九妹：哎呀呀！他们又赶来了！

杨八姐：好恼！这就是他的不对了，我姐妹躲至西郊，他追至西郊；我们躲至东郊，他又赶至东郊。你杨家姑奶奶，还从来没这样让过人呢。不管你是哪家王孙公子，我也要碰碰你。妹妹！拨回马头冲将出去！

杨九妹：好！

杨八姐：你这个老头，你是不想活了！

刘文晋：啊万岁！

宋仁宗：爱卿快与孤追那美人，看看她是哪家女子。

刘文晋：遵旨！

王丞相：圣上御体？

宋仁宗：无妨！王爱卿，方才你可认清这骑马的二位美人，她是谁家女子？

王丞相：万岁，为臣只担心圣上的御体，哪还有心思看什么美女。

宋仁宗：好美人也！

宋仁宗（唱）：［北路正板］［过江调］

　　孤王出宫来游春，花红柳绿百花新，春山春水春天景，许多美景未动心，方才马上二女子，好似天仙下凡尘，她是谁家闺阁女，孤王定要封贵人。

刘文晋：哈哈！我当是谁家女子，原来是天波府的八姐九妹。启奏万岁，此二美女乃是天波府的八姐九妹。

宋仁宗：怎么？天波府的八姐九妹？

刘文晋：正是天波府的八姐九妹。

宋仁宗：好好、好啊，众卿！摆驾回宫！

众人：遵旨。

王丞相：万岁，这春？

宋仁宗：王爱卿，有了美人。

王丞相：怎么样？

宋仁宗：孤我就不游了。（同众人下）

王丞相：怎么有了美女，这春就不游了。哼，真是岂有此理！

王丞相（唱）：［北路正板］［西湖调］

　　离朝直奔天波府，我与圣上去提亲，行走之际心埋怨，埋怨天波老太君，不该叫女去游春，游春给你家添祸根。

王丞相：校尉们！前面可曾到了天波府？

众校尉：禀相爷，离天波府还很远，现在刚走出御街。

王丞相：好，如到了天波府，早禀我知。

众校尉：是。

王丞相：想那杨家，为大宋算得是劳苦功高，可是宋王爷有那三宫皇后作陪，六院贵妃做伴，他还嫌少。游春之际看见了杨府的八姐九妹，居然也不肯放过，硬要纳进宫中。

王丞相：唉！

王丞相（唱）：［北路正板］［西湖调］

宋王爷看中杨八姐，金殿要封这美佳人，刘文晋本想把功献，圣上把奸臣当忠臣，为此事俺也动过本，宋王爷不听我费舌根，无奈何去到天波府，看一看老太君怎回圣文。

众：启禀相爷，前边已到天波府门。

王丞相：落轿。（上前搭话）

众：遵命，府内哪位听事！

杨洪：何事？

众：烦你通禀你府老太君，就说王老丞相过府来了。

杨洪：稍候，待我回禀。排风哪里，排风哪里？

杨排风：忽听杨洪唤，急忙走上前。唤我前来有的何事？

杨洪：府门外来了王老丞相，要见我府太君。

杨排风：怎么王老丞相来了？

杨洪：正是。

杨排风：想那王老丞相在朝官显位高，此次前来杨府，想必是朝中出了什么大事。待我禀于太君。禀太君！

佘太君：何事？

杨排风：王老丞相过府。

佘太君：（内声）他在哪里？

杨排风：府门外等候。

佘太君：（内声）候老身整衣出迎！

杨排风：是！

佘太君（唱）：［北路正板］［南西湖］

闻听府门外来了王延龄，他本是三朝元老有功人，他在府门外把老身候等，忙坏我白发苍苍佘太君。在后堂将衣服穿戴齐整，府门以外迎客人，手拄龙头拐杖急忙走。奈只奈年迈人腿脚不灵。

佘太君：啊！老丞相！

王丞相：哎呀呀！老太君亲自出迎，老朽怎能承担得起。

佘太君：老丞相。乃是大宋三朝元老，理应出迎。

王丞相：如此说来是迎得的？

佘太君：当然迎得，老丞相请！

王丞相：老太君请！

佘太君：请！

王丞相：请！

佘太君：啊，老丞相。今日来到杨府，莫非朝中出了什么事了？

王丞相：朝中倒无有什么事。

佘太君：莫非边关有了军情？

王丞相：那边关！也无有什么军情。

佘太君：那老丞相来到我府所为何事？

王丞相：今日闲暇无事，我与太君问安来了。

佘太君：问安来了！这老身怎能担待得起？

王丞相：当得起，当得起！哈哈哈哈。啊，老太君近日身体可安？

佘太君：问安来了？这老身怎能担当得起。

王丞相：当得起，当得起。哈哈哈！啊，老太君近日身体可好？

佘太君：承问，老丞相你可好？

王丞相：托太君的福，老朽还好。

老太君，你可是有福气的人那！

佘太君：唉，说什么福气，老身所生七个男孩儿，如今一个也不在身边了。

王丞相：哎！那六郎镇守边关，为国效劳保定宋朝，老太君你这就是大功一件。

佘太君：说什么功不功，只要大宋不受番邦侵扰，国泰民安，老身也就高兴了。

王丞相：要说起你天波杨府，可算得辈辈忠良、个个英雄，称得起大宋朝擎天的玉柱，架海的金梁。

佘太君：老丞相你夸奖了。

王丞相：啊，老太君，那六郎可常有信息吗？

佘太君：音信嘛，倒也常有。

王丞相：是理应常有。他们做子女的，常常是想不到你我上了年纪的人对他们的挂心那！

佘太君：是呀！

王丞相：老太君膝下可还有千金？

佘太君：倒有两个，八姐、九妹。

王丞相：对对，佘太君！我倒想起这八姐来了。那年我在八王爷南清宫见过她，那时她还小呢。今年她多大了？

佘太君：年方二九。

王丞相：可曾许配人家？

佘太君：无有。

王丞相：为何还不曾许配人家？

佘太君：小女粗头粗脸，故而尚未许配。

王丞相：老太君，我有几句话可当讲？

佘太君：老丞相请讲。

王丞相：这古语说得好，女大不可留哇！

佘太君：是倒也是。高不成低不就，也就难了。

王丞相：老太君！

佘太君：老丞相！

王丞相：老朽与你家做个媒如何？

佘太君：（背）我说他干什么来了，原来他是与我家八姐保媒来了，我倒要问问他，（对王丞相）但不知你说的是哪一家？

王丞相：要说此家你也晓得。

佘太君：但不知是哪家公子？

王丞相：哎！提起这家，门户可高得很呢！

佘太君：想必是哪家公卿侯爷？

王丞相：比他要高。

佘太君：难道是哪家王爷不成？

王丞相：还要高。

佘太君：（自语）咦！这倒奇了？（略思）两厢退下。啊老丞相，你到这里来。莫非你提的是当今万岁？

王丞相：正是当今万岁。

佘太君：老丞相你喝酒了？

王丞相：无有。

佘太君：你吃醉了？

王丞相：哎！无有饮酒，岂能吃醉！

佘太君：老丞相，你今年高寿？

王丞相：七十有九了。

佘太君：哼！我看你是老糊涂了！

佘太君（唱）：〔北路散板〕

　　未曾说话气满心，埋怨你这糊涂人，圣上他宫内妃子也不少，却为何要选我女作贵人。

　　我杨家历代是武将，礼仪二字倒也能分清，万岁他须发苍苍年半百，怎与那黄花幼女配成婚。

佘太君：哼！真是岂有此理。

王丞相：嘿嘿！坏了，遭了，砸锅了！哎，这也难怪老太君，谁家女儿不乐意给个门当户对的，面貌相当的。难道要给个年将半百的老头子不成！哎！我说宋王爷呀，宋王爷！你也真是贪心不足。在朝中我也几番动本，这杨家的八姐选不得，你就是执意不听。现在怎么样？砸了！（略思）。哎！我说王延龄呀王延龄，你怎么也越老越糊涂了，你在朝为官、吃的是国家俸禄，坐的是当朝宰相，你放着朝中大事不管，怎么这保媒拉纤的闲事。你到管起来了！哎！事到如今这事说不得，我给她赔个笑脸也就是了。啊老太君，我的话还未曾说完呢。

佘太君：有话请讲。

王丞相：老太君听了。

王丞相（唱）：[北路正板][西湖调]

与太君打坐在白虎堂上，听我把其中事细说端详，自从六郎镇守在三关几年来太平无事国安康。

那一日宋主郊外去游逛，遇见了个美女赏春光，只见她生得天仙模样，桃花马上抖丝缰。

佘太君：这与我杨家何干？

王丞相（唱）：宋王爷命人去打探。

佘太君：怎么样？

王丞相（唱）：言说是杨。

佘太君：杨什么？

王丞相（唱）：是你杨府八姑娘。

佘太君：且住。我问你，宋王爷到郊外做什么去了？

王丞相：游春去了。

佘太君：那我的女儿呢？

王丞相：也是游春去了。

佘太君：却来么。想那郊外阳春美景，人人观赏，那宋王爷游得春，难道我的女儿就游不得春吗？

王丞相：老太君，你女儿这春游得好哇！

王丞相（唱）：[北路正板][西湖调]

宋王爷回朝把圣旨降，他言说八姐貌美不寻常。

命我过府把媒保，要选你女进宫墙，我来与你作商量，从与不从你做主张。

佘太君（唱）：[北路正板][西湖调]

听他言来吃一惊，背转身来自思忖，孩儿不听娘教训，胆敢背母去游春，游游逛逛不要紧，偏偏遇上宋王君，他见我儿长得好，要选我儿作贵人，我若将此事应下了，杨家岂不是作奴臣，我本当不把女儿许，违抗圣命怎敢担承！想来想去心不定，叫出女儿问分明。

佘太君：哎！有了。待我叫出我家女儿问个明白。老丞相，这选妃倒是件好事呀！

王丞相：哦。是件好事？

佘太君：好事么我也要叫出我家女儿问上一问。

王丞相：理当要问。

佘太君：排风哪里？

杨排风：太君有何吩咐？

佘太君：唤你家八姑娘前来！

杨排风：遵命，有请八姑娘！

杨八姐：来了。

杨八姐（唱）：〔北路散板〕〔十字调〕

闻听排风唤一声，八姐走出西花庭，昨日游春观罢景，看的是花红柳绿万紫红。若不是母亲家法紧，我情愿游春到掌灯。

杨八姐：参见母亲。

佘太君：见过你王伯父。

杨八姐：参见王伯父。

王丞相：罢了。

杨八姐：妈！你唤儿前来有什么事啊？

佘太君：我问你，你昨日到哪里去了？

杨八姐：（背语）哟！这是谁这么嘴快的。（对佘太君）妈！我和我妹妹逛玩儿去啦。

佘太君：到哪里去逛？

杨八姐：在城外逛了一大圈呢。

佘太君：莫非你是游春去了？

杨八姐：可不是游春去啦！妈呀，那郊外的春景可美啦，就说那桃花开的。

佘太君：噢！不禀母亲私自出府就为不孝！

杨八姐：我们下次不敢了，还不行吗！

佘太君：我来问你，郊外可曾遇见什么？

杨八姐：没有啊！想遇着啦。

佘太君：遇着了什么？

杨八姐：遇着了一个胡子老头，胖胖的。我们去至东郊，他们追至东郊。我们去至西郊，他们又赶至西郊。妈呀！咱们杨家哪里受过这样的气呀，我把马这样一带，就把他兜了个大跟头。

佘太君：大胆！你可知道他是何人？

杨八姐：谁知道哪里来的那么个糟老头子。

王丞相：唉！那就是当今万岁呀！

杨八姐：当今万岁。（背语）哟，当今万岁怎么那么不开眼啊。

佘太君：儿呀！我儿撞了万岁不大要紧，只是他见我儿美貌，要将你选进宫去。

杨八姐：怎么着？

佘太君：将你选进宫去。

杨八姐：好昏君。

杨八姐（唱）：〔北路快板〕〔过江调〕

八姐开口骂昏君，昏君不该乱朝伦，你今要选杨八姐，我先杀你来后成亲。

佘太君（唱）：我儿说话莫无礼，世上岂有臣杀君。

杨八姐（唱）：杨家保的是英明主，岂保那好色无道君。

佘太君：嗯。

佘太君（唱）：女儿说话真大胆，年幼无知胡乱云，此事自有娘做主，快快回转绣房门。

佘太君：女儿不准胡言乱语。此事由为娘做主，速速回房去吧！

杨八姐：妈呀，这事可不行啊！

佘太君：你下去吧！

杨八姐：哼！这是哪儿来的事呀！

佘太君（唱）：〔北路散板〕〔过江调〕

心中埋怨小八姐，你与为娘惹祸根，游春你哪里不能去，偏偏遇上那宋王君，这真是无心招祸害，闭门家中祸上门。

佘太君：啊老丞相，孩子缺少家教，甚是任性，老丞相你莫要见笑啊。

王丞相：老太君，有道是将门虎子。

佘太君：老丞相，你说圣上这门亲事——是应的好？还是不应的好？

王丞相：噢！以太君之见呢？

佘太君：依老身之见么。如果不应，岂不是违抗圣命？

王丞相：是呀。

佘太君：如此说来，还是应下的好？

王丞相：怎么你应下了？！

佘太君：（加重语气）应下了。

王丞相：噢，噢！还是应下的好。（背语）我看她呀，才是老糊涂了呢！

佘太君：啊，老丞相。

王丞相：什么？

佘太君：应是应下了，老身我还要。

王丞相：要什么？

佘太君：我还要。向宋王爷要上几色彩礼。

王丞相：这彩礼。哦！是理当要的，是理当要的。（背语）她不是老糊涂了，他是财迷心窍了哇！（对佘太君）老太君，你这礼单可曾备下？

佘太君：我要当面相要。

王丞相：如此说来，你我一同进宫。

佘太君：正是，应下圣上亲！

王丞相：好个糊涂人！

佘太君：请！

王丞相：请！

第二场 索礼抗君

宋仁宗（唱）：［北路正板］［过江调］

  王延龄去到天波府，与朕代劳牵红媒，八姐美容多端正，
可算巾帼女英雄，但愿太君随孤意，献来八姐封贵人，刘卿献
计功不小。

刘文晋（唱）：全凭万岁洪福高，只恐太君不遵旨，违抗圣命违律条。

宋仁宗（唱）：老天助孤终成愿，鸾凤和鸣配鸾娇，助孤摆驾御道上，龙戏美凤在今朝。

太监：启奏万岁，王丞相现在宫外候旨。

宋仁宗：宣他进宫。

太监：圣上有旨，王丞相进宫。

王丞相：遵旨，参拜我王万岁。

宋仁宗：爱卿平身。

王丞相：谢万岁。

宋仁宗：王爱卿，孤王选宫之事，杨府太君可曾应下。

王丞相：恭喜我王，贺喜我王，圣上选宫之事，那佘太君，倒也应下了。

宋仁宗：怎么说？

王丞相：啊，应下了。

宋仁宗：好。

王丞相：只有一件。

宋仁宗：哪一件？

王丞相：她要与圣上要上几色彩礼。

宋仁宗：孤王既选她女进宫，岂能缺少她的聘礼！卿家可将礼单带来？

王丞相：她要亲自面君相要。

宋仁宗：好，佘太君在哪里？

王丞相：在宫外候旨。

宋仁宗：内侍，宣佘太君进宫！

太监：圣上有旨，佘太君进宫！

佘太君：遵旨。

佘太君（唱）：［北路导板］［过江调］

　　耳听万岁传圣旨，宫外来了佘太君，宋王要选杨八姐，命丞相过府提过亲，我把亲事来应下，为要彩礼来面君。

佘太君：参拜我王万岁。

宋仁宗：太君来了，内侍与佘太君看座。

太监：遵旨。

宋仁宗：佘太君，孤王选宫之事，王爱卿可曾与你提了？

佘太君：王丞相提过了。

宋仁宗：你意下如何？

佘太君：敢不遵旨！

宋仁宗：啊！哈。

宋仁宗（唱）：〔北路正板〕〔过江调〕

你府八姐长得美，朕要封她为贵妃，封她贵妃还不算，还要封你杨家人满门，三岁孩童戴纱帽，七岁花姐扎凤裙，站殿将军人两个，一辈一个阁老人。

佘太君：谢万岁。

佘太君（唱）：〔北路正板〕〔过江调〕

我在这里心好恼，暗骂一声好昏君，万里江山你不爱，偏爱我家戴花人，你今要选杨门女，好比海底去捞针。

万岁，小女既蒙圣上加封，那是恩德匪浅，臣妇倒想与圣上要上几色彩礼。

宋仁宗：好！你只管要来。

佘太君：臣妇有意请王丞相替臣妇代笔。

宋仁宗：王爱卿，你就与佘太君代笔好了。

王丞相：臣当效劳。嘿嘿，我看她要些什么彩礼？

宋仁宗：佘太君，你且讲与孤听来！

佘太君：遵旨。

佘太君（唱）：〔北路正板〕〔过江调〕

我听万岁传口旨，佘太君背过身自思忖，万岁王命我把彩礼要，有道是先要彩礼后成亲。

刘文晋：圣上既有旨意，佘太君你就只管大胆讲来。

佘太君：那是自然，啊王丞相，你要一笔一笔记下，我这彩礼，是一色也落不得。

王丞相：嘿嘿，上了年纪，耳不听使，眼不听用，手也难以跟上，免不了要与你落下几色！

佘太君：哎，落不得。

佘太君（唱）：［北路正板］［过江调］

　　你先写拜上多拜上，拜上我王圣明君，万岁要选杨八姐，
无有彩礼你莫要娶亲。

宋仁宗：佘太君，孤王既要选宫，岂能看重那小小彩礼，你只管要来，孤王
定能使你如意，也就是了。

王丞相：他们大方起来了。

佘太君：万岁。

佘太君（唱）：［北路正板］［过江调］

　　我女儿在家爱艳色，要四色绸缎作凤裙，别的颜色全不要，
粉白黄绿四色均用匀。

宋仁宗：这有何难，内侍，去至后宫，传孤旨意，将那金银二丝的龙凤绸缎
备下十匹。

佘太君：且慢，啊万岁，臣妇这礼物还未要完哪！

王丞相：啊老太君，你要的这礼物，我未曾听清，你到这里来。老太君，
如此看来，你这女儿是许定了。

佘太君：这焉能有假呀。

王丞相：莫非你还嫌你杨府富贵不足，真要拿女儿前来封爵换禄不成。

佘太君：哎，王丞相，有道是圣命难违呀！

王丞相：你好个圣命难违。

佘太君：啊！王丞相，你要记得，礼单写好了，我是要请你吃酒的！

王丞相：我才不吃你这喜酒！你讲。

佘太君：你写。

佘太君（唱）：［北路正板］［过江调］

　　万岁要选杨八姐，几件彩礼你送府门我要。

宋仁宗：啊，要什么？

王丞相：啊，要什么？

刘文晋：啊，要什么？

佘太君（唱）：［北路正板］

我要东至东海红芍药。

王丞相：此是何物？

佘太君（唱）：［北路正板］

南至南海牡丹根，西至西海灵芝草，北至北海老人参。

宋仁宗：刘卿，她这几色彩礼。

刘文晋：这也是妇道人家见识浅，这绸儿缎儿，花花草草岂不是到处都有！

宋仁宗：是呀，叫她再要。

刘文晋：啊老太君，圣上叫你再要，你倒应该捡那奇珍贵宝要上几件！

佘太君（唱）：［北路正板］

我要八尺高的珊瑚树，金瓶玉碗翡翠盆，水晶帐子玛瑙枕，磨盘大的老龙鳞。

宋仁宗：刘卿，这四色彩礼。

刘文晋：万岁选妃，乃是一件大事，要下此等奇珍贵宝也是应该的呀。

王丞相：她真是想借女儿发个大财了。

宋仁宗：对，叫她再要。

刘文晋：圣上叫你再要呢！

佘太君：领旨，王丞相，你与我写上无有？

王丞相：一样也未曾落下。你讲吧。

佘太君：你写呀。

佘太君（唱）：［北路正板］

我要上一两星星二两月。

王丞相：一两星。啊，老太君你刚说什么？

佘太君：一两星星二两月。

王丞相：一两星星二两月？（向太君）啊，老太君，这星星月亮岂能论两？

佘太君：我倒想要上一斤，怕的他买不起呀！

王丞相：哦，好，我明白了。

刘文晋：啊，老丞相，这星星月亮，只怕是不能论两吧？

王丞相：她若要上二斤，你就更买不起了！

刘文晋：哎，这是什么呀！

王丞相：啊老太君，你可晓得，这人老了，耳也有些背了，这眼么，也有些花了，你就应该将声音提得高高的，字么，也要说得真真的。万岁爷的皇库中财宝多得很，你就应照这样一件一件地要来呀！

佘太君：好，你记下了！

佘太君（唱）：[北路正板][过江调]

三两清风四两云，五两火苗六两气，七两黑烟八两琴音，火烧龙须三两六，搂粗牛毛要三根，雄鸡下蛋要八个，雪花晒干要二斤，要你茶盅大的金刚钻，天鹅羽毛织毛巾，蚂蚁翅膀红大袄，蝴蝶翅膀绿围裙，要他天大一块梳头镜，地大的一块洗脸盆。

王丞相（唱）：[北路正板][过江调]

老夫这里写得紧，暗暗称赞老太君，这些礼单要得好，怕是那宋王无处寻。

刘文晋：啊，万岁，那佘太君要的俱是一些难以寻找之物。

宋仁宗：佘太君，你要的这是何物呀！

佘太君：只不过是几色粗糙的礼物，万岁如要舍不得，也就算了。

宋仁宗：哎，孤王焉能舍不得，你再要来。

佘太君：遵旨。

佘太君（唱）：[北路正板][过江调]

太君二番把礼要，一字一字你听真，铁拐李葫芦要半个。

宋仁宗：停下，佘太君你要此物何用！

王丞相：是呀，此物何用。

佘太君（唱）：[北路正板]

给女儿作个炭火盆。

王丞相：倒也合用！

宋仁宗：哼！

佘太君（唱）：[北路正板]

蓝采和花篮要一个。

宋仁宗：停下，这又有何用？

王丞相：要个花篮子做什么呀？

佘太君。（唱）：［北路正板］

　　预备女儿装线针。

王丞相：啊，万岁，这针线盒是要有用的呀。

宋仁宗：哼？

佘太君（唱）：［北路正板］［过江调］

　　张果老毛驴我也要，好给女儿骑回门，天波府到金殿十五
里，要上金砖铺地三寸深，一步一棵摇钱树，两步两个聚宝盆，
摇钱树上拴金马，聚宝盆上站金人，金人身高一丈二，不要铜
铁全要金。

刘文晋：万岁！佘太君分明是有意抗君！

宋仁宗：佘太君，你为何竟要些世间少有的彩礼？

王丞相：臣启万岁！有道是自古皇家多福贵，世上少有之物多在皇家。那
佘太君要些彩礼，沾沾皇家之光，也是应该的。再者，佘太君这小小几色彩礼，
岂能难住我王？

宋仁宗：哼！谅她也难不住。佘太君你要！

佘太君：遵旨。

佘太君（唱）：［北路正板］［过江调］

　　这些礼物还不算，要你上方娶亲人，王母娘娘娶门客，玉
皇大帝来执宾，和合二仙把锣打，四大金刚抬轿人，上八仙的
吹鼓手，金童玉女把灯拎，二十八宿对子马，九天仙女抱花人，
中八仙来要七个，当中不要吕洞宾。

宋仁宗（唱）：孤问你为何不把洞宾要？

佘太君（唱）：他本是贪花恋酒一骚神。

宋仁宗（唱）：佘太君礼单实少有，她分明有意抗圣君。

宋仁宗：佘太君，你莫非有意违抗寡人旨意？

佘太君：臣妇怎敢！

宋仁宗：谅你也不敢！

佘太君：哈哈（冷笑）。

王丞相：老太君你倒是要哇！

宋仁宗：哼！

佘太君：好，你记下了！

佘太君（唱）：〔北路正板〕

　　我女儿在家算过命，八十八岁才成亲。

王丞相：啊，老太君，只怕那算命先生算错了，这世上的姑娘岂能有八十八岁才成亲之理？

刘文晋：是呀！定是他算错了。

佘太君：他算得未曾错！

宋仁宗：怎么！未曾算错？

佘太君：正是！他未曾错呀。

佘太君（唱）：〔北路正板〕

　　泰山不倒女不嫁，黄河不干女不成亲，宋王要选杨八姐。

宋仁宗：怎么样？

佘太君（唱）：一天一次送回门。

宋仁宗：哼，哼，哼！佘太君你要的好礼单，你要得好礼单！哼！

佘太君：女儿出嫁，这彩礼理当要啊！哼！

刘文晋：万岁！

宋仁宗：刘爱卿有何本奏？

刘文晋：万岁，此依微臣之见，如此如此，这般这般。

宋仁宗：好！就依卿奏。速去办理！

刘文晋：遵旨！

王丞相：老太君，你这彩礼要得好哇。

佘太君：怎么？

王丞相：你把万岁都要跑了。

佘太君：哪怕他不跑哇！

王丞相：啊？哈哈哈。

太监：万岁有旨，五凤楼设宴，宴请佘太君，王丞相作陪。

王丞相：遵旨！老太君，五凤楼设宴，你倒是请啊！

佘太君：怎么？万岁在五凤楼设下宴了？

王丞相：设下宴了。

佘太君：老丞相，你说这宴。你说这宴老身可以吃的呀？

王丞相：万岁的御宴，岂能不吃！老太君，你哪里晓得，这分明是圣上觉得理亏，五凤楼设宴，是与你赔礼呀。

佘太君：如此说来，是吃得的了？

王丞相：当然吃得的。

佘太君：请！

王丞相：请！

刘文晋（唱）：［北路正板］［西湖调］

　　金殿上走下刘文晋，我本是圣上心腹的臣，用一个调虎离山计，五凤楼赐宴款待佘太君。圣上御旨拿在手，高叫中军你听真。

刘文晋：中军听令！

中军：在！

刘文晋：叫你家两位少爷速到校场，与我点齐三千御林军。

中军：得令。

刘文晋（唱）：［北路正板］

　　我今奉旨去到天波府，俺要替圣上去迎亲，杨八姐胆敢不遵旨，我要抢她进宫门。

第四场 下旨抢亲

杨八姐（唱）：［北路正板］［西湖调］

　　母亲进宫去面君，这时候不见转程，莫不是出了什么事，倒叫女儿不放心，老人家性情本不好，进宫去岂能饶昏君，宫殿上难免打嘴仗，那昏王翻脸不认人，有道是大宋江山千斤重，杨家担着八百斤，无杨家休把江山坐，无杨家他大宋江山难保存。

杨九妹：哎呀姐姐，你在这呐，我叫排风找了你半天。

杨八姐：妹妹你找我何事？

杨九妹：听说咱妈与王丞相进宫去见皇上，不知道可怎么样啦？

杨八姐：这不是，我也正着急呐。

杨九妹：姐姐！都怨咱们，要不去游春，哪能给咱妈惹这么多事。

杨八姐：嗨！谁知道一出去，就偏偏碰上那个昏君了。（战鼓声响）

杨九妹：哎姐姐，这是哪儿传来战鼓声？

杨洪：八姑娘，大事不好！

杨八姐：何事惊慌？

杨洪：兵部司马刘大人，带领三千御林军，将我府团团围住，口口声声要咱们去接旨。

杨九妹：姐姐，母亲面君没回府，来了官兵，又来了圣旨，这可怎么办？

杨八姐：圣旨来啦，咱们就接。

刘文晋：圣旨到！

杨八姐：接旨！

刘文晋：八姐跪。朕闻你府杨八姐，生就闭花羞月之貌，沉鱼落雁之容，朕有意将她封为一宫。

杨八姐：越说越不像话了。

刘文晋：佘太君竟假借索要彩礼，令朕为难，实属老迈昏庸。朕钦命兵部司马刘文晋，率领三千御林军，迎选杨八姐进宫，与朕同掌山河。如敢违抗，严行拿问。钦此！望圣谢恩！啊！

刘虎：爹爹，我给你接着哪。

刘文晋：那杨八姐。

刘虎：你老人家念了一半，人家就给您走啦。

刘文晋：哼！那圣旨。

刘虎：您就搁桌上好啦。

刘豹：奇怪怎么没人来。

刘文晋：杨八姐，为何不等圣旨读完就走了？

刘虎：爹爹这事我去说，我去教训教训她们去。

刘文晋：哎，不可。那杨八姐眼看就要进宫当娘娘了，你要小心才是。

刘豹：您想想人家那么大个姑娘，听着这个事，哪有不害臊的呢！

刘文晋：说得有理！可他把咱们爷儿们晾在这啊。

刘豹：爹爹，您想，你老这个圣旨钦差，就是朝外的皇上，这杨府的娘娘，选成选不成都在你一句话上。您说，杨家见咱爷儿们来啦，起码也得给咱爷儿们预备一桌子上等的酒席洗洗尘，接接风啊。

刘虎：哥哥说得对，咱们得多等一会儿。

刘文晋：啊虎儿豹儿，如果她们一个人也不来，咱爷儿们怎样回朝?

杨八姐：我叫你揍，你们就给我揍！

丫头：知道啦！

刘豹：爹爹！您别急呀，哪能不来人呢。咱们一定得吃完了喜酒，将八姐接回朝内，在圣上面前表大功。

刘虎：好是好，就是没人来倒是怪事。

刘豹：兄弟你放心，等来人的时候，那就是给咱爷儿们擦抹桌案，酒席一摆，爹爹请到上座，咱哥俩两厢陪着，那杨八姐要亲自与咱爷儿们斟酒。嘿嘿兄弟，这顿喜酒管保你得吃醉。

杨八姐：好贼子，给我打！

丫头：这大！

刘豹：咦！这是怎么说的！啊！

杨八姐：我把你这狗子，奸贼！你等在朝，残害忠良，强男霸女，无所不为，抢来抢去，抢到天波府你姑奶奶头上啦，没别的，今天给你个厉害尝尝！

刘虎：小毛丫头，你好大口气，找打。

刘豹：他们都走了没有?

杨排风：哟！你是干什么的?

刘豹：他们都走了没有?

杨排风：谁们? 啊！都走了！

刘豹：都走了，你是干什么的?

杨排风：我是杨府的烧火丫头，杨排风。

刘豹：哈哈，原来是个烧火丫头，这回大爷可得拿她出出气！告诉你，你公子乃是圣旨钦差兵部司刘大人的大少爷，刘豹！

杨排风：啊，倒是久仰啦。

刘豹：这还像点话，告诉你，你家八姑娘，已经叫我们给拿上金殿，你天波府上下人等，缺少家教府规，今天大少爷要教训教训你们，给你们立立规矩。

杨排风：哈哈，小子好大口气！怎么说，要动打的！

刘豹：要动打的！

杨排风：那你姑奶奶如小孩过年穿花衣服。

刘豹：怎么说？

杨排风：哪就乐不得的！

刘豹：哈哈，你一个烧火丫头，也要和我装凶，大少爷今天非给你个厉害！

杨八姐：我说丫头们！

丫头：有！

杨八姐：抬枪带马！

众丫头：是！

刘文晋：啊，娘娘饶命！娘娘饶命！

杨八姐：怎么着？你叫我饶你命？也行。你得叫上几声好听的。

刘文晋：叫什么好听的？

杨八姐：叫大姑！

刘文晋：哎！叫不得。

杨八姐：叫得！

刘文晋：叫不得！

杨八姐：你叫不叫？

刘文晋：唉！叫，叫。这叫我如何叫得出口啊！

杨八姐：叫！

刘文晋：唉！我叫就是了。

杨八姐：叫！

刘文晋：大姑哎。

杨八姐：哎，今天姑奶奶便宜你了，放你一条狗命，去吧！

杨九妹：老贼呢？

杨八姐：我已经将他放跑了。

杨九妹：你怎么把他放跑了？

杨八姐：打他一顿，出出气就行了。

杨九妹：姐姐，你这一放放坏了。

杨八姐：怎么放坏了呢?

杨九妹：他这一回去，禀报皇上。还不拿咱妈出气呀?

杨八姐：哟! 这么一说，咱们又给妈惹事了?

杨九妹：谁说不是呀。

杨八姐：这可怎么办? 哎! 一不做二不休，咱不如带上丫头们上金殿接妈去!

杨九妹：姐姐说得对。

杨排风：那我也得跟着去!

杨八姐：那还能少得了你呀，那两个狗子呢?

杨排风：绑上了。

杨八姐：带上他们。我说丫头们!

众丫头：有!

杨八姐：与你家姑娘上马。上殿接母亲去!

丫头：是!

第五场 面君闹殿

宋仁宗：啊，刘爱卿，孤命你天波下旨，你怎会落得如此模样?

刘文晋：臣启万岁! 为臣两次天波下旨，哪知那佘太君缺少家教，八姐、九妹目无圣上，不但将为臣暴打一顿，并胆敢将圣旨扯碎。望乞万岁与微臣做主啊。

宋仁宗：这还了得! 刘爱卿，你替孤传旨，宣佘太君上殿。

刘文晋：遵旨! 万岁有旨，佘太君上殿。

佘太君：遵旨。

佘太君（唱）：［北路导板］［南西湖］

忽听万岁宣老身，朝房里走出我这忠心报国年迈人。我心中暗把宋王恨，他不该要选我儿作贵人，适才面君要过礼，这本是明许亲来暗抗君，二番又听这圣旨下，不知又宣我为何因，步玉阶登品台用目看，刘文晋狼狈样我看的真，只见他头戴纱帽一个翘，蟒袍零乱难遮身，足下朝靴本应是一对，却为何他一脚高一脚低？刘文晋狼狈样我假装未见，点一点龙头拐拜圣君。

佘太君：参见我王万岁！

宋仁宗：哦！佘太君，你可知罪？

佘太君：杨家为国忠心，但不知所犯何罪？

宋仁宗：你杨家如今犯了两行大罪，怎说不知？

佘太君：但不知罪证在哪？

宋仁宗：第一就是你那礼单！

佘太君：礼单，那是许亲的礼单。

宋仁宗：孤说它是欺君礼单。

佘太君：许亲的礼单！

宋仁宗：哼！

宋仁宗（唱）：[北路散板][西湖调]

　　孤要将八姐封贵人，你要的礼单分明是抗君。

佘太君（唱）：分明是圣上无有选妃心，我岂能不要彩礼就许亲。

刘文晋：佘太君。

刘文晋（唱）：你那彩礼难寻找！

佘太君：你未去找它怎知它难寻！

刘文晋：万岁。

刘文晋（唱）：[西湖调]

　　就是那上方神仙也难寻。

宋仁宗：佘太君，你那彩礼朝内大臣，也道无法寻找，这不是欺君，还是什么？

佘太君（唱）：[北路散板][西湖调]

　　说什么无处去寻找，岂不知能人背后有能人。

刘文晋：臣启万岁！佘太君彩礼，多是世上绝无之物，叫人哪里去找？

佘太君（唱）：[北路散板]

　　那大臣他道无处找，依我看他就是抗旨欺君。

刘文晋：哎呀万岁，与微臣做主啊！

宋仁宗：这。佘太君，你纯是强词夺理。

佘太君：非是微臣强词夺理，实是圣上不公。

宋仁宗（唱）：〔北路正板〕〔西湖调〕

　　普天之下归我管，蛮荒之地我也能平，一朝之王朕有权柄，你敢道孤王我不公，你杨家既有美貌女，难道孤王还选不得妃来封不得官！

佘太君（唱）：〔北路正板〕〔西湖调〕

　　圣上说话理不通，你欺我太君为何情，虽说杨府有美女，怕是你那选妃来难封官。

宋仁宗：好恼。

宋仁宗（唱）：〔北路正板〕〔西湖调〕

　　太君说话刺孤心，他胆敢金殿欺寡人。

宋仁宗：佘太君！孤王定要选封你府杨八姐。

佘太君：（伸手）拿来！

宋仁宗：什么？

佘太君：娶亲的彩礼！

宋仁宗：无有！

佘太君：嘿嘿。

佘太君（唱）：〔西湖调〕

　　无有彩礼你休想娶亲。

宋仁宗：啊！

宋仁宗（唱）：难道你敢抗孤王旨，莫非你杨家要做叛臣！

佘太君（唱）：杨家愿保英明主，岂保那挚爱美女无道的昏君！

宋仁宗：佘太君，你大胆！

宋仁宗（唱）：〔北路散板〕〔西湖调〕

　　龙眉紧皱怒深沉，你敢金殿欺寡人，两旁内侍听朕旨，宣上殿角御林军。

太监：遵旨！圣上有旨，御林军上殿！

御林军：遵旨！

宋仁宗（唱）：［北路散板］［西湖调］

　　你将那佘太君绑绑绑来捆捆捆！把她捆绑在午门。

王丞相：哎。且慢！

宋仁宗：王爱卿！为何拦孤旨意？

王丞相：圣上传旨要捆何人？

宋仁宗：孤王要捆那佘太君。

王丞相：万岁！那佘太君，岂能捆得！

宋仁宗：她欺孤太甚，怎捆不得？

王丞相：万岁！莫非忘了，那佘太君手中所挂何物？

宋仁宗：龙头拐杖！

王丞相：万岁！此是何人所赐？

宋仁宗：先王所赐！

王丞相：着哇！为臣倒记得，先王在世，念他杨家为大宋劳苦功高，赐予杨府老太君龙头拐杖，并御口亲封，此龙拐可上打昏君，下打奸臣。如犯死罪，此拐在手即可赦免。万岁请想，这佘太君岂可捆得！

宋仁宗：这……

刘文晋：万岁乃是一朝之主，天下至尊，叫那佘太君上得殿来，如此冲撞辱骂，若如此下去，满朝文武俱都像佘太君这样，万岁又如何掌管朝政江山，如何统领文武百官！

宋仁宗：佘太君欺孤太甚，依卿之见？

刘文晋：佘太君既胆敢欺君犯上，就应去拐。

王丞相：臣启万岁，佘太君拐去不得！

宋仁宗：怎么去不得？

王丞相：乃是先王所赐！

宋仁宗：哼！先王所赐，难道她欺君犯上，孤还斩不了她不成！

王丞相：依臣看来佘太君非是要欺圣上。

宋仁宗：他是什么？

王丞相：万岁请想，这女儿出嫁，焉能不要彩礼。这佘太君只为了贪图点皇家的富贵，多要了几色彩礼。依臣看来也算不得欺君抗上。

宋仁宗：哼！你倒说得好。佘太君你这第二罪！可还能抵赖？

佘太君：臣妇倒要领教这"第二"。

王丞相：你抗旨犯上，暴打国家大臣。

佘太君：万岁，臣妇倒糊涂了。

宋仁宗：你糊涂何来？

佘太君：明明是圣上五凤楼赐宴，臣妇在朝未归，何曾打过什么国家大臣？

宋仁宗：孤说的是你府八姐。

佘太君：我府八姐，与臣妇何干？

宋仁宗：这、这是你家教不严！

佘太君：就算我的家教不严，但不知打的是何人？

宋仁宗：孤的钦差，刘爱卿。

佘太君：刘大人？哦！万岁！臣妇倒要问一问刘大人到我府做什么去了？

宋仁宗：孤命他下旨。

佘太君：下旨为何？

宋仁宗：他替孤迎选你府八姐进宫。

佘太君：噢！可有媒证前去？

宋仁宗：这！这孤王选宫还要的什么媒证。

佘太君：可有什么彩礼到府？

宋仁宗：这，无有。

佘太君：既无彩礼，又无媒证，那刘大人替圣上迎的什么亲？哼，他是理应该打。

刘文晋：啊万岁，那佘太君如此蛮横，万岁与臣做主啊！

宋仁宗：佘太君，莫非你敢与孤强辩？

佘太君：臣妇倒不敢，不过那谗臣一人之言，岂可听得！

刘文晋：哼！佘太君，你道刘某一人之言。万岁！她九妹，不只是打了微臣，就是那三千御林军，个个带伤。

宋仁宗：佘太君你可曾听见？

佘太君：（冷笑）听倒是听见了。

宋仁宗：你与孤奏个明白！

佘太君：奏个明白？臣妇我倒不明白了，既然是迎接我府八姐，为何要带上这众多兵马？

宋仁宗：这。

刘文晋：啊万岁，那是为了迎选娘娘进宫。

佘太君：你好锋利的口才，那分明是去抢我们杨府的姑娘。

宋仁宗：啊！

宋仁宗（唱）：［北路正板］［西湖调］

　　佘太君目中无朝廷，你犯了欺君之罪实难容。

佘太君（唱）：你道欺君罪我要罪证。

宋仁宗（唱）：这罪证是孤的刘爱卿，朝中他捧了孤王的旨，他到你府去选宫，你府竟敢将他打，难道这不是打朝廷！

佘太君（唱）：［北路正板］［西湖调］

　　说什么杨府打朝廷，分明是圣上派兵去抢亲，选妃就应把彩礼送，却为何要带上兵马困府庭？

刘文晋：万岁！佘太君分明是胡言乱语。

宋仁宗：那是孤叫他迎亲去了！

佘太君（唱）：［北路正板］［西湖调］

　　既带着圣上御林军，说什么我府去迎亲，迎亲本是车轿娶，为何带上御林军，圣上你设宴倒是假，要抢我女才是真，这百姓抢劫要处死，可是皇家抢亲怎处分？

宋仁宗：这。气死孤也！

刘文晋：万岁！那佘太君胆敢污蔑圣上，罪该万死！

佘太君（唱）：［北路散板］

　　你道我杨家抗圣命，依我看这大宋江山断你手中。

佘太君：哼！这大宋的万里山河，怕要断送你的手中！

宋仁宗：住口！佘太君你要反了？！内侍听旨。

太监：万岁。

宋仁宗：去掉佘太君龙头拐杖，将她推出午门斩了。

太监：遵旨！

佘太君：你们哪个敢动老身！

刘文晋：万岁！佘太君三番两次抗旨不遵，为臣愿请万岁尚方宝剑，朝门监斩。

宋仁宗：就依卿奏！

刘文晋：御林军听旨！将佘太君推出门。

宋仁宗：哪里传来战鼓之声？

御林军：启奏万岁！午朝门外来了杨府八姐、九妹，绑有两员小将，她们口口声声，要圣上急速送出杨府太君，否则要赶上金殿。

宋仁宗：啊！传孤旨意，命御林军将她二人一并拿下！

御林军：遵旨！

刘文晋：那被绑的两员小将，莫非是我的虎儿、豹儿？

御林军：万岁！那杨府八姐甚是厉害，御林军被她们打得落花流水。

宋仁宗：真的是废物！

御林军：万岁！杨八姐说绑的两员小将乃是刘大人的二公子，如若万岁不即速送出太君，她们就先杀公子，然后赶上金殿。

宋仁宗：这便如何是好！传孤旨意紧闭宫门。

御林军：遵旨。

刘文晋：啊万岁，微臣那虎豹二子，随微臣一道前去杨府，与圣上接亲，没想到被杨八姐将他二人擒住，现在朝门外眼看要死，万岁！老臣偌大年纪，只有此二子，如若死了，岂不断了刘门后！望乞万岁看在我父子曾与圣上选妃的半点功劳分上，救救吧！

宋仁宗：好！刘爱卿你宣孤旨意，前去朝门如何？

刘文晋：万岁！那杨八姐，好厉害，臣是不能前去的了。（指王丞相）

宋仁宗：王爱卿，孤王与你一道旨，前去朝门，命杨八姐将刘爱卿的儿子，速速放回。

王丞相：万岁！还是刘大人去的好，那杨八姐，为臣是怕她的！

刘文晋：还是王丞相去的好。

王丞相：唉！刘大人去的好！

王丞相：万岁！那杨府八姐已逼进宫门。她说，如若不送出太君，任何旨意也是枉然。是先杀了二狗子，后上金殿。

宋仁宗：这便如何上好！众卿快与孤想一良策。

刘文晋：万岁！微臣倒有。

宋仁宗：爱卿快讲！

刘文晋：此时只有请她出来了。

宋仁宗：怎么，请她出来？

刘文晋：正是！

宋仁宗：卿奏甚是。孤命你去请她。

刘文晋：哎呀呀万岁，那佘太君与微臣甚是不睦，微臣不敢前去！

宋仁宗：哎！爱卿你可与她赔上个礼，也就罢了。

刘文晋：嘿嘿！啊！老太君，刘文晋与你赔礼来了。

佘太君：（不理）。

宋仁宗：她未必曾听见呐。

刘文晋：老太君，俺与你赔礼来了。

佘太君：哼！哪要你赔礼！

刘文晋：哎！万岁，此事只有圣上你去了。

宋仁宗：要孤前去？

刘文晋：圣上请她，自然她就出来了。

宋仁宗：哎！这都怨你！

刘文晋：万岁！怨也晚了。

宋仁宗：太君。

佘太君：（未理会，正欲回身仁宗鼓大作。刘文晋在仁宗后，着急又害怕地拉仁宗衣服。小声地）

刘文晋：万岁！说话呀！

宋仁宗：啊，佘太君，孤王与你赔礼来了。

刘文晋：啊，老太君，刘某与你赔礼了。

宋仁宗：佘太君，都是孤王一念之差，错听这谗臣之言，险些错怪了国家忠良。孤王赔礼来了。

宋仁宗：王丞相与她讲情。

王丞相：啊，老太君，圣上带领他的心腹之臣，与你赔礼来了。

御林军：万岁，杨八姐就要处死刘大人二公子，杀上金殿。

宋仁宗：哎呀呀，与孤守住宫门。

御林军：遵旨！

宋仁宗：佘太君救救孤王吧！还不与孤跪下！

刘文晋：万岁！救救命吧！老太君救救命吧！老夫偌大年纪，只有那两个儿子，救救命吧！

宋仁宗：老太君！孤王与你赔礼了，打躬了。

佘太君（唱）：［北路正板］［辞店调］

我见宋王来赔情，暗骂声昏王无道的君，有道是自古忠良不怕死，那怕死的焉能是忠臣，我倒想起你的江山千担，杨家替你担着八百斤。

刘文晋：老丞相，俺求求你。

宋仁宗：王爱卿，你就去上一趟吧。

王丞相：好，看在万岁面上，老臣就跑上一趟。

刘文晋：俺谢谢老丞相了！

王丞相：嘿嘿嘿。

刘文晋：万岁！这尚方宝剑。

宋仁宗：这宝剑是命你朝门监斩的呀！

刘文晋：万岁！那佘太君。如今是斩不得了。

宋仁宗：哦！哦！斩不得了。

王丞相：万岁！那杨八姐，已逼进宫门。她说，如若不送出太君，任何旨意也是枉然。是先杀了二狗子，后上金殿。

宋仁宗：这便如何上好！众卿快与孤想一良策。佘太君？

佘太君：哼！

佘太君（唱）：［北路正板］［辞店调］

我杨家为大宋创过业，为国家立过汗马功勋，想当初我的公爹老杨滚，沙场上救过先君。

宋仁宗：佘太君，孤王记得。

佘太君：你记得就好。

佘太君（唱）：［北路正板］

　　想当年七狼八虎威名震，一个一个保乾坤，我大郎北国替皇死，我二郎为国剑丧身，我三郎马踏如泥浆，惨死沙场骨不残存，我四郎押粮草不知去向，到如今尚未回家中，我五儿被逼深山进，五台山出家离红尘，我六儿镇守三关口，日夜为国费苦心，七郎儿为国搬人马，被番贼绑树上乱箭来穿心，提起了八郎儿心酸难忍，失落北国无有信音，俺杨家大小都死尽，你不念俺三世保乾坤，既然你传旨把我斩，倒不如碰死早见先君。

刘文晋：万岁！她可死不得，那杨八姐，还在宫外哪，我那儿啊！

宋仁宗：佘太君！都是孤王之错，你。你可死不得呀。

宋仁宗：佘太君你救救孤王吧！

刘文晋：老太君，我与你又跪下了！

佘太君：万岁，你这妃还选不选了？

宋仁宗：孤王是不选了。

佘太君：你不选了？

宋仁宗：孤王是"定"不选了！

佘太君：哼！不选了，王丞相老身求你拿此龙头拐杖，说与那八姐不可造次！

刘文晋：老太君我那两个儿子。

佘太君：告诉八姐与他解开绑绳！

刘文晋：谢谢老太君。

王丞相：记下了。

佘太君：万岁，既然这妃不选了，臣妇那单彩礼。

宋仁宗：怎么？

佘太君：臣妇也不要了！

王丞相：八姐上殿前来迎接太君，刘大人你那两个儿子业已……

刘文晋：哎呀老丞相，业已怎么样啊？

王丞相：业已回去了。

刘文晋：哎，多谢老丞相，谢谢太君！

佘太君：不要谢了！

杨八姐、杨九妹：母亲受委屈了吧！

佘太君：啊，八姐，你快向圣上请罪。

杨八姐：请什么罪呀？

佘太君：嗯！

杨八姐：万岁老爷！八姐给你磕头请罪来啦！

宋仁宗：啊！太君！这。这不必了。

佘太君：杨八姐游春冲撞了圣上，理应治罪。

宋仁宗：哎。孤王不怪！不怪！她可算得大宋的巾帼英雄！

杨八姐：谢万岁！

宋仁宗：王爱卿替孤送太君下殿，孤要回宫了。

王丞相：起驾回宫！老太君你呀！

佘太君：我呀，是个贪图皇家富贵，糊涂的人哪！

王丞相：哎！你不愧为天波府的老太君哪！

佘太君：老丞相你过奖了！哈哈哈。儿哪搀为娘来，下殿回府去！

杨八姐，杨九妹：是！

王丞相：送太君！

佘太君：老丞相留步！

刘文晋：送太君！

佘太君：免！

杨八姐：哼！

宋仁宗：唉，选妃不成，反惹得如此这般！摆驾。

（三）长沙花鼓戏（浏阳）音乐

1. 川调类

还 魂 调

1=G

♩=70

刘天庄 记谱

4/4 (2 1 2 3 1 2 7̣ 6̣ | 5̣ 7̣ 6̣ 5̣ 1 - | 6̣ 5̣ 6̣ 1 2 3 5 | 3 5 2 6̣ 1 -)|

5 5 3 2 1 | 2 5 3 - | 3 4 3 2 1 6̣ 1 2 | 5· 2 3 - |
手 扯　　 贤 妹　　 把　 话　　 讲，

(3 5 3 5 3 2 | 1 2 6̣ 5̣ 1 - | 2 3 5 6 3 4 3 2 | 1 6̣ 2 4 3 -)|

5 5 6 5 5 3 2 | 5 3 2 1 6̣ 1 | 2 1 2 3 5 | 2 1 6̣ 5̣ 1 - |
愚 兄　 言 来　　 听 分　　　 明：

(2 1 2 3 1 2 7̣ 6̣ | 5̣ 7̣ 6̣ 5̣ 1 - | 6̣ 5̣ 6̣ 1 2 3 5 | 3 5 2 6̣ 1 -)|

6 5 3 2 1 | 2 5 3 - | 5 5 3 2 1 | 5· 2 3 - |
在 杭　　 城　　 攻 书 有 三 战，

(3 5 3 5 3 2 | 1 2 6̣ 5̣ 1 - | 2 3 5 6 3 4 3 2 | 1 6̣ 2 4 3 -)|

5 5 6 | 5 3 2 1 - | 2 1 2 3 5 | 2 1 6̣ 1 - |
同 窗 共 砚 讲 书　　 文，

(2 1 2 3 1 2 7̣ 6̣ | 5̣ 7̣ 6̣ 5̣ 1 - | 6̣ 5̣ 6̣ 1 2 3 5 | 3 5 2 6̣ 1 -)|

5 6 5 3 1 | 2 3 6 5 - | 5 - 3 2 1 | 2· 4 3 - |
兄 妹　 情 谊　　 似 海　 深，

(3 5 3 5 3 2 | 1 2 6̣ 5̣ 1 - | 2 3 5 6 3 4 3 2 | 1 6̣ 2 4 3 -)|

5 5 6 5 5 3 | 5 3 2 1 - | 2 - 1 2 3 5 | 2 1 6̣ 1 - |……
怎 不 叫 愚 兄　 说 真　　 情？！

和　调

1 = C

刘天庄 记谱

$\frac{2}{4}$ ‖: (1 2 1 6 5 | 3 5 2 3 5 | 1 2 3 5 6 2 1 | 3 2 3 6 5) | 6 2 5·6 | 2 2 5 3 |

1. 手扯　　哥哥
2. 你在　　学堂
3. 只怪　　妈妈
4. 回头　　扯起
5. 嫩竹　　破篾
6. 洞庭　　湖里
7. 堂屋里　椅子
8. 母亲　　打你
9. 我们　　在此
10. 三人　　同把

3·5 2 1 | 1 6 5 | 1 6 5 3 2 1 6 | (2 3 2 3 2 1 | 6 5 1 2 6 5 | 2 3 2 1 6 5 6 1 |

把　　话　讲，
把　　书　攻，
吃　　早　酒，
我　　的　嫂，
软　　悠　悠，
水　　飘　飘，
轮　　流　转，
见　　怪，
多　谈　讲，
高　　堂　上，

1 6 5 3 2) | 5 6 1 2 6 1 6 5 | 3 5 6 1 5 3 2 | 5 3 5 6 i·2 | 3 5 6 i 5 | 2 2 3 5 |

为妹　言来　听分　明，　我的哥哥呀，嫂嫂　哟，
家中　之事　你不知　情，　我的哥哥呀，嫂嫂　哟，
他把　嫂嫂　不当　人，　我的哥哥呀，嫂嫂　哟，
为妹　言来　听分　明，　我的哥哥呀，嫂嫂　哟，
好夫　好妻　实难　丢，　我的哥哥呀，嫂嫂　哟，
好夫　好妻　命里　招，　我的哥哥呀，嫂嫂　哟，
媳妇　也有　做婆　时，　我的哥哥呀，嫂嫂　哟，
为妹　与你　赔小　心，　我的哥哥呀，嫂嫂　哟，
恐怕　妈妈　得知　情，　我的哥哥呀，嫂嫂　哟，

|1-9. 　　　　　　　　|10. 　　　　　　衣打衣 | 昌昌 昌 0 |
i 2 3 5 | 3 3 5 i 2 | 5 6 i 5 :‖ 6·i 6 6 i 6 6 | 6·i 6 6 i i 3 | 2 0 ‖

哥哥嫂嫂　嫂嫂　哥哥　和。　妈妈跟前讲人情，妈妈跟前讲人　情。

全 哀 子

刘天庄 记谱

1 = C

【叫头导板】

哎呀—　廿打得儿昌昌昌昌……　　母亲哪——　打昌 0 得儿昌令昌 0　娘哇——　0 得儿昌令昌 0

唉呀——　打 打呐·昌且昌 0　打 昌 -　2 … 6·5 3 6 5 …　(打八打八 昌)

(打八…… 6·5 3 5 6 2 i 6 … 5　打八打·…… 昌且昌且昌且昌)

(中击头) 打八……　3 3 2 …… i i 6 5 (挑五槌)

【哀子】

【尾腔】　衣打 衣打打　昌且昌
好 不 伤 心
好 不 痛 心
好 比 钢 刀

2/4 2 6 i ｜ i ｜ 5 6

【捎腔】　可·打 可打打　昌 -　此 且　此 且 此 且
i i 3 ｜ 2 - ｜ 6 ｜ 2 ｜ i 2 i 6
割 人　心。

昌且 昌且　衣且 衣　昌且 昌·且　衣且 昌
5 3 5 6 ｜ 2 6 i 6 ｜ 5 3 ｜ 2 -

下 河 调

1=C

♩=90

陈世奇 记谱

$\frac{4}{4}$ (6·3 1 6 5 3 5·5 | 6·1 5 6 3 6 1) 3 3 1 2 5 3 6 | 1 3 1·3 6 5 |

尊 一 声 奴 的 夫，

(5 3 5 6 1 2 1 6 5 6 | 1 3 6 1 3 1 6 3 5) 3 3 5 1 3 6 3 2·1 1 - |

你 细 听，

(2·1 3 6 5 3 5 5 | 6·1 5 6 3 6 1) 3 5 3 5 3 6 3 1 6 5 |

苦 打 为 妻

(5 3 5 6 1 2 1 6 5 | 1 6 1 3 1 6 3 5) 3 3 5 1 6 0 1 6 2 1 - ‖

所 为 何 情？

益 阳 调 子

1=G

刘天庄 记谱

$\frac{2}{4}$ (3 3 2 1 6 | 5 6 5) 5 6 1 | 5 3 5 | 3 5 3 | 2 1 2 (5 5 6 5 3 |

我 把 好 话 对 你 讲，

2 1 2) 3 2 3 | 2 3 6 | 3 2 6 | 1·6 5 (3 3 2 1 6 | 5 6 5 | ……

你 今 只 当 耳 边 风。

2. 打锣腔类

池 塘 洗 澡 腔

1 = C

刘天庄 记谱

咚 咚

$\frac{4}{4}$ 3 235 - | 6 3 2· i 6· i 5 - | 6 2 i· 6
年年　　有个　　六　月　六　（来哟

咚咚咚咚昌·且

565 - 3 | 此且昌 0 | 56 i - 2 | 565 3
呀哟呀）。　　　　六　月　六

咚咚咚咚咚咚昌　昌此且昌

235 - 3 | 6 i 53 | 2· 35 · 3 | 232 - - | 此且此且昌昌
日　好晒衣裳。（乃　哟呀哟呀）。

调 叔 调

1 = C

刘天庄 记谱

（可 打打 可打可

$\frac{2}{4}$ 5 56 | 352 3 | i· 2 5· i | 365 · | 昌且内且 昌且内且 | 昌 0）|
清早起　巧梳　妆，

（可 打 可 打打

556 i | 5· 6 i 6 | 352 i | i· 2 5· 6 | 365 · | 昌且内且 昌）|
梳妆　打扮　下厨房，

313 2 | 2 i 6 | 36 i 2 | i 53 | 32 i· 2 | 532
幼叔叔学堂　把书　攻，奴送　水　饭

（哆 咚咚咚咚哆

i· 35 | 33 52 | 2 i 6 | i 2 i 2 | 昌昌此且昌 | 此且此且昌）：||
哟儿哟水饭　叔充　饥。

调 叔 调

叶舟 记谱

送 表 妹

刘天庄 记谱

1 = C

【尾腔】

可打可 ｜ 昌·且此且昌 0 ｜ 可 0 可 咚 ｜ 昌 且咚昌 0 ｜ 可 可咚昌 0 ｜

…… | 4/4 5·6 5 6 5 - | 5 - 6 i | 5·3 5 - | i 6 i 3 2·3 |

将 身 （哪 嗬咳） 来

可 0 0 0 ｜ 可 咚 可 咚咚 ｜ 昌咚且咚昌 0 ｜ 可 0 0 0 ｜

i·2 5·6 | 3 6 5 - - | (5 6 3 6 5 -) | 5·6 i 2

在 （哪 哝 呀） 来 在

可 0 0 0 ｜ 可 咚咚 可咚 咚 ｜ 昌 - - 0 ‖

i 5 - 3 | 2· 3 5· 3 | 2 i 2 - - ‖

荒 草 坪 （乃 哝 呀）。

3. 花鼓戏音乐

蔡驼子回门

1 = C

快板

（挑五槌）

$$\frac{2}{4}\ \widehat{\dot6}\ \underline{6\,\dot1}\ |\ \underline{\dot2\,\dot3}\ \underline{\dot2\,\dot1}\ |\ 6\ \underline{6\,\dot1}\ |\ \underline{\dot2\,\dot3}\ \underline{\dot2\,\dot1}\ |\ 6\ 5\ |\ \underline{6\ \dot3}\ |\ 6\ \dot1\ |\ \underline{\dot2\,\dot3}\ \widehat{\dot2}\ |$$

昌　　　　　昌　　　　　昌

$$\widehat{\dot2}\ \dot1\ |\ 5\ \ 5\ |\ \underline{6\ \dot1}\ |\ 5\ \underline{6\,\dot1}\ |\ \underline{5\ 6\ \widehat{5}}\ |\ 5\ -\ |\ （挑五槌）\ \|:\ \dot1\,\dot2\,\dot1\,6\ |$$

昌　　　　　　昌　　　昌

$$\underline{5\cdot\,6}\ :\|\ \dot1\ \widehat{5}\ |\ 5\ \ 6\ |\ \dot2\ \ 6\ |\ \dot2\ \ 6\ |\ \dot1\ \dot2\ |\ \dot1\ \underline{\dot2\ \dot1}\ |\ \dot1\ -\ |\ （五槌）\ |$$

昌　　　　　昌　　　　　昌　　　昌　昌

$$5\ \ 5\ |\ \underline{3\ 5}\ \underline{6\ \dot1}\ |\ 5\ -\ |\ \dot3\ \widehat{5}\ |\ 5\ \dot1\ |\ \dot2\ \dot1\ |\ \underline{\dot2\,\dot3}\ \widehat{\dot2}\ |\ \dot2\ -\ |\ （五槌）\ |$$

昌　　　　　昌　　　　　昌　昌

$$\underline{\dot1\cdot\,6}\ |\ 5\ \ 5\ |\ 5\ \ 6\ |\ \dot2\ \dot3\ |\ \dot2\ \ 6\ |\ \dot1\ \dot2\ |\ \dot1\ \underline{\dot2\ \dot1}\ |\ \dot1\ -\ |\ （五槌）\ |$$

昌　　　　　　昌　　　昌　昌

$$5\ \ 5\ |\ \underline{3\ 5}\ \underline{6\ \dot1}\ |\ 5\ -\ |\ \dot3\ \widehat{5}\ |\ 5\ \dot1\ |\ \dot2\ \dot1\ |\ \underline{\dot2\,\dot3}\ \widehat{\dot2}\ |\ \dot2\ -\ \|$$

昌　　　　　昌　　　　　昌　　昌　昌

锣 边 鼓

1 = C

慢一倍

当 统 此　　　　当 统 当 此 统 此

当 统 此

(弦乐重复一次，吹奏接尾句)

※ (渐快)

429

$\dot{2}$ 5 $\dot{3}$ 6 | $\dot{\underline{1}}$· 5 $\underline{6}$ $\underline{i}$ | $\dot{2}$ $\dot{3}$ $\underline{1}$ 6 | 5 3 | 6 $\underline{i}$ $\underline{6}$ $\underline{5}$ 6 | $\dot{1}$ 6 |

$\dot{1}$ 6 $\dot{1}$ $\dot{2}$ | $\dot{3}$ $\dot{5}$ | $\dot{3}$· $\dot{5}$ $\dot{3}$ 6 | $\dot{1}$· 5 $\underline{6}$ $\underline{1}$:‖ ※

$\dfrac{4}{4}$ 慢板 ‖: 5 3·$\underline{6}$ 5 $\underline{3}$ $\underline{5}$ 6 | $\dot{1}$· $\dot{\underline{2}}$ $\dot{\underline{3}}$ 5 $\dot{6}$ | $\dot{3}$ $\dot{2}$ $\dot{3}$ $\underline{1}$ 5 6 $\underline{1}$ $\dot{3}$ |

$\dot{2}$· 6 $\underline{1}$ 6 $\dot{1}$ $\dot{2}$ | $\dot{3}$ $\dot{2}$ $\dot{3}$ 5 $\dot{3}$ 5 $\underline{1}$ $\dot{3}$ | 2 $\dot{3}$ $\underline{1}$ 5 6 $\underline{1}$ | 5 3 5 3 5 0 $\underline{1}$ 6 5 |

$\dot{3}$· $\dot{\underline{6}}$ 5 $\dot{3}$ $\dot{2}$ $\underline{1}$ $\dot{2}$ $\dot{3}$ | 5 3 5 6 $\underline{1}$ 6 5 | $\dot{3}$ - $\dot{3}$ 6 | $\underline{i}$ $\underline{6}$ $\underline{1}$ $\dot{2}$ $\dot{3}$ 5 $\underline{1}$ $\dot{3}$ |

$\dot{2}$· $\underline{1}$ $\dot{2}$ $\dot{2}$ 0 5 $\underline{3}$ 5 | 6·$\dot{2}$ $\underline{1}$ 6 5 5 3 5 6 ‖: $\underline{1}$· $\dot{3}$ 6 5 6 $\underline{1}$ |

$\dot{2}$ $\dot{5}$ $\dot{3}$ $\underline{1}$ 5 6 $\underline{1}$ | 5 3 5 3 5 6 $\underline{1}$ 5 | $\overline{6 \; 3 5 \; 6 5 6 \; 0 \; 3 5 6}$:‖ (1.)

结束句
6 5 6 $\underline{1}$ $\dot{3}$ $\dot{1}$ $\dot{2}$ 6 | 5 6 5 3 2 1 2 3 5 ‖: 3 2 3 5 6 $\dot{1}$ $\dot{2}$ $\dot{3}$ $\dot{1}$ $\dot{2}$ 6 |

5 6 5 3 2 1 2 3 5 :‖ 3 2 3 5 6 $\dot{1}$ $\dot{2}$ $\dot{3}$ $\dot{1}$ $\dot{2}$ 6 | 5· 6 3 - ‖

5 3·$\underline{6}$ 5 3 5 6 | $\dot{1}$· $\dot{\underline{2}}$ $\dot{3}$ $\dot{2}$ $\dot{3}$ 5 | $\dot{3}$ $\dot{2}$ $\dot{3}$ $\underline{1}$· 5 6 $\underline{1}$ | $\dot{2}$· 6 $\underline{1}$ 6 $\dot{1}$ $\dot{2}$ |

$\dot{3}$ $\dot{2}$ $\dot{3}$ $\dot{5}$· $\dot{6}$ 3 5 $\underline{1}$ $\dot{1}$ | $\dot{2}$ $\dot{3}$ 5 $\underline{1}$· 5 6 3 | 5 3 5 3 5 0 $\underline{1}$ 6 5 |

$\dot{3}$· $\dot{\underline{6}}$ 5 $\dot{3}$ $\dot{2}$ $\dot{1}$ $\dot{2}$ $\dot{3}$ | 5· $\dot{6}$ 3 5 6 $\underline{1}$ 6 $\underline{1}$ 5 | $\dot{3}$ - $\dot{3}$ 6 | $\underline{i}$ $\underline{6}$ $\underline{1}$ $\dot{2}$ $\dot{3}$ 5 $\underline{1}$ $\dot{3}$ |

$\dot{2}$· $\underline{1}$ $\dot{2}$ $\dot{2}$ 0 5 $\underline{3}$ 5 | 6·$\dot{2}$ $\underline{1}$ 6 5 3 5 3 5 6 | $\dot{1}$ $\dot{2}$ $\underline{1}$ 6 5 6 5 6 $\underline{1}$ |

$\dot2\ \dot5\ \dot3\ \ \dot1\cdot\underline5\ 63\ |\ 5\ \ 3\ \ \underline{5356}\ \underline{1}\,\underline5\ |\ 6\ \underline{35}\ 6\ \underline{56}\ 0\ \underline{356}\ |$

$\dot1\cdot\underline3\ \dot2\dot1\ 6\ \underline{561}\ |\ \dot2\ \dot5\ \dot3\ \ \dot1\ \underline{56}\ \dot1\ |\ 5\ \ 3\ \ \underline{5356}\ \underline{1}\,\underline5\ |$

（渐慢）

$6\ \ \underline{56}\ \underline1\ 3\ \underline{1}\,\dot26\ |\ \underline{56}\ 5\ 3\ \underline{2123}\ 5\ \|:\ \underline{32}\ \underline{35}\ \underline{6}\underline{1}\dot2\dot3\ \underline{1}\dot26\ |$

$\underline{56}\ 5\ 3\ \underline{2123}\ \underline{56}5\ \|:\ \underline{32}\ \underline{35}\ \underline{6}\underline{1}\dot2\dot3\ \underline{1}\dot26\ |\ 5\ -\ \dot5\ -\ |\ \dot3\ -\ -\ -\ \|$

（慢速转中速）

$\dfrac{2}{4}$ 咚咚·$\ 0\ \underline{35}\ \|:\ 6\ \ \dot1\cdot6\ |\ 5\ \ 3\ |\ 5\cdot\underline{356}\ \dot1\dot3\dot2\dot1\ |\ 6\ \ 3\dot135\ |$

$\underline6\underline1\dot2\dot3\ \underline1\dot26\ |\ 5\ \ 36\ |\ 5\cdot\underline{356}\ \dot1\dot3\dot2\dot1\ |\ 6\ \ \underline{56}\ |\ \dot1\cdot6\ \dot1\dot2\ |$

$\dot3\underline5\dot3\ |\ \dot1\dot2\ \dot1\dot2\dot16\ |\ 53\ \underline{5356}\ |\ \dot1\dot2\ \dot15\ |\ 6\ \ \dot1\ |\ 6\dot15\ 5\ |$

（快速）

$\dot3\ -\ \|:\ 6\ \dot2\dot16\ |\ 5\ \ 3\ |\ 56\ \dot15\ |\ 6\ -\ |\ \dot1\dot16\dot2\ |\ \dot3\ \underline5\dot3\ |$

$\dot1\dot2\ \dot16\ |\ 5\ 3\ \underline{356}\ |\ \dot1\dot2\ \dot1\ 6\ |\ \dot1\ |\ 6\dot15\ 5\ |\ \dot3\ -\ \:\|$

游　垅

1 = C

（挑五槌）

$\frac{2}{4}$ $\overset{\frown}{6}$ － ｜ 6 i ｜ 5 · 3 ｜ 2 3 5 ｜ 5 ｜ 3 5 ｜ 6 i ｜ 5 · 3 ｜
　　　　　　　 昌　　　　　　 昌　　　　　　 昌

2 3 5 ｜ 5 － （五槌） ｜ 5 5 ｜ 6 i ｜ 5 · 6 ｜ i 6 i 3 ｜
　 昌　　　　　　　　　　　　　　　　　　　　　　　 昌

$\dot{2}$ · $\dot{1}$ 6 i ｜ 5 · 3 ｜ 2 3 5 6 ｜ 5 － ｜（五槌）5 3 5 ｜ i · $\dot{2}$ ｜
昌　　　 昌　　　 昌　　　　　　　　　　　　　　 昌

3 5 6 i ｜ 5 － ｜ $\dot{3}$ $\dot{5}$ $\dot{5}$ ｜ i ｜ $\dot{2}$ ｜ $\dot{3}$ ｜ $\dot{2}$ $\dot{3}$ $\dot{2}$ ｜ $\dot{2}$ － ‖
昌　　　　　 昌　　　　　 昌　　　 昌　 昌

照　镜　子

1 = F

（挑五槌）

$\frac{2}{4}$ $\overset{\frown}{6}$ － ｜ 5 5 ｜ i ｜ 6 · 5 3 2 ｜ 5 5 3 6 ｜ 5 ｜ 6 i 6 ｜ 5 6 5 6 5 ｜ 5 － ｜
　　　　　　　　　　　　　 昌　　　　　　 昌　　　 昌 昌 昌

（五槌）3 ｜ 2 2 ｜ i ｜ 6 i 6 5 ｜ 5 · 3 ｜ 2 3 5 6 3 2 ｜ 1 2 1 2 1 ｜ 1 － ｜（五槌）
　　　　　　　　 昌　　　　　　　　　　　　 昌 昌 昌

i 3 5 ｜ 6 i i ｜ 3 · 2 3 5 ｜ 6 5 i 6 ｜ 5 6 5 ｜ 6 ｜ 3 2 3 5 ｜ 6 5 i 6 ｜ 5 6 5 ｜ 3 ｜
　　　 喀　　　　　　　　　　　　 昌 0　　　　　　　 昌 昌 0

2 2 ｜ i ｜ 6 i 6 ｜ 5 · 3 ｜ 2 3 5 6 3 2 ｜ 1 2 1 2 1 ｜ 1 － ｜（五槌）3 5 ｜
　　　　　　 昌　　　　　　　　　　 昌 昌 昌

6 i ｜ 6 5 ｜ 3 5 2 3 5 ‖： 6 i 6 3 ｜ 5 6 5 ｜ 2 1 2 3 ｜ 5 6 5 ：‖ 0 3 2 2 ｜ 2 5 6 i 6 ｜
　　　　　　　　　　 昌　　 昌 昌　　　　　 昌 昌

5 3 2 3 5 6 ｜ 3 2 1 2 ｜ 1 2 1 · ｜（五槌）i ｜ 6 · i ｜ 6 3 5 6 ｜ 5 6 5 · ｜ 5 － ‖
昌　　　　 昌　　 昌 昌　　　　　　　　　　 昌　　 昌 昌

夜落梧桐

1 = F

$\frac{4}{4}$ 0 0 6 5 ‖: 6̣ - 1 2 | 5 4 3̲2̲3̲ 3̄ | 3 - 5 3̲2̲ |

5 7̣ 6̣ 1̲3̲ | 2 1 7̣ 6̣ | 5 - 4 3̲2̲ | 5 6 5̲6̲5̲ |

6 5 6̣ 7̣ | 2 3̲2̲1̲3̲2̲ | 5 6 5̲6̲5̲3̲ | 2 3̲2̲1̲3̲2̄ |

2 - 5̲ 6̲5̲3̲ | 2 - 3̲ 5̲2̲3̲ | 5 - 6   5 :‖

大　伍　对

1 = F

$\frac{2}{4}$ 6̲7̲6̲5̲ | 3 5 | 6̲7̲5̲ | 6 - | 1̇· 1̇ | 6 5 | 3̲5̲2̲ | 3 - |

5̲1̇6̲5̲ | 3 5 | 2̲3̲2̲1̲ | 6̣̲5̲1̲2̲ | 3̲5̲2̲ | 3 - | 6̣̇1̇6̲5̲ | 3̲·6̲5̲3̲ |

2̲3̲2̲1̲ | 6̣̲5̲1̲ | 6̣ - | 1̲6̣̲1̲2̲ | 1 - | 2·1̲ | 6̣ - | 7̣̲6̣̲5̲ | 6̣ - :‖

贵 子 图

1 = F

$\frac{2}{4}$ 1 1 | $\underline{6}$ $\underline{6}$ | 5·$\underline{6}$ 5 5 | $\dot{1}$ $\underline{6}$ 5 | 3·$\underline{2}$ 5 | 5 $\dot{1}$ $\underline{6}$ 5 |

3 $\underline{2}$ 5 | 6 5 | 2 5 | $\underline{2}$ $\underline{5}$ $\underline{3}$ $\underline{2}$ | 1 $\underline{2}$ 1 | $\underline{5}$ $\underline{3}$ $\underline{5}$ $\underline{6}$ |

$\dot{1}$ $\underline{6}$ 1 | 5 5 $\underline{3}$ $\underline{5}$ $\underline{3}$ $\underline{2}$ | 1 2 3 | 6 5 $\underline{3}$ $\underline{5}$ | 2·$\underline{3}$ 5 | 6 5 $\underline{3}$ $\underline{5}$ |

3 $\underline{2}$ 1 | 7·$\underline{6}$ $\underline{5}$ $\underline{6}$ | 1 $\underline{2}$ 1 | 5 5 $\underline{3}$ 1 | 2 $\underline{3}$ 1 :||

鱼 古 尾

1 = D

$\frac{2}{4}$ ||: 3 $\underline{3}$ $\underline{5}$ $\underline{6}$ $\underline{1}$ $\underline{5}$ | 3 0 0 5 :|| 3 $\underline{3}$ $\underline{5}$ $\underline{6}$ $\underline{3}$ $\underline{6}$ | $\dot{1}$ - $\frac{36}{}$:|| 3 $\underline{3}$ $\underline{5}$ $\underline{6}$ $\underline{1}$ $\underline{5}$ | 3 0 0 5 :||

3 $\underline{3}$ $\underline{5}$ $\underline{6}$ $\underline{3}$ $\underline{6}$ | $\dot{1}$ $\underline{6}$ $\dot{1}$ $\underline{3}$ $\underline{6}$ $\dot{1}$ | 0 $\underline{1}$ $\underline{6}$ 5 | 3 $\dot{1}$ $\underline{6}$ $\underline{5}$ $\underline{6}$ | 0 $\underline{1}$ $\underline{6}$ $\dot{1}$ $\underline{3}$ $\underline{6}$ | $\dot{1}$ - $\frac{36}{}$ ||

东 流 水

1 = G

$\frac{4}{4}$ 0 0 3·$\underline{2}$ $\underline{1}$ $\underline{3}$ | 2 - 1·$\underline{2}$ $\underline{3}$ $\underline{5}$ | 2·$\underline{3}$ $\underline{2}$ $\underline{1}$ $\underline{6}$ $\underline{2}$ $\underline{1}$ $\underline{6}$ |

$\underline{5}$ $\underline{5}$ $\underline{6}$ $\underline{2}$ 1 $\underline{5}$ $\underline{6}$ | $\underline{5}$ - 5·$\underline{3}$ $\underline{6}$ $\underline{5}$ | 3 $\underline{5}$ $\underline{3}$ $\underline{2}$ 1 $\underline{6}$ $\underline{1}$ $\underline{2}$ |

3 $\underline{2}$ $\underline{3}$ $\underline{5}$ 3 $\underline{1}$ $\underline{3}$ $\underline{2}$ $\underline{1}$ | $\underline{6}$ $\underline{1}$ $\underline{3}$ $\underline{2}$ $\underline{1}$ $\underline{6}$ $\underline{2}$ 1 $\underline{5}$ | 6 - 1·$\underline{6}$ $\underline{5}$ $\underline{6}$ |

1 $\underline{6}$ $\underline{5}$ 3 $\underline{6}$ $\underline{5}$ | 1 $\underline{2}$ $\underline{3}$ 5·$\underline{1}$ $\underline{6}$ $\underline{5}$ | 3 $\underline{6}$ $\underline{5}$ $\underline{3}$ $\underline{6}$ $\underline{5}$ $\underline{3}$ | 2 - 0 0 :||

铜　古　铁

1 = D

4/4 ‖: 5　3 5 6　5 | 3　2　3 5 3 5 | 6　2̇　1̇　6 | 5· 6 5 6 5 |

5 6 5 3 2 1 2 3 | 5　3 5 6 5 6　1̇ 2̇ | 5 6 1̇　6 1̇ 5 6 |

1̇ 2̇ 1̇ 6　5 6 5 3 | 2̇ 3̇ 2̇ 7 6 1̇ 5 7 | 6 - 6　5 |

6 1̇ 6 5 3 2 5 3 | 2 - 2̇ 5 3̇ 2̇ | 1̇ 6 1̇ 2̇ 3 6 5 3 | 2̇ - 2̇ 1̇ |

2̇ 5̇ 3̇ 2̇ 1̇ 6 1̇ 2̇ | 5̇ 6̇ 3̇ 2̇ 1̇ | 2̇ 3̇ 5̇ 6̇ 3̇ 2̇ 1̇ 7 | 6 5 6 - 5 |

3̇ 5̇ 2̇ 3̇ 5̇ 6̇ 3̇ | 2̇ - 2̇ 3̇ | 5̇ 3̇ 5̇ 6̇ 2̇ 3̇ 2̇ 7 | 6· 7 6 7 6 |

6 1̇ 2̇ 3̇ 7 6 5 7 | 6 - 6　1̇ | 5　3 5 6 1̇ 5 6 | 1̇ - 1̇　6 |

1̇ 2̇ 3̇ 5̇ 2̇ 3̇ 1̇ 7 | 6　7　6 7 6 | 6 1̇ 2̇ 3̇ 6 7 5 7 | 6 - 6　1̇ :‖

4. 专用调

打　锣　腔

1 = C

刘天庄 记谱

4/4 1̇ 2̇ 1̇ 3 5 - | 1̇ 6 1̇ 3̇ 2̇· 3̇ | 1̇· 2̇ 5 3 5 | 1̇· 6 5 3 5 |
　　开言　　我把　　樵夫　恨，

(挑五槌)

| 4 ⌒ | 5̇ 6 3̇ - 2̇ 1̇ | 5· 6 5　3 | 1̇ 3 6 5 - |
　　　　拆散　　婚　　姻

6· 1̇ 5 3̇ | 2̇ (1̇ 3̇ 2̇ 1̇ ‖ 2̇ | 2̇ - - - -) ‖
好　　伤　　心。
　　　　　　　　　　(锣鼓)

435

大 送 郎

刘天庄 记谱

1 = C

4/4 (咚咚咚·咚 咚咚咚咚 | 昌 昌 此昌昌 | 此且此且昌 昌 | 3̆5̆ 1̇2̇ 3̆5̆ 3̇ |
　　　　　　　　　　　　　　　　　　　　　　　　　　　　　　送 哥 哥

3̆5̆ 1̇ 3̆6̆ 5 | 6 3̆5̆ 3̇ 6̆3̇ | 1̇· 6̆5̇3̆5̆ | (可咚可 昌且昌 |
送 至 在 对 门　　对 门 冲，

可 可 昌 0 | 可 0 0 0 | 可 咚咚可咚可 | 昌且 此且昌且此且 | 2/4 昌 昌) |

4/4 1̇2̇6̆1̇3̆5̆3̇ | 3̆6̆1̇3̆6̆5 | 6̆1̇3̆5̆3̇ 6̆3̇ | 1̇· 6̆5̇3̆5̆ |
　　昌且昌　　　　　　　昌 0　　　　　　　　　　　　(可 咚可 咚咚
伸 手 摘 朵 映 山 映山红。

昌且此且昌 0) | 3̆1̇ 3̆5̆3̇ | 3̆1̇3̆6̆5 | 1̇6̆1̇ 3̆1̇6̆5 |
送 郎 送 到 对 门 冲，　伸 手 摘 朵

3̆ 1̇3̆6̆5 | 3̆1̇3̆5̆1̇1̇6̆5 | 1̇3̆6̆1̇3̆5̆3̇ | 3̆1̇1̇3̆6̆6̆5 |
映 山 红，　别 什 么 开花　都 结 果，　映山红 开 花

3̆ 1̇3̆6̆5· | 1̇· 3̆6̆1̇3̆5̆3̇ | 3̆·6̆3̇1̇6̆5 | 3̇· 5̇6̆1̇1̇5̇ |
一 场 空。　都 是 都 结 果，　一 是 一 场 空。　小 妹 奴 的 干 哥 哥

可 0 0 0
3̇ - 可咚可 | 昌且 此且昌且此且 | 2/4 昌 昌 | 4/4 1̇3̆6̆1̇3̆5̆3̇ |
可 咚咚　　　　　　　　　　　　　　　　　　　　　　　　　可 咚可 昌且昌
　　　　　　　　　　　　　　　　　　　　　　　　　　　　　　你 我

3̆6̆1̇3̆6̆5 | 6̆1̇3̆5̆3̇ 3̆6̇ | 1̇· 6̆5̇3̆5̆ | 昌 昌 此且昌 |
　　　　　　　　　　　　　　　　　　　(咚 咚 咚咚咚咚
莫 学 映 山 映山红。

此且此且昌 昌) :‖

大 送 郎

1 = C

叶舟 记谱

过 江 调

刘天庄 记谱

1 = C

【数板】

$\frac{2}{4}$ ‖: 2̇ 2̇ 3 | 2̇3̇2̇1̇ 65 | 1̇ 2̇1̇ 656i | 3̇ 2 3 | 1̇ 2̇ 1̇2̇ | 565 3̇ 2 |

来在　江　边　抬　头　望，　只见　渡子

5 56 2̇1̇2̇ | 5·3 :‖ (视唱词多少反复) | 2̇ 2̇ 3 | 2̇3̇2̇1̇ 65 | 1̇ 2̇1̇ 656i |

在　那　厢。　　　　站在　此　地　高声

3̇ 2 76 | 2̇·1̇2̇1̇ | 2̇ i6 | 5·6 i 2̇ | (衣打衣　昌旦昌

叫，　叫声渡子　快过　　江。　(1̇2̇i6 | 535

衣打衣　｜昌旦昌　衣·打衣打｜昌0　衣·打衣打衣　昌昌衣旦　昌0

1̇26i | 2̇1̇2̇ | 6·5 3 6 | 5 - | 3·5 6 i | 556 i | 5 -)‖

还 魂 调

1 = G

$\frac{4}{4}$ (2 1 2 3 1 2 7̇ 6̇ | 5̇ 7̇ 6̇ 5̇ 1 1 2 | 6̇ 5̇ 6̇ 1 2 3 5 6 |

3 5 2 3 6̇ 1 —) | 5 5 3 2 1 | 2 3 5 3 2 | 5 5 3 2 1 |
　　　　　　　　　　　　落 叶　　闲 地　　秋 风

2 3 4 5 3 — | (3 5 3 5 3 2 | 1 2 6̇ 5̇ 1 1 6̇ | 2 3 5 6 3 5 3 2 |
起,

1 6̇ 2 4 3 —) 5 5 1 1 6̇ 5̇ | 5 5 3 2 1 6̇ 5̇ | 2 3 1 2 3 2 5 |
　　　　　　　　一 日 相 思　　一 日　　　　深。

2 1 6̇ 5̇ 1 · 3 | (3 | 2 1 2 3 1 2 7̇ 6̇ | 5̇ 7̇ 6̇ 5̇ 6̇ 1 1 2 |

6̇ 5̇ 6̇ 1 2 3 5 6 | 3 5 2 6̇ 1 —) | 5 6 6 5 4 5 | 3 · (5 3 2 1 2 3) |
　　　　　　　　　　　　　　　梁 兄

5 5 3 2 1 | 2 2 5 3 — | 2 5 3 2 1 | 2 3 5 4 3 — |
几 时　　病 好　　来 看　　　我?

(3 5 3 5 3 2 | 1 2 6̇ 5̇ 1 1 6̇ | 2 3 5 6 3 4 3 2 | 1 6̇ 2 4 3 —) |

5 5 1 1 6̇ 5̇ | 5 5 3 2 1 — | 2 3 1 2 3 2 3 5 | 2 1 6̇ 5̇ 1 — ‖
再 叙 同 窗　　手 足　　　　　　情。

439

盘 货 歌

杨 三 调

1 = C

刘天庄 记谱

$\frac{2}{4}$ (i 6 5 3 6 5 | 6 5 3 6 5) | 2 i 2 3 5 | 2 i 2 3 2 3 |

小 杨 三　　在 家　中嘿吔

一 心 想　　到 姐　家嘿吔

(2 3 6 i | 2 3 i 2 3 2 3) | 5 i 6 5 3 | i · 6 5 :‖

心 中 思　　想，

去 走 一　　场。

杨 三 调

1 = C

刘天庄 记谱

$\frac{2}{4}$ (6 5 5 6 5 5 | 6 5 3 6 5) | 5 i 3 2 3 | 5 i 3 2 3 | 3 5 i 2 3 5 i 2 |

有 杨 三　 在 家 下

3 5 2 3 | 5 i 6 5 | i i 6 5 | (6 5 5 6 5 5 | 6 5 3 6 5) | 3 5 i 2 3 2 3 |

忙呀忙收 拾，　　　　　　　　　　　 收 拾

3 5 i 2 3 2 3 | (3 5 i 2 3 5 i 2 | 3 5 2 3) | i · i 5 5 | i 2 · 6 5 |

家 伙，　　　　　　　　　　　 姐 姐 家 中 走

【捎句】

(6 5 5 6 5 5 | 6 5 3 6 5) | 6 i 5 6 i i | 6 i 5 | 6 i 5 6 i i | 2 2 3 5 |

一 心 要 奔 姐姐家，一 心 要 奔 姐 姐

2 - | (6 2 | i 2 i 6 | 5 3 5 6 | 3 6 i 6 | 5 6 5 3 | 2 -) ‖

家。

姨 娘 调

1 = C

姨 娘 调

1 = C

$\frac{2}{4}$ (5 3 5 6 | 1 2 1·6 | 5 3 5 6 | 1 6 2 6 1 | 1·2 3 5 | 3 1 | 6 2 1 6 |

5· 6 | 3·5 6 1 3 | 5 -) 6 3 1 3 6 1 | 3·5 1 (6 | 5 3 5 5 6 | 1 6 3 6 1)
　　　　　　　　　　　　　　　大少爷李 洪 信 （呀），

6 1 6 1 3 | 6 5 (6 | 1 6 3 6 | 5 6 5) | 5 3 3 5 | 1 3 1 6 | 3·5 1 (6 |
催 马赶路 程，　　　　　　　奉了我家爹 爹的 命

5 3 5 5 6 | 1 6 3 6 1) | 5 6 1 6 | 6 5 (6 | 1 6 3 6 | 5 6 3 5) |
回家把租 收。

1 3 6 1 1 | 0 5 3 | 3 1 (1 6 5 6 | 1 6 3 6 1) | 1 1 3 5 | 3 5 6 |
家有良田 数百亩哇，　　　　　　　天灾水旱 我 无

1·2 | 5·3 | 3 - | (5·3 | 3 -) 3 6 1 | 1·6 | 5 3 6 | 5 - :||
忧，　　　　　　我无 （啊） 忧。

443

5. 外来调

乐 平 调

1 = C

$\frac{4}{4}$ (6 5 6 i 3 5 3 | 6 2 7 2 7 6 5 3 5 6 i) ‖: i 3 2 5 2 2 5 3 |

1.见 梁 兄 我 好 似
2.先 道 是 与 山 伯

2· 3 i 6 i 3 2· | 2 2 5 3 2 3 2 i 6 | 5· 6 i 2 6 5· (6 3 2 5) :‖

胸 膛 穿 箭， 忍 不 住 伤 心 泪 有 口 难 言：
缘 分 不 浅， 又 谁 知 落 得 个 永 不 团 圆，

i 6 3 5 2 2 5 3 | 2 3 i 6 i 3 2· | 2 2 5 3 2 3 2 i 6 | 3 i 2 6 i 6 3 5 ‖

手 挽 手 上 楼 台，柔 肠 寸 断， 我 和 你 西 窗 下 共 叙 寒 喧。

第八章 萍浏醴地区民间戏曲组织情况

（一）湘剧的民间组织

1.湘剧科班概况

（1）科班的来源

湘剧科班起于何时，无确切史料可考。相传长沙城内最早的科班是清乾隆时开办的专习昆腔的九麟科班。早期高腔班以师传徒，无科班教学。弹腔形成之后，科班教学逐渐兴起。据现有资料考证，清道光年间兴办的五云科班是早期以弹腔教学为主的科班。同治、光绪年间是科班教学的兴盛时期。当时以长沙为中心，湘剧科班遍及长沙府所辖十二县和江西东部，这为湘剧的传播和发展创造了有利条件。进入民国之后，由于战乱迭起，开办科班之风逐渐消失，后受上海髦儿班影响，到民国十年（1921）在长沙开创了第一个女子科班（福禄坤班）之后，又兴起了开办女科班之风。抗日战争开始后，戏班流离转徙，科班教学中辍，私人带徒取代了科班教学。

湘剧科班大致分为四种类型：一是名老艺人退出舞台之后，为传授一生技艺，也为晚年谋求生计而设的科班；二是大戏班为后备人才附设的科班；三是豪门显宦为供家庭喜庆宴会娱乐而雇人经办的科班；四是商贾富室为牟利而办的科班。

（2）科班的定义

科班组织如同现今的私立学校，其主办人称本家，承担主持经费筹措、设备、招生等工作。本家如系艺人，虽不教学，学徒亦称为师傅。科班内一切教学、生活管理，统由本家雇请的掌堂（或称公堂）先生负责，授课教师三至四人，大师兄（类似助教，一般由上科出师学徒担任）若干，此外，有事务、理发、炊事等专职人员。

科班每科招收学徒三十至五十名。学徒入科年龄在十岁至十四岁。学艺期限一般均为三年，个别科班长达五年。学徒在科期间，生活概由科班负责，学艺期满，须帮师一年。帮师期间可获得微薄工资。帮师期满学徒才算正式出科，可以自由搭班唱戏。科班班规极严，教师多施用体罚，甚至一人有过失，全班受责，谓之打公堂板子，学徒及其家长均不得有异议。故学徒入科前，须由家长写具投师字，开明家长、学徒必须履行之条款，如未履行，科班不退投师字，学徒即不能搭班唱戏。学徒均按科班排行统一取艺名，一般在名字中嵌科班名中一字，如五云科班学徒，均以云字作姓名之第三字，一望而知某人出科于某科班。学徒入科后，首先有三个月基本功训练期，稍后才分行边训练边学戏。一般在入科半年之后，每人可以学会若干出戏，科班即以小戏班（或称娃娃班）的组织形式到农村低价演出。此后，即长期边学边演，学徒既有实践机会，科班也有经济收入。

科班教学的唱本称"科教戏"，又称"开荒戏"。科班对学徒的开荒戏非常重视，在选择唱本上，既要能体现表演上的"唱、做、念、打"，又要照顾行当和学徒的具体条件，使学徒取得举一反三的学习效果。

2. 主要湘剧科班介绍

湘剧新设科班必须向老郎庙申请立班牌，否则只能承顶已上会的老科班牌名，因此一经立牌便具有延续性，特别是著名科班往往起班人已数易其主，连续办十余个科班，办班时间长达数十年，而科班名称始终沿袭不变，如五云科班是从清道光年间到光绪末年的老科班。

（1）九麟科班

相传起于清乾隆末年（1795），在长沙专唱昆腔的科班，办科情况不详。据史料记载，在清同治、光绪年间，尚有在舞台上演出的九麟科班出身的艺人王碧麟、叶金麟、朱德麟、唐桂麟、熊庆麟等人，其中小生熊庆麟在光绪十一年（1885）仍在大普庆班唱戏，他用长沙官话作为昆腔唱本的舞台语言。湘剧名小生周文湘所擅昆腔《絮阁》《闻铃》等剧，均出自九麟科班的熊庆麟传授。

（2）五云科班

根据著名大靠姜钟云的门徒李顺云［道光二十二年（1842）生，咸丰初在五云科班姜钟云门下学戏］的年龄推算，该班最迟起于清道光后期（1841-1850）。同治初年（1862），由清军湘籍将领杨岳斌之弟杨巩出资接办，班址设长沙城内化龙池康庄，人称新五云科班。此时，科班实已成为杨氏家班，经费充裕，学徒吃、住、行均由科班负责，条件超过了其他科班。新五云学习期限为五年，比一般科班时间长。学徒不分科次前后。统一在姓名最末一字用"云"字作艺名。班规、教学都十分严格。学徒平日外出，必须数人同行，且非婚丧大事，不得回家。科班所聘各行教师，均系湘班名角，故出科学徒，都能当行出色。道咸以来，直至民国，湘班中均以出身五云科班为荣，光绪二十四年（1898）前后，任教多年的掌堂名师姜钟云因病去世，科班由湘剧名丑、原福临科班掌堂教师姚春芳接办。光绪二十七年（1901），姚春芳办的最后一科结业，五云科班从此停办。这个科班从道咸年间算起，前后五六十年历史，办科十数期，培训学员数百人，名角辈出，对湘剧艺术事业的发展作出了卓越贡献。五云科班教师有李顺云（生）、冷兴云（生）、章太云（净）、贺瑞云（净）等。出身于五云科班的清末至民国年间著名演员有：

表 8.1 五云科班清末至民国年间著名演员

行 当	姓 名
老生	李桂云、柳佩云（柳介吾）、言桂云、师青云、陈励云（陈汉章）、庄赓云、罗世云、欧汉云、周正云（周圣溪）
小生	李芝云、张红云、聂梅云、吴南云、谢晋云、李宝云、周卜云
净	张谷云、徐初云、瞿胜云、罗德云、罗世云、方庆云、龚湘云、姚秋云
旦	高飞云、毛巧云、许升云、吴绍云、吴巧云、王爱云
老旦	励达云
丑	何稚云、田太云、张秀云，场面师葆云、唐秋云、邹连云、张树云

（3）普庆科班

该班是长沙普庆昆班（大普庆）主办的科班，起班年月不详。据文献记载，在清同治九年（1870）湖南巡抚刘昆看普庆班演出时，班中名角夏庆诚、张庆友、胡庆云等，均为普庆科班出身，推算起科时间应在同治之前，因为同治之后昆腔观众逐渐减少，普庆科班亦兼授高腔及弹腔。湘剧著名老生罗万善曾任普庆科班高腔教师，名丑姚春芳曾在普庆科班教学。该班在清末时期活跃于湘剧舞台上的演员有：花脸夏庆菊、秦庆廷；花旦李庆兰；老生吴庆茂等，都是昆、高、弹均能的名角。该班约在清光绪二十年（1894）前后停办。

（4）泰益科班

该班由长沙城内老泰益班主办而得名。科班起于何时，前后办有几科均不明，但泰益戏班是清同治以前的老班。根据民国初年还有一批五十余岁的泰益子弟推算，科班最迟应起于同治初年，教学以弹腔为主。光绪二十年（1894）后，泰益戏班合于春台班，科班由湘剧名教师姜星福主持，约于光绪二十四年停办。曾以唱"醉戏"闻名的老生王益禄（1884年生），即为泰益最后一科学徒。清末民初闻名于湘剧界的演员有彭益福（生）、周益德（生）、王益申（生）、易益春（小生）、黄益政（生）、王益庆（净）、刘益秀（旦）及梁益广、宋益民、蔡益顺等人。

（5）福临科班

该班起于约光绪十一年（1885），光绪二十四年（1898）前后停办，学徒均以临字命名。班师姚春芳系湘剧名丑，曾在普庆科班教学多年，故又擅昆曲。其门下子弟习丑行者，表演功夫都糅合有昆曲功底，向为观众所称道。清末民初，名角辈出，湘剧舞台上素称小旦三姣之一的漆凤临（即漆全姣），谭卓临（净）、大靠吴藻临、唱工钟瑞临、粟春临（小生）、胡普临（丑）、彭长临、郑德临（老旦）等；再如倪采临、黄初临、王祥临等都出自福临科班姚春芳门下。根据上述艺人的年龄大小不等的情况推算，福临科班办有两科以上。

（6）三元科班

该班起于清光绪二十六年（1900），由湘剧小生原泰益科班名教师姜星福主办，并自兼教师。前后共办三科，前两科办于湘潭，第三科于清宣统三年起科后，迁来长沙，班址在尚德街位列三台。民国元年（1912），姜星福病逝，科班解体。三元科班在姜星福主办的十二年当中，前后培训学徒百余人。从清末到民国，不少湘剧名角，都出自这个科班。如著名旦角龚元绂，花旦刘元秀、靠把欧元霞、周元华、袁元胜、花脸罗元德、谭元豹，以及主办福禄、九如、义华三个坤角科班和戏班著名的教师黄元和、黄元才、范元义，还有第三科出身、现已八十余岁的名鼓师李元奇，至今仍能继承其班师姜星福循循善诱的师风，指导后辈。

（7）桂陞科班

该班起于约清光绪后期（1905年前后），前后共办两科，共有学徒七十六人，前一科为湘潭人高五、高八兄弟起科。高氏兄弟以卖油货为业，极爱湘剧，稍有积蓄后兄弟共同起班，聘周太德为掌堂先生，科班设于湘潭。第二科据传为彭陞接办，科址迁至株洲渌口，并改名为庆陞科班。但两科学徒均以陞字作第二字取名，后由于嫌陞字太繁，大多改为申字（亦有写作升字者）。民国初年，两科学徒遍布于湘潭、株洲、长沙等地的湘剧班社，不少人成为各地名角，如彭申贤（靠把徐绍清之师）、黄申初（靠唱）、廖申鬶（净）、宾申东（净）、王申和（丑）以及张申桂（小生）、李申祥（丑）、尹申祥（小生）、杨申奎（生）、胡申姣（旦）、张申豹（净）、邹申堂（唱工）、刘申芝（花旦）、杨申才（小生）、李申堂（琴师）、易申全（老旦）、晏申退、聂申美、贺申佑、刘申桂等人。第二科丑角王申和略有文化，是湘剧界擅长编排搭桥戏（无固定剧本的连台戏）的演员。

（8）同升科班

该班起于约清光绪后期（约在1905年前后）。民国元年（1912）散科，前后两科，共五十余人，由攸县谭老板、刘老板等人合资兴办。科班教师头科为陈祥兴（靠把）、马湘云（净）、周太德（净）、曾明良（鼓师）；二科教师为周太德、姜星福（小生）等，学徒以同字取艺名。因科班所在地处湘东，出科学徒大部分在湘赣毗连的湖南醴陵、攸县、茶陵及江西的萍乡、宜春、吉安等地的湘剧班社中唱戏。后在长沙、湘潭一带，知名艺人有易同瑞（老旦）、王同彪（净、即王元豹）、孔同凡（小生）、黄同银（紫脸）、梁同美（花旦）以及罗同仙、周同全、宋同玉、赵同林、陈同武、贺同翠、晏同照、宾同宝、毛同亮、毛同善、郭同福、赵同明等，均为同升子弟。名鼓师李元奇也曾入同升，后随师姜星福转入三元科班末科。

（9）华兴科班

该班起于清宣统元年（1909），班址设长沙织机巷三元宫对门。班主黄少益（生）自兼班师，他从不打骂学徒，但班规严格，对所聘教师要求亦高，学徒进科五个月，即可演出《玉堂春》《磐河桥》《罗成修书》《坐宫探母》等戏。湘剧著名教师姚春芳（丑）、周德福（旦）、李葆云（小生）、冷兴云（生）、张仙云（旦）、章太云（净）等，曾先后在该班任教，学徒需要坐科三年，帮师一年。头科从宣统元年到民国三年（1909-1914），二科从民国十一年到民国十五年（1922-1926），三科从民国十六年（1927）起，只办到民国十八年，不满三年，因班师黄少益去世，科班停业。前后三科，共培训学徒百余人。均以华字取艺名。

先后在科班出身的名演员：老生行有唐华政、刘华林（刘楚恒）、庄华厚、陈华寿（陈楚儒）；小生行有吴华钦（吴绍芝）、王华运，旦行有王华凤、陈华芝，老旦有田华明；净行有贺华元、何华魁；丑行有姚华定、杨华锡、方华谦等。还有花脸王华太、虢华长、蒋华金，丑角李华銮和以饱学著称的老生周华福。周华福在年近八十时还记录出数以百计的湘剧剧本，并由湖南省戏曲研究所印出专辑。

（10）福春科班

该班起于民国十一年（1922）十二月，班址设长沙西牌楼江南会馆。起班张福冬（旦），教师有章太云（净）、黄伯隆（生）、田太云（丑）、周元华（生）、盛金奎（丑、鼓师）等。学徒三十余人，其中一部分系章太云从华兴科班带来（章曾在华兴任教，华兴最后一科未满期解散）。学制原定四年，但办至民国十四年十二月时，科班赴汉口演出，营业不佳，靠汉口湖南同乡会资助回湘，多数教师离科，仅章太云一人教学。因章常用体罚，学徒亦相继逃去，最后仅存十八人，科班解体。由福春科班出身的艺人，生行有唐福文（唐元培）、李福运、方福和、胡福定，旦行有方福兰、陈福凤；净行有凌福志（凌野）、蒋福初，丑行有彭福明、黄福玉等。中华人民共和国成立后，大部分仍在舞台从艺。

（11）凤鸣科班

该班为江西境内开办的著名湘剧科班，起于江西萍乡。萍乡是湘剧发展的重要地区，城乡各处常有办科班训练艺徒者。据传，每年农历五月十八日是天符庙老爷寿诞，每逢此日，萍乡凤凰池姚家（姚能三）必请戏班演戏祝寿。光绪三十一年（1905）五月十八日，萍乡花庙前文家出钱多，戏班均去了花庙前。姚家一怒之下，立志办科班。光绪三十二年（1906）由姚能三（又名焕章，曾任当地商会会长）、刘汉初、张筱山和叶老四集资于凤凰池办湘剧科班。因凤凰池戏台上曾悬有"和声鸣庆"横匾，遂定名为凤鸣科班。

凤鸣科班共办五科，每科训练一年半。科班主教习为暨八先生（暨镇宝，乳名暨登妹，湖南浏阳北乡人。生于1862年，卒于1930年。各行当均能教授，萍乡人尊他为"湘剧尊祖"）。教师中还有"同春班"出身的何昭祥、罗二麻子等。科班办至1914年，由宣风邹云湘（1869-1919）接管，用"有凤来仪"之意，改名"凤仪班"。班址移至萍乡宣风邹家大屋瑞公祠，仍由暨镇宝任教。民国八年（1919）邹云湘去世，班散。科班先后办了十三年，培训湘赣学徒约一百三十人。

萍乡籍的有王凤昌（净）、崔凤棠（生），常凤玉（小生），易凤章（二花）、邓凤礼（鼓师）、瞿凤增（净）、罗凤全（靠）、熊凤先、廖春山等。湖南籍的有李凤池（二靠）、谭凤声（生）、杨凤鸣、李凤先、张凤争、王凤如等。

出科学徒多在本地宣风、芦溪和湖南浏阳、醴陵一带演出。常演唱本有《当华山》《打骡子》《卖马当铜》《太平桥》《薛刚反唐》《闹江》《三讨荆州》《打侄上坟》《秦琼表功》《程婴救孤》《打猎回书》《斩李虎》《清河桥》《金沙滩》《定军山》等。

3. 湘剧戏班概况

（1）戏班的来源

湘剧戏班历来活跃。据现有资料，清代以前者虽少文字记载演考，但清康熙以后的戏班演出遗迹，到处可寻。早期戏班多为高腔班子。清中叶以后，由于弹腔异军突起，科班教学普遍盛行，成批的艺术人才迅速成长，促进了戏班加速发展。据杨恩寿《坦园日记》记载，在同治三年（1864）正月在长沙看戏，所见仁和班、大庆班、泰益班、太和班四个戏班演出，均为高腔，兼唱昆曲的戏班。这种戏班兴旺发达的气势，一直保持到光绪晚期才稍有减弱。民国初年，由于南北军阀混战，社会经济萧条，戏班发展处于停滞状态。民国十年（1921），长沙首创福禄坤班，各地起而仿效，一时成为风气。民国二十年（1931）前后，连续出现了男女合演的戏班，沿袭至今。民国二十六年（1937）抗日战争开始，班社都受到战争的严重摧残，许多艺人在逃亡中死去，不少戏班亦随之解体。抗战胜利后，在国民党统治下戏班并未获得生机。直到1949年中华人民共和国成立后，戏班通过整顿、改革和扶持，陆续改建为剧团。

（2）戏班的基本情况

湘剧戏班的创建，大体可分两种性质：一是艺人个人出资或多人集资起班的，称内行起班；二是豪绅富户，甚至把头出资起班的，称外行起班。前者大多从维持生计出发，后者多为营利，亦有属娱乐性质的家班。据有行箱的起班人称本家。戏班人数一般为四十人上下，但城内戏班和乡班人数不等。戏班除本家外，一般设有管事一人，专门对外接洽演出业务；管账一人；排笔一人，专门排定演出唱本和演员名单，并兼管后台人员考勤工作，也可由演员兼任。服装行箱五人，分管大衣箱、二衣箱、盔头箱、把子箱、外杂箱，谓之五箱。场面六人。其中打鼓、大锣、钞（钹）、小锣各一人，谓之武场面；胡琴、月琴各一人，谓之文场面，共称六场面。演员则按各剧种分行习惯用人，每个行当都有当家演员和贴角演员，人员多少，则视戏班规模大小而定，至少亦有演员二十余人。此外，还有杂工、伙夫。

戏班演职员受雇和解雇，名曰过班。过班是戏班进行人事调整的大事，半年为期。每年农历六月二十四日和十二月二十四日为过班日。在过班日，受雇和解雇双方都要到场，一经确定，本家不得对演职员中途解雇，演职员亦不得中途离班，否则，双方都有权申请老郎庙会对失约一方予以制裁。戏班中分工明确，有成套的班规、制度，是组织较完善的演出单位。

4. 主要湘剧戏班介绍

（1）福秀班

该班起于清康熙三年（1664），相传是长沙城内以唱高腔为主的戏班。据民国二十年（1931）十二月二十日长沙《国民日报》所载荷坞作《湘剧源流考》中称："湘剧成班，必请牌于老郎庙。班名之最老者，为康熙三年之福秀班。此班招牌，至今存庙，惟秀字上之福字磨灭难辨，或当作福秀班也。"作者荷坞（何少枚）是二十世纪三十年代长沙戏剧业同业公会主席，对湘剧历史比较熟悉。福秀班牌是他撰文时所目睹，仅对"磨灭难辨"的福字存疑，但湘剧艺人历代相传最早有福秀班，老艺人也证实老郎庙确有此牌。抗日战争期间"文夕大火"（1938年十一月十二日晚）老郎庙被焚，班牌亦毁于火灾。

（2）老仁和班

该班起于清康熙六年（1667）。民国二十七年（1938）十一月十二日"文夕"大火之前，老仁和班牌与福秀班牌同挂于长沙老郎庙内，同被焚毁。艺人相传老仁和班是长沙城内以唱高腔为主兼唱昆腔的戏班，本名仁和，湘剧界因其成班较早，并为与道光年间成立的高、弹兼唱的仁和班有别，称为"老仁和"，班内名小生喜保擅演烂布戏《赶斋泼粥》，武小生杜三以《打猎回书》最为著名。

（3）普庆班

该班是以长沙方言提炼为舞台语言的昆腔班。相传原是清乾隆初年由北京来长沙的昆腔班子。官店前挂有乌梢鞭，红黑帽，气派与官衙相似，后即定居长沙。乾隆后期，即以湖南普庆班名义在广州演出〔依据：见乾隆五十六年（1791）广州外江梨园会馆碑〕。杨懋建在道光二十八年（1848）遣戍湖南时，他所著《梦华琐簿》中，即有"长沙普庆部佳伶曾超（字猗兰），学南北曲最多，长沙诸郎中殆无其偶"的记载。同治年间，杨恩寿在《坦园日记》中，连续记载有看普庆班演出昆腔《扫花》《打番》等。民国九年（1920）陶兰荪作《梨花片片》中，亦追述了光绪初年（1875）普庆班演《牡丹亭》的景况。普庆班同时附设有科班，一科学徒毕业，便另组小班，人称小普庆。同光年间，长沙出现大普庆、小普庆并存局面。大普庆名角，有九麟科班出身的王碧麟、叶金麟、朱清麟、熊庆麟等；而小普庆名角多为大普庆班中人，如花脸夏庆菊、夏庆成、紫脸张庆友、老生胡庆喜、旦角李庆兰、笛师丘义林等。普庆班全盛时期，在长沙南门外小林子冲置有田产、义葬公山、墓屋。弹腔兴起后，昆腔逐渐衰落，小普庆虽兼唱弹腔，仍未能挽回局面。光绪十年（1884）以后，大、小普庆先后解体，艺人分别转入清华班、仁和班等，班社产业则归老郎庙所有。

（4）仁和班

该班起于清道光年间，是长沙城内最早的以唱弹腔为主的戏班。杨恩寿《坦园日记》同治二年（1863）在长沙观剧记载，仁和演出的《南阳关》《坐楼》《黑松林》《拷寇》《拾镯》等戏，多为弹腔。同、光年间，湘剧最享盛名的花脸广老和法丙，都是该班台柱，时谚有"法丙一声喊，铜锣烂只眼"（指法丙声音洪亮，喊一声可以震破铜锣）等赞誉之词。光绪三十年（1904），戏班由名靠盛楚英担任本家。当年十月，长沙商界为庆慈禧太后生日，在皇殿坪搭戏台三座，由仁和、清华、春台三班各据一台，同时演出《水淹七军》一剧。仁和班由盛楚英饰关羽，张吉云饰周仓，盛庆玉饰关平，李南生饰庞德而获得观众盛誉。当时，湘剧著名大靠柳介吾、蒋四大汉、钟林瑞、大净张谷云、李南生、大连、郭少连、小生周文湘、李保云，旦角彭子林、邓美田、彭凤姣，丑角太湖等，都在该班演出。仁和班是当时长沙三大名班之一。光绪末年，合并于春台班。

（5）同庆堂（庆华班）

该班起于清道光年间，为昆腔班子。咸、同年间开始增演高腔、弹腔。光绪初年，戏班官店设于长沙东庆街，已成为高、昆、弹均唱的班子，改称同庆班，与清华、仁和等班齐名。时谚有"要解闷，看同庆"之语。班中名角有菜芥子、汤结巴、王六、庆云、葛和、夏庆菊、张庆清、盛庆玉、柳庆美、王庆福、李季云、粟春临、倪采临、聂梅云等。光绪三十年，戏班由罗明全接管，改名庆华班。宣统元年（1909）合于同春班。民国十八年（1929）长沙城内又有赁牌重组之庆华班，班主姓名不详。当时在班的有常凤玉、崔凤棠、刘三和及女艺人杨福鹏、姚福明、朱如红、周福姣等。民国二十三年（1934）后，戏班去醴陵及江西萍乡一带演出。

（6）仁和班

该班是"老五和"之一。起于清道咸年间，在湘潭老郎庙内所挂班牌列在首位。民国初年，由戏班中水杂工刘秋生承赁班牌为本家，经常上演于湘潭、醴陵、浏阳一带。民国二十年（1931）由王申和接办。当时班内有生行彭升贤、王益禄、貔细、崔凤棠、王申初、杨福鹏，小生李德云，旦角小桂芬、张绍昆以及文福星、筱福和、朱如红等，阵容颇为整齐。以后，戏班由益阳转至长沙，演出于大吉祥戏院，并由周汉卿参股加入管理，营业颇佳。其后因班主易人，名角减少，营业渐衰，乃去滨湖一带农村、集镇演出。中华人民共和国成立后，戏班落户于沅江县，改称湘淮剧团。

（7）永和班

该班是湘戏"老五和"之一，起班于清同治前，湘潭老郎庙内挂有班牌。杨恩寿《坦园日记》中载："同治八年（1869）四月初八，长沙郭子美招永和部入省垣演戏侑客……中有名伶突过省中者。"光绪年间，由湘潭经营酒席馆的刘甫庭接办，班址设湘潭十三总风筝街灵官庙。清末到民国二十年以前，高腔盛行之际，班内有名靠梁荣盛、蒋雨先，旦角毛洪姣，丑角袁元盛，花脸刘元介、蔡元祥，小生萧菊生等。民国二十年刘甫庭去世，由其子刘伏生继承父业。刘伏生原在戏班管箱，管理比较内行。当时在班角色有生行黄振寰、何建荣、王升章、雷鹤龄，花脸周寿生，丑角刘长生等。民国二十六年（1937）抗日战争开始后，戏班由刘伏生之子刘庆臣（净）接管，此时在戏班的角色有小生王华运、生角陈华文、周华福、李福运、李长生、熊云庆，旦角李瑞云等。由于戏班在抗战期间流离转徙，溃不成军，刘庆臣乃于民国三十七年（1948）将行箱转让与小生孔同凡接管，改名同桂班，流动演出于湘潭、长沙一带，1950年在长沙改名群艺湘剧团。

（8）太和班

该班是湘戏"老五和"之一，约起于清同治以前，是长沙城内高、弹兼唱的戏班。据老艺人李元奇述他曾于宣统年间随师在太和班演出，全班阵容整齐。据杨恩寿《坦园日记》同治二年（1863）记载，曾观太和班演出唱本有《淤泥河》《桂枝写状》《取定军山》《合银牌》《赐旗炮》《盗宗卷》等。民国十六年（1927），戏班由艺人许升云（旦）、黄元和、王申和（丑）三人共同接办，班址设湘潭紫南巷。当时班内有靠把欧元霞、周元华、王益禄，小生余佑文、胡金瑞、杨凤兰，旦角李凤仙、方桥生、王玉兰，花脸王三太、刘华太、龚华燕，丑角袁元盛，老旦宾福申、田华明、文志廷，鼓师陈炳炎等。在民国三十年（1941）前，班内小生萧玉堂随班新带学徒筱艳红（萧玉堂之女）、筱艳娥、筱艳松、筱艳柏（李霞云）等一批女角突起，戏班名声更大，民国三十一年（1942）底，许升云以年老力衰、将行箱转让与李立生，另组松柏班。

（9）泰益班

该班起班年代不详，但清同治二年已是长沙城内名班。据杨恩寿《坦园日记》记载，他在同治二年看过泰益班《回营见母》《飘海》《反关》《坐楼》《取宛城》等。说明戏班是弹腔为主并唱高昆的班子。光绪初年（1875），班中名靠何湘之《教枪》，与武生陈如瑞之《射戟》，备受观众欢迎。时谚有："众位先生慢些吃，吃了饭来看泰益，不是《杨滚教枪》，就是《辕门射戟》。"光绪中期，长沙各戏班大都取得豪绅富贾资助，添置新行头，泰益无力与之抗衡，名角锐减，营业渐衰。光绪二十年（1894）左右，大部分人员合于春台班；另一部分人则以泰益科班学徒为班底，组成新泰益班，后又称泰益顺。但终未能挽回颓局，不久即告解体。

（10）庆和班

该班是湘戏"老五和"之一，是清同治前起的戏班。民国初年，由龚六合任本家，官店设老天主堂内。戏班当时角色齐全，有生行彭升贤、梁荣盛，花脸邹运奎，小生吴南云，旦角毛洪姣、杨福云、黄玉梅等，均在湘剧界有一定名气。但在民国九年（1920）之后，龚年老力衰，经营困难，戏班解体。

同治初年起班，杨恩寿《坦园日记》［同治五年（1866）十一月十八日］中记载："观五云班于长城隍，适真人殿有庆和班，皆新出小班也，不甚佳妙。"指明庆和是由刚出科的艺徒新组小班。该书还记载：在同治七年（1868）二月和同治九年（1870）四月有看庆和班《反昭关》《穆桂英打围》等，以及演员庆黻等人的名字。但光绪以来，长沙城内无庆和班活动可考，而湘潭老郎庙却挂有庆和班牌。

（11）大庆班

该班起于清同治三年（1864）起班于长沙。杨恩寿在《坦园日记》［同治二年（1863）十二月二十四日］中记载："晡后观大庆于祝融宫，为《飘海》《报喜》之剧，大庆新班，甫开台也。"杨氏在同书中陆续有观大庆演出的记载，其唱本有《青石岭》《十八扯》《打鱼》《战河》《庙会》等剧，可以看出是一个以弹腔为主的戏班。

（12）清华班

该班起于清光绪十年（1884）左右，由官宦子弟吴少云起班于长沙。吴少云是浙江绍兴人，其父在同治年间，曾充湖南巡抚王文韶幕僚，在长沙置有大量产业。吴本人亦曾纳赀捐官候补，因爱好湘剧，且与名小生张红云、李芝云相契，出资起清华班，并由张红云担任班主。创建之初，官店设长沙尚德街（后迁福源巷），门前挂着"清朝冠冕，华国文章"的对联，气派不同一般。由于财力雄厚，改当时的布质、呢质服装为缎质绣花，开湘班服饰改进的先河。湘剧名角如：小生张红云、李芝云；大靠李桂云；唱工言桂云；花脸秦庆廷、王春泉、柳红鸾；且角易裕福帅福姣、漆全姣、郭韵姣（人称小旦三姣）；丑角苏迎祥、胡普临、笛师邱义林等，都先后在该班唱戏。由于人才汇集，演出唱本不仅限于弹腔和高腔，并且能演昆曲，官绅堂会，多延聘该班。光绪三十三年（1907）前后，湘绅叶德辉为了充实他办的春台班阵容，以权势罗致清华的大部分名角合入春台班。小生李芝云气愤之下，乃率领部分人，另组仁寿班，清华班从此解体。

（13）春台班

该班是清末长沙城内著名的湘戏班。起于约光绪二十年（1894）前后，由长沙官绅王益吾、叶德辉等集资，邀合长沙城内太和、泰益两个名班为基础组成。戏班在叶德辉主持下，财势雄厚，号召力强。成班之日，名角云集，服装全新，在当时长沙城内，是行头富丽、行当齐全的大戏班。王益吾曾自豪地将春台班比作"王闿运的文章，能独步天下"。光绪三十年（1904）后，叶德辉等辟孚嘉巷宜春园为春台班固定演出场所，开长沙湘戏班进入剧场售票演出之先声。后与在织机巷同乐园演出的京剧三庆班交换演出场地，将同乐园改为同春园，并以春台班部分主力另组同春班。宣统二年（1910）全部人员并入同春，春台班名从此取消。早期名角有孙小山、王祥临、周益德、毛德云等人，后期有柳介吾（生）、夏庆成（净）、金清元（小生）、姚兴云（净）等。

（14）同春班

该班是长沙城内著名湘戏班，起于清光绪晚期（1904-1908），官绅叶德辉将其所办春台班迁至织机街同乐园（戏园）后，改同乐园为同春园。同时，罗致清华、同庆两班与春台部分人员合并，共组同春班（春台班牌名仍保留）。宣统二年（1910），又邀仁和、庆华两班合并，并取消春台班牌名，统称同春班。当时，演职员达三百多人，湘剧精英，罗致一堂，为湘剧有史以来最大的戏班。戏班设总执事一人，执事若干人，总管戏班事务，大事向叶德辉请示执行。全班按演员艺术水平高低和行头好坏，分天、地、玄、黄四等。天、地字号班子在戏园和堂会演出；玄、黄字号班子则包演庙台戏。戏价亦按四等取值，天字号每场 24 串钱，地字 20 串钱，玄字 16 串，黄字 12 串。演员工资按艺术高低付酬，相差巨大。戏班班规严谨，管理有条不紊。辛亥革命后，清王朝统治结束，叶德辉乃于民国元年（1912）将同春班事务，全部转交班内有声望的艺人李芝云等三十一人管理，本人退居幕后。从此，人们又称同春班为"卅一堂"。民国三年（1914），"卅一堂"内部不和，一半人脱离同春，另行组班，张福冬率一部分人组福春班，在湘春园演出；一部分由李桂云率领，另组寿春班，在寿春园演出。同春仍由李芝云主持，且保存大部主力，依然人才济济，不失名班声誉。两年后，李芝云主动与李桂云和解，寿春班仍并入同春。民国十年（1921）该班曾以最佳阵容赴汉口演出，影响很大，唱工言桂云在观众中曾获得"南叫天"的称誉。民国十二年（1923）后，由于不少台柱相继病逝或离去，号召力减弱，戏班稍现衰落。民国十六年（1927）叶德辉死后，同春班重新改组，由名靠孔青玉、小生王华运等 5 人组班，称"公和福堂"，但班名仍旧。民国十八年（1929）由名唱工陈绍益等接手，将戏班迁往育婴街新舞台，同时阵容加强。从此，观众不再叫同春班，只称新舞台了。民国二十七年（1938）长沙大火之后散班。

这个班从清光绪后期叶德辉创班起，到1938年散班，前后三十余年，戏班规模大、人员众多，人才济济，演出唱本有《打猎回书》《描容上路》《扫松下书》《抢伞拜月》《打雁回窑》《赶斋泼粥》《乌龙院》《桂枝写状》《百花赠剑》《水淹七军》《辕门斩子》《黄鹤楼》《借箭打盖》《叫城战荡》《摸鱼闹江》《兄弟酒楼》《哑背疯》《卖画杀舟》等，在这些名家的长期合作反复磨炼中，成为湘剧舞台艺术珍品。

前后名角有：生行盛楚英、李桂云、柳介吾、言桂云、吴藻临、陈绍益、陈汉章、欧元霞、师青云、孔青玉、朱仲儒、陈松年；小生李芝云、聂梅云、粟春临、周文湘、易益春、吴绍芝（后去湘春园）、唐树生、王华运；旦行帅福姣、彭凤姣、陈雪瘴、刘啸霞、龚元绂、汤彩凤；老旦陈咏铭、田华云；净行张谷云、秦庆廷、李南生、徐初云、罗裕庭、贺华元、罗元德、廖申翥、梁金鑫；丑行苏迎祥、胡普临、傅富春、何稚云、姚华定等。乐师有师葆云、傅儒宗等。

（15）仁寿班

该班起于清光绪三十年（1904），在长沙成立。先是湘绅叶德辉全力网罗清华、仁和等班名角入其春台班。以致清华、仁和两班实力大减，不得已并入春台。但清华班名小生李芝云拒不就范，邀集原清华、仁和两班部分名角如花脸大连、龚湘云，丑角太湖，旦角龚元绂、毛巧云，靠把朱藻云、孔青玉等，另组仁寿班。后又邀集由湖北来湘的京剧艺人一斗金、小桃红、四阵风、李赶三、刘桂林等十八人同班演出，营业兴旺，开京、湘二剧种同台演出之先例（后京剧艺人另组三庆京班）。清宣统二年（1910）同春班大合并之后，李芝云入同春班，仁寿名气稍减，但仍拥有一定实力。宣统三年（1911）五月，仁寿班在樟树港演出时，部分名角在唱完庙台戏之后，夜间乘船赶回长沙唱堂会戏，船经丁字湾时，遇大风翻船，唱工生角何晋云、小生金清元，旦角彭子林、谭冬桂、胡升姣，花脸大连、彭元南，丑角太湖，场面晏元湖等十人均死于难。仁寿班因严重减员，元气大伤，在长沙城内难于上演，乃转向长沙沿河一带乡镇演出。后始终未能恢复元气，延至民国九年（1920）散班。

民国二十二年（1933），吴绍芝、王华运等艺人，以五十元为一股，集资买下公和福堂行箱，在长沙新舞台演出。民国二十三年（1934），由丁子卿出资，承赁老仁寿班班牌，接办王华运等所办戏班，在远东剧院演出，并由王华运任经理。当时在班演员有朱仲儒、徐初云、罗裕庭、陈绍益、周元华、欧元霞、师青云、孔青玉、刘升奎、田华明、张长庚、李绍成、傅富春和女演员彭福娥、龙福凤、廖福芬、彭福仙、曾福佩、梅福芳等。阵容相当整齐。民国二十七年（1938）长沙"文夕大火"之后，部分演员随王华运去益阳（包括张绍昆全家及黄洪林全家）。翌年四月，戏班改编为湘剧抗敌宣传队第五队，由王华运、田华明任领队。民国二十八年（1939）年底，湘剧抗敌宣传队第二队被国民党强迫解散。队员杨福鹏、姚碧林等转入五队，同时在安化接来名老艺人粟春临等，人员增多，阵容又复整齐。民国二十九年（1940）初，国民党八十七军至益阳接防时，即取消了湘剧抗敌宣传队第五队名义。不久，又由二十九军接管，改名建国湘剧宣传队。接着，艺人陆续返回长沙，宣传队解体。

（16）清庆班

该班起于清光绪后期，由醴陵艺人王锡庆起班于江西萍乡。王原为江西湘班杂工，后稍有积蓄，乃与其弟锡贤、锡林三人，共赁行箱起班。民国二十年（1931）左右，王锡庆去世，行箱典当与江西湘剧艺人常玉凤等，改名同庆班，在萍乡昭萍剧院演出，并经常活动于萍乡、醴陵之间。抗战胜利之后，行箱又由王锡庆之媳李满姑（湘剧界称为胡大姐）赎回，仍名清庆班，委托艺人李青云经管。戏班早期，以江西籍湘剧艺人居多，如凤鸣科班出身的王凤加、刘凤藻、易凤章等，都曾在清庆长期搭班。后期湘籍艺人居多，如生角何华魁、张华林、叶东华，小生赵同林，花脸福太，旦角王福爱（即王锡庆孙女），丑角姚福兴，鼓师邓凤礼等。1949年冬，戏班改称文艺剧团。1951年又称萍乡湘剧团。1952年回湖南醴陵登记，改称醴陵湘剧团。1960年合并于湘潭专区艺术剧院湘剧团。王锡庆为梨园世家。至今仍有曾孙在湘潭市湘剧团工作。

（17）福禄坤班

该班是湘剧最早的女子科班和戏班统一组合的班社，民国十年（1921）创班于长沙。民国九年（1920），湖南遭受水灾，省会各界发起救灾义演，组织茶楼清唱女艺人参加演出。但清唱艺人不谙舞台表演，乃由湘剧名艺人李桂云等教授表演动作，并为排练《赐马挑袍》《士林祭塔》等身段不多的戏，首演于席保祠，轰动长沙。于是由程友才、郭茂林、黄玉桂、罗裕庭、陈锦山、谭树生、郭茂生、姚天锡等八人（多数为湘剧艺人，人称"八大锤"），集资置办行头。于民国十年在长沙紫荆街李公庙开科。吸收清唱女艺人入科习艺。由黄元和具体负责培训，并聘周益德担任公堂教师。经过短期排练，即以福禄坤班牌名在箭道巷寿春园演出。这个短期训练班即称福禄坤班第一科。此后，陆续开办了二科和三科，并采用男科班教学方法授徒，规定学制三年，艺名均循第一科的"福"字取名。艺徒入科学基本功半年后，即白天学艺，晚上至戏班跑龙套。随着教学进度，逐步扮演门子、丫鬟。进而扮演配角。因戏班科班统一管理，艺徒实践机会多，许多艺徒在坐科阶段即能主演部分唱本。但因艺徒均系女性，学净、丑二行者少，学生、旦行者居多，因而早期福禄坤班演出多以生、旦唱工戏和做工戏为多，如《琵琶上路》《抢伞拜月》《打猎回书》《赶斋泼粥》《纪信替死》《乌龙院》《贩马记》《辕门斩子》等。随着出科学徒大靠、二靠和武生增多，经常演出《水擒庞德》《九龙山》《兄弟酒楼》《花荣带箭》《长坂坡》《林冲夜奔》等。其后，在堂会戏中，又经常邀请男角合演，文戏武戏，搭配齐全，更受欢迎。民国十八年（1929）七月，戏班在寿春园正式宣告男女同台合演，冲破了男女不同班的旧例，从此，湘戏班都逐步演变为男女合班。

福禄坤班一、二、三科出身的知名演员有：生行姚福美、吴福全、郭福全、黄福莲、杨福鹏、周福卿、陈福峰；小生罗福雪、唐福莲、曾福运、陈福顺、周福国、胡福香，旦行欧福聪、王福保、晏福秋、胡福珍、何福纯、冯福霞、周福姣、廖福芬、龙福凤、周福昆、彭福娥、张福梅；净行蒋福雷、孔福亮、王福瑞；丑行徐福元（三元）、姚福兴、曹福堂、阳福超（后改老旦）、筱福和（后改生角）等。该班在三科之后，虽未再设科，但仍继续招收学徒随班培训（也有由原科班教师私人带徒在班者），也统按"福"字取艺名。其中成名演员有：旦角郑福秋、彭福仙、李福燕（拂燕）、王福梅、郭福霞、黄福艳、李福可；小生余福星、徐福贵、王福祥；靠把刘福喜（艳玉）等。先后担任教师的有李芝云、言桂云、谢晋云、李飞云、帅福姣、彭凤姣、田太云、罗元德等。总计从该班出科或随班培训出来的女演员，前后达百数十人之多。民国十四年（1925）前后，因出科学徒日益增多，又另分组福寿等坤班演出。民国二十七年（1938）长沙大火以后，福禄坤班解体，部分演员转入湘剧抗敌宣传队。

（18）清胜班（仁和班）

该班起于民国二十年（1931），由浏阳人刘喜云在浏阳县城起班。刘喜云原系当地围鼓堂教师。清胜班由刘喜云办至抗日战争时期（民国三十年左右），由艺人何绍春接办。以后又由王申和、胡保生接手，改名仁和班。当时在班主要角色有花脸金石、何海奎，丑角萧少湘，旦角彭燕芝，靠把陈大昌、二河，唱工生角邓福红等。1949年，戏班流动演出于长沙。1950年，戏班在长沙北正街演出，改名文艺湘剧团。后又到浏阳演出三年，班主为刘秋生（王元豹之岳父），在浏阳改制后改名湘淮剧团，1953年往滨湖一带演出。1955年在华容，改名华容湘剧团，1958年在南县与滨湖湘剧团合并，改名南县湘剧团。1959年并入益阳市湘剧团。

（19）凤凰坤班

该班起于民国二十五年（1936），由泰益科班出身的名靠黄益政，在长沙营盘街中华戏院组办凤凰坤班，并附设男女混合科班。科班学徒经几个月基本功训练之后，即入戏班随师学戏并参与演出，如凤仪、凤奎、凤坤、凤奇等均由科班出身。民国二十六年（1937）之后，戏班往浏阳一带演出，以后未回长沙，散班年月不详。名靠陈楚儒，名小生陈剑霞，都曾参加过凤凰坤班演出。

（20）案堂班

该班是湖南农村早年随着迎祀傩神习俗兴起的一种戏班。在长沙一带，祀奉傩神的庙宇叫"案堂"，傩神叫"案神"，迎祀傩神叫"接案"，附随于迎傩演出的戏班则叫"案堂班"。在浏阳农村，有一种组织形式特殊、专演湘戏的案堂班，其人员编制及行当分工，与一般湘戏班不同。民国九年（1920）出版的《湖南戏考》所载："湖南浏阳乡间有种戏班，名曰案堂班。随所供之神，到处坐香火。神至某村某家，戏班亦至某家。戏价最廉，角色极少，人呼'九老图'。无论高腔乱弹及热闹武戏，随点随唱。"据民国年间在案堂班唱过戏的湘剧老艺人说，所谓"九老图"者（又称"九条网巾"），即九个演员加上场面五人，衣箱把子三人，伙杂一人，戏班总共不超过十八人。九个演员的分行是：生行二人（一唱一做），旦行二人（一唱一做），花脸二人（大花二花各一），小生一人，老旦一人，丑一人。这种案堂班虽然人数极少，但能演的唱本甚多，包括湘剧连台本戏《目莲》《岳传》《封神》，与整本戏《琵琶》《白兔》等无一不能演出。戏中人物众多的场面，一人兼代数角，如演《磐河桥》，规定老旦代袁绍，生饰麴义兼演刘备，末饰韩馥兼演关羽……龙套、探子都由管箱人员兼扮。每出戏中，何人兼代何一角色，都有具体规定，临场不能失误。尽管人物众多的场面，演出都能应付自如。因此，凡由案堂班出身的湘剧艺人，一般都能兼演很多行当角色，并能背记"总纲"（一出戏的全部唱词和道白），是一般戏班艺人所难能做到的。由于这种戏班轻装简便，人员少，戏价低，而能演唱本又多，所以在农村长期受到欢迎。

清末到民国，浏阳最著名的案堂班是金刚头的老案堂班。相传这个班是道光年间随着当地建起三元福主庙（即神）时成立的。常年跟随"福主"在外演戏，"福主"回庙，则在庙前戏台演唱，经费开支由庙会承担，故戏班演出，从未间断，是一个常年性的职业案堂班。学徒世代相传，外班艺人非精通各行当者，很难搭班演出。抗日战争以前，湘剧名演员徐绍清，曾随其师彭升贤在该班演出。常称老案堂班艺人是饱学多能。并说，过去从外地到浏阳境内演出的湘戏班，都要将本戏班有特色的唱本，抄送一个剧本给福主庙，以示敬意。年深月久，剧本累积如山，各地艺人亦可前去抄录。抗日战争中，浏阳沦陷，艺人流散死亡，戏班解体，所藏剧本，也遭焚毁。抗战胜利以后，浏阳枨冲，虽又有新案堂班的建立，但已非九人所能演出的案堂班了。

5. 闲吟曲社

该社起于清光绪三十一年（1905），由清代勋宦后裔胡绳生（工小生）等人所创办。是长沙第一个能登台演出的湘剧票友社。因社址设通太街胡家住宅五福堂，故又名"五福堂"。票友社成员多为官宦子弟与文人，人才众多，资财雄厚。起社之初，曾聘湘班名师李桂云、漆全姣等任教，行当齐全。能演唱本甚多，如《精忠传》《琵琶记》《宁武关》《贩马记》《辕门斩子》《群英会》等，给观众留下了深刻印象；自编自排的新戏《探晴雯》一剧，曾经轰动长沙，并成为后来湘戏班的保留唱本，票友中有专任编剧评论和校勘的赵少和与陶兰荪（即陶莱生），有大净常福生，老生唐润生、胡清庵、谭桂生、赵耐庵、正旦陆瑞生，跷旦朱少桓，小生许稚雅，都是有名的票友；花旦小桂芬、小兰芳、曾惠芳等，以后正式"下海"加入长沙同春园和湘春园唱戏，成为湘剧名角。该社从光绪末期起社，一直延续到民国二十五年（1936），因起社人相继去世或离散才告解体。在办社的数十年中，不仅在演出上具有影响，并且在湘剧艺术革新和继承遗产方面，都做了不少有益工作，如湘戏班服装原来都为呢质贴花，该社却带头采用缎质绣花，引起了职业戏班的注意而纷纷仿效。当时职业戏班是从无布景的，该社从演出自编新剧《探晴雯》《瑞云》开始，由票友欧阳奇僧（画家）设计制景，引起全城轰动，首开舞台布景的先例。此外，在化妆、表演上，他们从人物性格出发，也大胆进行了改革的尝试，如诸葛亮的服饰，在好些戏中，他们就不按湘剧传统作道人打扮，而以宰相身份出场，表现一位大政治家的风度。民国九年（1920），该社还由票友赵少和担任主编，胡绳生担任校勘，出版了《湖南戏考》和《戏源复活》两种书刊。刊载湘剧传统剧本、诗文，对过去湘剧演出的口授抄本中的错谬字句，作了文字校勘。与此同时，该社还对湘剧音乐作了有益的考察研究，编印了《响器指南》《弦索指南》《喇叭指南》等书，惜均已散失。

6. 湘剧围鼓堂

湘剧围鼓堂是湘剧爱好者的业余清唱团体，它是随着高腔戏的流行而兴起的一种演唱形式。过去在湘剧流行地区，几乎村村镇镇都有围鼓堂。有些堂的延续时间长达三四十年之久。成员多为手工业者、商贩和农民，也有官绅和文人。不少围鼓堂还是以这些人为头组建的。所唱的唱本都与婚丧喜庆相关联。如婚事唱《戏仪》，丧事唱《升天门》，生子唱《仙姬送子》，庆寿唱《傅相上寿》或《王母上寿》，新官到任唱《文武升》或《六国封相》等。清末民初，长沙、浏阳一带的围鼓堂，除唱高腔外，也兼唱弹腔，唱本范围亦较广泛。特别是某些有条件的围鼓堂，还聘有职业艺人教授表演，人员亦大大增加，常登台演出，实际上已经成为票友社了。

7. 福寿堂

福寿堂起于清末，是浏阳县城郊著名的湘戏围鼓堂。为当地刘、谭、黎、宋四大姓中的子弟首倡组建。成员多为旧时文人，其中有清代的举人和秀才。民国以后，围鼓堂由刘姓子弟刘岱中、刘寅祥二人主持，规模扩大，外姓子弟都可参加。堂内常年聘请教师教戏。凡初加入者，必先学会场面，然后学唱，要求每个成员在围鼓清唱时，至少能担任场面上的演奏任务。民国十年（1921）前后，该堂又向登台化妆表演发展，成员增至数十人，实际上已如大城市中的票友社组织。他们的服装，全由成员集资筹办。平常亲邻婚丧喜庆，只要红帖相请，即登堂演唱，不取报酬。虽演技稍逊于职业戏班，但行腔道白非常讲究，对职业艺人师传口授的错字谬句，都一一进行校正，演出之严肃认真，久为当地观众所称道。福寿堂从清末组建时起，一直延续到抗战胜利（1945），因不少人员在战争中死亡离散，余人合并到五福堂。民国年间，成员中有名的有旦角刘岱中，花脸周斗吾、刘寅祥、邓关心，生角周元甫、张汉臣，老旦宋佑生、小生余倩。其中不少人以后都下海到职业戏班中唱戏。

（二）湖南花鼓戏的民间组织

1. 科班

长沙花鼓戏早期没有培训艺人的科班，只有少数造诣较高的艺人收徒传艺。清代同治、光绪年间，有湘剧艺人鲁文智开始在西湖一带创办花鼓戏科班，艺徒兼学湘剧、花鼓。自此，才有科班的兴办，但为数也不多。科班学制较短，少者四十五天即可出师，多者一二年，班规与大戏剧种科班大体相同。长沙花鼓戏科班虽然不多，但培育了一批有影响的艺人，对其艺术的发展具有一定的作用。

2. 怀德堂

该班是长沙花鼓戏历史最早、成就较大的科班，起于清代咸丰年间，由湘剧艺人鲁文智创办。初为湘剧科班。同、光年间，鲁文智由宁乡来到南县、华容、安乡一带，在沙港市等地招收大批花鼓戏艺徒入科，改怀德堂为凤林班，后称同乐班，最后又易名得胜班。花鼓、湘戏均学。学徒出科组班，即成为亦湘亦花的半台班。其中以得胜班时期最为显赫，但艺徒仍以称"怀德堂子弟"为荣。该科班承袭大戏剧种班规，艺术上以多行当的大本戏见长。在花鼓戏打锣腔向大筒琴腔过渡阶段中，其子弟起了显著作用。民国初年，西湖一带颇有名气的花鼓戏艺人余菊生、蔡教章等，均出自这个科班。

3. 百合堂

该班起于清末民初，班址先后在南县百合乡、菜园子和华容花兰窖。本家兼艺师余菊生，娴熟技艺，教授有方，要求严格。培训出了一批名角，如生角杨保生、史义和，旦角熊迪梅、吴楚乔，小生陈建仁、张开元等。学徒以学戏为主，从学"开荒"（启蒙）戏到"踩毛台"（实习演出）时间不一，少则三二月，多至一二年，"踩毛台"演出如获观众肯定，即可出师。百合堂艺徒出师后多在余菊生的戏班从艺一段时间。

4. 北乡班

该班起于民国八年（1919），班址位于长沙北乡枫树坪。教师王三（外号"王三结巴"，生行）及其艺徒孙柏勋（旦行）。每批学徒数人或一二十人不等，每"科"四十五天，每个学徒收八百至一千钱。教师以戏带功，如《三喜临门》教唱［牧童调］，《四姐下凡》教唱［十字调］、［神调］、［长沙反调］。培训出了钟瑞章（旦）、张香保（旦）等有影响的艺人。

5. 沙棚班

该班起于民国二十六年（1937），是浏阳县城关艺人高福长在浏阳东乡用周新全的行箱组成的戏班，其主要艺人有杨益、廖朋、新喜、新发、曾广藩等。抗日战争胜利后，该班并入官渡唐韵生的福寿班，曾赴江西境内演出。民国三十七年（1948），该班艺人曾与西乡艺人同台上演于长沙可园戏院。1949年，高福长为首组织"工农楚剧社"，集中了城关各路艺人二三十名，上演了《白毛女》《梁祝姻缘》，通常活跃于醴陵、江西萍乡等地，直至1954年才告结束。

6. 湘醴班

该班起于二十世纪四十年代末，通常活跃于湘潭市、县。主要艺人有邹金龙、彭光梅、张德勋、朱林武、肖年水、冯少忠、周凤姣、小艳金、朱太和、范星等。此班在湘潭组成，行箱公有。1951年初进长沙，在大盛、大众、联华、国光等戏院辗转演出。

7. 湘淮班

该班起于1949年，班址位于浏阳县城，本家李训高。1950年进长沙，先后在雅园、大盛等场所演出。主要艺人有罗汉城、孙集祥、李德云、童六金、张文炎、胡碧云、李春湘、唐济满、易炳金、张海蝉、刘回生等。

8. 萍醴班

起于二十世纪四十年代末，班址湘潭市，本家是李志明，管班是廖春山，多以萍乡、醴陵、攸县三县艺人为主，先后搭班的艺人有谢术华、陈节花、李舒云、文国明、罗少文、陈道才、胡碧云、王璋、简金莲、简福生、邓术桃等，该班后改名为群力楚剧团，由廖春山担任团长，袁庆清担任副团长。

9. 湘潭班

该班起于二十世纪四十年代末,主要艺人有朱太和、胡菊廷、唐海章、廖里桥、刘庆云、刘少恒、周凤姣等。1950年初,该班入长沙,由朱太和管班,本家田大贵,先后在美丽、国强、工余、群乐等戏院演出。

(三)萍浏醴地区部分民间艺人介绍

1. 民间艺人

柳介吾(约1851–1927),浏阳人。五云科班出身,艺名佩云。因幼年出天花,面麻,人称"介麻子"。家贫,读过两年私塾,入同春班后,从名丑何文清,习文化,每日为何念《申报》,学识大进,并能随口编撰出戏文,因有"戏状元"之称。工大靠,长念白,口齿清晰,字正腔圆。以擅演孔明戏闻名,拿手戏还有《打瘛公堂》《当华山》,为观众所称道。当年长沙戏迷曾有谚语曰:"看了介麻子唱《打瘛》,等于到玉楼东(酒家)吃酒席。"商场亦有谚曰:"去看介麻子唱《当华山》,宁可早点把铺门板子关。"民国初年他先后在春台、同春、福春等戏班唱戏。

周文湘(1859–1934),别名秋桂,萍乡宣凤镇人,出身师承不详,周温文尔雅,仪态雍容,且有文化,一生往来于湘赣两省之湘剧班,颇负盛名。戏路极宽,高低昆乱俱工。最为人所称道者为官衣、折扇戏如《写状三拉》《偷诗赶潘》均有独到处,其蟒靠戏如《黄鹤楼》《临江会》之周瑜,翎子功极美。湘剧《杀子告庙》中之刘谌,原由生角饰演,某次演出,演刘谌之生角误场。周文湘以小生代演,一经演出,内外轰动,公认以小生为宜,此后,刘谌改由小生应工。民国初年,隶同春班时,曾排过《元妃省亲》《女娲炼石》《游月宫》等灯戏,开湘剧使用布景、灯彩之先河。同春园解体后,返赣,偶来长沙客串,在新舞台仁寿班,导演过《红书宝剑》《黑驴告状》等连台本戏。

暨镇宝(1862–1930),人称暨八先生,浏阳人。曾在江西萍乡清华科班、衡阳金字科班等众多科班担任坐堂老师,饱学又懂教学法,各行当均能教授。出自他门下的名演员为数甚多,如孔清玉、孔清富、肖金祥、徐绍清、朱仲儒等,尤以高腔、低牌子教得好。

帅福姣（1875-1924），原名登富，醴陵板杉镇人。福临科班出身，光绪年间长沙城内著名男旦，在清华班唱戏时，与男旦漆全姣、郭韵姣二人，共称"名旦三姣"，他擅长演出高腔、昆腔和弹腔，是旦行唱做俱佳的全才。年轻时常演武戏和跷子戏。在《打围》中饰穆桂英，能踩着跷子在庙台台口雕花框子上走碎步，跑过全台，轻松自如，人称绝技。清末湘班中善演昆腔者已不可多得，而帅在同春班仍能演出《刺虎》《思凡》《藏舟刺梁》等昆腔戏，虽年近五十，音韵犹佳，是清末湘班中享誉最高的演员。

傅儒宗（1877-1962），醴陵人。出身贫苦，七岁入戏班，十一岁到湘潭，拜著名鼓师罗泰云为师，学场面，二十二岁到长沙，先后在庆华班、同春班打鼓。由于勤学苦练，师傅悉心指点，艺术造诣很深。他打鼓讲究规模，鼓扦不出腔子，他的独到之处，能看戏打戏，掌握演员各自的表演特点，鼓点能与表演动作，紧密结合。句法清晰，节奏感强。他善于革新。高腔原无音乐伴奏，接满腔（锣鼓接四个字，演员只唱三个字），台下听不清唱词，他改进只接一字。如《打猎回书》中刘智远唱的一支《苦驻云》，原来接满句，大小钞、小锣都加进来。经他改进，迟接五个字，不但原词伴奏音乐都听得清楚，且节奏鲜明、生动。傅儒宗艺术修养很好，无论高、低、昆、乱曲牌和传统唱本，都熟悉精通。

徐初云（1879-1946），江西泰和县人。父亲是皮影艺人，他从小受戏曲熏陶，不幸父亡母嫁，孤苦无依，九岁随人拖车到长沙，十一岁进五云科班学戏，习大花，兼工二花，所以绰号"二把手"。徐初云身材魁梧，孔武有力，嗓音宽宏，天赋甚高，但却勤奋刻苦，不但功底扎实，而且还注意唱腔，所以能戏甚多。凡演张飞、牛皋、项羽、姚刚等人物，都富有湘剧朴实、粗犷风格，身段舒展大方，雄浑有力，目光炯炯，神完气足，观众认为有昔年湘剧名净大法炳的气势。他是民国初年湘剧六大名净之一，驰名湘剧艺坛数十年。

胡绳生（1880-1937），清末民初著名湘剧票友，闲吟曲社创办人。胡林翼之孙，字镜庵，自号楚狂歌者。原籍益阳，世居长沙。十四岁为秀才，二十岁纳粟捐官，不惯而罢。后经商失败，退而醉心于戏曲。"由丝竹而金革，由金革而砌末"，置备八蟒八靠，于光绪三十一年（1905），集合著名票友赵少和、陶莱生、陆瑞生、许稚雅、欧阳鹏等，创办湘剧票房"闲吟曲社"。并于民国九年（1920）出版湘剧专刊《湖南戏考》。闲吟社约在1926年停办，历时二十年，实为长沙为期最长，阵容最强，行头最齐，影响颇大的一个湘剧业余演出团体。二十世纪三十年代，胡又曾与谭十思组织楚声社。胡氏擅长小生戏，曾得欧阳予倩先生称赏。

漆全姣（1880-1919），原名尚鹏，醴陵黄獭嘴镇人。幼年入长沙福临科班学艺，班名凤临，人称玉菩萨。工旦，技艺超人，出科后在清华班演戏，与帅福姣（洋菩萨）、郭韵姣（雪菩萨）同称"名旦三姣"，光绪末年，是长沙最有名的湘剧三旦角。他擅长于闺门旦，唱、白最有功力。拿手戏为《盘貂》《赏荷》《赠剑》《大审探监》《坐寨盗令》《偷诗赶船》《抢伞》等，特别是《昭君和番》中怀抱琵琶一段，曲中杂有胡语，怨恨凄清，人称一绝。

彭凤姣（1882-1952），原名彭咏梧，浏阳人。十二岁在浏阳县咏霓科班学戏，后拜清华班跻旦易裕福为师，改名凤姣，习做工旦角。他身材修长，眉目清秀，扮相俊美，人称"洋萨"。后艺术日精，与陈雪、小桂芬、汤彩凤被称为湘剧的"四大名旦"。彭凤姣功底深厚、做工细腻。能戏甚多。民国十二年兼任福禄坤班旦行教师。晚年倒嗓，专以授徒为主，徒弟众多，彭福娥、郑福秋、梅福芳等皆为其入室弟子。现年近古稀的彭福娥，仍以继续和发展了彭凤姣常演的唱本而驰名于湘剧界。

欧元霞（1889-1944），浏阳人。三元科班出身，工大靠。靠、唱、醉、死无一不通。嗓音带沙，而吐字清晰有力，以唱工戏见长。神情潇洒，台步大方。能戏如《劈三关》之雷振海，《黄鹤楼》之刘备，《乌龙院》之宋江，《宁武关》之周遇吉，特别是与吴绍芝合演的《兄弟酒楼》，誉为双绝。京剧老教师周永泉看后，佩服不止。曾说："不用说别的，只看那杨雄的醉态，从不醉到小醉、大醉，一杯酒一个神气，真是了不起的演员。"他在湘剧界享盛名三十多年。

朱少希（1890-1961），醴陵人，剧作家、湘剧《拜月记》作者，号孜砻，又号经纶，自小随父攻读经史，涉猎工艺。长书法、音律，善吹箫、弈棋。民国初，抱实业救国志，入湖南高等实业学校习窑业。后见张勋复辟，袁世凯称帝，国无宁日。因易初志，于1916年与友人在家乡创办开元学校，以启迪民智。北伐时，该校师生积极投身革命。参加工农运动、创办学校等。

高二（约1890-1972），原名高光友，浏阳三口乡人。自幼与其兄高一同受艺于王益明门下，很快便闻名乡里。他身材高挑，扮相俊美，笑靥可人，嗓音甜润。登台演出，很受观众欢迎。他不满足于良好的天赋条件，刻苦学习，深入人物角色的塑造。高二一生不愿带徒，以致精湛技艺无人继承。

廖春山（1893-1970），萍乡湘东镇人。长沙花鼓戏演员。1904 年入湘戏凤仪科班学艺，后拜师王桂三改学花鼓戏。初习青衣、花旦，中年倒嗓后改唱丑角。他所主演的《逃荒》《菜园会》《小蓝桥》《打豆腐》《小放牛》等剧，脍炙人口。特别是《放风筝》一剧，初次登台便轰动艺坛。1953 年他先后以此剧参加中南民间舞蹈会演和全国民间音乐舞蹈会演，均获得一等演出奖，并由中央新闻电影制片厂拍成舞台艺术片。他从艺 67 年，造诣精深，唱腔自成一格。在演唱花鼓戏正调上，大胆地借鉴地方大戏的［倒板］、［散板］、［快板］和大、小［梢腔］，使其板式化，丰富了花鼓戏唱腔。

廖春山（1893-1970），萍乡人。十一岁入湘戏凤仪科班学艺，宣统元年（1909）凤仪科班解散，另拜王桂初为师，学唱花鼓戏。他扮相俊秀，体形苗条，初习青衣，后工花旦。演《湖北逃荒》《菜园会》《小蓝桥》等剧，脍炙人口。他从王桂初学《放风筝》，悉心苦练，尽得真传，一登台演出便轰动艺坛。以后他又将湘剧的表演技艺，熔铸于《放风筝》的演出中，经过他的不断加工提高，使这出歌舞性强的唱本，成为艺术珍品。

贺华元（1895-1972），浏阳人。出身艺人世家。早年丧父，家贫，十三岁入长沙华兴科班，为第一科大师兄，习净行，工大花。由于天赋甚高，尊师好学，入科半年即能登台，首演《父子会》之尉迟恭，初露头角。出科后入"同春""九如""福喜"等名班，技艺日有所长。戏路很宽。

李蒲姑（1897-1961），清庆班班主，醴陵桃花乡人。出身梨园世家，可本人并非艺人。蒲姑十六岁，即协助翁爹王锡庆管理清庆班班务，以广交际，善应酬，营业兴旺，深得全班信任。三十岁，正式接任班主。自此起，人称该班为新清庆班。为振兴班业，高额工薪聘请崔凤棠、常凤玉、王凤昌、易凤章、聂宗华、姚福兴、胡福兰、邓凤理、温恒友等艺人充实班底，面向农村，在江西萍乡、安源、莲花、万载、吉安等地演出，颇受群众欢迎。1950 年，蒲姑将清庆班带回醴陵、改名醴陵文艺湘剧团。1953 年，将全部衣箱行头无偿交集体，自己退出班主位置，由演员民主选举剧团领导，使剧团由私人经营过渡为集体经营。

陈雪癯（1898-1934），醴陵夏坪桥乡人。醴陵鸿秀科班出身。原名陈鸿春，后拜帅福姣为师，改名雪瘤，擅做工旦，长演风流戏，曾被誉为清末民初湘剧"第一名伶"。所演潘金莲、潘巧云、阎惜姣等角色，均很出色。其他如《蝴蝶媒》之媒婆，《下书调翠》之翠香，《烤火落店》之尹碧莲等，均很细腻。传他与李芝云合演之《探病房》，称得上珠联璧合，卒时仅三十余岁。

李材林（1905—1982），醴陵泗汾镇人。长沙花鼓戏乐师。十六岁从艺，吹打弹唱皆能。尤以大筒见长，能够移指换把，即使在高音区琴声依然饱满、圆润。中华人民共和国成立后，他先后在长沙、醴陵、湘潭的剧团工作，后在湘潭市戏校任教。1961年，湘潭市歌舞团改为花鼓戏二团时，全部唱腔课程都是他自拉自唱，一一传授给演员和演奏员的。在湘潭戏剧界，他被称为"饱学先生"。经粗略统计，光是小调、丝弦他就能背唱（奏）近100首。

刘天庄（1906—1978），浏阳人。少年时热衷于花鼓戏，曾从师邓子卿（亦名邓洪，中共地下党员）专工旦行。二十岁拜师黄石仕，学鼓乐吹打，很快便成为一个艺技全面的乐师。民国三十六年（1947），刘天庄发起成立浏阳西乡国乐会，将一批有成就的乐师如张定高、张炳勋等组织起来，对浏阳鼓乐的继承起了一定的作用。他对长沙花鼓戏音乐的发展作了一定的贡献。

徐绍清（1907—1969），浏阳石牛寨人。八岁初小毕业，入浏阳澄中高等学校读书一年，因无钱辍学。入百货店学徒，不堪虐待，且情趣不合，又离去。十二岁入浏阳"老案堂"班学戏，师事彭申贤。彭擅演岳飞戏，驰名湘潭、浏阳间。绍清学戏，天赋不高，然勤奋好学，钻研刻苦，初学《访普》，唱腔不多，苦学半年，始能上口，故同行中有诮呼为"访半年"者，嗣后靠唱并习，技艺大进，加之嗓音宽厚洪亮，演唱高腔，吐字清楚，音节苍劲，雄浑有力，倒嗓期间，班人劝他改唱小生，他坚持唱"靠"，积极参师学艺，后又参师暨镇宝学《琵琶记》，饰张广才，从此崭露头角。他的唱腔优美苍劲。他打破地方戏演员不讲究声韵的陋习，又不拘泥于成法，而是把它作为塑造人物的手段，用于状人抒情，使其与人物身份、情感相符。他塑造了众多的舞台艺术形象，为湘剧艺术作出了杰出贡献。

文国民（1911—1992），萍乡湘东人。萍乡采茶戏演员，先后师从花鼓戏艺人黄其荣、张接发、王可家和李光寿。其台步、身段潇洒自然、风度翩翩，嗓音清脆通透，吐字清晰，真假声兼用，流畅自如，唱腔流丽平稳，具有浓郁的地方风味。曾主演《送表妹》《山伯访友》《蓝桥》《四姐下凡》《金钗会》《骡马桥》等。1949年以前，曾在湖南长沙搭班参与花鼓戏的演出工作，直至新中国成立后才回到家乡。1951年10月参加萍乡文联地方戏曲改革工作队，担任萍乡采茶戏演员。

欧阳寿廷（1911—1983），浏阳大瑶镇人。1925年入浏阳县金刚老案堂庆福班，拜张石泗为师学习湘剧场面。浏阳金刚之老案堂，湘剧艺人习惯称其为"案堂班"。为了保持其酬神性质，一年中几乎每天必须更换上演唱本，因此，天资聪颖、勤奋好学的欧阳寿廷在青年时期便较全面地掌握了湘剧传统音乐与演奏技能。1929年进长沙新舞台同春班，通过寻师访友，将所学进行一番"清检"后，技艺大长，成为湘剧音乐界一位饱学的著名琴师与鼓师。

陈焕明（1914—1994），萍乡上栗人。萍乡采茶戏演奏员，自幼酷爱民间音乐，吹、打、拉样样精通。8岁开始学艺，师从彭益生、黎春和，十二岁跟随老师搭班参与演出活动，擅长吹奏曲笛、演奏唢呐和打击乐，技艺娴熟，音色醇厚。1955年担任萍乡采茶剧团演奏员，一生授徒甚众，遍及萍乡各地，培养了易均略、李元生、邹恒根等演奏员。收集了大量的围鼓、大鼓、道教音乐等曲牌和锣鼓经的乐谱。目前，萍乡采茶戏所采用的间奏曲牌和锣鼓经均由其传授。

邬修梅（1917—1960），萍乡人。萍乡采茶戏演奏员，少年时具备较扎实的吹、拉、唱、打的演奏基础，师从陈焕明老师。学习期间，对萍乡的民歌、曲艺、大鼓音乐，及采茶戏音乐有较全面的学习，能熟练地演奏瓮琴、唢呐、打击乐等民间乐器，尤其擅长演奏瓮琴，其演奏风格热情奔放、韵味醇厚、风格独具一格。1951年先后调入萍乡文联地方戏曲改革工作队、萍乡采茶剧团，担任作曲、主胡和司鼓演奏。一直活跃在教学和创作之中，其学生遍布萍乡各地，创作了《十八相送》《红花桥》《小女婿》《吴燕花》等数十部，创作的"太平调""思乡调""新神调"等采茶戏的新腔在萍乡城乡间广为传唱。

刘献池（1917—1998），萍乡人。萍乡采茶戏演员，主攻花旦行。十八岁学艺，先后师从吴冬花、叶德才、李瑞璜、易发林、严癫子。其嗓音清秀圆润、气息饱满、吐字清晰，真假声结合运用自如，唱腔娇柔秀美，表演身段轻盈俏丽，具有浓厚的地域特色。1951年7月，参加萍乡文联地方戏曲改革工作队，转攻生行。多年来坚持戏曲编创和教学工作，为挖掘传统唱本、唱腔曲调和培养萍乡采茶戏青年演员做了大量的工作，保存了萍乡采茶戏的传统唱本手抄本十余本。

张定高（1918-2005），浏阳人。长沙花鼓戏琴师。十四岁随父学艺，十七岁正式拜黄石土为师学文武场面。与师兄弟刘天庄、李阳生等先后参加案堂班、皮影戏班、湘剧泰兴班和易炳乾花鼓戏班的演出活动。1952年参加浏阳高复常组织的湘剧、花鼓戏半台班工农楚剧社。1954年入湖南省歌剧团，一直从事乐队工作到退休。他的大筒演奏风格清秀，花鼓戏味浓郁，吸收二胡表现手法，增强了大筒的表现力。唢呐演奏博采众长，大胆将潮州唢呐引入花鼓戏，并运用于《柯山红日》等剧。他还参与花鼓戏音乐的改革、电影、电视的拍摄和唱片、盒带的录制工作，并于1983年，随同湖南省花鼓剧院赴美国演出。

田琼林（1920-1995），浏阳人。长沙花鼓戏鼓师。十岁时，跟继父周桂馥参与道教音乐的吹打活动。后又参加张炳勋、王井初、卢福佐等人的戏班、做场面，不久，他与其弟田运隆一道参加浏阳袁申姣的戏班，从事湘剧、花鼓戏的伴奏。1950年进长沙市民众花鼓戏剧团，并一直担任该团的主要鼓师。1960年以后，调长沙市戏曲学校任音乐教师。

李实红（1920-1982），又名李兆仁，萍乡彭高镇人。1956年担任萍乡地方剧团编剧。其创作剧本有《武功山英雄传》《疯审》《老将新兵》《大年初一》《长缨在手》《绿染天涯》《萍水姻缘》等二十余本。

欧阳清池（1921-1995），萍乡上栗楚山村人。萍乡采茶戏演奏员。出生于山歌之乡的贫苦农家，自幼受到民间音乐的熏陶。十九岁时先后师从欧阳清家和湖南花鼓戏艺人王文志，擅长吹、打、拉、唱，能娴熟地吹奏唢呐和笛子，其演奏风格节奏鲜明、干净利落、音律准确、韵味浓郁。1956年参加剧团工作，多年来，在挖掘和传授家乡民歌、采茶戏唱腔、间奏曲牌上和采茶戏演员的培养工作方面作出了重要贡献。

邓小岩（1922-1988），萍乡东桥镇人。萍乡采茶戏演员，主攻生行。十六岁学艺，师从皮影戏名角刘学荣。学艺九年，刻苦钻研、训练有素，通晓皮影戏的唱、吹、拉、打。1952年调入剧团担任演奏员。因他在演唱上具有丰富的经验和编创能力，加之有一副好嗓子，不久后转攻演员。他的嗓音浑厚洪亮、发声苍劲雄健、行腔高亢挺拔、气息充实饱满、念白铿锵有力。在演唱中，善于运用鼻腔共鸣发声，技巧娴熟，韵味醇厚，音色风格独特，自成一派。

汤明英（1922-2006），萍乡湘东人。萍乡采茶戏女演员，主攻旦行。十五岁开始先后师从湖南花鼓戏名角王可嘉、廖春山、王绍全、丁光连。1952年调入剧团担任演员。其戏路宽广，表演朴实大方，能歌善舞，台步和身段优雅自如，基本功扎实，具有浓厚的地方特色，其嗓音甜润秀美、气息饱满、吐字清晰，唱腔婉转秀丽、韵味浓郁，真假声结合自然流畅，功力深厚。

汤芝兰（1922-1990），萍乡东桥镇人。萍乡采茶戏演奏员。十二岁师从汤应宗学习打击乐器，十七岁先后师从段桂秋、李顺生学习曲艺和采茶戏音乐，擅长吹、打、拉、唱，尤其是唢呐吹奏，其风格独特、地方韵味浓郁。1955年参加萍乡县地方剧团，担任演奏员。

朱太和（1923-1964），湘潭人。丑行演员。从小受其叔朱三银的花鼓戏班的影响，后向朱三银学艺，以《蔡驼子回门》的丑角为人瞩目。民国二十九年（1940），他先后拜当地名艺人段东海、唐寿林、皮宗汉为师，艺技大有长进。朱太和工丑角；尤以方巾、烂布丑见长，表演朴实大方，轻松诙谐，唱做俱佳。他的代表性唱本有《打铁》《复情》《打豆腐》等，在湘潭、株洲一带颇有影响。

黎建明（1929-2021），萍乡金山乡人。湘剧鼓师、戏曲音乐工作者。他十三岁随兄进入清庆班习剧音乐，参师贺用翠，由于勤奋好学，十七岁时即成为青年鼓师。后调湖南省湘剧院工作，他熟知湘剧高腔、低牌子、弹腔等传统音乐曲牌，并能在艺术实践中加以创造运用，在司鼓方面有扎实的基本功和较高的艺术修养，演奏中很讲究表现力，能根据情绪变化，灵活地运用鼓签，他的演奏打击乐独具一格。

朱福贵（1930-1982），江西泰和县人。湘剧女演员，工小生。十六岁入福禄坤班学艺，出科后又深得湘剧著名女小生余福星的指点，艺术上不断提高。她的声音甜美，唱腔流利动听，且能运用唱腔渲染剧情和刻画人物。她扮演《琵琶记》中的蔡伯喈、《白门楼》中的吕布，《拦江救主》中的赵云和《宫门盘盒》中的陈琳等人物，都因唱做俱佳给观众留下了深刻的印象。

肖松（1933-2016），江西吉安人。1952年参加萍乡县文联戏曲改革工作队，后转萍乡地方剧团担任演员，工丑行。1959年进入江西省导演训练班培训，是萍乡采茶戏能演、能导、能创作的艺术骨干，曾任剧团编导组长、艺术室主任、业务团长、团长等职。主演和导演的唱本有《安源大罢工》《寨上红》《老将新兵》《睄笋》《长缨在手》《飞雪迎春》《芦花湾》等。

李世贤（1934-2014），萍乡湘东人。萍乡采茶戏导演、演员，主攻生行。1950 年调入萍乡县委文工队，担任演员，1952 年调入县文联戏曲改革工作队担任副队长兼演员，长期从事表演、导演工作，积累了丰富的舞台经验。其表演洒脱自如、声情并茂、嗓音清脆、吐字清晰、唱腔豪爽、耐人寻味。

易均略（1934-1983），萍乡上栗人。萍乡采茶戏演奏员（鼓师），1950 年考入萍乡县委文工队，担任演奏员；1952 年转入萍乡县文联地方戏曲改革工作队，担任演奏员，师从邬修梅、陈焕明。自 50 年代起，担任剧团主要的鼓师演奏员。其博采众长、才思敏捷、视野开阔，演奏灵活严谨、充满激情、不拘一格，能大胆借鉴京剧、豫剧、湘剧、越剧等剧种的演奏技巧，灵活地运用锣鼓经，并与演员配合默契，同时对传统打击乐的设计和音乐布局也有敢为人先的突破。

黄连和（1936-2018），艺名晴雨，宜春人。曾改编、合作创作的唱本有《今日盘点》《管得对》《创业路上》《安家》《落户》《菊花寨》《花期会》《立新桥》《芦花湾》《绿染天涯》《雷锋》《刘炳枝》《欧阳海之歌》；曲艺类有《第一枪》《程昌仁月夜除内奸》《刘少奇拜年》；电视剧有《龙泉水清清》等。

李元生（1937-2021），萍乡人。萍乡采茶戏演奏员，主攻唢呐、笛子兼音乐创作。1957 年考入萍乡戏曲演员训练班，同年转入剧团担任演奏员，师从陈焕明、汤芝兰、欧阳清池。其吹、拉、弹、打皆能，吹奏的唢呐和笛子节奏明快流畅、颤音清脆、滑音柔和、庄重婉转、韵味浓郁，极其富有萍乡采茶戏的风格特色，他长期以来，深入田野调查，扎根民间，收集、记录、整理萍乡的民间乐曲、民歌和采茶戏唱腔，共计 600 余首；收集民间故事百余篇。其收集、整理的民间故事、歌谣有多篇收录至《萍乡民间文学丛书》。

欧阳觉文（1942-　），浏阳人。长沙花鼓戏作曲家。1956 年考入湖南省歌剧团，任打击乐演奏员。较长时间为花鼓戏演出司鼓，其中《打锣锣》《补锅》被拍成电影，《刘海戏金蟾》于 1983 年赴美国访问演出。演奏中讲究锣鼓安排的完整性，并常创造新的锣鼓点。注重舞台情绪的变化、快而不乱，慢而不拖，强调舞台节奏的准确和规范。1969 年开始从事音乐创作，为花鼓戏《沙家浜》一二场编曲；修改的《送货路上》音乐被拍成电影；与人合作为《野鸭洲》《牛多喜坐轿》编曲，发表多篇学术论文。

李修明（1946- ），萍乡芦溪人。2016 年 12 月被认定为芦溪南坑车湘傩舞省级代表性传承人。现任芦溪南坑车湘傩舞管理协会会长。他熟悉车湘傩舞表演技法、伴奏音乐，这有力支持了其工作，其将原来的一个傩舞队，发展成现在的四个傩舞队——老年人、青年人、妇女、少年傩舞队，并带领他们参加各地的文艺表演活动，其中少年傩舞队荣获 2005 年中国江西国际傩文化艺术周民间艺术表演优秀表演奖。

陈开林（1952- ），萍乡人。省级非物质文化遗产的传承人。在他十多岁的时候就跟在乡下戏班子后面敲打乐器，三十岁时，只身前往湖南去学习皮影戏，数年后学成归来，组建了一个演皮影戏的团队。"那时，在我们上栗县，皮影戏班有好多个，每天的演出也是安排得满满当当的。"陈开林说。后来，随着电视、电影，特别是二十一世纪以来互联网的普及，皮影戏的光彩渐渐黯淡。

李亦可（1954- ），萍乡安源人。国家一级演员，2016 年 12 月被认定为萍乡采茶戏省级代表性传承人。她 1970 年至 1972 年在萍乡市文艺工作团担任演员，1972 年入萍乡市采茶剧团，拜蔡梦国为师学习采茶戏基本功和表演，随音乐老师邓光西学习采茶戏演唱风格和技巧，学员期间即主演自创小戏《今日盘点》并获好评；她积极参与舞台表演实践，直到 2009 年退休，其间 1985 年至 1986 年赴中国戏曲学院导演系进修。三十余年来，她主演了大型采茶戏《芦花湾》《吴燕花》《春江月》《张海迪》等唱本。

黄绍辉（1958- ），萍乡人。原萍乡市采茶歌舞剧团团长，国家一级演员。1976 年考入萍乡市采茶剧团学员班，学习戏曲表演专业。在老艺人邓小岩等老师的精心传授下，他勤学苦练，表演基本功扎实，唱、念、做、打面面俱到。从艺 30 余年，是一位表演经验丰富、人物刻画准确细腻的优秀的萍乡采茶戏演员，具有较深的艺术造诣和娴熟的表演技能。曾成功塑造了许多不同性格的舞台形象。曾荣获"五个一工程"奖、优秀唱本奖及个人优秀表演奖。

肖雪萍（1959- ），萍乡人。上栗皮影戏市级代表性传承人。跟随祖父和父亲从事皮影戏，口述心记，1985 年后自担应主角，演唱大花脸、小生、正生、小旦、三花脸等人物，自立皮影戏班至今。在省、市、上海、北京、滦县演出得到了各单位领导好评和奖励。

肖亦萍（1962- ），萍乡上栗人。2016 年 12 月被认定为上栗傩舞省级代表性传承人。他 1981 年加入石洞口傩舞队学艺，在能够熟练表演傩舞后，参与"沿门舞"活动；1991 年起随队先后赴北京、广州、杭州、南昌、香港、澳门、台湾等地表演，多次参加萍乡市非物质文化遗产活动，同时经常在丰泉小学开展傩舞传习活动，后担任石洞口傩舞队教练。他熟练掌握傩舞表演技法、套路程式，主要担任太子、天将、雷公等角色。他参演的傩舞节目先后荣获 2005 年中国江西国际傩文化艺术周中外傩艺术展演金奖、2008 中国（沙县）小吃旅游文化节暨海峡两岸民间艺术邀请赛银奖。

丁永发（1963- ），湘东人。从小跟随父亲学习湘东皮影戏表演技艺，目前已达 40 余年。其技艺娴熟，勇于创新，为更好传承发展湘东皮影戏，2015 年组建永发皮影团，担任团长，该团长期活跃于湘赣边地区各大学校、城镇。2015 年 4 月，唱本《杨宗保破阵》获全国皮影展演暨第十二届中国民间文艺山花奖银奖；2019 年获文化和旅游部"全国乡村文化旅游能人"称号。

陈富贵（1967- ），萍乡上栗人。上栗皮影戏市级代表性传承人。初中毕业后跟随父亲学习皮影戏，1986 年起自己创建皮影戏班，下乡各乡镇，演出几十年，至今还在陆续演出于各乡镇，敬老院送戏下乡工作。1992 年荣获萍乡市首届花锣鼓比赛演奏二等奖，现任上栗县上栗镇天马皮影文化艺术团团长。

2. 清代末年至二十世纪三四十年代戏班的情况

活动范围：浏阳县东乡		
班名	本家	艺人
大兴班	兰初	高一（丑）、高二（旦）、陈客生（小生）、叶德美（丑）、胡文东（小生）
红新班	罗通	
福寿班	唐韵生	
沔岗班	周本明	杨益（生、旦）、袁跃明（旦）、新喜（丑、生）、周兰桂（旦）、庆吉（旦）、胡粗皮（丑）、周树生（旦）、曾满（丑）、廖朋（旦）、高月园（旦）、唐菊敏（丑）、陈莲生（小生）、徐细（丑）、王新启（小生）、周宝（二旦）、罗建（生）、邱进菊（旦）、傅时新（场面）、徐长生、曾大光
关口班	周树生	
永和班	新喜	
西沙班	谢成	
活动范围：浏阳县西乡		
连细班	连细	连细（婆旦、奶生）、曹氏兄弟、潘氏兄弟

青草班	许公子	郑春生（亦名邓洪，旦）、李四梦（丑）、湘正（旦）、王小三（丑兼生）、刘冬海（场面）、张世仪（场面）、邓树桃（旦）、刘天庄（旦、场面）、刘天勤（旦）、张定高（场面）、张海禅（丑、场面）等
活动范围：浏阳县西部、北部		
玉成班	周玉成	钟祥瑞（小生）、易长庚（场面）、李长达（丑）、谭二（生）、蒋告（旦）、张柏生（正旦）、李稻成（场面）
活动范围：浏阳县南乡青草一代		
张家班	张万全	陈菊生、袁佑、施官生、邝运、张定高、周方（武小生，后为本家）、周梓田（旦）、曾秋（旦）等
活动范围：醴陵等地（1945 年）		
朱亭班	无	颜关生、黄兰英夫妇等

3. 萍浏醴地区主要戏院概况

戏院	地址	时间
浏阳陶陶戏院	浏阳城关镇太平街	1934 年开办
浏阳民乐戏院	浏阳城关镇下壕街	1934 年开办
浏阳淮川戏院	浏阳城关镇太平街	1945 年开办
昭萍戏院	萍乡西大街陈贵公祠	1932 年开办，6 月 24 日首场由湘剧同庆班 – 雪伢仔班开锣演出，唱本《金沙滩》
醴陵渌江戏院	醴陵城关镇河街	1931 年开办
醴陵湘江戏院	醴陵城关镇	1936 年开办

参考文献

[1] 周俊克.长沙湘剧低牌子音乐 [M].长沙：湖南通俗读物出版社，1954.

[2] 湖南省文化局戏曲工作室.长沙湘剧高腔曲牌 [M].长沙：湖南人民出版社，1958.

[3] 湖南省文学艺术工作者联合会.湖南花鼓戏音乐 [M].长沙：湖南人民出版社，1958.

[4] 萍乡市文联，萍乡市文化馆.萍乡地方戏曲调选 [M].江西：萍乡市文联，萍乡市文化馆，1965.

[5] 朱力，谭长庚，鲁丰良，黄幼湘，李舒尤，刘石泉.长沙花鼓戏音乐 [M].湖南：湘沄行政公署文化局编印，1979.

[6] 张九，石生潮.湘剧高腔音乐研究 [M].北京：人民音乐出版社，1981.

[7] 湖南省戏曲研究所.湘剧志 [M].湖南：湖南省戏曲研究所编印，1983.

[8] 中国艺术研究院戏曲研究所，湖南省戏曲研究所.高腔学术讨论文集 [M].北京：文化艺术出版社，1983.

[9] 黎建明.湖南湘剧、花鼓戏锣鼓经 [M].长沙：湖南文艺出版社，1986.

[10] 袁支亮.中国戏曲音乐集成·江西卷 [M].江西：萍乡采茶戏音乐分卷编纂领导小组，1987.

[11] 中共萍乡市委志 [M].江西：中共萍乡市委办公室编，1995.

[12] 萍乡市文化艺术志.江西：江西省萍乡市文化艺术志编纂委员会编，1999.

[13] 中国戏曲音乐集成（江西卷）上、下 [M].北京：中国 ISBN 出版中心，1999.

[14] 苏子裕.中国戏曲声腔剧种考 [M].北京：新华出版社，2001.

[15] 萍乡政协文史学习委员会.萍乡傩文化寻踪 [M].南昌：江西人民出版社，2001.

[16] 萍乡市诗词学会.萍乡戏曲唱词选 [M].北京：中国戏剧出版社，2005.

[17] 邓光西.萍乡采茶戏音乐集成 [M].江西：萍乡采茶戏音乐集成编委会，2007.

[18] 李元生.萍乡民间音乐选集 [M].江西：萍乡市委宣传部，2015.

[19] 魏俭.湘剧志 [M].长沙：湖南师范大学出版社，2015.

[20] 黄文杰.浙江戏曲文化史 [M].杭州：浙江大学出版社，2021.

[21] 罗红霞.萍乡采茶戏精选 [M].北京：中国书店，2021.

[22] 湘东区文化馆.湘东皮影木偶 [M].江西：湘东区文化馆汇编，2022.

[23] 彭江流.萍乡采茶戏"相传来自粤东" [J].江西社会科学，1981：100-101.

[24] 天博.古朴·细腻·凝重——导演湘剧《琵琶记》的艺术追求 [J].中国戏剧，1992：55-58.

[25] 胡健国.湖南花鼓戏传统创腔手法及其继承与发展 [J].黄钟.武汉音乐学院学报，1992：96-101.

[26] 黄在敏.大团圆——情感归宿和精神指向的必然结果——湘剧《白兔记》导演构想 [J].大舞台，1997：22-25.

[27] 杨天福.浅谈湖南花鼓戏及音乐的发展趋向 [J].艺海，1998：14-16.

[28] 陈飞虹.湘剧低牌子推论——为海盐腔寻踪 [J].艺海，2001：33-36.

[29] 陈飞虹.湘剧高腔音乐的特色 [J].艺海，2003：31-37.

[30] 郭汉城.《湘剧高腔十大记》序 [J].中国戏剧，2005：53-55.

[31] 岳国胜.湘剧《六郎斩子》的唱腔艺术 [J].艺海，2007：54.

[32] 谭真明.湖南花鼓戏研究 [D].曲阜：曲阜师范大学，2007.

[33] 范正明.湘剧形成简述 [J].艺海，2007：48-51.

[34] 谭建勋.湘剧高腔的改革与创新 [J].艺海，2009：42-43.

[35] 王洋，崔笑.江西萍乡傩戏中"傩""戏"互补的文化内涵评析 [J].农业考古，2010：139-142.

[36] 谭真明.湖南花鼓戏传统剧本研究 [J].湖南科技大学学报（社会科学版），2011：84-87.

[37] 范正明.湘剧昆腔浅探 [J].理论与创作，2011：104-109.

[38] 蒋太喜.漫谈湘剧音乐及文武场 [J].艺海，2012：38-39.

[39] 何益民，欧阳觉文.湖南花鼓戏润腔二十一法初探 [J].音乐创作，2013：138-140.

[40] 范正明.抗战时期的田汉与湘剧 [J].创作与评论，2013：86-90.

[41] 江文娟.萍乡采茶戏音韵研究 [D].南昌：南昌大学，2013.

[42] 袁生.客家艺术奇葩：赣南客家采茶戏 [J].地方文化研究，2014：2.

[43] 袁环.论刘正维对中国戏曲音乐研究的贡献 [J].中国音乐，2015：59-63.

[44] 黄玉英，沈丹.赣南客家采茶戏的艺术特征 [J].地方文化研究，2016：11-19.

[45] 王洋，王安琦.江西萍乡傩文化艺术形态研究 [J].艺术百家，2017：107-110.

[46] 马冲，马金龙.皮影剧本整理与研究 [J].北方音乐，2018：80-81.

[47] 俞为民.湘剧高腔《白兔记》考论 [J].艺术百家，2018：62-67.

[48] 罗德梅，罗红霞，罗娜.萍乡采茶戏的历史沿革与艺术特色 [J].大观（论坛），2023：36-41.

[49] 卜亚丽.皮影戏剧本传承问题研究 [J].中国古代小说戏剧研究，2023：239-251.